# Chapitre 1

La surface lisse d'un lac gelé : voilà ce que son visage devait évoquer à cet instant précis. Le sourire courtois qu'arborait Arabella Cameron, tandis qu'un énième représentant du clan Mackintosh entonnait un poème dédié à sa beauté, menaçait de se fendiller d'un instant à l'autre. Exactement comme la glace sous les coups de pioche. Pourrait-elle résister encore longtemps à l'hilarité ? Certes non, si son admirateur continuait à se ridiculiser de la sorte... Son nez la chatouillait et l'expression d'intérêt poli qu'elle affichait céda bientôt la place à un large sourire, annonciateur d'un fou rire.

Arabella inspira lentement et baissa quelques instants les yeux pour ne pas se montrer impertinente. Lorsqu'elle les releva, elle réprima un frisson en rencontrant le regard sombre et impénétrable de Brodie Mackintosh. Assis en face d'elle, légèrement sur sa droite, il la fixait avec insistance.

Pas une seule fois Arabella n'avait vu cet homme sourire depuis qu'elle le connaissait. Son regard acajou était insondable. Que pensait-il de tous ces hommes qui faisaient le récit de sa beauté et de sa grâce ? Et que pensait-il d'elle ? Dire qu'ils seraient peut-être mariés d'ici quelques mois !

Distraite par ce regard, elle n'avait pas remarqué

que l'éloge enthousiaste était terminé. Quand enfin Brodie détourna les yeux pour les poser sur le barde, Arabella prit conscience du silence qui régnait dans la salle. L'assemblée entière guettait sa réaction. Le chanteur le premier, le regard rivé sur elle, attendait, plein d'espoir. Alors, en jeune lady bien élevée, Arabella le remercia d'un signe de tête et applaudit.

— Vous m'honorez par vos généreuses paroles...

Hélas ! Impossible de se souvenir du nom du galant !

— Dougal ne se montrait pas généreux, lady Arabella, l'interrompit Caelan Mackintosh avec à-propos.

Assis à sa gauche, il lui adressa un clin d'œil discret : il avait parfaitement compris qu'elle avait oublié le nom du barde.

— Il n'a fait que retranscrire la pure vérité, comme chacun ici peut le constater, reprit une autre voix dans l'assemblée.

Arabella se tourna vers l'homme qui avait parlé et inclina la tête à son intention.

— Je suis honorée par tant de louanges, Dougal. Et je vous remercie d'avoir composé ce chant et de l'avoir partagé avec nos deux clans.

Le poète — si tant est qu'on pût lui donner ce nom — fit la révérence et retourna à sa place au milieu des applaudissements de la foule rassemblée pour la fête. Caelan se pencha vers Arabella et lui murmura à l'oreille :

— Vous avez ensorcelé tous les Mackintosh par votre beauté et votre grâce, Arabella. Les Cameron auraient pu sortir vainqueurs depuis longtemps de la querelle qui nous oppose en faisant de vous leur arme secrète.

Il frôla légèrement sa main et leva sa coupe à ses lèvres sans jamais la quitter du regard.

— Je suis moi-même ensorcelé, souffla-t-il.

Face au regard bleu de Caelan, Arabella aurait aimé ressentir quelque chose. Mais pouvait-elle le croire ? Elle avait entendu ces paroles à tant de reprises ! Elle avait été courtisée toute sa vie du seul fait de sa beauté, un don de la providence dont elle n'avait aucune raison de tirer fierté. Elle aspirait tellement à être un jour aimée pour ses talents propres !

Avec galanterie, Caelan lui présenta la coupe dans laquelle il venait de boire, la tournant de sorte qu'Arabella pose ses lèvres sur la trace des siennes. Après tout, il n'y avait pas de quoi s'offusquer de ce geste d'intimité de la part d'un homme qu'elle épouserait peut-être bientôt. Elle lui adressa un sourire poli tout en portant la coupe à ses lèvres. La chaleur qui empourpra soudain ses joues n'était pas due au vin, mais bien plutôt à la façon embarrassante dont Caelan la fixa lorsqu'elle rattrapa du bout de la langue une goutte de vin échappée de sa bouche. Il se pencha plus près encore, et Arabella crut l'espace d'un instant qu'il aurait l'audace de l'embrasser, là, devant tous. Elle retint sa respiration. Allait-il oser ?

Le fracas du métal heurtant le sol de pierre la fit sursauter et s'écarter précipitamment. Cherchant la cause de l'incident qui venait de les interrompre, elle comprit en voyant Brodie se pencher pour ramasser sa lourde coupe et la reposer sur la table. Arabella était partagée entre le soulagement et une vague déception. Pour une fois que quelque chose de palpitant allait la tirer de sa petite vie ordinaire de parfaite lady ! S'agissait-il d'un geste accidentel ou intentionnel de la part de son autre prétendant ? Toujours est-il que le charme de ce moment qu'elle venait de partager avec Caelan était désormais rompu...

— Tu es attendue par ta tante, Arabella. Je te prie de rejoindre tes appartements.

En dépit de son mécontentement, Arabella obéit aussitôt à l'ordre de son père. Elle avait appris depuis bien longtemps à ne jamais contrarier Euan Cameron, laird du clan Cameron. Cela n'empêchait pas son père, hélas, de se montrer toujours plus exigeant et inflexible envers elle.

Pourtant, il ne lui en coûtait pas trop de jouer les jeunes filles obéissantes. C'était le moins qu'elle puisse faire pour sauver les siens de la guerre ! Son rôle était très clair : se comporter en jeune fille dévouée, dans le seul but de les protéger contre la destruction et les massacres.

Affichant une nouvelle fois le sourire de convention qu'elle détestait tant, Arabella se leva, puis salua son père et les Mackintosh avant de quitter la salle.

Au bas de l'escalier l'attendait tante Gillie, une lueur de reproche dans le regard. Ce soir encore, Arabella le savait, elle aurait droit à une leçon sur les règles de bienséance et les bonnes manières. Elle continua de sourire et de saluer ceux qu'elle croisait, mais ces galanteries hypocrites commençaient à l'épuiser.

Elle et sa tante suivirent un domestique d'étage en étage. Il leur fit traverser les couloirs à la lueur de sa torche, jusqu'à la chambre qui avait été mise à la disposition d'Arabella le temps de son séjour chez les Mackintosh. Plus que quelques instants avant d'être enfin à l'abri des regards...

A peine la porte de sa chambre fut-elle refermée

qu'Arabella s'étendit de tout son long sur le lit. Elle s'accorda un moment pour délasser ses membres rompus par le maintien rigide qu'elle devait conserver en toute occasion. Avec ses doigts, elle délassa ses traits meurtris par le sourire contraint qu'elle exhibait depuis des heures. Puis elle les pressa sur ses tempes douloureuses, se préparant à ce qui allait suivre.

— Tu t'es montrée trop intime avec l'un et trop distante avec l'autre, Arabella, déclara sa tante. Tu ne dois pas avoir l'air de favoriser l'un des deux.

Sans avoir besoin d'ouvrir les yeux, Arabella pouvait suivre les déambulations de sa tante dans la pièce rien qu'au son de sa voix, chargée d'une inquiétude bienveillante.

— Je te l'accorde, tante Gillie, acquiesça-t-elle, les yeux toujours clos.

— De plus, tu étais complètement distraite lors du dernier poème. Tu ne dois pas manquer de respect au barde des Mackintosh, ni à leur joueur de luth, ni à…

Soudain, Arabella sentit quelque chose se briser en elle. Elle avait tant à porter, elle était si fatiguée !

— Je comprends, ma tante, l'interrompit-elle. Je sais bien que ma mère serait remplie de honte devant mon manque de manières de ce soir. Je n'ai pas prêté suffisamment d'attention à tes instructions et…

Elle déversa un flot de regrets et d'excuses, ne s'arrêtant qu'au moment où elle prit conscience du silence qui régnait dans la chambre.

— Non, mon enfant, murmura alors sa tante d'une voix bouleversée, ta mère serait fière de toi ! Fière que tu accomplisses avec un tel courage les devoirs inhérents à ta naissance !

Comme la voix de sa tante tremblait d'émotion

contenue, Arabella releva les yeux pour dévisager la plus jeune sœur de sa mère.

— Elle serait fière que tu te plies à tes obligations plutôt que de céder à la facilité. Tu consens un tel sacrifice en acceptant de passer le reste de tes jours parmi nos ennemis, cela pour le bien des tiens !

A ces mots, Arabella fut incapable de retenir ses larmes.

— Tante Gillie, je suis tellement désolée ! Je n'avais pas l'intention de faire l'enfant obstinée. J'accorde beaucoup de prix à tes conseils. Seulement, ce soir, je suis épuisée… Je suis certaine que je me sentirai à nouveau de taille à affronter tout cela demain matin.

— Viens, ma petite, répondit sa tante avec affection, je vais t'aider à te mettre au lit.

— Ne te fatigue pas, je vais appeler Ailean.

Sa plus jeune cousine faisait en effet office de dame de compagnie et de femme de chambre de temps à autre. Ce qui n'était pas pour égayer le quotidien d'Arabella, car Ailean était d'un tempérament particulièrement revêche et pessimiste malgré sa jeunesse.

— C'est inutile, rétorqua Gillie en l'aidant à se relever. Dépêchons-nous.

De ses doigts habiles, elle délaça la robe d'Arabella et la débarrassa de sa tunique, ne lui laissant que sa chemise. Lorsque sa tante s'employa à dénouer ses cheveux, elle ne put retenir un soupir de bonheur.

— Assieds-toi, ordonna Gillie avec douceur.

Après avoir rapidement défait ses tresses, elle brossa les boucles d'Arabella pour les démêler mèche par mèche. Chaque coup de brosse dénouait un peu plus la tension d'Arabella qui se trouva bientôt au bord du sommeil. Tous ses soucis s'évanouissaient dans un brouillard bienfaisant. Son corps se détendit peu à peu, et ses yeux se fermèrent malgré elle.

— Qu'y a-t-il de prévu demain matin ? demanda soudain Gillie.

Tirée de sa somnolence par la question de sa tante, Arabella poussa un long soupir.

— Une promenade à cheval avec Caelan à l'aube et une autre avec Brodie après le repas de midi. Ne t'inquiète pas, tante Gillie, Ailean m'accompagnera pour chacune de mes sorties du château.

— Je ne m'inquiète pas pour ta sécurité, ma petite, mais bien plutôt pour ton cœur.

Soudain, les coups de brosses cessèrent. Arabella se retourna et lut sur le visage de sa tante une tristesse qu'elle n'y avait jamais vue.

— Ne laisse pas ton cœur choisir l'un d'eux tant que les Anciens n'auront pas décidé lequel deviendra laird, veux-tu ? Cela ne t'apporterait que chagrin et souffrance pour les années à venir. Et je ne supporterais pas de te voir avec le cœur brisé, ma chérie.

La mise en garde de sa tante l'intrigua. Ces mots ne relevaient-ils pas plus du témoignage personnel que du simple conseil ?

— Que…

— Aucune importance, l'interrompit Gillie avant qu'elle ait pu poser sa question. Allons, je suis plus fatiguée que je ne le pensais. Je vais me coucher.

Puis, sans rien ajouter, elle posa la brosse sur la table et quitta la chambre.

Quelle étrange attitude de la part de sa tante, qui d'ordinaire était d'humeur douce et égale… Bien sûr, elle avait entendu ce conseil à maintes reprises, songea Arabella, pourtant ce soir, dans la bouche de Gillie, avec ce ton de voix... tout cela sonnait comme un souvenir douloureux. Elle se promit d'essayer d'en savoir plus sous peu, mais pour l'heure, elle était bien trop épuisée pour y réfléchir.

A cet instant, un coup discret à la porte lui annonça l'arrivée de sa cousine. Ailean prépara la chambre et, bientôt, Arabella se retrouva allongée dans une obscurité délassante. En pensée, elle tenta de dresser la liste des différences entre les deux cousins Mackintosh et d'imaginer la vie d'épouse que chacun d'eux pourrait lui offrir.

En la conseillant, sa tante n'avait-elle pas oublié le plus important ? Ses sentiments ! Car, qu'elle épouse l'un ou l'autre, elle ferait alors partie du clan qui avait massacré sa famille au cours des siècles passés, et elle porterait un jour les enfants d'un Mackintosh.

Oui. Quoi qu'il arrive désormais, elle épouserait son ennemi très bientôt...

Brodie tendit sa coupe et regarda l'une des domestiques la remplir. Il la remercia d'un signe de tête et posa à nouveau son regard sombre sur les Cameron, réunis dans la grande salle. Ils étaient venus avec des paroles de paix et avaient accepté l'hospitalité des Mackintosh, pourtant Brodie ne faisait confiance à aucun d'entre eux.

Tandis que son regard passait d'un guerrier Cameron à l'autre, il ne pouvait s'ôter de l'esprit que certains parmi eux avaient tué des Mackintosh au cours des combats passés. Il savait que parmi les Anciens du clan ennemi, beaucoup n'acceptaient pas le traité de paix qui était en cours. Raison de plus pour être vigilant face à leurs intentions…

Mais, par-dessus tout, il se méfiait de leur héritière aux cheveux d'or. Son sourire de façade trompait peut-être tout le monde, mais lui n'était pas dupe.

La grande salle qui avait accueilli les Cameron et les Mackintosh se vidait lentement maintenant que lady Arabella s'était retirée pour la nuit. Discrètement, il vérifia le regard de chacun des hommes qu'il avait postés dans la pièce, autour des Cameron.

Il attribuait volontiers aux bardes la tâche de chanter les louanges de lady Arabella. Il laissait son cousin se ridiculiser en courtisant la demoiselle. Mais pendant que les autres jouaient les galants et ignoraient le danger, il estimait de son devoir d'assurer la sécurité de son clan.

Après que tous ses hommes l'eurent rassuré grâce au code discret dont ils étaient convenus, Brodie put reporter son attention sur son oncle Lachlan, son cousin Caelan et leurs invités. Comme souvent, il se contenta d'observer sans intervenir dans les discussions. Cela lui laissa le loisir de remarquer qu'Euan, le laird Cameron, et son fils, Malcolm étaient en grande conversation et ne cessaient de tourner leur regard vers lui. La méfiance régnait donc de chaque côté. Peut-être les Cameron étaient-ils en train de mettre au point une quelconque stratégie de trahison, puisqu'ils excellaient dans ce domaine…

A cet instant, son oncle se leva et chacun l'imita : la soirée était terminée.

Brodie reposa son verre et rejoignit Lachlan, tandis que les Cameron étaient escortés vers leurs chambres, dans la tour nord. En les réunissant de la sorte, il était plus facile de garder un œil sur eux et de pouvoir les isoler en cas de problème.

— Demain, tu accompagneras la fille Cameron après le premier repas, déclara le laird Mackintosh sans ambages.

— Non, mon oncle, je dois…

— Tu l'escorteras, Brodie. C'est la seule mission que tu auras à accomplir, répéta sévèrement Lachlan.

Ils s'étaient déjà disputés sur ce point de nombreuses fois, avant même que les Cameron n'arrivent sur les terres des Mackintosh. Brodie considérait que l'hospitalité qu'ils offraient à leurs ennemis de toujours était prématurée, mais les Anciens s'étaient rangés à l'avis de son oncle. Il leur fallait évaluer les qualités de commandement des deux cousins avant de faire leur choix. En effet, d'ici peu, les Anciens du clan proclameraient Caelan ou lui-même futur laird, amené à diriger le clan Mackintosh. De plus, à la mort de son oncle Lachlan, comme il n'y avait pas d'autre héritier potentiel, l'élu se retrouverait par la même occasion à la tête de la Confédération Chattan.

Brodie devait beaucoup à son oncle qui l'avait élevé après la mort de ses parents. Lachlan, malgré ses obligations de laird, lui avait transmis les connaissances nécessaires pour survivre et pour commander. Alors il suivrait ses ordres, quoi qu'il lui en coûte.

Et, apparemment, son oncle avait ajouté l'obligation de conquérir la fille Cameron à la liste des talents indispensables au futur laird. Brodie croisa d'abord le regard déterminé de Lachlan, puis lut l'ironie dans celui de son cousin, certain de sa victoire.

Rien d'étonnant ! Caelan savait y faire avec les demoiselles. Ses douces paroles et ses caresses en attachaient bon nombre à son lit. Habitué à collectionner les femmes, avant de les abandonner sans un regard, son cousin userait de toute son expérience pour gagner le cœur de la belle héritière. Dès lors, il ne faisait aucun doute que la femme qui avait été désignée pour mettre un terme à la querelle ancestrale entre leurs deux clans succomberait au charme de Caelan.

Toutefois, de son côté, il était bien plus doué que ce joli cœur pour défendre les terres et les biens des siens. Pour cette raison, il ne devait absolument pas lui abandonner la victoire aussi facilement.

— Fort bien, mon oncle, admit-il donc à contrecœur.

Entraîner les nouveaux gardes ou organiser la défense de leurs frontières aurait été tellement plus utile que se livrer à une cour perdue d'avance ! Cependant, le regard décidé de Lachlan lorsqu'il croisa les bras sur sa large poitrine ne laissait aucun choix possible à Brodie : demain, il passerait son temps avec elle, lady Arabella…

— Essaie de ne pas l'endormir, se moqua Caelan en s'éloignant.

Brodie ne s'abaissa pas à lui répondre. Il n'était d'ailleurs pas réputé pour ses reparties. Non qu'il manquât d'esprit ou d'humour, seulement, les devoirs envers son clan lui laissaient peu de loisirs. Pas plus que le temps de séduire les femmes. Et cela lui convenait parfaitement.

Il libéra le souffle qu'il avait inconsciemment retenu dans ses poumons et traversa la grande salle en direction du couloir. Il se répéta qu'il était doué pour protéger le clan et ses richesses des incursions incessantes de leurs ennemis, et qu'il continuerait à le faire sans faillir.

Lui aussi voulait mettre un terme à ces combats sanglants, et la mort de ses parents dans une embuscade, au loch Arkaig, n'avait fait que renforcer sa détermination. Après chaque bataille qui lui ôtait un membre de sa famille, son désir d'obtenir la paix grandissait. Si celle-ci pouvait être conclue sans détruire entièrement leurs deux clans, c'était encore mieux. Ainsi aurait-il préféré la gagner par des négociations purement financières. Mais si la seule solution était d'épouser une femme qui arborait un sourire faux comme une seconde peau, il était prêt à saisir cette chance.

Voilà pourquoi, en dépit de sa suspicion et de son cynisme naturel, il suivrait les ordres de son oncle et emmènerait la jeune dame en promenade. C'était même désormais décidé, il ferait tout pour être choisi, car une seule chose importait : sauver les Mackintosh !

Tant pis si, pour cela, il devait épouser une ennemie…

# *Chapitre 2*

Contrairement à ses prévisions, Arabella passait un moment très agréable en compagnie de Caelan, et cela depuis qu'ils avaient quitté le château. Ailean, ainsi que deux gardes — un Cameron et un Mackintosh — chevauchaient à leurs côtés à travers le village. Ce matin, son sourire n'était pas feint, se dit soudainement Arabella. Non, cette fois, c'était Caelan qui la faisait rire de bon cœur.

Ses compliments n'étaient pas emphatiques, comme ceux qu'elle recevait d'ordinaire. Au contraire, il les plaçait toujours à propos et sans excès. Caelan était même parvenu à faire sourire Ailean, ce qui n'était pas une mince affaire quand on connaissait la sévérité de sa cousine !

Ils chevauchèrent un moment en direction de l'est, puis s'enfoncèrent dans la forêt en empruntant un large chemin. De temps à autre, Caelan l'entraînait dans un galop effréné, laissant les autres légèrement en arrière.

Arabella fut surprise lorsqu'il fallut rentrer pour le repas de midi. Déjà ? Que ces deux heures de promenade avaient passé vite ! Elle devait admettre que Caelan était d'une compagnie aisée et amusante, contrairement à la plupart des hommes de son entourage qui ne faisaient que lui donner des ordres et entraver sa liberté.

— J'espère que la promenade vous a plu, lady Arabella, souffla Caelan en posant ses lèvres sur la peau fine de sa main. Ailean, votre présence a illuminé ce jour bien mieux que l'aurore, ajouta-t-il à l'adresse de sa cousine rougissante.

Assurément, son premier prétendant avait au moins gagné l'affection d'une Cameron… Et il était en bon chemin pour obtenir la sienne, songea Arabella.

— C'était une charmante sortie, sir. De plus, le temps clément me laisse espérer une amélioration bienvenue après les orages que nous avons essuyés, répondit Arabella.

— Il semblerait effectivement que le ciel soit favorable à notre destin… ajouta-t-il avec un sourire.

Gillie l'appela au même instant, et Arabella fit signe à sa tante. Il était temps de penser à d'autres devoirs qui risquaient d'être moins agréables. Au moins la journée avait-elle bien commencé.

— Je vous laisse vaquer à vos occupations, sir, et vous remercie encore, conclut-elle dans une révérence.

Les yeux bleus de Caelan brillèrent d'un éclat séduisant, et la fossette qui se dessina sur son menton ne manquait pas de charme. Décidément, cet homme était à la fois séduisant, charmant et plein d'hospitalité, autant de qualités pour un futur mari… Sur ces pensées, elle rejoignit sa tante et monta l'escalier en silence. Lorsqu'elles furent arrivées à leurs appartements, Gillie envoya Ailean s'acquitter d'une tâche à l'extérieur afin qu'Arabella et elle discutent en toute discrétion.

— A voir le rose de tes joues et la lumière dans tes

yeux, je crois deviner que la matinée s'est bien passée, commenta Gillie.

Une cuve pleine d'eau ayant été mise à sa disposition, Arabella prit le temps d'une brève toilette avant de répondre à sa tante.

— Elle fut agréable, en effet. Caelan est un parti… acceptable, admit-elle en souriant.

— Seulement acceptable ? la taquina sa tante. Des deux, Caelan semble le plus charmant…

— C'est vrai, ma tante. Cependant, vous m'avez recommandé de n'en favoriser aucun pour le moment, et je m'efforce de suivre ce conseil.

Avec un tissu propre, elle se nettoya soigneusement le visage et les mains. Puis elle retira le cercle d'argent qui retenait son voile. Sur l'indication de sa tante, elle s'assit dos à elle, lui laissant le soin de rassembler ses cheveux en une tresse artistique.

— Néanmoins, je crois davantage en mes chances de bonheur avec celui-ci plutôt qu'avec l'autre, ajouta-t-elle enfin.

— Cette union n'est pas faite pour t'assurer le bonheur, mon enfant. Garde cela à l'esprit pendant tout le temps que tu passeras avec ces deux hommes. Tu seras l'épouse de celui qui deviendra laird, c'est la seule chose qui importe.

Les paroles raisonnables de sa tante dissipèrent rapidement tout le plaisir qu'Arabella avait ressenti lors de sa promenade matinale. Elle savait quel était son devoir et elle s'y conformerait, bien entendu. Mais en attendant cette décision, ne pouvait-elle pas, au moins, profiter d'un peu de divertissement ?

Un coup frappé à la porte l'empêcha de poser la

question à sa tante. Ailean fit son entrée dans la chambre.

— Il est temps de se rendre à la grande salle, les prévint-elle.

— Allons-y, ma chérie. Nous ne devons pas les faire attendre.

Arabella se redressa et secoua les plis de sa robe avant de sortir. Ailean les guida sans hésiter. Elle avait eu le loisir, pendant ses moments de liberté, de se familiariser avec les moindres recoins de Drumlui, le château principal des Mackintosh.

Arabella s'efforça de mettre de l'ordre dans ses pensées et de ne pas s'inquiéter de ce que lui réservait le reste de la journée... et plus précisément sa promenade avec Brodie Mackintosh. Il était l'exact opposé de son cousin — sombre et renfermé. Alors que Caelan souriait et riait facilement, Brodie se contentait de la fixer avec intensité, arborant constamment un air de réprobation. Ne la trouvait-il jamais à la hauteur, quoi qu'elle fasse ?

Ce fut donc avec un immense soulagement qu'elle entendit le laird Mackintosh annoncer que Brodie ne se joindrait pas à eux pour le repas. Au moins le déjeuner serait-il agréable.

De fait, il le fut. Caelan, pourtant placé à côté de son frère Malcolm, quelques sièges plus loin, continua à lui accorder une attention de tous les instants. Arabella s'aperçut que son père ainsi que les Mackintosh souriaient plus souvent aujourd'hui. La tension ressentie à leur arrivée, quatre jours plus tôt, semblait s'apaiser au fil du temps passé entre ces murs.

Ce repas convivial prit fin trop tôt, hélas... L'heure tant redoutée avait sonné : celle de son après-midi avec le sévère Brodie Mackintosh. Elle inspira profondément et adressa un petit signe de tête à sa tante et à sa cousine. Aussitôt, le laird Mackintosh ordonna à l'un des domestiques de l'escorter dans la cour. Arabella remarqua que Caelan quittait sa place pour proposer de l'accompagner lorsqu'il fut arrêté par un geste de son oncle. Se levant à son tour, elle suivit l'homme à l'extérieur. Apercevant Brodie à côté des chevaux, elle congédia le domestique et rejoignit son prétendant seule, la tête haute.

Brodie se pencha pour s'assurer que la monture de lady Arabella était bien sanglée, et caressa l'animal. C'était une bête magnifique… qui n'appartenait pourtant pas aux Mackintosh ! Force était de reconnaître que les Cameron étaient de bons éleveurs et possédaient certaines des plus belles bêtes des Highlands. Il murmura des paroles indistinctes pour calmer l'animal afin d'achever sa préparation. Son ami Rob, qui se tenait de l'autre côté du cheval, l'interrompit alors dans sa tâche.

— Elle est sublime, n'est-ce pas ? lui lança-t-il.

Brodie fronça les sourcils en jetant un regard aux attributs indéniablement masculins de la bête.

— Sans aucun doute, il l'est, répondit-il en vérifiant l'état des rênes.

— Tu es idiot ou tu fais semblant, Brodie ? Je te parle de la fille ! Lady Arabella est une vraie beauté.

— Oh ! Elle ! marmonna-t-il en se concentrant sur le mors.

Evidemment, il avait eu tort de demander à Rob de les accompagner. Il aurait mieux fait de le proposer à l'un des gardes en service plutôt qu'à son meilleur ami, celui-ci ayant un talent particulier pour le taquiner.

— Allez, tu dois bien admettre que ce ne serait pas si terrible de l'épouser ! Encore moins de la mettre dans ton lit ! Tu as vu ces cheveux ? Et ces yeux ? Et cette bouche ? reprit Rob en le provoquant ostensiblement. A ta place, je ne serais pas malheureux qu'elle soit à moi une fois le marché conclu !

— Il est vrai qu'elle est belle, admit Brodie pour faire taire son ami.

Et puis, comment nier l'évidence… ?

Il examina une dernière fois les montures, puis ajouta en haussant les épaules :

— Pour être honnête, Rob, je préférerais que l'on me fasse cadeau d'une douzaine de têtes de bestiaux ou de chevaux comme celui-ci, à la place. Quelques bêtes de plus seraient plus utiles à notre survie qu'une femme dont le seul mérite est d'être belle.

L'expression figée de Rob et le silence de mort qui s'était installé parmi les gens à l'œuvre autour d'eux lui firent soudain prendre conscience qu'elle était derrière lui. Il ferma les yeux une seconde et respira lentement pour se donner le temps de réfléchir. Ses paroles avaient été dures, et il était navré que sa prétendante les ait entendues. Hélas ! Il ne pouvait revenir en arrière, et à présent, il lui devait des excuses. Sans compter que son oncle serait furieux contre lui s'il n'arrangeait pas très vite la situation. Mais que dire pour réparer cet outrage ?

Lentement, il se tourna pour faire face à Arabella. Il eut à peine le temps d'apercevoir l'éclair sombre qui traversait son regard et la moue attristée de sa bouche. Aussitôt son visage reprit son insupportable expression figée. Puis elle marcha jusqu'à lui.

— Comme vous êtes aimable de m'escorter à travers vos terres, commença-t-elle sans se départir de son sourire poli. Je sais que vous avez bien d'autres tâches à accomplir et j'apprécie que vous me consacriez du temps.

— Lady Arabella, je...

Il s'arrêta net, incapable de trouver ses mots. Il n'avait tout simplement plus de voix. Quel idiot il faisait !

— Que pensez-vous de Blackwood ? N'est-il pas magnifique ?

C'était pire encore qu'il ne l'avait craint ! Elle se montrait gracieuse et aimable, lui offrant un moyen de se tirer d'embarras alors qu'il venait de l'insulter. Le regret lui serra le cœur, mais il saisit lâchement la perche qu'elle lui tendait.

— Oui, il est solide et plein de vie, confirma-t-il en passant lentement la main sur le col de l'animal. Endurant également, je présume ?

— En effet, il peut galoper des jours durant. Il m'a portée sans faillir au cours de nombreux voyages.

Elle prit affectueusement la tête de son cheval entre ses mains. Lorsqu'elle recula, il scruta son regard, à la recherche d'un signe de colère ou de tristesse, mais ses yeux étaient vides de toute émotion.

— Peut-être devrions-nous nous mettre en chemin ? proposa-t-elle en jetant un regard aux lourds nuages qui s'amoncelaient dans le ciel.

— En selle ! lança-t-il au reste de leur petite troupe, en guise d'acquiescement.

Il l'aida à monter et lui tendit les brides avant de s'installer sur sa propre monture. Du coin de l'œil, il l'observa. Elle semblait être née à cheval, parfaitement à l'aise sur son gigantesque étalon. Pendant quelques secondes, il ne put détacher son regard de ses mains gracieuses, qui maintenaient les rênes dans une tension parfaite.

Une fois en dehors de la cour, Brodie prit la direction opposée à celle que Caelan avait choisie le matin même. Comme Rob connaissait la destination prévue, Brodie le laissa prendre la tête de la troupe, tandis que le garde Cameron fermait la marche.

La cousine de lady Arabella, une jeune femme du nom d'Ailean qui arborait un froncement de sourcil constant et lui faisait l'effet d'une vieille fille revêche, complétait la troupe. Elle se plaça à droite de la jeune femme, juste derrière lui.

Sans parler, ils parcoururent un mile avant de rejoindre la rivière qui les conduirait vers les montagnes qu'il affectionnait tant. Celles-ci traversaient leurs terres, depuis le loch jusqu'à la mer.

Brodie était mal à l'aise. Il entendit les deux jeunes femmes murmurer dans son dos, puis lady Arabella le rejoignit.

— Alors, Brodie, où nous emmenez-vous ? demanda-t-elle de sa voix douce et égale.

— Ce matin vous avez découvert nos terres près du loch. Je vous conduis à présent vers les hauteurs pour que vous en ayez une vue d'ensemble. Un peu plus loin, nous prendrons le chemin qui grimpe sur le flanc de la montagne que vous voyez là.

Il voulait lui montrer son endroit favori, mais se garda bien de le lui dire. Il s'attendait à ce qu'Arabella rejoigne sa cousine, pourtant elle resta à son côté, silencieuse. Quel plaisir de chevaucher auprès d'elle, s'avoua-t-il avec surprise.

Que lui arrivait-il ? Après tout, elle avait dû se comporter de la même façon avec Caelan. Cette idée ne l'enchanta guère. Décidément, cette femme le mettait dans de drôles d'états, l'exaspérant ou le troublant tour à tour sans même avoir besoin d'ouvrir la bouche. A la vérité, il aurait préféré se retrouver face à une armée de Cameron. Il était bien plus difficile de s'excuser pour son insulte…

Après un nouveau virage sur la route qui grimpait à flanc de montagne, ils parvinrent à une clairière qui offrait un point de vue imprenable sur les terres Mackintosh. Il adorait ce spectacle et venait souvent ici lorsqu'il avait besoin de solitude. Pour l'heure, les nuages étaient sombres et bas, mais quand le soleil brillait et que la brise soufflait, on pouvait voir à des miles à la ronde.

— C'est magnifique, murmura-t-elle d'une voix émue.

Ce timbre sensuel le troubla car il contrastait avec l'attitude polie et réservée qu'il lui connaissait.

— Oui.

Il se tourna dans sa direction et découvrit que son regard, d'ordinaire inexpressif, était empli d'émerveillement face au spectacle qui s'offrait à eux. L'espace d'un instant, Brodie se plut à penser qu'Arabella pourrait aimer ces terres. Le clan Mackintosh possédait un territoire immense, bien plus grand que celui des Cameron, même après que ceux-ci en eurent volé des parcelles au cours des batailles opposant les générations précédentes. Cependant, le regard émerveillé de la jeune femme disparut dès qu'elle entendit les autres approcher. Et son redoutable sourire de convenance se dessina à nouveau sur son visage.

— Je suis un peu perdue. Où se trouve le loch ? demanda-t-elle avec un intérêt poli.

Brodie pointa le doigt vers l'est.

— Loch Lochy est à environ cinq miles d'ici. Arkaig est au nord, et la mer à une trentaine de miles à l'ouest, détailla-t-il en désignant chacun des endroits qu'il nommait.

— Où s'arrêtent les terres Mackintosh ? interrogea-t-elle en posant son regard sur l'horizon.

— Depuis le loch elles vont jusqu'à l'ouest, aussi loin que votre regard se porte. Et elles couvrent des miles au nord et au sud, également, expliqua-t-il, non sans une nuance de fierté dans la voix.

Elle suivait attentivement ses indications du regard et hocha la tête.

— Alors vous aviez raison, sir.

— Raison ? demanda-t-il en s'approchant un peu. Il était maintenant si près d'elle que ses longues jupes frôlaient sa jambe, et ce contact le troubla.

— Raison à propos de quoi ?

— A propos du fait que des têtes de bétail ou des chevaux supplémentaires vous seraient utiles. Peut-être devriez-vous ajouter ce souhait à la liste des négociations avant qu'il ne soit trop tard.

Trop stupéfait pour rétorquer, Brodie se contenta de la fixer. Une lueur moqueuse brillait dans ses yeux, et son sourire poli avait disparu. Elle était magnifique ainsi… et de toute évidence, elle le détestait.

Rob ricana derrière eux, et Arabella retrouva aussitôt le contrôle de son expression. Brodie en fut agacé. Enfin, elle s'était montrée sous son vrai jour, mais ce moment privilégié avait été si bref ! Elle avait à nouveau revêtu son masque de lady de glace.

D'un geste sûr, Arabella dirigea son cheval pour contourner celui de Brodie et sortit de la clairière. Les autres se hâtèrent de la suivre, le laissant seul avec lui-même pour réfléchir aux erreurs qu'il n'avait cessé de commettre.

Les premiers jours, il avait été tellement occupé à tenter d'ignorer la présence d'Arabella et leur possible alliance qu'il ne lui avait prêté aucune attention. De ce fait, il s'était complètement trompé sur la véritable nature de la jeune femme. Pour un homme qui avait la charge de confondre les espions du clan, c'était une erreur impardonnable.

Oui, il avait échoué dans ce qu'il savait pourtant le mieux faire — remarquer les petits détails qui pouvaient mettre en péril la vie et la sécurité du clan. Il n'avait vu que ce qu'Arabella avait bien voulu lui montrer, leur montrer à tous : une jeune femme soumise qui se contentait d'obéir aux ordres.

Enfin, et cela était le plus grave, découvrir que sa prétendante était non seulement belle mais également intelligente lui plaisait plus que de raison.

Lorsqu'il reprit le chemin des montagnes, Brodie se promit de garder un œil attentif sur elle. Pourquoi cette idée faisait-elle accélérer les battements de son cœur ? Il aurait été bien en peine de l'expliquer…

Il rejoignit la troupe et se plaça à côté d'Arabella, forçant Ailean à chevaucher en avant avec le garde et Rob.

Cette fois, il avait bien l'intention de s'excuser pour sa grossièreté et sa maladresse.

— Lady Arabella, je souhaiterais vous parler seul à seule.

Sur ces mots, il ralentit l'allure de son cheval en espérant qu'elle ferait de même. Par bonheur, lorsque sa cousine se retourna, la jeune femme lui fit signe de rester à l'avant. Elle mit son cheval au pas, et ils avancèrent quelques instants en silence, tandis qu'il cherchait les mots justes. A nouveau, ce fut Arabella qui le sauva.

— Sir... Brodie, dit-elle calmement sans lever les yeux vers lui. L'éducation que j'ai reçue m'a donné pour but de remplir mon devoir envers ma famille. Epouser celui qui deviendra le laird des Mackintosh en fait partie. Et j'accomplirai cette mission, peu importent mes sentiments personnels sur la question. J'imagine que vous ferez de même ?

Lentement, elle leva le regard vers lui, et il se perdit dans la clarté de ses yeux.

— Oui, je remplirai mon devoir.

A vrai dire, il aurait été bien incapable de démêler ses sentiments personnels, tandis que les yeux bleus d'Arabella le dévisageaient avec une telle intensité. Il y repenserait plus tard. Pour l'heure, il avait d'autres choses à mettre au clair.

— Lady Arabella... Jamais je n'aurais dû tenir de tels propos tout à l'heure.

— Etiez-vous sincère ? Quand vous disiez avoir plus besoin de bétail que de moi ?

Rien dans son ton ou dans son expression ne trahissait ses pensées. Brodie choisit de se montrer sincère.

— Voulez-vous entendre la vérité ?

— J'aimerais bien, oui. Je l'entends si rarement.

— Alors, c'est vrai, nous avons besoin de plus de bétail.

Le silence s'installa sans qu'aucun ne détourne le regard.

— Dans ce cas, songez qu'en épousant une femme vous recevrez son or et aurez donc le moyen d'acheter plus de bêtes.

Au mouvement qu'elle fit alors, il comprit qu'elle était sur le point de s'éloigner. D'instinct, Brodie rapprocha sa monture et lui saisit la main. Arabella se raidit, visiblement surprise, mais ne la retira pas. Quant à lui, il fut étonné de la réaction intense que ce simple contact provoquait en lui.

— Il n'empêche que je n'aurais jamais dû parler de la sorte.

— Vous avez raison, admit-elle en dégageant sa main de la sienne. Vous n'auriez pas dû.

Malgré son ton hautain, Brodie releva un éclair amusé dans son regard. Alors, tandis qu'elle s'éloignait pour rejoindre les autres, il éclata de rire, pour la première fois depuis bien longtemps. Arabella tourna la tête dans sa direction et lui adressa le premier véritable sourire qu'il ait jamais vu sur son beau visage.

Décidément, cette femme était bien plus complexe qu'il ne l'avait cru. Peut-être que l'épouser, si tel était son sort, ne s'avérerait pas si terrible, après tout ?

# *Chapitre 3*

Malcolm s'approchait de la grande table, se frayant un chemin entre les groupes rassemblés pour le repas. Arabella le vit plusieurs fois s'arrêter pour bavarder avec des jeunes femmes du clan Mackintosh. Son frère, grand et beau, avait toujours attiré les regards féminins. Il lui adressa un large sourire en s'asseyant à son côté.

— Comment vas-tu, Bella ? Dans deux jours nous aurons enfin quitté cet endroit, murmura-t-il tandis qu'une servante particulièrement accorte remplissait sa coupe.

— Oui, plus que deux jours avant de partir. Mais tu oublies que, personnellement, je serai de retour d'ici quelques mois, et cela pour toujours...

Malcolm l'observa longuement.

— Tu ne veux pas de ce mariage ? Tu as changé d'avis ? Dis-moi la vérité.

Arabella retint un soupir. Il était le seul à qui elle pouvait avouer ses véritables sentiments. Ils avaient toujours été si proches !

— Que j'en ai envie ou non, je ferai ce que l'on attend de moi. J'aurais seulement aimé avoir plus de temps, pour en apprendre davantage sur chacun de mes deux prétendants. Plus...

Elle s'interrompit. Ce qu'elle désirait importait peu dans les négociations et leur conclusion. Submergée par une vague d'émotion, elle dut retenir des larmes brûlantes et but une gorgée d'ale pour dénouer sa gorge serrée.

— Comment puis-je soulager ton fardeau, petite sœur ?

Elle savait qu'il aurait fait n'importe quoi pour l'aider.

— En épousant le futur laird à ma place ? se moqua-t-elle donc avec un petit sourire.

Malcolm éclata de rire, ce qui attira l'attention sur eux. Sa tante fronça les sourcils, un message tacite pour la rappeler à l'ordre.

— Ne crois pas que j'aurais pu me soustraire à un tel mariage. S'il y avait eu une héritière Mackintosh, j'aurais été offert en sacrifice tout comme toi, pauvre agneau, dit-il en grimaçant. D'ailleurs, il ne fait aucun doute que je serai également vendu au plus offrant à la première occasion !

A ce moment, l'un de ses amis l'appela, et Malcolm vida sa coupe avant de se lever. Il se tourna vers elle une dernière fois.

— Plus sérieusement, y a-t-il quoi que ce soit que je puisse faire, Bella ?

— Essaie de découvrir quel genre d'hommes ils sont l'un et l'autre.

C'était réellement ce qui la contrariait. Caelan et Brodie ne savaient presque rien d'elle, mais c'était réciproque : elle ne connaissait d'eux que ce qu'ils voulaient bien lui montrer ! Seulement, une fois qu'elle aurait épousé l'un d'eux, il aurait tout pouvoir sur elle — sur son corps, ses richesses, son avenir. Contrairement à eux, elle avait beaucoup à perdre dans ce mariage. Penser à tout cela sans pouvoir en parler lui faisait perdre le sommeil.

Comme Malcolm lui jetait un regard interrogateur, elle précisa :

— Observe la façon dont ils traitent les femmes. Et comment ils sont considérés par le reste de leur clan. Tu vois, ce genre de choses…

— Tu veux aussi connaître la taille de leur…

Arabella se dressa d'un bond et écrasa sa main sur la bouche de son frère avant qu'il ne soit trop tard. La gêne lui embrasa les joues. Evidemment, il n'y avait que son imbécile de frère pour oser lui tenir de tels propos ! Il était le seul à réussir encore à la choquer.

— Malcolm ! s'exclama-t-elle, furieuse.

Avec un grand sourire, il écarta sa main de son visage et y déposa un baiser, accompagné d'un clin d'œil malicieux. Puis il salua le laird Mackintosh et leur père, avant de s'éloigner. Aussitôt, ses amis l'entourèrent. Arabella ne put retenir un tendre sourire.

Malcolm obtiendrait les informations demandées, cela ne faisait aucun doute. Il l'aiderait de son mieux à se préparer à la nouvelle vie qui l'attendait.

Soudain, elle aperçut Brodie. Sur le qui-vive au milieu de la foule, celui-ci semblait surveiller tout ce qui se passait dans la pièce. Elle avait cru remarquer, à plusieurs reprises déjà, qu'il échangeait de brefs signes avec différents gardes.

Ne venait-il pas encore d'adresser un message silencieux, cette fois à un homme de haute taille placé au fond de la pièce ? Elle sirota sa coupe et continua de l'observer. S'il s'agissait d'un code, il était extrêmement discret, et il fallait une attention de chaque instant pour le repérer. Voilà, elle avait vu juste ! Il venait à nouveau d'échanger signes de tête et regards avec une succession d'hommes. Lorsque ce manège fut terminé, le regard de Brodie revint vers la grande table et se posa sur elle.

Son premier réflexe fut de détourner hâtivement le regard, mais elle n'en fit rien, le salua de la tête et le regarda s'approcher. Il était plus grand que son cousin et portait ses cheveux sombres plus longs que lui. De fines rides autour de ses yeux et de sa bouche révélaient qu'il devait être d'un naturel souriant, bien qu'elle-même ait rarement eu l'occasion de s'en apercevoir ! Quelques enjambées lui suffirent pour la rejoindre. Une fois devant elle, il prit un peu de temps pour la dévisager à son tour.

Depuis leur promenade dans les montagnes, leurs rencontres s'étaient résumées à une succession de politesses de bon aloi et de petits défis. La veille encore, lors du dîner, la conversation avait dérivé sur les récoltes, et Brodie n'avait pas réussi à cacher sa surprise devant l'intérêt qu'elle affichait pour de tels sujets. Elle l'avait taquiné discrètement pour se venger de ses paroles blessantes. Quel plaisir pour elle de constater alors qu'elle pouvait troubler le tempérament sombre de ce guerrier endurci !

Le matin même, alors qu'ils se trouvaient dans la cour, il lui avait demandé la permission de chevaucher son étalon. Le cheval ayant été enfermé à l'écurie depuis le début des négociations, Brodie avait prétexté que celui-ci avait besoin d'une bonne course. Mais dans sa voix perçait une admiration sincère pour l'animal, sentiment qu'elle partageait entièrement. C'est pourquoi elle lui avait accordé sans peine la permission de chevaucher Blackwood.

A présent, il se tenait debout devant elle, attendant qu'elle l'invite à rejoindre sa table. Elle reposa lentement sa coupe et lui adressa un signe de tête. Brodie s'installa dans le fauteuil laissé libre par Malcolm.

— Je vous remercie de m'avoir autorisé à monter votre cheval, lady Arabella.

Il lui adressa un sourire, et Arabella sentit les battements de son cœur s'accélérer. Etait-ce bien le même homme, d'ordinaire si intimidant et inquiétant ? Quand il souriait, il devenait méconnaissable, sa beauté sombre, virile prenant soudain vie.

— Qu'avez-vous pensé de Blackwood, alors ? Et jusqu'où êtes-vous allés ?

— Jusqu'à la clairière où je vous ai emmenée, dans les hauteurs, et même quelques miles plus loin ! Je l'ai laissé choisir son rythme, et il a apprécié, ajouta-t-il avec enthousiasme. Je pense qu'il aurait aimé continuer, mais je ne voulais pas l'épuiser alors que votre voyage de retour approche.

— Je vous en remercie. Il va en effet être mis à rude épreuve. Cela dit, la plupart du temps, c'est moi qui capitule la première ! C'est le cas également pour mon frère Malcolm, aussi ne dois-je pas mettre mes talents de cavalière en cause.

Toujours côte à côte, ils regardèrent les gens se réunir en petits groupes pour faire de la place aux danseurs.

— Avez-vous des juments avec lesquelles Blackwood pourrait être accouplé ? demanda soudain Arabella. Il a de merveilleux dons à transmettre.

A ces paroles, Brodie manqua de s'étouffer et dut s'éclaircir la voix.

— Ma lady ! Ce n'est certes pas un sujet…

Amusée par son indignation, elle se tourna face à lui et le toisa.

— Blackwood restera à moi, même après mon mariage, sir. Mon époux s'appropriera toutes mes richesses, mais pas ce cheval. Alors, puisque vous sembliez le convoiter, j'ai cru bon de vous proposer sa semence, en remplacement.

Arabella savait que sa tante et son père auraient été horrifiés — sans doute autant que Brodie semblait l'être — de l'entendre tenir de tels propos. Rien que l'idée qu'elle connaisse ce genre de choses aurait suffi à les choquer, d'ailleurs... Curieuse, elle attendit la réaction de Brodie.

Et ce fut elle qui fut surprise à son tour : levant sa coupe en signe d'hommage, il éclata de rire.

— Dans ce cas, j'accepte avec plaisir votre gracieuse offre, ma lady. Et je sais exactement quelle jument s'accordera à merveille avec Blackwood, déclara-t-il, les yeux rieurs.

Arabella avait vu avec intérêt le regard de Brodie passer de la consternation à la curiosité, et enfin à l'approbation admirative. Après tout, épouser un tel homme ne serait peut-être pas le supplice qu'elle avait imaginé...

Profondément troublée par les pensées qui l'assaillaient, elle essaya de se concentrer sur la conversation de Brodie. Longuement, il lui parla de ses terres, des fermes, des animaux, ainsi que des tâches qu'il avait à accomplir. Autant de sujets sérieux que Caelan n'avait jamais abordés avec elle...

Se sentant de plus en plus à l'aise en sa compagnie, elle était sur le point de l'interroger sur son manège de signaux échangés avec les autres hommes, quand l'arrivée de Caelan l'en empêcha.

— La danse va commencer, Arabella, dit-il en guise de bonsoir. Je crois savoir que vous appréciez cette distraction. Mon cousin y trouvant lui-même peu d'attrait, puis-je me permettre de vous inviter ?

Et, sûr de lui comme à l'accoutumée, il lui tendit sa main, attendant qu'elle y place la sienne. Ce qu'elle ne fit pas. Arborant son sourire de politesse habituelle, elle refusa de la tête.

— Pardonnez-moi, je viens à peine de finir de dîner. De plus, la journée a été plus fatigante que prévu. J'ai besoin d'un peu de repos avant de pouvoir danser, répondit-elle.

Comme les deux cousins fronçaient les sourcils, dubitatifs, elle reprit :

— Caelan, je suis certaine que ce malaise ne sera que passager, aussi je retiens avec plaisir votre invitation pour plus tard.

— Dois-je appeler votre cousine ou votre tante, si vous ne vous sentez pas bien ? proposa Brodie.

— Non, je vous remercie. Rester assise quelque temps suffira.

Elle fut surprise que cette attention galante vienne de Brodie, et non de Caelan. En levant les yeux vers ce dernier, elle vit que son habituelle expression pleine de charme avait cédé la place à un rictus inquiet.

— Très bien, admit-il enfin. J'attendrai là-bas que vous alliez mieux.

Il pointa du doigt le bout de la longue table, avant de s'éloigner rapidement, comme s'il avait brusquement peur d'elle. Interdite, Arabella allait demander des explications à Brodie, mais celui-ci devança sa question :

— Mon cousin craint la maladie, aussi évite-t-il autant que possible ceux qui sont souffrants. Cela depuis l'enfance.

Arabella perçut une note d'ironie dans sa voix. Soudain, il l'observa de ce regard intense qui la troublait tant.

— Cela dit, vous ne semblez pas avoir réellement besoin d'assistance ou de repos, je me trompe ? Ou dois-je appeler un médecin ? L'une de vos servantes, peut-être ?

Puisqu'il n'hésitait pas à se moquer gentiment d'elle, pourquoi ne pas s'octroyer elle-même un peu de malice ? Pour une fois que la personnalité impénétrable et sévère de Brodie faisait place à celle de l'homme attentionné et amusant qu'il pouvait être ! Elle leva vers lui ses yeux frangés de longs cils et prit sa voix la plus enjôleuse — celle qui lui permettait d'obtenir à peu près tout des hommes.

— Il y a bien quelque chose que vous pourriez faire, murmura-t-elle.

Elle cacha sa main en retrait de la table, afin que personne ne la vît, et imita le signe qu'elle l'avait vu faire à l'intention de ses hommes.

— Auriez-vous l'obligeance de me dire ce que ce geste signifie ?

Le regard de Brodie descendit jusqu'à sa main avant de remonter vers son visage. Puis de nouveau il fixa sa main, comme s'il n'arrivait pas à croire ce qu'il voyait.

— A vrai dire, je pense l'avoir deviné, néanmoins, je voudrais que vous me le confirmiez. Cela m'intrigue depuis que j'ai observé votre manège tout à l'heure.

Une lueur, de respect lui sembla-t-il, illumina finalement les yeux sombres de son prétendant. Puis ce fut la fureur qui prit le pas sur tout autre sentiment.

— Vous vous croyez très maligne, n'est-ce pas, lady Arabella ?

Brusquement, sa main large et chaude saisit la sienne et l'obligea à relâcher ses doigts. Un étrange frisson la parcourut au contact de sa peau rude.

— Vous êtes effectivement souffrante, je vais appeler quelqu'un, reprit-il en libérant sa main.

Il fit mine de lever la sienne pour interpeller une servante mais elle s'en empara à son tour pour l'en empêcher.

— Je vais très bien, sir. Je n'ai fait que vous poser une question à propos de ces signaux que vous envoyez à vos hommes. Que signifient-ils ?

— Quels hommes ? demanda-t-il durement.

Très bien, il ne voulait rien lui dire. Il était visiblement contrarié. Sa réaction ne faisait aucun doute — ces messages la concernaient, elle, Arabella...

Sans doute des insultes à son encontre, qu'il s'amusait à partager avec ses amis ? Cette idée lui serra le cœur. Il n'y avait qu'une issue pour se sortir de cette situation odieuse : la tête haute, elle lui adressa un sourire.

— Pardonnez-moi, sir, si j'ai outrepassé les règles de l'hospitalité. Si vous voulez bien m'excuser, me sentant mieux, je vais chercher votre cousin pour...

Il la retint par le poignet alors qu'elle commençait à se lever.

— Je m'appelle Brodie, lâcha-t-il abruptement. Et arrêtez de faire cela.

Incapable de bouger, elle resta assise à son côté, son poignet solidement bloqué.

— Arrêter de faire quoi, sir ? demanda-t-elle avec la même dureté.

Pas un instant elle n'abandonna son sourire aimable. Ainsi, si on les observait, rien ne paraîtrait étrange.

— Sourire comme vous le faites en cet instant.

— Je ne comprends pas de quoi vous parlez. Ce n'est qu'un simple sourire, siffla-t-elle entre ses dents, de plus en plus furieuse.

— C'est là tout le problème : votre sourire est artificiel, comme celui d'une poupée.

Il resserra son étreinte, et elle devina qu'une colère semblable à la sienne le traversait. Elle cessa de sourire et hocha la tête en signe d'accord.

— C'est beaucoup mieux, murmura-t-il, et sa main se détendit, se faisant presque caressante sur son poignet. Je vais maintenant vous éclairer un peu à propos de ce que vous avez vu. Je suis capitaine des gardes. Mon oncle voulait que nous gardions un œil discret sur l'assemblée. Nous utilisons donc ces signaux…

La pression sur son poignet s'était évanouie à présent, pourtant, Arabella ne retira pas sa main. Pas même lorsqu'elle sentit le pouce de Brodie caresser machinalement l'intérieur de son poignet, à l'endroit où la peau était si fine que des frissons la parcoururent. Les sensations que ce contact faisait naître en elle étaient bien trop délicieuses pour qu'elle les interrompe.

Elle était si troublée qu'elle ne se rappelait plus quelle question elle voulait lui poser.

— Je doute que qui que ce soit, à part peut-être votre père, ait surpris nos échanges. Et pourtant, vous l'avez fait. Je vous conjure de ne partager cette information avec personne.

Ses yeux acajou s'assombrirent, leur teinte avoisinant soudain le noir. Si elle rendait compte de leurs méthodes au reste de son clan, cela les rendrait absolument inutilisables. Il lui demandait sa coopération. Cela lui donnait un pouvoir nouveau, se dit-elle alors, et elle comptait bien s'en servir pour leur négociation…

— Je garderai le silence, commença-t-elle.

Immédiatement, la tension de Brodie s'apaisa.

— Si… reprit-elle.

— Si ?

La flamme sombre de ses yeux l'incita à la prudence. Elle devait agir pas à pas, comme elle l'aurait fait avec un étalon récalcitrant. C'était sans doute une caractéristique dont il fallait tenir compte pour tous les mâles.

— Si vous me dites ce que signifie exactement le geste que je vous ai vu faire… Avez-vous noté un danger ?

Il garda le silence quelques instants, et elle crut qu'il n'allait pas répondre. Peut-être était-il incapable d'admettre sa défaite, comme la plupart des hommes de sa connaissance.

— Il n'y a aucun danger ce soir.

— Vraiment ? Aucune menace de la part des Cameron ?

— En fait, cela dépend de quel Cameron nous parlons… lui glissa-t-il en se penchant vers elle.

Son souffle chaud brûla la peau sensible de sa nuque, et elle frissonna à nouveau. Elle insista :

— Et quel serait le signe si jamais il y avait un problème ?

Brodie laissa échapper un soupir contrarié avant de condescendre à mimer une série de gestes pour elle.

— Ce signe-là : le danger est proche. Et celui-là : danger imminent, se mettre à l'abri.

Arabella se sentit étrangement heureuse qu'il accepte de partager ces informations avec elle.

— Je ne dirai rien de votre code à personne, promit-elle. Il faut que j'y aille, à présent. Ma tante me surveille constamment, et je ne voudrais pas risquer qu'elle me pose des questions, si notre conversation dure trop longtemps.

Elle se leva, et Brodie fit de même avant de s'incliner galamment. Le cœur étrangement troublé, Arabella contourna la table pour rejoindre Caelan.

Après quelques cajoleries et politesses, celui-ci se montra tout à fait enclin à renouveler son invitation. Tandis qu'ils marchaient côte à côte pour rejoindre le cercle des danseurs, elle ne put s'empêcher de vérifier si les gardes de Brodie avaient conservé leurs places respectives. Dans un mouvement instinctif, elle tourna ensuite la tête vers leur chef, pour vérifier qu'il ne leur transmettait pas de nouveau message. Brodie avait les yeux braqués sur elle et il ne les détourna pas une seule fois en direction de ses hommes.

En remarquant la lueur sombre de son regard, elle s'inquiéta. N'était-il pas en colère, finalement ? Heureusement, il lui adressa un discret sourire réconfortant, accompagné du signal, qu'elle connaissait maintenant, que tout danger était écarté. Par-dessus l'épaule de Caelan, elle lui rendit son sourire. Oui, vraiment, les choses semblaient plus faciles entre eux désormais.

Le reste de la soirée ne fut qu'une succession de danses.

Une fois de retour dans sa chambre, sa tante lui dit qu'elle semblait aussi à l'aise avec l'un de ses prétendants qu'avec l'autre. Arabella se sentit troublée et ne sut que répondre. A la vérité, Brodie Mackintosh l'avait profondément surprise : il était bien plus intéressant et complexe qu'elle ne l'avait d'abord cru. Et la perspective de l'épouser ne la faisait plus trembler d'appréhension désormais.

Pour être tout à fait honnête, elle devait même admettre qu'elle attendait leur prochaine rencontre avec impatience...

Après le départ d'Arabella, Brodie dut s'asseoir à nouveau, restant comme sidéré quelques minutes. Ce soir, il avait réussi à percer la carapace de la jeune femme, ce satané voile de grâce et de bonnes manières dont elle ne se départait jamais. Dire qu'il avait passé son temps à essayer de déjouer des menaces potentielles parmi les hommes Cameron, alors que de toute évidence, elle était le seul danger qui planait sur lui ! Il ne pouvait plus nier la façon dont son corps répondait à la simple proximité d'Arabella.

Il avait eu beau prétendre qu'il resterait à l'écart de la compétition, croire qu'il souhaitait la garder à distance, qu'il se moquait bien de l'avoir pour lui... il avait échoué. Misérablement même, s'il fallait en croire la douloureuse excitation qu'il ressentait, dont les effets étaient heureusement cachés sous son tartan...

Lorsqu'il l'avait vue exécuter le signe convenu avec ses hommes, de ses doigts délicats, il avait brutalement pris conscience de l'étendue de son erreur. Cette jeune femme était d'une intelligence remarquable, et son don d'observation était prodigieux. En même temps que ce constat, un puissant désir physique s'était emparé de lui, l'obligeant à abandonner son indifférence première. La vérité, c'est qu'il brûlait maintenant de la connaître. Car il se rendait compte qu'il en savait bien peu sur Arabella Cameron.

Cette femme mettait en danger sa réserve habituelle et la promesse qu'il avait faite de se soumettre au choix des Anciens, motivé alors par son seul sens du devoir. Heureusement, Arabella serait partie dans deux jours et le désir violent qu'elle éveillait en lui s'envolerait avec elle. Ainsi, lorsque les Anciens prendraient leur décision, il aurait retrouvé son caractère placide.

S'ils choisissaient Caelan et qu'Arabella revenait pour épouser son cousin, lui-même aurait eu le temps de se faire à cette idée. Néanmoins, il devait se préparer à ce que cette tâche se révèle difficile. Il avait eu d'ores et déjà bien du mal à détourner les yeux de la silhouette souple de la jeune femme, pendant qu'elle dansait.

D'un mouvement brusque, il écarta son siège et traversa le hall. Il devait trouver un endroit calme pour reprendre le contrôle de lui-même, un endroit loin d'elle. Ses hommes garderaient de toute façon un œil sur la foule.

Décidément, les deux prochains jours s'annonçaient bien difficiles…

# Chapitre 4

Les flammes s'élevaient de plus en plus haut au centre du cercle formé par les hommes assis. Sur les ordres de son oncle et contre son gré, Brodie n'avait placé aucun garde autour de leur camp. Ni même sur le chemin qui menait à cette clairière, où il passait la soirée en compagnie de quelques guerriers des deux clans.

Rob se tenait à ses côtés. Face à eux, de l'autre côté du feu, étaient assis Caelan et deux de ses amis. Le frère jumeau d'Arabella et deux autres Cameron formaient un troisième groupe. Pouvait-on se fier à cette atmosphère détendue ? Non, la méfiance réciproque était palpable, pensa Brodie. S'ils voulaient que la paix s'installe, ils devaient faire un effort pour se rapprocher les uns des autres. Sans bouger de sa place, il s'adressa donc à Malcolm.

— Malcolm, à la naissance, êtes-vous sorti le deuxième du ventre de votre mère, après votre sœur jumelle ?

Il devait bien se l'avouer : en s'adressant à Malcolm, il n'était pas seulement motivé par le désir de paix. En fait, il voulait en apprendre plus sur Arabella.

— En effet, quelques minutes à peine après elle,

mais Arabella est bien mon aînée, répondit le jeune homme avec sa gaieté habituelle.

Ces quelques minutes importaient peu : le fils héritait toujours des titres et de la plupart des richesses. Mais ainsi la conversation était-elle lancée…

— Vous avez bien combattu aujourd'hui, à l'entraînement, poursuivit Brodie. Qui vous a enseigné le maniement de l'épée ?

— Mon oncle Niall, qui forme tous les jeunes guerriers. Cela dit, vous me flattez, Brodie, car je sais bien que vous n'avez pas montré tout votre talent lors du combat. Vous-même, qui vous a entraîné ?

Afin de leur assurer un échange plus discret, Brodie se leva pour se rapprocher du jeune Cameron. Inutile que chacun entende le moindre de leurs mots !

— Mon oncle Grigor, enchaîna-t-il une fois assis près de Malcolm. J'ai entendu parler de l'affrontement entre Niall Cameron et oncle Grigor, il y a une quinzaine d'années, je crois. Et vous ?

Malcolm secoua la tête en signe d'ignorance.

— Où était-ce ?

Brodie prit une gourde d'ale et leur en servit de généreuses rasades. Les luttes entre leurs deux familles duraient depuis des générations et continueraient longtemps… à moins que le traité en cours n'aboutisse.

— Cela s'est passé de l'autre côté du loch, expliqua-t-il. On raconte que leur combat a duré un jour et une nuit.

— Et ils auraient tous deux survécu ? demanda Malcolm, visiblement dubitatif.

— Ce ne serait pas une belle histoire s'ils étaient morts ! répondit Brodie en riant.

Il leva son verre et déclara :

— Aux Cameron !

— Aux Mackintosh ! proclama Malcolm en écho.

Les autres se joignirent à eux dans un tapage d'ivrognes. Caelan ouvrit bientôt une nouvelle outre et la fit passer à la ronde. La soirée virait à la beuverie… Etait-ce là le but de son oncle, rassembler les ennemis jurés autour d'un bon tonneau de bière… ?

Quand le vacarme se fut un peu apaisé, Brodie reprit la conversation entamée avec le frère d'Arabella.

— Dites-moi, Malcolm, c'est vous qui avez appris à votre sœur la maîtrise parfaite de son impressionnante monture ?

La réaction du jeune homme ne fut pas celle escomptée. Son visage séduisant se contracta en un rictus de colère et de douleur mêlées. L'évocation de Blackwood ne lui plaisait pas, apparemment. De quoi s'agissait-il ? Brodie pressentit qu'il allait apprendre quelque chose d'important.

— Elle n'était pas censée le monter un jour, voyez-vous. Ce cheval a manqué mourir à la naissance. C'est Arabella qui s'en est occupée, comme une mère l'aurait fait, et elle l'a sauvé. Puis, quand Blackwood a atteint sa taille actuelle, mon — notre — père lui a interdit de le monter.

Malcolm s'interrompit pour boire à longs traits.

— Mon père a essayé de dompter Blackwood, reprit-il, mais il a échoué. Ce cheval jetait tous les cavaliers à terre… Alors, mon père a décidé de le fouetter pour le briser.

Un nouveau silence accrut la tension que Brodie ressentait jusque dans sa chair.

— Qu'est-ce qui l'en a empêché ? demanda-t-il, effrayé par avance de la réponse, qu'il devinait.

— C'est Bella. Grâce à sa force de caractère. Elle s'est mise devant le cheval et a refusé de s'en séparer. Mon père a hurlé, menacé, tempêté… Elle n'a pas reculé.

— Qu'a-t-il fait alors ?

Le laird Cameron n'avait pas la réputation d'être un homme doux et patient, encore moins face à une fille qui se serait élevée contre son autorité ! se dit Brodie.

— Il a déclaré qu'il n'épargnerait le cheval qu'à une seule condition : qu'elle parvienne à le monter, sinon il les ferait fouetter tous les deux.

Brodie savait bien que l'issue n'avait pas été fatale pour la jeune femme, pourtant il se surprit à retenir sa respiration, envahi par l'angoisse. A l'émotion qui transparaissait dans la voix de Malcolm, il devina que le garçon avait dû assister à la scène, impuissant.

— Alors, Arabella a murmuré un instant à l'oreille de Blackwood, puis elle est montée sur son dos et a déclaré devant tous que ce cheval lui appartenait.

Se sentant étrangement ému par le courage de la jeune femme, c'est la gorge serrée que Brodie commenta :

— Je connais suffisamment Euan Cameron pour me douter qu'il n'a pas laissé sa fille l'humilier publiquement sans la punir.

— En effet. Bella n'a pas pu bouger pendant une semaine après la correction qu'il lui a administrée.

Brodie s'empara brusquement de l'outre qui circulait entre les hommes et la vida d'un trait. L'alcool n'apaisa pas son malaise, mais au moins le réchauffa-t-il. Il était stupéfait. Cette jeune femme, qui semblait être la docilité, la douceur incarnées, cachait en réalité une volonté de fer !

Après avoir écouté ce récit, Brodie brûlait de poser d'autres questions à Malcolm. Cependant, le vin semblait lui faire plus d'effet qu'à l'ordinaire. Que lui arrivait-il ? Bien des sujets l'intriguaient, mais les questions peinaient à prendre forme dans son esprit embrumé. Devant lui, les flammes s'allongeaient et, à ses côtés, les conversations s'animaient. Il voulut se lever, mais ses jambes ne répondaient plus. Un regard alentour lui permit de remarquer que Rob avait déjà sombré dans le sommeil, tout comme les Cameron qui les entouraient, y compris Malcolm.

Brodie secoua la tête pour tenter de recouvrer ses esprits et combattre la fatigue qui lui alourdissait les paupières. Luttant de toutes ses forces contre la léthargie, il appela Caelan, mais bientôt, sa vision s'obscurcit, et il se sentit perdre conscience.

Sa tête le faisait atrocement souffrir. Sa bouche lui semblait remplie de sable, ses paupières étaient lourdes comme du plomb.

Brodie leva la main et la passa sur son visage, dans l'espoir d'écarter le voile qui l'empêchait de revenir complètement à lui... Mais soudain, il sentit qu'un liquide poisseux recouvrait sa paume. Il parvint néanmoins à essuyer ses yeux avec sa manche et réussit enfin à voir...

Du sang ! Il y en avait partout ! Sa chemise en était trempée. Que diable... ?

Il se releva maladroitement et fixa avec horreur le corps étendu à ses pieds. Malcolm Cameron gisait là, mort. Et sa propre dague était plantée dans la poitrine du jeune homme... Qu'avait-il fait... ?

— Seigneur, Brodie !

La voix de Caelan perça le voile qui embrumait son esprit.

— Mais pourquoi l'as-tu tué ? Que t'est-il passé par la tête ?

Maintenant, son cousin le secouait rudement par les épaules. Autour d'eux, des cris se faisaient entendre. Tout ce tapage l'empêchait de se concentrer.

Pris de faiblesse, il tomba à genoux.

Il ne se souvenait de rien depuis la conversation qu'il avait eue avec Malcolm au sujet d'Arabella. Le trou noir ! Il regarda autour de lui, hagard, tandis que les autres se levaient tour à tour. Rob lui adressa un regard interloqué. Lui aussi semblait ne pas comprendre. De plus, Brodie ne se rappelait pas avoir un jour été aussi soûl — il avait pourtant eu de nombreuses occasions de boire plus que de raison !

Soudain, un groupe de cavaliers surgit dans la clairière, l'épée tirée. Brodie chancelait sur ses pieds lorsque son oncle et le laird Cameron descendirent de leur monture pour le rejoindre en courant.

— Pourquoi ? hurla Euan Cameron en l'attrapant à la gorge ? Pourquoi as-tu assassiné mon fils ?

Brodie chercha la vérité loin dans son esprit, mais celle-ci se refusait à lui. Son oncle le libéra de la poigne rageuse d'Euan.

— Nous ne savons pas ce qui s'est passé, Euan. Je comprends votre douleur, mais je vous en prie, retenez votre colère jusqu'à ce que les circonstances du drame soient établies !

Le laird Cameron se laissa tomber à genoux auprès du corps de Malcolm, et prit la tête de son fils entre ses mains, comme s'il espérait ainsi lui redonner vie.

Brodie eut soudain la nausée. C'était impossible ! Il n'était pas un assassin !

Il remarqua alors qu'étrangement seuls Caelan et ses deux amis semblaient déjà remis de leur beuverie.

— Que s'est-il passé ? demanda-t-il à son cousin d'une voix rauque. Comment est-ce arrivé ?

Caelan et l'un de ses compagnons s'approchèrent.

— Tu ne te rappelles vraiment pas ?

Brodie se pinça l'arête du nez et se massa les tempes pour essayer d'évacuer l'affreux mal de tête qui l'empêchait de penser rationnellement.

— Non, je ne me souviens de rien. Malcolm m'a-t-il attaqué ?

Au cours des batailles passées, Brodie avait certes tué à maintes reprises, mais jamais sans raison... Pourquoi diable s'en prendre soudain à Malcolm, avec qui il s'entendait bien jusqu'à présent ? Il appréciait le naturel aimable et courageux du jeune Cameron.

— T'attaquer ? Non, murmura Caelan afin de n'être entendu que de Brodie. Vous parliez d'Arabella, et avez soudain commencé à vous disputer à son sujet. Vous avez tiré vos dagues, et tu as frappé le premier.

— Emmenez-le ! ordonna le laird Cameron en désignant Brodie. Sa vie m'appartient puisqu'il a tué mon héritier !

Il se retrouva aussitôt encerclé par les Cameron.

— Non ! protesta immédiatement son oncle Lachlan en se plaçant à ses côtés. Vous êtes sur mes terres, vous n'avez aucun pouvoir ici, Euan.

Les autres Mackintosh formèrent un large cercle autour des Cameron. Une émeute, suivie immanquablement d'un bain de sang, menaçait d'éclater à tout instant. Par sa faute ! songea Brodie. Lui qui avait consacré sa vie à sauver les siens ! Voilà qu'il mettait en danger la paix fragile qui venait à peine d'être instaurée !

— Voilà bien l'hospitalité des Mackintosh, gronda Euan, les mâchoires crispées. Nous sommes venus en paix, avec confiance. Et maintenant mon fils est mort de la main de votre neveu !

Lachlan croisa les bras sur sa poitrine.

— Nous réglerons cette affaire une fois de retour au château, Euan, ordonna-t-il. Faites-y emmener le corps de votre fils et retrouvons-nous là-bas.

Puis son oncle se tourna vers lui :

— Emmenez Brodie, ajouta-t-il à l'intention de ses gardes.

Deux hommes l'escortèrent le long du chemin qui menait au château. En se retournant, Brodie put voir le laird Cameron entourer son fils d'un large tartan aux couleurs de son clan. Son cœur se serra. Pourquoi cette mort stupide ? Et quelle était sa part de responsabilité ?

— Caelan, Rob, je veux vous parler, reprit Lachlan.

Son oncle voudrait faire éclater la vérité avant de la proclamer devant parents et amis, et surtout devant leurs ennemis de toujours. Brodie s'attendait ensuite à être définitivement déshonoré pour le meurtre qu'il avait commis.

En effet, comment pouvait-il se défendre de ce dont on l'accusait, puisque sa propre dague était plantée dans le corps de Malcolm et qu'il était couvert de son sang ?

Et Arabella… Qu'allait-elle penser ?

Arabella entendit un tumulte inhabituel parcourir la grande salle. Le soleil n'étant pas encore levé, elle en déduisit que ce n'était pas les préparatifs du repas qui commençaient. Au même instant, sa tante fit irruption dans la chambre, l'air hagard.

— Habille-toi tout de suite.

— Que se passe-t-il ? demanda Arabella.

Soudain, un hurlement de rage, au-dehors, lui glaça le sang.

— Est-il arrivé malheur à mon père ?

Avec l'aide d'Ailean, Arabella fut bientôt habillée et peignée. Elle se chaussa en toute hâte et se tourna vers sa tante.

— Réponds-moi, tante Gillie ! Qu'est-il arrivé ?

— Mon enfant, commença sa tante en prenant ses mains entre les siennes, il ne s'agit pas de ton père. C'est ton frère… il est mort.

Un goût de bile envahit immédiatement la bouche d'Arabella. La chambre se mit à tourner autour d'elle, et des points noirs dansèrent devant ses yeux. Elle se sentit entraînée dans un tourbillon sans fond… Sa tante la rattrapa juste avant qu'elle ne perde connaissance. La voix qui sortit de sa bouche lui sembla venir de très loin.

— Malcolm ? Non, dis-moi que ce n'est pas vrai ! Quand ? Comment ?

C'était impensable ! Malcolm était son jumeau, son protecteur et ami, son double… La veille encore, ils s'étaient entretenus joyeusement avant qu'il ne parte pour la soirée avec les autres.

Bien qu'elle se sente comme anesthésiée, son corps se mit à trembler, des sanglots silencieux le secouant.

— Je ne connais pas les détails du drame. Nous

en apprendrons davantage quand nous aurons rejoint les autres, expliqua sa tante en pleurant. Es-tu prête ? Tu dois être forte. Désormais, tu es l'unique enfant d'Euan, sois courageuse, ma chérie !

Arabella se contenta d'acquiescer, la gorge serrée.

— Prends une grande inspiration et allons-y.

Comme à l'accoutumée, elle fit ce qu'on lui ordonnait et se retrouva bientôt aux portes de la salle de banquet, si profondément ancrée dans son chagrin et ses souvenirs qu'elle ne voyait rien de ce qui se passait autour d'elle. Levant enfin les yeux sur la foule, elle remarqua aussitôt la division claire entre les Cameron et les Mackintosh. Chacun des deux clans était groupé d'un côté du corps de son frère, étendu sur une table au centre de la pièce.

N'écoutant que son instinct, Arabella quitta brusquement sa tante et courut jusqu'à la dépouille de Malcolm. Seul son beau visage émergeait du large plaid qui l'enveloppait. Elle passa une main tremblante dans les boucles brunes de son frère et murmura son nom. Il allait bientôt ouvrir les yeux et arrêter cette horrible farce, il le fallait ! Hélas ! Rien de tel ne se produisit. Alors, Arabella sentit véritablement son cœur se briser et laissa échapper un gémissement de douleur.

— Arabella, murmura son père, tout près d'elle, d'une voix douce qu'elle ne lui connaissait pas. Viens, ma fille, écartons-nous, dit-il en l'entraînant par les épaules.

Elle aurait voulu rester auprès de Malcolm, mais son père, d'une poigne ferme, la conduisit jusqu'à un siège, sous le dais d'honneur. Il se tint debout devant elle, lui masquant le triste spectacle du corps de son frère.

— Père, comment est-il mort ? demanda-t-elle d'une voix blanche.

— Il a été assassiné.

Une clameur s'éleva dans la salle à la suite de cette déclaration prononcée d'une voix forte. Les hommes hurlaient, s'insultaient… Un abîme s'ouvrait de seconde en seconde entre les deux clans.

— Qui aurait voulu assassiner Malcolm ? s'interrogea-t-elle tout haut, mais personne ne l'écoutait.

Soudain, la foule s'écarta, et elle vit Brodie Mackintosh approcher du dais, les vêtements couverts de sang. Arabella se leva lentement, comme hypnotisée.

Non, c'était impossible ! Pas lui ! C'était un homme d'honneur et de devoir, pas un meurtrier…

Toute pensée déserta son esprit lorsqu'elle croisa le regard de Brodie. Elle y lut un regret si intense… Ainsi, c'était bien lui. Terrassée par ce nouveau coup du sort, elle se mit à hurler sans pouvoir s'arrêter. Quelqu'un la fit asseoir et la maintint fermement jusqu'à ce que ses cris se calment.

— Euan, allons parler de cette triste affaire en privé, proposa le laird Mackintosh.

Son père accepta la proposition, et les deux hommes se retirèrent dans une petite pièce à l'écart. La porte claqua derrière eux. Seules les exclamations des deux chefs, parvenant à travers la porte, brisaient parfois le silence lourd de menaces. A chaque nouvel éclat de voix, on sentait la tension augmenter d'un cran.

Arabella ne pouvait détacher son regard de l'homme accusé d'avoir tué son frère. Elle prit brutalement conscience de la réalité de son deuil : son frère adoré était parti pour toujours ! Une violente nausée la plia en deux.

L'idée qu'elle l'avait envoyé à la mort lui était insupportable. En effet, c'était elle qui lui avait demandé de suivre ses prétendants pour la renseigner ! Elle n'avait peut-être pas tenu l'arme, mais elle avait placé son frère directement sur la trajectoire de son meurtrier.

Son regard se posa sur le pauvre corps sans vie, puis à nouveau sur l'homme qui avait tué son frère. Le visage de Brodie semblait taillé dans la pierre. Aucune émotion ne transparaissait sur ses traits, ses yeux étaient d'un vide terrifiant. Les regrets qu'elle avait cru y voir devaient être le fruit de son imagination. Seules les mâchoires serrées de Brodie trahissaient la tension qui l'habitait.

Le cœur d'Arabella s'endurcit à cette vue. Elle trouverait un moyen de venger son frère, elle le lui devait !

Enfin, son père et le laird Mackintosh réapparurent. Justice allait être rendue…

— As-tu tué Malcolm Cameron ? demanda le laird à son neveu d'une voix forte.

Un espoir fou s'empara d'elle. Il allait nier. Elle voulait qu'il nie, de toutes ses forces, de toute son âme ! Pour qu'elle puisse faire son deuil en paix, il fallait qu'il nie. Parce qu'elle avait commencé à apprécier cet homme, parce qu'elle avait vu en lui des qualités qu'elle chérissait, parce que… Le cœur battant la chamade, elle attendit, suspendue à ses lèvres.

— Je…

Brodie haussa les épaules.

— Je ne sais pas, je ne me souviens de rien.

Une clameur s'éleva dans la foule. Arabella sentit son cœur se glacer. Comment osait-il ? Comment pouvait-il oublier qu'il avait pris la vie de son frère ?

— Y avait-il des témoins ? demanda le père d'Arabella.

Caelan et deux hommes émergèrent du groupe des Mackintosh.

— Qu'avez-vous à dire ?

— Nous étions de l'autre côté du feu, laird, commença Caelan.

La réticence dans sa voix était manifeste — il ne voulait visiblement pas accuser son cousin.

— Qu'avez-vous vu ? répéta le laird Cameron en s'approchant d'eux. Je veux connaître la vérité, ajouta-t-il d'une voix tonitruante.

Le laird Mackintosh vint se placer à côté de lui et fit signe aux témoins de parler. Mais Arabella n'avait pas besoin d'en entendre davantage. Elle avait compris. Il était clair que Caelan cherchait à protéger son cousin. Ses poings se serrèrent, et elle enfonça ses ongles dans ses paumes. Crispée, elle attendit le récit des derniers instants de son frère. Le silence régnait dans la grande salle.

— Nous étions occupés à boire et à discuter, expliqua Caelan. Brodie avait bu plus que de coutume. Malcolm et lui bavardaient amicalement, quand soudain ils ont commencé à se disputer. A propos...

— ... à propos de lady Arabella, reprit un de ses compagnons.

Arabella retint son souffle et sentit tous les regards converger vers elle. Elle croisa le regard de Brodie et ne put s'en détacher. Il fallait qu'elle comprenne. Qu'est-ce qui avait bien pu déclencher leur dispute ?

— Pourquoi aucun d'entre vous n'est-il intervenu ? s'étonna le laird Mackintosh. Vous savez tous à quel point la paix est importante. Tout ce qui peut la briser est intolérable et ne fera que mener à un nouveau massacre !

L'ami de Caelan regarda celui-ci avant de reprendre la parole.

— Tout s'est passé si vite. Nous étions tous…

Il fit un geste vague, comme s'il cherchait une explication plausible.

— Ivres ? proposa Euan. Trop soûls pour raisonner ? Trop soûls pour empêcher que l'un des vôtres ne sauve mon fils, alors qu'il défendait l'honneur de ma fille ?

L'instant d'après, le père d'Arabella se jetait sur Brodie. Il fut retenu au dernier moment.

— C'est vrai, laird, nous étions trop ivres pour intervenir, reprit Caelan. Les dagues ont été tirées si vite, nous n'avons rien vu venir. Puis Malcolm est tombé.

— Il était mort avant que nous intervenions, murmura l'autre homme. Nous n'avons rien pu faire…

Il semblait sur le point d'ajouter quelque chose mais le rugissement d'Euan l'interrompit.

— Je veux qu'il soit exécuté !

Un silence de mort accueillit ses paroles. Personne ne fit un geste pendant plusieurs secondes. Arabella retenait sa respiration, le cœur au bord des lèvres, incapable de décider ce qu'elle aurait voulu entendre. Voir mourir Brodie ? Le savoir toujours en vie après qu'il eut commis l'irréparable ? Quelle que soit la sentence, elle lui paraissait intolérable. Enfin, le laird Mackintosh prit la parole.

— Euan, vous avez accepté un arrangement.

Son père rejoignit l'autre chef de clan.

— En effet, Lachlan, j'ai donné mon accord. Qu'il en soit ainsi.

Arabella ne comprenait plus. Les négociations

avaient-elles abouti ? Le laird allait-il ordonner l'exécution de son neveu ?

— Des témoins confirment ta culpabilité, et tu es toi-même incapable de réfuter leurs allégations, Brodie. Je te déclare coupable de meurtre.

Un hoquet général de stupeur s'éleva parmi le clan Mackintosh. Les gardes étaient-ils choqués de découvrir leur capitaine coupable ? Ou de le savoir condamné par leur laird ? Arabella était incapable de réfléchir à cette alternative. Pétrifiée, elle attendait la sentence.

— Brodie Mackintosh, je te condamne au bannissement. Tu ne seras plus le bienvenu chez nous, ni chez nos alliés. A partir d'aujourd'hui, tu n'appartiens plus au clan Mackintosh, ni à la Confédération Chattan.

Quelques cris émergèrent de la foule — Caelan lui-même protesta tout haut contre ce jugement sévère. De son côté, Arabella sentait son cœur partagé entre deux sentiments contraires : d'une part le soulagement de savoir le meurtrier de son frère puni, et d'autre part une sorte d'apaisement : Brodie ne serait pas exécuté… Comment pouvait-elle trahir ainsi la mémoire de son frère bien-aimé en se préoccupant du sort de son assassin ? Ravagée de chagrin et de culpabilité face à ses contradictions, elle écouta jusqu'au bout la sentence.

— Tu n'es plus personne. Tu n'as plus de nom. Quiconque te tuera ne pourra être puni. Tous les liens de sang ou d'alliance qui te liaient au clan sont désormais nuls et non avenus.

La voix du laird trembla un instant, et Arabella sentit ses yeux s'emplir de larmes. Pour Brodie ? Pour Malcolm ? Ou pour eux deux ?

Elle attendit que Brodie se défende, qu'il argumente, qu'il demande grâce… il n'en fit rien. Son visage avait perdu toute couleur, et il ne dit mot, semblant avoir perdu l'usage de la parole.

Les Cameron, en revanche, ne restèrent pas silencieux plus longtemps. Ils se mirent à discuter avec animation, car la sentence était on ne peut plus claire : ils avaient le droit de venger Malcolm en toute impunité... Elle pouvait voir la soif de sang briller dans leurs yeux. Il faudrait peu de temps avant qu'ils se saisissent de Brodie et le pendent.

Un frisson glacé la parcourut à cette idée.

— Tu as deux heures pour partir. Tu ne peux emmener que ce que tu portes sur le dos, rien de plus, conclut son oncle.

— Mon oncle... commença Brodie.

Mais avant qu'il ait pu prononcer un mot de plus, Lachlan avait levé la main pour le faire taire.

— Tu n'es plus de ma famille, alors ne m'appelle plus jamais ainsi. Pars. Maintenant. Et ne reviens jamais !

Arabella sentit un cri monter dans sa gorge. Elle étouffait, elle voulait... Rien de tout cela ne paraissait réel. D'un instant à l'autre, elle se réveillerait de ce cauchemar, et tout irait bien. Hélas ! Le spectacle de son frère la ramena à l'effroyable réalité : tout ceci n'était pas le produit de ses rêves !

A travers ses larmes, elle vit les gardes défaire les liens de Brodie. Il chancela à travers la salle avant de sortir dans la cour.

Quelques-uns semblèrent sur le point de lui adresser la parole à son passage, pourtant personne n'osa le faire. Plusieurs minutes s'écoulèrent avant que les deux chefs ne reprennent la parole.

— Je déclare Caelan héritier de notre clan. Il

deviendra laird Mackintosh, et donc votre chef après ma mort, déclara Lachlan.

— Quant à moi, j'approuve devant tous l'accord qui vient d'être signé entre nos deux clans. Ma fille Arabella épousera Caelan, ajouta son père.

Il lui fit signe de se lever et de les rejoindre. Ils parlaient de mariage alors que son frère était étendu sans vie entre eux ? Elle se redressa lentement et avança en chancelant, soutenue par sa tante.

Son père lui prit la main, Lachlan prit celle de Caelan, et ils les joignirent. Arabella n'arrivait plus à respirer. Ni à penser. Cette union, ici, maintenant, lui paraissait indécente, mais elle ne pouvait rien faire pour l'arrêter. Comme toujours, elle était condamnée à suivre les ordres… Ceux d'hommes qui se moquaient bien de son avis. De plus, elle était désormais seule face à eux, Malcolm ne serait plus jamais là pour lui offrir son soutien.

— La date du mariage sera fixée prochainement, et nos clans seront réunis à nouveau pour l'occasion. La querelle prendra ainsi fin, déclara son père.

Il relâcha leurs mains et s'éloigna en hurlant des ordres pour les préparatifs du retour.

Restée seule avec Caelan, le cœur en miettes, Arabella ne savait quelle conduite adopter.

— Venez, lady Arabella, l'invita Caelan d'une voix douce.

Il plaça un bras autour de ses épaules et la guida hors de la pièce.

— Laissez les servantes se charger de tout, je vous conduis à votre chambre.

— Ce n'est pas de cette façon que j'espérais obtenir votre main, ma lady. Néanmoins, nous trouverons un moyen de traverser cette épreuve. Ensemble.

Submergée par le désespoir, Arabella accepta dans l'indifférence le soutien qu'il lui proposait pour regagner sa chambre.

En quelques heures, son monde, sa famille, ses rêves même, avaient été balayés par un destin capricieux. Au lieu de la préparation joyeuse d'un mariage, un enterrement serait célébré à leur retour sur les terres Cameron. Celui de son frère chéri…

Puis le mariage viendrait. Elle épouserait Caelan Mackintosh.

Sa seule consolation dans son malheur était d'avoir découvert la véritable nature de Brodie avant de laisser son cœur s'émouvoir davantage pour lui…

# *Chapitre 5*

*Quatre mois plus tard*

Arabella allait et venait à travers la chambre. Pour calmer son agitation, elle se posta à la fenêtre. Son père avait dormi dans cette même suite lors de leur dernière visite à Drumlui. On la lui avait attribuée, cette fois, son père ayant pris ses quartiers dans une autre pièce du château. Ailean et tante Gillie occupaient la chambre contiguë.

Depuis le début de leur nouveau séjour sur les terres du clan Mackintosh, trois jours plus tôt, les orages s'étaient succédé. La pluie semblait ne jamais vouloir cesser, comme si le ciel était en harmonie avec son humeur.

Un profond soupir s'échappa de ses lèvres tandis qu'elle fixait le sol de la cour, martelé par les gouttes.

C'était dans cette cour qu'elle l'avait vu vivant pour la dernière fois. Son frère chéri… Malcolm. Avec des amis, il s'entraînait alors au combat contre quelques guerriers Mackintosh. Elle essuya rageusement les larmes qui coulaient sur ses joues puis se détourna de la fenêtre.

Quatre mois s'étaient écoulés depuis la nuit du

drame. Pourtant, la douleur était aussi vive qu'au premier jour et l'assaillit à nouveau.

Malcolm était mort. Son meurtrier toujours en exil, toujours en liberté… Lachlan décédé à son tour, Caelan était devenu le nouveau laird Mackintosh. Et demain, elle l'épouserait, afin de sceller le traité de paix. Elle ne ressentait rien : tout désir, tout espoir en l'avenir l'avait quittée en même temps que son frère.

— Arabella ?

L'appel d'Ailean la surprit. Elle n'avait pas entendu sa cousine entrer dans la chambre.

— Oui, je suis prête, répondit-elle d'une voix lasse.

Ailean déposa sur sa tête le voile de soie que Caelan lui avait offert la veille. Arabella prit une brève inspiration et expira lentement, tentant d'évacuer un peu de la tristesse qui l'étouffait. Non, il ne fallait pas qu'elle se laisse submerger par le chagrin lors de ses propres fêtes de fiançailles !

Caelan l'attendait au bas de l'escalier. Il lui sourit tout en lui adressant un regard admiratif. Ailean s'écarta afin de laisser son fiancé lui prendre le bras. Caelan prit la main d'Arabella dans la sienne et porta leurs mains jointes à ses lèvres.

— Tout ira bien, Arabella, souffla-t-il. Je sais que vous souffrez de votre deuil pour le moment, mais je vais tout faire pour que vous espériez de nouveau.

Elle se sentit brusquement honteuse — elle était si accaparée par son chagrin qu'elle en oubliait celui de Caelan. Il avait perdu son oncle à peine deux mois plus tôt.

— Sir, je vous demande pardon. Vous êtes également en deuil, et je ne vous ai pas présenté mes condoléances.

Caelan hocha la tête d'un air grave. Ensemble, ils

pénétrèrent dans la grande salle, et il l'accompagna jusqu'à la table dressée sous le dais, où le père d'Arabella les attendait. Caelan prit le temps de la présenter à tous les autres lairds de la Confédération Chattan réunis pour l'occasion. L'allégresse attendue ne s'affichait sur aucun visage. Ces hommes regrettaient-ils Lachlan ou Brodie, ou les deux ? Ou peut-être cela ne les enchantait-il pas d'être à présent dirigés par Caelan ?

Lorsqu'ils atteignirent enfin leurs sièges, Caelan attendit galamment qu'Arabella prenne place avant de lever sa coupe.

— Levons nos verres à ma future femme ici présente, Arabella Cameron !

A cette annonce, un brouhaha s'éleva parmi les convives. Lorsque le calme fut revenu, il ajouta :

— Buvons aussi à l'alliance bienvenue que cette union confère à nos deux clans.

Les applaudissements retentirent dans le hall. Cependant, Arabella nota que plusieurs visages restaient impassibles. En particulier parmi les Anciens du clan Mackintosh. N'étaient-ils pas convaincus par cette alliance ? Ou méfiants de sa présence ?

Revenant brutalement à la réalité, elle comprit que son humeur morose risquait de compromettre cet accord, vital pour son clan. Il était essentiel pour tous que ce mariage soit une réussite. Depuis la mort de Malcolm, les échauffourées avaient repris entre les Cameron et les Mackintosh, et elles ne cesseraient plus, à moins que… à moins qu'elle ne remplisse sa part dans le processus de paix, en se montrant joviale et bien disposée. Ainsi, Malcolm ne serait pas mort pour rien, et son assassinat odieux n'entraverait pas les négociations engagées.

Aussi, lorsque Caelan s'assit, Arabella se leva-t-elle à son tour, la coupe à la main, et le remercia-t-elle gracieusement.

— Je lève mon verre à mon seigneur, Caelan, laird Mackintosh, qui sera très bientôt mon époux, déclara-t-elle d'une voix claire.

Elle but à longs traits au milieu des hurlements approbateurs et reprit :

— A notre alliance !

Caelan se dressa à son côté, joignit leurs mains et les leva au-dessus de leurs têtes. Après quelques secondes, il les abaissa et s'approcha d'elle. Devant son intention très claire, Arabella se dit qu'il fallait aller jusqu'au bout, montrer sa bonne disposition... Elle ne bougea pas. Caelan déposa un baiser léger sur ses lèvres.

C'était le premier baiser qu'ils échangeaient, et elle ne ressentit absolument rien. De quelles sensations parlaient donc entre elles les femmes mariées, avec des gloussements complices ?

Ne rien éprouver n'était pas étonnant, cependant, se dit-elle pour se rassurer.

Depuis la mort de Malcolm, elle se sentait désespérément exempte de toute émotion. A leur retour à la maison après le drame, elle avait sangloté des jours durant jusqu'à l'enterrement. Puis, une fois son frère inhumé, elle avait eu l'impression terrible qu'une partie d'elle-même s'était détachée pour reposer à tout jamais auprès de son jumeau. Un immense vide s'était alors installé en elle, et avait fait tarir ses larmes.

Caelan attendit qu'Arabella s'asseye et ordonna

aux domestiques de servir le repas. Depuis la mort de son oncle, c'est lui qui avait assumé la charge de laird et hérité des titres et des terres. Une charge qui aurait pu revenir à... Les yeux d'Arabella cherchèrent d'instinct la place qu'il avait si souvent occupée lors de son précédent séjour.

Soudain, avec une violence qui la sidéra, les sentiments qu'elle avait refoulés ces quatre derniers mois refirent surface. Le chagrin, la haine et la culpabilité transpercèrent à nouveau son cœur avec une intensité qui la fit défaillir. Elle aurait voulu hurler sa rancœur, fuir cet endroit maudit !

Elle sursauta quand Caelan posa sa main sur la sienne.

— Du calme, Arabella, murmura-t-il. Je sais à quel point il vous est pénible d'être assise à cette table, dans cette salle pleine de mauvais souvenirs. Je dois moi-même m'obliger chaque jour à prendre place dans le siège de mon oncle, m'attendant à tout instant à ce qu'il entre et me demande ce que je fais là. Cela passera si nous nous entraidons.

Arabella retint les larmes qui emplissaient ses yeux et acquiesça. Doucement, Caelan lui serra la main avant de se tourner pour parler à Euan. Elle parvint finalement à endiguer le flot d'émotions qui avait jailli si brutalement, et sa respiration se calma progressivement.

Caelan se montrait si patient, si compréhensif qu'elle se devait de tout faire pour faciliter leur union. Elle le devait à son frère.

Au cours du repas, elle observa les convives. A nouveau, elle remarqua que certains ne participaient pas à l'ambiance festive. Elle chercha dans la foule des visages connus parmi les Mackintosh, mais n'en vit aucun.

Elle repensa à l'homme qui avait chevauché avec eux le jour de la promenade vers la clairière. Quel était son nom déjà ? Rob. Oui, c'était ça. Elle le chercha discrètement dans la salle. Il manquait à l'appel, ainsi que d'autres hommes dont elle se souvenait. A la vérité, la grande salle ne semblait remplie que par les autres clans de la Confédération, comme si les Mackintosh étaient absents des réjouissances. Tout du moins étaient-ils beaucoup moins nombreux que lors de son séjour précédent, rectifia Arabella pour elle-même. Cela aurait dû être l'inverse, eu égard à l'importance de la fête de ce soir…

— J'ai pensé que vous préféreriez une cérémonie dans l'intimité, demain… commença Caelan.

Arabella sentit son cœur se serrer. L'échéance était toute proche. Elle se devait de songer à leurs familles respectives qui avaient subi des violences régulières. C'était le seul moyen de mettre fin aux combats. Si elle n'affichait pas son consentement total dans ce mariage, l'alliance ne serait pas crédible et le nombre de morts continuerait d'augmenter. La paix relevait de son pouvoir, et rien, pas même son deuil, ne devait la détourner de ce but. Elle avait été élevée pour cela…

— Merci pour votre sollicitude, Caelan.

— Etes-vous anxieuse ? poursuivit-il.

— Oui, je l'avoue. Ma tante m'a confié qu'il était tout à fait naturel qu'une jeune femme soit un peu nerveuse à la veille de son mariage.

Elle ne devait surtout pas l'amener à douter de sa volonté d'honorer ses responsabilités dans le traité. Elle accomplirait son devoir, en dépit du chagrin et du deuil, tout comme lui. Soutenue par l'espoir d'une réconciliation entre leurs deux familles.

Elle avait de la chance dans son malheur, se persuada Arabella. Caelan se révélait être un futur mari courtois et patient. Aussi ferait-elle tout son possible pour que leur mariage soit heureux.

— Ah, voilà justement votre tante qui vient vous chercher, annonça-t-il en se levant pour saluer celle-ci. Il est temps de nous séparer, hélas.

— Oui, laird, confirma Gillie en faisant sa plus belle révérence. Vous retrouverez lady Arabella demain matin, elle doit se reposer en prévision du grand jour.

— Dormez bien, Arabella. A demain à l'église.

Il se pencha et l'embrassa légèrement. La salle exigea un baiser moins pudique, aussi la prit-il dans ses bras pour l'embrasser plus longuement. Arabella tenta de se détendre. Il fallait qu'elle montre sa bonne volonté... Leur étreinte, observée de tous, devait paraître naturelle. Cela était primordial pour que le traité d'union aboutisse. Bientôt, Caelan relâcha ses bras tout en la gardant près de lui. Enfin, il la libéra, et Arabella put suivre sa tante.

— Tout cela est de bon augure, chuchota tante Gillie lorsqu'elles quittèrent la salle. Je craignais que la séparation de ces derniers mois n'amène que de l'amertume entre vous. Il n'en est rien.

Arabella garda le silence, trop abattue pour discuter. Comment avouer à sa tante qu'elle se sentait si distante, si désespérément froide entre les bras de Caelan ? Comment imaginer que le lendemain soir, elle devrait partager sa couche ?

Elle fut prête en peu de temps et s'allongea sous les couvertures moelleuses. Une journée éprouvante l'attendait le lendemain, aussi bien physiquement qu'émotionnellement. Il fallait qu'elle se repose. Elle aurait tellement aimé vivre le jour de son mariage avec quiétude ! Elle pensa aussi aux cernes sombres qui ne manqueraient pas d'apparaître si elle dormait mal. Mais, hélas ! le sommeil la fuyait…

Lorsque les premières lueurs de l'aube chassèrent la brume nocturne, Arabella était déjà debout à la fenêtre, le regard perdu au-dehors.

Incapable de trouver le sommeil, elle s'était levée plusieurs heures auparavant et avait endossé une tunique et une robe confortables pour se protéger de la fraîcheur matinale. Elle adorait profiter de ce moment de la journée, juste avant l'aube, alors que la nature et les gens étaient encore endormis.

Engourdie d'être restée si longtemps dans la même position, elle était sur le point de se détourner de la fenêtre lorsqu'un rayon de soleil perça les nuages pour se poser sur le flanc de la montagne. Précisément là.

Sur la clairière.

L'endroit où il l'avait conduite pour lui montrer l'étendue des terres qui deviendraient siennes lorsqu'elle épouserait le laird Mackintosh.

Soudain, Arabella se mit à trembler de façon incontrôlable — son corps avait réagi à la vue de la silhouette qui se détachait au centre du point lumineux, avant même que son esprit en ait pris conscience. Le souffle suspendu, elle cligna des yeux pour s'assurer qu'elle ne rêvait pas.

C'était lui… Il se tenait là, en toute impunité, à quelques miles de la justice à laquelle il avait échappé ces derniers mois. Si elle appelait à l'aide, il aurait peut-être le temps de fuir… Ou pas. Un nouveau frisson la transperça jusqu'aux os.

Que souhaitait-elle ? Brodie avait beau avoir tué Malcolm, une petite voix en elle lui soufflait qu'elle ne supporterait pas de le savoir mort. Du moins, pas tant qu'elle ne saurait pas pourquoi. Pourquoi il avait pris la vie de son frère. Son récit l'aiderait peut-être à déterminer quel rôle elle avait elle-même joué dans la mort de son jumeau, en l'envoyant enquêter pour elle. Plus que tout, elle voulait une explication, la vérité…

Hâtivement, elle acheva de se vêtir et traversa l'antichambre, où sa tante et sa cousine dormaient encore. A pas furtifs, elle descendit l'escalier, traversa les couloirs et rejoignit les écuries sans croiser âme qui vive.

Une fois sur place, elle salua calmement le jeune garçon qui veillait, avant de préparer Blackwood avec les gestes habituels, aussi posés que possible. Pourtant, son cœur battait la chamade.

Elle parvint aux portes du château au moment précis où les gardes les ouvraient pour la journée et s'enroula dans son châle pour cacher son visage.

Une fois dehors, Arabella poussa son cheval et partit au galop. D'une main sûre, elle dirigea Blackwood jusqu'à la route qui tournait en direction de la montagne.

Enfin ! Elle allait obtenir les réponses qui lui permettraient de faire son deuil. Elle allait affronter l'homme qui avait assassiné son frère. Elle allait…

La clairière était vide !

Elle avança. Personne ! Tous ses sens étaient pourtant en alerte, mais elle ne vit ni n'entendit aucun signe de présence humaine dans le calme de l'aube.

Arabella reprit son souffle, puis descendit de selle

afin de laisser Blackwood récupérer également de leur course effrénée. Les yeux fixés sur le sentier, elle attendit. Hélas, toujours personne à l'horizon…

Sur le chemin du retour, un éclair de lucidité la frappa douloureusement. Se confronter à l'assassin de son frère ne l'aiderait pas dans sa quête de rédemption. Certes, c'était Brodie qui avait porté le coup fatal, seulement c'était elle qui avait envoyé Malcolm parmi leurs ennemis, pour en savoir plus sur ses prétendants ! Et cela, jamais elle ne pourrait se le pardonner…

Elle était à l'origine de la chaîne d'événements qui avait mené son frère à la mort. Si elle ne lui avait pas demandé de comparer les mérites respectifs de Brodie et Caelan, il n'y aurait jamais eu de dispute, dégénérant en altercation mortelle. Elle était folle d'avoir espéré rejeter entièrement la faute sur un autre. Personne ne pourrait l'absoudre de sa responsabilité dans la mort de son frère chéri…

Sans qu'elle s'en préoccupe, Blackwood retrouva son chemin jusqu'au château, et elle rejoignit les écuries, le cœur en miettes. En sautant de sa selle, elle découvrit la présence de deux gardes à ses côtés. Depuis quand l'avaient-ils rejointe ? Elle n'en avait pas la moindre idée…

A présent, la seule chose qui lui restait à faire pour honorer son frère, c'était de remplir sa part du traité, pour mettre fin à la querelle. Peut-être parviendrait-elle ainsi à retrouver la paix de l'âme.

— Reviens ! chuchota Rob d'un ton rageur.

Il attrapa son ami par son gilet de cuir et le ramena violemment sous la protection des arbres.

— Es-tu idiot ? reprit-il, exaspéré.

— Ils ne m'ont pas vu, rétorqua Brodie en se dégageant.

Il ne se remettait toujours pas du spectacle d'Arabella, lancée à bride abattue sur le chemin de la montagne. Elle s'était dirigée droit vers la clairière, et son premier instinct avait été de se montrer. Heureusement, Rob l'en avait empêché. Arabella était restée de longues minutes sans bouger, avant de prendre le chemin du retour, laissant cette fois son étalon la guider sans le presser. A son passage près des arbres qui les abritaient, Rob et lui, il avait failli la rejoindre, peiné par le visage douloureux que la jeune femme affichait. Il s'était retenu, par miracle, juste avant que deux gardes armés n'apparaissent pour l'escorter. Quelle imprudence ! Il savait pourtant qu'ils étaient nombreux à rôder.

— Alors, as-tu enfin changé d'avis ? demanda Rob, le tirant de ses pensées. J'espère que tu comptes abandonner ton plan insensé !

— Pas du tout, répondit-il à son ami.

Ils marchèrent à travers les arbres pour s'éloigner de la route. Bientôt, ils arrivèrent en vue de trois autres compagnons.

— Nous gardons le même plan. Il ne faut se laisser distraire par aucune péripétie.

— Et lady Arabella ? Es-tu sûr qu'elle n'est pas qu'une diversion dans toute cette affaire ? demanda Rob dans son dos.

Ils s'étaient déjà disputés à ce propos plusieurs fois au cours des deux semaines précédentes. Malgré cela, la résolution de Brodie n'avait pas faibli à l'approche du mariage. Au contraire ! Rien ne pourrait lui faire abandonner son projet — enlever Arabella pour empêcher les noces. Il se retourna si brusquement que Rob manqua lui rentrer dedans.

— Parfaitement, elle est même la diversion parfaite pour Caelan. Il l'utilise pour masquer ses véritables intentions. Tout le monde est tellement occupé à s'extasier sur la beauté de la future mariée que personne ne voit clair dans son funeste dessein.

Rob passa une main nerveuse dans ses cheveux et secoua la tête.

— En es-tu si certain ?

Brodie avait beaucoup réfléchi depuis quatre mois qu'il était en exil. Tous les indices accusaient son cousin, qui complotait depuis longtemps, non seulement pour obtenir la direction du clan Mackintosh, mais aussi pour détruire le clan Cameron.

Brodie avait beau comprendre en partie la soif de pouvoir et de contrôle de Caelan, il ne pouvait permettre la destruction d'un clan qui leur proposait cette alliance avec confiance, et avait tant à leur offrir en termes de richesses et de stabilité.

Il adressa un sourire sans joie à Rob.

— Oui, j'en suis absolument certain.

— N'y a-t-il alors aucune autre solution que de t'emparer de la fille ?

— Le mariage et ce traité mensonger doivent être empêchés à tout prix, Rob ! Nous en avons déjà parlé, tu as compris ce que Caelan a fait. Toi, ta sœur, tous les autres, vous ne seriez pas ici, parias et bannis, si tu n'avais pas confiance en moi ! Si tu ne croyais pas, comme moi, que nous devons agir !

Lorsqu'ils eurent rejoint leurs trois complices, Brodie donna ses ordres. L'heure était venue…

— Allez-y et prenez vos positions. Les portes

seront laissées ouvertes, les villageois vont entrer pour l'occasion. Nous pourrons facilement passer inaperçus. Hamish, Duncan, préparez les chevaux dans les écuries. Jamie, tu partiras en éclaireur, afin de nous prévenir en cas de danger.

Brodie épousseta ses vêtements et reprit :

— Les cuisines seront pleines de monde. Les invités au mariage attendront dans l'église. En revanche, le père d'Arabella et quelques autres guerriers demeureront auprès d'elle pour l'escorter quand elle sera prête.

— Sauf qu'elle ne sera jamais prête, fit remarquer Rob, un sourire ironique sur les lèvres.

Ils passèrent quelques minutes à discuter des points de détail de leur plan, puis se séparèrent avant de pénétrer dans l'enceinte du château, soigneusement déguisés. Le soleil se levait pour de bon lorsque Rob et Brodie entrèrent par une porte peu utilisée et grimpèrent l'escalier qui menait aux appartements d'Arabella.

La chance fut de leur côté — l'unique garde ronflait encore. Une fois à l'intérieur de la suite, ils tombèrent nez à nez avec la tante et la cousine de la jeune femme. Profitant des quelques secondes de surprise avant qu'elles ne les reconnaissent, ils les immobilisèrent et les empêchèrent de donner l'alarme. Les deux femmes une fois attachées et bâillonnées, Brodie prit une large inspiration avant de tourner le loquet. Il ouvrit la porte de la chambre d'Arabella et pénétra rapidement dans la pièce… avant de s'arrêter net.

La jeune femme se tenait debout, dos au mur, une dague pointée dans sa direction.

# *Chapitre 6*

— C'était donc vous ! s'exclama-t-elle en levant un peu plus haut la dague tandis qu'il approchait.

— Oui, ma lady, répondit-il simplement.

Brodie avança de nouveau pour parcourir la distance qui les séparait. Il devait à tout prix empêcher Arabella de donner l'alerte en criant.

— Ainsi, vous m'avez vu ce matin dans la clairière ?

La faire parler pour gagner du temps… Il se rapprocha encore un peu.

— Je vous ai vu d'ici, expliqua-t-elle en désignant la fenêtre de ses yeux.

Puis, le regardant à nouveau, elle ajouta :

— Je suis partie à cheval vers la clairière, mais vous n'y étiez plus à mon arrivée.

— Je suis là, à présent, souffla-t-il en tendant la main vers elle. Donnez-moi cette dague, Arabella. Je ne vous ferai pas le moindre mal.

Elle le fixa un long moment, ses grands yeux clairs emplis de larmes.

— Est-ce ainsi que vous avez tué mon frère ? Vous l'avez piégé afin qu'il lâche son arme, pour finalement l'abattre avec la vôtre ?

Seigneur ! Comme il aurait voulu la détromper ! Hélas, il n'avait toujours aucun souvenir de cette nuit maudite… Depuis la pièce voisine, Rob lui dit de se dépêcher.

— Donnez-moi l'arme, ma lady, ordonna-t-il calmement.

Au lieu de cela, Arabella leva sa dague encore plus haut pour se défendre, ce qui offrit à Brodie l'occasion qu'il attendait. En une enjambée, il fut sur elle, agrippant la main qui tenait l'arme. Il lui tordit le poignet jusqu'à ce qu'elle la lâche. Alors seulement, Arabella ouvrit la bouche pour crier. Mais il lui recouvrit de sa main et fit signe à Rob.

Il enroula la corde autour des poignets d'Arabella après que Rob l'eut bâillonnée avec un bout de tissu. Il eut envie de rire en entendant son ami se répandre en excuses auprès de la jeune femme. Mais ce n'était pas le moment. En quelques instants, Arabella se retrouva pieds et poings liés.

— Nous vous emmenons loin d'ici, lady Arabella. Si vous ne vous débattez pas, il ne vous sera fait aucun mal.

Pendant qu'il parlait, Rob décrocha une tapisserie d'un mur et l'étendit à leurs pieds.

Evidemment, Arabella se garda bien de suivre le conseil de Brodie et se débattit comme une diablesse. Malgré cela, les deux hommes réussirent à l'enrouler dans la tapisserie, en quelques mouvements efficaces. Ils la positionnèrent avec autant de douceur que possible sur leurs épaules et refermèrent soigneusement la porte derrière eux. Le père d'Arabella ne viendrait pas la chercher avant le début de la cérémonie.

Dehors, le garde ronflait toujours. Brodie et Rob effectuèrent le chemin inverse à vive allure et prirent l'escalier de service. Ils croisèrent bon nombre de domestiques occupés aux préparatifs, mais ceux-ci ne leur accordèrent pas la moindre attention.

Une fois au rez-de-chaussée, il leur fallut peu de temps pour rejoindre la porte secrète qui ouvrait sur un long tunnel, oublié depuis des années. Brodie y avait souvent joué, enfant. Son oncle avait prévu de le faire condamner, mais heureusement n'était jamais allé au bout de son idée. Il y avait peu de risque que quiconque se rappelle aujourd'hui ce souterrain qui menait hors du château jusqu'à une vieille remise accolée aux écuries.

Jusque-là, son plan fonctionnait à la perfection — ses hommes l'attendaient dans l'écurie. Les habitants du château étaient tous occupés aux préparatifs de la fête et aucun ne remarqua les deux domestiques qui transportaient une tapisserie à travers la cour.

Brodie monta sur le cheval d'Arabella et, avec l'aide de Rob, installa la jeune femme en travers de la selle. C'est ainsi qu'il passa sans encombres les portes du château. Rob le rejoignit, et ils se dirigèrent vers les hauteurs. Comme convenu, leurs compagnons se sépareraient et les retrouveraient à leur camp d'ici deux jours, chacun prenant un chemin différent. Il valait mieux ne pas trop attirer l'attention...

Le cheval avait accepté sans difficulté la charge d'un second cavalier, et ils trottèrent ainsi plusieurs miles, avant que Brodie ne remarque qu'Arabella avait cessé de se débattre à l'intérieur de la tapisserie.

Inquiet, il fit signe à Rob, et ils ralentirent pour s'enfoncer à l'abri des arbres. Brodie descendit rapidement de cheval et prit Arabella dans ses bras. Tandis que Rob emmenait les chevaux se désaltérer à une source proche, Brodie s'agenouilla près de la tapisserie pour libérer la jeune femme. Il lui ôta le bâillon et recula prudemment, attendant sa réaction.

Mais il n'y en eut aucune ! Elle ne bougeait pas. Ses yeux restèrent clos, et elle ne dit mot. Affolé, Brodie s'approcha et posa une main tremblante sur la poitrine d'Arabella. Quel ne fut pas son soulagement quand il sentit les battements de son cœur et sa respiration régulière !

Elle était en vie. Inconsciente, mais en vie. Avec des gestes délicats, il écarta une mèche de cheveux de son front et la redressa en appuyant sa tête sur son propre bras. Doucement, il murmura son nom. Sans succès.

— Arabella, réveillez-vous, insista-t-il.

Comme elle ne réagissait pas, il lui tapota la joue. Puis il ouvrit sa gourde et versa quelques gouttes d'eau fraîche sur son visage. Les yeux d'Arabella papillonnèrent, et ses lèvres dessinèrent des syllabes muettes avant qu'elle ouvre enfin les yeux. Aussitôt, elle tenta de se redresser, avant de prendre conscience que ses poignets et ses chevilles étaient attachés.

Brodie l'aida à s'asseoir puis recula pour lui laisser un peu d'espace. Elle batailla un moment avec ses liens avant de s'apaiser. Alors seulement, elle leva les yeux vers lui. La peur dans son regard céda immédiatement la place à la colère, ce qui le soulagea, sans qu'il comprenne très bien pourquoi.

Il lui tendit sa gourde en signe de trêve. Pour le moment, elle n'avait pas cherché à crier, ce qui était de bon augure. Il s'approcha pour l'aider, tandis qu'elle levait ses mains jointes pour saisir l'outre. Elle but à longs traits avant de la lui rendre.

Un silence étrange s'attarda entre eux tandis qu'ils se dévisageaient. Brodie ne savait que lui dire ni quelle attitude adopter, étant donné la situation. De son côté, Arabella se contentait de le fixer, le regard dur. Lorsqu'il entendit Rob revenir avec les chevaux, Brodie fut ramené à la réalité : ils devaient repartir au plus vite. Il fallait progresser davantage dans la montagne pour être vraiment en sécurité. Sans réfléchir à son geste, il coupa les liens qui entravaient les chevilles d'Arabella.

La jeune femme essayait visiblement de ne rien trahir de ses émotions, néanmoins, il remarqua sa grimace de douleur et ses mâchoires serrées lorsque le sang recommença à circuler dans ses jambes. Un gémissement sourd lui échappa. Il saisit alors ses mollets dans ses mains sans lui laisser le temps de protester et les massa rapidement pour accélérer la circulation. Il essaya de se concentrer sur sa tâche pour atténuer l'effet que la vue et le contact des jambes galbées d'Arabella provoquaient en lui. Heureusement, elle ne dit mot. Il l'aida ensuite à se mettre sur pied.

— Venez, marchons un peu, vos jambes ont besoin d'exercice.

Peu à peu, les tremblements s'apaisèrent, et elle put s'appuyer davantage sur ses jambes. Lentement, il la conduisit jusqu'à une souche d'arbre et l'aida à s'installer avant de lui proposer à nouveau à boire. Elle refusa d'un geste.

Arabella n'avait pas prononcé un seul mot depuis qu'elle avait repris conscience. Mais ses beaux yeux, qui lançaient des éclairs pleins de fureur, parlaient pour elle. Comme il aurait aimé en cet instant avoir l'aisance de Rob avec les femmes ! songea Brodie. Lui aurait su trouver les bonnes paroles pour la calmer.

— Etes-vous blessée ? demanda-t-il.

A voir la façon dont elle se crispait au moindre mouvement, il craignait que ce fût le cas.

— Seulement contusionnée, répondit-elle en portant ses mains à ses côtes.

Brodie ne put se défendre d'admirer le galbe parfait de ses seins, qui se dessinaient juste au-dessus de ses mains toujours liées. Il avait oublié à quel point Arabella était belle. Ses magnifiques cheveux se répandaient sur ses épaules : la moitié était encore prise dans une tresse compliquée, mais les autres s'étaient libérés peu à peu lors de leur folle chevauchée. D'instinct, sa main se leva pour les caresser, mais il se retint au dernier moment.

— Brodie ! l'appela Rob.

Son ami lui fit un signe discret pour l'avertir qu'il était temps de partir.

— Ce geste signifie-t-il que mon père et Caelan vont bientôt arriver ? demanda-t-elle en sautant sur ses pieds.

Décidément, cette lady remarquait tout ! Leur échange, pourtant discret, ne lui avait pas échappé.

— Cela veut seulement dire que nous devons repartir, expliqua-t-il en la prenant par le bras pour la reconduire auprès des chevaux.

Elle s'écarta d'un geste brusque lorsqu'il fit mine de lui remettre le bâillon dans la bouche. Il n'avait malheureusement pas le choix — n'importe quel bruit et plus particulièrement les cris pouvaient s'entendre à des miles à la ronde depuis les bois.

— Non… je vous en prie… je dois…

Le bâillon lui coupa la parole, alors elle serra son bras avec force, le regard suppliant.

— Vous devez… quoi, lady Arabella ? s'impatientat-il, soucieux maintenant de mettre le plus de distance possible entre son cousin et lui.

Soudain pris de pitié, il retira le tissu de la bouche d'Arabella.

— J'ai besoin d'un peu... d'intimité ! articula-t-elle, visiblement gênée.

Brodie était bien obligé d'admettre que, après deux heures de course sans halte, il était normal que la nature se rappelle à elle.

— Par ici, indiqua-t-il en l'entraînant vers un bosquet. Faites vite.

Il la lâcha et s'éloigna de quelques pas. Tout à coup il s'arrêta, son instinct lui soufflant qu'elle allait tenter de s'enfuir. Il siffla pour attirer l'attention de Rob. Il prendrait à gauche et son ami à droite s'il fallait lui couper la route. A l'affût, il resta immobile jusqu'à ce qu'il entende le craquement des feuilles et des branches. Il se rapprocha alors de l'endroit où Arabella était censée être : évidemment, elle n'y était pas ! Brodie avait envie de rire de sa témérité naïve.

En effet, Arabella n'avait qu'une petite longueur d'avance et aucune expérience d'évasion. Le bruit de ses pas résonnait clairement, et il n'eut aucune difficulté à la suivre de près. Aussi, quand sa course croisa celle de Rob et qu'elle dut faire demi-tour, était-il là pour l'attendre.

Elle le frappa de plein fouet, car elle regardait derrière elle en courant. Ils s'effondrèrent tous les deux : elle, sous la violence du choc, lui en tentant de la rattraper. Il eut peur de l'écraser sous son poids et parvint au dernier moment à se retourner, si bien que ce fut elle qui atterrit sur lui. Il se réjouissait de ne lui avoir fait aucun mal, mais sa satisfaction retomba vite quand il prit conscience que les mains liées d'Arabella, coincées sous son corps, étaient positionnées à l'endroit le plus sensible de son anatomie...

Ce fut pire encore quand elle se mit à gigoter pour tenter de se relever... Quelle erreur de sa part !

Le destin avait apparemment décidé de se délecter de son malheur, car Rob arriva sur ces entrefaites avec les chevaux, et c'est lui qui releva la jeune femme, hilare. Lorsque Brodie se redressa à son tour, Rob avait replacé le bâillon sur la bouche d'Arabella et l'avait hissée en selle devant lui. Il ne resta plus à Brodie qu'à enfourcher Blackwood, en se maudissant pour son incapacité à contrôler son corps dès que cette femme l'approchait.

Quelques heures plus tard, après être montés haut dans les montagnes, ils s'installèrent pour la nuit. Alors seulement, Brodie s'autorisa à s'approcher à nouveau d'Arabella.

Tout son corps la faisait souffrir. A chaque respiration, à chaque mouvement, la douleur se réveillait. Roulée dans une tapisserie, jetée sur un cheval comme une marchandise, renversée par un géant indélicat... En plus de tout cela, les heures qu'elle venait de passer en selle avaient finalement eu raison d'elle. Si au moins elle avait pu monter son propre cheval... Elle n'aurait pas été aussi endolorie !

Arabella craignait de défaillir à tout moment lorsque, enfin, la petite troupe s'arrêta pour la nuit, haut dans les montagnes. C'était un soulagement certain, même si à présent, elle pouvait ajouter le froid à la liste des plaintes qu'elle aurait à adresser à Brodie Mackintosh.

L'avoir enlevée pour faire obstacle à son mariage constituait bien sûr le premier des griefs qu'elle avait contre lui…

Elle tombait de fatigue, mais la fureur qu'elle ressentait l'empêchait de s'effondrer. Rester en vie : seul cela comptait… Pour, à un moment propice, s'échapper avec son cheval et retrouver le chemin de Drumlui. Blackwood saurait la faire sortir de ces montagnes…

Assise par terre, elle resta un moment immobile, attendant que les vagues de douleur diminuent avant de faire un geste. Les hommes l'ignorèrent tandis qu'ils récupéraient quelques vivres dans les sacs de selle et conduisaient les chevaux un peu plus loin. Soudain le vent s'intensifia, et le froid se fit plus vif lorsque le soleil disparut à l'horizon. Arabella ne portait que sa robe de cérémonie, ainsi qu'une fine couverture que Rob lui avait donnée un peu plus tôt. Si on ne lui procurait pas rapidement de quoi se réchauffer, elle allait se mettre à grelotter.

— Venez.

Elle était si absorbée par le compte de ses malheurs qu'elle n'avait pas entendu Brodie approcher. Il tira sur la corde qui retenait ses poignets pour les libérer. Arabella secoua ses mains et retint une grimace quand les sensations revinrent.

Brodie tendit la main vers elle, en un geste d'offrande, qu'elle était libre d'accepter ou pas. Malgré sa rancœur, elle saisit son bras et s'appuya sur son grand corps avec plus de force qu'elle n'aurait voulu. Il la mena ainsi jusqu'à un abri qu'ils venaient de construire non loin de là. Il l'aida à s'asseoir, et elle le regarda réunir divers outils et donner ses instructions à son ami.

Aucun d'eux ne s'était montré cruel envers elle —

enfin, si on excluait le fait de l'avoir roulée dans une tapisserie et ligotée, manières quand même un peu barbares… En y réfléchissant, elle se dit qu'ils avaient sans doute l'intention de l'utiliser comme otage pour obtenir une rançon, sans quoi ils l'auraient déjà tuée.

Rob vint s'asseoir à côté d'elle, découpa une belle tranche dans une miche de pain et la lui tendit. Brodie prit place de l'autre côté, de sorte qu'elle se retrouva coincée entre les deux hommes, ce qui avait au moins l'avantage de la protéger un peu du froid. Brodie lui tendit une coupe qu'il remplit d'eau.

Affamée, Arabella avala plusieurs bouchées de pain, puis se désaltéra. Enfin, elle posa la question qui la taraudait depuis le matin :

— Pourquoi ?

Les deux hommes échangèrent un regard, communiquant silencieusement. Puis Brodie la fixa.

— Pour empêcher le mariage, répondit-il seulement.

Il le faisait exprès ! Elle se doutait bien que là était le but premier. Mais elle voulait en savoir plus, connaître ses motivations !

— Buvez cela pour vous réchauffer, ordonna-t-il en lui tendant une flasque.

Le liquide brûlant traça un chemin de feu dans sa gorge et son ventre. C'était la deuxième fois qu'elle avait l'occasion de goûter du whisky. Quelques années plus tôt, son frère en avait partagé avec elle, loin des regards de leur père. L'alcool la réchauffa instantanément, coulant dans chacun de ses membres glacés. Elle remarqua qu'évoquer le souvenir de Malcolm n'avait pas provoqué chez elle l'abattement habituel. Elle était sans doute trop en colère pour cela. A vrai dire, c'était presque un soulagement de ressentir cette fureur, comparée à l'apathie qui l'avait envahie ces derniers mois.

— Puisque vous ne sembliez pas vouloir de moi pour épouse, pourquoi empêcher ce mariage ? demanda-t-elle sèchement.

Malgré les bienfaits indéniables du whisky, elle lui rendit la flasque. Il valait mieux se modérer si elle voulait profiter de la moindre occasion pour s'enfuir.

— C'était nécessaire, répondit-il, laconique.

— Et que va-t-il m'arriver, à présent ?

Avait-elle rêvé ? Elle avait cru voir l'ombre d'une émotion dans son regard sombre. Mais, en un clignement de paupières, ses yeux avaient retrouvé toute leur dureté.

— Soyez docile, et il ne vous sera fait aucun mal.

Elle ouvrit la bouche pour rétorquer vertement, mais il secoua la tête en signe d'avertissement.

— Vous ne savez pas tout. Et je ne peux rien vous dire.

Ayant grandi auprès d'un père extrêmement sévère, Arabella avait appris à fixer des priorités dans ses combats, car la rébellion se payait souvent cher. Euan Cameron avait découvert très tôt que la faiblesse de sa fille n'était autre que son frère. Il n'avait pas hésité à utiliser cette faille en faisant payer à Malcolm les méfaits qu'elle avait commis. Chaque fois qu'elle désobéissait, elle s'exposait donc à souffrir également dans son âme, et pas seulement dans son corps. Comme beaucoup d'hommes, son père attendait une soumission absolue de la part de ses enfants, ainsi Malcolm et elle avaient-ils appris très tôt à lui céder.

Quelque chose lui soufflait qu'elle se trouvait à nouveau devant un tel dilemme, toute décision pouvant se retourner contre elle en un clin d'œil. C'est pourquoi elle suivit son instinct et accepta de laisser à Brodie le dernier mot… pour le moment.

L'obscurité s'installa rapidement autour de la cabane de fortune, les nuages cachant la lune. A l'aide d'une pierre et de petit bois, Rob démarra un feu. Celui-ci, pas assez fourni, ne procurait que peu de chaleur, mais au moins l'obscurité laissa-t-elle la place à la lumière rassurante des flammes.

Heureusement, en plein été, la nuit ne durait jamais très longtemps dans les Highlands. Pouvait-elle céder à la tentation de dormir ? se demanda Arabella. Si la moindre chance de fuir s'offrait à elle, elle devait la saisir. Comme s'il avait lu dans ses pensées, Brodie leva les mains.

— Donnez-moi vos poignets, lady Arabella.

— Voyons Brodie, je n'ai nulle part où aller en pleine nuit. Je serais folle de…

— Inutile de discuter, j'ai lu votre intention dans vos yeux, déclara-t-il avec un sourire lugubre.

Visiblement, il n'avait pas la moindre confiance en elle. Cela dit, comme elle avait profité du seul moment de liberté qu'il lui avait accordé pour tenter de s'enfuir, elle ne pouvait pas vraiment le lui reprocher…

Il fixa la corde à un de ses poignets, mais au lieu de lui lier les deux mains, il attacha l'autre extrémité à son propre bras. Puis il demanda à Rob de faire un nœud serré. Elle comprit alors qu'elle ne pourrait faire aucun geste sans qu'il s'en rende compte…

— Et comment pourrais-je… ?

Arabella était trop honteuse pour finir sa phrase, mais au rire de Rob, elle comprit qu'ils avaient deviné.

— Ne vous inquiétez pas, ma lady, répondit Brodie

avec un sourire moqueur, il fait trop noir pour que nous distinguions quoi que ce soit !

Sur ces mots, il l'entraîna hors de l'abri. Quelques instants mortifiants plus tard, ils étaient de retour dans la cabane, où Rob avait disposé des couvertures de laine. Deux seulement… Horrifiée, Arabella laissa son regard passer des couvertures à Rob, puis à son geôlier, incapable de faire autre chose que de secouer la tête. Il était hors de question qu'elle dorme aussi près de cet odieux personnage ! Elle recula, jusqu'à ce que la corde se tende.

— Votre vertu n'est pas en danger avec moi, ma lady. Et tant que vous resterez calme, je vous laisserai sans bâillon.

Seigneur, elle avait oublié ce maudit bâillon. Elle ne supporterait pas une fois de plus un tel traitement. De toute façon, si elle voulait s'échapper, elle avait besoin de prendre un peu de repos auparavant. Il lui faudrait aussi de la lumière pour se guider. Mieux valait pour l'instant laisser croire à Brodie qu'elle était une prisonnière docile… jusqu'au moment opportun. Comme ils étaient deux contre elle, l'élément de surprise était essentiel à la réussite de son évasion. De plus, son père et Caelan étaient sans nul doute à sa recherche, elle devait leur donner le temps de la retrouver.

Forte de ces réflexions, Arabella s'installa sous l'une des couvertures. Le plaid était assez confortable, mais son corps se raidit lorsque Brodie s'allongea juste derrière elle. Elle s'écarta autant que possible, mais se dit qu'il lui serait impossible de dormir cette nuit.

Pourtant, en quelques secondes, sa peur et sa colère disparurent dans un brouillard cotonneux, et elle se sentit partir dans un sommeil libérateur. Tandis qu'elle s'endormait, une chaleur bienfaisante l'enveloppa, et elle s'y laissa glisser en rêvant d'un feu immense qui réchauffait sa chambre, dans son château d'Achnacarry.

Brodie sut exactement à quel moment Arabella cessa de combattre le sommeil et de fuir sa proximité, car son corps souple se détendit soudain. Un doux soupir lui échappa alors, et elle se serra contre lui, déclenchant un désir brûlant qui risquait fort de ne pas lui laisser de repos. Il arrangea le plaid sur elle pour la protéger du froid et passa un bras protecteur autour de sa taille. Seulement pour la réchauffer, bien sûr… Ainsi, elle ne tomberait pas malade. A quoi lui servirait une prisonnière agonisante ?

Il se contentait de prendre soin de son otage, avec pour seul but la survie de son clan. Son attention n'avait rien à voir avec l'étrange effet que lady Arabella provoquait toujours chez lui…

Il se récita inlassablement cette litanie au cours de la nuit, à chaque fois qu'elle se retournait entre ses bras et serrait son corps souple contre sa virilité tendue. Il ne devait pas perdre de vue ses objectifs : Arabella n'était qu'un moyen pour les atteindre. Il devait au plus vite soustraire son clan aux mains avides de Caelan, avant que les Highlands ne sombrent dans une guerre fratricide.

Lorsque les premières lueurs de l'aube percèrent la brume nocturne, il se répétait encore ces paroles, avec l'espoir qu'il finirait par s'en convaincre.

Courage ! Il devrait encore endurer cette promiscuité lors des deux prochains jours. Une fois qu'ils parviendraient au camp, caché haut dans les montagnes, il confierait la garde d'Arabella à quelqu'un d'autre. Ainsi, il aurait l'esprit libre pour mener à bien son plan.

Mais il fallait tenir bon. Encore deux jours…

# *Chapitre 7*

Seigneur ! Deux jours d'enfer ! Comment avait-il supporté cette torture de chaque instant ?

Brodie soupira. Rob avait passé son temps à se moquer — plus ou moins discrètement d'ailleurs — de ses efforts désespérés pour rester à distance d'Arabella. Et la jeune femme elle-même n'avait pas cessé de lui poser des questions si acerbes qu'elles réveillaient sans cesse sa conscience, loin d'être tranquille.

A l'approche du campement, il ne put faire autrement que de lui bander les yeux, afin d'éviter qu'elle puisse retrouver le chemin qui menait aux cavernes et aux clairières que lui, et ceux qui l'avaient suivi, appelaient leur foyer. Debout face à elle, il passa le tissu autour de sa tête. Ce faisant, malheureusement, ses doigts s'emmêlèrent dans les boucles d'Arabella, lui arrachant une grimace de douleur. Alors qu'il tentait de se libérer de la masse soyeuse, il sentit son souffle chaud lui caresser la poitrine. Il aurait voulu saisir sa chevelure à pleines mains, la tirer en arrière pour exposer la peau fine de sa gorge… Non !

Il serra les mâchoires et parvint enfin à nouer le bandeau.

Tandis qu'ils traversaient la rivière, puis suivaient le

chemin secret dans les montagnes, il s'étonnait encore d'avoir pu se bercer de tant d'illusions.

L'arrivée d'Arabella à Drumlui, quatre mois auparavant, avait exacerbé les tensions et les attentes au sein de son clan. Il avait alors décidé de l'ignorer afin de se concentrer sur la protection des siens. Il n'avait a priori aucune intention de la sous-estimer, mais c'est pourtant ce qui s'était produit. A chacun de ses sourires faux, il l'avait détestée un peu plus. A chaque attention mielleuse de Caelan à laquelle elle répondait, il l'avait méprisée.

Voilà pourquoi, un peu plus tard, il avait été si étonné de découvrir qu'il l'appréciait, et même qu'il attendait avec une impatience grandissante les moments que son oncle les forçait à passer ensemble. Comme elle soulevait de temps à autre son masque de séduction froide, il avait découvert peu à peu la vraie Arabella : une femme pleine de courage et de vie. Ce qu'il avait d'abord aperçu d'elle, comme tous les autres, n'était qu'un mirage, une illusion. Elle jouait l'héritière parfaite. En réalité, Arabella Cameron était bien plus que cela.

Et il avait fini par l'admettre : il aurait aimé l'avoir pour lui seul !

Le problème était que, pour obtenir sa main, il devait être choisi comme laird. Tous ses efforts avaient alors convergé dans ce but, tant il était à la fois effrayé par son profond désir, mais aussi inquiet à l'idée de la perdre. C'est à cette période qu'il avait commencé à soupçonner les manœuvres traîtresses de Caelan — sans vouloir y croire. Cependant, après la soirée qui avait coûté la vie à Malcolm, il avait dû se rendre à l'évidence : les faits dénonçaient une vérité implacable.

Hélas, comme il était banni, hors-la-loi sur ses propres terres, comment prouver maintenant que ses soupçons étaient fondés ? C'était quasiment impossible. Ses amis, ainsi que les autres personnes qui le soutenaient, n'avaient pu collecter que des preuves partielles — rien qui soit en mesure de destituer son cousin de sa position de chef. Pourtant, s'il avait vu juste, Caelan devait être arrêté à tout prix.

Il fallait qu'il se ressaisisse, songea Brodie, car au cours de ces quatre mois d'exil, la pensée de cette femme bien trop séduisante l'avait obsédé : il s'était préoccupé bien plus du sort d'Arabella, laissée entre les mains de Caelan, que de son devoir envers son clan.

Soudain, il entendit le signal convenu avec les guetteurs et y répondit en quittant la route à l'endroit où les branches écartées laissaient un passage. Ils se frayèrent un chemin sous le couvert des arbres. Brodie salua les hommes qui étaient chargés de remettre en place les branchages afin de cacher l'ouverture. Puis il fit un autre signe de la main. Deux guerriers émergèrent alors du bois et les saluèrent avec enthousiasme en apercevant Arabella.

— Conduis-la auprès de Margaret, lança-t-il à Rob, en aidant la jeune femme à descendre. Dis-lui bien que c'est une prisonnière, pas une invitée. Qu'elle ne la détache surtout pas jusqu'à ce que je revienne.

Il s'efforça de feindre l'indifférence face aux tremblements compulsifs qui s'emparèrent de la jeune femme lorsqu'elle entendit ses paroles.

— C'est compris, Brodie, assura son ami en conduisant Arabella par le bras.

Il avait des tâches importantes à accomplir, se remémora Brodie. Il ne pouvait se laisser perturber par la présence d'Arabella pour le moment. Il se tourna vers ses hommes.

— Quelque chose à signaler ?

— Non, tout semble fonctionner comme nous le souhaitions.

— Surveillez bien les routes au bas des montagnes. Il ne faut pas sous-estimer la réaction de Caelan à l'insulte que nous lui faisons. Préviens tous les autres de rester sur leurs gardes. Et il faut placer encore davantage d'hommes dans les bois.

Ranald acquiesça et partit transmettre ses ordres. Brodie devait encore trouver une solution pour Blackwood. Il lui semblait imprudent de le laisser avec les autres chevaux, car sa nervosité risquait d'être contagieuse. Tout comme celle de sa maîtresse… Il appela un jeune palefrenier et lui indiqua les soins à prodiguer à l'étalon pour l'apaiser.

Quant à lui, il allait se consacrer pleinement aux tâches délaissées à cause de son absence de ces derniers jours. Avec un peu de chance, cela l'aiderait à se libérer de la tension que provoquait en lui sa prisonnière… avant qu'il ne la rejoigne à nouveau.

Caelan attendait dans ses appartements que ses hommes reviennent de leur dernière battue. Il faisait les cent pas pour tromper son impatience, espérant que sa marche hâterait le retour de ses troupes. Enfin, des bruits de pas dans le hall lui indiquèrent que ses soldats étaient de retour. Un coup à la porte lui annonça l'arrivée de Gavin. Il ne lui laissa pas le temps de le saluer et le questionna fébrilement :

— Les avez-vous retrouvés ?

— Non, laird, répondit Gavin.

Caelan sentit la rage l'envahir. Il n'en pouvait plus de ces atermoiements. Les jours filaient, sans qu'il ait de nouvelles de son cousin hors-la-loi ni de sa fiancée disparue.

— Euan est-il de retour ?

Le laird Cameron, de son côté, avait mené des recherches, sans interruption, ce qui avait au moins le mérite de l'écarter de son chemin.

— Nous l'avons vu sur la route, il devrait arriver d'un moment à l'autre.

Encore une mauvaise nouvelle ! Il aurait préféré que le vieil homme soit au loin, occupé à chercher sa fille.

— Reste-t-il des compagnons de mon cousin au château ou au village ?

D'une certaine manière, Brodie lui avait facilité les choses en étant introuvable… Ces derniers mois, il avait fait en sorte que ceux qui soutenaient son cousin fuient également, afin d'éliminer progressivement toute résistance à sa prise de pouvoir. La mort si opportune de son oncle lui avait laissé le champ libre pour accomplir ses ambitions. Hélas, l'enlèvement d'Arabella par son maudit cousin compromettait ses desseins.

— Je n'en connais aucun qui soit encore là, monseigneur, répondit Gavin.

— Est-ce là une réponse ? Cherchez encore ! Il doit bien rester quelques hommes qui étaient connus pour être de ses amis ! rugit-il.

Il s'approcha du garde et le saisit par le col avant de lui souffler au visage :

— Tu ne voudrais pas que je mette en doute ta loyauté, n'est-ce pas ? Trouve-moi quelqu'un qui puisse m'aider à retrouver ce chien de Brodie et ma fiancée !

Il repoussa violemment Gavin et tourna les talons.

Il avait mis en marche son plan machiavélique avec patience et résolution, et s'était battu pour obtenir ce qu'il voulait. Une fois les Cameron conquis et dominés, leur héritière serait sienne, leur or et leurs vies lui appartiendraient. Etant de plus devenu laird des Mackintosh et chef de la Confédération Chattan, il aurait alors le contrôle absolu sur une large partie des Highlands. Son pouvoir serait immense, et il gagnerait l'estime de tous…

Lorsque les Cameron étaient revenus pour le mariage, quelques jours plus tôt, il avait à nouveau endossé son rôle d'hôte courtois et hospitalier. Il ne devait rien révéler de ses intentions tant que la dot colossale d'Arabella ne serait pas définitivement sous son contrôle. Cela ne le dérangeait pas le moins du monde d'ailleurs, il savait se montrer plaisant, ouvert, généreux. Il aimait jouer au laird magnanime. Mais ce qu'il adorait par-dessus tout, c'était que les gens y croient ! Il avait joué la comédie pendant la majeure partie de sa vie, et il tenait maintenant son rôle à la perfection. Alors, si près du but, il pouvait bien continuer encore un peu cette mascarade…

Il devait à tout prix garder son calme. Après tout, peu importait que son cousin ait resurgi. Il le briserait à nouveau…

Comme l'exil de Brodie n'avait pas créé ouvertement de sursaut de révolte au sein du clan, et qu'Euan Cameron avait accepté de poursuivre les négociations, Caelan pouvait se targuer d'avoir accompli la première étape de son plan sans heurt. Ensuite, la mort de son oncle, qui n'avait pas éveillé le moindre soupçon, avait représenté un pas de plus. A présent, le seul chaînon manquant pour lui assurer le succès, c'était Arabella. Dès qu'elle serait sous son pouvoir, il deviendrait le maître incontesté.

Et ce n'était pas son cousin qui l'arrêterait.

Bientôt, les cris qui montaient de la cour lui indiquèrent qu'Euan était de retour. Il inspira profondément, pour se préparer à retrouver son habituelle attitude courtoise, et partit le saluer. Quand il pénétra dans la cour, Euan avait mis pied à terre et se dirigeait vers lui.

— Il n'y a aucun signe d'eux, même après la rivière, annonça-t-il avec mauvaise humeur. Votre homme, Magnus, pense qu'ils nous ont manipulés pour nous envoyer dans la mauvaise direction.

— Magnus ? répéta Caelan, comme s'il venait de recevoir un coup de poing dans le ventre.

Evidemment ! Comment n'y avait-il pas pensé plus tôt ? L'homme s'était entraîné sous les ordres de Brodie, mais ne l'avait jamais porté dans son cœur. Une histoire de femme avait brisé tout lien amical entre eux, si ses souvenirs étaient bons. Quoi qu'il en soit, Magnus restait à coup sûr une source d'information essentielle : il connaissait les méthodes de son cousin !

— Que Magnus se présente dans la grande salle, cria-t-il à la ronde. Venez, Euan, j'ai d'autres cartes en mains, qui pourraient nous aider à dénicher les fugitifs.

Chaque instant passé près de ce chien de Cameron ravivait la haine intense qu'il lui vouait. Il devait mobiliser toute sa volonté pour ne pas enfoncer sa lame dans la gorge de l'homme qu'il haïssait plus que tout au monde.

Depuis que le traité avait commencé à prendre forme, jamais il n'avait révélé à qui que ce soit qu'il connaissait la vérité. Lachlan avait-il un jour su qu'Euan était l'assassin des parents de son propre neveu ? Ce n'était pas impossible, seulement ce lâche aurait accepté de fermer les yeux sur n'importe quoi pour obtenir la paix. Mais pas lui…

C'est le laird Cameron lui-même qui avait torturé et tué ses parents. Il avait d'abord égorgé sa mère, sous les yeux de son père… sous ses propres yeux d'enfant horrifié.

Euan ne s'était guère préoccupé qu'un enfant assiste au meurtre de ses parents, et sans doute ne s'en rappelait-il même pas… Non, aujourd'hui, il prétendait jouer au sage, au porteur de paix. Quel hypocrite !

Caelan, lui, n'oublierait jamais. En dépit des tentatives écœurantes de part et d'autre pour effacer le passé et installer une trêve durable, il ne pourrait jamais pardonner. Que lui importait la paix ? Ce qu'il voulait, c'était la vengeance… la vengeance pour sa famille et pour tous ceux de son clan qui avaient péri sous les coups de ces bâtards de Cameron ! Il leur ferait payer si cher que, dans un avenir proche, plus personne ne se souviendrait du clan Cameron.

Mais d'abord, il devait retrouver sa charmante fiancée et tuer son cousin.

Arabella n'opposa pas de résistance lorsque Rob la conduisit le long d'un chemin pierreux. Elle s'appuya avec soulagement sur son bras solide pour avancer sur le sentier incertain. Les yeux bandés, elle suivait avec attention ses instructions et conseils. Ne rien voir ne l'empêchait cependant pas d'entendre un certain nombre de choses.

Des murmures sur son passage, par exemple.

Quelques rires d'enfants un peu plus loin. Son nom était souvent prononcé, avec une pointe de surprise et de méfiance mêlées. Plusieurs personnes saluèrent Rob, mais il ne prit pas le temps de leur répondre.

Margaret. Qui que soit cette femme, elle allait bientôt faire sa connaissance, et serait traitée comme une prisonnière, selon les ordres de ce tyran de Brodie. Arabella frissonna au souvenir de son ton tranchant et autoritaire. Comment avait-elle pu se laisser berner par son apparente amabilité, quelques mois plus tôt ? Elle aurait dû se fier à sa première impression : Brodie Mackintosh n'était qu'un barbare sans pitié, et il l'avait prouvé en assassinant son pauvre frère.

Elle ne voulait pas trembler devant lui. Seulement, il semblait constamment… furieux. Or, Arabella craignait tout particulièrement la colère chez un homme. Elle ne se rappelait que trop les punitions et les corrections de son enfance, qui arrivaient systématiquement après qu'elle eut mis son père hors de lui.

A cet instant, Rob trébucha et marmonna un juron. Arabella, tirée de ses pensées, eut soudain envie de rire. Cet homme connaissait un nombre incalculable de mots grossiers, et elle en avait déjà appris bon nombre au cours des deux derniers jours passés en sa compagnie ! En général, ces jurons étaient proférés à la suite d'un ordre de Brodie, lequel feignait à chaque fois de n'avoir rien entendu.

Rob lui paraissait l'opposé de Brodie à tous points de vue. Le premier était enjoué et spontané, tandis que le second pesait la moindre de ses paroles, et paraissait constamment renfrogné. Malheureusement, cet homme sombre et peu bavard tenait sa vie entre ses mains. Pour survivre, elle devait donc garder son sang-froid face à lui.

Ils reprirent leur marche, puis peu de temps après s'arrêtèrent à nouveau.

— Margaret ? appela Rob.

Comme il ne recevait aucune réponse, il reprit :

— Margaret, es-tu là ?

Rob lâcha Arabella quelques secondes, avant de reprendre son bras pour la guider en avant. Elle n'avait entendu aucune réponse, donc il avait dû voir quelque chose, ou quelqu'un, qui répondait à son appel…

— Attention, ma lady, dit-il en posant une main sur sa tête, la porte est un peu basse, vous devez vous pencher pour entrer.

Elle se laissa faire et entra dans ce qui devait être une habitation. Il y faisait plus chaud qu'à l'extérieur, et elle perçut le son réconfortant d'un feu crépitant. L'odeur alléchante d'un ragoût provoqua quant à elle un grondement impatient dans son estomac… Encore quelques pas et Rob la fit s'asseoir sur une chaise. Quelqu'un, sans doute la fameuse Margaret, se manifesta par un léger bruit en s'approchant derrière eux.

— Brodie a bien insisté sur le fait qu'elle était notre prisonnière, pas une invitée, prévint Rob.

— Vraiment ? Et compte-t-il la ligoter de la sorte tout le temps qu'elle sera sa captive ? demanda la femme avec un mécontentement évident.

— A moins qu'il ne donne un contrordre, oui, lança Rob depuis l'extérieur. Alors tu ferais mieux de suivre ses ordres !

Une fois Rob parti, elle entendit Margaret se déplacer lentement autour d'elle. Quelques secondes passèrent ainsi. De toute façon, son bâillon l'empêchait de dire quoi que ce soit à celle qui était désormais sa geôlière. Elle se concentra sur ses muscles douloureux et raidis. La chaleur ramenait avec force toutes ses sensations et elle se mit à chanceler sur la chaise. Un contact léger sur sa joue la surprit.

— Du calme, ma lady, chuchota la femme en lui ôtant le bâillon. Laissez-moi vous débarrasser de cet attirail.

— Non, vous ne devriez pas… Il a dit…

Arabella avait du mal à parler, sa gorge était si sèche… mais elle ne voulait pas que quelqu'un soit puni pour l'avoir aidée.

— Allons donc ! Il peut bien dire ce qu'il veut, ça ne m'empêchera pas d'agir comme je l'entends ! assura la femme en la libérant du bandeau qui entravait sa vue.

Elle put enfin regarder autour d'elle. On l'avait amenée dans une petite tente chauffée par un brasero. Une couche de fortune était disposée d'un côté, un petit coffre de l'autre. Puis elle leva les yeux vers la femme chez qui Brodie l'avait envoyée. La ressemblance de la jeune femme avec Rob était frappante. Ils étaient sans aucun doute frère et sœur.

— Buvez cela, lança Margaret en lui tendant une coupe.

Arabella s'en saisit avec reconnaissance, mais les liens à ses poignets rendaient la manœuvre malaisée.

— Lui et son satané caractère ! grogna Margaret, visiblement exaspérée.

Elle entreprit d'ôter la corde qui retenait les poignets d'Arabella, tout en continuant à proférer des injures à l'encontre de Brodie. Il ne faisait plus aucun doute qu'elle était la sœur de Rob, à présent !

Enfin libre de ses mouvements, Arabella s'empara de

la coupe et but avec délectation une sorte de décoction qui ressemblait à du thé parfumé. Elle ne sut définir exactement sa saveur, somme toute délicieuse, mais la chaleur du breuvage apaisa rapidement ses tremblements. Lorsque son estomac se manifesta bruyamment, Margaret jura de plus belle et partit s'affairer près de la marmite. Bientôt, le bol d'Arabella fut rempli d'une soupe épaisse qu'elle avala si vite qu'elle eut à peine le temps de la savourer.

Ce n'est qu'une fois le ventre plein et le corps réchauffé que l'épuisement la submergea. Avant d'avoir pu dire un seul mot de remerciement, elle s'endormit sur la chaise...

Elle comprit à son réveil que Margaret l'avait amenée jusqu'au lit, puis l'avait couverte d'une épaisse couverture. Les murmures qui l'avaient tirée du sommeil attirèrent son attention.

— J'avais donné des ordres, Margaret ! Elle devait rester attachée.

La voix de Brodie était dure, exigeante.

— Oui, j'ai bien eu connaissance des ordres, rétorqua Margaret sans se démonter.

Effrayée par le défi qui perçait dans la voix de la jeune femme, Arabella faillit ouvrir les yeux. Non, il valait mieux faire semblant de dormir pour ne pas les interrompre. Elle apprendrait peut-être ainsi des informations importantes.

— Je sais aussi que tu as traîné cette pauvre lady pendant des jours sur des dizaines de miles, sans te soucier de la nourrir correctement ni de prendre soin d'elle. Je ne pensais pas que tu pouvais te montrer aussi borné, Brodie.

— C'est une prisonnière, enfin ! Tu ferais mieux de t'en souvenir. Le bandeau qui lui masquait les yeux servait à te protéger, toi aussi bien que les autres. Si elle ne vous voit pas, elle ne pourra pas rapporter à Caelan quelles personnes sont ici avec moi ! A présent, elle peut t'identifier.

— Eh bien, dans ce cas, laisse-la avec moi, sans amener personne d'autre, répondit Margaret d'une voix posée. Nul besoin de mettre tes compagnons en danger.

— Très bien, mais ne réponds à aucune de ses questions, entendu ? Ne te laisse pas attendrir et ravale tes confidences, c'est compris ?

— Dois-je la réveiller maintenant ? demanda Margaret.

— Non…

Brodie s'interrompit et, malgré ses paupières closes, Arabella devina qu'il passait une main dans ses cheveux, comme elle l'avait vu faire à chaque fois qu'il était impatient ou frustré.

— Non, laisse-la dormir. Envoie quelqu'un me chercher quand elle sera réveillée.

Puis ses pas s'éloignèrent. Il fit une pause à l'entrée de la tente :

— Et préviens-moi si tu as besoin de quoi que ce soit pour elle, ajouta-t-il, comme à contrecœur.

— Je le ferai, dit Margaret.

Après son départ, Arabella songea un instant à ouvrir les yeux pour parler avec Margaret, mais la chaleur de sa couche eut bientôt raison d'elle, et elle sombra à nouveau dans le sommeil.

Elle se réveilla sans savoir combien de temps elle avait dormi. A l'extérieur de la tente, la nuit était tombée. Le silence régnait. Arabella écarta les couvertures et s'assit en prenant le temps d'étirer ses bras et ses jambes. Puis, avec des gestes méthodiques, elle prit le temps de défaire sa natte et de démêler ses cheveux. Rapidement, elle les réunit en un chignon solide.

Soudain, l'écho sourd d'une respiration lui fit lever les yeux. Elle scrutait intensément l'obscurité, à peine éclairée par les braises du foyer, lorsqu'elle distingua une ombre : une large silhouette se mettait en mouvement…

— Vous ai-je réveillée ? demanda Brodie, dont la voix grave apaisa aussitôt ses craintes.

Seigneur, comment pouvait-elle être rassurée par la présence de son geôlier qui venait la surveiller jusque dans son sommeil ? Elle ne se l'expliquait pas. Plus inquiétant encore, le léger frémissement de tout son corps à l'idée qu'elle était seule avec lui prouvait assez bien qu'elle n'était pas indifférente à sa présence.

— Non, répondit-elle d'une voix sèche. Depuis combien de temps êtes-vous assis ici ?

Il haussa ses épaules massives.

— Depuis que j'ai terminé les tâches qui m'incombaient. Et que j'ai mangé, ajouta-t-il en pointant du doigt un plateau recouvert d'un linge posé sur la petite table. Il y en a pour vous, si vous voulez.

Elle allait refuser quand son ventre la rappela à l'ordre. La colère accentuant encore sa faim, les quelques tranches de pain, ainsi que les rares morceaux de fromage et de viande avalés sur la route avaient été loin de la rassasier. Et cela malgré la portion que Brodie lui servait, toujours plus importante que pour

Rob et lui : elle n'avait pas été sans le remarquer... Elle s'attabla et souleva le linge pour découvrir un morceau de volaille rôtie, complété par du fromage et du pain. Elle savoura le tout avec un plaisir sans égal et accepta avec bonheur la coupe d'ale que lui tendit Brodie. Tout à son plaisir, elle ne se formalisa même pas lorsqu'il vint s'asseoir sur la chaise placée face à la sienne.

Au contraire, il fallait en profiter, se dit-elle. A peine eut-elle terminé son repas qu'elle passa à l'attaque.

— J'ai quelques questions à vous poser. Je veux savoir dans quel but précis vous m'avez enlevée. Pourquoi voudriez-vous empêcher ce mariage ? Pourquoi...

Il l'interrompit en posant ses doigts sur sa bouche. L'intimité de son geste, la chaleur de sa peau sur ses lèvres... tout cela troubla Arabella plus que de raison. Après quelques secondes d'une tension intense, il ôta sa main.

— Moins vous en saurez, mieux ce sera pour votre sécurité, ma lady.

— Comment cela ?

— Si vous ne savez rien, Caelan ne pourra pas utiliser la force pour vous faire parler, expliqua-t-il.

Elle s'écarta un peu et secoua la tête, incrédule.

— Caelan ne ferait jamais une chose pareille. Jamais il ne...

— ... vous ferait du mal ? la coupa-t-il. Blesserait ceux que vous aimez ? Je crains que vous n'ayez pas perçu à qui vous aviez affaire. Il vous tuerait sans la moindre hésitation s'il pouvait en tirer profit.

Il se redressa soudain, et elle se sentit toute petite à côté de sa haute silhouette.

— Vraiment ? Ce n'est pourtant pas Caelan qui

a fait du mal à quelqu'un que j'aimais, n'est-ce pas ? demanda-t-elle d'une voix étrangement calme et froide.

A la seconde où ses paroles franchirent ses lèvres, Arabella sut qu'elle avait commis une erreur. Les yeux de Brodie s'assombrirent, et il serra les poings.

— Non, c'est vrai, admit-il.

Et il sortit de la tente sans ajouter un mot. Sans qu'elle sache exactement pourquoi, elle regrettait déjà son accusation. Et le départ de Brodie lui sembla laisser un vide dans la tente. Le point positif, c'était que, désormais, elle était libre de ses mouvements… Ce serait peut-être sa seule chance de s'échapper ! En une seconde, elle fut sur ses pieds et sortit dans l'obscurité.

A la lueur de la lune, elle vit Brodie s'éloigner sur le sentier. Elle se figea un instant à l'entrée de la tente pour le contempler. Il ne jeta pas un seul regard en arrière. Seigneur ! D'où lui venait cette terrible envie de le rejoindre pour revenir sur ses accusations ?

Poussée par son instinct, elle empoigna sa robe et choisit de le suivre, plutôt que de partir en courant dans l'autre direction. Bien sûr, elle s'attendait à tout moment à ce que quelqu'un surgisse pour l'arrêter, mais…

Elle se cacha derrière les arbres lorsqu'elle vit Brodie ralentir. Juste à temps avant qu'il ne se retourne. Lorsqu'il reprit son chemin, elle longea prudemment quelques tentes derrière lesquelles elle pourrait s'abriter si besoin.

Enfin, il s'arrêta, et elle comprit qu'il se trouvait au bord d'un précipice. Pendant quelques interminables minutes, il resta immobile, à fixer l'obscurité.

Le vent sifflait et tournoyait autour d'elle, lui glaçant

les os. Elle était sortie sans même s'enrouler dans un plaid et subissait le froid rigoureux des montagnes. Elle demeura pourtant ainsi, figée, comme si un fil invisible la reliait à Brodie.

— Retournez dans la tente, Arabella, vous allez prendre froid, ordonna-t-il sans même se retourner.

Elle comprit alors qu'il savait depuis le premier instant qu'elle l'avait suivi et admit en son for intérieur qu'elle l'avait inconsciemment deviné. Mais découvrir qu'ils semblaient si étrangement connectés lui fit peur, tout à coup. Sans un mot, elle le laissa seul et fit ce qu'il demandait.

De toute façon, il n'aurait eu aucun scrupule à la ramener de force. A son retour à la tente, le spectacle qui l'attendait lui fit comprendre son inconséquence. Quelle folie d'avoir cru un seul instant qu'elle pouvait échapper à sa vigilance ! Si seulement Rob était le seul à la regarder approcher... Plusieurs hommes armés s'étaient également rassemblés non loin. Avec un sourire amical, Rob releva le tissu qui barrait l'entrée de la tente, afin qu'elle pénètre à l'intérieur de ce qui était bel et bien sa prison...

Elle était glacée, désemparée. Si seulement elle avait obtenu quelques réponses à ses questions ! Au contraire, de nouvelles interrogations la taraudaient, comme l'étrange réaction de Brodie face à ses accusations. Il avait semblé... blessé. S'était-elle trompée sur son compte ?

Non, c'était impossible, des témoins avaient assuré qu'il était coupable. Et il n'avait pas cherché à se défendre. Alors pourquoi réfuter la responsabilité de la mort de Malcolm ? Car c'était clairement ce que Brodie avait sous-entendu dans le ton qu'il avait employé pour lui répondre. C'était comme s'il admettait l'acte… mais n'en acceptait pas la faute.

Puisqu'il était désormais certain qu'il comptait la garder prisonnière jusqu'à ce que ses objectifs soient atteints, elle aurait du temps pour découvrir la vérité. Et elle comptait bien y parvenir.

# Chapitre 8

Pour la première fois de sa vie, Brodie se sentait absolument impuissant… Impuissant face à sa propre volonté…

En effet, une fois de plus, il se retrouvait devant la tente de Margaret, alors qu'il n'avait aucune raison valable de s'y rendre. Maudite soit Arabella ! Cette jeune femme exerçait sur lui une fascination indescriptible. Lui qui avait toujours gardé la tête froide et consacré sa vie à la sécurité des siens, il avait maintenant l'esprit sans cesse distrait par son image.

Même en ce jour funeste où on l'avait accusé de meurtre et où il avait ainsi vu son existence basculer, il ne s'était pas senti aussi vulnérable qu'en ce moment. La sentence prononcée ne lui avait pas fait peur : il connaissait ses faiblesses, mais aussi ses forces, et il savait qu'elles l'aideraient à surmonter le bannissement.

Puis, quand quelques habitants s'étaient échappés de Drumlui ou en avaient été chassés et qu'ils étaient venus le retrouver, il avait gardé espoir : il aurait la capacité d'assurer la subsistance de tous. Bien sûr, l'arrivée de plus en plus massive de Mackintosh compliquait cette tâche, mais il en voyait les aspects positifs, à commencer par les informations qu'ils amenaient avec eux concernant Caelan. C'est aussi grâce à leur nombre qu'ils survivraient en hiver... Hiver qu'ils passeraient tous dans les grottes qu'ils aménageaient ensemble.

Brodie avait aussi confiance en eux : tous ici feraient de leur mieux jusqu'à ce qu'ils puissent retrouver leurs terres... Ce qui n'était plus qu'une question de temps.

Il avait réuni bon nombre de preuves contre Caelan et, très bientôt, il pourrait mettre son plan à exécution. L'enlèvement d'Arabella lui laissait du temps pour le préparer.

Le problème était que, dès qu'il s'agissait d'elle, il perdait tout sang-froid. Sans parler de son incapacité à s'exprimer clairement... Deux nuits plus tôt, il aurait voulu hurler sa frustration, lui jurer qu'il n'avait pas tué son frère... Mais les mots étaient restés coincés dans sa gorge. Sans être sûr de quoi que ce soit lui-même, comment aurait-il pu lui mentir ?

Il avait beau essayer de toutes ses forces de se souvenir de cette nuit maudite, les rares images qui lui revenaient semblaient comme estompées par un brouillard épais. Après que Malcolm lui eut raconté l'histoire du cheval d'Arabella... plus une seule image nette ! Le noir complet...

Les souvenirs de Rob n'étaient malheureusement pas plus clairs. Mais grâce aux informations que Brodie avait rassemblées sur Caelan, il était sûr désormais que son cher cousin les avait tous manipulés. Hélas ! Il ne saurait sans doute jamais ce qui s'était réellement passé entre Malcolm et lui...

Soudain, le son joyeux de la voix d'Arabella lui parvint de l'intérieur de la tente. Mais son rire s'éteignit à l'instant même où il pénétra dans l'abri. Elle était en train de discuter avec Margaret, qu'il salua d'un sourire.

La sœur aînée de Rob était veuve. Elle avait été l'une des premières à les rejoindre, sommée par Caelan de quitter le cottage familial à la mort de son mari. Son cousin avait avancé un tas de raisons pour justifier cette exclusion — cachant sa véritable motivation : Margaret était la sœur de Rob… et Rob était son ami.

— Lady Arabella, la salua-t-il.

Nerveusement, Arabella se leva et fit une révérence. Debout devant lui, elle croisa les doigts, les jointures presque blanches, et le fixa en silence. Puis, comme il s'y attendait, les premières questions vinrent.

— Quelles sont les nouvelles ? Savez-vous quelque chose à propos de Caelan ? Comment va mon père ?

— N'attendez pas de nouvelles d'eux, ma lady, la coupa-t-il.

En réponse à ses paroles, Margaret marmonna quelques mots qui ressemblaient diablement à l'un des jurons favoris de Rob.

— Vous resterez ici jusqu'à ce que tout soit fini, reprit-il, imperturbable.

Il sut immédiatement qu'il avait commis une erreur en prononçant ces mots… Il venait de lui donner du grain à moudre avec sa formulation malheureuse… Et, en effet, la réaction de la jeune femme ne se fit pas attendre.

— Jusqu'à ce que quoi soit fini ?

Elle n'aimait rien tant que le harceler avec ses questions ! Toutes en même temps de préférence… Elle semblait ne même pas reprendre sa respiration entre deux.

Depuis cinq jours qu'il la côtoyait, il avait remarqué

que sa tactique favorite était d'intercaler une question intelligente et pertinente parmi une dizaine d'autres ridicules et hors de propos. De la sorte, elle parvenait bien souvent à lui soutirer un détail révélateur, qu'il aurait préféré garder secret. Rob lui avait signalé qu'elle faisait exactement la même chose avec lui, lorsqu'il l'emmenait se promener.

— Si vous voulez prendre un peu l'air, suivez-moi, proposa-t-il, éludant ainsi sa question.

Rester enfermée dans cette petite tente toute la journée devait être une véritable torture. C'est pourquoi il veillait à ce qu'elle puisse sortir se délasser chaque soir, après le coucher du soleil.

Ses beaux yeux bleus se plissèrent, et elle sembla étudier la proposition. Elle n'avait apparemment pas envie de se retrouver seule avec lui dans la nuit, mais peut-être évaluait-elle les chances qu'elle aurait ainsi d'obtenir des réponses à ses maudites questions... Brodie se dit qu'elle était bien exigeante : elle avait déjà obtenu de lui la promesse qu'elle ne serait ni attachée ni bâillonnée tant qu'elle resterait sagement auprès de Margaret. D'ailleurs, depuis, elle n'avait pas tenté de s'enfuir ni de donner l'alarme. Il savait cependant qu'elle réessaierait tôt ou tard...

Elle finit par acquiescer et attendit qu'il sorte le premier. Elle se baissa pour passer sous le rabat qu'il tenait relevé, et son parfum de fleurs l'enivra. Brodie secoua la tête pour recouvrer ses esprits et, prudemment, s'éloigna de quelques pas.

— Venez par ici.

Ils marchèrent parmi les tentes et autres abris de fortune qui émaillaient le campement. Rapidement, il la conduisit sur un chemin particulièrement obscur et désert, afin d'éviter qu'elle ne croise ceux qui partageaient son exil dans ce camp. Il ne voulait pas qu'elle puisse estimer leur nombre, mémoriser leurs visages ou entendre leurs noms. Leur cachette avait failli être découverte un mois plus tôt, et il craignait que cela se produise un jour.

La pluie, qui n'avait cessé de tomber toute la journée, s'était finalement déplacée sur la vallée et, à présent, les étoiles brillaient dans un ciel sans nuages. Mais à cette altitude, un ciel dégagé allait de pair avec un froid intense. En la voyant frissonner, Brodie se rappela le manteau posé sur son épaule.

La morsure de la culpabilité, familière maintenant, serra à nouveau sa poitrine. Elle ne se plaignait jamais. Ni du froid, ni de la vétusté du logement qui ne constituait sûrement pas l'ordinaire d'une lady... Arabella Cameron n'avait décidément rien à voir avec les jeunes filles de bonne famille qu'il avait rencontrées.

Si seulement le contexte avait été différent !

— C'est pour vous, dit-il en lui tendant le manteau de laine, muni d'une capuche.

Il fut surpris quand Arabella lui tourna le dos afin qu'il lui pose le vêtement sur les épaules. Les mains légèrement tremblantes, il s'exécuta et en profita pour effleurer la longue natte soyeuse qui coulait dans son dos. Il serra le poing pour contenir l'envie qu'il avait de tirer doucement sur sa chevelure afin de l'attirer dans ses bras.

— Je vous remercie, murmura-t-elle en s'écartant d'un pas.

— Vous pouvez continuer un peu plus loin vers cet affleurement rocheux, si vous voulez être un peu seule.

Avec un peu de chance, la distance mise entre eux l'aiderait à recouvrer ses esprits…

Mais Arabella se retourna brusquement pour lui faire face et tira sur les pans du manteau, comme s'il pouvait la protéger de lui.

— Est-ce un piège ?

— Un piège ? répéta-t-il, abasourdi.

— Vous m'envoyez seule vers une mort certaine, de sorte que vous pourrez clamer que vous n'êtes pas responsable de ma disparition. C'est cela votre plan, alors ? Ne m'avez-vous kidnappée que pour me tuer ?

Sa voix, très basse, était étrangement calme, presque désincarnée. Un frisson d'horreur traversa Brodie. Etait-ce là ce qu'elle pensait de lui ? Qu'il n'était qu'un lâche et un assassin ? Avec brusquerie, il la saisit par les épaules et la força à lever les yeux vers lui.

— Je vous ai juré qu'il ne vous arriverait rien, Arabella, souffla-t-il, la voix rauque d'émotion.

Mais lorsque ses yeux plongèrent dans les siens, il comprit qu'elle ne lui faisait pas confiance… qu'elle ne lui ferait même jamais confiance tant qu'elle le croirait responsable de l'assassinat de Malcolm.

En une seconde, elle lui échappa et se mit à courir vers le campement. Une inquiétude sourde envahit Brodie. Elle courait trop vite dans l'obscurité, avec un manteau bien trop long pour elle. Lui savait se guider sur ces chemins, pas elle. Au même moment, il la vit prendre la mauvaise direction. Non ! Elle courait droit vers le précipice !

Il s'élança et parvint à la rattraper juste avant qu'elle ne bascule dans le vide. Bouleversé, il la serra de toutes ses forces contre lui tandis qu'ils tombaient ensemble sur le sol. Il la sentait trembler entre ses bras, et l'idée que c'était de lui qu'elle avait peur lui laissa un goût amer. Submergé par des émotions contradictoires, il fut soulagé d'entendre les autres arriver en courant.

— Bon sang ! Qu'est-ce que tu fabriques, Brodie ? hurla Rob.

— Je sauve cette écervelée ! répondit-il avec emportement.

Il se redressa sans pour autant libérer la jeune femme de son étreinte. C'est Arabella qui finit par s'écarter de lui. Puis elle attendit entre eux, son regard hagard passant de Rob à lui.

— Nous sommes en pleine montagne, ma lady. Il y a partout des précipices tels que celui-ci, susceptibles de happer votre vie bien plus vite que je ne pourrais le faire !

En réalisant à quel sort affreux elle venait d'échapper, Arabella gémit sourdement avant de secouer la tête, sous le choc. Rob recommença à maugréer dans sa barbe. De son côté, Brodie pria le ciel d'accorder à la jeune femme patience et sagesse, sans espérer de miracle…

— Venez. Et donnez-moi votre main, déclara-t-il en lui tendant la sienne.

Il aurait été plus facile pour sa tranquillité d'esprit de laisser Rob la ramener à sa tente, cependant, il n'avait aucune envie de s'éloigner d'Arabella alors qu'elle venait de frôler la mort.

La jeune femme hésita. Enfin, sa main fine sortit du manteau pour prendre la sienne. Après un toussotement entendu, Rob s'éloigna en compagnie des deux hommes qui l'accompagnaient.

Brodie tira doucement Arabella jusqu'à ce qu'elle soit tout près de lui. Les frissons de la jeune femme s'apaisèrent peu à peu tandis qu'ils redescendaient en silence le long du sentier.

Il avait décidé de la mettre au courant de certaines choses, et c'était sûrement la meilleure occasion qu'il aurait de lui parler. Bien sûr, il ne lui révélerait rien concernant ses projets. Toutefois, elle méritait d'en apprendre un peu plus sur les complots qu'il comptait déjouer… pour la simple et bonne raison qu'il y avait tout de même de grandes chances qu'il échoue… et qu'Arabella se retrouve finalement auprès de Caelan. Il fallait qu'il la mette en garde.

— Je vous ai enlevée et vous retiens ici pour empêcher le mariage et la signature définitive du traité, lady Arabella. Et j'ai l'intention de vous garder ici jusqu'à ce que Caelan soit mis hors d'état de nuire.

Il se tut, attendant le déluge de questions et d'accusations à son encontre qui ne manquerait pas de déferler d'un instant à l'autre.

Mais, étonnamment, le silence s'installa.

Brodie venait d'accuser ouvertement Caelan. Cette fois, Arabella choisit de ne pas le contredire, de ne pas l'assaillir de questions. Un peu plus tôt, au bord du précipice, elle s'était promis de garder dorénavant le contrôle sur sa peur. En effet, non canalisée, celle-ci devenait un ennemi, ni plus ni moins que l'homme qui se dressait devant elle.

Elle voulait en apprendre le plus possible sur les intentions de Brodie, bien sûr… mais n'échouait-elle pas systématiquement en l'interrogeant ? Mieux valait le laisser décider de ce qu'il lui confiait. Elle obtiendrait toujours assez d'informations pour les transmettre à

Caelan lorsqu'elle aurait l'opportunité de fuir. Ainsi, celui-ci aurait en main les données nécessaires pour pouvoir vaincre son cousin hors-la-loi et empêcher ses plans — quels qu'ils soient — d'aboutir.

— Si vous ne voulez rien me dire de votre stratégie, pouvez-vous au moins m'expliquer ce que Caelan projette, selon vous ? finit-elle par demander. Le traité ne devrait-il pas apporter enfin la paix entre nos deux clans ? Le sang cesserait de couler… Ne désirez-vous pas cela pour les vôtres, tout comme moi ?

— Une paix sincère est tout ce que je désire pour les Mackintosh comme pour les Cameron. C'était également le but de mon oncle, qui avait négocié pour cela avec votre père. Seulement, Caelan s'est détourné de ce noble objectif.

Brusquement, Brodie lui fit face, l'obligeant à s'arrêter. Son regard sombre la sonda.

— Arabella, vous et moi avons été élevés pour accomplir notre devoir, qui est de ramener la paix. Ce n'est pas ce qui se produira si Caelan sort vainqueur de cet affrontement, croyez-moi !

Arabella serra les mâchoires pour contrôler sa fureur. Il osait parler de devoir, de leur devoir commun ! Quelques mois plus tôt, de tels arguments auraient sans peine remporté son adhésion. C'est bien ainsi qu'il était venu à bout de sa résistance, à l'époque. Elle avait même envisagé avec une certaine sérénité un mariage entre eux. L'idée que leurs devoirs respectifs passaient avant leurs désirs personnels représentait un confort rassurant.

Oui, tout cela avait eu un sens un jour, mais c'était avant… avant qu'il ne tue son frère ! Avant qu'il ne soit banni de son propre clan. Avant qu'il ne l'enlève !

— Et qu'adviendrait-il, selon vous ? Caelan a accepté de devenir laird, il a prêté serment de loyauté, et a juré de protéger votre — son clan.

Elle avait vite rectifié car, après tout, Brodie ne faisait plus partie du clan Mackintosh depuis son exil.

Il poussa un soupir exaspéré et se retint visiblement de jurer comme son ami. A la place, il se contenta de hausser les épaules avant de répondre :

— Caelan n'est jamais avare de promesses, par diplomatie. C'est ainsi qu'il a trompé tout le monde. Y compris moi ! Je me suis laissé manipuler trop longtemps. Je pensais que vous plus que quiconque auriez percé à jour votre fiancé, Arabella.

— Moi plus que quiconque ? Je ne comprends pas…

— Si, vous comprenez parfaitement. Vous portez votre beauté froide comme un masque bien utile pour cacher votre véritable personnalité. Je pensais que vous sauriez aisément déceler le même jeu chez d'autres.

Arabella se sentit rougir. Elle aurait voulu nier, mais il avait raison. Il avait vu clair en elle.

A la vérité, elle n'avait jamais cherché à sonder Caelan. Se pouvait-il que Brodie dise la vérité ? Il semblait en tout cas persuadé de ce qu'il avançait. Sans doute par confort, elle s'était cantonnée à voir en Caelan un homme doux, séduisant, peut-être un peu superficiel, à la rigueur… Pour autant, elle ne comptait pas admettre son manque de méfiance devant Brodie !

— Vous ne me devez aucune explication, ma lady, reprit-il, comme s'il lisait dans ses pensées. Je voulais seulement vous mettre en garde — mon cousin retourne rapidement sa veste lorsqu'il n'a plus besoin de quelqu'un. Lorsque vous ne lui serez plus utile, vous l'apprendrez à vos dépens.

Arabella réprima un frisson de peur. Qui devait-elle croire ? Caelan lui cachait-il réellement sa vraie personnalité ? Elle devait y songer sérieusement, tranquillement, mais la présence de Brodie rendait toute réflexion impossible. Elle s'arrêta brusquement et retira son bras du sien.

— Puis-je retourner auprès de Margaret, à présent ?

Elle avait désespérément besoin de s'éloigner de lui. Cet homme la mettait dans tous ses états... et pour l'heure dans une colère qui menaçait de la submerger. Elle avait bien du mal à retenir les accusations qui lui brûlaient la gorge. Non seulement cette brute tuait son frère, l'enlevait à sa famille et à son fiancé, mais il trouvait encore le moyen de réduire à néant toutes ses certitudes ! Pourquoi, au nom du ciel, n'arrivait-elle pas à mettre en doute sa sincérité ?

Elle se sentait dépassée par l'avalanche de questions qui se bousculaient dans sa tête. Hélas, les poser ne l'aiderait nullement, car Brodie se braquerait à nouveau. Puisque ses questions l'exaspéraient, elle n'avait aucun intérêt à poursuivre dans cette voie.

— Par ici, répondit-il en guise d'approbation.

Cette fois il ne lui offrit pas son bras, mais l'invita à le précéder. De fait, cette partie du chemin lui était familière. Ils atteignirent bientôt la tente, devant laquelle l'attendait Margaret. Sans un mot d'adieu à l'attention de Brodie, elle pénétra à l'intérieur. Comme cet abri lui semblait doux ! Un véritable refuge contre la confusion des sentiments qui l'assaillaient sans relâche.

— Margaret, l'entendit-elle ordonner au-dehors, ne relâche pas ta garde un seul instant avec elle.

Elle aurait dû se sentir insultée par ces paroles de méfiance. A l'inverse, elle s'en trouva étrangement flattée — la note d'admiration qui avait percé dans la voix de Brodie en disait long sur ce qu'il pensait d'elle : il ne la considérait pas comme une lady sans esprit… Le destin était décidément bien cruel : Brodie était le seul à avoir mesuré sa valeur en dehors de son frère… qu'il lui avait pris.

En outre, sa prudence était bien sûr justifiée par le fait qu'elle ne cessait de réfléchir au moyen de s'échapper, il devait s'en douter.

Par exemple, en ce moment, la couture et le reprisage qu'elle faisait pour aider Margaret lui offraient l'opportunité de travailler sur beaucoup de vêtements masculins. Discrètement, elle avait commencé à rassembler quelques pièces de tissu afin de se préparer un accoutrement qui lui permettrait de passer inaperçue. Une fois l'habit prêt, elle trouverait Blackwood et prendrait la fuite.

Même si elle ne connaissait pas la localisation exacte du campement, il lui suffirait de descendre de la montagne en direction du loch. Une fois qu'elle aurait débouché sur les routes principales, elle saurait retourner jusqu'à Drumlui ou, mieux encore, elle trouverait quelqu'un pour lui indiquer comment rejoindre les terres de son père.

Bientôt, elle serait prête. Une paire de hauts-de-chausse l'attendait déjà sous sa couchette, et le manteau que Brodie lui avait donné ferait l'affaire pour camoufler son visage. Il ne lui restait plus qu'à confectionner une tunique et elle tenterait sa chance, déguisée en homme.

Tous les soirs au crépuscule, Margaret partait chercher leur repas et la laissait seule un moment. L'heure serait particulièrement propice, grâce à l'obscurité qui tromperait plus facilement les gardes.

Courage ! Dans deux jours tout au plus, elle pourrait agir enfin, au lieu d'attendre indéfiniment un secours qui n'arrivait pas. Et quand elle serait de retour parmi les siens, elle mettrait tout en œuvre pour découvrir si Brodie avait dit la vérité à propos de Caelan.

Obtenir les dernières pièces de tissu s'avéra plus simple que prévu, tant on lui en amenait. Bien qu'Arabella n'ait pas réussi à estimer le nombre de personnes vivant au campement, il paraissait évident en tout cas qu'il manquait de femmes capables de réparer les habits déchirés… à moins que ce soit le moyen que Margaret ait trouvé pour la tenir occupée durant son emprisonnement. Peu importe, elle accueillait cette tâche avec plaisir, car elle détestait par-dessus tout rester inactive. Sans compter que la couture lui laissait tout loisir d'élaborer son plan de fuite.

Son habit était enfin prêt, c'était le grand jour ! Pour le moment, Arabella voyait les ombres de la nuit s'allonger sur le sol à chaque fois que le rabat de la tente était soulevé par le souffle du vent. Elle devrait agir rapidement, dès que Margaret aurait quitté la tente. Elle avait pris soin de noter chaque tour et détour du chemin, lors de sa promenade de la veille en compagnie d'un garde qu'elle ne connaissait pas. Brodie ne s'était pas montré : en ressentait-elle du soulagement ou de la tristesse ? Impossible de le déterminer…

Enfin, Margaret reposa les vêtements et l'aiguille

qu'elle tenait à la main avant de sortir pour aller chercher leur dîner.

Le ventre d'Arabella se serra de nervosité, et l'appréhension lui glaça le sang. Les doigts tremblants, elle se dépêcha d'ôter sa robe, qu'elle ne pouvait d'ailleurs plus supporter : cela faisait des jours qu'elle n'avait pas été nettoyée ! Elle la cacha contre le mur derrière la couchette et s'empressa d'enfiler les hauts-de-chausse. Sa femme de chambre aurait été époustouflée de la voir prête en si peu de temps… et serait tombée évanouie en constatant comme les chausses moulaient terriblement ses cuisses. Peu importe, elle n'avait plus guère le temps de se soucier de ce genre de détail.

Elle roula un linge autour de sa poitrine avant d'enfiler la tunique. Ainsi habillée, elle fixa ses cheveux en une tresse serrée qu'elle cacha sous la tunique. Pourvu que le manteau cache bien les courbes de sa silhouette féminine… Une fois la capuche en place, elle souleva le rabat de la tente et scruta les alentours avant de sortir.

Respirant le plus lentement possible, Arabella s'élança au-dehors. Elle tenta d'imiter la démarche assurée de son frère et des jeunes hommes qu'elle connaissait. Elle allongea ses enjambées et accéléra l'allure, espérant que sa ruse fonctionnerait.

Elle se concentra pour se rappeler les détours du chemin, plongé dans l'obscurité. Deux fois à gauche, puis à droite. Ah, enfin ! Elle arrivait en vue de la clairière où paissaient les chevaux. La lune, réduite à un minuscule croissant, n'offrait pas beaucoup de lumière, dans un ciel pourtant sans nuages. Pas facile de se hâter dans le noir quasi-complet… Il le faudrait cependant, si elle voulait prendre de l'avance sur ses geôliers.

Elle avança droit vers la prairie, sans jeter un regard de côté ni relever la tête. Elle escalada la clôture de fortune qui fermait l'enclos — c'était assurément bien plus pratique à accomplir dans ces vêtements masculins ! Enfin, elle touchait au but. Blackwood s'approcha dès qu'il la sentit et renifla ses mains à la recherche des friandises qu'elle lui apportait d'ordinaire.

— La prochaine fois, mon grand, murmura-t-elle en fixant au cou du cheval une bride qu'elle avait emportée.

De la démarche la plus calme qu'elle put, elle le conduisit vers la sortie de l'enclos. Elle devait à tout prix éviter de rendre les autres montures nerveuses.

Elle grimpa à nouveau sur la barrière pour se hisser sur le dos de l'animal. Ce n'était ni la première, ni sans doute la dernière fois qu'elle montait à cru. Avec des gestes familiers et précis, elle enroula les rênes autour de ses poignets. Puis elle s'apprêta à donner un coup de talons dans les flancs de l'étalon pour le lancer hors du camp.

C'est ce qu'elle aurait fait… si un obstacle n'était pas apparu en plein milieu du chemin.

Arabella sentit une rage folle monter en elle. Brodie se tenait là, face à elle ! Elle avait encore une chance. Il était suffisamment loin pour qu'elle lance Blackwood au galop et le force à s'écarter. Hélas, avant qu'elle en ait eu le temps, Brodie se rua vers elle. En quelques enjambées, il les avait rejoints, elle et son cheval.

L'étalon hennit et se cabra, effrayé par la menace qui s'avançait vers lui. Et c'était bel et bien une menace…

Arabella craignit un instant que Brodie ne saisisse

lui-même les rênes, ce qui aurait rendu Blackwood incontrôlable, mais il n'en fit rien et s'arrêta à quelques pas pour lui laisser reprendre le contrôle de l'animal. Après quelques caresses et murmures, l'étalon se calma rapidement.

— Ainsi, vous avez pris le risque de chevaucher sans selle, ma lady, lui fit remarquer Brodie d'une voix sereine, alors qu'elle s'attendait à un accès de rage.

Son calme lui rendit le sien, et c'est d'un ton parfaitement maîtrisé qu'elle répliqua :

— Quel risque ? Ce cheval m'appartient. Il me connaît mieux qu'aucun autre cavalier.

— La lune ne vous éclairera pas ce soir, et le brouillard monte vite dans ces hauteurs. Malgré tout, vous auriez conduit votre cheval dans des sentiers qui vous sont inconnus ? Si vous ne vous préoccupez pas de votre propre vie, je pensais que vous accorderiez au moins du prix à celle de votre étalon !

Il croisa les bras sur sa poitrine et la contempla, sans animosité apparente.

En elle, la fureur d'avoir été découverte le disputait avec la déception. Pis encore, elle se maudit d'être aussi sensible à la désapprobation qui perçait dans la voix de son ravisseur. Seigneur ! Elle aurait tellement aimé partir au galop ! Elle voulait le jeter à terre et s'échapper d'ici ! Hélas, il avait raison…

Brodie s'approcha tranquillement et tendit la main. Blackwood l'accueillit avec autant d'affection qu'il le faisait pour elle. Quel traître !

— Donnez-moi les rênes, ordonna Brodie.

— Je veux rentrer chez moi. Laissez-moi passer.

A peine les mots avaient-ils franchi ses lèvres qu'elle se détesta : son ton avait été suppliant.

— Donnez-moi les rênes, Bella !

Bouleversée d'entendre ce surnom dans la bouche de Brodie, Arabella lâcha les rênes. Personne ne l'appelait ainsi, à part… son frère. Et, à présent, l'homme qui avait pris la vie de Malcolm avait osé. L'homme qui tenait sa propre vie entre ses mains.

Pétrifiée d'horreur, elle fixa les mains de Brodie sans les distinguer vraiment. Tout ce qu'elle voyait c'était ces mêmes mains, couvertes du sang de son frère en ce jour terrible…

Cette vision d'horreur l'empêcha d'avoir conscience de ce qui allait suivre…

# Chapitre 9

Brodie sut à cet instant qu'Arabella allait l'attaquer : un éclair de désespoir intense déchira l'azur de ses yeux. Bien plus encore que du désespoir, il lut dans son regard une dévastation absolue. Soudain, elle se jeta sur lui, du haut de son cheval. Son genou, l'atteignant au ventre, lui coupa le souffle. Hors d'elle, elle se mit à le frapper et le griffer en hurlant des paroles inintelligibles.

Au-dessus d'eux, Blackwood réagit à la tension environnante en balançant dangereusement ses pattes puissantes près de leurs têtes. S'il ne les écartait pas très vite, ils seraient tous deux tués sous les sabots de l'énorme étalon. Brodie hésitait cependant, craignant de blesser la jeune femme en se montrant brutal.

Il entendit avec soulagement un sifflement perçant au loin, lui annonçant que de l'aide arrivait.

Il parvint enfin à réunir les poignets de la jeune femme dans une seule main, et roula sur lui-même, l'écrasant sous son poids. Il reconnut Rob, qui courait vers eux dans l'obscurité. Son ami leva les deux bras pour effrayer l'animal et l'écarter de leurs corps allongés. Enfin, Rob parvint à se saisir des rênes et força la bête puissante à se baisser, ses quatre pattes repliées, pour pouvoir la calmer.

Brodie procéda à peu de chose près de la même façon pour contrôler la furie qui se débattait sous lui… Arabella et lui étaient tous deux couverts de boue des pieds à la tête, car ils avaient roulé dans le fossé qui servait à collecter l'eau de pluie, au bord du chemin. Le manteau d'Arabella avait glissé de ses épaules, et sa tresse s'était défaite dans la bagarre. Elle offrait au regard un tableau saisissant ainsi allongée, sa chevelure d'or étalée sur son manteau ouvert, ses yeux brûlants de rage. Brodie la trouva magnifique, mais sa gorge restait nouée face au désarroi de la jeune femme. Elle avait pourtant cessé de se débattre, mais elle continuait à répéter comme une litanie qu'il était un meurtrier, et chaque mot prononcé le blessait un peu plus.

— Arabella, articula-t-il entre ses dents serrées. Taisez-vous !

Il s'appuya de tout son poids sur elle en espérant que cela lui coupe la respiration et la fasse taire. Dieu, comme il aurait voulu lui ôter ses accusations injurieuses de la bouche !

Entre-temps, d'autres compagnons avaient accouru, attirés par les bruits de bagarre et les cris. Brodie était plus mortifié encore à l'idée que ceux qui lui avaient confié leur vie puissent penser comme elle qu'il était un assassin. Sans doute, pour le moment, ne le croyaient-ils pas coupable, puisqu'ils l'avaient rejoint en toute confiance. Mais peut-être qu'entendre déclamer avec force sa culpabilité les ferait douter ? Cela lui était insoutenable.

— Chut, murmura-t-il à son oreille. Je vous en supplie, calmez-vous, Arabella, respirez… voilà… doucement.

Sa prière parvint enfin à percer le voile d'hystérie dans lequel elle s'était enfermée, et elle cessa de crier. Le regard de la jeune femme, effroyablement trouble et absent durant cette crise, se posa enfin sur son visage. Son corps se détendit si brusquement que Brodie craignit un instant qu'elle ne se soit évanouie. Il sentit sa poitrine se soulever avec difficulté sous le poids de son corps lourd et il se détacha d'elle aussitôt, pour lui laisser reprendre sa respiration.

Doucement, il desserra son étreinte des poignets d'Arabella, qu'il avait maintenus au-dessus de sa tête, prêt cependant à les saisir à nouveau si elle recommençait à se débattre. Son visage était douloureux, tout comme son estomac, là où elle l'avait frappé. Lentement, il se releva et essuya avec sa manche le sang et la saleté qui le maculaient. Avec des gestes calmes, il se pencha pour aider la jeune femme à s'asseoir. Son regard effaré et empli de honte lui fit mal.

Rob avait éloigné le cheval. Il fit ensuite un signe à ses hommes qui quittèrent aussitôt les lieux. Enfin débarrassé des regards inquisiteurs, Brodie s'agenouilla à côté d'Arabella et la prit dans ses bras. Elle ne le repoussa pas — au contraire, elle se blottit contre sa poitrine, comme si c'était là son seul refuge.

Ce n'est qu'à ce moment-là qu'il vit qu'elle portait un habit masculin à la place de sa robe habituelle. La main qu'il avait posée sur son genou pour la maintenir contre lui se mit subitement à le brûler quand il sentit la chaleur de sa peau sous le fin tissu. Bouger un peu ses doigts lui permettrait de sentir la ligne fine et musclée de ses longues jambes...

Non... Il fallait éloigner de lui ces pensées malveillantes. Il se redressa donc en l'emportant dans ses bras, puis marcha droit en direction de la petite caverne où il avait élu domicile. En chemin, il fit signe à un garde de le suivre. Une fois qu'Arabella fut installée sur sa propre couchette, muette et visiblement à bout de forces, il ressortit pour ordonner qu'on lui amène de l'eau chaude et qu'on fasse venir Margaret.

La nuit était avancée lorsque Brodie revint de son bain, pris à la rivière toute proche. L'eau glacée avait au moins eu le mérite de lui remettre les idées en place. Il avait même espoir que ses pensées lascives aient disparu après un tel traitement. Hélas ! Il lui suffit de retourner auprès d'Arabella pour que les effets calmants disparaissent.

La jeune femme était assise sur la couchette, le corps enroulé dans un plaid et le regard perdu au loin.

Il s'approcha doucement d'elle. Au son de ses pas, elle tourna le visage vers lui, et cette vision lui glaça le cœur. Le regard vide, elle semblait terriblement fragile — jamais il ne lui avait vu cette expression auparavant. Elle n'était plus la magnifique et froide lady Arabella des débuts, ni la jeune femme intelligente et combative qu'il avait ensuite appris à connaître. Quelque chose semblait s'être brisé en elle. Il réfléchit. Qu'avait-il fait pour qu'elle perde ainsi tout contrôle et se jette sur lui ? Soudain, il comprit. Bien sûr ! Elle avait perdu l'esprit lorsqu'il l'avait appelé Bella !

Sans même s'en rendre compte, il avait utilisé le surnom que seul son frère lui donnait. Malcolm l'avait employé une fois en lui parlant. Quand donc ? Mais oui, c'était ce soir-là… Ils avaient partagé des confidences importantes, Brodie avait d'ailleurs apprécié la sincérité du jeune homme. Que diable s'était-il passé ensuite ? Il eut beau se torturer l'esprit en quête de souvenir, une fois encore, rien ne resurgit dans sa mémoire.

Quoi qu'il en soit, en la nommant ainsi, il avait provoqué l'effondrement émotionnel de la femme la plus forte qu'il ait jamais rencontrée. Une nouvelle faute s'ajoutait à la longue liste qu'elle pouvait dresser contre lui. Une immense lassitude s'empara de lui : il avait l'impression atroce de n'être qu'une brute sans cœur.

Pour se donner du courage, il s'empara de la cruche de whisky qui était toujours à disposition et but une longue gorgée.

Il observa la jeune femme, qui avait détourné les yeux et fixait la paroi d'un air absent. Un morceau de tissu dépassant du plaid, il prit conscience qu'elle avait changé de robe. Quel odieux personnage il faisait ! Il n'avait pas pensé un seul instant à son confort en l'amenant ici. Ses cheveux s'étalaient sur ses épaules, brillants et légèrement humides. Margaret avait pris soin de la coiffer.

Il versa un peu de whisky dans une coupe avant de la lui tendre. Comme elle n'en fit aucun cas, il la posa sur le sol devant elle. Il s'écarta ensuite pour s'asseoir le long du mur opposé, de façon à laisser un peu d'espace entre eux. Il étendit les jambes et attendit une réaction.

— Comment avez-vous eu ces vêtements d'homme ? Dois-je vérifier qu'aucun de mes gardes ne gît inconscient quelque part dans la nuit ? demanda-t-il enfin, pour rompre le silence.

Elle était visiblement en plein choc émotionnel. A la vérité, elle aurait dû s'effondrer bien plus tôt… Le fait d'avoir tenu si longtemps était une preuve supplémentaire de sa force de caractère.

Une volonté de fer.

On lui avait parlé d'Arabella en ces termes. Etait-ce Malcolm ? Hélas, toujours cette sensation de brouillard…

— Non, personne n'est blessé.

Le murmure de la jeune femme interrompit ses pensées, et il tourna le regard vers elle.

— Tant mieux.

Il ne croyait pas réellement qu'elle aurait pu blesser qui que ce soit, de toute façon…

— Ces habits d'homme, alors ? insista-t-il.

Sans bouger le moindre cil, ni même poser son regard sur lui, Arabella expliqua d'une voix monocorde :

— J'ai aidé Margaret à réparer les vêtements portés par vos gardes.

— Je vois. Donc vous les avez réparés et en avez caché certains jusqu'à saisir l'occasion de mettre votre plan à exécution, c'est cela ?

Elle ne confirma pas, mais se pencha pour prendre la coupe entre ses doigts. Elle n'en but qu'une gorgée avant de la reposer.

— C'est fort, n'est-ce pas ?

Comme elle acquiesçait, Brodie alla chercher la cruche d'eau pour couper le liquide ambré. Puis il retourna s'asseoir contre le mur. De son côté, Arabella se laissa glisser au bas de la couchette, de sorte qu'elle se retrouva assise sur le sol, en face de lui. Ils restèrent ainsi sans mot dire pendant de longues secondes, avant qu'il ne l'interroge sur tout autre chose.

— Etiez-vous présente lorsque mon oncle est mort ?

Le regard de Lachlan, lorsqu'il l'avait condamné à

l'exil, n'avait cessé de le hanter depuis tout ce temps. Cela ajoutait à son malheur, car il n'avait même pas eu le temps de laver son nom ni de prouver son innocence. Il n'avait pas eu l'opportunité de se réconcilier avec l'homme qui l'avait élevé, qui l'avait aidé à devenir celui qu'il était aujourd'hui. Lachlan était mort en pensant que son propre neveu l'avait trahi. Cette idée lui était insoutenable…

— Non, nous étions déjà retournés à Achnacarry. Nous n'avons appris la triste nouvelle que là-bas. Mon père a entendu dire qu'il n'avait pas trop souffert. Un jour, il n'a plus réussi à manger, puis il est tombé dans l'inconscience et, deux jours plus tard, il…

Brodie acquiesça.

— Oui, je sais cela.

Une vague de tristesse le submergea. Bon sang ! Combien de personnes avait-il perdues ? Combien de vies avaient été dévastées à cause de son cousin ? Jusque-là, Brodie était parvenu à garder ses sentiments à distance, il n'avait pas laissé sa colère s'exprimer, mais en cet instant, il n'en était plus capable. Si seulement il avait compris plus tôt… Si seulement…

Le plan qu'il avait échafaudé ne ramènerait pas les disparus, certes, mais au moins devrait-il empêcher la destruction totale des siens et du clan Cameron. Il était si profondément absorbé par ses pensées moroses qu'il ne vit pas Arabella approcher.

La main qu'elle posa sur sa joue le ramena à la réalité. Elle s'agenouilla à son côté, sans ôter sa main.

— Vous saignez, dit-elle dans un murmure.

Sûrement ses griffures. Il s'était contenté de passer son visage à l'eau, sans se soucier de l'état des égratignures. Il voulut appuyer ses doigts pour stopper le sang, mais la jeune femme les écarta.

— Je vais m'en occuper.

Ses soins étaient à la fois doux et assurés, et la caresse de ses doigts eut définitivement raison de lui. Elle était si proche qu'il sentait son souffle sur sa peau tandis qu'elle pressait un linge sur chacune de ses égratignures. Il aurait pu rester immobile… si elle n'avait pas à cet instant passé la main dans ses cheveux pour les écarter de son visage.

D'instinct, Brodie se tourna vers elle, et leurs souffles se mêlèrent. Le gémissement saccadé qui s'échappa alors des lèvres d'Arabella lui indiqua qu'elle était aussi troublée que lui. Lorsqu'il plongea son regard dans le sien, il n'y lut aucune peur. L'azur de ses yeux s'était simplement assombri, prenant une nuance plus proche de l'outremer. Sans qu'elle s'en rende compte, ses lèvres s'entrouvrirent… A ce spectacle, Brodie perdit la bataille.

Les doigts de la jeune femme serrèrent nerveusement ses cheveux lorsqu'il posa ses lèvres sur les siennes. Comme il la sentit se détendre sous son léger baiser, il se fit plus entreprenant et caressa les lèvres d'Arabella de sa langue. Elle gémit doucement et ferma les paupières. Alors Brodie l'attira plus près encore en passant une main derrière sa nuque.

Son corps si souple, aux courbes si féminines, s'abandonna avec sensualité contre lui. Il sentait sa poitrine se soulever voluptueusement à chacune de ses inspirations. Bientôt, elle ouvrit d'elle-même la bouche pour l'accueillir. Avec la sensation d'atteindre le paradis, Brodie but alors à ses lèvres.

Arabella. Si douce, si suave. La saveur de sa bouche l'enivrait mieux que n'importe quel vin.

Il sourit de bonheur lorsqu'un nouveau gémissement de volupté échappa à la jeune femme. Elle l'attirait comme aucune autre ne l'avait fait auparavant. Elle l'avait véritablement ensorcelé…

Quittant la nuque d'Arabella, la main de Brodie glissa lentement le long de son dos jusqu'à sa taille, et il l'attira sur ses genoux. Malgré le brouillard sensuel qui l'enveloppait, il restait à l'affût du moindre signe d'hésitation ou de résistance. Au lieu de cela, elle fit glisser ses deux mains dans ses cheveux et se serra contre lui.

Pour ne pas l'effrayer, il mit fin à leur baiser, afin de lui laisser le choix. Il espérait de toute son âme que la curiosité naturelle de l'héritière Cameron l'emporterait sur son ressentiment ou sa timidité. Il ne fut pas déçu — la jeune femme reprit sa bouche et, cette fois, ce fut elle qui mena la danse.

Que Dieu lui pardonne ! Plus que tout, il brûlait d'envie de l'allonger sur le sol, de la déshabiller lentement et de goûter chaque parcelle de sa peau dénudée. Son sexe était si tendu qu'il en devenait douloureux.

Après avoir entendu les gémissements langoureux d'Arabella, il désirait entendre maintenant les cris rauques qu'elle pousserait dans le feu de la passion, lorsqu'il embrasserait ses seins, lorsqu'il la caresserait jusque dans son intimité la plus secrète et, enfin, lorsqu'il la pénétrerait lentement.

Inquiet de ne pouvoir se contrôler si elle continuait à l'embrasser comme elle le faisait, il s'écarta légèrement. Le regard d'azur d'Arabella semblait chaviré de désir et il exulta à ce spectacle.

Au même instant, un craquement se fit entendre juste au-dessus d'eux, à l'entrée de la grotte. En une seconde, ils avaient tous deux repris leurs esprits. Arabella recula précipitamment, afin que leurs deux corps ne se touchent plus. En la voyant ainsi agenouillée, le souffle court et les lèvres gonflées, Brodie sentit son corps durcir à nouveau. Il aurait tellement voulu goûter encore au parfum sucré de sa bouche…

Mais, à l'extérieur, les bruits de pas se rapprochaient, et il se leva pour s'écarter de la jeune femme. La tentation était trop grande ! Il ne devait pas oublier ses devoirs : il était responsable de centaines de personnes. Et cette femme représentait une dangereuse distraction, risquant de l'éloigner de ce noble dessein.

De toute façon, elle ne serait jamais sienne. Peu importe à quel point il la voulait. Elle lui était interdite.

Il s'était lancé dans une course contre le temps et celui-ci jouait contre lui : si les ressources venaient à manquer, le soutien de son peuple diminuerait, et il devait à tout prix éviter cela.

Il aurait voulu expliquer tous ces soucis à la jeune femme, mais il connaissait trop bien les méthodes de Caelan. Si jamais il échouait, elle et tout son clan risquaient de souffrir de la folie de son cousin. Et cela, il ne le voulait pas. Moins elle en savait, plus elle serait en sûreté. Son cousin ne pourrait ainsi pas se servir d'elle.

— Reposez-vous ici cette nuit, dit-il d'une voix tendue par l'émotion.

Elle leva le menton comme si elle était sur le point de discuter sa décision. Leurs regards se croisèrent et, finalement, elle détourna les yeux avec un petit signe d'assentiment. Il était presque à l'extérieur lorsque sa voix douce lui parvint :

— Pourquoi m'avez-vous appelée ainsi ?

Brodie, ayant parfaitement compris, n'éluda pas la question.

— J'ai entendu quelqu'un vous nommer ainsi un jour.

— Quand ? Qui cela ?

Elle se tenait debout face à lui, se tordant les mains d'anxiété.

— Personne n'a le droit de m'appeler ainsi. Mon père ne le permet pas.

A nouveau, elle semblait terriblement fragile. Son esprit torturé essayait visiblement d'échapper à la douleur d'un souvenir qui la hantait. A la confession qu'elle venait de lui faire, Brodie comprit que son père avait dû la punir par le passé, à cause de ce surnom. Tout comme il l'avait fait pour son entêtement vis-à-vis de son cheval.

Il hésita un instant avant de lui révéler que son frère l'avait appelée ainsi devant lui. Souffrirait-elle d'apprendre la vérité ? Perdrait-elle à nouveau tout contrôle, submergée par la douleur et la colère ? Il le craignait… D'un autre côté, son instinct lui soufflait qu'Arabella souhaitait connaître la vérité, même partielle. Il ouvrait la bouche pour lui avouer ce dont il se souvenait de sa conversation avec Malcolm lorsqu'une force inconnue le retint de parler.

Non, il ne pouvait prendre un tel risque. C'était trop dangereux, pour elle comme pour lui.

— Je ne m'en souviens plus, répondit-il en tournant les talons, trop honteux de ce mensonge pour lui faire face.

— C'était Malcolm, n'est-ce pas ?

Le dos tourné, il l'entendit s'approcher. Elle posa sa main sur son bras, et un frisson mêlant désir et culpabilité le traversa.

— Qu'a-t-il dit d'autre ?

Le ton suppliant et douloureux de sa voix le mit à la torture.

— C'est vrai, c'est votre frère qui m'a appris ce surnom. Cependant, je ne me rappelle pas des circonstances exactes.

Il se refusa encore à la regarder, parfaitement conscient qu'il ne pourrait cacher la honte qui le déchirait.

Elle libéra son bras sans un mot de plus, et il s'éloigna. Arrivé à l'entrée de la grotte, il vit que Rob l'attendait. Toutefois, il prit le temps de jeter un dernier regard en arrière. Arabella se tenait immobile, les yeux baissés. Lentement, elle leva la main pour toucher ses lèvres encore gonflées, avant de retourner vers l'intérieur de la caverne.

Brodie se fit violence pour s'empêcher de courir vers elle. Heureusement, Rob l'appela au même instant et il se décida à sortir. Il ordonna à deux hommes de garder l'entrée de la grotte, puis il se dirigea vers son ami, déjà inquiet à l'idée de découvrir ce qui avait effacé l'éternel sourire moqueur de Rob.

Ça ne pouvait être qu'une mauvaise nouvelle.

Son corps entier n'était qu'élancements… Ses lèvres vibraient encore des baisers de Brodie, sa peau frissonnait. Et une pulsation sourde et mystérieuse battait au creux de ses reins. Que lui arrivait-il ? Comment apaiser son corps enfiévré ?

En fait, songea Arabella, elle savait parfaitement

quel était le remède à son mal : lui ! Elle voulait encore goûter à ses caresses…

Les quelques baisers qu'elle avait échangés avec Caelan n'avaient jamais déclenché un tel tourbillon de sensations en elle. Elle les avait trouvés réservés, froids, sans la moindre trace de désir ou d'intimité.

Au contraire, l'étreinte de Brodie était à la fois possessive et séductrice. Il l'avait goûtée et l'avait laissée le goûter. Bien qu'il se soit montré doux, Arabella avait senti la violence de son désir dans son souffle haché, dans ses gestes saccadés. Et lorsqu'il l'avait attirée sur ses genoux, elle avait senti avec délectation et curiosité son corps durcir contre le sien.

Elle avait posé la question du surnom qu'il lui avait donné pour se forcer à sortir du brouillard sensuel dans lequel il l'avait emportée. Pour s'en extraire et se rappeler qu'il était son ennemi, qu'il avait tué son frère.

Quelques mois plus tôt, la curiosité croissante que Brodie Mackintosh lui inspirait était une bonne chose puisqu'ils étaient alors susceptibles de se marier. Aujourd'hui, cependant, la situation était bien différente. Il était devenu son ravisseur et le meurtrier de son frère. Leur désir mutuel pouvait-il mener à autre chose qu'à son déshonneur, à plus de souffrance encore ? Par ailleurs, elle ne pouvait plus voir en lui l'homme bon et dévoué qu'elle avait cru découvrir quelques mois plus tôt… Non, plus après les actes dont il s'était rendu coupable.

Au lieu d'agir avec sagesse pour le bien des siens, il avait amené leurs deux clans à se déchirer. Au lieu d'honorer les vœux de son oncle et des Anciens, il avait détruit tout ce pour quoi ils avaient travaillé. Au lieu d'être celui qu'elle aurait pu aimer, il était devenu l'homme qu'elle était censée haïr…

Sans compter qu'il était également responsable du mépris qu'elle ressentait envers elle-même, pour le rôle qu'elle avait joué dans la tragédie qui avait coûté la vie à son frère. Si seulement elle n'avait pas demandé à Malcolm d'évaluer les qualités de chacun de ses prétendants, il ne serait pas parti avec eux ce soir-là, il serait encore en vie aujourd'hui, et rien de tout cela ne serait arrivé !

Par-dessus tout, Arabella se détestait pour la faiblesse qui la poussait à tant apprécier les baisers de Brodie. Alors qu'elle connaissait ses fautes impardonnables, comment pouvait-elle lui permettre de telles privautés ? Son père avait finalement raison de critiquer sans cesse son comportement. A chaque fois qu'elle avait tenté de lutter contre l'implacable volonté d'Euan, qu'elle avait voulu faire les choses à sa manière, il en était résulté des désastres.

Malcolm en avait fait les frais à de nombreuses reprises lorsque enfants, ils étaient restés seuls face à un père constamment en colère après la mort de leur mère. Jusqu'à cette nuit funeste où ses velléités d'indépendance l'avaient conduit sous le coup de son meurtrier.

Elle aurait dû tirer les conséquences de ses erreurs. Dorénavant, elle se tiendrait sur ses gardes. Il ne fallait plus qu'elle laisse son jugement intempestif coûter encore d'autres vies…

# Chapitre 10

— Caelan a emprisonné Magnus, annonça Rob à Brodie tandis qu'ils se dirigeaient vers un groupe qui les attendait un peu à l'écart des grottes.

Ses plus loyaux amis étaient réunis là : des hommes, mais aussi quelques femmes, qui avaient tous quitté le château de Drumlui peu après son exil. Avec leur aide, il avait découvert ces grottes, grâce auxquelles le lieu de leur retranchement était demeuré secret durant tous ces mois.

Magnus…

Leur amitié avait été brisée bien des années plus tôt, à cause d'une femme, Isabel. A cette époque, Brodie n'avait pu prendre Isabel pour épouse, malgré les sentiments sincères qu'ils éprouvaient l'un pour l'autre — pour la simple et bonne raison qu'il était un héritier potentiel du laird, et en tant que tel, n'avait pas le droit de choisir sa femme. Magnus avait alors demandé la main d'Isabel. Mais celle-ci n'avait pu se résoudre à accepter cette demande en mariage et avait quitté Drumlui pour partir vivre avec sa sœur dans un autre village. Magnus avait toujours rendu Brodie responsable de son départ, et surtout de son refus de l'épouser.

En dépit de leur inimitié, Magnus était resté dévoué

à sa cause. Brodie devait le libérer des griffes de Caelan au plus vite. Déjà, il ne souhaitait à aucun homme de se retrouver à la merci de son cousin, celui-ci n'ayant aucune morale. Mais, de plus, Magnus connaissait bon nombre des cachettes que Brodie avait l'habitude de fréquenter dans ces montagnes. Il savait d'où lui et ses hommes pouvaient espionner les allées et venues de Caelan. Et, surtout, Magnus pouvait citer chacun de ceux qui le soutenaient…

— Depuis combien de temps ? demanda-t-il.

— Deux jours. Nous venons de l'apprendre.

— Il est au château ?

Comme il s'avérerait difficile, voire impossible de sortir Magnus de l'enceinte fortifiée, Brodie gardait l'espoir qu'il soit détenu ailleurs. Hélas, la grimace de Rob confirma ses craintes.

— Qui avons-nous sur place ?

— Grigor est à peu près le seul qui puisse agir. Les autres…

Rob s'interrompit pour interroger du regard Duncan et Hamish, qui abondèrent dans son sens.

Brodie avait compris. Seul son oncle Grigor pourrait les aider. Il faisait partie du conseil des Anciens, et il connaissait les projets de Brodie. Il l'avait toujours encouragé à devenir laird. Néanmoins, les aider à faire évader Magnus allait bien au-delà de ce qu'il pouvait légitimement attendre de sa coopération. Cela représenterait un énorme risque pour lui.

— Combien de temps pensez-vous qu'il reste à Magnus ?

Il regarda chacun de ses compagnons dans les yeux. Tous avaient compris le sens de sa question. Magnus tiendrait-il longtemps sous la torture avant de les trahir ? Ce ne serait d'ailleurs pas une trahison, peu d'hommes pouvant résister aux méthodes barbares de Caelan. Certains d'entre eux en avaient déjà fait les frais. Mais cela représentait un danger imminent pour eux.

Jamie prit la parole le premier.

— Je doute qu'il tienne longtemps. Nous devrions partir vers le nord au plus tôt.

— Ce serait trop dangereux, contesta Duncan. Cela fait trop de personnes à déplacer en même temps à découvert, sans compter que nous ne saurions pas où aller exactement. Et l'hiver qui sera bientôt là ne facilitera pas les choses…

Tous acquiescèrent — ils avaient déjà évoqué ces hypothèses entre eux et étaient parvenus à ces mêmes conclusions.

— La prudence nous dicterait plutôt d'envoyer quelqu'un là-bas pour abréger ses souffrances.

La suggestion ne choqua aucun d'entre eux. Une mort rapide était préférable à une agonie lente sous la torture. Seulement, Magnus était un soutien trop important pour que Brodie accepte de le sacrifier aussi vite.

— Envoyez plus d'hommes en éclaireurs tout autour du campement, ordonna-t-il finalement. Faites parvenir un message à Grigor, au cas où il pourrait nous venir en aide. Et, dans l'hypothèse où il trouverait un moyen de faire sortir Magnus du château, je veux que quelques-uns d'entre nous soient prêts à l'accueillir aussitôt pour le mettre à l'abri. S'il le faut, nous passerons par le tunnel emprunté pour enlever lady Arabella. Enfin, je compte sur votre vigilance, car Caelan a peut-être l'intention d'utiliser Magnus pour nous piéger.

Tous confirmèrent de la tête.

— Est-il sage de l'amener ici, dans ce cas ? demanda Rob.

C'était précisément la question que Brodie se posait. Pouvaient-ils encore faire confiance à un homme qui avait été brisé par la torture ? Tant pis… Même s'il pressentait un piège, l'honneur de Brodie lui dictait d'essayer de libérer Magnus.

— Oui, amenez-le ici coûte que coûte. Vous saurez comment le faire discrètement.

— Et s'il est vraiment en mauvais état ?

Décidément, Rob avait le don pour poser toutes les questions difficiles ce soir !

— Faites selon votre conscience, conclut Brodie.

Le silence qui tomba sur leur groupe permit à chacun de prendre conscience qu'ils menaient une véritable guerre souterraine, bien loin des échauffourées auxquelles ils étaient habitués.

Brodie voulait que les choses changent. Et le plus tôt serait le mieux.

— Rob, fais dire à Grigor que le temps presse.

En réponse au regard interrogateur de Rob, il répondit :

— Il comprendra.

Peu à peu, les autres se dispersèrent, et Brodie resta seul avec Rob. Les questions ne tardèrent pas, comme il s'y attendait. Il songea avec humour qu'il aurait mieux fait d'éloigner son ami d'Arabella, car Rob semblait avoir contracté la même maladie que la jeune femme depuis quelque temps… La curiosité était contagieuse !

— Qu'attends-tu de Grigor, exactement ?

— Moins cela se saura, mieux cela vaudra.

Agacé, Rob le frappa à la poitrine, le forçant à reculer d'un pas.

— Tu peux me le dire, à moi ! J'ai tout risqué pour toi. Je mérite de savoir !

Ces derniers jours, Brodie avait obtenu, de la part de nouveaux arrivants, des informations cruciales pouvant hâter la condamnation de Caelan. Il les avait gardées pour lui, par crainte d'une trahison, certes, mais surtout par peur que ces révélations ne donnent envie à ses compagnons d'attaquer Drumlui trop vite et sans préparation. Jusque-là, il n'avait informé personne des preuves qu'il avait pu rassembler concernant le projet destructeur de Caelan.

Seulement, si par malheur il venait à mourir, tout espoir périrait avec lui pour ceux qui resteraient alors prisonniers des montagnes. Tandis que s'ils avaient connaissance des preuves, ils pourraient les utiliser pour obtenir la protection de l'un de leurs clans alliés. De fait, les projets de Caelan étaient aussi démesurés que son ego, et il ne se contenterait pas de sa domination des terres Mackintosh et Cameron : il voudrait tous les clans de la Confédération Chattan sous sa coupe. Or, Brodie savait que leurs alliés ne se montreraient guère bienveillants face à un chef aussi jeune, têtu, et assoiffé de pouvoir que Caelan.

Il avait donc intérêt à partager ce qu'il avait découvert, et son meilleur ami était tout indiqué pour cette confidence. Il fit signe à Rob de l'attendre quelques instants et partit en direction de sa grotte, pour récupérer le coffret dans lequel il avait caché les preuves rassemblées.

Arabella sursauta lorsqu'il entra mais ne souffla mot. Inquiet, il fronça les sourcils — elle semblait n'avoir pas bougé depuis qu'il l'avait quittée et elle affichait un air si perdu ! Il se dit qu'il devait faire vite et revenir s'occuper d'elle.

Il déplaça la malle qui contenait ses rares affaires afin de pouvoir accéder au trou qu'il avait creusé dans la roche. Le coffret de fer qui s'y trouvait était solidement verrouillé à l'aide d'une chaîne, afin que personne d'autre que lui ne puisse l'ouvrir. Avant de partir, il se tourna vers Arabella.

— Quelque chose ne va pas ?

Il la contempla un moment, attendant qu'elle parle. Cependant, elle ne lui répondit que par une légère dénégation de la tête, ce qui ne lui ressemblait pas.

— Je reviendrai bientôt. Si vous avez besoin de quoi que ce soit, adressez-vous aux gardes placés devant la grotte.

Brodie rejoignit Rob, et ils se dirigèrent tous deux vers la tente de Margaret, le seul endroit où ils bénéficieraient de la discrétion requise.

Alors, sans ambages, il révéla à son ami tout ce qu'il avait découvert. Et la réaction de Rob, quand il eut connaissance de la perfidie de Caelan, fut la même que la sienne — d'abord le choc, puis la fureur. Vint enfin, comme pour lui, la détermination à empêcher par tous les moyens leur clan de sombrer dans les projets meurtriers de son cousin.

Les deux hommes discutèrent jusqu'à une heure avancée de la nuit, puis ils placèrent le coffret dans une nouvelle cache, connue d'eux seuls. Ensuite, avec Rob à ses côtés, Brodie fit le tour du campement, demandant aux gardes de leur faire part du moindre signe de trouble.

La lumière de l'aube pointait à l'horizon lorsque Rob partit, en compagnie de Duncan et de quelques autres compagnons, pour secourir Magnus et le faire évader de Drumlui au plus vite. Pour la première fois depuis qu'il avait découvert les manœuvres de Caelan, Brodie sentit le fardeau qui pesait sur ses épaules s'alléger... tout simplement parce qu'il partageait désormais ces lourds secrets avec son ami.

Il marcha à grands pas vers la grotte, se demandant comment il allait s'organiser avec sa prisonnière. Il s'arrêta sur l'idée que la caverne était plus facile à surveiller que la tente. Connaissant Arabella, il ne faisait aucun doute qu'elle essaierait à nouveau de s'échapper, et il serait bien plus aisé de la faire garder ici désormais... Même si cela risquait d'accentuer les tourments de son âme, il en était bien conscient !

Il pénétra dans la grotte sans faire de bruit, afin de ne pas la réveiller. Avec un peu de chance, il pourrait lui aussi s'octroyer une heure ou deux de sommeil avant que le campement ne s'éveille.

Arabella était couchée sur le côté, le visage tourné vers le mur, de sorte qu'il ne savait pas si elle était endormie ou non. Il installa une couverture à l'endroit où il s'était assis quelques heures plus tôt face à elle, et s'allongea à même la roche. Il parvint à somnoler, mais pas à s'endormir tout à fait.

Comment aurait-il pu trouver le repos en la sachant si proche ? Alors que son seul parfum, qui avait envahi la caverne, ne lui rappelait que trop le goût et l'odeur suaves de sa peau sous ses baisers...

Lorsqu'il entendit qu'on l'appelait à l'extérieur, Brodie se leva aussitôt et quitta la grotte. Il avait finalement décidé, dès son réveil, de prendre lui aussi le chemin de Drumlui. Une sourde alarme, au plus profond de son être, lui indiquait en effet que l'emprisonnement de Magnus était un piège pour les rapprocher du château. Rob n'avait qu'une heure d'avance sur lui, et il comptait bien le rattraper.

Tout en s'apprêtant, il réfléchit à cette histoire, qui lui semblait vraiment bizarre… Il sentait qu'un danger mortel les menaçait.

La dernière fois qu'il avait ressenti ce type d'angoisse, liée à l'intuition, les hommes de Caelan avaient été à deux doigts de découvrir un petit groupe d'éclaireurs postés en surveillance.

Cette fois, il ne savait pas ce qui les attendait, mais il fallait qu'il soit présent. Il sella l'étalon d'Arabella, réunit quelques hommes et partit avant que la lumière du jour n'ait commencé à éclairer le camp.

Margaret vint lui rendre visite aux alentours de midi, avec un repas et — bénie soit-elle ! — de quoi l'occuper. Rester seule et inactive dans le refuge de Brodie laissait à Arabella bien trop de temps pour penser. La corbeille de vêtements lui permettrait de garder les mains et l'esprit absorbés.

— Comptez-vous planifier une nouvelle évasion avec ces vêtements-ci ? se moqua gentiment Margaret, sans la moindre trace de blâme.

— Oh ! Non… Je tenterai une nouvelle tactique la prochaine fois ! répondit-elle sur le ton amical qu'elle s'était mise à employer avec la jeune femme.

— C'est en effet plus sage. Brodie va se mettre à compter les ciseaux et les aiguilles désormais !

Les deux femmes se regardèrent, et Margaret éclata de rire, bientôt rejointe par Arabella qui, quand elle eut retrouvé son souffle, reprit :

— Je tenais à vous demander pardon si je vous ai causé le moindre tort, Margaret.

Elle se rendait compte que d'autres finissaient toujours par payer pour ses propres erreurs. Elle s'en voudrait énormément si cette femme, qui lui avait témoigné tant de gentillesse pendant sa captivité, était punie par sa faute.

— Du tort ? Que voulez-vous dire ?

— Brodie... Vous a-t-il punie parce que je me suis enfuie alors que j'étais sous votre garde ?

Arabella espérait de tout cœur que les conséquences n'aient pas été si terribles. Son père, lui, n'aurait pas laissé passer une telle erreur sans une correction mémorable du fautif.

Margaret posa son ouvrage sur ses genoux et la fixa une longue minute avant de reprendre la parole.

— Ma lady, l'avez-vous déjà vu punir homme, femme ou enfant depuis que vous êtes arrivée ? Ma tente est à peu près au centre du camp — de là, l'avez-vous entendu crier, ou battre qui que ce soit ? A-t-il jamais levé la main sur vous ?

Face à la justesse de ces remarques, Arabella se sentit soudain perdue. Elle avait entendu tant de fois son père et Caelan discuter des attaques violentes que Brodie menait contre les villages alentour... Il aurait même utilisé, de façon autoritaire, une bande de brigands pour défier et harceler les Mackintosh. Depuis qu'elle était ici, en qualité de prisonnière qui plus est, elle n'avait cependant rien vu attestant de ces méthodes barbares.

Après tout, il aurait pu se montrer brutal avec elle, pour lui faire payer la haine qu'il vouait à Caelan et à son père... pourtant, il n'en avait rien fait. Au contraire, il avait pris soin qu'elle soit correctement nourrie et qu'elle ait assez chaud. Mieux encore, il l'avait laissée sous la garde d'une femme dont il savait, sans aucun doute, qu'elle défierait ses ordres et s'assurerait du confort de sa prisonnière.

Si l'on exceptait les baisers qu'ils avaient partagés, il ne s'était jamais imposé à elle par la force.

— Non, vous avez raison, admit-elle, honteuse.

Elle s'était laissé abuser par les rumeurs et par sa propre colère, à la mort de Malcolm. Une image de Brodie s'était alors imposée à elle : ce ne pouvait être qu'un homme violent et brutal. Parfois, il était plus simple d'écouter les mensonges, de ne pas chercher plus loin la vérité.

Arabella se pencha pour prendre du fil et se concentra sur son travail pendant quelques minutes. Régulièrement, Margaret et elle s'échangeaient les vêtements, car le talent de sa geôlière était d'ajuster et de couper les étoffes à la bonne taille, tandis qu'elle-même était douée pour coudre des points solides et si fins qu'ils se voyaient à peine.

Le silence s'éternisant, Margaret finit par reprendre la parole.

— Puis-je vous poser une question, ma lady ?

Margaret s'éclaircit la gorge avant de poursuivre.

— Les égratignures sur le visage de Brodie... je veux dire... a-t-il essayé... ?

Arabella se sentit brusquement mortifiée, et le rouge

lui monta aux joues. Elle avait immédiatement réalisé que... oh non ! Margaret croyait que ces griffures étaient dues à des avances de Brodie qu'elle aurait sauvagement rejetées. Alors que c'est elle qui l'avait attaqué, par fureur, et qu'elle ne l'avait ensuite pas repoussé quand il avait fait mine de l'embrasser. Bien au contraire ! Elle s'empressa de détromper Margaret :

— Non, il n'a rien fait !

Elle avait employé un ton véhément qui traduisait la culpabilité et l'embarras qu'elle ressentait.

— Je l'ai griffé lorsqu'il a tenté de m'empêcher de fuir, ajouta-t-elle, en essayant de parler plus calmement.

Le sourire amusé de Margaret atténua un peu son malaise, et les deux femmes travaillèrent tranquillement côte à côte pendant le reste de la journée, puis dînèrent ensemble.

Avant de quitter la grotte pour la nuit, Margaret lui annonça que Brodie serait absent pendant quelque temps. A cette nouvelle, Arabella sentit un froid intense lui transpercer les os.

— Est-il retourné à Drumlui ? Est-il allé chercher une rançon pour qu'enfin je sois libérée ? C'est sûrement la raison de mon enlèvement, n'est-ce pas ? Il ne fait aucun doute que de l'or et des provisions sont nécessaires à votre survie à tous !

— Ma lady, tout cela va bien au-delà de l'or et de quelques provisions !

Une lueur d'espoir traversa l'esprit d'Arabella. Mais oui ! Margaret était peut-être impliquée dans les plans de Brodie. Comment n'y avait-elle pas pensé plus tôt ? C'était elle qu'il fallait interroger !

— Si la raison de ma capture n'est pas une demande de rançon, qu'en est-il alors ? Que savez-vous de ses projets, Margaret ? demanda-t-elle en baissant la voix afin que les gardes ne l'entendent pas.

Margaret tenta d'échapper aux questions en partant, mais Arabella la retint par le bras.

— Pourquoi ne négocie-t-il pas mon retour ?

— Parce que vous rendre à Caelan signerait votre arrêt de mort, voilà pourquoi ! C'est ce qui attend chacun de ceux qui retourneraient à Drumlui maintenant, vous y compris !

Arabella recula précipitamment, comme pour se protéger des menaces de la jeune femme. Tout cela n'avait pas de sens ! Caelan voulait l'épouser. Il voulait la paix !

— Ce n'est pas vrai, dit-elle à voix haute, pour mieux s'en convaincre.

Et puis, quand bien même Margaret dirait la vérité, pourquoi Caelan voudrait-il sa mort, si elle ne représentait rien pour lui ?

— Ma lady, murmura Margaret, nous, les femmes, sommes toujours tenues à l'écart des négociations, car les décisions ne nous reviennent pas. Et puis nous sommes un jour mises devant le fait accompli. Mon mari est mort, et le nouveau laird m'a forcée à quitter notre foyer avant même que j'aie eu le temps de comprendre ce qui m'arrivait.

— Votre mari ?

— Oui, il a été tué sous mes yeux, simplement pour avoir osé questionner Caelan sur la légitimité qu'il avait à prendre notre maison. Le plus terrible, c'est que Rob a essayé de convaincre mon pauvre Connall de partir avant qu'il ne lui arrive malheur, mais il n'a pas voulu l'écouter. Il croyait, tout comme vous, que Caelan était un homme droit, un laird honorable.

L'esprit profondément troublé par ce qu'elle entendait, Arabella avait bien du mal à mettre de l'ordre dans les interrogations qui se bousculaient à nouveau dans sa tête. Une seule chose était certaine : le profond chagrin et l'amertume de Margaret n'étaient pas feints. Désormais, il n'y avait plus de doute possible, le comportement de Caelan n'avait rien à voir avec ce qu'elle connaissait de lui...

Elle qui s'était toujours considérée comme douée d'une certaine intelligence et d'une grande perspicacité, force lui était maintenant d'admettre qu'elle avait complètement occulté la face obscure de Caelan. On l'avait élevée avec pour seul objectif de devenir l'épouse parfaite d'un seigneur qui la choisirait pour sa beauté, sa grâce, sa richesse, son honneur sans taches, et pour les enfants qu'elle lui donnerait. Voilà pourquoi elle n'avait jamais regardé de trop près le caractère de son futur époux. Son père et les Anciens avaient tranché pour elle. Qu'importaient les défauts de l'élu ? Seule son obéissance aveugle était requise...

— Margaret, je...

Les mots se bloquèrent dans sa gorge. Si Margaret et les autres disaient la vérité, son père et elle avaient été trompés de bout en bout.

— Margaret ! On a besoin de toi, appela une voix d'homme à l'extérieur de la grotte.

La jeune femme quitta la pièce sans ajouter un mot, pourtant Arabella pouvait sentir la tension et le chagrin sous-jacents à la façon rigide dont elle se déplaçait. Etait-elle émue par ses souvenirs atroces, ou s'en voulait-elle d'avoir désobéi aux ordres de son frère et de Brodie ?

Les deux hommes lui avaient enjoint de ne pas

répondre aux questions d'Arabella et, voilà qu'en quelques phrases, elle lui en avait appris davantage sur Caelan que ce qu'elle-même avait pu découvrir pendant les mois qui avaient précédé puis suivi la mort de Malcolm.

A nouveau seule, Arabella sentit un froid intense la gagner. Elle enroula ses bras autour de son buste pour se réchauffer et écouta les sons du campement. Bien que le soleil se soit couché, le camp restait étonnamment bruyant et animé, sans doute à cause du départ de Brodie et de ses guerriers, qui devait inquiéter tout le monde...

Elle s'empara d'un plaid et s'assit à l'entrée de la caverne, de manière à ce qu'on ne puisse pas la voir depuis l'extérieur. Mais elle entendrait ainsi tout ce qui se passait aux alentours.

Maintenant que la vérité commençait à se faire jour en elle, elle avait besoin d'en apprendre plus. Dès que Brodie serait de retour, elle aurait une conversation avec lui, pour lui demander quelles étaient ses motivations réelles. Avec suffisamment d'informations, elle trouverait un moyen d'arriver à un accord entre Brodie et Caelan... En jouant les médiatrices, elle espérait avoir ainsi l'occasion de prévenir son père de se tenir sur ses gardes.

Arabella passa le reste de la soirée à se remémorer des bribes de conversation, à rassembler ses souvenirs pour tenter de dresser un portrait plus juste de Brodie d'une part, et de Caelan d'autre part. Ce faisant, elle prit conscience qu'elle avait négligé trop d'indices concernant la véritable nature de l'homme qu'elle devait épouser, et qu'elle avait parallèlement écouté trop de mensonges concernant la brutalité de Brodie. Elle avait tout simplement ignoré ce qui se passait autour d'elle !

Une erreur qu'elle se promit de ne plus jamais commettre.

# *Chapitre 11*

Hélas ! Comme le pressentait Brodie, leur équipée avait tourné au bain de sang...

Alors qu'ils étaient prêts à partir, lui et ses hommes avaient fait parvenir un message à Grigor. Et une fois arrivé au château, Brodie, avec l'aide de quelques fidèles restés à Drumlui, avait réussi à délivrer Magnus. Par chance, le cachot où il était gardé se trouvait non loin du tunnel secret, qu'ils avaient donc emprunté pour mener à bien l'opération. Jusque-là, ils n'avaient pas rencontré de piège... Mais celui-ci étant susceptible de survenir à tout moment, Brodie et ses hommes étaient restés sur leurs gardes.

L'alarme avait certainement déjà été donnée lorsqu'ils s'étaient retrouvés dans la cour du château, à la sortie du tunnel, à l'endroit même où Brodie s'était échappé avec Arabella. Ils s'étaient alors retrouvés à découvert, mais heureusement, les hommes de Brodie étaient sur place avec les chevaux, et ils avaient pu quitter les lieux très rapidement. Tout s'était donc bien passé.

Jusque-là...

En dépit de toutes leurs précautions, l'attaque qui avait suivi les avait pris par surprise. Ils s'étaient attendus à tout en revenant à Drumlui, sauf à être assaillis en traversant le village... Les villageois eux-mêmes les avaient guettés, armés de piques et de fourches, et les guerriers de Caelan n'avaient pas tardé à les prendre à revers. Les mercenaires du traître avaient donc réussi, et c'était le plus atroce, à forcer tous les habitants à prendre part à la mêlée.

Tandis qu'ils parvenaient au dernier virage avant le campement, Brodie essuya le sang qui lui brouillait la vue et contempla le groupe d'hommes et de femmes qui avaient survécu au massacre. Le bilan était lourd. Ils avaient sauvé Magnus, mais perdu deux hommes pendant le combat, et quelques autres étaient sérieusement blessés. En outre, cinq villageois — de pauvres innocents pris de force dans la bataille — avaient trouvé la mort. Il avait également vu au moins quatre soldats de Caelan périr sous ses yeux. Tous ces hommes étaient des Mackintosh... Ce constat emplit Brodie d'une tristesse amère.

Oui, tous les morts étaient de son clan. Il s'arrêta pour laisser les autres passer, croisant le regard triste de chacun.

— Rob, emmène Magnus auprès de Margaret. Une fois qu'elle l'aura examiné, elle pourra s'occuper des autres blessés.

Un peu plus tôt, ils avaient envoyé un homme en éclaireur afin de prévenir de leur arrivée et demander qu'on renforce la garde aux alentours du campement. Pendant que Brodie vérifiait que ses instructions avaient été suivies, les blessés furent pris en charge et emmenés jusqu'à la tente de Margaret. Rassuré sur leur sort, Brodie était sur le point de quitter les lieux pour aller à la rivière se débarrasser du sang et de la poussière qui le couvraient, lorsque la voix de Margaret l'arrêta.

— Fais venir lady Arabella, Brodie, j'ai besoin de son aide ici.

Il aurait voulu protester, mais Margaret était déjà rentrée dans la tente. Arabella accepterait-elle de soigner leurs blessés ? Elle était prisonnière ici, et une Cameron qui plus est ! Elle n'avait aucune raison de les aider… Cependant, Margaret avait raison. Les femmes du camp étaient déjà bien occupées, et une paire de mains supplémentaire ne serait pas de trop. A condition qu'elle accepte volontiers : il était hors de question de la forcer.

— Fais vite ! lança Margaret à travers la tente, comme si elle avait perçu son hésitation.

Décidé à parler à Arabella, Brodie courut alors jusqu'à sa caverne et y entra. La jeune femme recula précipitamment à son arrivée, les yeux pleins de terreur.

— Sommes-nous attaqués ? demanda-t-elle avec angoisse. J'ai entendu des cris, ainsi que des avertissements à propos de chevaux en approche.

Puis les yeux d'Arabella se posèrent sur son visage maculé de sang, avant de descendre le long de sa gorge et de sa tunique ensanglantée.

— Vous êtes blessé, souffla-t-elle d'une voix blanche.

— Oui, je…

Il était sur le point de requérir son aide mais se réprima. Etant donné toute la colère qu'elle ressentait à son égard, elle risquait de refuser si la demande émanait de lui.

— Il y a de nombreux blessés, Margaret a besoin de votre aide, reprit-il.

Son regard bleu scruta l'entrée de la grotte, puis revint vers lui.

— Il fait encore jour, dit-elle en pointant le doigt vers l'ouverture rocheuse.

Troublé par sa remarque, il réfléchit quelques secondes avant de comprendre. Mais oui... bien sûr ! Jusque-là, il ne l'avait jamais autorisée à sortir en plein jour, afin qu'elle ne puisse reconnaître ni les gens ni les lieux. Mais vu les circonstances, cela n'avait plus guère d'importance.

— Je sais... Acceptez-vous de l'aider ?

— Bien sûr.

Elle se retourna. Puis, d'un pas décidé, se dirigea vers le fond de la grotte et prit entre ses bras une pile de vêtements visiblement reprisés par ses soins.

— Nous pourrions avoir besoin de ceci, expliqua-t-elle.

Sans rien laisser paraître de son élan de reconnaissance, Brodie prit le bras d'Arabella pour la guider vers la sortie. Elle leva la main pour protéger ses yeux éblouis par la lumière vive du dehors. Il passa un bras autour de sa taille pour l'aider à traverser rapidement le centre du campement, agité par une effervescence inhabituelle.

Ils ne s'arrêtèrent pas avant d'être arrivés à la tente de Margaret.

— J'étais sur le point d'envoyer quelqu'un d'autre vous chercher, ma lady ! déclara celle-ci en guise de salut. Votre talent de couturière nous sera bien utile ici. Entrez.

Brodie laissa à regret Arabella s'éloigner pour suivre Margaret. Il prenait conscience, maintenant qu'il l'avait retrouvée, qu'elle lui avait terriblement manqué ces derniers jours. Sa silhouette aux courbes douces, sa chevelure aux reflets brillants, ce parfum si féminin qui n'appartenait qu'à elle... Tout cela lui était soudain devenu... vital !

Il eut beau tendre l'oreille, il n'entendit que quelques murmures diffus à l'intérieur de la tente.

Alors il dut se résigner à retourner à ses propres tâches. Il passa les heures qui suivirent à organiser le camp en vue d'une éventuelle fuite, s'ils y étaient contraints. Il s'assura également que les femmes avaient le nécessaire pour soigner les blessés. Enfin, il réunit ses compagnons les plus proches pour discuter d'un nouveau plan de défense.

Le soir tombait quand les conciliabules prirent fin. Brodie arrivait devant la tente de Margaret pour prendre des nouvelles de Magnus quand Rob le rejoignit et lui tendit une coupe d'ale et un morceau de pain. Il perçut dans les yeux de son ami la même interrogation que celle qui le taraudait. Quelles étaient les chances de survie de Magnus ? Il y répondit par un froncement de sourcils. Aucun d'eux n'avait envie d'évoquer ce souci à voix haute...

Autour d'eux, les animaux de la nuit s'éveillaient et animaient l'obscurité d'une vie intense. Le vent, qui avait été sec toute la journée, transportait à présent une humidité annonciatrice d'orages.

— Je serais curieux de savoir si le poids des apparences ne commence pas à peser sur les épaules de Caelan, déclara Brodie. Il doit en avoir assez de paraître aimable aux yeux des Cameron. Il pensait certainement que ses projets auraient abouti à l'heure qu'il est, et sa patience a des limites.

— Patience ? Quelle patience ? Je ne l'ai jamais connu

patient ! Même enfant, il voulait tout au moment où il l'exigeait et pas une seconde plus tard !

Rob avait grandi auprès de Caelan. Il avait été son ami tout autant que Brodie, jusqu'à l'âge des premières échauffourées auxquelles ils avaient pu participer. Puis brusquement, quelque chose avait définitivement détourné Rob de Caelan. Que s'était-il passé au juste ? Bien que Brodie ait lui aussi rapidement pris ses distances face à l'hypocrisie de son cousin, la rupture n'avait pas été aussi nette.

— Je t'assure qu'il peut se montrer très patient si c'est dans son intérêt. Seulement, j'ai contrarié ses plans en enlevant lady Arabella. Tout cela, ajouta-t-il en désignant la tente qui abritait les blessés, est déjà un signe de son exaspération…

— Alors que va-t-il faire ensuite, selon toi ? Crois-tu qu'il viendra nous dénicher ici ?

— Je pense qu'il va faire partir les Cameron un moment, afin d'avoir toute liberté pour s'occuper du problème que nous représentons.

— Mais que fais-tu de lady Arabella ? Son père n'acceptera jamais de partir sans elle !

Brodie réfléchit un instant. Caelan avait été assez malin pour dresser ses principaux adversaires l'un contre l'autre — en le rendant responsable de la mort de Malcolm, puis de l'enlèvement d'Arabella, il avait dressé Euan Cameron contre lui, manipulant le laird à son avantage.

Connaissant son cousin, il avait déjà dû glisser, mine de rien, qu'il accepterait d'épouser une autre Cameron si Arabella n'était pas rendue à son père vivante, ou si elle avait perdu son honneur.

Et il pressentait qu'Euan céderait… Le laird Cameron

tenait tellement à préserver une paix durable entre leurs deux clans ! De plus, si Lachlan, puis Caelan avaient encore agrandi leurs territoires pendant son exil, Euan ne serait plus en position de refuser le marché. Un marché de dupes ! Au final, les mains vengeresses de Caelan s'approprieraient tout mais, cela, Euan l'ignorait…

— Pensez-vous que mon père m'abandonnerait ici, Brodie ?

La voix de lady Arabella le surprit dans ses amères réflexions. Il se tourna légèrement pour voir sa silhouette gracieuse se découper à l'entrée de la tente. Son beau visage avait perdu toute couleur. Etait-ce dû aux blessures qu'elle avait soignées ou aux mots qu'elle venait d'entendre ? D'ailleurs, qu'avait-elle entendu au juste ? Elle s'approcha d'un pas, et il perçut l'épuisement sur ses traits tirés. Du sang maculait sa robe, et une éclaboussure oubliée marquait sa joue.

— Arabella…, commença-t-il, avant de jeter un regard inquisiteur vers Rob, qui s'éloigna pour entrer dans la tente. Je dois d'abord connaître l'état de Magnus.

— Il est en vie. Grâce au talent de Margaret et à la détermination de cet homme à ne pas mourir.

Il fit un signe de tête pour lui montrer sa reconnaissance puis pénétra dans la tente. Le corps et le visage martyrisés de Magnus étaient entièrement recouverts de bandages. Malgré tout, il semblait relativement dispos, et déterminé à parler. Rob et Brodie se chargèrent de l'interroger, rapidement pour ne pas l'épuiser. Ils obtinrent l'essentiel des informations en un minimum de temps, puis le laissèrent se reposer. Avant de partir, Brodie donna des ordres pour s'assurer de la garde efficace de Magnus.

En ressortant de la tente, il trouva les alentours vides. Margaret et Arabella étaient parties. Il se dirigea vers sa grotte et croisa Margaret, qui revenait seule.

— Où est lady Arabella ? demanda-t-il en s'arrêtant devant elle.

— Elle t'attend, dit-elle en riant. Et elle a beaucoup de questions en tête, tu peux me croire…

— Margaret, je t'avais pourtant dit de…

— Oui, oui, je sais, tu m'as dit tellement de choses ! Mais si tu veux mon avis, elle mérite la vérité à présent. Elle a travaillé en y mettant tout son cœur aujourd'hui et elle n'avait guère ménagé sa peine auparavant. Ses sutures ont sauvé la vie de Magnus en l'empêchant de perdre tout son sang. Elle n'a jamais reculé devant ce que je lui demandais. C'est une femme forte et honorable et certainement pas une écervelée, comme beaucoup le croient.

— Vraiment ? demanda-t-il en feignant la mauvaise grâce.

A la vérité, il savait déjà tout cela. Il avait compris des mois plus tôt qu'elle laissait peu de personnes voir au-delà du vernis superficiel qu'elle arborait en société. Seulement, pour l'heure, il n'avait aucune envie de se voir rappeler que, comme tous les autres, il avait été un temps où il avait sous-estimé cette femme exceptionnelle…

— Demande-lui de regarder tes blessures, conseilla Margaret en montrant du doigt sa chemise tachée de sang. Je vais te faire porter un peu d'onguent.

— Que lui as-tu dit exactement, Margaret ?

— Je n'ai pas révélé tes secrets, rassure-toi. Je n'ai fait que lui rapporter mon histoire, parce que c'est à moi de la raconter.

Brodie soupira bruyamment. En cet instant, il aurait volontiers imité la mauvaise habitude que Rob et elle avaient de jurer entre les dents.

— Je t'avais demandé de ne rien lui dire !

— Et tu avais raison… à ce moment-là. Elle n'était pas prête à entendre la vérité. Mais, maintenant, elle l'est. Arabella Cameron pourrait d'ailleurs devenir une alliée essentielle d'ici quelque temps.

Avant de repartir vers sa tente, Margaret se retourna une dernière fois vers lui.

— Ce qui arrivera très bientôt, je me trompe ? Chacun d'entre nous devra, à un moment donné, choisir son camp. Donne-lui de bonnes raisons d'être de ton côté. Vous auriez bien plus de chances de vaincre Caelan en le combattant ensemble.

Ayant dit tout ce qu'elle avait sur le cœur, Margaret s'éloigna pour de bon. C'était une femme droite, intelligente et de bon sens, aussi Brodie prenait-il toujours ses conseils au sérieux. Non seulement ses talents de guérisseuse avaient sauvé des dizaines de vies, mais sa capacité à organiser la gestion des vivres et à apaiser les inquiétudes l'avait rendue aussi indispensable que ses guerriers dans cet exil.

La plupart du temps, elle le laissait commander sans intervenir mais, cette fois, elle avait voulu donner son avis. Visiblement, elle tenait à ce que lady Arabella soit de son côté…

Mais voilà, elle négligeait un détail essentiel — Arabella ne serait jamais du côté de l'homme qui avait tué son frère… La jeune femme avait accepté par devoir d'épouser le laird Mackintosh, mais jamais elle ne le prendrait pour époux, lui, après ce qui s'était passé. Et il savait par expérience qu'elle résisterait, sans fléchir.

Une volonté de fer…

Ces mots le traversèrent à nouveau comme un éclair. Toujours les mêmes… Il pressa sa main sur ses yeux pour contenir la douleur atroce qui lui vrillait le crâne. Pourquoi diable les souvenirs refusaient-ils de faire surface ? Qu'est-ce qui peinait tant à émerger de sa mémoire ? Que s'était-il passé cette nuit-là qui lui échappait sans cesse ? Dès qu'il se concentrait pour les faire resurgir, les images se brouillaient…

Et ce surnom. Bella.

La réaction qu'elle avait eue en l'entendant le prononcer lui indiquait clairement qu'il lui était précieux, un talisman secret partagé entre un frère et une sœur en dépit de l'interdiction de leur père.

Soudain, Brodie se sentit écrasé de fatigue. L'épuisement l'empêchait même de se concentrer. Pourtant, il savait qu'il devait rester sur ses gardes auprès de lady Arabella. Elle était certes en danger ici, mais elle représentait également un danger pour lui. Chacune de leurs rencontres faisait augmenter le désir qu'il éprouvait pour elle…

L'impossibilité de lui apprendre la vérité sur le meurtre de son frère ne faisait qu'aggraver la situation. Il ne pourrait jamais instaurer entre eux une relation fondée sur la confiance s'il était incapable d'expliquer son geste…

Avant de la rejoindre, il descendit jusqu'à la rivière pour se laver. Il parvint à nettoyer une bonne partie du sang séché, mais sa chemise restait coincée dans la profonde entaille qu'il avait sur un côté. Il lui fallut plusieurs minutes pour dégager le tissu de la plaie et, quand ce fut fait, le sang se remit à couler. Si Arabella était encore debout, il lui demanderait de suturer pour arrêter l'hémorragie, puis de poser un bandage.

Il serra les mâchoires en anticipant la torture. Pas la douleur de la suture… non, la tentation délicieuse des doigts d'Arabella caressant sa peau, car elle serait tout près de lui ainsi… Non, surtout pas ! Peu importe à quel point il la désirait, il ne prendrait plus les libertés qu'il s'était permises la dernière fois.

Il avait beau être épuisé par le manque de sommeil et la bataille, étourdi par la perte de sang et la faim, son sens de l'honneur lui dictait de la laisser en paix.

Aussi, Brodie entra-t-il dans la grotte avec une détermination sans faille — ce soir, il ne l'embrasserait pas.

Arabella avait souvent assisté le guérisseur d'Achnacarry. Pourtant, rien auparavant ne l'avait préparée à ce qu'elle avait vécu aujourd'hui. Préparer une décoction, elle savait faire. Appliquer des bandages aussi. Mais recoudre de la chair et des muscles, c'était une autre histoire… Jamais elle ne s'en serait crue capable.

Et pourtant, elle l'avait fait…

Elle baissa les yeux sur ses mains. Malgré les nombreux nettoyages, des traces de sang persistaient sous ses ongles, et sa robe était définitivement abîmée.

C'était sans importance. Elle se sentait immensément fière de ce qu'elle avait accompli. Margaret avait loué son travail, et avait affirmé que Magnus ne vivrait que grâce à ses soins. Pour la première fois depuis… toujours, Arabella avait été remarquée et appréciée pour autre chose que pour sa beauté. Un rire de pur bonheur jaillit de sa gorge, mais elle le réprima aussitôt. Non, c'était mal de se réjouir alors que tant d'autres étaient morts ou blessés.

Pourtant, bien malgré elle, son hilarité l'emporta. Si son père avait été présent en cet instant, il aurait été horrifié ! Voir sa fille si parfaite couverte de sang et de sueur, les cheveux emmêlés tombant librement sur un décolleté bien trop ajusté, rire aux éclats comme une bohémienne... ce serait pour le laird Cameron le comble de l'épouvante. Sa fille ressemblait bien plus à une servante qu'à une noble dame, pour l'heure. Ce qui n'était pas pour lui déplaire.

Dès son plus jeune âge, son père avait été très exigeant sur la façon dont elle devait se comporter et se vêtir. Elle était son héritière, après tout. Bien sûr, elle savait que son frère hériterait du titre de laird, mais elle-même devait obtenir une bonne part des richesses de ses parents, afin de représenter un parti intéressant. Quand sa mère était morte, son père avait perdu la seule personne qui parvenait à tempérer son caractère et, dès lors, il était devenu intraitable.

Pas par méchanceté. Non... Simplement, il voulait que le clan Cameron soit puissant. Pour ce faire, les infractions aux lois étaient durement punies, et les règles étaient les mêmes pour tous. Ses enfants l'avaient appris à leurs dépens.

Sa grâce naturelle et un sourire omniprésent, mais calculé, étaient devenus petit à petit sa meilleure défense. Malcolm et elle avaient toujours veillé à cacher leur insoumission. Si bien que sa tante Gillie, à qui elle pouvait se confier, était la seule à connaître son véritable caractère.

Du moins jusqu'à aujourd'hui. Arabella pouvait

désormais se targuer d'avoir accompli son plus grand acte de rébellion, au vu et au su de tous.

Et c'était une sensation merveilleuse !

Elle avait sauvé une vie ! Elle avait soulagé des corps souffrants... Son existence avait enfin revêtu un sens grâce aux soins qu'elle avait prodigués. C'était à mille lieues de l'habituelle frivolité que l'on exigeait d'elle. Dire qu'il avait fallu qu'elle soit enlevée et retenue contre son gré pour qu'elle se sente enfin libre ! Quel paradoxe ! Quelle ironie du sort !

Son fou rire s'apaisa enfin, sans pour autant que la douce euphorie qui coulait dans ses veines disparaisse totalement. Jamais elle ne s'était sentie aussi vivante depuis la mort de Malcolm. Sauf peut-être sous les baisers de Brodie... mais une telle culpabilité avait suivi ces instants qu'ils la rendaient finalement malheureuse quand elle y pensait.

Brodie... Partagée entre l'angoisse et l'impatience, elle attendait son retour. Elle avait tant de questions en suspens, après avoir entendu les murmures des blessés, et surpris la conversation entre Rob et lui ! De plus, en revenant à la grotte, elle avait appris, en tendant l'oreille, que des innocents avaient péri au cours d'une bataille dans le village. Une preuve supplémentaire de la duplicité de Caelan — d'un côté, le visage affable et doux qu'il lui offrait pour la séduire, de l'autre, la face cruelle, la folie meurtrière réservée à ceux qui dépendaient de son bon vouloir.

Puis Margaret s'était confiée à elle, et cela avait été un nouveau choc. Elle avait encore du mal à accepter la terrible vérité rapportée par la jeune veuve. S'il y avait une personne en qui elle pouvait avoir confiance, c'était pourtant bien Margaret, la seule à avoir été franche avec elle, faisant fi de sa condition de prisonnière.

D'ailleurs, la jeune femme, toujours de bon conseil, l'avait mise en garde contre l'humeur belliqueuse qui ne manquerait pas de s'installer dans le campement après la bataille. L'angoisse et la douleur avaient mis tout le monde à bout de nerfs, et les esprits risquaient de s'échauffer rapidement. Effectivement, Arabella savait par expérience que c'était toujours le pire moment pour discuter avec son père. En serait-il de même avec Brodie ?

Bien sûr, elle ne savait pas ce qui s'était réellement passé au village de Drumlui, mais ce qu'elle en avait entendu lui semblait de mauvais augure. Des hommes que Brodie considérait comme ses amis étaient morts, de même que de braves villageois qui avaient dû se retrouver bien malgré eux dans l'affrontement…

Son instinct lui soufflait qu'il valait mieux patienter un peu avant de l'assaillir de questions. Il serait toujours temps demain matin d'en discuter calmement.

Elle songea qu'en l'attendant, elle pourrait faire un brin de toilette.

Hélas, il n'y avait pas la moindre trace d'eau dans la pièce. Elle s'empara de la cruche et demanda au garde posté à l'entrée s'il voulait bien aller la remplir, ce qu'il s'empressa de faire.

Elle s'installa alors sur le tabouret et, sans brosse ni peigne à sa disposition, entreprit de démêler sa chevelure avec les doigts. Seigneur ! c'était une tâche impossible. Il fallait d'abord les laver. Elle avait terriblement besoin d'un bain… Et d'une bonne nuit de sommeil ! Un peu de repos lui permettrait peut-être d'y voir plus clair dans cette situation inextricable.

Soudain, elle sentit une respiration toute proche. Elle leva les yeux et vit la haute silhouette de Brodie devant elle.

Il la fixait avec une telle intensité que ses joues s'embrasèrent, et son cœur se mit à battre à un rythme affolé.

Et le spectacle qu'il offrait n'était pas fait pour l'apaiser… Brodie ne portait pas sa chemise, qu'il tenait pressée contre son flanc. Ses cheveux, mouillés, étaient plus sombres que de coutume, et l'eau qui ruisselait de ses boucles sur son buste dessinait de fascinantes arabesques sur sa peau mate. Ce n'était pas tant la vue de son torse nu qui la troublait — après tout, elle l'avait vu combattre, ainsi dévêtu, de nombreuses fois pendant les mois qui avaient précédé son exil. Non, ce qui était profondément troublant, c'était qu'il se tenait ainsi à quelques pas d'elle… Si proche qu'elle pouvait entendre son souffle rauque et sentir son parfum viril.

Elle aurait peut-être eu la force de détourner le regard si Brodie n'avait pas fixé sa bouche si avidement, comme s'il se rappelait le goût des baisers qu'ils avaient échangés. Lorsqu'elle passa inconsciemment sa langue sur ses lèvres sèches, il poussa un grondement avant de fermer les yeux. Sa main quitta son flanc, exposant l'entaille profonde qui le marquait. Arabella retrouva aussitôt ses esprits.

— Votre blessure… Elle n'a pas encore été soignée !

Elle s'approchait déjà de lui, mais il recula d'un pas.

— Pas la peine. Je viens de la laver.

Il lui tourna le dos pour se diriger vers le large coffre qui renfermait ses vêtements.

— La plaie est profonde, le saignement va continuer si on ne la referme pas. Asseyez-vous ici, ordonna-t-elle en désignant le tabouret qu'elle venait de quitter. Laissez-moi voir ce que je peux faire.

Etonnamment, il suivit ses instructions sans discuter. C'était sans doute une preuve que la blessure le faisait souffrir. Comme elle allait avoir besoin de plus de lumière pour la soigner, Arabella sortit des bougies du coffre et les disposa autour d'eux. Elle prit encore quelques minutes pour rassembler ce dont elle aurait besoin, puis revint vers lui. Voilà, elle était prête…

Non, en fait, elle n'était absolument pas prête… Il lui suffisait de poser les yeux sur Brodie pour que ses mains se mettent à trembler, son corps tout entier à frémir… Elle avait beau essayer de se persuader que c'était la fatigue qui avait raison d'elle, Arabella savait parfaitement ce qui était la cause de son trouble. L'idée de toucher la peau lisse du guerrier, de sentir la chaleur de son corps solide, l'enivrait plus qu'un vin capiteux.

— Approchez, ma lady, dit-il d'une voix légèrement rauque qui la fit frissonner. Margaret m'a fait le récit de votre bravoure. Alors cela ne doit guère vous impressionner, ajouta-t-il en baissant le regard vers sa blessure.

Toute lucidité la déserta lorsqu'il tendit la main vers elle et étendit ses longues jambes devant lui pour qu'elle puisse accéder plus facilement à la plaie. Celle-ci partait de son flanc pour remonter vers sa poitrine, aussi devait-elle nécessairement se placer face à lui, de façon à bien voir la blessure. S'asseoir sur un autre tabouret ne fonctionnerait pas. Pas plus que de rester immobile debout comme elle le faisait pour l'heure. Elle s'approcha et s'agenouilla à son côté. Une bougie à la main, elle posa ses doigts autour de l'entaille pour en évaluer la profondeur.

Il se raidit au premier contact, les muscles brusquement noués, et elle retira aussitôt sa main. Ses lèvres — des lèvres qu'elle avait embrassées quelques jours plus tôt — étaient serrées en un rictus de douleur. Elle se redressa pour lui apporter la cruche d'ale posée sur la table. Elle se sentait terriblement nerveuse. La simple idée de le toucher, fut-ce pour recoudre sa blessure, lui enflammait le ventre.

Comme s'il avait lu dans ses pensées, il lui tendit la cruche pour qu'elle boive :

— Vous semblez en avoir plus besoin que moi, demoiselle.

Sa voix était aussi chaude et douce que l'alcool qu'il lui offrait. Comme hypnotisée, Arabella leva légèrement le menton, et il posa le goulot sur ses lèvres, laissant un mince filet du liquide ambré couler dans sa bouche. La chaleur bienfaitrice de l'alcool se répandit dans sa gorge, dans son ventre, et courut bientôt dans ses veines. Elle lécha une dernière goutte qui s'attardait sur ses lèvres, avant d'oser lever les yeux vers lui.

Ce qu'elle n'aurait jamais dû faire…

La bouche de Brodie prit possession de la sienne avant qu'elle ait pu reprendre sa respiration. La caresse de ses lèvres et de sa langue sur elle enflamma tout son être instantanément. Le calme, tout relatif, que l'alcool avait pu lui donner vola en éclats au contact du corps massif du guerrier, qui se pressait contre le sien.

Brodie glissa la main dans ses cheveux et la posa sur sa nuque, pour l'empêcher de s'échapper… Ce qu'elle ne songea pas un seul instant à faire. Son autre bras la saisit à la taille en une étreinte sensuelle.

Cette fois, la chaleur qui grandissait au creux des reins d'Arabella n'avait rien à voir avec l'alcool, elle en était bien consciente… c'était cet homme qui lui faisait perdre le contrôle de ses sens. Dans ses veines, son sang s'échauffait un peu plus à chaque caresse de sa langue sur la sienne. D'instinct, elle y répondit en mordillant ses lèvres, provoquant chez lui un grondement sensuel.

Ses seins tendus semblaient à l'étroit dans son corsage et se pressaient contre la peau nue, délicieusement brûlante, du torse de Brodie. Arabella dut combattre l'envie irrépressible qu'elle avait d'ouvrir sa robe pour se coller à lui.

Lorsqu'elle sentit sous ses doigts ses cheveux humides, elle comprit qu'elle avait levé les mains pour le toucher en retour. Sans jamais interrompre leur baiser, elle fit glisser ses deux mains dans ses boucles et les posa sur ses épaules pour l'attirer plus près encore.

Elle en voulait… plus. Le sentir plus près d'elle, plus fort… Elle le voulait… lui.

Cette idée la fit brusquement reculer. Brodie respirait difficilement, tout comme elle, lorsque leurs regards se croisèrent. Ils restèrent un moment à s'observer, haletants, hagards. Les yeux de Brodie étaient brillants de passion et se posaient sur sa bouche comme s'il brûlait de la dévorer tout entière.

Bien malgré elle, son corps tremblait de fièvre, en écho à son désir. Le regard de Brodie s'assombrit encore, et il l'attira à lui dans une étreinte possessive, presque brutale.

Terrifiée à l'idée de se laisser submerger à nouveau par la volupté de ses caresses, Arabella tenta de reprendre le contrôle d'elle-même.

— Brodie…, souffla-t-elle dans un murmure qui était déjà un gémissement de volupté.

Loin de vouloir l'arrêter, sa voix langoureuse semblait au contraire le supplier de continuer. Malgré tout, il s'arrêta à quelques millimètres de ses lèvres. Sa bouche entrouverte la tentait dangereusement. Elle dut cligner des yeux pour combattre la puissante attraction qu'il exerçait sur elle.

— Brodie !

Cette fois, l'appel venait de l'extérieur.

Ils relâchèrent en même temps leur étreinte. Arabella essaya d'apaiser le rythme effréné de sa respiration en appuyant son dos contre la paroi froide de la caverne. Hélas, son corps semblait incapable de combattre les vagues de chaleur qui la submergeaient. Brodie s'éloigna vers l'ouverture de la grotte pour parler avec l'un de ses hommes.

Lorsqu'il revint quelques instants plus tard, elle tenta de fixer son regard sur la cruche d'ale qu'il tenait à nouveau dans sa main. Sa tentative échoua lamentablement car le relief qui tendait ses chausses ne put lui échapper.

Que Dieu lui vienne en aide ! Comment pouvait-elle être si follement attirée par le seul homme qu'elle ne pourrait jamais aimer ? Qu'elle n'avait pas le droit d'aimer ! Que resterait-il de son honneur si la seule chose qu'elle désirait était de s'abandonner aux baisers de celui qui avait tué son frère ?

Avec une profonde inspiration, Arabella se prépara à se battre — contre ses propres démons…

# Chapitre 12

— Vous étiez en train de penser à lui, n'est-ce pas ? lui demanda Brodie à voix basse.

— Oui, admit-elle en détournant le visage, gênée qu'il la contemple avec une telle intensité.

— J'imagine que vous vous sentez déloyale envers sa mémoire, parce que nous nous sommes embrassés…

Elle se contenta de hocher la tête. Ses yeux s'emplissaient de larmes, sa gorge se serrait… Si seulement…

— Arabella, je vous en prie, regardez-moi.

Elle respira profondément avant de le fixer à son tour.

— Je voudrais pouvoir vous dire que je n'ai rien à voir dans tout cela. Je voudrais…

Arabella attendit, le cœur battant. Elle désirait plus que tout que Brodie lui affirme qu'il n'avait pas tué Malcolm… Ou tout au moins qu'il se justifie, qu'il minimise sa responsabilité dans la mort de son frère. Hélas ! Elle savait que de tels espoirs étaient vains. Cela ne se produirait pas, il était définitivement, irrémédiablement coupable ! Et souhaiter à ce point son innocence n'y changerait rien.

L'épuisement et le chagrin l'envahirent si soudainement que ses épaules se mirent à trembler.

— Pardonnez-moi, je dois vous laisser vous reposer, ma lady, murmura-t-il en s'agenouillant à son côté.

Vous en avez fait bien plus aujourd'hui que ce à quoi je m'attendais. Vous avez bien mérité de vous délasser à présent.

— Non, je veux d'abord m'occuper de votre blessure, enchaîna-t-elle en reprenant l'aiguille, refusant de céder à la fatigue.

Il acquiesça sans broncher et s'assit sur le tabouret en plaçant ses jambes de part et d'autre d'elle, afin de lui laisser un espace libre pour opérer. En silence, Arabella s'employa à recoudre la plaie à petits points serrés. Puis, avec application, elle enduisit la blessure d'onguent. Brodie n'avait pas bougé ni prononcé un mot pendant cette longue intervention. L'avait-il seulement regardée ? se demanda-t-elle. Elle ne pouvait le savoir, tant elle était restée rivée sur sa tâche, espérant ainsi oublier la proximité troublante de l'homme qu'elle soignait !

Enfin, elle entreprit d'enrouler une bande de tissu autour du ventre de Brodie, en tentant d'ignorer tant bien que mal la chaleur de sa peau sous ses doigts. Voilà, elle avait achevé sa périlleuse mission…

Toujours sans lever les yeux, elle réunit rapidement le matériel pour le ranger. Elle voulut ensuite se mettre debout, mais ses jambes refusèrent de la porter. Elle serait tombée si Brodie ne l'avait pas rattrapée par la taille. Chancelante, elle s'appuya d'une main sur son épaule pour retrouver l'équilibre.

C'est alors qu'elle aperçut une seconde blessure, sur sa tête cette fois. Elle ne l'avait pas repérée jusqu'à présent, car l'entaille était peu visible, suivant la ligne des cheveux de haut en bas.

— Vous ne m'aviez pas dit que vous étiez également blessé au visage, fit-elle remarquer en préparant à nouveau du fil pour l'aiguille. Tenez une chandelle assez haut pour que je puisse voir, s'il vous plaît.

— Ce n'est rien, Arabella.

— Si, il faut recoudre, et... je suis désolée, j'ai dû vous faire mal en tirant sur vos cheveux tout à l'heure, dit-elle en sentant ses joues s'enflammer.

— Pas du tout, assura-t-il.

Cette fois, Brodie frémit lorsque l'aiguille piqua la peau fine du cuir chevelu.

— Je vais faire vite, promit-elle.

Elle se concentra sur sa tâche et, en quelques minutes, la blessure était refermée et propre. Cette plaie ne nécessitait même pas de bandage.

— Je vous remercie, ma lady, dit-il en se levant.

Il se dirigea vers le coffre pour en sortir une chemise. Elle le vit serrer les dents lorsqu'il tendit les bras au-dessus de la tête pour passer le vêtement. Mais elle se dit qu'il valait mieux ne pas s'enquérir de son état. En général, les hommes préféraient ne pas montrer leurs faiblesses et taire leurs douleurs — elle l'avait appris dès le plus jeune âge lorsqu'elle réconfortait les blessés, comme l'exigeait son statut de lady.

— Allez vous reposer, maintenant. Mais juste une dernière chose... acceptez mes sincères remerciements, Arabella, pour votre aide précieuse d'aujourd'hui, d'autant que...

— ... que quoi ?

— ... que vous êtes là contre votre gré. Et...

— Et une Cameron, c'est cela ?

— Tout à fait.

Au ton catégorique de sa voix, Arabella comprit qu'il voulait par ces mots rappeler qu'entre eux, il existait une zone infranchissable. Cet espace qui les séparait leur laissait la liberté de s'observer et d'interagir. Mais ils ne pouvaient en aucun cas s'y engager.

— Vous en doutiez peut-être avant ce jour, mais les Cameron aussi sont capables de pitié et de générosité, sir, rétorqua-t-elle, piquée au vif.

— Certains d'entre eux, assurément, lady Arabella.

Sur ces mots, il disparut. Arabella se rendit compte qu'elle n'avait même pas posé une seule question, ni recueilli une seule information, comme elle se l'était promis. Au lieu de cela, elle avait définitivement perdu l'esprit entre les bras de cet homme...

A présent, toute émotion semblait l'avoir quittée. Demain, la bataille reprendrait de plus belle entre eux, mais pour l'heure, elle n'aspirait plus qu'à une chose : une nuit réparatrice ! Elle se laissa glisser tout habillée sur la couche et sombra dans un sommeil sans rêves.

Brodie tombait de fatigue, seulement, ce n'était pas le moment d'écouter son corps. Il lui fallait d'abord vérifier que les gardes, les chevaux et les vivres étaient à leur place. Aussi fit-il scrupuleusement le tour du camp. Une fois rassuré par l'ordre qui y régnait, il put enfin retourner vers sa caverne. Jamie s'éloigna dès qu'il le vit approcher et le salua d'un signe de tête. A peine entré, il regarda la silhouette pelotonnée sur son lit.

Oh non ! Ce spectacle suffisait à éveiller un désir violent en lui.

Quoi d'étonnant d'ailleurs ? En plus d'être sublime, Arabella s'était aujourd'hui révélée être d'un courage exceptionnel. Margaret n'était plus la seule désormais à chanter ses louanges. A la vérité, tous ceux qui avaient été en contact avec elle l'admiraient. A commencer par Magnus, ébahi qu'elle lui ait sauvé la vie bien qu'elle soit une Cameron, prisonnière qui plus est...

Que devait-il faire d'elle ?

Bien entendu, son instinct se chargea de lui suggérer quelques pistes, qu'il avait de plus en plus de mal à rejeter. Comment pouvait-il essayer de lui résister alors qu'elle avait pris soin de lui avec ses mains si douces et si habiles ?

Arabella s'était-elle aperçue qu'il s'enivrait de son parfum suave tandis qu'elle était agenouillée entre ses jambes ? Il avait cru devenir fou. Savait-elle seulement jusqu'où il pourrait aller si c'était elle qui, une autre fois, faisait le premier pas ?

Non, elle ne le savait pas... Cette jeune femme était l'innocence même. C'était à lui de garder la tête froide face à cette candeur qui ne faisait qu'empirer les choses ! Comme Arabella ne contenait pas sa sensualité naissante, il pouvait voir à chaque seconde les marques de son désir s'afficher sur son corps. Il lui suffisait de s'approcher pour entendre aussitôt sa respiration s'accélérer et voir la pointe de ses seins se tendre sous le tissu de sa robe. Quand il la dévorait du regard, ses yeux s'assombrissaient et, comble du supplice, elle entrouvrait sa bouche délicate.

Mais il ne pourrait pas la posséder ! Jamais !

Un soupir d'amertume et de frustration lui échappa.

Au lieu de rêver à l'impossible, il ferait mieux de prendre soin d'elle. En commençant par l'installer confortablement, songea-t-il. La pauvre Arabella semblait être tombée assise sur le lit de fortune, sans aucun souci de son bien-être. S'il la laissait ainsi pliée, elle souffrirait de courbatures après sa nuit.

Avec douceur, Brodie desserra les bras de la jeune

femme, qu'elle avait croisés, et posa doucement sa tête sur le plaid qui faisait office d'oreiller. Elle émit de vagues murmures lorsqu'il allongea ses jambes et desserra le haut de sa robe. Enfin, après lui avoir ôté ses chaussures, non sans avoir admiré un instant l'arc parfait de ses pieds, il l'enveloppa de couvertures bien chaudes.

Satisfait de la savoir ainsi à l'aise pour la nuit, il s'assit au bord du lit et écouta un moment sa respiration, calme maintenant.

Bon sang ! Il n'y avait rien au monde qu'il désirait plus que de s'allonger à son côté. Son corps aux courbes douces abandonné entre ses bras…

Il avait dû pousser un grondement inconscient car elle se mit à s'agiter dans son sommeil. Aussitôt, il se releva et s'éloigna dans l'ombre afin de ne pas l'apeurer si elle se réveillait. Mais Arabella roula sur le côté et murmura un nom.

Malcolm…

Ces deux syllabes flottèrent jusqu'à lui dans l'obscurité. Elles semblèrent se matérialiser, comme pour mieux lui signifier que son frère serait toujours là, à jamais entre eux…

Brodie sortit de la caverne, le cœur lourd. Après avoir fait signe à Jamie de revenir se poster à l'entrée, il partit en direction de la tente de Rob, où il espérait trouver le sommeil, loin d'Arabella…

Le lendemain dès l'aube, il solliciterait les conseils de ses plus proches amis, avant de se décider sur la voie à adopter. Pour être honnête, le bain de sang de ce matin avait quelque peu ébranlé ses convictions — pas sa détermination à écarter son traître de cousin du pouvoir, cela jamais ! Mais il devait revoir les moyens à employer pour y parvenir.

Il fallait qu'il mette en place un nouveau plan... infaillible celui-là !

Le soleil brillait déjà haut dans le ciel lorsqu'un rayon puissant pénétra dans la caverne et réveilla Arabella. En se mettant en mouvement, elle constata que tout son corps faisait les frais des efforts inhabituels qu'il avait dû fournir la veille. En effet, lorsqu'elle se redressa, après avoir écarté des couvertures qu'elle ne se rappelait pas avoir placées là, ses bras et son dos protestèrent violemment. Elle se força cependant à bouger chaque muscle endolori, étira longuement ses bras au-dessus de sa tête et assouplit ses hanches raidies.

Elle ne rechignait pourtant pas à la tâche, à Achnacarry, mais elle n'avait jamais soigné tant de monde en si peu de temps ! Sur les terres de son père, c'est aux guérisseurs que revenait la charge des blessés les plus graves. Son rôle à elle consistait principalement à coordonner leur travail et à réconforter les guerriers meurtris dans leur chair.

La veille, en revanche, elle avait arrêté de dénombrer les blessures qu'elle avait soignées et bandées... De même, impossible de savoir combien de potions préparées par Margaret elle avait fait absorber. Ni combien de vêtements elle avait transformés en bandages. Elle se rappela que, dans le feu de l'action, elle n'avait pas pris le temps de s'interroger sur la cause de tous ces maux, du moins pas avant d'avoir entendu les hommes en parler à l'extérieur de la tente.

A présent que son esprit était un peu reposé, elle

tenta de rassembler les informations glanées. Il était question d'embuscade. Une mission de sauvetage qui aurait mal tourné. Une violente attaque au cours de laquelle Caelan aurait utilisé d'innocents villageois comme boucliers. Et dans toutes les bouches revenait le nom de Brodie : chacun le louait, affirmant que, sans lui, il y aurait eu beaucoup plus de morts...

Un froid terrifiant s'infiltra dans ses veines, de plus en plus profondément à mesure que la vérité se faisait jour en elle. Plus de doute... Comme beaucoup d'autres, elle s'était laissé abuser par Caelan Mackintosh.

— Ma lady ?

Arabella sursauta, puis rejoignit Rob au dehors.

— Entrez, Rob.

— Je vous souhaite le bonjour, ma lady, la salua-t-il en pénétrant dans la caverne.

Elle s'attendait à voir entre ses mains le bol de porridge qu'il lui apportait tous les matins, mais cette fois, point de repas... A la lumière du jour, elle vit clairement les marques de coups sur son visage. Lui aussi avait dû combattre durement.

— Bonjour à vous, répondit-elle en souriant.

Elle était sur le point de le questionner, puisque visiblement il ne venait pas pour son déjeuner, lorsqu'il reprit :

— Brodie m'a chargé de vous transmettre que, si vous donnez votre parole de ne pas vous enfuir, vous pouvez aller et venir librement dans le camp, ma lady.

Stupéfaite, elle interrogea Rob du regard. Celui-ci semblait tout à fait sérieux ! C'était une proposition pour le moins... inattendue.

— Il se contenterait de ma seule parole ?

— Je vous ai rapporté ses mots exacts.

Après être restée si longtemps dans des lieux à peine éclairés par des bougies, ce serait un véritable soulagement pour elle de pouvoir profiter de la lumière naturelle, d'autant que la journée s'annonçait particulièrement ensoleillée. Cependant, accepter cette offre, c'était faire une croix définitive sur une possible évasion… Elle respecterait son engagement, c'est pourquoi sa décision devait être mûrement réfléchie.

— Puis-je lui faire confiance lorsqu'il dit qu'il me libérera dès que possible ? demanda-t-elle en scrutant le visage du meilleur ami de son geôlier.

Sans hésiter une seconde, Rob confirma. Mais pouvait-elle se fier à lui ?

De toute façon, elle n'apprendrait rien d'utile en restant enfermée ici ! Son père devait être à sa recherche. Car jamais il n'accepterait de rester dans l'incertitude sur son sort, ne serait-ce que par orgueil. Le mieux pour se préparer à toute éventualité était de se trouver le plus possible à l'extérieur, et non cloîtrée comme jusqu'à présent !

— Très bien, il a ma parole.

Rob lui adressa un grand sourire, puis l'escorta hors de la caverne. Elle fut accueillie par une chaleur inhabituelle en cette saison. Le soleil brillait dans un ciel sans nuages, ce qui assécherait rapidement la boue et chasserait l'humidité de l'air. Ils marchèrent ensemble le long du chemin, et Arabella constata avec bonheur que bien des choses avaient changé depuis la veille. Tous ceux qu'ils croisaient la saluaient de la même manière que Rob. Oubliée la prisonnière du clan Cameron, l'ennemie ! Elle était désormais lady Arabella, qui avait soigné leurs blessures…

— Margaret a proposé que vous la rejoigniez,

si cela vous convient, l'informa Rob. Vous pourrez déjeuner là-bas.

Arabella accepta d'un signe de tête et s'apprêtait à le quitter, mais il la retint par le bras.

— Ma lady, certains ici, bien que minoritaires, n'approuvent toujours pas la présence d'une Cameron parmi eux, quand bien même est-elle retenue ici contre son gré. Alors faites attention à vous lorsque vous serez seule.

— Les vieilles rancunes ont la vie dure, commenta Arabella.

Elle comprenait d'ailleurs que les traces de décennies de querelles ne puissent s'effacer aussi rapidement. Même si elle épousait un jour un Mackintosh, certains lui reprocheraient indéfiniment ses origines.

— C'est tout à fait cela, ma lady.

Arabella remercia Rob d'un sourire et reprit sa marche, sentant dans son dos le regard protecteur du jeune homme.

Au bout de quelques pas, elle s'arrêta pour respirer à pleins poumons. L'air frais et sec était un vrai délice. Pour la première fois, elle put se repérer et évaluer l'étendue du campement. Des tentes et des abris de fortune étaient réunis non loin du précipice, là où Brodie l'avait sauvée quelques il y a quelque temps. D'autres s'alignaient le long du chemin qui menait à la caverne où elle logeait maintenant. Plusieurs feux avaient été allumés dans des trous creusés à même le sol, et quelques femmes s'y activaient. Arabella fut surprise par le nombre d'enfants qui jouaient autour d'elles. Bien sûr, elle avait entendu leurs cris, mais jamais elle n'aurait imaginé qu'il y en ait autant dans ce lieu retranché.

Le camp était situé sur le flanc de la montagne, face au nord, d'après la position du soleil. Une épaisse forêt le bordait en aval, le cachant à quiconque arriverait d'en bas... de Drumlui ? Hélas, Arabella était incapable de localiser le village par rapport à ce massif.

Un peu plus loin, une femme lui fit signe d'approcher pour manger, en levant un bol en l'air. Elle ne se fit pas prier : elle mourait de faim après les événements de la veille... Le visage de cette jeune Mackintosh lui paraissait familier, mais elle ne se rappelait pas son nom.

— Bonjour, ma lady, je m'appelle Bradana. Vous avez soigné mon mari Duncan, hier.

— Comment se sent-il, aujourd'hui ? s'enquit-elle.

Elle sourit aux deux petits garçons qui jouaient dans les jupes de leur mère, pendant que celle-ci lui servait une généreuse part de porridge.

— Il se plaint ce matin. C'est qu'il va mieux ! C'est habituel cette réaction, chez les hommes, non ?

— En effet, s'en amusa Arabella.

Elle s'installa sans façon auprès de Bradana pour déguster la savoureuse bouillie, tout en s'amusant avec les bambins, de moins en moins timides.

— Vous avez besoin d'un manteau, ma lady ? Cette chaleur ne durera pas plus longtemps que le jour, et vous risquez d'attraper froid une fois la nuit tombée.

— Ne vous inquiétez pas, Brodie m'a procuré un vêtement chaud. J'irai le chercher plus tard. Je vous remercie de vous en préoccuper, Bradana.

La jeune femme reprit le bol vide et lui tendit une coupe d'eau délicieusement fraîche.

La conversation s'engageait agréablement, si bien qu'Arabella ne prit congé qu'un moment après, pour rejoindre la tente de Margaret. Elle souleva le pan qui fermait l'abri : Magnus était allongé, endormi, et Margaret le veillait. Dès qu'elle la vit, elle lui fit signe de l'attendre au-dehors, et les deux femmes partirent ensemble vérifier l'état des autres blessés, disséminés dans tout le campement.

S'il semblait étrange aux Mackintosh d'être aidés et soignés par une lady du clan Cameron, ils n'en laissèrent rien paraître, faisant taire ses craintes. La matinée passa rapidement et, vers midi, tous les guerriers souffrants avaient été visités. Tous... sauf Brodie, qu'elle n'avait pas encore aperçu.

Etait-il déjà reparti en mission ?

Arabella ne pouvait s'empêcher de le chercher des yeux tandis qu'elles marchaient — elle ne le vit nulle part.

Lorsque Margaret lui annonça qu'elle n'avait plus besoin d'elle pour le moment, elle partit en quête de Blackwood. Elle parvint sans difficulté à retrouver le chemin qu'elle avait suivi la nuit de son évasion manquée. Elle contourna les tentes et arriva en vue de l'enclos de fortune où étaient gardés les chevaux.

Brodie était-il retourné à Drumlui avec Blackwood ? Non, son étalon était bien là. Elle grimpa sur la barrière et l'appela. L'animal trotta aussitôt vers elle et enfouit son museau dans sa main.

— Mon pauvre chéri ! Tu as cru que je t'avais oublié ?

Elle fouilla dans la poche de sa robe pour en sortir une carotte que Bradana lui avait donnée un peu plus tôt. Le cheval l'avala avec gourmandise et poussa sa main pour en quémander une autre.

— La prochaine fois, mon grand, promit-elle sans cesser de le caresser.

— Dites-moi la vérité, Arabella. Vous m'en voulez plus de l'avoir emmené, lui, que vous, n'est-ce pas ?

Elle se retourna brusquement pour faire face à Brodie, nonchalamment appuyé sur un tronc d'arbre, comme s'il la regardait depuis un moment déjà.

— Vous avez raison, admit-elle avec un sourire. Allez-vous le faire courir aujourd'hui ? Il s'énerve s'il ne se dépense pas.

A cet instant, Blackwood donna un coup de museau dans son épaule, ce qui l'envoya en avant. Elle parvint à ne pas tomber et remonta en riant sur la barrière. Elle sentit Brodie s'approcher et le regarda du coin de l'œil s'installer à côté d'elle.

— Je me suis toujours bien occupé de lui, ma lady. Alors maintenant que je lui dois la vie… Il m'a évité bien des pièges ces derniers jours.

— Ainsi, il est allé avec vous jusqu'à Drumlui ? l'interrogea-t-elle, surprise.

Elle sentit Brodie se raidir, comme s'il hésitait à lui parler des récents événements.

— Oui. Cet étalon est plus solide que tous les chevaux que j'ai pu monter. Et il est plein de bravoure. Il nous a sauvés, Magnus et moi.

Fascinée, Arabella observa sa large main se poser sur le chanfrein de l'animal.

— Comment cela ? demanda-t-elle, le souffle court.

— Il était assez fort pour nous porter tous les deux. Magnus était incapable de monter seul quand nous l'avons fait évader. Puis, quand nous nous sommes retrouvés piégés entre les villageois et les hommes de Caelan, Blackwood s'est frayé héroïquement un passage, et il nous a ramenés ici…

— Je ne comprends pas… les villageois ne sont pas de votre côté ?

Elle vit qu'il serrait les mâchoires.

— Ce n'est pas cela, ma lady. En fait, la plupart d'entre eux ont essayé de ne pas prendre parti dans ce conflit, pour se préserver.

Il marqua une pause, et elle crut qu'il allait en rester là, mais il reprit bientôt :

— On a forcé certains d'entre eux à nous arrêter pendant que nous traversions le village. Alors ils ont pris les seules armes qu'ils avaient pour se défendre — des fourches, des bâtons — et ils nous ont barré la route vers les montagnes. Nous ne les avons pas attaqués, bien sûr, seulement, leur intervention nous a suffisamment retardés pour permettre aux soldats de Caelan de nous prendre à revers. Quand ses guerriers sont arrivés, ils ont foncé contre tout le monde, contre nous, contre les villageois… contre quiconque se trouvait sur leur chemin.

A ce récit, Arabella laissa échapper un hoquet d'horreur. Il tourna le regard vers elle, et la douleur qu'elle y lut la terrifia.

— Certains ont été piétinés. D'autres ont été passés au fil de l'épée. Quatre innocents, peut-être cinq, ont été tués, alors qu'ils avaient simplement obéi… sous la menace !

Brodie gardait les yeux fixés sur elle. A le croire, Caelan avait causé la mort de ces hommes, comme de bien d'autres auparavant.

Une question en particulier la taraudait, l'empêchant de réfléchir correctement. Que diable faisait son père pendant que le laird Mackintosh commettait ces crimes ? Elle devait savoir…

— Mon père a-t-il une part de responsabilité dans ces agissements ? A-t-il envoyé des guerriers Cameron avec ceux de Caelan ?

— Votre père ? Je ne l'ai pas vu. Magnus pense qu'il a quitté Drumlui pour Achnacarry il y a quelques jours.

— Il est parti en me laissant derrière lui ?

Le cœur d'Arabella se serra. Elle savait depuis toujours que son père n'avait que peu de considération pour elle, pourtant jamais elle n'aurait cru qu'il l'abandonnerait sans même connaître le sort qui lui était réservé.

— Je ne le crois pas, Arabella. Mon cousin l'aura probablement convaincu de rentrer chez lui pour pouvoir se consacrer entièrement à votre recherche. Je suis sûr que Caelan n'a aucune envie que votre père en sache trop sur ses desseins.

— Vous parlez sans cesse de ses plans ! s'écria-t-elle d'une voix tremblante d'émotion. Vous ne cessez de dire que Caelan a un but funeste, qu'il est responsable du déchirement de votre clan, qu'il force vos gens à quitter leurs terres, qu'il les tue !

Elle s'était mise à crier car elle était incapable de contrôler la panique qui s'emparait d'elle.

— Alors, dites-le-moi, maintenant ! Quel est ce plan, à la fin ? Et pourquoi suis-je un pion dans ce jeu ?

— Un pion ? répondit-il avec rage. Vous n'êtes pas un simple pion, vous êtes sa pièce maîtresse, sa reine... qu'il n'hésitera cependant pas à sacrifier pour sauver sa peau !

Soudain, la peur céda le pas à la colère, et Arabella se sentit envahie d'une fureur inconnue. Elle en avait assez de tous ces jeux de pouvoir, assez d'être retenue ici contre son gré, assez de dépendre toujours du bon vouloir d'hommes entêtés et brutaux ! Elle était épuisée de ne pas connaître les véritables motivations de ceux qui prétendaient diriger sa vie.

— Et quel est votre rôle dans tout cela, sir ? Vous vous contentez d'attendre sagement ici, pendant que votre cousin s'amuse à répandre la mort parmi les vôtres ?

Visiblement hors de lui, Brodie avança d'un pas, et elle recula, plus par instinct que par peur. Malgré son regard noir et ses poings serrés, elle ne le craignait pas.

— Moi ? Je suis le seul à essayer de mettre un terme à ses agissements ! Le seul à essayer de sauver sa reine de la mort ! Le seul à essayer de sauver mon clan, ainsi que le vôtre, ma lady...

— Et c'est ainsi que vous le protégez, votre clan ? En vous cachant dans les montagnes ? En évitant de vous faire capturer ? En récupérant les exilés et les mutilés ? Quel avenir comptez-vous leur offrir ?

A ces mots, Brodie s'écarta brutalement de la barrière. Les chevaux s'agitaient, sentant la colère qui montait entre eux.

Elle se tourna alors pour lui faire face, et ce qu'elle vit la pétrifia.

# Chapitre 13

Malgré sa colère, Brodie remarqua immédiatement que quelque chose n'allait pas. Arabella avait subitement pâli, aussi tourna-t-il tout de suite la tête, se demandant ce qui avait bien pu l'arrêter dans son élan.

Un groupe de personnes se tenait derrière eux, arborant un air mécontent. Rob l'avait pourtant prévenu ! Amener une lady Cameron parmi eux en ces temps troublés était risqué. Il avait ignoré ses avertissements, et maintenant une émeute se préparait... Il avait naïvement pensé qu'Arabella serait simplement sa prisonnière, sans réfléchir aux conséquences sur les autres exilés. Ces gens étaient à bout de nerfs, et les cris d'Arabella à l'encontre de leur chef avaient ravivé leur colère.

— Brodie nous protège, lança un homme en crachant à l'intention d'Arabella.

— Nous le considérons comme notre laird, le seul héritier légitime des Mackintosh, ajouta une femme. Caelan n'est qu'un usurpateur !

Le brouhaha s'intensifia, et Brodie comprit qu'il devait intervenir rapidement. Même si elle s'était emportée, Arabella n'avait rien à voir avec tout cela, et il était hors de question qu'elle en pâtisse.

— Ecoutez-moi, tous ! Cette lady est sous ma

protection ici, au même titre que chacun d'entre vous, rétorqua-t-il d'une voix de stentor.

Puis il croisa les bras et se plaça délibérément devant Arabella.

— C'est une Cameron ! s'exclama quelqu'un dans la foule.

— Oui, c'est une Cameron, répondit-il avec force. Mais elle est venue à Drumlui dans le seul but d'accomplir son devoir, et de mettre un terme à la querelle meurtrière qui dresse nos deux clans l'un contre l'autre.

— Alors qu'elle épouse ce bâtard de Caelan !

— Elle n'a fait qu'obéir aux ordres de son père. Ce mariage a été négocié entre lui et Lachlan, puis approuvé. J'ai moi-même soutenu cet accord et voulu y prendre part. Ne la rendez pas responsable du complot tramé par Caelan !

A présent, chacun prenait la mesure de ses paroles, et les remarques se faisaient de moins en moins acerbes. Bien sûr, certains, parmi les plus vieux notamment, n'arrivaient pas à abandonner leur haine envers le clan responsable de tant de morts et de destruction... en oubliant que les Cameron pouvaient également dénombrer de lourdes pertes par leur faute. Soudain, Bradana s'avança au-devant des autres. Face à tous, elle adressa un signe de tête respectueux à Arabella.

— La lady est peut-être une Cameron, et détestée pour cela par certains d'entre nous. Pourtant, cela ne l'a pas empêchée de nous aider. Elle a travaillé dur pour sauver nos guerriers. Selon Margaret, Magnus n'a survécu que grâce à elle. Et elle a soigné mon Duncan !

Bradana regarda chacune des femmes présentes. Toutes hochèrent la tête en signe d'assentiment. Plus que les hommes, sans doute, ces femmes comprenaient la situation d'Arabella, car elles n'étaient bien souvent que des pions dans les jeux de pouvoir auxquels participaient leur père et leur mari.

— Parfait, alors si sa présence ici vous pose un problème, vous n'avez qu'à rester loin d'elle ! conclut Brodie. Une parole contre elle, c'est une parole contre moi !

Ceux qui avaient élevé des objections un peu plus tôt acquiescèrent en silence, et tous se dispersèrent bientôt.

Seule Bradana ne bougeait pas, comme si elle voulait rejoindre Arabella, mais n'osait pas le faire. Brodie suivit son regard et la vision de la jeune femme, terriblement pâle et fragile, lui serra le cœur.

D'un geste, il indiqua à Bradana qu'il allait s'occuper d'elle. Même quand tout le monde fut parti, Arabella demeura immobile, les yeux fixés au sol.

Si seulement il avait su quoi lui dire pour la réconforter ! Comme rien ne lui venait à l'esprit, il resta planté là, attendant qu'elle réagisse... Après un moment de silence, elle releva enfin la tête et revint vers la barrière de l'enclos. Son étalon hennit doucement à son approche.

— Je suis certaine que vous avez beaucoup à faire, sir. Inutile de m'attendre.

Sa voix n'était plus qu'un murmure tremblant.

Comme il aurait aimé la prendre dans ses bras, la couvrir de baisers pour effacer la blessure des insultes ! Il brûlait de lui demander pardon pour l'avoir entraînée dans cette situation... Devait-il s'obstiner dans la voie qu'il avait choisie ? Le doute l'assaillait, maintenant.

En désespoir de cause, il obtempéra et la laissa

seule. Tandis qu'il s'éloignait, un poids terrible étreignit sa poitrine.

Un peu plus loin sur le chemin, il constata que le garde qu'il avait assigné à la protection d'Arabella était bien à son poste. Brodie se retourna cependant vers la jeune femme, inquiet pour elle.

Blackwood tapait gentiment son épaule. Brodie ne voyait pas son visage, qu'elle avait enfoui dans le cou de l'animal. Mais les soubresauts qui l'agitaient lui indiquaient clairement qu'elle pleurait.

Arabella n'avait pas voulu tout cela. Elle était étrangère à ce combat. Elle honorerait sa famille et la mémoire de son frère en se donnant corps et âme à celui qui avait été désigné pour elle, fût-il son ennemi. Son destin la condamnait à vivre loin des siens, parmi les ennemis de son clan, sans être jamais véritablement intégrée. Elle resterait une Cameron toute sa vie à leurs yeux. Et le nombre d'enfants qu'elle donnerait aux Mackintosh n'y changerait rien…

Tous ces sacrifices dans l'espoir d'une paix durable !

Brodie reprit son chemin, le cœur lourd de culpabilité. Il savait que l'enlèvement d'Arabella avait poussé Caelan à accélérer la mise en œuvre de ses plans. Il se sentait de fait indirectement responsable des violences de la veille, qui avaient mené à la mort de plusieurs des siens. Il se mettait vraiment à douter. Aurait-il dû accepter le mariage afin d'apaiser les affrontements ?

Jamais ! se ressaisit-il. La seule idée de laisser Arabella aux mains de son cousin le rendait fou. Il ne doutait pas un instant qu'une fois qu'elle aurait épousé Caelan, ce dernier mettrait en marche sa machine de destruction. Cette union lui apporterait immédiatement la richesse dont il avait besoin pour asseoir son pouvoir. Et s'il faisait un enfant à Arabella, il aurait ainsi un héritier légitime… des deux clans !

Pourtant, Arabella serait en danger même si elle portait son enfant. Une fois celui-ci né, Caelan ne la laisserait sans doute pas en vie bien longtemps, car il ne supporterait pas une épouse forte, solide et intelligente. Surtout à présent qu'elle savait de quoi il était capable.

Arabella ne serait jamais sienne, cependant il s'était promis de veiller à sa sécurité. Certainement par culpabilité, parce qu'il lui avait pris son frère. Mais aussi parce qu'il avait appris à l'apprécier lors de leur cour forcée. D'ailleurs, Brodie devait bien se l'avouer, c'était pourquoi il l'avait enlevée le jour des noces… Pour cela encore qu'il la protégeait de son mieux ici. Cette femme exceptionnelle avait toujours accepté avec courage d'accomplir son devoir, quoi qu'il lui en coûte. Il se devait d'honorer sa force de caractère. Arabella serait sans doute toujours contrainte d'épouser un Mackintosh, quand tout serait terminé. Néanmoins, il comptait bien s'assurer que ce privilège ne reviendrait pas à Caelan.

Brodie se dirigea ensuite vers la tente de Margaret, dans le but de discuter avec Magnus, qui était le seul à pouvoir l'aider. Lui seul saurait le renseigner sur l'avancée des plans de Caelan, et lui dire combien de temps environ il leur restait pour l'arrêter.

A présent, ils avaient assez de preuves et de témoins. Ils pouvaient révéler au grand jour que le nouveau laird payait ses hommes pour assassiner des innocents. Caelan était en train de constituer une armée de mercenaires, venus des quatre coins des Highlands, prêts à détruire tous ceux qui se trouveraient sur leur chemin.

En premier lieu Brodie et ceux qui le soutenaient. Puis les Cameron. Qui d'autre encore ?

Il envoya un messager à travers le camp pour aller quérir Rob et ses guerriers. Il devait se concentrer sur sa tâche, et essayer de chasser de son esprit l'image des yeux remplis de détresse d'Arabella.

Peine perdue…

Durant les heures qui suivirent, il pensa plus à elle qu'à ses propres problèmes. Si bien que lorsqu'il revint le soir vers sa caverne pour y prendre un peu de repos, il avait trouvé un moyen de ramener un sourire sur son beau visage.

Chaque jour passé ici semblait apporter son lot de soucis. Et Arabella se sentait à chaque fois plus fragile.

Les agissements de Brodie ne l'aidaient certes pas à conserver son sang-froid. Tantôt il la troublait par ses paroles — en remettant en cause toutes ses certitudes, tantôt elle était surprise par ses actions — comme lorsqu'il s'était dressé entre elle et son propre peuple pour la défendre. Mais surtout, il y avait ses caresses et ses baisers qui lui faisaient oublier jusqu'à son nom, sa famille et son honneur…

Arabella n'était sûre que d'une chose : elle n'était plus la jeune femme qu'elle était en arrivant à Drumlui, quelques mois plus tôt, pleine d'une assurance façonnée par son éducation, et déterminée à accomplir son devoir. Son masque faussement souriant avait disparu, brisé par la tragédie qui lui avait pris son frère et par les événements qui avaient suivi. Dans ce camp, il lui semblait qu'elle perdait chaque jour un peu plus les repères que les siens lui avaient transmis pour l'aider à se protéger. Mais était-ce vraiment une mauvaise chose ?

Pendant des années, elle avait cru tout ce que lui inculquait son père. Il l'avait persuadée qu'elle devait une obéissance aveugle à la mémoire de sa mère et à ses ancêtres. Que la seule façon d'honorer les siens était de se sacrifier à l'ennemi, afin que son corps participe à la naissance d'une nouvelle génération de Cameron, vouée à la paix.

Toutefois, après ce qu'elle avait vécu ces dernières semaines, toutes ces croyances lui semblaient aussi naïves que dérisoires. Elle n'avait vu dans ce conflit ancestral que la facette que son père avait bien voulu lui en montrer. Mais ici, des gens qui devaient la haïr à cause de son nom lui avaient montré plus de respect, d'attention et d'honnêteté que les membres de sa famille — si l'on exceptait Malcolm. Ils ne lui avaient pas montré un visage doux et lisse, mais au contraire leur vérité profonde, violente parfois, et tellement vivante !

Qu'était-elle supposée faire, maintenant ?

Elle aurait tant voulu pouvoir parler à son père, pour l'informer de la trahison susceptible de leur coûter la vie à tous… Mais ce qu'elle souhaitait par-dessus tout, c'était se retrouver face à Caelan, pour confondre cet homme qui n'avait fait que lui mentir.

Lorsque le soleil commença à décliner à l'horizon, un garde vint la chercher et la conduisit dans un autre abri pour passer la nuit. Trop perturbée pour s'en inquiéter, et assez soulagée de ne pas croiser Brodie pour le moment, elle le suivit volontiers. Ils parvinrent jusqu'à une caverne qu'elle ne connaissait pas, et l'homme lui fit signe d'entrer. Une très jeune fille se trouvait à l'intérieur, mais ce n'est pas elle qui arrêta le regard d'Arabella.

Au milieu de la caverne trônait un large baquet en bois. Il devait être habituellement dédié à la lessive, mais pour l'heure, il était empli d'une eau fumante et délicieusement parfumée.

— Ma mère m'a envoyée vous aider pour le bain, ma lady, annonça la fillette.

— Quel est ton nom ? demanda Arabella en s'approchant de la baignoire de fortune, fascinée.

Elle se délectait par avance de la sensation délicieuse qui l'attendait.

— On m'appelle Fia, ma lady.

— Et quel âge as-tu, Fia ?

Enfin, elle prit le temps de regarder l'enfant et la ressemblance lui sauta aux yeux. Elle se trouvait sans aucun doute face à la fille de Bradana…

— Un âge parfait, en tout cas, s'amusa Arabella en ôtant sa ceinture. Je suis contente que tu sois là, Fia, mes cheveux ne sont pas faciles à démêler seule.

En quelques instants, elle fut débarrassée de ses vêtements et plongea dans une eau si chaude que sa peau la picota. La bassine n'était pas assez longue pour lui permettre de s'allonger, alors elle enfonça ses épaules et releva ses genoux, savourant la caresse de l'onde ainsi provoquée sur sa tête.

Fia avait beau être encore bien jeune, ses gestes étaient précis, et ainsi ses cheveux furent rapidement lavés, et sa peau reluisante.

Lorsqu'elle sortit enfin du bain, à regret, une chemise et une robe propres l'attendaient. Après maints efforts,

Fia vint à bout de ses cheveux emmêlés. La fillette était adorable, et elles passèrent un bon moment à se raconter leurs histoires favorites. Quand Arabella fut prête, Fia la conduisit à travers le campement jusqu'à Bradana, qui les accueillit toutes deux avec un large sourire.

— Vous vous sentez mieux, ma lady ? demanda-t-elle. T'es-tu bien occupée de la dame, Fia ?

— Oh oui, elle m'a été d'une aide précieuse, assura Arabella.

Elle faillit lever la main pour caresser la joue de l'enfant en guise de remerciement, mais n'en fit rien. Son geste pouvait être mal perçu. Elle était une étrangère pour ces gens…

— Maman, tu sais que ses cheveux touchent presque le sol ?

— J'espère que tu ne les as pas laissés se salir par terre ?

— Certainement pas, ils sont bien trop beaux pour ça !

Par habitude, Arabella chercha sa bourse pour donner une pièce à la fillette. Mais elle réalisa avec tristesse que cette robe n'était pas la sienne, qu'elle ne possédait rien ici.

— J'aurais aimé lui offrir quelque chose pour sa peine, Bradana, seulement je ne dispose de rien…

— Vos gentils remerciements sont suffisants, ma lady. Et puis, elle va être le centre de l'attention ces prochains jours pour vous avoir aidée, c'est un cadeau inestimable !

De fait, la fillette s'éclipsait déjà, partant à la rencontre de quelques enfants.

— Je vous remercie également, Bradana, pour le

bain et pour… tout à l'heure. J'imagine que ce n'était pas facile de vous élever contre les vôtres pour me défendre.

— Les vieilles rancunes sont tenaces, ma lady. Mais vient un moment où il faut en faire abstraction. Asseyez-vous sur ce siège, voulez-vous ? Je vais arranger vos cheveux pour qu'ils ne vous gênent pas.

Arabella ne pouvait pas refuser une telle offre ! Rien ne lui paraissait plus luxueux que des cheveux coiffés. Ce qui avait été pour elle un confort quotidien, somme toute banal, prenait en cet instant des allures de véritable plaisir…

— Ma lady ?

Quelqu'un lui touchait l'épaule, et Arabella se réveilla en sursaut. Elle ne se rappelait même pas s'être endormie. Elle se redressa sur le siège et jeta un regard chargé de remords à Bradana qui finissait tout juste de fixer sa lourde natte en chignon.

— Pardon, je ne voulais pas…

— Allons, allons, n'importe qui aurait pu voir que vous étiez au bord de l'épuisement, il n'y a pas lieu de vous excuser.

La brave femme se leva pour s'approcher du foyer situé non loin.

— Avez-vous mangé ? demanda-t-elle.

Arabella était bien plus fatiguée qu'affamée. C'est du moins ce qu'elle croyait jusqu'à ce que son estomac la rappelle à l'ordre. Bradana rit de bon cœur et lui tendit un bol de ragoût ainsi qu'un morceau de pain.

— Tenez, régalez-vous, puis vous irez vous reposer.

— Et Fia ?

— Elle viendra quand elle aura faim. Ou bien elle dînera avec Glenna et son père.

— C'est un véritable village, ici ! Vous vous entraidez tous !

Arabella jeta un regard alentour. Les feux allumés jetaient des ombres dansantes sur les tentes et les abris. Des hommes et des femmes vaquaient à leurs dernières occupations de la journée. Certes, ce n'était pas des *cottages* bien alignés comme à Drumlui ou Achnacarry, néanmoins, au cœur de ce campement de fortune régnait la même atmosphère chaleureuse que dans n'importe quel village.

— C'est notre foyer pour le moment, ma lady. Jusqu'à ce que Brodie... enfin, jusqu'à ce que tout ça soit terminé, et que nous puissions rentrer chez nous.

— Et si les choses ne s'arrangent pas ? Si Brodie devait rester hors-la-loi ? Où iriez-vous ? Que feriez-vous ?

— J'ai foi en lui, ma lady. Il va nous sortir de là. C'est un homme bon, et le meilleur des chefs. Il veillera à ce que justice nous soit rendue, conclut Bradana avec un sourire réconfortant.

Avant qu'Arabella ait pu poser une autre question, la jeune femme se leva et posa une main sur son épaule.

— Il veillera à votre sécurité comme à la nôtre, ma lady. J'en suis certaine.

Profondément troublée par cette idée, Arabella garda le silence quelques secondes. Elle se sentait si perdue dès qu'il s'agissait de Brodie ! Ses sentiments pour lui étaient tellement contradictoires qu'il lui était difficile de se faire une véritable opinion le concernant.

— Je vous remercie pour le dîner et pour le bain, Bradana. Savez-vous où je dois passer la nuit ?

— Et bien… entrez ici, ma lady, dit-elle en désignant son propre abri. J'ai préparé un lit pour vous. Allez vous reposer et cessez de vous inquiéter. Vous ne pouvez rien changer aux événements en cours !

Arabella lui sourit avec gratitude. Elle aurait voulu embrasser cette femme pleine de bonté, lui offrant tout ce qu'elle avait pour améliorer son confort. Depuis qu'elle était au camp, jamais personne ne s'était préoccupé de ses besoins. Or, cette femme lui avait préparé un bain, l'avait coiffée, nourrie, logée… Sans rien attendre en retour.

Comme si Bradana avait lu dans ses pensées, elle la prit sans façons dans ses bras. Arabella lui rendit son étreinte avec émotion. Bien sûr, elle n'aurait pas dû être aussi sensible, mais la gentillesse de cette étrangère, dans cette période de trouble, apaisait tant sa peine et son inquiétude qu'elle lui en était infiniment reconnaissante. Enfin, Bradana libéra Arabella et lui ouvrit le pan de tissu qui fermait l'abri.

Arabella se sentait étonnamment calme après tous ces soins. Quoi que l'avenir lui réserve, elle se souviendrait avec bonheur de ces instants de paix volés au chaos. Elle entra dans la tente, l'esprit léger.

Peut-être Bradana avait-elle raison… Brodie veillerait sur elle comme sur eux tous, et la situation finirait par s'éclaircir.

Hélas, son optimisme ne survécut pas au jour suivant.

# Chapitre 14

Ce matin-là, Arabella partit à la découverte d'un site caché derrière les arbres, près de la caverne de Brodie. Il s'y trouvait quelques grottes communicantes, regroupant chacune plusieurs abris en enfilade dont l'existence était insoupçonnable depuis l'extérieur. Trouvant la cachette particulièrement ingénieuse, elle était curieuse d'inspecter l'intérieur.

C'était l'occasion aujourd'hui, car elle avait peu de travail, Margaret veillant sur les quelques blessés qui exigeaient encore des soins. C'était encore plus stupéfiant que ce qu'elle avait imaginé : une quantité incroyable de vivres, pouvant nourrir tout un camp pendant plusieurs mois, y était entreposée.

Sur le chemin du retour, Arabella alla vérifier si Blackwood était toujours dans l'enclos… ce qui lui indiquerait si Brodie avait quitté le camp ou pas. Elle tournait sur un chemin qui s'enfonçait dans la forêt lorsqu'elle fut soudainement happée vers l'arrière.

Un bras s'enroula autour de ses épaules, et une main couvrit sa bouche. Elle se sentit saisie à la taille, puis entraînée dans l'obscurité du sous-bois. Terrifiée par cette attaque brutale, elle se débattit avec violence, mais se retrouva bientôt coincée contre un arbre, toujours bâillonnée.

— Dieu du ciel ! Tais-toi, Arabella !

Cette voix familière… Non, c'était impossible ! Mais elle croisa le regard du garçon qu'elle reconnut aussitôt, bien que son visage soit partiellement recouvert d'un tissu. C'était son cousin !

— Alan ! s'enthousiasma-t-elle. Comment m'as-tu retrouvée ?

En voyant qu'elle l'avait reconnu, il la relâcha, et elle se jeta dans ses bras. Quel bonheur de revoir l'un des siens !

— Cela fait des semaines que je te cherche en vain. Alors, quand je les ai vus s'échapper de Drumlui avec un blessé, je les ai suivis jusqu'ici.

Malgré son jeune âge, son cousin avait toujours fait preuve de bravoure et d'adresse. A treize ans, il était encore trop jeune pour partir au combat, mais Arabella était convaincue qu'il deviendrait un guerrier d'une valeur inestimable, une fois qu'il aurait atteint l'âge requis.

— Où sont les autres ? demanda-t-elle en scrutant les alentours.

— Je suis venu seul. Ton père s'est vu contraint de quitter les terres Mackintosh et il a emmené la plupart des nôtres avec lui. Je suis resté pour attendre une opportunité de te rejoindre… et me voilà ! Maintenant, il est temps de partir. Viens.

Le cœur d'Arabella s'emballa. Si Alan avait été capable d'arriver jusqu'ici, il pouvait sans aucun doute les ramener à Drumlui ! Elle tendait déjà la main pour attraper la sienne lorsque l'écho de sa promesse résonna dans sa tête. Son bras retomba.

— Tu dois partir d'ici, Alan ! Si tu te dépêches, ils ne s'apercevront pas de mon absence, ni de ta présence…

Elle poussa doucement son cousin en direction du chemin, mais il refusa de faire le moindre geste.

— Je ne pars pas sans toi, affirma-t-il en attrapant son poignet pour l'entraîner.

Arabella était sur le point de résister lorsqu'elle entendit un bruit de métal caractéristique — une épée tirée de son fourreau. Son sang se glaça sans ses veines. A quelques pas d'eux, Brodie sortit de l'ombre.

— Personne n'ira nulle part, déclara-t-il d'un ton péremptoire.

En réponse, Alan approcha sa main de son épée, et Arabella prit peur. S'il la sortait de son étui, ce geste serait son dernier… il n'était pas en mesure de combattre un guerrier expérimenté. Sans réfléchir, elle se jeta entre son cousin et Brodie, à présent entouré de ses gardes.

— Arrêtez ! Ce n'est qu'un enfant !

— Emparez-vous de lui, ordonna Brodie en la bloquant près de lui.

Sa main serrait son bras comme une chaîne de fer, tandis que ses hommes empoignaient Alan.

Juste avant que Rob n'emmène son cousin, Brodie l'arrêta :

— Attends. Laisse-moi le regarder.

Le ton étrange de sa voix alerta Arabella. Elle le vit s'approcher d'Alan et tourner son visage vers la lumière. Il le fixa intensément, comme s'il cherchait d'où il pouvait bien le connaître. Enfin, il secoua brièvement la tête et reprit la parole.

— Allez-y. Je vous rejoins bientôt.

Tous suivirent ses ordres, et Arabella regarda son jeune cousin s'éloigner, impuissante. Quand tous furent partis, Brodie se tourna vers elle.

— Qui est-ce ?

Arabella ne voyait aucune raison de lui mentir.

— C'est mon cousin, Alan. Vous l'avez rencontré lorsque vous nous avez rendu visite. Il suivait partout mon…

Sa gorge serrée l'empêcha de terminer. Alan vouait une admiration sans bornes à Malcolm. Brodie avait compris. Il acquiesça silencieusement, puis reprit :

— Comment est-il arrivé jusqu'ici ? Et où sont ceux qui l'accompagnaient ?

Sa main descendit vers son poignet tandis qu'il jetait un regard perçant vers les bois alentour.

— Il vous a suivis à la trace. Il est doué pour cela, depuis toujours. Il sait retrouver n'importe quoi : les animaux, les gens… Jusque-là, ce n'était qu'un jeu.

— Où sont les autres ? insista Brodie.

— Il a affirmé qu'il était venu seul. Il a ajouté que mon père avait quitté les terres Mackintosh voilà plusieurs jours, exactement ce que Magnus vous a dit. Presque tous les miens ont regagné Achnacarry.

Brodie desserra soudainement son étreinte, et Arabella vacilla légèrement.

— Rentrez, maintenant.

Puis, sans un mot de plus, il lui tourna le dos pour rejoindre ses guerriers, qui entouraient Alan.

— Attendez ! l'arrêta-t-elle. Qu'allez-vous faire de lui ?

Elle s'était mise à trembler en songeant aux récits de Caelan et de son père à propos du traitement cruel que Brodie faisait subir aux sujets Cameron qu'il capturait. Il y avait nécessairement un fond de vérité…

— Je vais négocier avec lui, ma lady. Et cela ne vous concerne en rien !

Seigneur ! Que pouvait-elle faire pour l'empêcher de brutaliser son jeune cousin ? Elle ne pouvait croire que Brodie soit cruel, seulement, avait-il un autre choix que de le tuer, maintenant qu'Alan avait découvert où les exilés se cachaient ?

Dire qu'elle n'avait rien à lui proposer en échange de sa miséricorde ! Rien pour le convaincre !

A moins que... Ses yeux croisèrent ceux de Brodie et son corps frémit instantanément. Elle se rappela la façon dont il la couvait du regard, la passion avec laquelle il l'avait embrassée.

— Brodie, je vous supplie de le traiter avec humanité, pria-t-elle avec douceur. Si vous me promettez de ne pas le maltraiter, je...

Submergée par l'émotion, elle détourna un instant le regard, avant de plonger ses yeux déterminés dans les siens.

— Je vous donnerai ce que vous voudrez, acheva-t-elle dans un souffle.

Le regard de Brodie s'assombrit brusquement, signe qu'il avait parfaitement compris son offre. Arabella pouvait sentir la tension de son corps puissant, comme si elle se propageait au sien. Pourtant, une seconde plus tard, ce n'était plus du désir, mais de la colère qui obscurcissait son regard...

Il l'attira à lui, et elle se trouva serrée contre sa large poitrine avant même de comprendre ce qui lui arrivait. Sa bouche s'abattit sur la sienne en un baiser brûlant et possessif. Au moment où elle se sentait fondre de plaisir, il la relâcha brutalement et recula. Malgré la brusquerie de ses gestes, Arabella tremblait d'impatience... pas de peur !

— Vous m'outragez en mettant en doute mon

honneur, ma lady, gronda-t-il, le regard et la voix durs. Je n'ai jamais frappé ni tué des enfants !

Il se pencha vers elle, si près qu'elle crut qu'il allait l'embrasser à nouveau. Au dernier moment, il lui chuchota à l'oreille :

— Peu importe à quel point je vous désire, Arabella — et croyez-moi, je vous veux plus que tout — jamais je ne prendrai ce que je n'ai pas le droit d'avoir…

Ces aveux… Ce souffle brûlant si près de son cou… Arabella se sentit chavirer. Elle ferma les yeux pour tenter de reprendre le contrôle de son corps.

Quand elle les rouvrit, Brodie était déjà loin, pourtant le lien intense qui les avait réunis n'était toujours pas rompu. Ses jambes se dérobèrent, et elle tomba à genoux. L'air se fraya enfin un chemin dans sa poitrine oppressée. Comme à chacune de leur rencontre, elle se sentait profondément perturbée.

A nouveau, elle s'était lourdement trompée sur le compte de Brodie. A présent que la peur irrationnelle de perdre Alan avait disparu, elle comprit qu'elle avait laissé les rumeurs prendre le pas sur son propre jugement. Jamais il ne l'avait traitée autrement qu'avec respect depuis qu'elle était sa prisonnière. Elle n'avait pu observer aucune des horreurs qu'on lui attribuait. Ses manières attentionnées et protectrices envers ses gens prouvaient sa haute valeur morale.

Comment s'étonner qu'il se soit senti insulté par le marché qu'elle lui avait proposé ?

L'univers préservé dans lequel elle avait évolué se révélait être un tissu de mensonges, nourri de rumeurs et de contrevérités. Comment avait-elle pu garder ne serait-ce qu'une once de discernement après toutes ces années de tromperie ?

Un craquement près d'elle la ramena à la réalité.

— Ma lady ? Vous allez bien ?

Elle leva les yeux et vit l'un des compagnons de Brodie au-dessus d'elle. Dougal, si elle avait bonne mémoire. Elle prit la main qu'il lui tendait pour se remettre debout.

— Je vais bien, assura-t-elle, en brossant les feuilles accrochées à sa robe.

Elle fouilla dans le regard de cet homme, mais n'y lut qu'une inquiétude polie. Avait-il entendu son altercation avec Brodie ? Avait-il été témoin de leur baiser ? Comme s'il avait perçu ses interrogations, l'homme sembla tout à coup embarrassé et se détourna légèrement. Oui, il avait assisté à tout…

— Je vous remercie, Dougal.

Sa présence n'était pas un hasard, elle en était sûre.

— Me suiviez-vous ? demanda-t-elle.

— Oui, ma lady. Je suis chargé de surveiller que rien ne vous arrive.

Arabella s'amusa de cette phrase. Cela sonnait effectivement mieux que le mot geôlier…

— Et donc vous avez vu mon cousin ?

L'homme hocha la tête.

— Et c'est vous qui avez donné l'alerte ?

Il acquiesça de nouveau.

Pendant les instants d'émotion consécutifs à l'arrivée d'Alan, elle n'avait entendu aucun cri d'alarme. Soudain, elle se rappela le système de communication que Brodie utilisait avec ses gardes. Dougal avait dû le prévenir avec un signal auditif similaire.

— Vous êtes ainsi au courant que mon cousin ne représente un danger pour personne, ici.

L'homme conserva une expression neutre.

— Où va-t-il être conduit ?

Dougal haussa les épaules. Soit il ne savait rien, soit il faisait semblant, en tout cas, c'était certain, il ne lui apprendrait rien de plus… Au moins, à présent, elle était intimement convaincue qu'il ne serait fait aucun mal à Alan.

— Suis-je toujours libre de mes mouvements ?

Peut-être les ordres avaient-ils changé suite à l'incursion dans leur campement ?

— Bien sûr, ma lady. Vous devriez rester plus près des tentes, toutefois.

Arabella le remercia, avant de retourner vers le centre du campement. Elle chercha Rob et Brodie du regard, sans succès. Le mieux était de s'occuper jusqu'à ce qu'elle puisse parler à ce dernier. La moindre des choses était de s'excuser auprès de lui !

Brodie resta dans l'ombre lorsque Rob commença à interroger le jeune Cameron. Les traits du gamin lui semblant familiers, il avait d'abord pensé qu'il était un Mackintosh. Puis, Arabella lui ayant appris qu'il était son cousin, il avait écarté cette idée de son esprit. Pourtant, à chaque fois que le garçon regardait dans sa direction, quelque chose s'animait en lui. Comme un souvenir lointain…

En tout cas, l'adolescent avait du courage. Il ne révéla aucune information de valeur pendant que Rob l'interrogeait. La plupart du temps, il le fixait dans les yeux et signifiait son refus de parler en secouant la tête. Néanmoins, Brodie sentait la peur en lui : il appréhendait ce qui l'attendait.

Les capacités de pisteur d'Alan étaient indéniables.

Des capacités qui pouvaient se révéler dangereuses… ou tourner à leur avantage, si Alan faisait un rapport à Euan, et non pas à Caelan… Peut-être même lui demanderait-il de ramener Arabella à son père, ce qui la mettrait à l'abri des griffes de Caelan.

— Combien d'hommes étaient avec toi ? interrogea Rob de sa voix la plus menaçante.

Il saisit le garçon au col et le souleva avant de gronder.

— Ne m'oblige pas à te faire mal.

Rob ne frapperait jamais un enfant, mais la peur était le premier moyen de délier une langue… Si Alan croyait aux mêmes histoires qu'Arabella sur leur prétendue cruauté, il faudrait peu de temps pour le briser.

Brodie le vit trembler, mais le jeune homme ne lâcha toujours aucun mot… Soudain, son visage fut éclairé par les flammes du foyer. Brodie se retrouva brusquement transporté en pensée au milieu d'un bois. Les flammes redoublèrent d'intensité, et il voulut appeler le garçonnet qu'il voyait là… Trop tard, il avait disparu ! Brodie cligna des yeux, troublé, avant de prendre conscience que Rob lui parlait.

— Brodie ? Ça va ?

Il secoua la tête pour faire disparaître les vestiges de cette vision hallucinatoire, et fixa Alan du regard.

— Il a dit quelque chose ?

— Non. Il ne nous apprendra rien.

Brodie s'avança vers le jeune garçon, si près que celui-ci dut lever la tête.

— Es-tu certain que tu ne veux pas nous parler ?

Alan trembla violemment, cependant sa bouche se crispa en une moue entêtée.

Alors Brodie se détourna et sortit de la caverne.

Rob était tout à fait capable de prendre un prisonnier en charge... D'une façon ou d'une autre, il livrerait ses secrets.

Après avoir mangé, Brodie revint sur place, pour voir où en était Rob avec le jeune Cameron. En chemin, il aperçut la silhouette élancée d'Arabella. Sa tête haute et ses bras croisés en disaient assez long sur ses intentions : une nouvelle bataille se préparait ! Devait-il prendre peur devant cette expression décidée ? Appeler à l'aide ? Cette idée le fit sourire — c'est vrai qu'il ne se sentait jamais autant en danger que face à elle...

— Je sais que vous gardez Alan à l'intérieur, attaqua-t-elle dès qu'il fut à portée de voix. Je veux... Pourrais-je le voir ?

Brodie fut surpris par son ton poli et calme. Lui qui s'attendait à ce qu'une pluie d'injures s'abatte sur sa tête !

— Non. Pas tant que nous n'avons pas fini de l'interroger, répondit-il.

— Vous le retenez ici depuis des heures ! Combien de temps pourra-t-il encore supporter ce traitement ?

Des larmes emplirent ses grands yeux bleus, et Brodie se força à rester ferme, alors qu'il brûlait de la consoler. Bon sang ! Cette femme avait le don d'exploiter toutes ses faiblesses !

Si elle s'offrait à nouveau à lui, aurait-il cette fois le courage de refuser ?

— Rob ! appela-t-il.

Son ami sortit de la caverne et lui adressa un signe de satisfaction.

— C'est terminé ? demanda Brodie.

— Oui, il nous a dit tout ce que nous avions besoin de savoir.

A cet instant, Rob remarqua la présence d'Arabella.

— Ma lady, salua-t-il.

La jeune femme inclina poliment la tête. Cependant, Brodie pouvait sentir son impatience et son inquiétude. Il avait connaissance des histoires qui couraient sur son compte, aussi, bien qu'il n'apprécie pas qu'elle puisse croire de telles ignominies, comprenait-il son angoisse.

— Vous pouvez entrer, Arabella.

Elle se précipita aussitôt à l'intérieur de la caverne. Brodie lui emboîta le pas, suivi de Rob.

Alan s'était endormi dans un coin de la pièce. Arabella s'agenouilla à son côté et lui caressa la joue, en murmurant son nom avec tendresse... Brodie serra les mâchoires pour refouler le désir qui l'envahit immédiatement en s'imaginant à la place du jeune garçon.

Il devait être absorbé par le spectacle qu'elle offrait, car Rob lui donna un coup de coude dans les côtes pour qu'il écoute ce qu'il avait à lui apprendre.

— Il est vraiment venu seul jusqu'ici. Ce gamin est sacrément doué ! Apparemment, il n'a prévenu personne de sa fuite. Une chose est sûre, en tout cas : Euan est bien rentré chez lui à la demande de Caelan.

Au même instant, le garçon ouvrit les yeux, et parla d'une voix traînante en voyant sa cousine.

— Arabella, marmonna-t-il en secouant la tête, comme s'il ne parvenait pas à se focaliser sur la jeune femme.

Brodie sourit. Les jeunes garçons avaient souvent bien du mal à résister aux pouvoirs de l'eau-de-vie. Rob avait visiblement parfaitement réussi sa mission !

— Es-tu ivre, Alan ? s'exclama Arabella en saisissant le visage du garçon entre ses mains, et en se rapprochant pour sentir son haleine. Du whisky ? Tu as bu du whisky !

Elle s'assit sur ses talons avant de tourner son visage vers lui. Brodie s'attendit alors à une nouvelle éruption de colère. D'ailleurs, en prévision de la tempête à venir, Rob, lâche dès qu'il s'agissait des femmes, recula prudemment jusqu'à l'entrée de la caverne.

Mais les yeux d'Arabella, se plissant d'amusement, le remplirent de stupéfaction !

— Quelle bonne idée, sir ! C'était bien pensé.

Elle devait être soulagée de la méthode qu'ils avaient employée. Brodie lut dans ses yeux une lueur de respect qui l'emplit d'un sentiment étrange. Ils échangèrent un bref signe de tête complice, et il contempla, un peu trop longtemps, le léger sourire qui s'attarda sur les lèvres d'Arabella.

Alan interrompit cependant leur dialogue muet.

— Mon plan aurait pu fonctionner ! bougonna-t-il.

Puis il tourna la tête vers le mur, comme s'il boudait.

Arabella se pencha vers lui pour lui parler, mais il secoua la tête si fort qu'il manqua basculer et éclata de rire. Elle l'aida à se redresser, en tentant de prendre un air sévère... sans grand succès !

— Elle ne voulait pas me suivre, vous savez ! déclara Alan d'une voix joviale. Nous avons perdu trop de temps en discussions, et vous êtes arrivés. Si elle était partie tout de suite avec moi, nous serions libres à l'heure qu'il est !

Bien sûr, ils n'auraient jamais réussi à s'échapper, mais le fait de savoir qu'Arabella avait tenu parole réchauffa le cœur de Brodie. D'autant que dans le même cas, lui-même aurait eu bien du mal à tenir sa promesse.

Après sa déclaration sentencieuse, Alan abandonna la lutte contre la liqueur puissante et se rendormit instantanément. Arabella l'installa confortablement sur la couverture, avant de se relever. Puis elle s'approcha de Brodie. Il s'empressa de parler le premier.

— Vous pensiez que j'allais le brutaliser pour obtenir ce que je voulais.

Les mots claquèrent entre eux.

— En effet… pendant une minute, je l'ai cru. Puis j'ai compris que vous ne feriez jamais une chose pareille.

— Vraiment ?

— Oui. Même lorsque vous avez voulu me faire croire le contraire.

Il hocha la tête, incapable de parler tandis qu'elle le contemplait de la sorte.

— Que comptez-vous faire de lui, à présent ? demanda-t-elle en se dirigeant vers l'entrée de la grotte.

Comme il ne répondait pas assez vite, elle lui suggéra une réponse. Celle qu'elle souhaitait, bien sûr :

— Vous pourriez le renvoyer chez mon père. Il vous servirait d'intermédiaire pour arranger la situation.

Rob, qui l'attendait dehors, lui lança un regard entendu. Ils avaient déjà abordé le sujet ensemble et en étaient arrivés à la même conclusion.

— Votre père n'acceptera jamais de négocier, ma lady.

— Si je le lui demandais, il le ferait… Du moins, si vous renvoyiez Alan en signe de bonne foi.

Seigneur, sa naïveté était adorable ! Toutefois, Brodie avait l'impression qu'elle était partagée vis-à-vis de son père, comme si elle voulait à tout prix penser du bien de lui, mais nourrissait des sentiments beaucoup plus sombres à son égard.

— Croyez-vous réellement qu'il discuterait avec l'homme qui a tué son fils ? J'en doute.

Il avait beau lui sembler, de loin, le moins mauvais des cousins Mackintosh, jamais Euan Cameron ne laisserait vivre l'assassin de Malcolm. Et même si lui, Brodie, parvenait à détrôner Caelan, le statut de laird Mackintosh qu'il prendrait alors ne lui permettrait jamais d'obtenir la paix avec les Cameron... à cause de son crime !

Il ne le savait que trop bien, puisqu'il vivait déjà ce rejet avec Arabella. Dès qu'elle cessait un instant d'ignorer qu'il avait tué son frère, un mur infranchissable se dressait entre eux. Cette barrière demeurerait toujours. Au final, peu importait le respect qu'elle commençait à avoir pour lui. Et peu importait le désir intense qui les liait et qu'il ressentait à chaque fois qu'ils se trouvaient face à face.

— Oui... Je n'aurais pas dû proposer cela, murmura-t-elle en s'écartant de lui.

D'un geste instinctif, il leva le bras et prit son menton entre ses doigts pour qu'elle tourne son visage vers lui.

— Non, ma lady. J'écoute toujours vos suggestions. Seulement, celle-ci ne peut pas...

Le cœur lourd de remords, il secoua la tête et laissa retomber sa main.

— J'aimerais veiller sur Alan cette nuit, si vous le permettez, souffla-t-elle.

Une fois encore, la douceur de sa requête le surprit. Pas une de leur conversation ne s'était terminée autrement que dans les cris ou la frustration. Il acquiesça en retour, et elle entra sans un mot rejoindre son cousin.

Il donna ordre à l'un des hommes de rester en faction devant l'entrée, puis rejoignit Rob qui l'attendait à quelques pas.

— Fais attention, Brodie.

Il comprenait parfaitement la mise en garde de son ami. Seulement, celle-ci arrivait bien trop tard !

# *Chapitre 15*

Le premier accès d'ivresse d'Alan se solda par un mal de tête spectaculaire et des douleurs d'estomac sans conséquences. A la demande de Brodie, Margaret avait envoyé une mixture tellement verte qu'elle en semblait toxique. Bien évidemment, Alan refusa avec véhémence de la boire. Au début, du moins. Puis, quand ses douleurs s'amplifièrent, il avala le breuvage d'un trait, non sans se plaindre bruyamment de son goût infect. Néanmoins, la décoction se révéla très efficace... Vers midi, l'adolescent réclamait à manger.

Pendant les deux jours qu'elle consacra à remettre Alan sur pied, Arabella ne croisa pas Brodie. Bien que Blackwood soit toujours dans son enclos, elle n'entrevit pas le moindre signe de sa présence dans le camp.

Cherchait-il à l'éviter ?

De son côté, elle dormait soit chez Margaret, soit chez Bradana, et aidait les deux femmes dans leurs tâches — couture, cuisine, et bien d'autres choses nécessaires à la bonne marche du campement.

Quand elle avait un peu de temps, elle discutait avec Alan, qui lui donna des nouvelles de Drumlui. Il affirmait que son père avait quitté les terres Mackintosh, et que, comme il craignait à présent une agression de la part de Brodie et de ses hommes, il avait renforcé la sécurité aux abords de Tor Castle, au sud de leur domaine. Plus inquiétant encore, il semblait sur le point d'impliquer le roi dans leur querelle.

Bien qu'il soit gardé comme un prisonnier, le jeune âge d'Alan lui assurait un traitement de faveur. Il pouvait aller se promener plusieurs fois par jour, et Bradana veillait comme une mère sur lui.

En dépit des conclusions de son échange avec Brodie, Arabella restait persuadée que son père accepterait de discuter avec lui si elle lui rapportait ce qu'elle avait appris au cours de son séjour sur les méfaits de Caelan aussi bien que sur le sens de l'honneur de Brodie.

Peu à peu, un stratagème se fit jour dans son esprit… Il fallait qu'elle parvienne à faire évader Alan. Il jouerait le rôle de messager auprès de son père. Oui, ce plan fonctionnerait. Et après tout, son cousin, lui, n'avait jamais promis de ne pas chercher à fuir…

Une fois qu'il se serait échappé, deux possibilités s'offriraient au jeune pisteur. La plus rapide serait de traverser le loch et la rivière. La plus sûre serait de descendre de la montagne et de chercher un chemin vers Achnacarry par la lande. En attendant de saisir une telle occasion, Arabella décida de s'occuper de l'organisation des vivres cachés dans les cavernes. Elle envisageait de les trier autrement, pour rendre ainsi plus faciles les recherches de chacun. Mais surtout, elle comptait placer à l'avant les denrées indispensables à emmener en cas de départ brutal. Elle craignait, comme tous, que cette éventualité se produise sous peu… Et alors qu'elle était sur le point d'entrer chez Margaret pour lui soumettre ses suggestions, Brodie se dressa sur son chemin.

Comme à l'accoutumée, le corps d'Arabella réagit

aussitôt à sa présence, et son cœur se mit à battre la chamade. Puis elle détailla les traits tirés du jeune guerrier, et les cernes noirs qui entouraient ses yeux. Le désir céda alors le pas à l'inquiétude. Brodie était terriblement pâle et semblait n'avoir pas dormi depuis plusieurs jours.

— Etes-vous souffrant ? demanda-t-elle en levant la main pour toucher son visage.

Elle stoppa son geste instinctif, mais trop tard pour qu'il ne remarque pas son intention.

— Avez-vous de la fièvre ? poursuivit-elle, embarrassée.

— Non, je ne suis pas malade, ma lady. Ne vous inquiétez pas.

— Je venais parler à Margaret du rangement des vivres. Je pense qu'il faudrait un stockage plus simple.

— Plus simple ? Pour qui ?

— Pour les femmes qui sont chargées de veiller sur les provisions. Pour ceux qui les utilisent quotidiennement. Et surtout pour que chacun trouve rapidement les denrées indispensables à emmener si vous devez abandonner les lieux en urgence. C'est ce qui est ressorti de l'enquête que j'ai menée dans le campement…

Brodie leva un sourcil désapprobateur.

— Vous avez recommencé à poser vos questions partout, à ce que je vois…

Pourtant, cette fois, il semblait plus amusé que fâché par sa curiosité.

— Tout à fait. L'avis de vos gens m'est bien utile. De plus, j'ai de l'expérience dans la gestion des vivres, assura-t-elle.

En tant que châtelaine d'Achnacarry, elle avait eu la charge de tous les aspects domestiques du domaine.

— Très bien, Arabella. Si Margaret vous donne son accord, je laisse volontiers cette tâche entre vos mains expertes.

Avec un sourire, il s'apprêta à partir… seulement, elle n'avait toujours pas de réponse à la question qui la taraudait depuis le début. Elle devait découvrir le rôle exact que Caelan et Brodie avaient respectivement joué dans les événements. Non seulement cela conditionnerait son avenir, mais elle voulait aussi, plus que tout, être fixée sur sa propre responsabilité dans la mort de Malcolm. C'était peut-être le moment…

Avec détermination, Arabella retint Brodie par la manche. Elle ne détourna pas un instant son regard du sien.

— Je suis prête à entendre votre version de la vérité, Brodie. J'aimerais que vous me racontiez tout ce que vous savez.

Cette fois, elle avait émis son souhait sans colère ni exigences, mais avec fermeté. Le cœur battant, elle attendit… Allait-il enfin accéder à sa demande ?

Il laissa échapper un soupir à peine audible, un signe d'épuisement dont il n'avait même pas dû avoir conscience. Mais il acquiesça !

— Rejoignez-moi pour le repas du soir, et nous parlerons. D'ici là, allez informer Margaret de vos idées de rangement.

Elle lui sourit avec reconnaissance et le regarda s'éloigner, notant que chaque pas lui coûtait un effort. Il était clair que Brodie n'allait pas bien… Etait-ce dû au manque de sommeil ? s'interrogea-t-elle avec inquiétude.

Elle passa le reste de l'après-midi avec Margaret, à échanger leurs idées pour optimiser le stockage des denrées. Mais Arabella avait la tête ailleurs. Plus l'heure du souper approchait, plus elle doutait de la sagesse d'avoir une conversation avec Brodie. Elle avait maintenant suffisamment confiance en lui pour le croire, mais...

Elle était en train de porter l'une des anses d'un pot plein de ragoût lorsqu'elle s'arrêta brutalement et manqua faire tomber la femme qui soutenait l'autre côté. La vérité avait provoqué en elle une véritable onde de choc : oui, bizarrement, elle sentait qu'elle pouvait se fier à Brodie.

Seigneur ! Comment était-ce possible ? Il avait tué son frère, l'avait enlevée ! C'était un mystère, et pourtant, au plus profond de son âme, elle savait déjà qu'elle croirait chacun des mots qu'il dirait. Elle ne doutait plus de son honneur.

Il avait pris tous ces gens sous son aile et il se battait pour leur survie. En dépit du danger qu'il courait, il avait pour seul but de leur rendre famille et foyer.

— Avez-vous trébuché, ma lady ? demanda Nara à côté d'elle.

— Non, excusez-moi, Nara. Je suis maladroite.

Elle tâcha de reprendre le contrôle de ses émotions et se remit en marche. A leur arrivée, le garde posté à l'extérieur de la caverne de Brodie prévint ce dernier, puis les fit entrer. Nara l'aida à installer la table. Arabella ne cessait de poser les yeux sur la haute silhouette de Brodie, occupé à lire un courrier au fond de la pièce... Il les salua brièvement, avant de retourner à sa lecture.

Arabella remercia Nara et se retrouva bientôt seule

avec Brodie. Alors seulement, il posa la lettre et vint tirer sa chaise pour lui permettre de s'asseoir. Il servit de l'eau fraîche dans leurs coupes, tandis qu'elle-même versait, dans chaque bol, une cuillère du mélange de viande et de légumes à l'odeur savoureuse. Ils mangèrent en silence, leurs yeux se rencontrant souvent par-dessus les flammes des bougies qui les éclairaient. Quand ils eurent fini, il se leva pour prendre du whisky, et elle débarrassa le couvert. Lorsqu'il lui tendit son verre, plein d'eau-de-vie, Arabella se rappela l'effet désastreux que la liqueur avait eu sur Alan, et se promit d'être raisonnable. Comme Brodie ne semblait pas enclin à prendre la parole, elle s'inquiéta de son état.

— Vous semblez plus épuisé encore que lorsque nous avons voyagé jusqu'ici. Je sais que vous n'avez pas l'habitude de prendre beaucoup de repos, cependant jamais vous ne m'avez paru si fatigué.

Il sourit et leva sa coupe vers elle.

— Vous savez comment flatter un homme, ma lady, se moqua-t-il.

— Je ne voulais pas dire… Enfin, je… pourquoi ne dormez-vous pas, Brodie ?

Les mots lui avaient échappé, et elle eut soudain honte d'avoir posé une question aussi intime. Elle était sur le point de s'excuser, mais il lui répondit sans détour.

— Je suis hanté par des rêves.

— De mauvais rêves ?

Il acquiesça.

— Enfant, j'ai fait des cauchemars très souvent, après la mort de ma mère, reprit-elle. Ma tante Gillie était obligée de me chanter des chansons à l'oreille pour les chasser.

— Cela fonctionnait ?

Il but une gorgée de whisky, ses yeux sombres fixés sur elle. Quand il la regardait ainsi, elle avait du mal à suivre le fil de la conversation.

— Oui, la plupart du temps.

— Je devrais essayer alors, conclut-il avec une moue amusée.

Après une pause, il devint plus sérieux, et aborda enfin le sujet qui lui tenait tant à cœur.

— Arabella, que savez-vous exactement de la querelle entre nos deux clans et de la façon dont elle a débuté ?

— Des promesses non tenues. Un amour trahi... Des terres, de l'or... Tous les ingrédients habituels pour démarrer une guerre, non ? Je sais que les Cameron ont revendiqué un territoire près de Drumlui, et que les Mackintosh leur en ont contesté la propriété. Les batailles ont alors commencé, et n'ont jamais cessé depuis quatre ou cinq générations.

— Il y a eu tant de sang versé... Trop de familles entières détruites des deux côtés. C'était le rêve de mon père, puis celui de mon oncle d'arrêter ces massacres.

— C'est aujourd'hui celui de mon propre père, commenta-t-elle.

— Hélas, ce ne sont pas là les intentions de Caelan.

— Pourquoi dans ce cas a-t-il soutenu la trêve ? Si je ne m'abuse, il a accepté les termes du traité en même temps que le statut de laird.

— Oui, il a bel et bien fait tout cela publiquement. Seulement, secrètement, il négociait ses propres arrangements avec d'autres dirigeants de la Confédération Chattan, partout à travers les Highlands.

Brodie lui apprit que le laird Mackintosh siégeait à cette assemblée de chefs de clans, chacun d'eux y étant affilié soit par le sang, soit par serment. Ensemble, ils régnaient sur une grande partie des Highlands.

— Comment avez-vous connaissance de cela ? demanda-t-elle, de plus en plus intriguée.

Si Brodie voulait avoir une chance de convaincre son père, sa parole, celle d'un guerrier banni, ne suffirait pas. Il lui faudrait avancer des preuves.

Il la contempla un long moment, comme s'il pesait le pour et le contre des révélations à lui faire. Il finit par se lever et marcha jusqu'à son coffre. Après l'avoir déplacé, il extirpa du mur une boîte en fer qu'il vint déposer sur la table, juste devant elle.

Il l'ouvrit, et Arabella aperçut une pile de lettres et de documents marqués de divers cachets. Sans un mot d'explication, Brodie plaça sur le dessus la lettre qu'il lisait quand elle était entrée, puis l'invita d'un signe de la main à prendre connaissance du contenu du coffret.

Heureuse qu'il accepte de partager avec elle des renseignements visiblement édifiants, Arabella s'absorba dans la lecture des parchemins. Son trouble ne cessait de croître à chaque page.

Mon Dieu ! Ces écrits révélaient l'existence d'un complot destiné à anéantir son propre clan ! On n'y parlait nulle part de paix, mais bien plutôt de la destruction complète des siens ! Quelle horreur ! Chaque Cameron serait jeté hors de ses terres et dépossédé de ses titres… Caelan avait promis l'or de… oh non… de sa propre dot pour payer ceux qui s'allieraient à ce projet meurtrier. Certaines lettres étaient toutes récentes, mais d'autres avaient été écrites quelques années auparavant. Le projet de Caelan ne datait pas d'hier !

A la fin de sa lecture, Arabella se sentait incapable de la moindre réaction, terrassée par l'implacable vérité. Elle ne pouvait que murmurer encore et encore :

— Il disait qu'il voulait la paix. Il disait qu'il voulait la paix...

— Apparemment, Caelan a vu votre père assassiner ses parents. Cela l'a sans doute brisé et, depuis ce jour, il n'a eu de cesse de planifier sa vengeance. Pas à pas, conspiration après conspiration...

— Mon père ? l'interrompit Arabella.

Elle avait entendu des récits atroces lorsque les Cameron rentraient victorieux d'une bataille. Mais son père mêlé à tout cela... Arabella refusait de le croire. On s'était bien gardé de lui cacher pour Caelan, cependant...

Soudain, un haut-le-cœur la saisit, et elle se plia en deux, dévastée par ce qu'elle venait d'apprendre. Une vague de dégoût la submergea, et elle resta prostrée. Avec douceur, Brodie posa la main sur son épaule et lui tendit un verre d'eau. A l'aide d'un linge humide, il humecta son front moite, et elle parvint à apaiser les battements affolés de son cœur.

Malgré son corps tremblant, elle réussit à se remettre debout et lui fit face.

— Depuis quand savez-vous ?

— Depuis que je vous ai rencontrée, il y a quelques mois. C'est grâce à vous que j'ai découvert la duplicité de Caelan.

— Comment cela, grâce à moi ?

Ses jambes ne la portaient plus, et il la soutint jusqu'au lit.

— Que voulez-vous dire ? Qu'ai-je à voir avec ce complot ?

— Vous m'avez amené à m'interroger sur des détails étranges, des pressentiments.

Il s'assit à son côté sur le lit étroit et prit sa main glacée dans la sienne.

— Lorsque j'ai percé à jour la personne complètement différente que vous étiez derrière votre façade souriante et polie, j'ai pris conscience que quelque chose n'allait pas dans le comportement de Caelan. Lui aussi semblait en permanence arborer un masque. J'ai commencé à me renseigner. Hélas, je n'ai pas eu suffisamment de temps et…

— Alors voilà ce à quoi vous vous êtes attaché pendant votre exil ? Vous êtes parti en quête de preuves ?

— En effet. Les derniers éléments sont tombés entre mes mains il y a deux jours seulement.

Une évidence s'imposa brutalement à Arabella. Brodie lui avait sauvé la vie. En l'enlevant, il s'était certes donné plus de temps, mais il l'avait surtout tirée des griffes de Caelan…

Il posa son autre main sur le dos de la sienne et elle croisa son regard.

— Et maintenant ? Que comptez-vous faire ?

— Il y a peu de temps encore, j'espérais rencontrer Caelan et le convaincre de faire le bon choix. De renoncer à ses folies. Seulement…

— Il n'abandonnera jamais, comprit-elle. Cela fait trop longtemps qu'il planifie sa vengeance. Seigneur, j'y pense ! Croyez-vous qu'il ait quoi que ce soit à voir avec la mort de votre oncle ?

L'acquiescement silencieux de Brodie fit courir des frissons le long de sa colonne vertébrale. Si Caelan était allé jusqu'à tuer son oncle parce que celui-ci s'acharnait dans son désir de paix, qui serait sa prochaine victime ?

— Et… Malcolm ? demanda-t-elle en tentant de maîtriser l'espoir immense qui enflait dans son cœur.

Caelan avait très bien pu assassiner son frère et accuser son propre cousin du meurtre ! Si seulement… Brodie détourna le regard, le visage soudain fermé.

— C'était ma dague, Arabella. Son sang était sur mes mains. Des témoins nous ont vus.

Le chagrin s'abattit sur elle aussi violemment que l'espoir l'avait envahie. En dépit de la tristesse qui menaçait de briser à nouveau leur complicité naissante, Arabella se refusa à libérer la main qu'il tenait.

— Vous pourriez tout de même parler à mon père. Il vous aiderait dans le processus de paix. Il a déjà dans l'idée de prévenir le roi pour qu'il mette un terme à cette querelle.

— Vous ne comprenez pas… Avec de telles preuves, votre père n'aurait lui-même aucun scrupule à détruire purement et simplement tous les Mackintosh. Les effacer de la surface de la terre, exactement comme Caelan prévoit de le faire avec les Cameron.

— Mon père ne ferait jam…

Sa voix s'éteignit lorsqu'elle devina, sous le feu du regard de Brodie, que son père était capable de la même dureté que Caelan. Si l'occasion lui en était donnée, poussé par la colère, il agirait exactement comme lui…

Un long silence s'installa. Arabella tentait de mettre de l'ordre dans les pensées qui se bousculaient dans son esprit. Il lui fallait trouver une issue à cette situation ! Pour sauver la paix… Pour sauver leur vie à tous…

Elle fut brusquement tirée de ses réflexions par un

ronflement léger. Ses mains emprisonnant toujours la sienne, son dos contre la paroi rocheuse, Brodie avait les yeux fermés. Il s'était endormi ! L'épuisement soulignait le pourtour de ses yeux de cercles sombres, et un sillon barrait la ligne de ses sourcils. Comme elle ne voulait pas risquer de le réveiller, Arabella se cala plus confortablement sur le lit, pour continuer de dérouler le fil des événements.

A la lumière de ce qu'elle venait d'apprendre, elle se rendit compte de tout ce que Brodie avait fait pour elle. Plus important encore, alors qu'il avait les moyens de la convaincre de sa légitimité, et ce depuis longtemps, il lui avait d'abord laissé le temps de le connaître, pour que s'instaure une certaine confiance entre eux. Il s'était comporté avec elle comme avec les autres exilés — il protégeait, aidait et guidait ceux qui étaient sous sa garde. Sans jamais se soucier de se mettre en danger, il s'était interposé entre elle et les plans meurtriers de son cousin.

Il avait été le premier à comprendre qui elle était réellement. Le premier à lire au travers du masque de bienséance et de politesse qu'elle arborait en société.

Même pendant sa captivité, il avait continué de la respecter, il l'avait laissée exprimer ses opinions et ses idées, l'avait écoutée en toute occasion. A vrai dire, elle l'avait toujours vu privilégier la véritable nature des gens. Il faisait fi de l'apparence trompeuse.

Arabella baissa les yeux sur leurs mains jointes, et la vérité la heurta de plein fouet. Sans même s'en rendre compte, elle était tombée amoureuse de Brodie Mackintosh…

Oui, elle aimait Brodie.

Il s'agita dans son sommeil et, pour l'apaiser, elle

murmura son nom et fit glisser doucement sa tête sur ses jambes. Lentement, elle se mit à caresser les lignes crispées de son front et l'arête de son nez, effectuant les mêmes mouvements rassurants que sa tante avait accomplis tant et tant de fois pour la délivrer de ses mauvais rêves.

Comment cet homme bon et bienveillant avait-il pu prendre la vie de son frère ? Cela demeurait un mystère pour elle, mais il semblait bien que son cœur ait décidé de l'accepter malgré tout. Elle doutait néanmoins que quoi que ce soit de bon puisse naître de ces sentiments, aussi se promit-elle de les garder secrets. De toute façon, il y avait peu de chance que Brodie ressente pour elle autre chose que du désir ; et moins de chance encore qu'ils survivent tous deux aux jours sombres qui s'annonçaient.

En effet, il ne faisait plus de doute que l'affrontement qui se préparait serait sanglant.

Arabella n'avait pas changé de position ni lâché la main de Brodie, si bien que Rob les trouva ainsi quand il entra. Elle eut le temps de voir un éclair de surprise traverser son regard, puis il la salua de la tête. Tandis qu'il ouvrait la bouche pour parler, elle lui fit signe de ne pas réveiller Brodie. Alors il partit, non sans avoir jeté un regard narquois sur leurs deux silhouettes enlacées.

Rompue de fatigue et rassurée par la chaleur du grand corps solide de Brodie, elle somnola à ses côtés. Lorsqu'il roula sur le côté et lui lâcha la main, elle caressa machinalement ses cheveux pour l'apaiser, et ne cessa que lorsqu'il fut retombé dans un sommeil profond.

Bientôt, elle sombra également, étrangement sereine après la découverte des sentiments qu'elle éprouvait pour lui.

L'agitation de Brodie la réveilla en sursaut. Il se débattait dans son sommeil, comme s'il tentait de bouger mais en était incapable. D'une voix pleine d'angoisse, il se mit à prononcer les noms de ceux qu'il voyait en rêve.

— Le garçon ! Le garçon !

Arabella était sur le point de le secouer doucement pour le délivrer de ce mauvais songe lorsqu'il gronda :

— Malcolm ! Non ! Du sang ! Non ! Pas Malcolm !

Elle se figea alors. Que Dieu lui vienne en aide ! Il revivait cette nuit maudite…

Brodie se débattit contre un ennemi imaginaire. Ses mots étaient inintelligibles, néanmoins la douleur et le chagrin se lisaient sur son visage.

— Pas Malcolm, supplia-t-il encore. Mon Dieu… Bella.

Les larmes coulèrent sans retenue sur les joues d'Arabella lorsqu'elle entendit le surnom que seul son frère chéri employait. Comment une telle tragédie avait-elle pu se produire cette nuit-là ? Rien de ce qu'elle avait vu dans le comportement de Brodie ne pouvait expliquer la violence de ce crime.

Il s'était enfin calmé lorsqu'il se redressa brusquement, les yeux grands ouverts, fixant un point que lui seul voyait :

— Le garçon ! Il a tout vu !

Un témoin ? Si elle comprenait les paroles décousues de Brodie, un garçon avait assisté au meurtre de Malcolm. Ce ne pouvait être qu'Alan ! Son cousin avait-il pu suivre les hommes jusqu'à leur campement ? Il avait pour habitude d'accompagner Malcolm partout. Peut-être était-ce lui le témoin de cette nuit atroce…

Brodie s'apaisa enfin entre ses bras, et Arabella se mit à réfléchir intensément.

Elle se rappela que lorsqu'il avait découvert Alan, il avait semblé le reconnaître. Depuis, elle l'avait surpris plusieurs fois en train de fixer l'enfant avec attention. Et les marques d'épuisement sur son visage dues à ses cauchemars dataient également de l'arrivée de son cousin dans le camp. Comme si son inconscient cherchait désespérément à reconnaître Alan…

Peut-être son esprit revivait-il maintenant en songe les événements qu'il avait juré ne pas se rappeler ?

Les implications de tout cela la terrifiaient. Si son cousin était bien présent la nuit du meurtre de Malcolm, il était en danger. Bien sûr, Brodie ne lui ferait pas de mal. En revanche, d'autres personnes n'hésiteraient peut-être pas à l'éliminer…

Raison de plus pour sortir son cousin d'ici. Et elle en profiterait, comme prévu, pour envoyer un message à son père, afin de le mettre en garde contre les projets de Caelan.

Arabella attendit que Brodie soit retombé dans un sommeil profond pour sortir sans bruit de la caverne. Elle se retourna à l'entrée pour le regarder et fut à nouveau frappée par la violence de ses sentiments pour lui. Un amour irrationnel et interdit dont elle savait déjà qu'il ne pourrait finir autrement que dans la douleur.

Cependant, tandis qu'elle marchait vers la tente de Bradana, elle se promit de chérir de tout son être les moments qu'il leur restait à partager avant que leur monde n'explose.

# Chapitre 16

Brodie s'éveilla en sursaut. Le soleil qui entrait largement dans la caverne lui indiqua que l'aube était passée depuis longtemps.

Sur la table, la vaisselle du dîner qu'il avait partagé avec Arabella avait disparu, mais la boîte en fer y trônait toujours. Et la jeune femme était partie…

Bon sang ! Elle avait vu les preuves et, lui, il s'était endormi !

Il écarta d'un geste nerveux les cheveux qui retombaient sur son visage et sortit à grands pas. Le camp était déjà en pleine effervescence, chacun vaquant à ses occupations. Comme aucun garde n'était resté devant la caverne, il en déduisit qu'Arabella avait dû rejoindre la tente de Bradana. Rassuré, il rentra dans son abri pour mettre les documents en sécurité.

C'est alors qu'il remarqua que l'un des coussins du lit, posé contre le mur, portait encore la marque d'un corps. Par bribes, tout lui revint en mémoire. Il s'était endormi auprès d'Arabella, et, dans son sommeil, il avait senti ses doigts effleurer délicatement son visage et ses cheveux. Elle avait veillé sur lui pour éloigner les cauchemars… Il sourit au souvenir de ses caresses. De fait, il se sentait reposé comme il ne l'avait pas été depuis fort longtemps. Quand tout fut en ordre,

Brodie quitta la grotte et se mit à la recherche de Rob, lequel — à voir l'expression grimaçante de son visage — avait des reproches à lui faire.

— Enfin réveillé ? lança Rob en passant devant lui sans s'arrêter.

Brodie l'attrapa par l'épaule pour le forcer à lui faire face.

— Il y a un problème ?

— En effet. Et ce problème porte un nom : Arabella Cameron, rétorqua Rob à mi-voix, en vérifiant que personne ne pouvait les entendre.

— Qu'a-t-elle fait ? s'inquiéta aussitôt Brodie en la cherchant du regard, sans succès.

— L'important n'est pas ce qu'elle a fait, mais plutôt ce que toi, tu fais !

— Rob, tu commences sérieusement à m'énerver, prévint Brodie. Fais attention.

— Non, c'est toi qui aurais dû faire attention. Maintenant, il est trop tard. Je vois bien comment tu la regardes. Je vous ai surpris hier soir.

— Quoi, hier soir ?

— Tu dormais sur ses genoux, et vous aviez les mains enlacées comme deux amants !

— Et alors ? Les choses ont évolué entre elle et moi. Je ne peux pas l'expliquer. C'est comme si…

— Non, ne dis rien ! Tu n'en as pas le droit et tu le sais, bon sang !

Rob se mit à faire les cent pas devant lui, visiblement perturbé par ce qu'il avait vu.

Brodie était tout aussi conscient que son ami de la gravité de la situation. Néanmoins, comme il ne voyait aucun moyen de changer les sentiments qu'il éprouvait pour Arabella, il reconnut qu'il était inutile d'argumenter. Il saisit le bras de Rob pour l'arrêter.

— Le plan reste le même. Rien ne change.

Rob lui jeta un regard qui indiquait clairement qu'il n'en croyait pas un mot.

— Tu t'éloignerais d'elle pour toujours ? Tu la quitterais sans un regard ? Tu la laisserais épouser un autre ?

S'ils sortaient victorieux de la bataille à venir, Brodie comptait sur Grigor pour prendre la place de chef de la Confédération. En tant qu'Ancien, et parent de Lachlan, il lui paraissait le choix le plus logique. Alors, un nouveau laird serait désigné à la tête des Mackintosh. Quoi qu'il arrive, ce ne pouvait être lui-même : les Cameron n'accepteraient jamais de signer la paix dans ce cas...

— Elle connaît son devoir, Rob. Tout comme je connais le mien.

Son ami le fixa en silence, les bras croisés. Il secoua finalement la tête et joua du bout du pied avec la poussière du sol.

— As-tu décidé de l'endroit où nous pourrions nous installer ?

— Oui, chez le frère de ma mère, Macpherson. Il m'écoutera et examinera les preuves que nous avons rassemblées.

— Tu es sûr qu'il t'apportera son soutien ?

— Je l'espère. Il n'a jamais aimé Caelan et n'a donc aucune raison de se battre à ses côtés.

— Quand comptes-tu prendre contact avec lui ?

Brodie ne répondit pas tout de suite : Arabella venait d'apparaître au bout du chemin, accompagnée de Margaret. Absorbées dans leurs discussions, elles passèrent non loin d'eux sans même les remarquer. Brodie la suivit du regard jusqu'à ce qu'elle disparaisse en direction de la tente de Margaret.

Rob grogna dans sa barbe :

— C'est pire encore que je ne le croyais ! Si tu continues à la contempler ainsi la bouche ouverte, tout le monde saura la vérité. Dis-toi bien qu'elle ne peut pas être à toi, Brodie, et passe à autre chose !

— J'ai déjà prévenu Macpherson, répondit Brodie en revenant à la question de son ami. Il doit nous envoyer un messager pour discuter.

— Alors, nous attendons ?

— Exactement.

Une nouvelle fois, Brodie sentit un frisson prémonitoire courir le long de sa colonne vertébrale. Ce n'était plus le moment de l'ignorer. Il sentait que leur sécurité était compromise.

— Les femmes et les enfants savent-ils comment réagir en cas de danger ? Chacun connaît-il son rôle ? s'inquiéta-t-il.

— Quel risque crains-tu au juste ?

— Si le gamin a su nous trouver, d'autres le peuvent aussi. Ajoute des gardes au bas de la montagne. Et établis bien avec Margaret la route par laquelle nous nous évaderons. Nous sommes trop près de la victoire pour risquer de tout compromettre.

Rob acquiesça et s'apprêta à partir, mais Brodie l'arrêta.

— Que suggères-tu que je fasse pour lady Arabella ?

— C'est une prisonnière, Brodie. Vois en elle une distraction si tu veux, seulement rappelle-toi qu'elle n'est rien d'autre que ton otage.

Alors que Brodie ouvrait la bouche, énervé par les

propos de Rob, celui-ci leva la main pour lui intimer le silence.

— Ecoute-moi jusqu'au bout. Nous l'avons enlevée pour nous donner plus de temps…

— Et pour la protéger, l'interrompit Brodie.

— Tout à fait. Seulement, si tu lui prends son honneur, les Cameron ne resteront pas plus longtemps hors de la bataille. Et nous aurons alors deux fois plus d'ennemis à nos trousses. Pour que notre plan fonctionne, les Cameron doivent accepter le traité de paix avec le nouveau laird Mackintosh. Or, perdre une fille, après un fils, rendrait une telle alliance définitivement impossible.

— Alors, tu me proposes…

— … de la renvoyer chez elle. Maintenant que nous sommes sûrs que le laird Cameron est de retour à Achnacarry, fais-la ramener. Ainsi, sa survie dépendra de lui seul… et vous éviterez tous deux de commettre l'irréparable.

Ces conseils étaient plus que sensés, bien sûr. Pourtant, Brodie ne pouvait se résoudre à éloigner Arabella. Il la voulait près de lui.

— Je vais y réfléchir, Rob, assura-t-il sans grande conviction.

— Et le garçon ? Que comptes-tu faire de lui ?

Alan connaissait leur localisation et pouvait la dévoiler à n'importe qui.

Brodie revit l'enfant en pensée. Ce gamin… Des flammes hautes. Les ombres de la nuit. Les rires avinés des hommes. Du sang. Du sang partout…

— Brodie ! s'exclama Rob. Qu'est-ce qui t'arrive ? Tu avais l'air complètement ailleurs. Ce n'est pas la première fois que cela se produit. Tu n'arrêtes pas de réagir ainsi depuis quelques jours.

Brodie se débarrassa des vestiges de sa vision et éluda la remarque pleine d'inquiétude de son ami.

— Il doit rester jusqu'à ce qu'on parte d'ici. Ensuite nous pourrons le relâcher pour qu'il rentre chez lui. Je dois, en premier lieu, discuter avec l'envoyé des McPherson, pour trouver un endroit sûr où mettre à l'abri les femmes et les enfants.

Les deux hommes se séparèrent, et Brodie partit s'entraîner au combat avec quelques-uns de ses gardes, en prévision de la bataille à venir. En réalité, il essayait surtout de s'occuper, pour éviter de chercher sans cesse Arabella du regard.

Que faire des conseils de Rob ? Il devait bien s'avouer qu'il était irrémédiablement tombé amoureux d'Arabella Cameron. La seule femme qui ne pourrait jamais être à lui était, ironie du sort, celle qui avait capturé son cœur… Et il serait obligé de se détourner d'elle pour assurer la paix de son clan, alors même qu'il savait au plus profond de son être qu'elle était faite pour lui…

Il décida que leur séparation serait plus simple si dorénavant il passait le moins de temps possible avec elle. Aussi, à la fin de la journée, enfourcha-t-il Blackwood pour partir loin du camp. Pour la fuir. Il avait besoin de mettre de la distance entre eux.

La lumière de la pleine lune éclairait son chemin, et il ralentit l'allure pour ne pas risquer de blesser l'animal. Il allait devoir lui rendre son cheval. Il sourit en repensant qu'elle avait été outrée par le vol de sa fidèle monture plus que par son propre enlèvement.

Au moins, Blackwood la ramènerait-il chez elle en toute sécurité.

Brodie essayait de se persuader de suivre les conseils de Rob. Arabella faisait étrangement partie de leurs vies désormais, ce qui représentait un danger pour chacun d'entre eux, ainsi que pour elle. Rob avait raison, il fallait l'éloigner !

Arabella était une héritière, et elle épouserait un laird afin de mettre un terme aux querelles. Or, s'il exécutait son plan comme prévu, lui resterait un hors-la-loi, sans nom et sans appartenance à aucun clan.

Finalement résolu à ramener Arabella au plus tôt chez son père, Brodie rentra au campement le cœur lourd. En chemin, il vérifia que rien ne trahissait une quelconque présence ennemie. Tous ses hommes étaient à leur place. Au croisement qui menait au camp, il lança le signal convenu et s'avança dans le passage tenu secret. Plusieurs gardes le saluèrent, et il laissa son cheval à un jeune palefrenier avant de retourner dans sa caverne.

Toujours tendu, il passa la main sur sa nuque. Pourvu que l'exercice effectué dans la journée lui octroie un sommeil sans cauchemars ! Tant qu'il évitait de penser à Arabella, à sa peau douce et à sa bouche délicieuse… La nuit à venir promettait d'être longue.

D'autant que la présence de Dougal, à l'entrée, lui indiqua qu'Arabella l'attendait à l'intérieur. Aussitôt, son sang s'enflamma dans ses veines. Il brûlait de la revoir, alors qu'il ne l'avait quittée que depuis le matin !

Il tenta de repousser les visions sensuelles qui ne manquaient pas de l'assaillir à la seule évocation de son nom, et pénétra dans la caverne.

— Ma lady ?

Elle se tourna au son de sa voix. Malgré la pénombre, il voyait sa mince silhouette se détacher à contre-jour devant le brasier. Ses traits fins s'animèrent lorsqu'il s'approcha lentement d'elle. Le désir se lisait dans ses yeux, mais Brodie y vit aussi de la nervosité.

— Sir, le salua-t-elle dans un murmure.

Il s'amusa de son ton formel. Prudemment, il resta à bonne distance. Sachant qu'il allait la perdre bientôt, il n'était pas certain de pouvoir contrôler le besoin qu'il avait de la tenir dans ses bras.

— Qu'est-ce qui vous amène si tard, Arabella ?

— J'ai entendu dire que vous alliez me renvoyer chez moi, est-ce vrai ? demanda-t-elle.

Seigneur ! Comment avait-elle appris cela ? Sans doute grâce à la langue trop bien pendue de Rob, qui avait dû propager la nouvelle dans tout le camp…

— En effet. Dans quelques jours, vous serez en chemin vers votre foyer.

— Et Alan ? J'ai cru comprendre que vous alliez le garder prisonnier ?

— Il sait où nous trouver, Arabella. Vous vous doutez bien que je dois donc le retenir ici, pour la sécurité de tous.

— Et s'il promettait de ne rien révéler ? Il pourrait dire qu'il ne nous a jamais découverts.

Nous ? La proximité d'Arabella avec le groupe d'exilés, qu'elle incluait dans ce mot, lui fit mal.

— Bien sûr, mais une pinte de whisky, ou même une des punitions que votre père n'hésite pas à infliger à ceux qui lui tiennent tête, auront raison de lui. Non seulement il révélera tout, mais il conduira vos troupes directement jusqu'ici. Or, j'ai besoin de temps pour mettre tout le monde à l'abri.

Il se tut pour la laisser réfléchir à ses paroles. Arabella plongea les yeux dans les siens, et il y décela une lueur étrange. De la culpabilité ? De la peine ? Du regret ? Il n'aurait su le dire.

Elle inspira profondément et marcha vers lui, le regard empli d'un désir sans fard.

— Arabella, murmura-t-il d'une voix rauque.

Il secoua la tête et tendit les bras pour l'arrêter, mais elle continua.

— Si vous m'envoyez au loin, alors j'ai une question à vous poser.

— Une question de plus ! s'exclama-t-il en riant.

A présent, elle l'avait rejoint et se tenait si près qu'il pouvait sentir son souffle chaud caresser le col de sa chemise.

— Vous avez dit que vous ne prendriez jamais ce qui ne vous était pas destiné, Brodie, cependant…

— Arabella, ne faites pas ça, je vous en prie, l'interrompit-il.

Brodie savait ce qu'elle allait lui dire. Il n'aurait pas la force de résister.

— Je vous en prie, retournez auprès de Bradana, maintenant.

Hélas, déjà, ses mains s'étaient posées instinctivement sur les épaules de la jeune femme… Il la tenait contre lui. Lorsqu'elle leva son beau visage vers le sien, il sut qu'il était perdu.

Son honorable promesse de la protéger s'évanouit quand elle prononça les mots fatidiques, et il ferma les yeux, le corps dévoré par un désir brûlant.

— Si je m'offre à vous en toute liberté, me prendrez-vous, Brodie ?

Quelle arrogance il avait eu ! Comment avait-il pu

croire qu'il saurait contrôler l'envie qui se propageait dans chacune de ses veines ? La candeur d'Arabella aurait dû le pousser à s'éloigner, au lieu de quoi il la serra contre lui. Il ne la quitta pas des yeux tandis qu'il se penchait lentement pour caresser sa bouche de ses lèvres. Un baiser léger, simplement pour voir s'il lui restait encore une once d'honneur dans le sang.

Il n'en avait plus...

Elle s'offrit à lui, et il s'empara de ses lèvres avec délectation, savourant le contact suave de sa langue. Sans aucune retenue, elle plongea la main dans ses cheveux et le goûta avec avidité.

C'est alors que des éclats de rire à l'extérieur brisèrent d'un coup l'enchantement qui les retenait prisonniers l'un contre l'autre, et il s'écarta en hâte. Il marcha vers l'entrée, avant de se tourner vers elle.

— C'est votre dernière chance, ma lady. Si vous ne fuyez pas maintenant, je n'aurai plus le courage de vous laisser partir ensuite.

Elle frissonna, révélant ainsi la violence de son désir.

— Je vous attends, murmura-t-elle dans un souffle.

La gorge sèche, il sortit pour relever Dougal de sa surveillance. Il ne voulait aucun témoin à ce qui allait se passer. Puis il tira le lourd tissu devant l'entrée, empêchant quiconque de les épier, avant de revenir lentement vers elle, attiré par son regard magnétique.

— Eh bien ? Que comptez-vous faire maintenant ? demanda-t-il avec douceur.

Elle était vierge et innocente, aussi souhaitait-il ne pas l'effrayer par une trop grande ardeur.

— J'espérais que vous pourriez me le dire, répondit-elle, les joues légèrement rosies.

— En effet, je le peux, ma douce.

Il fut brutalement submergé par une myriade d'images sensuelles, dans lesquelles elle s'abandonnait à lui. Son sexe était si tendu qu'il en était douloureux.

— Alors montrez-moi, souffla-t-elle d'une voix rauque.

Bien que son sang ne soit plus que lave bouillonnante, Brodie parvint à garder assez de contrôle pour ne pas la toucher. Pas encore…

— Déshabillez-moi, Arabella.

C'était une supplique plus qu'un ordre, et il sut qu'il était définitivement perdu lorsqu'elle lui sourit d'un air gourmand, en passant lentement sa langue sur ses lèvres. Son cœur battait à grands coups dans sa poitrine tandis qu'elle le regardait avec une curiosité et une délectation évidentes…

Ses mains remontèrent lentement de son ventre jusqu'à son torse, puis elle fit glisser les manches de son manteau sur ses épaules. Elle défit ensuite le col de sa chemise, avant de tirer les pans pris dans ses chausses. Le simple contact du tissu sur son sexe en érection lui fit serrer les dents. Pour l'instant, heureusement, le tartan enroulé sur ses hanches cachait sa virilité aux yeux de la jeune femme.

— Vous ai-je fait mal ? demanda-t-elle en le voyant se raidir.

— Pas du tout, ma douce, vous vous débrouillez à la perfection.

Arabella fit courir ses doigts sous sa chemise, avant de le débarrasser du vêtement. Ses mains touchèrent chaque parcelle de sa peau, explorant la ligne de ses muscles et la largeur de son dos. Il gémit de volupté lorsque ses doigts caressants s'attardèrent dans les creux qui se dessinaient à peine au-dessus de son tartan. Puis elle remonta jusque dans la toison qui couvrait sa poitrine, et il se promit de lui rendre le bonheur qu'elle lui procurait.

Elle leva les yeux vers son visage et continua, extraordinairement audacieuse, comme il s'y attendait. Elle trouva sans hésitation l'attache de sa ceinture et tira jusqu'à ce que la pointe se détache du cuir, laissant le tartan rejoindre les autres habits épars. Brodie entendit son souffle heurté s'accélérer, et elle posa les doigts sur les liens qui maintenaient ses chausses. Comme elle semblait hésiter, il lui caressa la joue.

— Courage, Arabella chérie.

Il la prit dans ses bras et l'embrassa langoureusement. Elle passa ses bras autour de son cou, et il la souleva, pressant ses fesses contre son bas-ventre qui trahissait l'ampleur de son désir… Naturellement, les jambes d'Arabella s'enroulèrent autour de ses hanches, et elle se serra plus fort encore contre lui. Il gémit sourdement lorsque son membre durci rencontra le linge fin de ses dessous.

— Vous portez bien trop d'épaisseurs de tissu sur vous, ma lady, susurra-t-il en écartant à peine ses lèvres des siennes.

Elle laissa glisser ses jambes, sans le lâcher du regard.

— Laissez-moi les enlever pour vous, ajouta Brodie.

Elle acquiesça, le regard chaviré de passion.

Il la contourna lentement, une main posée sur sa nuque, et s'employa d'abord à défaire les épingles qui maintenaient sa tresse. Il brûlait depuis des mois de toucher ce flot d'or pur. Ses doigts plongèrent dans l'épaisseur de la natte, et il regarda la chevelure d'Arabella se répandre en une soie brillante autour d'elle. Puis il enroula ses cheveux autour de son poing afin de dégager sa nuque pâle. Il l'embrassa délicatement à cet endroit secret et si sensible, sa langue dessinant de sensuelles arabesques sur sa peau satinée, tandis qu'il dénouait sa robe.

Lorsque celle-ci tomba sur ses hanches, il caressa lentement la courbe de son cou, suivit le chemin de sa colonne vertébrale avant de faire glisser le vêtement jusqu'au sol. Elle était presque nue devant lui, et elle tremblait de désir sous ses baisers. Les jambes vacillantes, elle prit appui contre lui.

— Tenez-vous à moi, ma douce.

Aussitôt son corps s'arqua contre lui, et ses jambes s'ouvrirent d'instinct, comme pour l'accueillir. La bouche toujours au creux de sa nuque, il laissa ses mains s'aventurer le long de ce corps souple, qui s'offrait à lui sans plus aucune retenue...

# *Chapitre 17*

Brodie posa une main sur son ventre pour la maintenir contre lui, et de l'autre il s'empara d'un sein, dont il caressa la pointe dressée. Arabella ne pouvait s'empêcher de gémir à chaque caresse, tant les sensations étaient voluptueuses. C'était tellement plus fort que ce à quoi elle s'était attendue… Son corps entier semblait embrasé, chaque centimètre de sa peau brûlant de recevoir les effleurements experts de Brodie.

Elle pencha la tête de côté pour mieux s'offrir à sa bouche qui semait des baisers sur son cou et son épaule. Il mordilla doucement la peau fine de sa nuque, envoyant des frissons délicieux dans tout son corps. Une chaleur inconnue enflait au creux de ses reins, qui la faisait onduler contre le sexe tendu de Brodie, pressé sur ses fesses.

Il lui semblait que son corps entier réagissait d'instinct, mû par la sensualité qu'il éveillait en elle. Sa main à la fois douce et rugueuse releva lentement le tissu de sa chemise le long de ses jambes, exposant sa peau à l'air frais de la nuit. Puis, sa main glissa sur sa cuisse pour venir se poser entre ses jambes, précisément à l'endroit de son corps qui lui paraissait sur le point d'exploser. Lorsque ses doigts effleurèrent les boucles soyeuses de son intimité, elle gémit langoureusement.

— C'est bon, n'est-ce pas, ma douce ? lui souffla-t-il.

Il rit doucement lorsque sa seule réponse fut un nouveau gémissement de plaisir...

Il mordit délicatement son oreille et glissa un doigt en elle. Arabella eut alors le souffle coupé par le tourbillon de volupté qui l'emportait. Elle était à la fois choquée, et comme libérée... De toute façon, son esprit ne contrôlait plus rien, et son corps se tendit instinctivement vers la main de Brodie. Ses jambes s'ouvrirent d'elles-mêmes pour qu'il intensifie sa caresse et, lorsqu'il toucha le cœur de son intimité, la sensation délicieuse lui arracha un cri. De sa main libre, Brodie tourna le visage d'Arabella vers lui et prit sa bouche en un baiser lascif.

La tension qui palpitait au creux des reins d'Arabella s'amplifiait au contact de son doigt, et son corps entier semblait traversé par un réseau secret qui envoyait des ondes de plaisir depuis ses hanches jusque dans ses seins, ainsi que le long de son dos. Elle haletait, ne respirant qu'à petits coups heurtés, au rythme de la main de Brodie, qui l'amenait vers l'extase...

La voluptueuse tension augmentait d'instant en instant dans son bas-ventre. Brusquement, le monde explosa en une myriade d'étincelles, tandis qu'un plaisir foudroyant inondait chaque fibre de son être. Son corps se cambra contre celui de Brodie, et son cri de jouissance se perdit dans son baiser.

Lorsqu'il ralentit le rythme, elle retrouva enfin sa respiration. Alanguie et lascive, elle aurait été incapable de garder l'équilibre si Brodie ne l'avait assise sur ses genoux. Lorsque la peau sensible de son intimité se pressa contre la rigidité de son sexe, de légères vagues de plaisir se répercutèrent en elle, et elle sourit de bonheur.

— Cela vous a plu, ma lady ? demanda-t-il, un sourire coquin sur les lèvres.

— Beaucoup, répondit-elle avec un rire heureux. Seulement… nous ne nous sommes pas unis, fit-elle remarquer en posant une main timide sur son membre dur.

— Nous avons tout le temps pour cela, ma douce, chuchota-t-il en faisant glisser sa chemise, dont elle était encore couverte, par-dessus sa tête.

A présent nue dans ses bras, elle se sentit soudain délicieusement dépravée. Et lorsqu'il l'allongea sur les vêtements éparpillés au sol, elle abandonna toute retenue. Entièrement offerte, elle se laissa caresser comme une idole païenne… Avec une lenteur torturante, Brodie embrassa chaque parcelle de peau, et quand sa langue vint taquiner les pointes de ses seins, la respiration lui manqua. Il poursuivit son exploration vers son ventre, puis plus bas vers ses cuisses, qui s'ouvrirent à nouveau d'elles-mêmes.

Affolée de plaisir et d'impatience, Arabella releva la tête pour croiser le regard de l'homme qu'elle aimait. La faim et le désir qu'elle y lut la laissèrent pantelante, et elle laissa retomber sa tête. Se pouvait-il… Seigneur ! Elle perdit définitivement la raison lorsque la langue de Brodie commença à caresser sa chair intime. Ses hanches se soulevèrent instantanément pour venir à sa rencontre, mais malgré cela son esprit choqué eut un soubresaut de lucidité.

— Que me faites-vous, Brodie ? gémit-elle entre ses dents, les mains crispées sur le tartan étalé au sol.

— Je vous goûte, mon amour, souffla-t-il.

Alors tout sens des réalités quitta Arabella, et elle se laissa emporter par le rythme érotique que la langue de Brodie lui imposait. Son corps se mit à trembler. Elle voulait… quelque chose… de plus… plus fort.

Sensuellement, Brodie glissa une main sur elle, pour accompagner de ses doigts les mouvements de sa bouche. Un trouble exquis emporta Arabella vers des sommets toujours plus vertigineux. Pourtant, plus que tout, elle le voulait en elle.

Comme s'il avait compris ce dont elle avait besoin, il s'agenouilla entre ses jambes et plongea son regard dans le sien. Avec une douceur ensorcelante, il caressa sa féminité avec son sexe, l'amenant toujours plus près de la jouissance. Sans la quitter du regard, il la pénétra lentement, laissant son corps étroit s'adapter à la présence envahissante de son membre rigide. Consumée de désir, Arabella s'entendait prononcer des prières incompréhensibles. Quand il la pénétra entièrement d'un puissant coup de reins, la sensation de plénitude qui l'envahit lui coupa le souffle. Brodie resta un moment immobile, le regard inquiet, comme s'il craignait de lui avoir fait mal. Mais déjà l'éclair de douleur avait disparu sous l'afflux du plaisir, et ses hanches se soulevèrent. Il rit doucement et prit sa bouche dans un baiser sensuel. Sans cesser de l'embrasser, il bougea en elle, de plus en plus vite, de plus en plus fort, jusqu'à ce qu'elle ne puisse plus distinguer le rêve de la réalité, et que son âme s'abandonne à l'extase.

— Tu te sens bien ? demanda-t-il avec un soupçon d'inquiétude dans la voix.

Arabella avait souvent entendu les femmes autour d'elle dire que la perte de la virginité faisait souffrir. Elles ne parlaient que de douleur en évoquant cette première fois, et aucune n'avait mentionné l'intense plaisir dont elle venait de faire l'expérience. Sans doute pour éviter aux jeunes filles de trop le rechercher… songea-t-elle, amusée.

— Je me sens parfaitement bien, répondit-elle en étirant langoureusement son corps satisfait contre celui de Brodie.

Il rit avant de la prendre dans ses bras pour l'attirer contre son torse.

— Alors je suis heureux.

Il déposa un baiser sur ses lèvres et frotta sa joue contre la sienne. Tendrement, il joignit leurs mains et embrassa un à un chacun de ses doigts.

Arabella resta alanguie un long moment, revivant en pensée ce qui venait de se passer entre eux. Mais bientôt, la passion céda la place à la honte, et elle se sentit coupable.

— Tu as des regrets ? devina Brodie.

Comme elle le regardait, interloquée par sa perspicacité, il expliqua :

— Ton expression s'est figée en une seconde.

— J'ai beaucoup de remords en effet, toutefois je ne regrette rien de ce qui vient de se passer, répondit-elle en se tournant vers lui.

Du pouce, il caressa doucement les jointures de ses doigts. Son regard s'était assombri, et elle eut aussitôt envie d'effacer la tristesse de son visage. Quelle idée avait-elle eue de réfléchir maintenant aux conséquences de leurs actes. Il fallait savourer chaque instant de cette nuit… car elle savait déjà que plus rien ne serait pareil le matin venu.

Non, décidément, ce n'était pas le moment d'avoir des regrets.

Elle traça du doigt une ligne imaginaire sur le torse de Brodie, jouant avec la toison fine qui le couvrait. S'il comprit ses intentions, il n'en dit rien. Néanmoins, son souffle se fit plus saccadé à mesure que sa main descendait le long de son ventre. Lorsqu'elle caressa timidement sa virilité, celle-ci reprit vie sous ses doigts.

— Tu fais de moi un vrai satyre ! s'exclama-t-il avec un petit rire qui s'interrompit brutalement lorsqu'elle enroula ses doigts autour de son sexe dressé.

Elle sentit son membre durcir encore, et son propre corps réagit aussitôt, une vague de chaleur la submergeant. Comme il levait les hanches, elle comprit quel geste il désirait. A chaque mouvement de va-et-vient de ses doigts, elle imaginait le sexe de Brodie faire de même dans son corps, et une douce langueur se répandit dans ses veines.

Puis brusquement, il saisit sa main pour l'écarter.

— T'ai-je fait mal ? demanda-t-elle, inquiète.

— Non, Arabella. Seulement, je pourrais te faire mal, à toi, si nous recommençons.

Recommencer ? Jamais elle n'avait discuté ouvertement de ce sujet avec qui que ce soit. Etait-il possible de renouveler si rapidement ce qu'ils venaient de faire… ?

— Tu voudrais refaire tout de suite ce que tu viens de faire… avec moi ?

Le baiser incandescent qu'il lui donna alors était une réponse suffisante. Il la fit rouler sur lui, et la raideur de son sexe qui frôlait sa chair la plus intime lui donna confirmation qu'il était tout prêt à reprendre leurs ébats.

— Oui, j'ai encore envie de toi. Si tu savais combien de fois et de combien de manières j'ai rêvé de te prendre, Arabella, murmura-t-il tout contre sa bouche.

Et il l'embrassa avec une telle passion qu'elle en eut de nouveau la respiration coupée.

— Je te veux — ses mains tracèrent un chemin sensuel jusqu'au cœur de son intimité — depuis des mois. En fait, depuis ce jour où tu m'as entendu t'insulter et où tu es restée impassible. Depuis que tu m'as adressé ton premier véritable sourire.

Arabella tremblait de tout son corps, transportée par ces paroles sensuelles.

Soudain, Brodie grommela entre ses dents et se redressa d'un bond. Il se débarrassa de ses chausses, et elle put enfin admirer à loisir cette partie de lui qui avait pris possession d'elle.

Nu comme au jour de sa naissance et sublime dans la chaude lueur des chandelles, il se déplaça à travers la pièce pour lui apporter une bassine d'eau, du savon et un tissu propre.

— Je dois d'abord prendre soin de toi, ma douce.

Arabella devinait que la semi-obscurité cachait les traces de sang que sa virginité avait laissées sur ses jambes.

— Je peux m'occuper de moi toute seule, lui assura-t-elle.

Il acquiesça et retourna auprès de la couchette pour y ajouter des fourrures.

Après qu'elle eut fini sa toilette, il emmena la bassine dehors pour la vider. Arabella resta seule à peine quelques minutes, mais ces instants de solitude suffirent à l'emplir de tristesse. Cette nuit de bonheur serait la seule et unique... Hélas ! Quoi qu'il se soit passé entre eux, ils accompliraient chacun le devoir qui les éloignerait définitivement l'un de l'autre. Ils le devaient à leur clan.

Elle ne reverrait sans doute jamais plus Brodie, et cette perspective lui brisait le cœur.

Elle se redressa et rassembla les habits éparpillés au sol, avant de s'enrouler dans le tartan de Brodie. Enivrée par l'odeur familière de grand air et de forêt qui avait imprégné le vêtement, Arabella laissa ses larmes couler librement.

Elle n'avait pas pris conscience que Brodie était revenu, et se retrouva soudain enveloppée d'une étreinte rassurante. Elle puisa alors du réconfort dans sa force. Longtemps, ils restèrent ainsi enlacés. Enfin, ses larmes se tarirent, et elle releva la tête.

— Veux-tu que je te raccompagne jusque chez Bradana ? demanda-t-il en essuyant sur ses joues les dernières traces de pleurs.

Ce qu'elle voulait ? Elle voulait rester près de lui, n'être jamais séparée de lui. Elle voulait s'allonger entre ses bras toutes les nuits jusqu'à la fin de sa vie. Elle voulait vivre avec le regard de Brodie posé sur elle — ce regard qui lui faisait penser qu'elle était la seule femme qui comptait à ses yeux, la seule femme qu'il aimerait jamais.

Malheureusement, rien de tout cela n'était possible. Alors autant prendre ce qui s'offrait à elle cette nuit... L'air décidé, elle secoua la tête.

— Je souhaite rester, si tu acceptes.

— Ils sauront, prévint-il avec un signe de tête en direction de l'entrée. En fait, ils savent déjà.

Dans le camp, tous ces gens formaient une famille et bien sûr, les rumeurs circulaient vite. Sans doute les femmes avaient-elles deviné ce qui allait arriver dès qu'Arabella était partie à la recherche de Brodie ce soir. Quant à Dougal et aux autres gardes, ils n'avaient sûrement pas manqué de médire comme de vieilles radoteuses dès que Brodie les avait inhabituellement relevés de leurs fonctions un peu plus tôt. Mis à part les enfants et, heureusement, son cousin, chacun saurait de toute façon très bientôt qu'elle avait passé la nuit avec lui.

Alors à quoi bon se séparer déjà ? Sans compter que plus longtemps les gardes seraient occupés à discuter, meilleures seraient les chances d'Alan de pouvoir s'échapper sans être poursuivi...

— Je lis à nouveau le regret dans tes yeux, Arabella.

Brodie s'empara de sa chemise pour la lui passer, s'attendant visiblement à ce qu'elle préfère partir, alors que c'était la honte de lui mentir qui la rongeait.

— Je te l'ai dit, je ne regrette rien de ce que nous avons fait. Je suis seulement mélancolique, par avance, de ce que nous n'aurons plus jamais le loisir de partager, répondit-elle en lui prenant le vêtement des mains pour le jeter au loin. Et comme de toute façon ils sont au courant, il n'y a aucun intérêt à prétendre qu'il ne s'est rien passé.

Pressée par la perspective atroce de le quitter au matin, elle desserra le plaid de ses épaules et le laissa glisser à terre. Entièrement nue, à l'exception de ses bas, elle se tint devant lui sans détourner le regard.

Il n'essaya plus de l'inciter à le laisser, cette fois. Il franchit l'espace qui les séparait d'un pas et la prit dans ses bras. Il la porta jusqu'au lit et l'allongea entre les fourrures, avant de la rejoindre.

Elle se nicha tout contre lui, son dos appuyé contre son torse solide, et, les yeux clos, se laissa bercer par sa chaleur bienfaitrice. Elle commençait à s'assoupir lorsqu'un souvenir la fit sourire.

— Raconte-moi de quelles manières tu as rêvé de me prendre, Brodie.

Sa réaction à ses mots fut immédiate, et elle sentit son membre durcir contre ses fesses. Avec un grognement de désir, il pressa ses hanches contre les siennes.

— Tes questions vont finir par causer ma mort, mon amour.

Arabella se tourna sur le ventre et posa sa tête sur son coude. Loin de sembler énervé comme il avait pu l'être par certaines de ses questions, il avait au contraire les yeux qui brillaient d'excitation et d'amusement.

— Nous n'avons qu'une nuit, Brodie. Je refuse de partir avec le regret de n'avoir pas connu ce que nous désirons tous les deux. D'autant plus que nous n'en aurons plus l'occasion.

— Quelle intelligente petite têtue tu fais ! J'ai du mal à imaginer que tu sois la fille de cette tête brûlée d'Euan Cameron. Non, en fait, tu es exactement comme lui. Même si je soupçonne que ton insatiable curiosité te vient de ta mère.

Elle rit avec lui et confirma.

— J'ai bien souvent éprouvé la patience de mon père. Je continue d'ailleurs.

Il lui prit la main et joua avec leurs doigts mêlés avant de les embrasser.

— Oui, et j'imagine que sa tolérance va être mise à rude épreuve dans les semaines à venir.

Ils restèrent un moment silencieux. Leurs corps se touchaient à peine mais elle se sentait plus proche de cet homme qu'elle ne l'avait jamais été de personne.

Pourtant, le matin venu, il risquait de ne pas lui pardonner l'aide qu'elle avait apportée à son cousin pour qu'il s'enfuie. Il pourrait sans doute comprendre ses motivations, mais lui pardonner serait une autre histoire…

— Tu n'as pas répondu à ma question, reprit-elle enfin.

Ses yeux descendirent vers son sexe, et elle sourit en voyant le pouvoir qu'elle possédait sur son corps par sa seule parole. Lorsqu'elle croisa son regard, celui-ci était presque noir, et elle sentit la chaleur désormais familière se répandre en elle. Ses seins se firent plus lourds, et leurs pointes se dressèrent, appelant les baisers de Brodie.

— Je vais te dire ce que j'ai rêvé de te faire, Arabella chérie. Et ensuite, je vais te le montrer, chuchota-t-il en se redressant vers elle.

Il lui murmura des propos délicieusement scandaleux à l'oreille et, à chaque parole, son corps s'échauffait un peu plus, ses reins se soulevaient instinctivement vers lui. Elle le voulait en elle. Elle voulait qu'il lui fasse tout ce que son discours gourmand promettait. Elle brûlait de sentir ses doigts sur sa peau.

Haletante de désir, elle saisit son sexe déjà dur dans sa main et le caressa comme elle l'avait fait plus tôt. Le beau visage de Brodie s'assombrit encore, et il poussa un gémissement rauque lorsque sa main glissa le long de son membre.

Bientôt, il joignit ses caresses aux siennes et la mena au bord de la folie. Pourtant, un doute l'empêchait encore de s'abandonner à la jouissance. Quelque chose qu'elle ne parvenait pas à comprendre…

— Comment pourrais-je te chevaucher ? demanda-t-elle dans un souffle.

— Mon amour, tu es encore trop sensible. Je risque…

Son corps était peut-être fragile, mais pour l'heure, elle brûlait de le sentir en elle.

— Montre-moi… l'implora-t-elle.

Elle se moquait éperdument de prendre une voix suppliante. Peu importait que son comportement lascif et effronté ne soit pas celui d'une lady… Elle craignait seulement de l'avoir choqué, aussi, lorsqu'il commença à la guider sur lui, fut-elle entièrement rassurée. Il était tout prêt à satisfaire sa curiosité.

— Si je te fais mal, tu dois me le dire, Arabella.

Le corps tremblant d'impatience, elle acquiesça. Il l'installa de part et d'autre de ses hanches, et quand son sexe rencontra le sien, elle gémit sourdement. Avec douceur, il lui maintint la taille et la pénétra lentement. Arabella poussa un cri de pur plaisir, le dos cambré, avant de venir s'abattre contre lui. Ainsi peau contre peau, hanche contre hanche, Brodie s'empara de ses lèvres. D'instinct, Arabella se souleva pour retrouver la délicieuse sensation et se laissa glisser le long de son membre dressé.

— Voilà, ma douce, c'est toi qui tiens les rênes à présent.

Son rire mourut dans sa gorge sous le feu qui la submergeait. Les cheveux rejetés dans le dos, elle ferma les yeux, savourant chaque instant de ce bonheur décadent. Au début, Brodie refusa de s'abandonner, attentif au moindre signe de douleur, puis son expression changea, et ses doigts se serrèrent autour de ses hanches, comme s'il ne savait pas s'il voulait arrêter ou accélérer son mouvement.

Bientôt, ils furent emportés dans une danse primitive, et le corps d'Arabella se prépara à la libération qu'elle savait proche. Quand il trouva du pouce le point le plus sensible entre ses jambes, elle sombra dans l'extase.

Quand elle eut retrouvé un peu ses esprits, Brodie se redressa et la fit tourner sous lui. L'espace d'un instant, ils restèrent immobiles. Puis, d'un coup de reins, il s'enfonça en elle, et elle poussa un gémissement de volupté.

Leurs souffles saccadés emplirent la caverne, de plus en plus rapides, de plus en plus forts. Jusqu'à ce qu'un grondement de plaisir pur s'échappe de la gorge de Brodie.

Il semblait à Arabella que son corps flottait, noyé dans un océan de délices. Elle aurait été incapable de faire le moindre geste.

Ils reprirent leurs souffles et leurs esprits, allongés côte à côte, épuisés et repus. Auprès d'elle, Brodie s'endormit. Au plus profond d'elle-même, Arabella devinait qu'elle ne connaîtrait jamais un tel abandon avec un autre homme. Dans l'étreinte, leurs âmes s'unissaient au même rythme que leurs corps.

Quand la lumière grise de l'aube entra dans la caverne, elle sut que ce moment de paix volé au chaos appartenait définitivement au passé…

Lorsque des voix se firent entendre au-dehors, elle comprit que la fuite d'Alan était découverte. Elle distingua des bruits de pas, qui s'arrêtèrent près de la caverne. Sans doute les gardes n'osaient-ils pas appeler Brodie. Elle se serra contre lui et sourit lorsqu'il passa un bras protecteur autour d'elle, sans se réveiller.

Une heure de plus ne changerait rien — si Alan avait échappé aux gardes du camp, plus personne ne serait capable de le retrouver désormais. Aussi, elle comptait bien profiter de Brodie jusqu'au tout dernier moment…

# Chapitre 18

— Brodie…

Dans son sommeil, il entendit Arabella murmurer son prénom. Seulement, il avait envie de faire la sourde oreille. Il ne voulait pas que cette nuit magique s'achève. La lumière qui filtrait à travers ses paupières closes ne lui disait que trop ce qu'il en était. Leur moment de bonheur volé était terminé…

— Brodie ! répéta Arabella un peu plus fort. Il faut te réveiller.

— Pitié, jeune dame, implora-t-il en la saisissant par la taille pour la placer sur lui. Je ne pense pas avoir la possibilité de vous satisfaire à nouveau. Un homme doit reprendre des forces, plaisanta-t-il, les yeux toujours fermés.

Mais au lieu de la peau nue qu'il s'attendait à toucher, c'est le tissu d'une robe qu'il trouva sous ses doigts. Intrigué, il ouvrit enfin les yeux. En effet, Arabella était vêtue de pied en cap.

— Que se passe-t-il ? demanda-t-il en la repoussant doucement pour s'asseoir.

Il écarta les cheveux de son front et remarqua, aux rais de lumière qui traversaient le tissu de l'entrée, que l'aube était levée depuis longtemps.

— Tes hommes t'attendent dehors, expliqua-t-elle,

tout en nouant ses cheveux en une natte épaisse. Je sais que tu n'as pas bien dormi dernièrement, aussi t'ai-je laissé te reposer un peu plus longtemps.

En dépit des brumes du sommeil qui persistaient, Brodie sentit qu'elle ne lui disait pas tout.

— Et ? demanda-t-il pour l'inciter à continuer.

Quelque chose avait changé en elle. Il n'aurait su dire quoi exactement, mais elle semblait terriblement mal à l'aise. Regrettait-elle leurs étreintes ? Avait-elle finalement décidé que tout cela était une erreur ?

— Et je n'avais pas envie d'écourter notre nuit... poursuivit-elle avec un sourire en coin.

Il embrassa ses lèvres encore gonflées de ses baisers et lui caressa la joue. Il n'y avait pas un centimètre de sa peau qu'il n'avait goûté cette nuit, pourtant il mourait d'envie de recommencer.

Hélas, ils avaient tous les deux leur devoir à accomplir maintenant.

— Je n'en ai pas envie non plus, soupira-t-il en se levant.

Il enfila ses chausses et sa chemise et fit taire la nostalgie qui naissait dans son cœur. La magie de cette nuit s'évanouissait déjà. Arabella fit le tour de la pièce, rassemblant les couvertures et rangeant les objets. Bientôt, à l'exception des bols qu'elle tenait à la main, il ne resta plus aucune preuve des moments féeriques qu'ils avaient partagés.

— Brodie ? appela Rob depuis l'extérieur. Es-tu enfin réveillé ?

Le bruit de leurs paroles n'avait pas dû passer inaperçu, s'amusa-t-il. Pourtant, il remarqua qu'Arabella ne lui retournait pas son sourire. Son visage semblait figé. Etait-ce parce qu'elle allait devoir bientôt affronter le regard des autres ? Se sentait-elle embarrassée par ce qu'ils avaient vécu ?

— J'arrive, Rob.

Il approcha de l'entrée pour écarter le pan de tissu. Lorsqu'il voulut croiser le regard d'Arabella, celle-ci détourna les yeux. Mais peut-être n'était-ce dû qu'à la brusque luminosité. Rob et Duncan entrèrent aussitôt, l'air sombre.

Quelque chose était arrivé. Et ce n'était pas une bonne nouvelle…

— Il a disparu, déclara Rob en jetant à Arabella un regard de reproche.

— Qui donc ? demanda Brodie en les regardant tous trois tour à tour.

Mais il connaissait déjà la réponse. Alan.

Arabella lui tourna le dos, et sa gorge se serra tandis qu'il comprenait qu'elle avait tout manigancé.

— Quand ?

— Cette nuit. Il était encore là quand Margaret lui a apporté à dîner. Ce matin, il avait disparu.

Bon sang ! Il avait ordonné aux gardes de s'éloigner des grottes hier soir, afin d'être seul avec Arabella.

— Vous savez quoi faire. Partez ! ordonna-t-il avec dureté.

Rob et Duncan sortirent sans un mot pour commencer les recherches.

Arabella refusait toujours de croiser son regard. Elle restait immobile, debout près du lit sur lequel ils avaient…

— Je t'avais dit que je le relâcherais bientôt, commença-t-il d'une voix calme qui ne trahissait rien de la fureur qui l'agitait. Je te l'ai dit hier, mais apparemment tu ne m'as pas cru.

Comment avait-elle pu ? Jamais il ne les avait maltraités, ni elle, ni son cousin. Que Dieu lui pardonne, il était même tombé éperdument amoureux d'elle ! Et elle l'avait trahi.

Elle avait passé la nuit avec lui pour permettre à son cousin de s'enfuir.

— C'est pour cela que tu es venue hier soir. Tu savais que je renverrais les gardes pour protéger notre intimité.

— Je suis désolée, Brodie, souffla-t-elle.

Un brusque accès de rage le gagna. Désolée ? Se moquait-elle de lui ? En quelques pas, il fut sur elle et la saisit aux épaules pour la forcer à lui faire face.

— Tu savais !

Il chercha sur son visage un signe, le moindre indice prouvant que la nuit qu'ils avaient partagée n'était pas qu'un simple subterfuge.

— Tu t'es offerte à moi simplement pour me détourner de mes responsabilités !

Comme elle ne niait pas ses accusations, il la relâcha brutalement, et elle recula de quelques pas, déséquilibrée.

— Ce n'était pas la principale raison de ma présence hier soir, et tu le sais ! dit-elle enfin en redressant les épaules. Ce que je t'ai dit était — est toujours — la vérité. Je voulais t'appartenir. Et que tu m'appartiennes. Je ne me serais jamais donnée à un homme pour lequel je n'éprouverais qu'indifférence. Je t'ai choisi, toi !

— Comment oses-tu ? s'énerva-t-il. Tu as arrangé son évasion, tu as retardé la découverte de sa fuite en me tenant occupé et, maintenant, tu voudrais que je te croie sur parole ?

Sans baisser le regard, elle hocha la tête. Mais la

fureur et la déception empoisonnaient le cœur de Brodie.

— Pourquoi ? cria-t-il. Dis-moi pourquoi je devrais avaler tout cela sans sourciller, Arabella !

— Parce que je t'aime, Brodie Mackintosh. Voilà pourquoi. En dépit de toute raison, je t'aime. Malgré ce que tu as fait à mon frère, je suis tombée amoureuse de toi !

Semblant emplie de colère à son tour, elle crachait les mots comme des injures.

— Et pour t'éviter d'avoir à nouveau le sang d'un innocent sur les mains, je l'ai aidé à s'enfuir. Parce que je sais que ton âme est bonne et que tu ne supporterais pas de faire une autre victime.

Dieu, comme il avait envie que ce soit la vérité ! Seulement, tout cela n'avait aucun sens ! Il avait tué son frère... Elle ne pouvait pas l'aimer ! Il n'était pas digne d'elle, et elle le savait. Son innocence lui faisait prendre pour de l'amour ce qui n'était que du désir.

— Je ne comprends rien. Quelle autre victime ? Si c'est d'Alan que tu parles, il était à l'abri, je l'aurais protégé !

— Tu ne lui aurais jamais fait de mal, je le sais, mais ceux qui soutiennent ta cause n'auraient pas hésité à se débarrasser de lui dès qu'ils auraient su la vérité.

— Arabella, ni moi ni personne ici n'aurait fait le moindre mal à cet enfant ! Quelle vérité ? De quoi parles-tu, à la fin ?

Elle prit une inspiration avant de déclarer d'un trait :

— Il était présent cette nuit-là.

Ses mots lui firent l'effet d'un coup de poing dans l'estomac.

Cette nuit funeste. Le garçon... Tout ce sang. Malcolm.

Des images et des sons défilèrent dans sa mémoire, lui faisant revivre les instants tragiques qui avaient changé sa vie à jamais.

Une fois de plus, les flammes s'élevèrent devant ses yeux tandis que Malcolm et lui parlaient d'elle. De Bella. Puis une épaisse fumée se répandit, abrutissant son esprit. Ses yeux ne parvenaient plus à voir avec netteté. Il tourna la tête vers les arbres alentour, en tentant d'éclaircir sa vision. C'est là qu'il l'aperçut. Le garçon...

C'était Alan. Alan avait tout vu.

— Dieu du ciel ! Il était là, souffla-t-il, sous le choc.

Arabella hocha la tête, ses grands yeux bleus emplis de larmes. Des larmes de douleur pour son frère assurément, pour lui aussi peut-être...

— Si Caelan est discrédité, Alan sera le seul témoin à pouvoir se dresser entre toi et le trône de laird.

— Quelle importance ? Ton père ne voudra de toute façon jamais de moi comme laird Mackintosh. Peu importe que Caelan soit l'accusateur, le sang de Malcolm est sur mes mains. Je l'ai tué.

Hagard, il leva les mains, comme s'il pouvait encore y voir le sang ruisseler.

— Pourquoi... pourquoi n'a-t-il rien dit ?

— Ceux qui t'ont accusé étaient des Mackintosh. Pourquoi un sujet Cameron serait-il venu témoigner alors que leurs accusations suffisaient ?

— J'ai accepté ma responsabilité dans ce qui s'est passé, Arabella. Pas un jour ne passe sans que je me haïsse pour cela.

Arabella détourna les yeux. Même sans prononcer le nom de son frère, il la faisait souffrir…

— Je sais que tu es un homme bon, Brodie. C'est pour cela que je pense que les tiens accepteraient sans mal ton retour à la tête du clan, si Caelan n'est plus là pour affirmer que tu es coupable. Ces gens que tu as réunis ici au péril de ta vie te protègent, tout autant que tu les protèges. Et si le seul obstacle se dressant entre toi et le siège de laird était mon cousin, ils n'hésiteraient pas une seconde. Pas après tout ce que tu as fait pour leur permettre de retrouver leurs foyers et leurs familles.

Brodie dut admettre que certains hommes abattraient le garçon sans état d'âme, s'ils voyaient en lui un ennemi susceptible de compromettre le retour de leur chef. Un Cameron de surcroît…

— Que t'a-t-il dit exactement ? demanda-t-il d'une voix plus calme.

Le moment de faire face à ses démons était enfin arrivé. Il devait savoir ce qui s'était passé cette nuit-là… Il vit le visage d'Arabella pâlir, tandis que les images pleines de sang et de fumée continuaient à défiler devant ses yeux.

— Non, Brodie, je n'avais pas l'intention de te faire revivre cela… Il ne m'a rien dit. Lorsque j'ai compris que tes cauchemars étaient en réalité de véritables souvenirs, je lui ai fait promettre de ne jamais parler à quiconque de ce qu'il avait vu. Qu'il lui en coûterait la vie si quelqu'un apprenait qu'il était présent. Il ne racontera rien, pas plus qu'il ne révélera notre localisation, même à mon père. Je jure qu'il se taira, Brodie.

Malheureusement, il savait d'expérience qu'elle se trompait. Eux avaient fait plier le gamin en l'enivrant

— d'autres ne seraient pas aussi délicats. Le garçon parlerait… et leur apprendrait tout ce qu'il savait.

— J'aurais aimé que tu te fies à mon engagement, Arabella. A présent, tout le monde ici est en danger.

Arabella s'était abandonnée à lui et prétendait l'aimer, alors qu'elle ne lui faisait pas même confiance ! Ce constat était cent fois plus douloureux que son exil ne l'avait été, et le mettait à la torture. Pourtant, il s'était montré honnête avec elle… Il ne lui avait donné aucune raison de douter de lui. Il accordait de la valeur au devoir, à l'honneur, tout comme elle… Elle le savait !

— Brodie ! appela Rob au même instant.

Le cœur en miettes, il quitta la caverne sans un mot. S'il continuait à parler à Arabella, seules sa colère et sa peine s'exprimeraient, et il ne voulait pas détruire ce qu'ils avaient partagé, aussi mensonger que cela ait pu être. En dépit de sa trahison, il voulait encore croire qu'elle tenait à lui.

Les nouvelles que lui donna Rob n'étaient pas bonnes. Ils avaient retrouvé quelques traces du passage d'Alan et avaient donc conclu qu'il était parti vers le nord, en direction du territoire des Cameron. De surcroît, ils avaient repéré des traces étrangères non loin du campement…

Il était plus que temps de partir. Seulement, quitter les lieux leur prendrait deux jours. Peut-être un seul s'ils n'emportaient avec eux que l'essentiel. Trois heures après avoir appris la fuite d'Alan, Brodie lança les ordres pour commencer la levée du camp.

Peu après, il retourna à la caverne et n'y trouva pas

Arabella, comme il s'y attendait... Il savait qu'elle ne l'affronterait pas maintenant. Lorsqu'il passa à nouveau entre les tentes et les abris pour veiller au bon déroulement des opérations, il prit conscience que les regards avaient changé.

Certains Anciens, parmi ceux qui avaient longtemps combattu les Cameron, lui adressèrent des signes amicaux et le saluèrent avec approbation. D'abord, il ne comprit pas, puis il repensa à la sœur aînée de Tormod, qui avait été enlevée quelque temps plus tôt par les Cameron, avant d'être renvoyée chez elle enceinte. Elle avait subi le sort trop souvent réservé aux otages féminins. Alors ces hommes pensaient sûrement qu'il avait voulu infliger la même chose à Arabella, puisqu'elle était une prisonnière Cameron. Ils la considéraient comme un butin de guerre dont il avait profité, souillant à ses yeux leur si belle nuit...

Parallèlement, certaines femmes lui jetèrent des regards écœurés. Elles devaient penser exactement la même chose, mais ne l'en félicitaient guère. Au contraire !

Le pire cependant vint de ceux qui s'étaient pris d'affection pour la jeune femme pendant son séjour. Ceux qu'elle avait aidés, avec qui elle avait travaillé — Magnus, Margaret et Bradana en tête. Ce n'était pas du dégoût qu'il lisait dans leur regard mais, pour la première fois, une déception profonde...

Il eut beau arpenter le campement, faisant mine d'aider çà et là à emballer les provisions et à charger les quelques charrettes qu'ils possédaient, il ne vit nulle part trace d'Arabella. En fait, il s'était attendu à ce qu'elle le défie, à ce qu'elle lui tienne tête. Ou, au moins, à ce qu'elle soit au cœur de l'action, en train d'aider Margaret. Au lieu de quoi elle avait disparu... Cela ne lui ressemblait pas ! Mais aucun garde n'avait donné l'alarme... elle était toujours dans le camp, se rassura-t-il.

Lorsque arriva l'heure du déjeuner, il commença à soupçonner quelque chose d'inhabituel. En lieu et place du porridge crémeux et parfumé qu'on lui servait d'ordinaire, il trouva dans son bol une substance noirâtre et brûlée au goût infect. Il voulut la faire passer avec une gorgée d'ale... mais c'est de l'eau qui remplaçait la délicieuse boisson !

Peut-être voyait-il des intentions là où il n'y en avait pas. Après tout, il n'était pas étonnant que, dans l'effervescence environnante, de la nourriture soit brûlée et qu'on confonde accidentellement les tonneaux d'eau et ceux d'ale.

Puis vint le repas du soir. Chacun se servait directement dans l'énorme marmite, or, quand Brodie arriva, il ne trouva plus que les restes carbonisés du ragoût. Il releva la tête pour voir si d'autres, comme lui, n'avaient pu être servis, mais tous s'étaient éloignés. De plus en plus exaspéré, il partit en quête de Margaret. Elle, au moins, se montrerait franche et directe avec lui.

— Peux-tu m'expliquer ce que tout cela signifie ? attaqua-t-il dès qu'il la rejoignit.

Il lui tendit son bol plein de la dégoûtante mixture noire.

— Tu as dû arriver en retard pour le repas, rétorqua-t-elle sans même le regarder.

— Qu'a-t-elle raconté ? demanda-t-il abruptement.

Il s'était montré suffisamment patient : il ne comptait

pas prétendre plus longtemps qu'il ne savait pas qui avait fomenté cette petite rébellion.

— Elle… Tu veux sans doute parler de lady Arabella ? lança Margaret en lui faisant face, les mains sur les hanches. La jeune femme dont tu as ravi l'honneur ? continua-t-elle avec fureur. Sans même te préoccuper un instant de son état après cela ? Puisque cela t'intéresse, elle n'a rien dit du tout. Elle n'a même pas prononcé ton nom, ni avoué ce qui s'était passé entre vous.

Le petit discours de Margaret atteignit son but… Brodie sentit la honte l'envahir. C'était vrai, il ne s'était pas enquis de l'état d'Arabella depuis qu'il avait quitté la caverne ce matin. Néanmoins, ce n'était pas faute d'avoir pensé à elle… En fait, il ne faisait même que cela. Songer à la façon adorable dont elle s'était donnée à lui, à son ardeur, à sa curiosité. Mais il n'avait pas même pris la peine de vérifier qu'elle allait bien après une telle nuit ! Margaret avait raison… Il n'était qu'un mufle.

— Oh ! enfin, tu commences à t'inquiéter un petit peu des conséquences de tes actes, le nargua Margaret. Eh bien, il est un peu tard…

Brodie sentit monter la colère qui ne demandait qu'à resurgir en lui. Margaret prenait Arabella pour une victime de sa concupiscence… Mais elle ignorait qu'elle l'avait manipulé pour libérer Alan !

— Tu ne sais pas ce qu'elle a fait ! gronda-t-il.

Margaret s'avança vers lui et enfonça son doigt dans sa poitrine, avant de marteler :

— Je sais très bien ce qu'elle a fait. Et nous tous, ici, savons ce que tu as fait. Tu n'as pensé qu'à prendre ton plaisir, et elle en a profité. Maintenant, tu ne peux plus jouer les chevaliers pleins d'honneur. Tu t'es comporté comme n'importe quel homme.

— Non, c'est bien plus grave que cela, Margaret. Il y a certaines choses que tu ne peux comprendre.

— Je comprends beaucoup mieux que tu ne le crois, Brodie. Tu as passé ces dernières années à tenir les femmes loin de ton cœur, ne souhaitant que défendre ton clan. Cette jeune lady, tu ne voulais pas la désirer de la sorte, car tu t'étais persuadé que Caelan gagnerait. Mais il n'en est rien. Il est parfaitement clair qu'elle t'aime et que tu l'aimes en retour. Je comprends aussi qu'elle a fait un choix qui t'a blessé, sans doute à contrecœur, mais elle l'a fait.

— Margaret..., commença Brodie.

Elle leva la main pour l'empêcher de continuer.

— Tu ne lui as encore rien dit, n'est-ce pas ? Tu es encore plus idiot que je ne le pensais, Brodie Mackintosh !

— Notre relation est impossible, Margaret. Tu le sais, je le sais, et elle aussi le sait !

— Ce que je sais, moi, c'est que tu laisses ton devoir se dresser entre vous, et que ça t'arrange bien de te cacher derrière. Raison de plus pour lui dire ce que tu ressens ! L'amour ne frappe pas à notre porte tous les jours, Brodie, alors ne le laisse pas s'échapper. Avoue-le-lui. Ainsi, elle partira accomplir son devoir en sachant exactement ce qu'il y a dans ton cœur... en dehors de ta stupide fierté, bien sûr !

Troublé, Brodie secoua la tête et regarda le ciel, comme s'il pouvait y trouver la réponse à ses tourments.

— Dis-le-lui, Brodie, souffla Margaret en lui touchant le bras. Si je pouvais disposer d'encore un seul instant pour dire ces mots à mon cher Connall, je serais prête à tout.

Quand il baissa les yeux vers elle, elle détourna son regard. Le spectacle de cette femme si forte, émue aux larmes, acheva de le désarçonner.

— Offre-lui au moins ça. Afin que dans les jours sombres à venir, elle ait au moins dans ses pensées le réconfort de tes mots. Afin qu'elle sache que tu es digne du cadeau qu'elle t'a fait.

Brodie hocha la tête. Margaret avait raison. Bientôt, il lui faudrait sortir de son exil pour présenter ses preuves contre Caelan. Et il n'avait aucune idée de ce qui se passerait ensuite. Mais, quel que soit le résultat, il n'y aurait pas de demi-mesure. La vie… ou la mort. Voilà ce qui l'attendait au bout du chemin.

— Je vais y réfléchir, Margaret.

Il l'entendit jurer entre ses dents, mais cela semblait s'adresser à tout le monde, aussi n'en prit-il pas ombrage. Comme elle repartait, il l'arrêta.

— Comment va-t-elle ?

— Bien. Et c'est plus que ce que tu mérites de savoir.

Il hocha la tête et reprit son chemin. Malgré sa hâte, les dernières paroles de Margaret lui parvinrent distinctement.

— Ne tarde pas. Il ne vous reste que peu de temps.

Seigneur ! Au lieu de les apaiser, sa conversation avec Margaret avait attisé les tourments de son âme. Il était pourtant soulagé de savoir qu'Arabella ne souffrait pas de leur nuit passionnée. Toutefois, elle ne voulait visiblement pas le voir pour le moment, et il comptait respecter sa décision.

Un peu plus tard, allongé seul sur sa couche, il se

demanda s'il aurait encore l'opportunité de lui parler avant le chaos.

Le lendemain lui apporta la réponse : il n'aurait plus cette possibilité…

# *Chapitre 19*

Lorsque le soleil se leva, Arabella se réveilla avec difficulté. La veille, après que Brodie eut découvert l'évasion d'Alan, elle s'était installée dans la petite grotte où son cousin avait été gardé. Elle y était restée toute la journée à réfléchir, tantôt s'apitoyant sur son sort, tantôt mesurant avec embarras la situation dans laquelle elle les avait tous mis…

Elle en avait aussi profité pour se reposer, l'épuisement ayant finalement eu raison d'elle — son corps, son esprit, son âme étaient à bout… Et surtout, elle avait besoin de solitude.

Elle avait donc réuni quelques couvertures pour se faire une couche confortable. Son corps entier vibrait encore de la passion de la nuit, plaisir et douleur mêlés. Les muscles de ses jambes la faisaient souffrir et son dos était raide. Quant à sa bouche et ses seins, ils étaient encore gonflés des baisers de Brodie.

Mais ces sensations n'étaient rien à côté de la tristesse qui avait envahi son cœur.

Elle regrettait à présent de ne pas lui avoir fait confiance. Elle lui avait menti, alors qu'elle savait quelle importance il attachait à la vérité ainsi qu'à la promesse qu'il lui avait faite. Pourquoi ne l'avait-elle pas cru capable de protéger Alan ? Elle repensa avec amertume au moment précis où il avait compris qu'elle s'était jouée de lui. Son regard s'était figé, et son corps s'était raidi.

Il s'était brusquement refermé sur lui-même. Sans doute n'avait-il pas pris conscience que son attitude avait changé en cet instant. De quelles autres trahisons avait-il été victime pour réagir si violemment à la sienne ?

Duncan et Rob avaient eux aussi remarqué le trouble qui s'était emparé de lui, et avaient dû en tirer des conclusions, car Rob semblait furieux contre elle. Après le départ de Brodie, il l'avait en effet escortée jusqu'ici sans lui adresser la parole.

Un peu plus tard, on avait déposé du savon et de l'eau chaude à l'entrée de la grotte. Puis Margaret était venue lui apporter à manger. Arabella s'en était voulu de la détourner de ses nombreuses tâches. Par chance, son amie avait écarté ses excuses d'un geste. Pendant un moment, elle était restée auprès d'elle, sans accepter de partager son repas.

— Vous sentez-vous bien, ma lady ? avait-elle demandé. Puis-je vous préparer un remède si vous souffrez ? Ou bien avez-vous des questions à me poser, puisque vous n'avez auprès de vous aucune dame de compagnie ?

La voix et le regard de Margaret, pleins de douceur et de compassion, avaient un peu apaisé la honte qu'elle ressentait.

— Je vais bien, Margaret, merci.

Puis, comme elle s'apprêtait à repartir, Arabella avait osé lui poser la seule question qui lui importait.

— Est-ce que tout le monde sait ?

— Oui, ma lady.

Ses joues s'étaient aussitôt enflammées. Que devaient-ils penser d'elle ? Elle avait appuyé ses doigts glacés sur son visage pour apaiser la vague de chaleur.

— Ah... vous vouliez dire pour vous et Brodie ? Oui, de cela aussi, tout le monde est au courant...

Arabella avait relevé le visage et vu la lueur taquine qui animait le regard de Margaret.

— ... comme de l'évasion de votre cousin.

Tandis que Margaret s'éloignait, elle s'était enhardie à lui poser encore une question.

— Comment va Brodie ?

— Il ira très bien dès qu'il aura arrêté d'agir stupidement.

Elle lui avait souri franchement, et Arabella s'était sentie beaucoup plus légère. Ainsi, elle n'était pas la seule que Brodie exaspérait.

— Je le connais depuis qu'il est tout petit, vous savez. Depuis son enfance, il s'est toujours consacré au bien-être des autres. Il a mis sa famille et son clan au premier plan, alors même qu'il méritait un peu de considération. Aussi quand il se montre aussi buté qu'en ce moment, j'hésite entre l'embrasser... ou le traiter d'idiot !

Arabella imaginait sans peine Margaret agir de la sorte, et cela en disait long sur la façon dont Brodie menait les siens. Jamais son père n'aurait accepté une telle franchise de la part d'une femme, fût-elle sa fille. Au contraire, Brodie respectait les opinions de Margaret et tenait toujours compte de l'avis des femmes lors des conseils du camp. Il ferait un bon mari, un jour.

Le genre d'époux qu'elle aurait aimé avoir... Hélas, ce rêve ne se réaliserait jamais, et cette idée lui broyait le cœur. Par chance, Margaret lui avait déjà tourné le dos, et n'avait pas vu que son visage s'était décomposé.

Brodie aurait fait un parfait époux pour elle… Si seulement il n'avait pas tué Malcolm ! Il avait raison, jamais son père n'accepterait de signer la paix s'il devenait laird. Elle lui avait donné son cœur, hélas, elle ne pourrait pas lui accorder sa main.

Finalement, mieux valait que sa trahison l'ait éloigné d'elle dès maintenant. Il ne lui ferait plus jamais confiance, et c'était sans doute le meilleur moyen de les protéger tous deux contre leurs sentiments.

Arabella s'était laissée ensuite choir sur la couchette. Elle avait rapidement sombré dans un sommeil bienfaiteur. Plus tard dans la journée, elle s'était réveillée en entendant des ordres, ainsi qu'une certaine agitation. Le camp se préparait au départ. Elle aurait voulu proposer son aide, seulement elle pressentait que sa présence aurait été une distraction plutôt qu'un soutien, alors elle était restée à l'intérieur.

C'était différent aujourd'hui : elle avait récupéré un peu de force et de courage pour affronter une journée de travail… ainsi que les conséquences de ses actes. Voilà pourquoi elle n'hésita pas à s'extirper dès l'aube du cocon de couvertures pour se préparer.

Elle devinait, aux bruits qui lui parvenaient, que chacun était entièrement occupé par le départ imminent. Mais elle savait qu'elle trouverait, au centre du camp, une marmite sur le feu, à disposition tout au long de la journée.

Elle tressa habilement ses cheveux, enroula un châle autour de ses épaules pour se protéger de l'air froid du matin et, la tête haute, sortit de sa retraite.

Elle salua le garde qui avait été assigné à sa surveillance et se mit en marche d'un pas déterminé.

Les réactions sur son passage étaient étonnamment bienveillantes. Une chose était sûre — tous savaient. Elle lisait de la curiosité dans les regards, mais tous ceux avec qui elle avait échangé auparavant la saluèrent chaleureusement. Cela, au moins, n'avait pas changé.

Réconfortée par cet accueil, elle était en train de se diriger en souriant vers le centre du campement lorsque le chaos s'abattit sur les lieux... Des cavaliers surgirent de tous côtés, l'épée tirée. En écho à leurs cris de guerre, les hurlements des femmes et des enfants, fuyant dans la panique, s'élevèrent dans un tumulte indescriptible.

D'instinct, Arabella se jeta derrière un bouquet d'arbres et scruta les environs, à la recherche d'une issue. C'est alors qu'elle vit un cavalier lancé à la poursuite de Fia, laquelle se dirigeait droit sur elle.

En un instant, elle bondit hors de sa cachette et se jeta sur la fillette. Elle la serra contre elle et courut de toutes ses forces vers un bosquet dans lequel elle poussa la pauvre enfant.

Devant elle, dans la clairière, elle aperçut un groupe de femmes et d'enfants pétrifiés d'horreur, incapables de chercher un refuge. N'écoutant que son courage, elle courut vers eux, évitant dans sa course folle les chevaux de leurs attaquants.

Soudain, elle entendit la voix de Brodie qui lançait des ordres à ses hommes. Son cœur cessa de battre jusqu'à ce qu'elle l'aperçoive enfin. L'espace d'une seconde, leurs yeux s'aimantèrent, et elle sentit une vague d'émotion puissante la submerger.

— Mets-toi à l'abri, hurla-t-il.

Et le charme fut rompu…

Elle empoigna deux garçonnets et cria aux femmes de la suivre. Ensemble, ils traversèrent le camp, tantôt courant, tantôt s'abaissant au sol lorsqu'ils approchaient dangereusement du combat qui faisait rage. Sans savoir comment, Arabella parvint finalement à emmener sa petite troupe jusqu'à l'entrée des cavernes.

Elle repartait déjà en courant vers le lieu de l'attaque pour tenter de retrouver Margaret, lorsqu'elle entendit son nom.

Un cavalier fonçait droit sur elle, l'épée au poing. Elle se figea sur place, persuadée que sa dernière heure avait sonné. Juste avant de la rejoindre, il tira sur les rênes et arrêta son cheval à moins d'un mètre d'elle. Déséquilibrée par la gerbe de terre que les sabots de l'animal avaient projetée sur elle, Arabella se retrouva au sol. Aussitôt, une main se referma sur son bras et la souleva pour l'installer à plat ventre sur la selle. Elle tenta de repousser le cavalier, mais il l'empêcha de bouger d'une poigne puissante.

— N'ayez crainte, lady Arabella. Je vais vous mettre à l'abri. Tenez-vous tranquille.

Dans la confusion de la bataille, avec les gens qui couraient en tous sens, Arabella ne parvint pas à établir dans quelle direction l'homme l'emmenait. Bientôt, ils se retrouvèrent loin du chaos, et elle comprit qu'ils prenaient le chemin qui descendait des montagnes. Le guerrier la ramenait à Caelan. Elle retint les larmes de rage et de désespoir qui lui brûlaient les yeux. Si elle voulait sauver son clan et revoir un jour Brodie vivant, elle devait rassembler tout son courage pour affronter… son fiancé.

— Pardonnez-moi, ma lady, je ne peux pas ralentir

l'allure tant que nous ne serons pas hors de danger, expliqua l'homme avec déférence.

Bientôt, elle entendit les claquements de sabots d'un petit groupe de cavaliers non loin d'eux. Maintenant qu'ils l'avaient trouvée, les guerriers quittaient tous le camp. Au moins, ceux qu'elle avait appris à aimer au cours de ces dernières semaines étaient désormais libérés de cet assaut…

— Comment ça, elle est partie ? tempêta Brodie en traversant à toute allure la caverne où on avait rassemblé les blessés. Je l'ai vue conduire les femmes vers les grottes.

— C'est effectivement ce qu'elle a fait, mais certains l'ont vue ensuite revenir au centre du camp, expliqua Rob. Peut-être… peut-être a-t-elle été touchée ?

Une peur atroce s'insinua dans les veines de Brodie. Oh non ! Arabella n'avait pas pu être tuée dans l'attaque ? Rob et lui passèrent à toute allure entre les couches installées à la hâte. En vain… Enfin, il aperçut Margaret, déjà occupée à soigner les blessures les plus graves. Hélas, son regard sombre lui indiqua qu'elle non plus n'avait pas vu Arabella.

— Arabella ! hurla-t-il, en proie à la panique.

Il retourna à la clairière où il l'avait aperçue pour la dernière fois et en fit le tour, les yeux hagards. Elle n'était nulle part !

Une petite voix s'éleva alors derrière lui.

— Un homme l'a emmenée.

Brodie se retourna aussitôt. La fille de Bradana lui faisait face.

— Quel homme ? demanda-t-il en tombant à genoux pour être à hauteur de l'enfant.

Rob accourait déjà derrière lui.

— Un cavalier. Il l'a attrapée puis il est parti très vite, et les autres l'ont suivi, expliqua Fia en désignant la route qui menait hors du camp, vers le bas de la montagne.

La pauvre enfant sursauta quand Brodie et son ami lancèrent un juron en cœur.

— Va rejoindre ta mère, Fia, lui conseilla Brodie en la remerciant d'une caresse sur la tête.

Mais la fillette ne bougea pas.

— Vous allez la ramener, n'est-ce pas ? demanda-t-elle.

Elle avait l'air d'avoir peur, de ne pas vouloir les quitter.

Brodie avait la gorge trop serrée pour lui répondre. Rob répéta doucement.

— Retourne voir ta mère, ma chérie.

Fia accepta finalement de s'éloigner, non sans avoir lancé un regard suppliant à Brodie. Il se releva, le visage sombre, et se tourna vers son ami.

— Rassemble les hommes.

— Non.

— Comment ça, non ?

— Les poursuivre maintenant, sur la route, c'est lui assurer une mort certaine, ainsi qu'à nous tous. Si c'est ce que tu comptes faire, autant se jeter tout de suite dans le précipice, ce serait une manière plus simple de mourir !

— Alors que proposes-tu ? s'énerva Brodie.

— Arrête une minute de te tourmenter et réfléchis calmement. Ces hommes étaient des Mackintosh envoyés par Caelan. Ils doivent être en route pour

Drumlui. Caelan veut récupérer Arabella, cela ne fait aucun doute.

Rob avait raison. Connaissant son cousin, il avait mis un point d'honneur à prouver qu'il pouvait le surpasser en enlevant Arabella à son tour. La seule question importante était de savoir s'il avait toujours l'intention de l'épouser pour mener à bien son complot. Si c'était le cas, leur union serait légale, car il y avait peu de chance qu'Euan s'y oppose. Dès lors, Caelan mettrait la main sur une véritable fortune, qui lui permettrait de payer les clans avec lesquels il avait négocié une alliance.

— Et nous savons comment nous introduire dans le château, une fois qu'Arabella y sera, ajouta Rob.

— En effet. Seulement, nous ne pourrons vaincre les mercenaires de Caelan avec le peu d'hommes qu'il nous reste. Suite à l'attaque, nous déplorons trois morts de plus, et beaucoup de blessés, s'exclama Brodie, à bout de nerfs.

Il inspira profondément pour retrouver un semblant de calme.

— Dans ce cas, nos meilleures armes sont la planification et la surprise, reprit Rob. Après tout, c'est ce qui nous a gardés en vie ces derniers mois. Ne rentre pas dans son jeu maintenant.

Rob avait raison. La panique l'empêchait de penser clairement. Il acquiesça.

— Nous conservons notre plan général, avec quelques changements cependant. Nous devons organiser le déplacement du camp vers les terres du nord, comme c'était prévu. Une fois là-bas, nous aurons une meilleure idée du nombre d'hommes en mesure de se battre.

Ils passèrent le reste de la journée à rassurer les survivants, à soigner les blessés et à organiser le départ, fixé au lendemain matin. Malgré toutes ces occupations, Arabella ne quittait pas l'esprit de Brodie un seul instant. S'il n'avait tenu qu'à lui, il se serait jeté sur Blackwood pour partir à sa recherche…

Le lendemain matin, après avoir escorté un moment ceux qui partaient rejoindre les terres de son oncle, Brodie ordonna une halte et rassembla ses plus proches alliés pour les informer de la suite des événements.

— Nous n'avons pas suffisamment de guerriers pour nous battre contre ceux de Drumlui, annonça-t-il. Certes, nous avons désormais des preuves solides contre Caelan, mais nous ne sommes pas assez nombreux pour les faire valoir.

— Nous pourrions tout de même… commença Rob

— Non, l'interrompit Brodie en lui jetant un regard sombre. Je ne vous ordonnerai pas de courir vers votre mort. Jusqu'à présent, vous avez combattu avec loyauté à mes côtés, je ne vous en demanderai pas plus.

— Nous ne nous sommes pas battus seulement pour toi, Brodie, lança Duncan, mais également pour nos familles et nos foyers. Pour nous-mêmes, aussi !

Quelques acclamations approbatrices s'élevèrent au sein de la troupe.

— Justement. A présent, il est temps de reconstruire de nouveaux foyers sur les terres de mon oncle. Vous vous mettrez sous sa protection et lui offrirez votre loyauté.

— Et c'est tout ? s'exclama Hamish. Nous avons déjà secouru la lady au péril de nos vies. Et maintenant, nous devrions la laisser aux mains de ce maudit bâtard ?

Tous approuvèrent bruyamment.

Rob se carra devant lui, les bras croisés sur le torse.

— Tu nous as entendus. Nous sommes tous partants, Brodie. Alors quel est ton plan ?

Il avait passé la nuit à réfléchir à sa stratégie. La conclusion était sans appel : s'il ne rassemblait pas plus de combattants, il ne pourrait jamais sortir vainqueur de cette lutte.

— Afin de placer Grigor à la tête de notre clan, nous devons anéantir toute prétention de Caelan à se déclarer laird, aussi bien devant nos ennemis que devant nos alliés. Les documents que j'ai accumulés, poursuivit-il en montrant du doigt la boîte en fer qu'il avait posée à ses pieds, vont nous aider dans cette entreprise. Néanmoins, cela ne suffira pas si nous ne parvenons pas à convaincre les Cameron de nous soutenir.

Les cris de protestation ne tardèrent pas à fuser, aussi attendit-il patiemment que chacun ait élevé son objection.

Arabella lui avait soufflé la seule solution possible quand elle avait déclaré qu'elle comptait aller informer son père de la duplicité de Caelan. Si le laird Cameron n'avait pas souhaité la paix plus que tout au monde, il n'aurait pas hésité un instant à rompre le traité en cours et à attaquer les Mackintosh à la mort de Malcolm. Le fait que Lachlan, à ce moment-là, soit parvenu à reprendre les négociations, prouvait qu'Euan était prêt à tout pour mettre un terme à leur querelle ancestrale.

Brodie comptait bien utiliser un tel atout lorsqu'il se retrouverait devant le père d'Arabella. Du moins, s'il vivait assez longtemps pour parler... Or, rien n'était moins sûr puisqu'il s'apprêtait à se rendre, sans armes, au père de l'homme qu'il avait tué.

Quand les clameurs se furent apaisées, il reprit avec détermination.

— Voici mon plan : je vais me rendre à Achnacarry et parler au laird Cameron.

Comme les protestations reprenaient de plus belle, il leva une main impérieuse pour faire silence.

— C'est ce que j'ai décidé, et je m'y tiendrai. Que ceux qui le souhaitent m'accompagnent. Je suis persuadé que le laird veut la paix, et qu'il désire également retrouver sa fille. Il nous aidera.

— Avant ou après t'avoir éventré et avoir exposé ta dépouille dans sa grande salle ? lança Rob.

Les rires apaisèrent un peu la tension. Brodie posa une main sur l'épaule de son ami de toujours.

— C'est là que vous entrerez en jeu. Je vais tenter ma chance seul avec Euan. Ceux qui acceptent de venir avec moi attendront aux portes d'Achnacarry avec les preuves qui incriminent Caelan. Si le laird m'écoute et nous apporte son soutien, nous attaquerons Drumlui ensemble pour sauver lady Arabella et destituer Caelan.

— Et s'il refuse ? demanda Jamie. S'il te tue ?

— Alors ce sera à vous de décider de continuer ou non la lutte. Vous apporterez les preuves à mon oncle. Au moins, cela vous assurera son hospitalité. Quant au reste... vous ferez votre choix.

Le silence se fit parmi l'assemblée, tandis que chacun considérait ses paroles et examinait les rares choix qui s'offraient à eux tous. Ces gens l'avaient suivi depuis le début de son exil. Rob était parti de Drumlui seulement quelques heures après lui, et n'avait pas mis longtemps à le rejoindre : il savait qu'il le retrouverait dans leur lieu de chasse préféré. Les autres étaient arrivés de plus en plus nombreux à mesure que les rumeurs couraient sur le nouveau clan qu'il avait constitué loin de Drumlui, à l'abri de Caelan. Chacun d'eux avait largement prouvé sa loyauté depuis.

Jamais ils n'avaient contredit un seul de ses ordres. Donneraient-ils leur aval à son plan d'aujourd'hui ? D'ailleurs, ce dernier avait-il seulement une chance de réussir ?

— Tu m'as sorti du pétrin, Brodie, je suis ton homme ! s'écria Magnus, le premier à rompre le silence.

Il se leva et lui tendit la main. Brodie la serra avec émotion. Alors qu'il était à peine remis de ses blessures, Magnus avait refusé de partir vers le nord pour se mettre hors de danger.

— Et moi, je refuse de laisser ce crétin de Magnus s'amuser tout seul, s'exclama Duncan. Sans compter que ma femme et ma fille me le feraient payer cher si je ne ramenais pas la lady saine et sauve.

Brodie s'avança pour lui taper fraternellement l'épaule. Un à un, chacun de ses plus fidèles alliés se leva pour lui manifester son soutien. Ils avaient reçu ses paroles et accepté son plan suicidaire. Tous… sauf Rob. Son meilleur ami, sans lequel il n'aurait jamais survécu aux épreuves des derniers mois. S'il ne le suivait pas dans cette entreprise…

Brodie leva un regard anxieux vers lui.

— Alors, tu penses que Grigor est de taille à diriger notre clan ? demanda Rob en retour. Pourquoi pas toi ?

Brodie fronça les sourcils. Ils avaient déjà parlé de tout cela.

— Grigor bénéficiera de mon appui, Rob. Tu sais comme moi qu'il a les capacités pour reformer un clan uni. Les Anciens lui accorderont leur loyauté sans réserve dès lors que la trahison de Caelan aura été mise au jour.

— C'est toi qui devrais être notre laird, insista Rob.

Un murmure d'approbation suivit sa déclaration. Brodie s'exhorta au calme. Tous méritaient maintenant d'entendre les explications qu'il avait déjà données à Rob.

— Tu sais parfaitement pourquoi c'est impossible. J'ai le sang de l'héritier Cameron sur les mains. La paix ne sera jamais signée si je suis à la tête des Mackintosh.

— Et pourquoi pas ? Ils ont bien tué des générations entières de Mackintosh, eux ! s'exclama Hamish. Euan lui-même a passé bon nombre des nôtres au fil de l'épée.

— Tuer un homme en temps de paix n'a rien à voir, interrompit Brodie.

C'est précisément ce qui l'empêchait de trouver le sommeil. Son crime était monstrueux, inexcusable…

— Attends, Brodie. Si Caelan est discrédité, plus personne ne prêtera foi à son témoignage ou à celui de ses compagnons. Et tu ne te souviens de rien ! Qui te dit qu'ils n'ont pas tout inventé ?

La remarque d'Hamish souleva à nouveau la foule, et Brodie dut serrer les mâchoires, le cœur déchiré par la culpabilité. Arabella aussi avait caressé cet espoir, avant qu'Alan ne le brise.

— Ils n'ont pas menti. Il y a eu un autre témoin cette nuit-là.

L'agitation augmenta, et les yeux de Rob s'agrandirent de stupéfaction.

— Pourquoi ne m'en as-tu pas parlé ?

— On vient tout juste de me l'apprendre, expliqua-t-il à voix basse.

Ils profitèrent du brouhaha ambiant pour échanger quelques mots.

— Ce n'est tout de même pas lady Arabella ? Qu'aurait-elle fait là-bas ?

— Non, pas elle. Quelqu'un qui s'estimait trop grand pour patienter tranquillement avec les autres enfants.

Rob haussa les sourcils en comprenant enfin de qui Brodie parlait.

— Tu l'as découvert avant ou après qu'il s'est échappé ?

— C'est justement pour cette raison qu'il s'est évadé. Arabella l'a aidé par crainte qu'une situation comme celle-ci ne se présente.

Comme la tension redescendait un peu, Brodie reprit à l'adresse de tous :

— Grigor est notre meilleure chance. Il est estimé par bon nombre de nos alliés. Vous rassemblerez-vous derrière lui ? Me soutiendrez-vous cette fois encore ?

Les cris d'enthousiasme qui lui répondirent apaisèrent un peu ses tourments.

Quelques heures plus tard, ils étaient en route en direction du nord-est. Si le temps se maintenait au beau et que le destin leur souriait, ils parviendraient à Achnacarry avant qu'Arabella n'ait atteint Drumlui.

Alors qu'il avançait sur le chemin, Brodie se mit à prier. Pourvu qu'il puisse la revoir en vie ne serait-ce qu'une fois, afin de lui dire les mots qu'il regrettait d'avoir gardés pour lui…

# Chapitre 20

Arabella retint ses larmes lorsqu'ils traversèrent la clairière où Brodie l'avait conduite lors de leur première promenade à cheval. A ce moment-là, elle croyait encore qu'il n'était qu'un butor prétentieux. Dès ce jour, cependant, il lui avait offert un magnifique cadeau en partageant avec elle cette vue sublime sur les terres Mackintosh.

A présent, elle s'efforçait de paraître soulagée d'avoir été secourue, alors qu'elle brûlait de retourner dans les montagnes. Brodie était-il seulement en vie ? Avaient-ils tous survécu à la violence de l'attaque ?

Ces trois derniers jours avaient été une véritable torture. Son cœur et son esprit étaient à la fois terrifiés et désespérés, pourtant, il lui fallait continuer à sourire avec grâce, pour offrir aux guerriers de Caelan le spectacle qu'ils attendaient. Elle avait ralenti leur trajet en invoquant toutes sortes d'excuses, dont une seule était vraie : la survenue de ses règles, qui l'avait véritablement rendue malade, le soir même de son enlèvement.

Elle s'était servie de sa faiblesse pour obtenir sans trop de mal un jour entier de repos, les guerriers n'ayant aucune envie de l'écouter se plaindre de maux typiquement féminins. Ensuite, elle n'avait cessé de multiplier les pauses tout au long du chemin. Les soldats étaient heureusement trop jeunes pour soupçonner que tous ses prétendus besoins d'intimité étaient bien nombreux, et trop polis pour lui demander des comptes.

Au début, elle avait espéré que Brodie les ferait suivre, puis elle avait pris conscience qu'il devait d'abord veiller à la sécurité de tout le camp. Mais elle ne perdait pas espoir pour la suite. Le regard qu'ils avaient échangé durant l'attaque l'avait convaincue que tout n'était pas terminé entre eux. Il viendrait la chercher, elle le savait.

Mais en attendant que ce jour arrive, il lui faudrait survivre face à Caelan…

Ce qui ne s'avéra pas aussi simple qu'elle l'avait cru. Lorsqu'elle se retrouva dans la grande salle de Drumlui, elle eut toutes les peines du monde à masquer le dégoût qu'il lui inspirait. Les hommes firent un rapport détaillé à leur chef et, à chaque mot, le cœur d'Arabella se brisait un peu plus. Pourtant, elle ne pouvait laisser éclater son chagrin, ni montrer sa peur. Car Caelan comprendrait alors qu'elle connaissait tout de son plan machiavélique…

Au lieu de s'écrouler devant lui, elle fit donc ce qu'on attendait de la délicate lady Arabella — elle pleura avec retenue, et s'évanouit avec grâce.

Caelan vit précisément ce qu'il voulait voir : une fiancée pleine de reconnaissance, submergée d'émotion et épuisée par le traitement brutal qu'elle avait subi sous le joug de son traître de cousin. Elle découvrit néanmoins avec étonnement qu'elle n'était plus aussi douée pour jouer la comédie, car elle avait pris l'habitude de se conduire de façon naturelle auprès de Brodie et des siens. Là-bas, elle pouvait utiliser son esprit et ses talents en toute liberté, car lui ne se sentait pas menacé par l'intelligence d'une femme.

Caelan affecta la plus vive compassion face à son état, et appela des servantes pour la conduire dans une chambre et veiller à son repos. Il envoya également chercher un guérisseur.

Avant de prendre congé, elle s'enquit de sa tante et de son père, et Caelan promit de les faire chercher au plus vite.

Un frisson glacé lui parcourut la nuque lorsqu'elle constata qu'il jouait son rôle à la perfection. Si elle n'avait pas vu les preuves de sa duplicité de ses propres yeux, elle aurait cru sans l'ombre d'un doute qu'il avait été dévasté par son enlèvement.

Elle avait déjà passé deux jours à Drumlui, enfermée dans sa chambre à prétendre se reposer, lorsqu'il la fit appeler dans la grande salle. Cette convocation n'annonçait rien de bon…

Hélas, ses dames de compagnie ne lui apprirent rien de plus, et elle cacha du mieux qu'elle put son appréhension pendant qu'on l'apprêtait. Au moins, elle avait profité chaque jour d'un bain brûlant et avait mangé des mets raffinés. Non qu'elle ait eu beaucoup d'appétit, mais elle s'était obligée à reprendre des forces pour pouvoir se mesurer à la perfidie de Caelan.

Aidée des servantes, elle s'habilla avec ses propres vêtements qui avaient été conservés dans des malles. Quand l'une d'elles lui apporta un présent, elle fit mine de s'extasier devant le cercle d'or orné de pierres précieuses — un cadeau de Caelan pour fêter son retour.

Ainsi vêtue de ses plus beaux atours, sa tresse

savamment nouée et retenue par le luxueux diadème, Arabella entra dans la grande salle pour affronter son ennemi. Bien entendu, elle compléta sa panoplie de parfaite lady en affichant son fameux sourire factice… celui qu'elle ne quittait jamais avant d'avoir rencontré Brodie. Elle savait que, face à Caelan, il était une arme plus efficace que n'importe quelle épée pour le combat auquel elle se préparait.

— Ma lady, je suis comblé de vous voir partager mon repas, déclara Caelan lorsqu'elle se présenta devant lui. Cela fait bien trop longtemps que nous n'avons pas eu le plaisir de votre présence. Je remercie la providence de vous avoir rendue à moi.

Il prit place dans le fauteuil du laird, comme elle l'avait vu faire de nombreuses fois auparavant. Seulement, désormais, elle remarquait chacun des détails qui trahissaient sa duplicité. Son sourire faux était figé sur ses lèvres et ne donnait aucun éclat à ses yeux, qui se fixaient d'ailleurs avec une insistance désagréable sur son décolleté. Apparemment, elle n'était pas la seule à le voir ainsi, car elle remarqua très vite que d'autres gardaient prudemment leurs distances.

En réponse à son salut, elle plongea dans une profonde révérence… un peu plus longue que nécessaire. Lorsqu'elle se releva, son sourire éclatant au visage, Caelan arborait une expression satisfaite. Il descendit même de l'estrade pour la conduire sous le dais d'honneur.

— Mon seigneur, souffla-t-elle avant de s'asseoir, je suis honorée par un tel accueil.

Malgré son dégoût, elle posa une main légère sur son bras, avant de poursuivre :

— Et votre présent était si attentionné. Vous

n'imaginez pas quel bonheur c'est pour moi de me retrouver enfin sous votre protection.

Comme elle l'avait prévu, Caelan afficha une fierté toute masculine, et se rengorgea.

Les domestiques apportèrent les plats et placèrent les meilleurs morceaux sur leurs deux tranchoirs. Arabella ne tarit pas d'éloges sur chaque nouveau plat, profitant de leur badinage pour observer les convives.

Hélas, elle n'aperçut aucune tête connue. Seul un homme déjà âgé, sans doute un des Anciens du clan, la salua d'un signe de tête. Il lui semblait familier... S'agissait-il de ce Grigor dont Brodie comptait faire le prochain laird ?

Quand ils eurent mangé, elle posa sa première question.

— Mon seigneur...

— Je vous en prie, appelez-moi Caelan, comme avant.

Elle lui adressa un regard faussement timide.

— Très bien, Caelan. Je me demandais... avez-vous reçu un message indiquant la date de la venue de mon père et de ma tante ?

Il fallait environ trois jours pour rejoindre Achnacarry depuis Drumlui, et à peu près autant jusqu'au domaine de Tor, leur possession du sud. Toutefois, les courriers faisaient le trajet bien plus rapidement.

— Rassurez-vous, j'ai envoyé un messager prévenir votre père dès que vous êtes arrivée. Il devrait nous rejoindre dans une semaine tout au plus.

— Après quoi nous nous marierons ? l'interrogea-t-elle en prenant bien soin de paraître excitée... et non terrifiée à cette perspective.

— Vous êtes impatiente, ma chère ? demanda-t-il en se penchant pour déposer un baiser sur sa joue.

Elle aurait voulu le gifler, mais parvint à conserver son sourire.

— Je confesse que je suis tout aussi impatient que vous, poursuivit-il. Mais les Anciens m'ont convaincu que nous devions attendre l'arrivée de votre père pour une telle occasion. Après tout, il a payé ce traité de paix de la vie de son fils unique.

L'évocation de son frère eut raison d'elle, et Arabella ne put masquer son émotion. Elle détourna le regard et baissa un instant les paupières, tentant désespérément de reprendre le contrôle de ses nerfs.

— Pardonnez-moi, Arabella, c'était indélicat de ma part. Vous aussi avez terriblement souffert à cause de ce traité.

Elle leva sa coupe et but longuement avant de lui faire face.

— Oui, j'ai enduré beaucoup de peines. C'est pourquoi je veux que, par notre mariage, nous mettions un terme à toute cette souffrance, pour les générations à venir.

Il leva à son tour son verre pour saluer ses mots et but une longue gorgée, le regard rivé sur elle. L'espace d'un instant, elle voulut reculer, effrayée par la froideur de son regard, puis elle retrouva son maintien et accepta de boire à la coupe qu'il lui tendait. Il était temps qu'elle change de sujet, sans quoi elle risquait de révéler ses véritables sentiments.

— J'espère que ma tante pensera à apporter le reste de mes habits et bijoux. Je suis si heureuse de les porter à nouveau, j'ai vécu bien trop longtemps avec ces paysans sans éducation.

— Comme cela a dû être difficile ! Pouvez-vous me parler de la façon dont on vous a traitée là-bas, si cela ne vous perturbe pas trop, bien entendu ? Je ne voudrais surtout pas vous voir retourner dans votre chambre pour avoir fait remonter des souvenirs trop douloureux. Néanmoins, je serais curieux d'en apprendre plus sur mon cousin. A-t-il osé nier son crime devant vous ?

— Non. Il a admis avoir tué Malcolm. Il s'en est même vanté, ajouta-t-elle d'une voix faible.

— L'odieux traître ! Pardonnez mon langage, ma chère. Je ne peux supporter d'imaginer la torture que cet emprisonnement a dû vous causer.

La lueur vicieuse de ses yeux démentait pourtant ses propos. Et, pour la première fois, la peur l'emporta sur la répulsion chez Arabella. Cet homme était dangereux, indéniablement…

— Dites-moi, vous a-t-il gardée attachée ? Bâillonnée ?

— Les premières semaines, oui. Puis il m'a obligée à travailler avec ces paysans rustres… j'ai dû m'abaisser aux tâches les plus ingrates.

Elle haussa les épaules, feignant l'embarras, avant de tendre ses mains abîmées devant lui.

— J'ai honte de vous montrer ce que cette brute a fait de moi.

De fait, la paume de ses mains n'était plus d'une douceur parfaite. Après les semaines qu'elle avait passées à aider les autres femmes, leur peau fine était devenue calleuse, et ses ongles étaient cassés. Elle n'avait plus des mains de lady, blanches et douces, mais des mains de travailleuse.

— Il paiera pour cela, n'en doutez pas, chère Arabella.

Il saisit sa main pour l'effleurer d'un baiser.

— Je sais que vous y veillerez, dit-elle.

Elle le vit se rengorger, fier de la reconnaissance qu'il croyait entendre dans sa voix. Dire qu'elle avait un haut-le-cœur à chaque fois qu'il la touchait !

Courage ! Elle devait faire son possible pour que Caelan lui fasse confiance. Si elle voulait être préparée quand Brodie viendrait, il lui fallait obtenir le droit d'aller et venir à sa guise dans l'enceinte du château, et même jusqu'au village.

— Vous ne pouvez pas imaginer à quel point il m'est agréable de me retrouver ici, avec vous, mon sei… Caelan.

Elle leva les yeux vers la lumière qui tombait des hautes fenêtres.

— Pendant des jours et des nuits, j'ai été enfermée dans une grotte. Je ne savais jamais quand le soleil se levait. C'est tellement bon de sentir à nouveau sa caresse… A présent que je suis libre, j'aimerais tant pouvoir me promener. Avec votre permission, bien entendu.

— Ma lady, commença-t-il, l'air sombre.

— Arabella, le corrigea-t-elle avec grâce.

— Arabella, je ne pense pas que les environs soient sûrs. J'ai appris que beaucoup ont réussi à s'enfuir pendant l'assaut du campement. Je ne veux pas risquer de vous perdre à nouveau, si jamais ils attaquent.

— Bien sûr, je comprends. Pourrais-je alors marcher librement dans la cour ? Ou bien sur le chemin de ronde ? Je ne pourrais être en danger dans l'enceinte du château, n'est-ce pas ?

— Il serait plus sage de recouvrer vos forces en vous reposant ces prochains jours, en vue de notre mariage. Et de notre nuit de noces, susurra-t-il en se penchant vers son oreille.

Arabella serra les dents pour refouler la nausée qui l'avait envahie à ces mots. Ce monstre se doutait-il qu'elle jouait la comédie ? Impossible de le savoir. Quoi qu'il en soit, argumenter plus longuement ne ferait qu'éveiller sa méfiance. Aussi baissa-t-elle le front en signe d'assentiment.

— Très bien, Caelan. Je m'en remets à votre jugement.

L'air satisfait, il se leva et fit signe à deux gardes, qui vinrent se poster au pied de l'estrade. Il lui prit la main pour la conduire jusqu'à eux.

— Ne craignez rien, ma chérie, chuchota-t-il en s'apprêtant à l'embrasser sur la joue. Justice vous sera rendue, pour tout ce que mon cousin vous a infligé.

Avant qu'il ait atteint sa joue, elle s'abîma dans une profonde révérence. Ainsi, elle échappait à ce contact qui la dégoûtait, et de plus elle montrait à tous qu'elle acceptait avec humilité leur union prochaine. Plus longtemps elle parviendrait à jouer la comédie, plus longtemps elle serait en sécurité. Avec un sourire d'adieu, elle quitta la salle d'honneur, escortée par les gardes comme une véritable prisonnière.

Plus que quelques jours. Elle devait se montrer patiente. Dans moins d'une semaine, Brodie viendrait la sauver, une fois encore.

Caelan avait pris grand soin d'observer chacun des gestes d'Arabella et d'écouter avec attention le moindre mot qu'elle prononçait. Les servantes qu'il avait affectées à son service avaient ordre de lui rapporter également tous ses faits et gestes. Pour l'heure, elle n'avait pas commis un seul faux pas.

Elle se comportait avec lui exactement comme elle le faisait avant son enlèvement. Elle acceptait avec grâce ses marques d'affection. Il notait une certaine raideur, certes, mais cela était parfaitement compréhensible de la part d'une lady qui avait subi un rude traitement.

Il pouvait enfin se détendre. Avec le retour d'Arabella et leur mariage imminent, chaque pièce du puzzle s'emboîtait comme il l'avait prévu.

Contrairement à ce qu'il avait prétendu, il s'était bien gardé de prévenir son père de son retour. Puisque tous les documents avaient été signés de la main du laird Cameron, elle était déjà légalement sa femme. Ne manquaient plus que la prononciation publique des vœux et, bien sûr, la consommation du mariage. Alors, enfin, sa dot, ainsi que sa personne, lui appartiendraient. Peu importait que son père soit présent, le prêtre qui les unirait s'en moquait bien…

Caelan sourit avec gourmandise. Il avait parfaitement senti le frisson qui avait traversé Arabella lorsqu'il avait mentionné leur nuit de noces. Outre le plaisir qu'il tirerait de sa possession, il saurait à ce moment si elle était toujours vierge. Au moins, il avait la certitude qu'elle ne portait aucun bâtard, puisque ses hommes lui avaient relaté qu'elle avait saigné pendant leur trajet de retour.

En attendant, il se contenterait de la surveiller de près et de préparer les derniers arrangements. Encore quelques jours et elle serait prête pour lui. Il profiterait de sa beauté tant qu'elle lui serait utile. Brodie en avait-il fait autant ? se demandait-il avec curiosité.

Après tout, les prisonnières étaient souvent violées

pendant leur captivité. Elle avait déclaré que son cousin l'avait forcée à travailler — l'avait-il également obligée à entrer dans son lit ? Son sens de l'honneur ridicule l'en avait sans doute empêché, songea-t-il avec mépris.

De toute façon, cela n'avait aucune importance. Il ne l'épousait pas pour sa réputation, ni d'ailleurs pour sa beauté et ses manières parfaites. Seule sa richesse l'intéressait : avec son or, il pourrait acheter ceux qui l'aideraient à détruire les Cameron jusqu'au dernier. Quand il en aurait fini avec cette vermine, il se choisirait une femme appropriée à son rang et à sa puissance.

Plus que quelques jours et il obtiendrait ce qu'il désirait depuis tant d'années…

Deux jours après l'enlèvement d'Arabella, Brodie faisait face aux larges portes d'Achnacarry, sans arme, les mains sur la tête en signe de reddition. Ses hommes l'attendaient un mile plus loin, de façon à ce qu'ils ne soient pas aperçus par les soldats Cameron. Si les choses tournaient mal, ils auraient le temps de s'enfuir.

Il savait que les gardes de la tour de guet l'avaient vu. Ils étaient sûrement en train de prévenir leur laird. Brodie pria avec ferveur pour qu'Euan ne donne pas aussitôt l'ordre de le transpercer d'une flèche. Alors, quand le pont-levis s'abaissa et qu'une troupe de guerriers s'avança vers lui, il s'estima heureux. La première étape était passée…

Rester en vie. Cela seul comptait. Pour sauver son clan, et pour la sauver, elle, il devait vivre…, songea-t-il tandis que les coups recommençaient. Il perdit conscience un instant.

Les gardes qui étaient sortis du château n'avaient pas perdu de temps, ils s'étaient jetés sur lui et l'avaient frappé jusqu'à ce qu'il reste immobile, à terre. Puis ils l'avaient traîné à l'intérieur, et les coups avaient repris de plus belle.

Une fois revenu à lui, il évalua rapidement son état. Il ne pouvait entrouvrir qu'un seul de ses yeux, l'autre étant trop enflé. Il avait sûrement plusieurs côtes cassées, et la moindre inspiration lui donnait envie de hurler de douleur.

Le peu de dignité qui lui restait disparut définitivement lorsqu'ils lui écrasèrent le visage sur le sol de la grande salle, avant de lui lier les pieds et les mains. Il était totalement à la merci du laird Cameron, dont il entrevoyait les bottes, à quelques pas de son visage ensanglanté.

— Je vous apporte une corde, laird, lança quelqu'un.

— Oui, pendons-le haut et court, hurla une autre voix.

Ainsi, Rob avait eu raison de lui prédire sa fin imminente. Son ami s'était seulement trompé sur la méthode employée : on ne l'éventrerait pas, on le pendrait.

— Non.

Il reconnut la voix d'Euan et entendit ses pas se rapprocher.

— Je voudrais voir en face l'homme qui a tué mon fils.

Des mains l'empoignèrent brutalement pour le redresser, et on lui tordit si violemment les bras que l'un de ses poignets se brisa.

Puis un garde lui envoya son genou dans l'estomac et il se plia en deux, incapable de reprendre sa respiration. Alors la pointe d'une dague se posa sur son cou et, d'un mouvement sec, Euan déchira son col pour exposer son torse. Brodie sentit la morsure de la lame qui déchirait sa peau. Plus que la douleur, il ressentait une peur terrifiante. S'il mourait, Arabella resterait à la merci de Caelan.

— Parler, articula-t-il en haletant. Venu... parler.

Les mots peinaient à se frayer un chemin hors de son corps martyrisé.

— Tu penses avoir le droit de venir me parler ? demanda Euan avec incrédulité. J'ai attendu des mois pour venger le meurtre de mon fils, rugit-il soudain en enfonçant un peu plus la dague.

Brodie sentit le sang chaud couler de la plaie.

— Je crois que je ne vais pas en finir si vite avec toi, continua le laird, fou de rage. Une blessure au ventre te fera agoniser pendant des jours. Pendant tout ce temps tu me supplieras de t'achever, en vain !

Autour d'eux, la foule déchaînée encourageait le laird, et Brodie crut perdre pied. Non ! Il devait rassembler ses forces et lutter pour sa vie.

— Arabella..., souffla-t-il avant de sombrer dans l'inconscience.

Un seau d'eau froide en plein visage manqua de l'étouffer, et il se réveilla en crachant pour évacuer l'eau de ses poumons. Chaque mouvement était un supplice. Il pria encore, pour demander à Dieu de lui donner la force de survivre assez longtemps. Car s'il ne parvenait pas à se faire entendre, tous mourraient...

— Arabella, articula-t-il plus fort.

— Comment oses-tu parler de ma fille, maudit

assassin ? hurla Euan. Je ne laisserai pas le meurtrier de mon fils prononcer son nom !

Son poing s'abattit sur son visage.

— Il n'a pas tué Malcolm.

A demi inconscient, Brodie entendit ces paroles et crut qu'il rêvait. Mais l'immense vacarme qui suivit cette déclaration eut tôt fait de le ramener à lui. Euan eut toutes les peines du monde à ramener le silence dans la salle.

Brodie voulut lever la tête et voir qui avait parlé, malheureusement, il en fut incapable.

— Que dis-tu, mon garçon ?

Se pouvait-il que… ? Alan ?

— Je dis que Brodie n'a pas tué Malcolm. C'est l'autre Mackintosh qui l'a tué.

Brodie avait du mal à se persuader qu'il ne rêvait pas. Le salut lui était-il finalement accordé ? Les paroles d'un enfant pouvaient-elles lui donner l'absolution pour un crime dont il avait accepté la culpabilité ? Alan disait-il seulement la vérité… ?

— Sortez tous ! ordonna Euan.

En dépit des protestations, la foule quitta rapidement les lieux, et l'immense pièce fut envahie par un silence pesant.

— Viens par ici, Alan. A présent, raconte-moi tout. Etais-tu avec eux cette nuit-là ?

— Oui, mon oncle.

La voix de l'enfant était si basse que Brodie avait du mal à l'entendre.

— Tu avais suivi Malcolm, c'est cela ? Exactement ce que je t'avais ordonné de ne pas faire pendant notre séjour chez les Mackintosh.

Brodie espéra de tout son cœur que l'enfant garde

courage et continue de parler, malgré la voix menaçante du laird.

— Oui, mon oncle, admit le garçon. Je voulais voir ce qu'ils faisaient.

— Et que faisaient-ils ? Allons, tu as admis ta désobéissance, tu peux tout me dire maintenant, cela n'aggravera pas ta punition.

Si seulement il avait été en mesure de bouger, Brodie aurait bien volontiers étranglé ce vieux fou. Comment un gamin pouvait-il encore vouloir parler après de telles menaces ? Rassemblant ses dernières forces, il redressa la tête et fixa Alan.

— Dis-moi ce que tu as vu, mon grand, réussit-il à articuler dans un souffle.

— Ils ont bu, et tous se sont endormis. Je peux boire plus qu'eux, mon oncle ! précisa Alan fièrement, avant de baisser la tête face au visage sévère d'Euan. Enfin, tous sauf l'autre...

— Tu veux parler de Caelan ? demanda le laird.

— Oui, lui.

— Et alors, que s'est-il passé ensuite, quand Malcolm s'est endormi ?

— Il... Caelan... il a poignardé Malcolm.

Le garçon s'interrompit, visiblement ému.

— J'ai cru qu'il allait se réveiller, se défendre... mais il n'a pas bougé.

Brodie percevait la détresse dans la voix d'Alan, qui ne parvint bientôt plus à retenir ses larmes.

— Puis il a déplacé le corps de Brodie près de celui de Malcolm, et il a mis la dague dans sa main.

Pendant quelques secondes, on n'entendit plus que les sanglots du garçon.

— Occupez-vous de lui, ordonna Euan d'une voix brisée.

Brodie fut surpris de sentir qu'on coupait la corde qui le retenait attaché. Il avait cru que le laird parlait du garçon... Quand les sensations revinrent dans ses membres, il manqua s'écrouler au sol, mais des bras le retinrent.

— Pourquoi ne me l'as-tu pas dit avant ? interrogea Euan. Si tu connaissais la vérité, pourquoi avoir gardé le silence ?

— Je ne sais pas... J'ai eu peur. Vous m'aviez interdit de suivre Malcolm. Et puis Caelan a déclaré que Brodie avait poignardé Malcolm. Je n'ai pas osé le traiter de menteur devant tout le monde.

— C'était sage de ta part, fit remarquer Brodie en toussant et crachant du sang. Caelan aurait trouvé un moyen de te faire taire.

— Et vous, pourquoi n'avoir rien dit ? lança Euan à son adresse. Pourquoi avoir admis les accusations de votre cousin ?

— Je n'ai toujours aucun souvenir de cette nuit-là. Seul Alan a assisté à toute la scène, expliqua-t-il simplement.

Brodie avait constaté avec bonheur que le laird le vouvoyait à nouveau, signe du respect retrouvé à son égard. Malgré son trouble évident, Euan essayait visiblement de garder le contrôle de lui-même. Il se tourna vers Alan.

— Quelqu'un d'autre est-il au courant ?

— Arabella.

— Elle connaît toute la vérité ? s'exclama Euan d'un ton choqué.

Brodie secoua la tête.

— Elle sait seulement qu'Alan est témoin, pas ce qui s'est passé, souffla-t-il.

— Arabella m'a fait promettre de ne révéler à personne que j'y étais. Elle a dit que je risquais la mort si j'en parlais.

Le silence retomba sur la pièce, tandis que chacun digérait ces informations. Brodie lui-même avait du mal à admettre ce qu'il venait d'entendre. Il vivait avec la culpabilité de ce meurtre depuis des mois, et voilà qu'il en était brusquement libéré !

Ses genoux se dérobèrent à nouveau sous lui, et il entendit Euan ordonner à ses hommes de faire venir le guérisseur.

— Nora, cria-t-il encore, conduis-le à la chambre de la tour ouest.

Lorsqu'il passa devant Euan, Brodie trouva encore la force de lui agripper le bras.

— Mes hommes m'attendent à un mile à l'ouest. Du côté du loch. Faites-les chercher, ils...

Ce furent les derniers mots qu'il prononça avant de sombrer dans une inconscience... bienheureuse cette fois.

# Chapitre 21

Lorsque Brodie reprit conscience, il vit plusieurs personnes s'agiter autour de lui. Il reconnut Rob, mais la femme et l'homme qui l'accompagnaient lui étaient étrangers. A en juger par les recommandations et jurons que Rob ne cessait de prononcer, il en déduisit qu'il s'adressait à un guérisseur.

— Enfin, vous voilà réveillé, déclara ce dernier, qui ne semblait pas se démonter malgré les invectives de Rob. C'est que ça ne va pas si mal...

Rob leva un sourcil dubitatif. Il ne partageait visiblement pas l'avis optimiste du soigneur.

— En effet, rien de grave, compléta-t-il en singeant le médecin. Juste quelques côtes cassées, ta main droite également... ah ! et ton nez aussi. Si l'on ajoute à cela les bleus et les contusions qui couvrent la quasi-totalité de ton corps...

— Et vous avez perdu beaucoup de sang, renchérit l'homme. Mais vous survivrez !

Brodie le croyait volontiers. Il avait déjà souffert de la sorte au cours de ses années d'entraînement au combat. Certes, il n'avait alors peut-être pas autant de blessures à la fois.

— Puis-je monter à cheval ?

Ses deux interlocuteurs échangèrent un regard

atterré avant d'éclater de rire. Quant à la femme, elle grimaça, semblant souffrir pour lui à cette idée.

Agacé par leurs réactions, Brodie tenta de se lever pour aller trouver Euan. Hélas, il n'alla pas loin. A peine assis, son corps le trahit, et il s'effondra sur le lit.

Bon sang ! Il devait pourtant à tout prix sortir d'ici... Pour retrouver Arabella au plus vite. Il voulait tellement partager avec elle son bonheur de n'avoir pas tué Malcolm ! Il pouvait maintenant lui avouer sans remords qu'il l'aimait !

— Calme-toi, Brodie. Le laird Cameron ne devrait pas tarder à venir te parler, l'informa Rob. Repose-toi en attendant. Plus vite tu seras remis, plus tôt nous pourrons nous mettre en route.

— As-tu la boîte avec toi ? s'enquit Brodie.

Rob acquiesça en retour.

— Apporte-la ici, s'il te plaît.

Son ami partit aussitôt, et Brodie, rassuré, se laissa retomber dans le sommeil.

Quelques jours après, toutes ses blessures avaient été nettoyées et pansées, et il s'était suffisamment reposé pour réussir à sortir de son lit. Le guérisseur lui avait administré une potion qui calmait ses douleurs sans pour autant l'endormir. C'est alors que le laird Cameron, ayant pris connaissance de toutes les preuves contenues dans le coffret, se présenta enfin devant lui.

Lorsque Euan entra dans la chambre, Brodie attendit avec impatience sa réaction.

— Seigneur, je n'avais aucune idée de ce qu'il tramait...

— Vous n'êtes pas le seul à vous être laissé berner. Il

nous a tous montés les uns contre les autres, de façon à ce que nous soyons à mille lieues de le soupçonner.

— Mais pourquoi ? demanda Euan, visiblement sous le choc. Je veux dire... Cette querelle entre nos deux clans est tellement ancienne que certaines choses sont compréhensibles. Mais cela... dit-il en tendant l'un des parchemins, c'est personnel !

— Vous avez tué ses parents sous ses yeux, expliqua Brodie d'une voix sèche. Il est logique qu'il en fasse une affaire personnelle.

Il haïssait la stratégie monstrueuse de son cousin. Néanmoins, il comprenait parfaitement sa soif de vengeance envers Euan. D'autant qu'il était facile de détester un homme comme le laird Cameron, réputé dur et brutal...

— C'était une époque violente, expliqua le laird, tentant d'apporter des excuses à son geste. Nous étions proches de la folie, les Mackintosh comme les Cameron. J'ai tué son père lors d'une attaque, cela est vrai et, si je n'en suis pas fier, je n'en ai pas honte non plus. Nous nous battions les uns contre les autres, j'ai sauvé ma vie, rien de plus. En revanche, je n'ai jamais voulu assassiner sa mère. Elle s'est jetée entre nous, et mon épée l'a transpercée accidentellement. Je le regrette chaque jour...

La voix du vieil homme se brisa sous le coup de l'émotion, et Brodie ressentit pour la première fois de la compassion pour lui. Il posa la main sur l'épaule du laird, qui reprit avec difficulté :

— Ma Fiona est morte exactement de la même manière, le même jour que la mère de Caelan. Durant les mêmes festivités. C'est Fiona qui avait eu l'idée d'y aller, pour tenter d'apaiser les tensions.

Brodie fit un rapide calcul : ce devait être lors de la dernière réunion organisée pour mettre un terme aux batailles. Une rencontre festive qui aurait dû amener la paix, et qui avait au contraire fini dans un bain de sang. Des escarmouches avaient éclaté entre des guerriers des deux clans, et un massacre général s'en était suivi. Lui n'avait pas accompagné les siens à l'époque, étant occupé à sa formation de soldat.

— Arabella était-elle avec vous ?

Arabella n'avait-elle pas finalement une importance particulière pour Caelan ? Peut-être la tenait-il pour responsable, elle aussi…

— Oui, elle était avec nous. Elle était toute petite à l'époque… mais suffisamment grande pour désobéir et s'échapper de la tente malgré mon interdiction. Fiona est partie à sa recherche quand la bataille a éclaté. J'ai retrouvé ma femme enroulée autour de notre fille. Elle a sauvé la vie d'Arabella en sacrifiant la sienne…

Le ton âpre que prit Euan en relatant les faits surprit Brodie, jusqu'à ce que la vérité lui saute aux yeux.

— Vous blâmez Arabella pour la mort de sa mère ! s'exclama-t-il soudain.

Cette révélation l'éclairait sur de nombreux points. La sévérité d'Euan à l'égard de ses enfants, en particulier d'Arabella. Et sa quête désespérée pour obtenir la paix.

Comme le vieil homme restait silencieux, le front plissé par des rides de contrariété, Brodie reprit :

— Est-elle au courant de ce que vous venez de me dire ?

— Je n'en ai jamais parlé avec elle, admit-il enfin en se laissant tomber sur le lit. Je ne pense pas qu'elle l'ait découvert. Elle a appris à rester hors de mon chemin, et elle a toujours obéi à mes ordres après ce jour.

Brodie aurait volontiers envoyé son poing dans la figure d'Euan, qui s'était montré si dur et injuste envers sa propre enfant. Mais cette correction devrait attendre... Il avait à peine la force de lever le bras pour le moment.

Ce qu'il venait d'apprendre expliquait bien des choses, et notamment le comportement de la femme dont il était tombé amoureux. Pour protéger son frère et elle-même de l'intransigeance de leur père, elle avait appris à faire semblant. Elle avait caché sa curiosité naturelle et sa force, pour passer inaperçue aux yeux du laird. Mais lui avait su mettre à jour la véritable Arabella sous le masque qu'arborait cette jeune femme blessée.

Il se promit qu'une fois Caelan hors d'état de nuire, il veillerait à ce que plus personne ne lui fasse de mal.

— Caelan n'a jamais su que la mort de sa mère était un accident. Il ne sait pas que vous le regrettez.

— Non, je ne lui en ai jamais parlé. Lorsque nous avons discuté, il a toujours fait mine de rien, alors j'ai pensé qu'il ne s'en rappelait pas. Je me suis tu pour ne pas raviver les vieilles querelles.

— Il n'a ni oublié, ni pardonné. Il a simplement enfoui sa haine profondément en lui, afin que personne ne la démasque.

Tout comme Arabella avait fait taire sa force et son intelligence...

— Je vous l'ai dit, Brodie. C'était une époque brutale, les torts étaient partagés. Je me souviens qu'à peu près à la même époque la sœur de Fiona a été enlevée par l'un des vôtres — Grigor Mackintosh.

— Vous voulez parler de la tante d'Arabella ?

Brodie n'avait jamais eu vent de cette histoire.

— Oui. Il y a eu des rumeurs ensuite, comme quoi ils se donnaient des rendez-vous secrets. Mais la vérité, c'est que Grigor l'a enlevée et déshonorée. Nous avons dû vous attaquer pour la ramener parmi nous.

Rob les avait rejoints entre-temps, et ils échangèrent un regard interloqué. Lors de la visite des Cameron à Drumlui, tout le monde avait remarqué que la tante d'Arabella se trouvait souvent en compagnie de Grigor, parfois bien après l'heure du souper… Et le regard de Grigor la suivait où qu'elle aille.

Aucun d'entre eux ne connaissait la vérité sur cette histoire survenue bien des années plus tôt.

— Quelles que soient mes fautes, reprit Euan, tuer au milieu d'une bataille n'a rien à voir avec un meurtre de sang-froid en temps de paix. Sans compter que Caelan vous a fait accuser de son forfait. Il doit payer.

Brodie n'éprouvait aucune pitié pour son cousin et par conséquent, le temps venu, il laisserait Euan accomplir sa vengeance. Pour sa part, il veillerait à ce que les plans destructeurs de Caelan échouent.

Les trois hommes mirent plusieurs heures à échafauder leur stratégie. Pour refréner son impatience et faire taire sa peur, Brodie essayait de se persuader qu'Arabella utilisait ses talents de comédienne pour rester en vie. Tiendrait-elle jusqu'à ce qu'ils arrivent pour la tirer des griffes de Caelan ? Gardait-elle seulement l'espoir qu'il viendrait la sauver ? Comme il regrettait à présent de ne pas avoir écouté les conseils de Margaret !

Tandis que Rob et Euan discutaient, il se demanda si Arabella posait autant de questions à Caelan qu'elle lui en avait posé, à lui. Si c'était le cas, elle viendrait sûrement à bout de son cousin bien plus facilement qu'eux avec toutes leurs armes et leurs plans de guerre. Cette idée le fit rire tout haut, et les deux autres lui lancèrent des regards courroucés.

Il faisait confiance à Arabella pour tenir tête à Caelan. Et dût-il affronter les douze plaies d'Egypte ou Satan lui-même, il la sortirait saine et sauve de Drumlui…

Lorsque enfin leur tactique fut mise au point, Brodie avait le corps perclus de douleur et de fatigue. Rob lui ordonna de regagner son lit, avant de quitter la pièce. Euan, quant à lui, s'attarda… Il semblait avoir quelque chose sur le cœur. Brodie devina aussitôt ce que le vieil homme peinait tant à lui demander.

— Elle a été votre prisonnière, lâcha-t-il enfin.

Brodie acquiesça. Il ne comptait pas lui faciliter la tâche…

— Pendant des semaines entières.

— Avez-vous pris sa virginité ? lança soudain Euan.

Brodie ne voulait surtout pas salir l'honneur d'Arabella, aussi garda-t-il un instant le silence, pour choisir ses mots avec soin. C'est alors qu'Euan déclara tout de go :

— Enfin, connaissant ma fille, c'est sûrement elle qui vous l'a offerte !

Pétrifié de surprise, Brodie ne put réagir autrement qu'en éclatant de rire. Ce qui lui fit atrocement mal. Il se tint les côtes et respira lentement pour calmer les vagues de douleur.

— C'est bien ce que je pensais, conclut Euan avec

un ton malicieux. Si elle est venue librement à vous, c'est qu'elle vous fait confiance.

Le père d'Arabella le contempla un long moment, comme s'il le voyait pour la première fois.

— Je n'aurais jamais cru que vous pourriez convenir…

— Que voulez-vous dire ? Je compte donner ma loyauté à Grigor, Laird Cameron. Il est de taille à diriger mon clan dans la paix.

— Je doute que vos hommes soient en train de se battre à vos côtés pour mettre Grigor sur le trône de laird…

Brodie haussa les épaules, trop fatigué pour argumenter. Qu'Euan pense ce qu'il voulait, il n'aurait de toute façon pas son mot à dire dans cette décision.

— Reposez-vous, conseilla Euan. Nous partons demain à l'aube.

Chaque heure passée avec Caelan rendait son masque d'amabilité plus difficile à porter. Arabella soupira. Ses deux servantes n'étaient rien d'autre que des gardes ! Quand elles ne passaient pas leur temps à ricaner derrière son dos, elles la regardaient avec suspicion. Plus jamais elle ne se plaindrait de l'humeur maussade d'Ailean, après avoir supporté la compagnie de ces deux mégères !

Au début, elle avait usé de son charme pour les détourner de leur surveillance et obtenir des informations… sans succès. Depuis, elle avait tout bonnement cessé de leur adresser la parole. Aussi, dès qu'une nouvelle personne faisait son apparition pour lui apporter à manger ou pour nettoyer la chambre, essayait-elle d'engager la conversation.

Hélas, toutes ses tentatives pour en apprendre plus sur les plans de Caelan échouaient. De même, tous ses efforts pour obtenir un peu de liberté se révélaient inefficaces.

Un jour, pourtant, Grigor Mackintosh s'avança jusqu'à ses appartements et demanda à lui parler. Tandis que les deux servantes se disputaient pour savoir ce qu'il convenait de faire, Arabella se dirigea vers la porte et invita Grigor à entrer.

— Lady Arabella, je souhaitais m'enquérir de votre santé, la salua-t-il poliment. Vous semblez vous remettre à merveille de toutes les épreuves que vous avez traversées.

Arabella le remercia avant de se tourner vers la plus jeune des domestiques, Beth.

— Va chercher du vin et de quoi nourrir mon hôte.

Comme la jeune femme faisait mine de refuser, elle ajouta d'un ton doucereux :

— Songe que je serai la lady de Drumlui dans quelques jours, Beth. Tu ferais mieux d'entrer dans mes bonnes grâces, puisque c'est moi qui commanderai très bientôt la domesticité.

— Vous avez raison de prendre déjà les commandes du navire, renchérit Grigor, ce qui ne manqua pas de faire pâlir l'insolente.

Elle dut décider finalement qu'aller chercher des rafraîchissements était moins dangereux que de lui désobéir, car elle partit en hâte. Débarrassée de la première, Arabella se tourna vers l'autre servante, un sourire sur les lèvres, mais Grigor la prit de vitesse.

— Sors, j'ai à parler à notre lady en privé.

Impressionnée par la carrure et la sévérité du guerrier, Una ne se le fit pas dire deux fois et referma la porte derrière elle avec précipitation.

Il ne faisait cependant aucun doute qu'elle irait aussitôt prévenir Caelan de cette entrevue, aussi n'avaient-ils que peu de temps.

— Brodie est-il en vie ? Et les autres ? s'empressa de demander Grigor, qui avait dû parvenir aux mêmes conclusions.

Elle savait que Brodie s'en remettait aveuglément à Grigor, et qu'il avait aidé Magnus à s'échapper, pourtant elle ne comprenait pas pourquoi lui, lui faisait confiance, à elle, aussi vite.

— Répondez, ma lady. Votre tante m'a dit que je pouvais me fier à vous.

Arabella ouvrit des yeux ronds. De toutes les raisons qu'il aurait pu avancer, celle-ci lui semblait tout simplement inimaginable. Gillie ? Décidément, elle aurait bien des questions à poser à sa tante si elles avaient la chance de se retrouver après l'assaut qui se préparait.

— Ils étaient presque tous en vie quand j'ai été enlevée.

— Que compte faire Brodie maintenant ?

— Il a envoyé les femmes et les enfants sous bonne escorte vers le nord, sur les terres de son oncle. Quant à lui et ses guerriers, je ne sais pas ce qu'ils projettent. Mais je sais qu'il va venir m'arracher des mains de Caelan.

Soudain convaincue par ses propres paroles, Arabella releva la tête et sourit.

— Il va venir, répéta-t-elle, sûre d'elle.

Ce qu'elle avait lu dans les yeux de Brodie, en cet instant de panique où leurs regards s'étaient croisés, dans la clairière, c'était la promesse qu'il viendrait toujours à son secours, qu'il ne l'abandonnerait jamais.

— Soyez prêt, ajouta-t-elle. Il sera bientôt là. En revanche je ne sais pas de combien d'hommes il dispose encore.

Un bruit de pas précipités l'obligea à se hâter.

— Il a les preuves nécessaires. Prévenez ceux qui vont être forcés à se battre contre lui qu'il est leur véritable chef. Votre clan va avoir besoin d'un homme solide qui a toujours placé les intérêts de tous avant les siens. C'est un guerrier valeureux, un homme d'honneur et…

Hilare, Grigor leva les mains en signe de reddition.

— Oui, oui, ma lady. Je l'ai toujours su, croyez-moi, seulement, lui voulait l'ignorer. En vous écoutant, je suis persuadé que vous arriverez à lui faire entendre raison, et qu'il cessera enfin de nier l'évidence !

Quand la porte s'ouvrit brusquement, Caelan les découvrit tranquillement installés, Grigor lui souhaitant un prompt rétablissement. Les deux servantes suivaient leur laird de près, visiblement déçues de ne pas la trouver en flagrant délit de trahison…

Grigor se leva calmement pour prendre congé.

— Ah ! Caelan, je vois que tu es venu rendre visite à lady Arabella. Je vous laisse, alors. Ma lady, je vous supplie de ne pas retenir les actions innommables de ce criminel contre le reste d'entre nous. Ce vaurien sera bientôt mis hors d'état de nuire.

En sortant, il tapota l'épaule de Caelan dans un geste paternel.

— Un nouvel amour, c'est une chose magnifique à voir.

— Caelan ! s'exclama Arabella d'une voix enjouée.

Je ne vous attendais pas, c'est un tel plaisir de vous voir. Pouvons-nous bavarder un peu ?

Elle sentait à son visage fermé qu'il n'était pas complètement rassuré vis-à-vis de sa rencontre avec Grigor.

Redoublant de charme, elle s'approcha de lui et posa sa main sur son bras.

— Accepteriez-vous de laisser de côté vos nombreux devoirs pour passer un moment avec moi ? Je sais que vous vous inquiétez pour ma sécurité, mais en votre présence, je n'ai rien à craindre, n'est-ce pas ?

S'il voulait continuer à jouer les fiancés énamourés, il allait lui être difficile de refuser une telle requête…

En effet, elle eut gain de cause et, quelques instants plus tard, elle déambulait sur le chemin de ronde, au bras d'un Caelan passablement irrité.

Leur promenade fut brutalement interrompue par les gardes qui accoururent pour le prévenir que des cavaliers étaient en vue.

Il n'attendit pas de savoir qui arrivait et ordonna la fermeture immédiate des portes.

Quand il se tourna vers elle, elle ne le reconnut pas… Il avait soudainement abandonné son masque de politesse. Il l'agrippa par le bras et l'entraîna à toute allure dans l'escalier, en criant d'aller chercher le prêtre. Puis il la poussa dans une petite pièce et déclara sans ambages :

— Préparez-vous, Arabella, nous nous marierons dès que le prêtre sera là.

Etrangement calme, elle le regarda droit dans les yeux avant de répondre.

— Je n'y consentirai pas. Jamais ce religieux n'entendra mes vœux.

— Bien sûr que si, ma chère.

Le sourire de serpent qu'il lui adressa alors fit courir un frisson de peur le long de son dos. Elle aurait voulu reculer pour s'éloigner de lui, mais la pièce était trop petite...

Les dents serrées de peur et de rage, elle le vit claquer la porte derrière lui. Puis elle entendit la clé tourner dans la serrure. Il l'avait enfermée. Quand le bruit de ses pas s'estompa dans l'escalier, elle se jeta contre le battant pour tenter de s'échapper. En vain...

Elle se mit alors à hurler pour appeler à l'aide, sans aucune réponse...

Peu après, la porte se rouvrit, et Caelan entra, un flacon à la main.

— Je vous ai apporté une potion merveilleuse, ma chère fiancée. Quelques gouttes et vous ferez tout ce qu'on vous demandera !

Sur ces paroles, il ôta le bouchon et posa la fiole sur un coffre, avant de s'emparer d'elle. Arabella eut beau se débattre, il était plus fort et, bientôt, elle se retrouva avec les poignets immobilisés dans le dos. L'autre main de Caelan était si serrée sur sa gorge qu'elle ne pouvait plus bouger la tête.

— Laissez-vous faire, Arabella. Si vous en avalez plus de deux gorgées, vous tomberez inconsciente, la prévint-il.

Elle maintint ses lèvres closes de toutes ses forces.

— Vos efforts sont inutiles, reprit-il en enfonçant un genou dans son dos pour lui faire mal.

Sous la douleur, elle gémit et ouvrit la bouche. Le goût amer de la potion tomba immédiatement sur sa langue. Elle essaya de recracher la mixture. Hélas, elle ne réussit qu'à s'étrangler à demi et fut obligée d'avaler le poison.

Enfin satisfait, il relâcha sa prise et la laissa tomber au sol.

— Suivez-moi, le prêtre nous attend.

La tête lui tournait, et elle sentit une étrange somnolence s'emparer de son cerveau. Elle aurait voulu résister, mais son corps ne lui obéissait plus. Lorsque Caelan lui saisit la main pour la relever, Arabella n'eut d'autre choix que de se laisser entraîner.

— Que m'avez-vous donné ? demanda-t-elle, tandis qu'il passait un bras autour de sa taille pour la faire avancer.

Autour d'eux, les chambres et les gens semblaient défiler à toute allure, pourtant elle savait qu'elle avançait lentement. Sa gorge était terriblement sèche à présent.

— Ce que j'ai un jour administré à mon cousin. Cette potion rend obéissant et doux comme un agneau, si elle ne vous endort pas... Désormais, vous allez faire tout ce que je vous ordonnerai, chuchota-t-il à son oreille.

— Je...

Elle voulait refuser, mais elle avait tant de peine à réfléchir. Pourtant, ce qu'il venait de dire... Mais oui ! C'était donc cela ! Il avait drogué Brodie ! Une joie intense coula dans ses veines.

— Brodie ne tuerait jamais...

— Non, bien sûr ! Il a seulement avalé trop de potion et il s'est endormi. Le pire, c'est qu'il ne se souvenait de rien le lendemain ! Le connaissant, il doit être rongé par la culpabilité !

Le rire triomphant de Caelan lui donna la nausée. Tout se mélangeait dans sa tête, les souvenirs, la réalité… Elle essaya encore de s'écarter mais il la tenait étroitement serrée contre lui. Elle sentait sa respiration saccadée dans ses cheveux. Ils sortirent du couloir et parvinrent sur la coursive qui s'élevait au-dessus de la grande salle.

Soudain, elle crut voir apparaître la silhouette de Brodie, en contrebas dans l'escalier. Et son père. Ainsi que d'autres personnes encore. Elle se mit à rire. C'était comme si les murs crachaient des hommes en armes.

La voix de Brodie lui parvint comme à travers un voile épais.

— *Bella.*

Elle voulait le retrouver, elle voulait l'appeler. Comme au ralenti, il se mit en mouvement et courut vers elle. Les autres ressemblaient à des pantins agités qui sautaient d'un endroit à l'autre, sans qu'elle puisse les suivre du regard.

Caelan la saisit brutalement pour la placer devant lui. Au milieu du chaos, elle distingua alors le regard féroce de Brodie. Elle ne voyait que cela au milieu de son visage couvert de bleus et d'égratignures. Et, face à ce spectacle désolant, elle sentit son cœur exploser de bonheur, car elle sut alors qu'il l'aimait.

A travers son esprit embrumé, elle perçut le bruit de ferraille des épées qui s'entrechoquaient, les hurlements des hommes qui combattaient, mais tout cela ne la préoccupait guère. Tout ce qu'elle désirait, c'était rejoindre Brodie, pour apaiser enfin sa souffrance et sa culpabilité. Et lui dire qu'elle l'aimait.

Comment faire ? Elle n'arrivait pas à avancer. Malgré sa confusion, elle reconnut certains visages, parmi ceux de l'armée qui semblait avoir débarqué dans la cour du château.

Dans son dos, elle entendit la voix d'un homme, une voix qu'elle détestait sans se rappeler pourquoi, hurler des injures, puis elle se sentit poussée en avant, dans le vide. Comme ses membres engourdis ne rencontraient que de l'air, elle eut un instant l'impression de voler, puis ses propres cris résonnèrent à ses oreilles tandis qu'elle tombait et tombait sans fin vers le sol de la grande salle, plusieurs mètres plus bas…

Puis elle sentit les bras de Brodie l'entourer.

— Je te tiens, mon amour, je te tiens, murmura-t-il d'une voix paniquée.

Arabella éclata de rire. Il était là et il l'aimait.

Elle se pelotonna contre lui avant de se laisser enfin glisser vers l'obscurité qui l'appelait…

# *Chapitre 22*

— Arabella ?

Elle couvrit ses oreilles de ses mains pour se protéger du cri, qui lui était insoutenable.

— Arabella, mon amour, chuchota la voix.

— Chh…, implora-t-elle.

Hélas, le vrombissement dans sa tête ne voulait pas s'arrêter.

— Bois un peu. Juste une gorgée.

Quelqu'un s'approcha et porta une coupe à ses lèvres. De l'eau fraîche. Le liquide apaisa sa gorge sèche. Elle aurait bu encore si la coupe n'avait pas soudain disparu.

— Essaie d'ouvrir les yeux, mon amour, réveille-toi maintenant.

C'était Brodie. Elle aurait voulu le regarder mais un brusque vertige l'en empêcha.

Elle s'évanouit à nouveau.

Bercée par une douce chaleur, Arabella ouvrit les yeux et découvrit qu'elle était blottie dans un grand lit. Brodie dormait tout contre elle. Il avait passé un bras possessif autour de sa taille et la tenait serrée contre lui. Sa main était bandée. Elle releva prudemment la tête et constata que le vertige ne se reproduisait pas. En évitant tout mouvement brusque, elle parvint même à tourner la tête.

Lorsqu'elle voulut contempler le visage endormi de l'homme qu'elle aimait, le choc la tétanisa. Il était méconnaissable ! Elle crut d'abord que la potion que Caelan l'avait forcée à avaler lui troublait la vue. Puis elle prit conscience qu'elle voyait parfaitement bien.

L'un de ses yeux était tellement enflé qu'il ne devait sans doute pas pouvoir l'ouvrir. Et son nez avait l'air cassé. Elle dénombra au moins cinq entailles sur ses joues et son front, certaines ayant été vaguement pansées. Seigneur ! Que lui était-il arrivé ?

Paniquée, elle se tourna complètement vers lui et remarqua qu'il portait les mêmes vêtements que la veille.

L'étourdissement la reprit, et elle ferma les yeux. Des images saccadées défilèrent dans son esprit. Brusquement, tout lui revint en mémoire. Soudain oppressée, elle secoua Brodie, sans se préoccuper de son sommeil.

— Caelan ? interrogea-t-elle d'une voix affolée.

— Ton père a fait le nécessaire pour qu'il ne soit plus un danger pour personne, marmonna-t-il d'une voix endormie.

Elle frissonna, heureuse d'avoir échappé au spectacle de la mise à mort de l'assassin de son frère. Tel qu'elle le connaissait, son père n'avait pas dû se montrer miséricordieux.

— Alors finalement tu es allé demander l'aide de mon père ?

Il ouvrit son œil valide et acquiesça.

— Et c'est de cette façon qu'il t'a prêté main-forte ? dit-elle en désignant son visage.

Certes, son père était un homme dur, mais à ce point…

— N'oublie pas qu'il croyait que j'avais tué Malcolm.

Arabella se raidit à nouveau sous l'afflux des souvenirs. Puis une sensation de bonheur et de libération traversa son corps.

— C'est vrai… la potion ! Caelan a avoué qu'il vous avait drogués, Malcolm et toi…

Elle toucha son visage, le cœur inondé de joie.

— Tu n'as pas tué mon frère.

Elle s'était tellement trompée sur lui, comme tout le monde d'ailleurs. Et pourtant, jamais il n'avait trahi aucun d'entre eux.

— Brodie… Pourras-tu jamais me pardonner de t'avoir si mal jugé ?

Il hocha la tête et lui sourit.

— C'est déjà fait, ma douce.

— Tu es sérieux ? Tu pourrais oublier si rapidement ?

— Tu m'as donné ton cœur alors même que tu croyais que j'avais tué ton frère, chuchota-t-il. Il n'y a rien à pardonner.

Arabella sentit des larmes de soulagement et de gratitude lui monter aux yeux. Il se penchait pour l'embrasser lorsque la porte s'ouvrit brusquement. Plusieurs personnes firent irruption dans la chambre. Encore étourdie, elle secoua la tête et regarda, incrédule, Cameron et Mackintosh se mêler joyeusement.

Une fois la surprise passée, elle se sentit rougir violemment. Qu'allaient-ils penser en la voyant ainsi étendue auprès de Brodie ? Mais personne ne sembla s'en formaliser, pas même son père…

Plus étrange encore, celui-ci l'aida à se lever et l'enlaça avec force. Que s'était-il passé ? A l'air satisfait qu'affichait Brodie, elle en déduisit qu'il n'était pas étranger à ce revirement d'affection de son père à son égard.

Il lui avait été quand même difficile de percevoir son expression sous les contusions qui le défiguraient… Pauvre Brodie ! Il lui faudrait un certain temps pour se remettre.

En dépit de son état déplorable, il tenta néanmoins de se mettre debout quand Grigor entra dans la pièce. La coutume voulait qu'un homme se lève à l'arrivée de son laird, en signe de respect. Mais à peine Brodie avait-il redressé les épaules que Grigor le repoussa doucement.

— Repose-toi, tu l'as bien mérité, Brodie, déclara-t-il.

Son oncle posa le regard sur chacun des Mackintosh présents et leur fit signe. Un à un, les guerriers s'agenouillèrent autour du lit, le regard tourné vers Brodie. Il voulut objecter, mais Grigor le prit de vitesse.

— Pendant que tu étais là à reprendre des forces, les Anciens se sont réunis. Nous avons examiné les documents et les preuves que tu as rassemblés, afin de régler le problème de la succession à la tête du clan. La plupart des Anciens étaient là, sauf bien sûr ceux qui ont jugé bon de fuir précipitamment après que la découverte de la trahison de Caelan eut mis au jour leur mauvais choix. Le conseil a voté et t'a choisi, toi, Brodie Mackintosh. A partir de ce jour, tu représenteras les nôtres en tant que nouveau laird.

Un instant muet de stupeur, Brodie voulut ensuite protester. Il tenta de présenter ses vœux de loyauté à Grigor, lequel, faisant mine de ne pas l'entendre, s'agenouilla au pied du lit et baissa la tête en signe de soumission. Furieux et troublé, Brodie se battit avec les draps pour se relever, mais les acclamations qui retentirent le clouèrent sur place.

— Au laird Mackintosh ! Loch Moigh ! Loch Moigh !

Le cri de guerre des Mackintosh retentit bientôt à travers la forteresse, et Arabella se sentit envahie d'une émotion et d'une fierté sans nom.

Elle se pencha doucement vers Brodie pour lui murmurer à l'oreille :

— Tu as eu foi en eux, permets-leur maintenant d'avoir foi en toi, Brodie.

Vaincu, il se laissa retomber sur les oreillers, un grand sourire aux lèvres. Il chercha sa main et enlaça leurs doigts comme il aimait le faire. Puis il l'attira à lui pour l'embrasser.

Il fallut plusieurs semaines pour réorganiser le clan. Les messagers ne cessaient d'aller et venir entre Drumlui et les territoires voisins, Brodie passant de nouvelles alliances, ou rappelant à l'ordre ceux dont la loyauté n'avait pas été exemplaire. Euan, Grigor, Rob et quelques-uns de ses plus fidèles guerriers le conseillaient et l'aidaient au mieux.

Arabella avait confiance en l'avenir, désormais. Son père lui avait expliqué ce qui s'était passé à Achnacarry et, ensemble, ils avaient pleuré la perte de Malcolm, froidement assassiné par la main vengeresse de Caelan. Pour la première fois, il lui parla de sa mère et lui demanda de lui pardonner pour la distance qu'il avait injustement mise entre eux deux.

Surtout, Arabella eut la surprise de découvrir qu'elle était officiellement destinée à épouser Brodie. Leur union faisait partie intégrante du traité de paix. Elle en était heureuse bien sûr. Pourtant, elle avait un espoir secret : Brodie lui ferait-il lui-même sa demande ? Elle serait comblée si leur mariage n'était pas seulement le fruit d'une décision politique…

Une semaine plus tard, elle se dirigeait vers la grande salle pour prendre le repas de midi lorsqu'une voix l'arrêta.

— Ma lady !

Elle se retourna pour se retrouver face aux femmes qui avaient partagé son existence dans le campement. Elles étaient toutes là — Bradana, Margaret et les autres. Sans se préoccuper un seul instant de la bienséance, elle se jeta dans leurs bras, et demanda des nouvelles à chacune.

— Brodie nous a fait prévenir que nous pouvions rentrer à Drumlui, expliqua Margaret.

— Savez-vous que cet entêté refusait d'être désigné laird ?

Elles rirent ensemble et bavardèrent un moment, jusqu'à ce que Brodie se lève de table pour les rejoindre.

— Bienvenue à la maison, Margaret. Rob est-il au courant de ton retour ?

— Il l'est, maintenant, annonça Arabella en voyant Rob courir vers leur petit groupe, avant de soulever et d'étreindre tendrement sa sœur.

— Bradana, je voulais vous demander si Fia serait d'accord pour devenir l'une de mes dames de chambre, proposa-t-elle à la femme qui l'avait tant soutenue.

— Oh ! Ma lady ! Elle sera si heureuse !

Arabella était ravie de bénéficier ainsi d'une

compagnie qu'elle appréciait, tout en assurant à la fillette une place de choix dans la hiérarchie du clan.

— De mon côté, j'ai demandé à Alan de devenir mon écuyer, intervint Brodie.

Sous leur influence, Mackintosh et Cameron acceptaient déjà de se mélanger. Leurs mains se cherchèrent et se trouvèrent. Brodie serra doucement ses doigts.

Soudain, il leva l'autre bras pour demander le silence. Quand tous se furent tus, il prit les deux mains d'Arabella et plongea son regard dans le sien.

— Arabella, je sais que nous sommes fiancés, seulement une femme avisée m'a conseillé un jour d'ouvrir mon cœur tant que j'en avais l'occasion... ce que je n'ai pas pu faire jusqu'à présent.

Derrière lui, Margaret éclata de rire, et Arabella sentit son pouls s'accélérer.

— Vu les circonstances, tu aurais dû me haïr. Et pourtant tu ne l'as pas fait. Tu avais toutes les raisons de me craindre, mais tu n'as jamais eu peur de moi. Au lieu de quoi, tu m'as poussé à remettre en cause tout ce en quoi je croyais aveuglément. Tu m'as aimé en dépit de tes propres croyances. Tu m'as aimé alors que nous étions ennemis. Tu as eu confiance en moi, alors que je n'avais plus foi en moi-même.

Il s'interrompit, troublé par l'émotion qui était palpable entre eux. Leurs regards s'aimantèrent, et Arabella laissa couler des larmes de bonheur sur ses joues.

Quand il reprit la parole, sa voix tremblait légèrement.

— C'est pourquoi je vais t'offrir la seule chose qui soit en mon pouvoir. Ta liberté. La décision est entre tes mains. Tu n'es plus liée à moi par un quelconque traité, tu es libre de me quitter… ou de rester pour toujours à mes côtés, Arabella Cameron !

Sans lui laisser le temps de mesurer la portée de ses paroles, il prit sa bouche dans un baiser passionné, sous les hourras de la foule.

Il lâcha ses lèvres un instant pour lui murmurer :

— Tu es libre… néanmoins j'espère que tu diras oui !

Elle allait parler quand une femme cria par-dessus le brouhaha :

— Tu n'es qu'un idiot, elle t'a choisi depuis longtemps !

Brodie sourit sans répondre, les yeux toujours fixés aux siens. Il attendait son consentement, dicté par sa seule volonté et ses propres sentiments, et non par le sens du devoir. Il lui offrait là le plus beau des cadeaux. Quand bien même elle avait déjà fait son choix, bien longtemps auparavant, au moment où elle avait décidé de le rejoindre cette nuit-là, pour se donner à lui.

— Je te choisis, Brodie.

— Vous l'avez entendue, mon père ? hurla Brodie à pleins poumons. Que les vœux de mariage soient prononcés sans attendre !

La grande salle résonna d'une immense clameur, et Brodie la porta dans ses bras jusqu'au dais, où l'attendait le nouveau prêtre de Drumlui.

— Ne m'en veux pas, ma douce, je comptais bien sur ton accord, chuchota-t-il avec un petit rire complice.

Sans savoir comment, Arabella se retrouva en train de prononcer les vœux d'amour et de loyauté dont elle avait rêvé, dans la liesse générale.

C'est ainsi que le déjeuner se transforma en cérémonie de mariage.

Ce n'est que plusieurs heures plus tard qu'ils parvinrent enfin à se frayer un chemin jusqu'à leur chambre.

Et après cela, de nombreuses heures passèrent encore avant qu'elle retrouve son souffle et ses pensées…

Brodie regarda Arabella dormir un long moment, toujours incrédule. Mais oui, elle était là, à lui pour de bon ! Les traités pouvaient bien les avoir unis, seul comptait l'accord qu'elle venait de lui donner de son plein gré. Il déplaça une mèche de cheveux sur sa joue et sourit quand elle grommela dans son sommeil.

Apparemment, c'était une mauvaise habitude qu'elle avait prise pendant son séjour dans le camp… De même que sa satanée manie de le questionner sans cesse ! A vrai dire, il appréciait de plus en plus ses questions, maintenant qu'elles portaient sur la façon dont il comptait lui prodiguer du plaisir…

Son adorable épouse n'avait cessé de lui faire des allusions coquines pendant la fête, et il avait dû supporter tout ce temps la tension dans ses reins… mais s'était bien vengé de ses taquineries dès qu'ils avaient pu rejoindre leur chambre.

— Qu'est-ce que tu fabriques ? demanda-t-elle d'une voix rauque, qui raviva aussitôt ses instincts sensuels.

— J'attendais que tu te réveilles, ma douce, expliqua-t-il en posant un baiser léger sur le bout de son nez.

Il hésita un instant, inquiet de se montrer trop entreprenant, d'autant plus qu'il l'avait déjà réveillée, trois, non quatre fois, tout le long de la nuit. Heureusement qu'ils s'étaient mariés à l'automne, au moment où les nuits rallongeaient !

— Je me demande si je dois te raconter mes rêves

terrifiants, demanda-t-elle en s'étirant langoureusement avant de se coller à lui.

— Quand donc as-tu commencé à faire des rêves terrifiants ? la questionna-t-il en enroulant son bras autour d'elle, avant d'enfouir la tête au creux de son cou.

Seigneur, elle allait le conduire à sa perte s'il n'y prenait pas garde. Quand il était dans ses bras, plus rien ne comptait, ni son clan, ni son honneur. Rien sinon elle.

— Eh bien, je me trouvais dans une caverne..., commença-t-elle.

La suite de son cauchemar se perdit dans un brouillard de plaisir. Quand elle le touchait, elle éloignait chacun de ses propres cauchemars, elle guérissait chaque plaie, chaque trahison du passé...

# Épilogue

*Six mois plus tard*

— Tu es de ma famille, Rob, déclara Brodie d'un ton apaisant.

— Pas tout à fait, pas pour cela en tout cas ! s'exclama Rob, vindicatif.

Les bras croisés sur la poitrine, les sourcils froncés, il était l'image même du refus et de la défiance.

— A présent, tu sais ce que ressentent les femmes, ajouta Arabella en riant.

Avec une pointe de mélancolie douce amère, elle se rappela les mots de Malcolm, qui avait confié à Brodie qu'il était sûr d'être lui-même bientôt vendu pour une alliance juteuse, tout comme elle un an plus tôt.

— Margaret est persuadée que vous irez très bien ensemble, assura Brodie.

Arabella hocha la tête pour marquer son approbation. Elle appréciait le fait que son époux soit enclin à se reposer sur l'avis des femmes du clan.

— Assure-toi d'inclure suffisamment de têtes de bétail dans le contrat, cette fois, lui souffla-t-elle à l'oreille.

Dès qu'une difficulté pointait son nez, ils plaisantaient à propos du bétail, et ce souvenir les déridait aussitôt.

— J'ai l'impression que tu ne prends pas cette situation au sérieux, Arabella, l'accusa Rob. Aucun de vous deux n'écoute mes objections, d'ailleurs. Or, ce n'est pas du tout un jeu pour moi !

— Rob, c'est toi qui as voulu faire de moi le nouveau laird, à toi d'en assumer les conséquences maintenant !

— Alors c'est comme ça ? Je t'ai offert ma loyauté, très bien ! Je t'ai donné mon épée et ma vie, Brodie, nous sommes d'accord ! Mais je ne me rappelle absolument pas avoir accepté d'être vendu à un autre clan !

Laissant Rob un instant, Brodie lança un regard complice à Arabella avant de la rejoindre près de la fenêtre par laquelle elle contemplait les terres Mackintosh.

Elle avait beau se sentir énorme, lui ne manquait jamais une occasion de toucher son ventre rebondi, en quête d'un mouvement. Enroulée dans ses bras, elle appuya sa tête contre son torse solide, et écouta d'une oreille la dispute entre Brodie et son meilleur ami.

Il fallait une union maritale pour sceller l'entente avec un futur allié des clans Mackintosh et Cameron. Comme il était un proche du laird, et toujours célibataire, Rob était tout désigné pour ce devoir. Seulement, il était bien trop occupé à profiter de sa vie de joli cœur, passant d'une fille à l'autre, pour accepter de perdre sa liberté sans protester…

— Je ne te vends pas ! s'exaspéra Brodie. Je te demande simplement d'aller rencontrer cette jeune femme. Si tu penses que vous pourrez vous entendre, nous leur ferons une proposition.

— Et puis ce n'est pas comme si tu étais obligé de partir vivre dans son clan, ta place sera toujours ici, renchérit Arabella.

— Vraiment ?

Etonnée par l'inquiétude sincère qui perçait dans sa voix, Arabella quitta son mari pour s'approcher de leur ami. Elle prit la main de Rob dans les siennes avant de déclarer :

— Bien sûr, Rob. Tu as gardé Brodie en vie, pendant tous ces mois où le découragement n'était jamais loin. Ta place dans nos cœurs comme ici, parmi nous, sera toujours la même, sois-en certain.

— Bon sang, Arabella ! Je n'ai plus guère la possibilité de refuser après une telle déclaration, explosa Rob.

Et il quitta la chambre d'un pas précipité, l'air toujours aussi furieux. Arabella et Brodie attendirent plusieurs secondes avant d'éclater de rire.

— Crois-tu réellement que cette union est envisageable pour Rob, Brodie ? C'est ce que pense Margaret ?

Elle n'en avait pas encore parlé avec elle, préférant attendre que Brodie ait abordé le sujet avec Rob.

— Je ne lui en ai pas touché un seul mot… avoua-t-il avec un sourire contrit. Je n'ai prétendu cela que pour le convaincre.

— Le pauvre ! Tu le mets à la torture. Alors, dis-moi la vérité, penses-tu que cette fille lui conviendrait ?

— Je l'ignore. Tout ce que je sais, c'est qu'il me faut quelqu'un de confiance pour consolider cette alliance. J'ai besoin de Rob, confessa-t-il, l'air inquiet.

Arabella lui caressa la joue, émue par sa bonté. Il avait pris en charge ses responsabilités de laird si vite… Elle s'émerveillait chaque jour de la sagesse dont il faisait preuve pour assurer la prospérité aux Cameron comme aux Mackintosh.

— Quand il aura bien grogné et juré dans sa barbe, tu sais bien qu'il le fera, le rassura-t-elle. Pour son clan, et pour toi.

## Retrouvez en octobre dans votre collection

# HIGHLANDERS

**Deborah Hale**

**L'amant des Highlands**

*Angleterre, 1775*

À tout juste dix-huit ans, lady Claire s'éprend d'Ewan Geddes, le séduisant intendant de son père. Hélas, Ewan n'a d'yeux que pour Tessa, sa sœur aînée ! Mais cette dernière ne voit en lui qu'un simple serviteur. Déçu, le beau highlander quitte le château, et Claire s'efforce de l'oublier... jusqu'au jour où, dix ans plus tard, ayant fait fortune, Ewan réapparaît avec le projet de prendre sa revanche. Ce qu'il ignore, c'est qu'il offre ainsi à Claire l'occasion de se venger de celui qui a repoussé son cœur...

**Blythe Gifford**

**Dans les bras de l'Écossais**

*Écosse, 1528*

Unique survivante du clan Gilnok, abusée par le sanguinaire Storwick qui a massacré sa famille, Cate n'a qu'une idée en tête : repousser tous les hommes qui chercheraient à l'approcher. À plus forte raison le chevalier John, qui semble si déterminé à percer son secret et représente tout ce qu'elle abhorre : l'arrogance, la loyauté à un roi détestable, et le goût de la séduction ! Et pourtant… Cate sent que cet homme réveille la femme qu'elle s'interdit d'être, qu'il rallume ces désirs qu'elle voudrait étouffer.

Jacques Dubourg

# Tout le Jardinage

## potager

Editions Jean-Paul Gisserot
www.editions-gisserot.com

## Important

*Si vous ne connaissez pas une plante, ne la consommez pas sans qu'elle soit identifiée par une personne compétente. La seule comparaison avec une photo ne suffit pas. Cela peut être dangereux.*
*(N.D.L.E.)*

# Préambule

J'ai toujours rêvé d'avoir un jardin potager et depuis 15 ans que j'ai mis mon projet à exécution, les satisfactions que j'éprouve sont immenses…

Pourtant certains de mes amis paraissaient sceptiques et trouvaient bien prosaïque la tâche que je m'étais fixée. Ils ne semblaient pas reconnaître le moindre intérêt à la culture de la terre. Les efforts consentis leur paraissaient sans commune mesure avec les résultats atteints et ils pensaient en définitive que je n'aurais pas la persévérance nécessaire à la poursuite de mes travaux. À leurs yeux, il s'agissait d'une activité fatiguante, souvent salissante, monotone à souhait et surtout peu élévatrice pour l'esprit.

Mais, contre vents et marées, j'ai poursuivi ma tâche, aujourd'hui comme hier, toujours avec le même enthousiasme malgré l'âge qui vient. Mon jardin potager continue à vivre et je trouve toujours autant de plaisir à m'occuper de lui :

– C'est pour moi chaque fois une véritable joie que de suivre attentivement le processus de naissance d'une plante, de la voir progressivement se développer et parvenir à maturité. Certes, me direz-vous, tout cela n'est rien à côté du miracle constitué par l'arrivée au monde d'un enfant et par toutes les phases génétiques qui ont précédé cet événement. Cela est vrai, sans aucun doute, mais comment ne pas rester admiratif devant les mystères qui se produisent dans la nature ? Comment ne pas être émerveillé lorsqu'on voit une petite graine aux dimensions infinitésimales se transformer à la fin d'un cycle végétal, sous l'action de l'eau et du soleil en un beau et appétissant légume ? N'y a-t-il pas là aussi un véritable miracle ?

– Et que dire de l'intense plaisir que l'on ressent lorsque l'on déguste ses propres produits? Qu'y a-t-il de plus agréable que de pouvoir instantanément répondre à la demande de la ménagère en allant cueillir sur l'une des "planches" de son jardin les légumes prévus au menu du jour ?

La récente cueillette permet de conserver dans leur quasi intégralité les vitamines et les qualités énergétiques. Le goût que l'on trouve dans ses propres produits est toujours des plus savoureux. Il n'est jamais frelaté et s'avère le plus souvent nettement supérieur à celui des denrées achetées dans le commerce.

– Et puis mes activités de jardinage sont des plus variées : un jour je prépare la terre, un autre j'effectue les semis. Parfois je nettoie, je bine, je sarcle, j'arrose, je tonds... Quand il le faut je "butte" mes plants de pommes de terre ou de haricots verts, je pince mes tomates, etc. Les opérations successives ne sont donc jamais les mêmes ; elles engendrent rarement la lassitude.

Ainsi, dans mon esprit, beaucoup d'arguments ont constamment milité en faveur du jardin potager et je me suis facilement laissé convaincre.

Maintenant, je ne regrette rien, bien au contraire et ma joie suprême, je la ressens quand je prends le temps de me promener dans mon jardin : je circule alors sur l'allée centrale ou bien sur les côtés autour des diverses planches. J'observe mes légumes, j'admire leur forme et leur couleur, je hume leur odeur et je tâte les fruits accrochés aux branches. Je me laisse ainsi emporter par une certaine ivresse en contemplant les résultats tangibles de mon travail, sans manier un seul outil, sans effectuer le moindre effort durant quelques instants...

Puissiez vous, à votre tour, vous laisser gagner par la saine passion du jardinage et contracter vous aussi le "virus" de la culture des légumes et des arbres fruitiers.

Le potager de Flore au château du Fresne (41), une création réussie.

Espérant que ce sera le cas un jour, je vais vous livrer dans cet ouvrage les connaissances de base indispensables.

Je commencerai par la culture légumière et je vous exposerai les généralités sur la présentation du jardin, sur les outils nécessaires, la préparation du sol, les procédés de multiplication, etc. Puis, nous aborderons l'essentiel du sujet et passerons en revue les légumes usuels que vous devez tous pouvoir cultiver sans difficulté. Pour chacun d'entre eux, je vous préciserai les principales modalités de la culture après avoir, autant que faire se peut, relaté l'origine historique de la plante. Il n'est pas en effet défendu d'allier la culture de la terre à celle de l'esprit… Les légumes moins courants ou tout au moins plus difficiles à cultiver ne seront pas pour autant oubliés. Ils feront l'objet d'un chapitre particulier.

Les moyens les plus fréquents de lutte contre les parasites seront indiqués, car il existe malheureusement de nombreux prédateurs dans le jardin. Il faut, pour éviter des catastrophes, enrayer certaines maladies qui peuvent devenir contagieuses.

La culture fruitière sera à son tour étudiée, tout au moins pour les arbres les plus connus.

Enfin, je compléterai toutes ces données par des renseignements indispensables à tout jardinier amateur :

– quelques procédés particuliers que d'aucuns appellent "des astuces", permettant à peu de frais, avec les moyens du bord, de résoudre certains problèmes.

– un calendrier des différents travaux à effectuer qui pourra vous servir d'aide mémoire et vous permettra, je l'espère, de ne pas oublier certaines opérations essentielles au fil du temps.

– et puis un extrait de vocabulaire, récapitulant les termes les plus courants de jardinage et leur signification.

Armés de ces nouvelles connaissances, je ne doute pas que vous deveniez en peu de temps un bon jardinier. Je ne suis moi-même en aucun cas spécialiste en agronomie et je n'ai pas non plus le titre d'ingénieur agricole.

Je ne suis qu'un simple amateur mais les années durant lesquelles j'ai cultivé mon jardin m'ont permis d'acquérir une certaine expérience. Il en sera de même pour vous. Je pense que tout un chacun est capable d'obtenir de bons résultats s'il tient compte des principes de base essentiels et surtout s'il aime la terre.

La pratique de la culture potagère vous attend. Elle vous donnera, croyez-moi, des joies ineffables…

PREMIÈRE PARTIE

# LA CULTURE LÉGUMIÈRE

Le potager-conservatoire de Valmer (37) allie la découverte et l'esthétisme de plantes potagères méconnues.

# I

# Données de base

- Comment organiser son potager
- L'outillage
- La préparation du sol
- Les procédés de multiplication

# Comment organiser son potager

## Choix de l'emplacement

Le plus souvent, le jardinier amateur n'a pas une grande latitude dans le choix de son terrain car la surface dont il dispose n'est pas illimitée et il est même parfois obligé d'utiliser une parcelle adjacente à sa maison. Mais il arrive aussi que la situation soit plus favorable et que plusieurs possibilités s'offrent à lui. Il lui faut alors tenir compte de quelques données de base :

– Le potager est mieux placé à l'arrière ou sur les côtés de la maison qu'à l'avant. Le jardinier y est en effet plus à l'aise pour travailler. Il y trouvera plus facilement un havre de tranquillité. Le calme lui est indispensable.

– L'emplacement ne doit pas être trop éloigné de l'habitation. Une distance réduite permet d'y venir souvent, d'y consacrer les moments de liberté, d'exercer une surveillance dans des conditions favorables et d'effectuer sans trop de peine les transports éventuels de légumes ou de matériaux.

– Le terrain a besoin d'être dégagé pour être largement exposé au soleil. C'est pourquoi certaines proximités sont à éviter. En ville, il faut se garder de se mettre trop près de grands murs ou d'arbres imposants en raison de l'ombre qu'ils pourraient apporter et des racines qui gêneraient les cultures.

Pour celui qui vit à la campagne, il est sage de s'éloigner de l'orée d'un bois. La terre risquerait d'être peu fertile et des animaux prédateurs provenant de la forêt pourraient faire de nombreux dégâts dans les cultures.

Les zones d'eaux stagnantes sont aussi à éviter en raison des nombreux moustiques qui s'y trouvent.

– L'orientation de la parcelle doit aussi être prise en considération. Certes le nord et le sud peuvent aussi bien l'un que l'autre être retenus mais il faut savoir que la première direction donnera des résultats moins précoces que la seconde.

Il faut en revanche éviter dans chaque région une orientation proche de celle des vents dominants. Ces derniers peuvent facilement dessécher la terre et amener des effets dommageables pour les végétaux les plus fragiles.

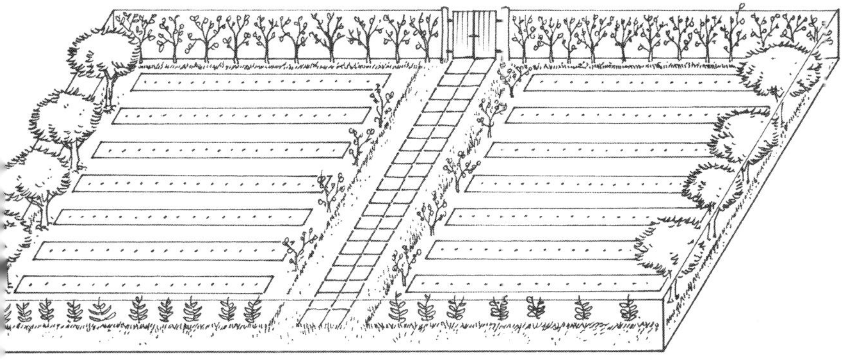

– La proximité d'un point d'eau revêt aussi un caractère essentiel car il faut pouvoir arroser sans difficultés. L'eau est le complément primordial du soleil pour la croissance des plantes.

– Enfin, toutes les terres peuvent être utilisées car si elles ne sont pas idéales elles sont susceptibles d'être améliorées d'une façon ou d'une autre. Mais si on a le choix, il est préférable de retenir une parcelle où la terre est noire car elle est en général plus fertile et convient plus particulièrement à la culture légumière. Une terre légère est également souhaitable car si le sol est trop compact des difficultés sont prévisibles. En particulier après une période de fortes pluies, une humidité trop importante provoquera un durcissement de la terre. La germination n'en sera que plus difficile ou pourra même avorter.

Le choix du jardin doit donc tenir compte de certains facteurs que l'on peut résumer ainsi :

*Une bonne terre, de la lumière, de la chaleur et de l'eau !*

## L'étendue

Il ne paraît pas nécessaire de tracer un jardin de dimensions gigantesques. L'ampleur du travail à effectuer est grande et il vaut mieux bien s'occuper d'un terrain exigu que de s'épuiser à entretenir une trop vaste parcelle.

La surface idéale qu'il convient de consacrer au potager n'est pas facile à déterminer mais l'expérience fournit quand même quelques renseignements précieux. On peut dire par exemple que 150 $m^2$ bien utilisés suffisent en gros à la production des denrées nécessaires à une personne. La famille française moyenne qui comprend en général quatre membres peut donc se nourrir avec un jardin de 600$m^2$.

Les normes indiquées impliquent bien sûr que la totalité du jardin soit exploitée et que certaines portions du sol ne restent pas

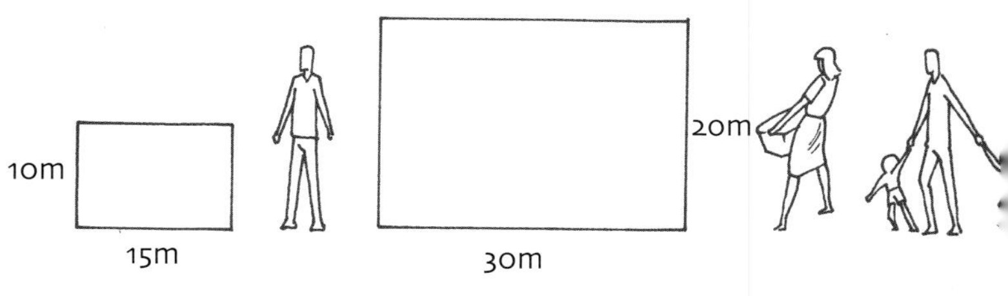

Autour du Grand Carré du potager du roi, derrière les murs, 29 jardins clos abritent arbres fruitiers, en forme libre ou conduits en espaliers, légumes et petis fruits.

trop longtemps inutilisées. Le rendement doit être de rigueur et il est souvent possible d'effectuer deux cultures successives sur une surface donnée.

Si tel n'est pas le cas et si le jardinier préfère mettre au repos certaines de ses planches, ce qui peut être bon pour la terre à la suite d'une utilisation prolongée, les dimensions que nous venons de définir devront évidemment être plus importantes.

## Aspect décoratif

J'ai vu beaucoup de jardins potagers. Ils se présentent sous les aspects les plus divers mais ne soulèvent pas toujours l'enthousiasme du point de vue esthétique.

Il y a en tous cas un genre que je n'aime guère, c'est celui de ces enclos uniformes sans aucune décoration que l'on rencontre fréquemment. Ce ne sont en fait que des champs de grande culture en réduction. Tout l'espace est utilisé à la seule fin de la production. On n'y voit pas la moindre allée, pas la moindre fleur et l'ornementation est quasi inexistante. Sans doute les récoltes peuvent y être importantes mais je me demande toujours comment l'on peut prendre plaisir à travailler dans un cadre aussi triste.

Dans le langage courant, on a souvent pris la fâcheuse habitude de faire un distinguo subtil entre le jardin d'agrément où l'on cultive des fleurs et le potager où l'on s'occupe des légumes et des fruits. Cela m'a toujours frappé et je ne vois guère pourquoi l'un et l'autre ne seraient pas aussi agréables. Il est à mon avis indispensable de soigner le cadre de son potager. Il faut que l'on puisse travailler sereinement et même avec un certain plaisir.

Diverses solutions peuvent être adoptées à cet effet. L'une d'elles, certes un peu exceptionnelle, nécessite beaucoup d'espace. Elle n'est actuellement appliquée que dans quelques châteaux, à Villandry et Versailles notamment :

- A **Villandry**, près de Tours, à l'instar des travaux effectués au XVIe siècle par un jardinier royal Androuet du Cerceau, neuf carrés d'égale superficie, comportant en leur centre une fontaine et séparés par des allées de gravier sont cultivés. Dans chacun d'entre eux, les plantes sont regroupées selon leurs formes et leurs couleurs et constituent d'admirables ensembles géométriques. On peut y admirer par exemple des groupes de laitues "vert tendre", des lignes de betteraves "rouge-noir" ou des planches de poireaux "bleu de solaine"... L'ensemble est du plus bel effet.

- A Versailles, le **Potager du roi**, créé pour Louis XIV par Jean Baptiste de la Quintinie en 1678, présente encore aujourd'hui de nombreux carrés de légumes, élégamment entourés d'arbres fruitiers taillés en espaliers. Des plantes alignées au cordeau s'épanouissent au milieu d'allées bien entretenues et l'on est émerveillé en pleine saison par les divers coloris des légumes, des fruits et des fleurs. C'est un véritable enchantement pour les yeux.

Ces réalisations ne peuvent sans doute pas être imitées par le jardinier amateur. Elles démontrent toutefois, de la plus belle façon, que l'on peut marier la culture des légumes et l'esthétique, comme c'est le cas dans d'autres potagers remarquables qui méritent d'être cités :

- Le potager **Arc-en-Ciel de Bosmelet** en Seine Maritime, conçu comme un véritable tableau.
- Celui de **Saint-Jean-de-Beauregard** en Esonne où les légumes oubliés voisinent avec les narcisses, les iris et les pivoines.
- Celui de **Gargantua** au châteu de Rivau en Indre et Loire où cucurbitacées et choux se mélangent avec les fleurs.
- Les Jardins de **Valmer** dans le même département, qui jouent le rôle de Conservatoire et présentent notamment 1400 espèces ou variétés de légumes. Légumes communs, fleurs sauvages et plantes potagères d'autrefois se côtoient pour créer une diversité joyeuse et gastronome.
- Le château et **potager de la Bussière** dans le Loiret qui présente six vastes carrés avec des légumes, des plantes condimentaires et médicinales, des cucurbitacées, des petits fruits et des fleurs.
- Le Jardin du **Domaine de Sasnières,** dans le Vendômois (41), connu pour sa grande variété botanique. Mais les propriétaires cultivent aussi des légumes traditionnels en planches régulières entourées d'allées en gazon. Les fruits et légumes vont à la confection des confitures maison et des "chutney". Le potager est également le lieu de multiplication par bouture des rosiers , buis, if...
- Ou encore le potager du château de **Mongenan** en Gironde qui présente une curieuse collection de vieux cépages de vigne ainsi que de nombreuses plantes médicinales.

Potager fleuri de la Bussière (45), où les légumes poussent à profusion.

A un niveau beaucoup plus modeste il me paraît très possible d'agrémenter son jardin. C'est ce que je me suis efforcé de faire en prenant un certain nombre de dispositions.

Tout d'abord, dans un souci de praticabilité et sans doute aussi de symétrie, j'ai créé une allée centrale dans l'axe de ma maison et j'y ai placé sur un tapis de sable des dalles de maçonnerie. Outre son aspect ornemental cette nouvelle artère me permet de réduire les durées de trajet. Elle facilite les transports que je dois effectuer à l'aide d'une brouette et a le mérite de ne pas trop salir mes chaussures lorsque le temps est humide.

Ensuite, pour améliorer ma zone de culture et lui apporter une note de couleur en toute saison j'ai voulu l'encadrer de verdure. J'ai donc semé tout autour des bandes de gazon ; l'une, contre ma maison me sépare du jardin et deux autres plus étroites bordent l'allée.

Puis, toujours désireux d'égayer mon lieu de travail, j'ai mis aussi quelques plantes le long des espaces gazonnés : des pieds de

Tracé en planches du potager du Jardin de Sasnières (41).

lavande face à mon habitation, des rosiers le long de l'allée, une barrière de lauriers en fond de terrain et quelques arbres fruitiers sur les côtés.

Si vous procédez de la même façon, vous aurez certes quelques efforts supplémentaires à fournir au départ. Mais vous verrez qu'ensuite les soins d'entretien de la partie ornementale ne sont pas énormes. Vous serez récompensés en travaillant dans un cadre agréable. Tous vos efforts pourront se concentrer dans la plus grande joie sur les deux grands rectangles de terre que vous avez ainsi constitués et où vous allez pouvoir en toute sérénité cultiver vos légumes.

**Nota** : Il n'est peut-être pas inutile de rappeler que les rosiers bordant l'allée centrale doivent être suffisamment espacés pour permettre le passage d'un engin du type motoculteur.

### La division intérieure, les planches

Dans les deux rectangles situés de part et d'autre de l'allée ou bien dans tout autre partie réservée à la culture, si vous avez adopté une solution différente, il faut maintenant tracer les "planches" ou plates-bandes où vous allez produire vos légumes. L'orientation de ces nouveaux ensembles n'est pas primordiale et toutes les directions semblent pouvoir être adoptées. Leur largeur doit en revanche osciller entre 0,80 m et 1,20 m. Cette disposition permettra de créer deux ou trois rangées de légumes de même type et de les entretenir facilement avec les outils ordinaires à partir des deux bords, sans pour autant piétiner le sol entre les plantes.

Des sentiers intermédiaires seront tracés entre les diverses planches pour permettre le passage du jardinier, pour faciliter l'entretien à l'aide d'un râteau et les divers transports à effectuer avec la brouette. Une largeur de 35 à 40 cm. paraît convenir.

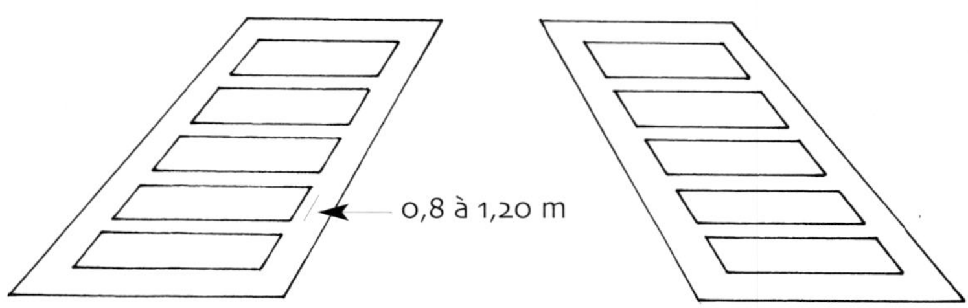


### Autres modes d'organisation

Il n'y a pas de normes rigides pour les jardins et chacun d'entre eux doit avoir sa propre originalité. De plus, les surfaces cultivables sont parfois très réduites et ne permettent pas d'appliquer les dispositions que j'ai proposées.

Aussi est-il possible, par exemple, si le terrain est trop exigu, de ne pas tracer d'allée centrale. Il est conseillé à ce moment là de créer uniquement un sentier latéral le long de la clôture afin d'accéder aux différentes planches sans être obligé pour autant de marcher sur les cultures.

Le gazon et les rosiers ne trouveront peut-être pas leur place mais il faudra alors semer quelques fleurs ici ou là afin d'égayer le jardinet.

Enfin dans le cas d'une trop grande exiguïté, il y aura lieu d'abandonner la plantation d'arbres fruitiers car ils porteraient trop d'ombrage aux légumes et nuiraient à leur développement.

## Installations annexes

Certaines installations annexes doivent venir compléter les dispositions adoptées. C'est le cas du local à outils, de la réserve de compost et éventuellement d'un chassis.

• ***Local à outils***. Très souvent on dispose dans son garage ou dans une remise attenante de l'espace suffisant pour abriter ses instruments de travail. Mais ce n'est pas toujours le cas. La place est parfois mesurée dans les locaux existants. Il faut alors construire dans un coin du jardin un petit abri fermé, muni d'un sol cimenté, protégé des intempéries et tout particulièrement de l'humidité. On doit en effet éviter à tout prix l'oxydation des outils.

• ***La réserve de compost***. Celle-ci devra également être implantée dans un coin du jardin. Toutefois, il vaudra mieux la mettre à l'abri des regards en l'entourant de quelques arbustes bas, car elle n'est pas particulièrement esthétique. Un petit enclos en maçonnerie d'une hauteur approximative de 1m à 1,30 m pourra utilement être constitué. Il recevra les couches successives de déchets ou de feuilles et la fermentation pourra s'y produire.

Certains emploient des tonneaux métalliques mais ceux-ci n'ont pas en général le volume suffisant et le procédé ainsi utilisé n'est pas particulièrement décoratif.

• ***Le chassis***. Un chassis peut enfin être envisagé afin de préparer des plants en diverses saisons tout en utilisant l'effet de serre produit par le soleil. Pour un jardinier amateur cette installation sera de dimensions réduites de l'ordre de 1 m de large sur 1,30 m de long et 30 cm environ de haut. L'entourage peut être en bois et la partie supérieure en vitre.

Le chassis sera de préférence placé sur un côté du jardin dans un endroit particulièrement dégagé où le soleil pourra bien pénétrer.

Le châssis peut aussi être constitué par des plaques de verre reposant sur des bordures en ciment.

## L'outillage

Comme tout bon ouvrier, le jardinier doit posséder des outils appropriés à son travail. ceux-ci ne sont pas nécessairement nombreux, surtout si le terrain cultivé est exigu mais quelques uns d'entre eux sont toutefois indispensables.

### Les petits outils

– Le *plantoir* sert, comme son nom l'indique à mettre en place les jeunes plants. Il permet d'effectuer les trous nécessaires et de comprimer ensuite la terre contre la tige et les racines.

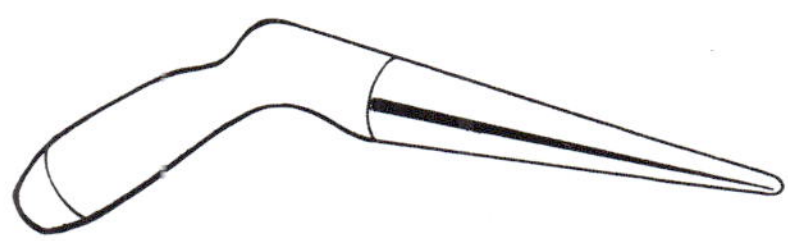

Les petits outils.

– Le *cordeau* est très utile pour tracer les planches et pour dessiner les sillons où vous semez les graines et où vous mettez en place les plants. Il faut en effet se méfier de ses propres appréciations en matière de ligne droite car on n'a pas toujours "le compas dans l'œil".

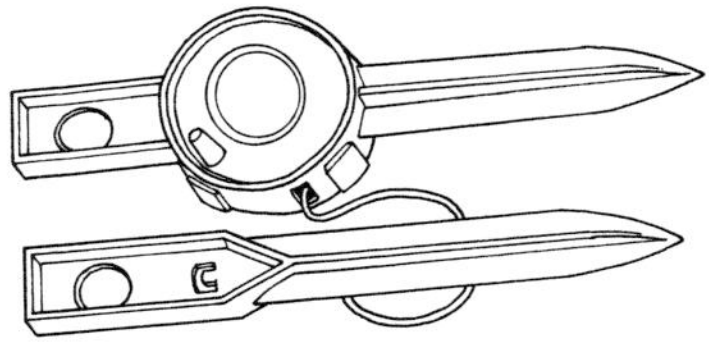

– La *houlette* ou *déplantoir* permet d'enlever avec une motte de terre certains végétaux à reprise difficile et de les transporter dans un autre endroit.

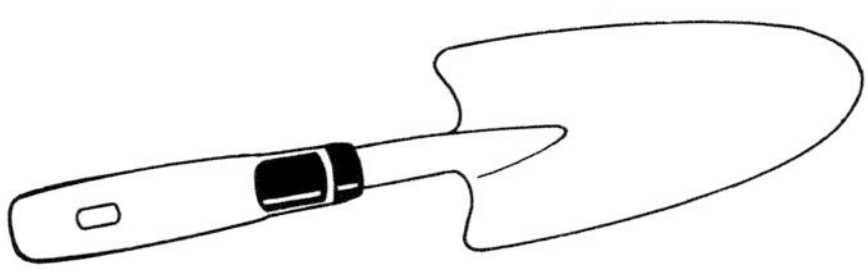

– La *gouge à asperges* peut le cas échéant être rajoutée à cette panoplie. Apparemment peu indispensable pour le jardinier amateur, elle doit permettre toutefois à ce dernier, non seulement la cueillette des asperges mais aussi l'extraction de mauvaises herbes aux racines pivotantes profondes.

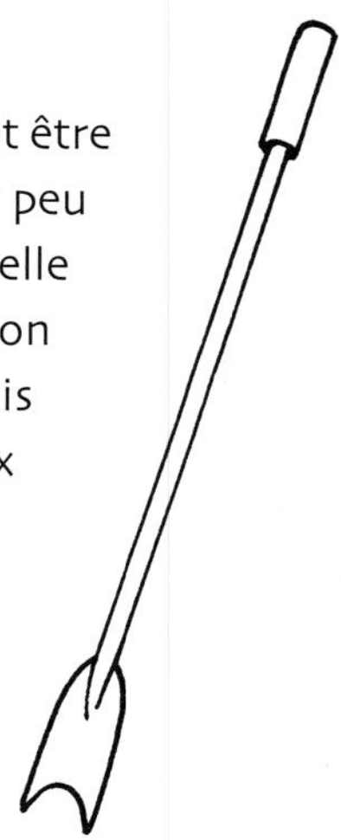

Certains de ces instruments sont susceptibles d'être confectionnés à la maison, à peu de frais : c'est la cas du plantoir qui peut être réalisé avec un bout de manche à balai de 25 cm environ dont on aiguise une extrémité. Quant au cordeau, il suffit pour le constituer de deux morceaux de bois taillés en biseau à l'un de leurs deux bouts et d'une corde suffisamment solide et résistante qui les relie.

### Les outils à manche

Les outils à manche sont en général les plus utilisés. Ils conviennent surtout pour la préparation du sol et pour l'entretien du jardin et seront vos plus fidèles compagnons de travail.

– La *fourche bêche ou bêche à dents* est recommandée pour défoncer le sol en profondeur et pour l'ameublir quand il est trop compact. Son emploi se justifie surtout durant la première phase de préparation du terrain.

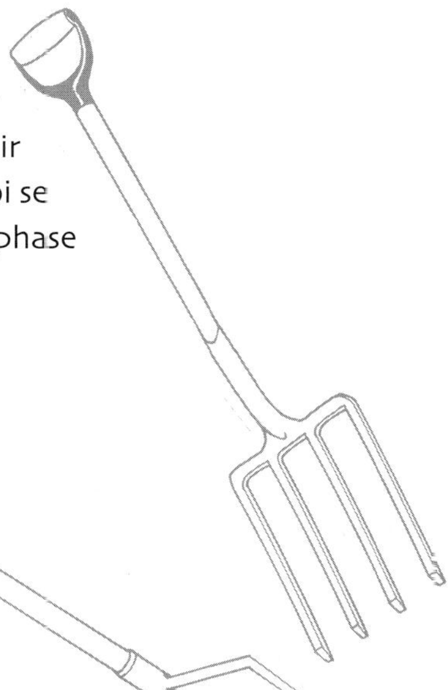

– La *griffe de jardin* ou cultivateur à trois dents permet de briser les mottes et d'émietter un sol devenu trop dur. On l'emploiera sur les planches entre les plants et sur les bordures. Son passage est souvent très utile pour remédier au durcissement de la terre après de fortes pluies.

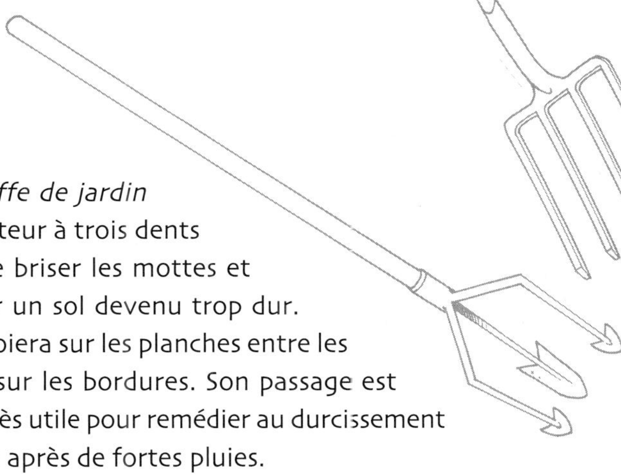

– La *serfouette* dont les dents servent aux piochages légers et la partie pleine à tracer des rayons de semis en lignes. Elle est précieuse car avec elle on peut travailler tout près et tout autour des plants sans les endommager.

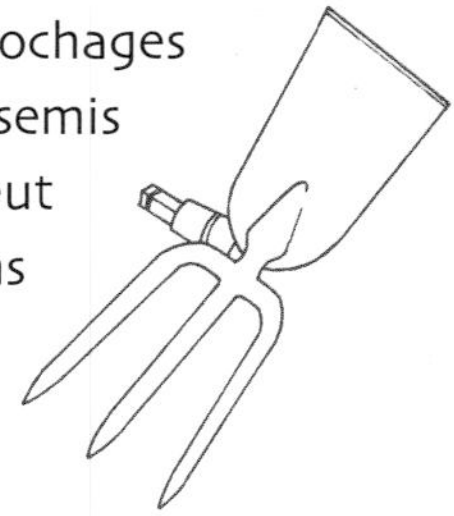

– La *binette* dite aussi "ratissoire à tirer" permet d'ameublir superficiellement le sol et surtout d'enlever les mauvaises herbes. C'est sans doute l'engin le plus utilisé notamment sur les sentiers qui séparent les planches.

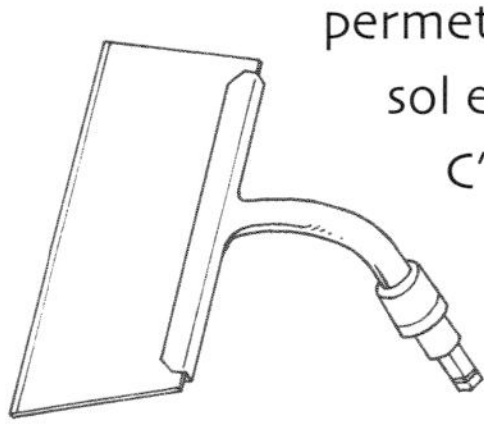

– La *houe* est employée pour ameublir le sol à moyenne profondeur et pour réaliser de petites tranchées.

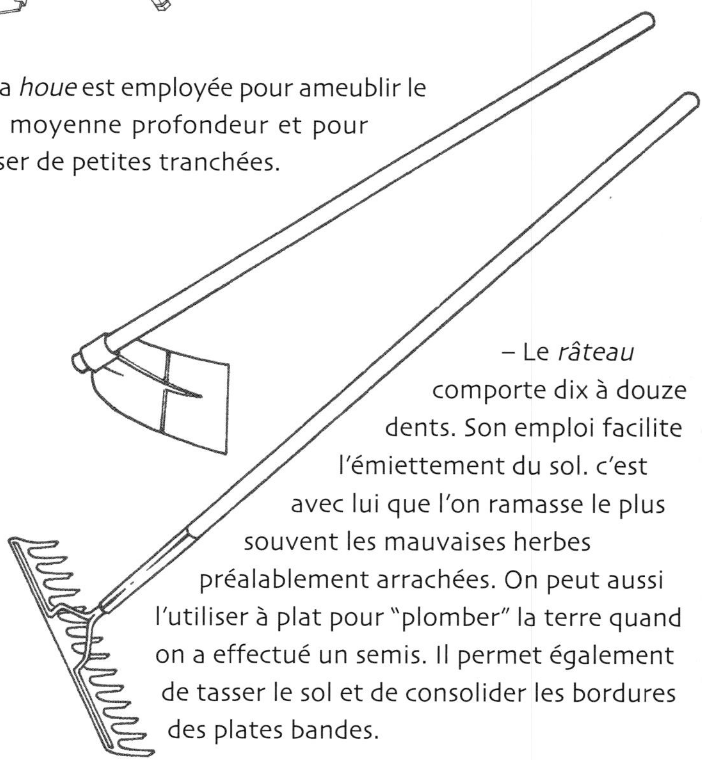

– Le *râteau* comporte dix à douze dents. Son emploi facilite l'émiettement du sol. c'est avec lui que l'on ramasse le plus souvent les mauvaises herbes préalablement arrachées. On peut aussi l'utiliser à plat pour "plomber" la terre quand on a effectué un semis. Il permet également de tasser le sol et de consolider les bordures des plates bandes.

Les outils à manche, de gauche à droite : fourche bêche, griffe, serfouette, binette et rateau.

Les instruments plus importants : motobineuse, pulvérisateur, brouette.

Ces différents outils doivent tous avoir un manche suffisamment long. Il n'est en effet rien de plus pénible que de devoir se courber en permanence pour travailler son jardin. L'utilisation de manches trop courts produit toujours à plus ou moins longue échéance des ennuis de dos. Si l'on veut éviter ces derniers, il faut à tout prix veiller à la longueur des outils.

### Les instruments plus importants

Quelques instruments plus volumineux sont aussi nécessaires au jardinier, mais ils sont en nombre réduit.

– La *brouette* sert à de nombreux usages et notamment au transport de terre, de compost, de fumier, de mauvaises herbes, etc.

Les modèles modernes en alliage léger avec roue caoutchoutée sont très maniables et permettent souvent de verser facilement sur le sol les matériaux transportés.

– Un *pulvérisateur* est indispensable pour traiter les plantes contre les maladies. On en trouve actuellement de très légers dans le commerce. Adoptant diverses formes, cylindriques ou rectangulaires, ils sont en général munis de courroies et peuvent être portés sur l'épaule ou sur le dos.

– Le *motoculteur* est très souhaitable dès lors que l'on a un jardin d'environ 500m$^2$. Il vous rendra bien des services et soulagera votre peine en retournant la terre à votre place et ce, avec la plus grande facilité. Vous serez étonné de son rendement. Un moteur de deux à cinq chevaux de puissance paraît suffisant.

Si vous décidez d'en acquérir un, vous devez savoir qu'il en existe plusieurs sortes : il y a ceux qui tirent vers l'avant et diminuent ainsi

**Nota** : Si vous avez, tout comme moi adopté la formule de l'ornementation de votre potager avec du gazon, une tondeuse vous sera aussi bien sûr nécessaire.

les efforts à fournir et puis ceux qui utilisent toute l'énergie pour retourner la terre et que vous devez pousser avec plus de force. La première catégorie est de toute évidence bien préférable à la seconde.

## Les engins d'arrosage

L'eau est le complément indispensable du soleil pour le développement des plantes. Il faut donc en période de végétation arroser quand les pluies se font rares ou n'apportent pas l'humidité suffisante.

Le matériel d'arrosage n'est pas obligatoirement sophistiqué. Deux engins paraissent suffisants pour satisfaire les besoins d'un jardin de taille moyenne :

– L'*arrosoir* qui doit être maniable, peu encombrant et donc ne pas avoir une contenance dépassant dix à douze litres. Il comportera une pomme amovible. Un accessoire supplémentaire est aussi souhaitable. Il s'agit de la rampe rectiligne qui comme la pomme se fixe à l'extrémité de l'arrosoir et permet d'humidifier le sol de façon linéaire et légère en suivant le tracé des sillons où ont été déposées les graines.

– Un système d'arrosage hydraulique fonctionnant soit avec un *tourniquet* soit avec un *appareil oscillant*. Ces deux matériels sont très pratiques et vous font gagner un temps précieux car ils ne nécessitent pas votre présence permanente durant l'arrosage. Ils possèdent des dispositifs très simples permettant d'adapter le jet à la surface que l'on doit arroser. Le tourniquet ou arroseur tournant est en général plus fiable que l'arroseur oscillant.

Mais, pour fonctionner, ces deux systèmes ont besoin d'être reliés à une source d'eau par un tuyau. Celui-ci devra avoir une longueur au moins égale à la profondeur du jardin. Il sera utilement enroulé autour d'un dévidoir après utilisation. Le choix du tuyeau est important : une bonne qualité de caoutchouc est souhaitable

Système d'arrosage oscillant à gauche et avec tourniquet à droite.

Enrouleur de tuyau d'arrosage.

car en général sa longévité est plus grande. On doit se méfier de certaines matières peu onéreuses qui sèchent facilement ou se percent. On ne dira jamais assez qu'il ne faut pas lésiner sur le prix d'un tuyau.

– Enfin vous aurez parfois besoin d'arroser seulement une partie bien déterminée de votre jardin, un semis, une planche de salades qui réclame un peu plus d'humidité, le persil... etc. Il sera bon de disposer alors d'un *embout d'arrosage* que vous pourrez fixer à l'extrémité du tuyau à la place d'un des deux appareils hydrauliques.

Les systèmes "clic-clac" qui se vendent actuellement dans le commerce permettent de passer facilement d'un dispositif à l'autre.

Savoir quand arroser son potager, est plus aisé si l'on sait comment l'arroser.

## L'entretien des outils

Comme tout bon ouvrier, le jardinier doit entretenir ses outils.

Si les soins à donner au petit outillage sont très réduits, il n'en est pas tout à fait de même pour les autres instruments.

Les outils à manche doivent par exemple être mis à l'abri de l'humidité pour éviter la rouille. Le nettoyage périodique de la partie métallique est conseillé et durant la période hivernale le métal peut être enduit de gasoil ou d'huile de vidange pour être protégé. Enfin le manche doit être surveillé après une longue période d'utilisation. Il est parfois nécessaire d'ajouter un clou à sa base pour consolider la fixation.

Quant aux engins plus importants :

– le *pulvérisateur* doit être nettoyé avec de l'eau après chaque emploi afin d'éviter les dépôts intérieurs et les mélanges nocifs pour les opérations ultérieures.

– le *motoculteur* (ou la motobineuse) doit être vidangé toutes les 25 heures de fonctionnement environ. Le nettoyage périodique de son rotor est aussi souhaitable.

Enfin, il n'est peut-être pas inutile de rappeler que la prise d'eau utilisée pour l'arrosage doit être protégée du gel durant la période hivernale avec de la paille ou toute autre matière isolante.

# La préparation du sol

## Le labour

Le labour est l'opération préalable indispensable si l'on veut obtenir de belles cultures. Il vise en général à ameublir le sol sur une profondeur de 40 à 50 cm environ. L'opération s'effectue le plus souvent en automne vers le mois d'octobre. Elle doit être réalisée très minutieusement s'il s'agit d'un terrain inexploité jusque là et que l'on défriche.

Deux méthodes peuvent être utilisées :

– *La méthode manuelle.*

C'est le bon vieux procédé de nos grands-parents qui consiste à travailler la terre avec une fourche bêche. Le labour peut être effectué sur la surface de chaque planche en délimitant les deux extrémités par un cordeau. De grosses mottes sont ainsi soulevées et retournées. Les herbes et les racines qui se trouvaient en surface sont enfouies et ne viendront plus causer de souci au jardinier.

Méthode manuelle à la fourche-bêche.

Le sol est ainsi aéré et il faut en profiter pour y incorporer de la fumure de fond à base de matières organiques (du fumier par exemple ou du compost). Mais le travail accompli jusque là n'est encore que grossier. Comme dans les cultures en plein champ, hersages et roulages succèdent au labour. Ici aussi, il faut travailler la surface avec griffe, serfouette, binette de façon à émietter la terre. Un nivellement avec le râteau complétera l'ouvrage. L'opération est indispensable lorsque le semis qui va suivre est effectué avec des graines relativement fines.

– *La méthode mécanique* .

Si l'on dispose d'un motoculteur, les efforts à fournir seront moins importants. Le travail sera plus rapide et moins fatiguant. Il suffit alors de passer le motoculteur à plusieurs reprises en commençant par une faible profondeur puis en pénétrant plus

Méthode mécanique avec la motobineuse.

largement dans le sol au fur et à mesure. Le procédé mécanique évite de passer par la transition des grosses mottes. Il permet d'obtenir en peu de temps une terre déjà friable. Le travail doit toutefois être complété à la griffe et au râteau.

Enfin quelle que soit la méthode utilisée, un autre labourage doit être effectué entre deux cultures mais à ce moment là, il n'est pas nécessaire de le mener de façon aussi profonde qu'en automne.

### Les amendements

Le sol ne se caractérise pas toujours par une composition physique des plus favorables. Aussi pour l'améliorer, faut-il l'amender. Deux types d'amendements peuvent être effectués ; ils sont de nature calcaire ou organique.

– *Amendements calcaires.*

La solution idéale pour connaître les besoins de la terre est certes de la faire analyser mais le procédé est parfois complexe et onéreux. Aussi a-t-on recours à des moyens plus simples :

C'est le cas avec des bandes de papier détecteur que l'on trouve dans le commerce et que l'on introduit dans un récipient où l'on a mis de la terre humide.

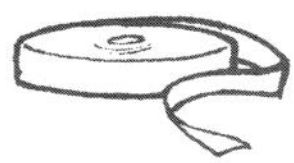

Indicateur pH

Terre humide

| pH | couleur |
|---|---|
| 7 → | A |
| 6,5 → | B |
| 6 → | C |
| 5 → | D |
| 4 → | E |

Une couleur apparaît alors sur le papier et peut être comparée avec celles figurant sur la carte type dont vous disposez. Vous déterminez ainsi ce que l'on appelle le pH et qui n'est en fait que l'indicateur de l'acidité du sol.

Il existe aussi de simples trousses comprenant deux tubes, un flacon de solution et une carte colorée. Il suffit de remplir le quart d'un tube avec de la terre (1), de remplir l'autre avec la moitié de la solution (2) et de verser le contenu du deuxième dans le premier (3). On rebouche, et l'on laisse la terre se reposer (4). Il ne reste plus qu'à comparer la couleur du liquide avec celle de la carte comme dans le premier procédé et l'on détermine également ainsi le pH.

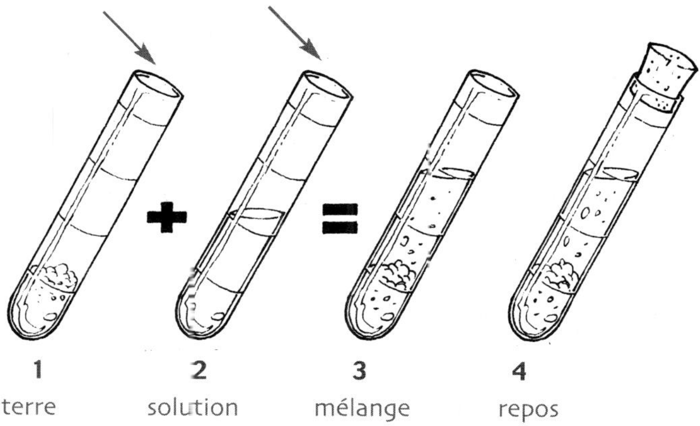


Avant d'interpréter les résultats, il faut savoir :

– d'une part que l'indicateur d'acidité est normalement compris entre 6 et 7 pour une bonne culture potagère en climat tempéré.

– d'autre part que plus il est faible plus l'acidité du sol est forte.

| pH | couleur |
|---|---|
| 7 → | A |
| 6,5 → | B |
| 6 → | C |
| 5 → | D |
| 4 → | E |

Compte tenu de ces données, des conclusions sommaires peuvent dès lors être tirées :

– Si le pH mesuré est inférieur à 6 il faut à tout prix le ramener à cette valeur. On réduit alors l'acidité par un amendement calcaire, c'est-à-dire par un apport de chaux. Ce produit se trouve facilement dans le commerce et n'est pas particulièrement onéreux, mais il ne faut pas l'utiliser sans discernement sous peine de verser dans l'excès contraire. Les volumes nécessaires pour obtenir un dosage favorable sont différents selon les régions. Un chiffre de base peut cependant être pris en considération : 15 à 20 kilos de chaux à l'are pour augmenter le Ph d'une unité.

La quantité de produit étant définie, il y aura donc lieu à l'automne de déposer la chaux directement sur le sol et de la recouvrir légèrement de terre. L'humidité la fera pénétrer tout naturellement. Il ne faut toutefois pas procéder aussitôt après à des semis ou à des plantations. Un délai de l'ordre de trois semaines doit être observé.

– Inversement, si le pH est supérieur à 7, la terre est trop calcaire. Elle risque de faire pâlir la teinte des légumes et de provoquer une maladie que l'on appelle la chlorose. Pour corriger ce défaut, on peut incorporer dans le sol du terreau ou de la terre de bruyère.

– *Amendements organiques* .

Le taux d'humus contenu dans le sol est aussi un facteur important et il n'est malheureusement pas toujours au bon niveau. Sa trop forte diminution entraîne généralement une cohésion insuffisante de la terre et donc des difficultés prévisibles de travail pour le jardinier.

Pour y remédier, il faut faire des amendements organiques et ajouter au sol certaines matières telles que le fumier, le compost ou les engrais verts…

**• Le fumier**

Il est considéré par beaucoup comme le meilleur élément car il provoque presque toujours un accroissement sensible de la récolte. C'est en effet un engrais complet utilisable en tous genres de terrains et qui fournit de fortes quantités d'humus en se décomposant.

Le paillage est effectué sur plusieurs couches.

Le fumier de cheval est particulièrement recommandé car il entre effectivement très vite en fermentation. Les déjections de moutons peuvent aussi être utilisées avec un bon rendement. En revanche, le fumier de vache, plus lourd et plus aqueux donne de moins bons résultats. Les proportions dont il faut tenir compte sont les suivantes :

– de l'ordre de 300 à 500 kg à l'are pour une première fumure,

– 15 à 200 kg à l'are pour une fumure d'entretien.

Certains utilisent ce que l'on appelle les fumiers artificiels. Il s'agit en réalité de paille que l'on fait fermenter en l'humidifiant. Le paillage est effectué sur plusieurs couches que l'on dispose les unes sur les autres à intervalles de temps réguliers après les avoir copieusement arrosées. L'opération est assez longue et il faut bien compter de l'ordre de deux ou trois mois pour obtenir ce genre de produit.

D'une façon générale, la durée de l'action du fumier est fonction de la nature du sol mais on peut considérer qu'en moyenne elle est de deux ou trois ans. Il faut donc renouveler la fumure par la suite.

Toujours très efficace, le fumier n'est pas en revanche forcément agréable à manier et personnellement je préfère utiliser le compost et les engrais verts.

**• Le compost**

Il n'est pas très difficile à obtenir mais il faut tenir compte de certains délais pour sa fabrication.

Dans un coin du jardin, à l'intérieur d'un bac ou d'un enclos réservé à cet effet on jettera régulièrement toute une série de produits naturels : les détritus de jardin, les restes de la tonte du gazon, les épluchures de légumes…

A l'automne, les feuilles des arbres seront ajoutées et fourniront un volume important de matières premières. Elles donneront l'azote et les bactéries nécessaires à la décomposition de l'ensemble. Pour faciliter ce processus, il est bon d'insérer aussi quelques produits tels que la cendre de bois, le marc de café, les coquilles d'œufs… En revanche, si l'on veut obtenir un compost relativement pur, il faut se garder d'y introduire certaines matières telles que le fer ou le verre. Les mauvaises herbes devront être jetées ailleurs. Il faudra aussi éviter d'y mettre des plantes ou des légumes malades et susceptibles d'apporter des parasites.

Quand le tas a atteint une taille convenable, soit en général à l'automne, on peut le recouvrir d'un léger tapis de terre et il y a lieu alors de le piétiner assez fortement pour bien mettre les matières en contact les unes avec les autres.

L'ensemble doit conserver un certain taux d'humidité. Il faut donc l'arroser de temps en temps surtout en période de sécheresse. Une température relativement élevée se dégage à l'intérieur du tas et favorise ainsi la transformation des végétaux.

Quelques mesures supplémentaires peuvent être prises pour accélérer le processus de décomposition :

– C'est ainsi que deux ou trois brassages des détritus effectués à intervalles réguliers au cours de la période de fabrication seront très bénéfiques.

– Une inclusion de chaux ou de phosphates peut aussi permettre de gagner quelque temps et accélère les opérations.

Personnellement je préfère laisser agir la nature toute seule, sans ajouter de produit chimique. Les résultats se feront peut-être attendre un peu plus longtemps, mais si vous procédez ainsi, vous obtiendrez un compost au bout de 6 à 7 mois et vous aurez la satisfaction de n'y avoir introduit rien d'artificiel.

Dès lors vous serez en mesure de répandre une couche légère de produit ainsi obtenu à la surface des planches de votre jardin.

**• Les engrais verts**

Des plantes à végétation rapide telles que les lupins, les vesces, la moutarde ou le trèfle servent d'engrais vert.

On les incorpore dans le sol avec le motoculteur ou tout autre moyen manuel ; elles dégagent ensuite de l'azote qui sert pour le développement de nouvelles plantes et permettent ainsi d'apporter à la terre l'humus qui lui manque.

L'utilisation des engrais verts nécessite toutefois de réserver une ou plusieurs planches du jardin pour procéder à leur culture. Ceci n'est pas toujours possible lorsque le potager est trop exigu.

Des plantes à végétation rapide comme la moutarde *(Brassica juncea)* servent d'engrais vert.

En ce qui me concerne, je me contente souvent d'enfouir dans le sol mes plants d'haricots verts lorsqu'ils deviennent trop vieux et n'ont plus qu'un maigre rendement.

**• Les engrais chimiques**

Pour compléter les effets des amendements calcaires et organiques et afin de compenser les pertes de matière fertilisante engendrées par les récoltes, on peut rajouter des engrais chimiques.

Ceux-ci, d'origine minérale, ont l'avantage de réunir sous un faible volume des quantités importantes d'éléments indispensables aux plantes, qui en fait sont en nombre réduit. On peut dire que trois d'entre eux sont essentiels : l'azote, le phosphate et la potasse. Certains y ajoutent même les oligo-éléments.

Les engrais sont donc souvent spécifiques; ils sont azotés, phosphatés ou potassiques et se trouvent facilement dans le commerce sous forme poudreuse ou granulée.

La difficulté consiste toutefois à découvrir ceux qui correspondent exactement à votre jardin et qui peuvent permettre de combler les carences de la terre. Seule, évidemment une analyse préalable du sol permet de connaître les déficiences et de choisir l'engrais adéquat.

Mais il existe heureusement actuellement des produits composés comprenant plusieurs fertilisants à la fois et qui sont plus facilement utilisables par l'amateur. On trouve même des engrais complets capables d'apporter tous les éléments nécessaires à la nutrition des plantes.

Malgré les assertions de certains, je persiste à dire que ces derniers dans lesquels les éléments nuisibles ont été éliminés lors de la fabrication, ou bien ceux que l'on produit actuellement avec deux composants seulement permettent au jardinier amateur d'obtenir de bons résultats.

Aussi, si vous n'avez pas pu mettre du compost sur une planche avant d'effectuer un semis par exemple, dispersez donc des granulés d'engrais complet ou à deux composants. Il faut ensuite arroser abondamment afin de bien faire pénétrer les matières fertilisantes ou mieux encore dissoudre préalablement les granulés dans un arrosoir plein d'eau et procéder ensuite à l'arrosage.

En définitive, les engrais chimiques ont l'avantage de favoriser une culture au moment où le besoin s'en fait sentir mais leur effet ne se prolonge que durant une saison. On doit renouveler l'emploi par la suite. Toutefois il ne faut pas trop en abuser. Il ont l'inconvénient de ne pas apporter la matière organique contenue dans les amendements cités précédemment. Leur utilisation intensive sur les mêmes plates-bandes risquerait de trop appauvrir le sol. Les engrais chimiques sont certes souvent nécessaires mais il faut les employer avec un certain discernement.

## Les procédés de multiplication

Lorsque la terre a été préparée et que l'enrichissement nécessaire a été apporté, le jardinier peut passer à a phase suivante qui est sans doute la plus passionnante : la culture des légumes.

Il faut alors commencer par mettre dans les planches ce qui est à l'origine de nos futurs aliments. Les modes de culture varient selon la nature des légumes et l'on procédera soit à des semis soit à des repiquages ou transplantations. On pourra même souvent utiliser successivement ces deux solutions.

### Semis

C'est le mode de multiplication le plus courant et le plus généralement adopté pour les plantes potagères. Il consiste à répandre dans le sol des graines qui sont en fait de véritables embryons de végétaux.

• *Qualités des graines* : les graines sont en vente dans le commerce, le plus souvent en sachets et parfois au détail. Elles sont produites pas des maisons spécialisées et sont généralement de bonne qualité. Il ne faut toutefois pas perdre de vue que leurs possibilités germinatives diminuent avec le temps et deviennent même nulles au bout d'un certain délai. Aussi y a-t-il lieu de tenir compte scrupuleusement de la date limite de validité mentionnée sur les sachets. Il ne faudra donc pas hésiter à jeter tous les produits trop anciens, si l'on ne veut pas avoir de désillusions lors des premiers travaux de la saison potagère.

Le jardinier amateur peut aussi s'amuser à fabriquer certaines de ses graines. Nous verrons comment lors d'un des derniers chapitres. Dans ce cas, il faudra tenir compte de la longévité de la semence, essentiellement variable selon les espèces. Les données suivantes peuvent être observées pour les légumes les plus courantes :

– haricots et oignons, persil, pois et poireaux : de 2 à 3 ans.

– betteraves, carottes, choux, concombres, épinards, laitues, melons, navets, radis, tomates : de 4 à 6 ans.

– chicorée frisée et chicorée sauvage : 10 ans.

Il faudra donc renouveler les graines de persil plus souvent que celles de chicorée.

Par ailleurs, il faut veiller à la conservation des graines, en particulier pendant l'hiver. Une bonne solution consiste à tout mettre au sec à l'intérieur de la maison. Un forte humidité serait très nocive.

• *Période des semis* : pour germer, les graines ont besoin de chaleur et d'humidité. En général, la température doit être positive.

Certains semis tels que ceux des petits pois s'effectuent certes en hiver mais la plupart ne peuvent être réalisés avec succès qu'entre 15 et 20 degrés, c'est-à-dire, le plus souvent au printemps. Un bon jardinier ne doit jamais être pressé: il attend la bonne saison pour effectuer convenablement ses travaux. En fait il doit tenir compte des périodes mentionnées sur les sachets de graines.

Les semis méritent d'être faits avec une grande régularité, c'est pourquoi ils seront de préférence exécutés par temps calme. Si l'on sème avec un vent trop fort, les graines légères telles que celles des carottes, du persil ou des laitues seront déplacées et accumulées sur certains points. En revanche d'autres espaces risquent d'être vides de cultures.

Semis de radis.

• *Qualité du sol :* la terre doit être en bon état. Les premières expériences de jardinier ne sont pas toujours couronnées de succès et l'on s'aperçoit souvent que les semis ne prennent pas forcément la première fois. Cet insuccès a la plupart du temps ses raisons qui proviennent de conditions hygrométriques extrêmes :

– Si le sol est trop sec, la graine reste intacte durant quelques temps puis elle dépérit progressivement et finit par mourir.

– Si en revanche l'humidité est trop forte, la pourriture gagne et même si la germination se produit, le jeune plant parfois se putréfie.

En définitive, comme cela est vrai en toutes choses, "le mieux est l'ennemi du bien" et l'excès est toujours mauvais : la terre ne doit être ni trop sèche, ni trop humide et s'émietter facilement sous les dents du râteau. Il faut toutefois un minimum d'eau pour que la graine gonfle et que ses téguments éclatent. Un bon dosage de l'arrosage est donc essentiel.

• *Modes d'ensemencement :* les semis peuvent être effectués:

– en place, c'est-à-dire sur la planche où on laissera se développer jusqu'à maturité les jeunes plants.

– ou en pépinière soit sur une autre portion de terrain à partir de laquelle on effectuera une transplantation vers le lieu préférentiel de culture.

Plusieurs méthodes peuvent être employées. Trois d'entre elles sont plus particulièrement connues : à la volée, en ligne ou en poquets.

***A la volée***

Le jardinier procède avec le geste classique du semeur, d'un mouvement ample tout en restant debout. Il doit opérer dans une période sans vent sous peine de voir la semence partir au delà de la planche qu'il veut cultiver. Par ailleurs, la difficulté consiste à obtenir un semis régulier, ce qui n'est pas aussi aisé que l'on veut bien le croire.

Certes, la méthode est rapide mais je ne la conseillerai pas car elle peut, comme nous venons de le voir, entraîner des levées irrégulières. Et puis, la densité des graines répandues sur le sol étant importante, il sera par la suite fastidieux de mener des travaux d'entretien entre les plants.

Le semis à la volée peut toutefois être utilisé avec profit sur de petites surfaces pour obtenir par exemple votre persil, vos radis, ou bien vos plants de salade et de poireaux que vous repiquerez ultérieurement.

### *En ligne*

Le semis en ligne me paraît de beaucoup préférable. On commence par tracer avec la partie étroite de la serfouette des petits sillons parallèles dont l'écartement dépend du développement ultérieur des plantes.

Les sillons auront une profondeur de 2 à 3 cm pour les petites graines et c'est dans la partie basse que celles-ci seront répandues d'une façon aussi uniforme que possible.

Cette méthode permet une répartition régulière et a l'avantage de faciliter les opérations ultérieures d'entretien telles que sarclages et binages.

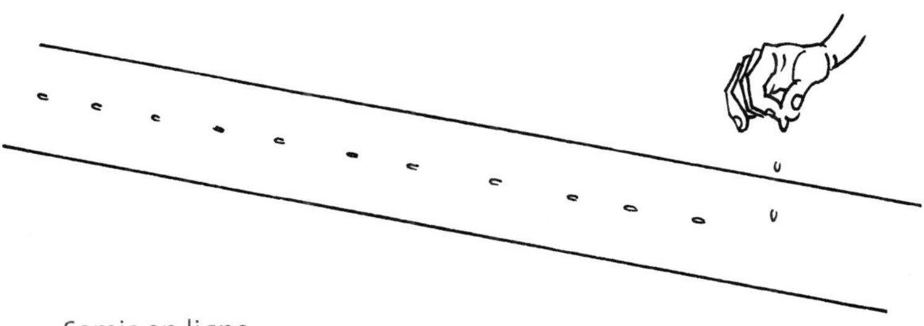

Semis en ligne

Semis de salades en ligne, une fois repiqué.

### *En poquets*

On peut aussi, pour les graines de plus grandes dimensions telles que celles des petits pois, haricots, fèves ou potirons… adopter des dispositifs en quinconces de trois à six unités alignés également les uns par rapport aux autres.

Ces groupes de graines sont placés dans des trous de faibles dimensions creusés avec la serfouette ou la binette. Ils sont séparés par des intervalles d'une grandeur proportionnelle au développement ultérieur de la plante. La méthode de petits paquets ainsi utilisés est dite des "poquets".

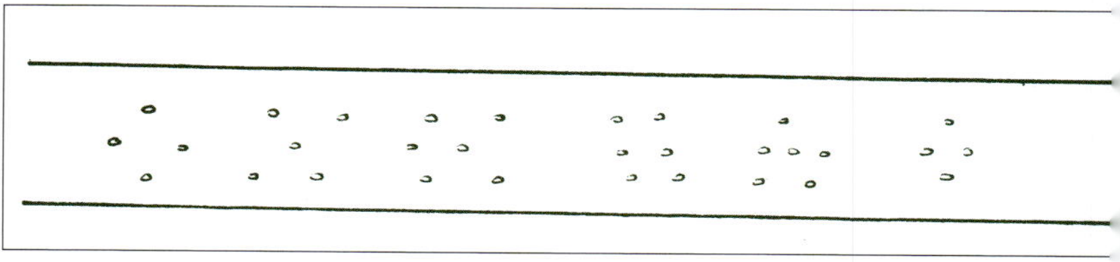

• *Profondeur des semis :* il faut se méfier de la tentation de trop enterrer les graines qui gagne en général tout jardinier amateur. Les semis ne doivent, en fait, être recouverts que d'une épaisseur de terre à peine égale à trois ou quatre fois leur grosseur. Les grains très fins seront donc à peine enterrés. Personnellement je me contente à ce moment là de mettre une fine couche de compost.

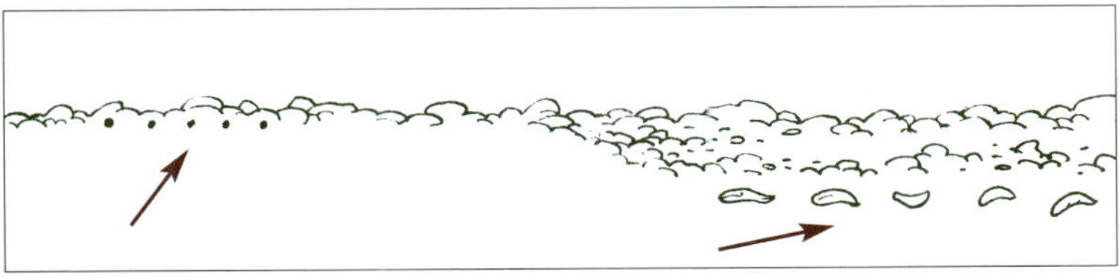

On doit toujours garder à l'esprit que si le contact avec le sol est indispensable à la graine, une privation d'oxygène provoquée par une plantation trop profonde serait très nocive pour le développement de la jeune plante.

**Nota** : pour l'exécution des semis, à la volée ou en ligne, il peut être avantageux s'il s'agit de semences très fines comme celles d'oseille ou de carottes, de les mélanger avec 10 ou 12 fois leur volume de sable. L'épandage en sera alors facilité.

• *Soins complémentaires :* plombage, arrosage, éclaircissage et L'entretien.

### Plombage

Après avoir procédé aux semis, il est bon de renforcer la prise de contact indispensable entre les graines et la terre. Il faut, à cet effet, effectuer ce que l'on appelle "le plombage". Cette opération consiste à tasser légèrement le sol et à favoriser ainsi une meilleure remontée de l'humidité jusqu'aux graines. Certains obtiennent les résultats escomptés en utilisant une pelle ou une planche. Personnellement, je préfère opérer avec le dos de mon râteau et frapper de petits coups successifs tout le long des sillons correspondant aux semis.

### Arrosage

Pour assurer une parfaite réussite des semis, on doit veiller à conserver au sol une certaine humidité. Celle ci est d'autant plus nécessaire que les graines sont fines et placées à fleur du sol. Les grosses graines en revanche, recouvertes d'une épaisseur de terre, lèveront assez vite même si le temps est un peu sec.

L'arrosage doit être léger et s'effectuer à l'aide de l'arrosoir muni de sa rampe ou de sa pomme. Il se pratique le matin si l'on craint les effets d'une trop basse température durant la nuit. Si au contraire le temps est chaud il y a tout intérêt à humidifier la terre le soir pour entretenir la fraîcheur de la surface jusqu'au matin.

Afin de maintenir l'humidité, certains placent sur le semis un écran temporaire, un paillis léger par exemple.

### Éclaircissage

Lorsque les graines ont levé, les jeunes plants poussent souvent avec une densité un peu trop forte. S'il s'agit là d'un semis d'attente, cette situation ne présente pas de difficulté majeure mais si vous avez procédé à un semis en place, vous devez pratiquer un éclaircissage de façon que les jeunes plants ne se gênent pas entre eux et puissent croître dans les meilleures conditions. Il faut laisser seulement les plants susceptibles de se développer normalement.

Mais attention ! L'opération n'est pas toujours facile. Si l'on ne veut pas arracher trop de jeunes pousses, il est indispensable d'arroser préalablement la terre quelques instants auparavant.

### *L'entretien*

– Les mauvaises herbes poussent malheureusement facilement entre les jeunes légumes. Elles doivent être enlevées sans pitié le plus rapidement possible car elles deviennent vite envahissantes. Si l'on attend qu'elles soient trop grandes pour les éliminer, on risque de provoquer de sérieux dégâts lors de l'éclaircissage.

– Enfin, les oiseaux sont souvent friands des jeunes plantes et il faut s'en protéger. La mise en place d'épouvantails ou de fils tendus au-dessus des planches peuvent dans certains cas être efficaces.

Devant les résultats insuffisants de tels procédés, je suis personnellement souvent amené (pour mes petits pois par exemple) à tendre un filet au-dessus des semis.

## Mise en place des plants ou repiquage

Au lieu de partir de graines pour obtenir des légumes, il est parfois plus aisé de mettre directement en place des plants. On échappe ainsi aux difficultés de la germination et on gagne un temps précieux.

On peut certes, nous l'avons vu, préparer soi-même ses plants et l'opération est passionnante mais il est aussi possible de les acheter déjà venus dans le commerce.

Il faut alors les mettre en place et pour la plupart d'entre eux l'opération s'effectue à mains nues.

– Tout d'abord, on procède à la préparation ou au *rhabillage*.

1

2

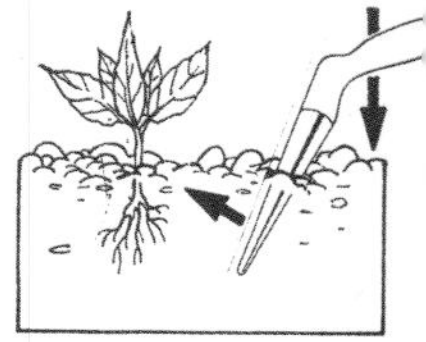

3

Pour ce faire, on sectionne à l'aide d'un sécateur ou de robustes ciseaux une partie des racines (poireaux, salades...) ce qui provoquera dans de brefs délais des poussées de nouvelles radicelles. Puis on coupe également l'extrémité des feuilles ce qui a l'avantage de diminuer la surface à nourrir et évite l'épuisement du jeune plant.

– Enfin un petit trou est effectué dans la terre, de préférence à l'aide du plantoir (1). Il doit être suffisamment profond pour que les racines puissent y trouver leur place. On y introduit le plant (2). Le plantoir est ensuite piqué à nouveau dans le sol à quelques centimètres et par un mouvement de bascule, il est rabattu vers le végétal de façon à comprimer la terre (3).

Certaines précautions doivent être prises durant cette délicate opération :

C'est ainsi que la grandeur du trou doit être fixée selon la nature des légumes. Poireaux, choux et tomates peuvent par exemple être mis en place en profondeur alors que les salades doivent avoir le collet placé au niveau du sol.

De même le rebouchage de la cavité que l'on a effectuée ne doit pas être négligé. Si un espace vide demeure à l'intérieur, la terre n'adhère pas suffisamment à la racine et le succès de la plantation peut être compromis.

Et, il y a lieu de noter que certains légumes peuvent être plantés de façon bénéfique avec une motte de terre autour des racines. C'est le cas notamment des tomates, des melons ou des courgettes ; d'autres espèces subissent plus facilement des transplantations et peuvent être mises en place racines nues.

Plantation de plants de tomates avec une motte de terre autour des racines.

### Cas particulier de l'œilletonnage et de la division des touffes

L'œilletonnage ou multiplication par œilletons est pratiquée dans la culture des artichauts. Ces légumes, lorsqu'ils sont en pleine végétation se présentent sous la forme de véritables touffes à l'extérieur desquelles se trouvent souvent des œilletons. Ceux-ci sont prélevés et séparés de l'essentiel de la plante. Puis ils sont mis en place dans la terre comme cela a été indiqué précédemment ; ils donnent en peu de temps naissance à des racines.

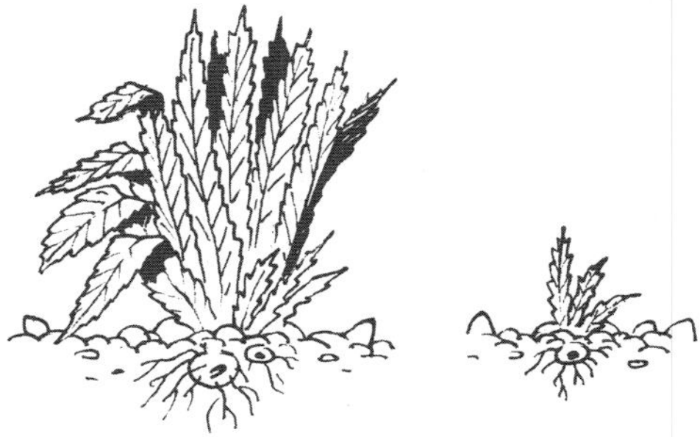

Une opération voisine de l'œilletonnage et que l'on appelle la division des touffes peut également être opérée pour des légumes particuliers tels que la ciboulette ou l'estragon. Dans ce cas on dissocie au niveau du sol les différentes parties constituant le végétal et on met ensuite en place isolément chacune d'entre elles.

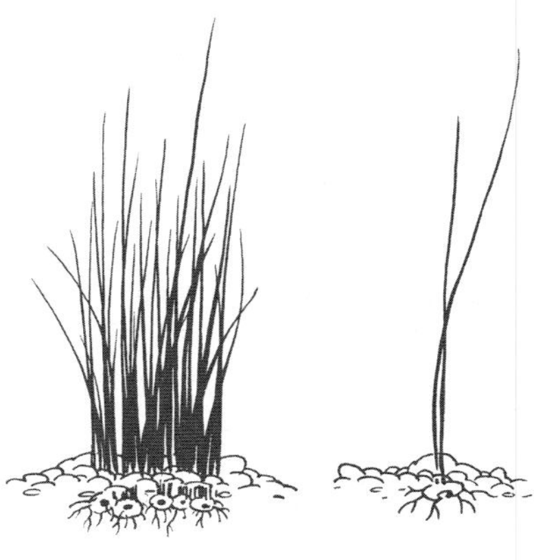

## La rotation des cultures

Quand les plants de légumes sont mis en place, il n'est pas défendu d'avoir des vues prospectives et de penser d'ores et déjà à la suite des événements.

Un jardin bien cultivé est en général caractérisé par une production quasi permanente, mais si l'on veut que le rendement n'aille pas trop au détriment de la qualité, il importe de varier convenablement les plantes sur le même terrain.

Il faut alors appliquer le principe de la rotation des cultures, chère aux agriculteurs et pour cela tenir compte des quelques principes suivants :

– Les plantes à racines pivotantes et longues qui exploitent les couches profondes du sol seront de préférence suivies par d'autres à racines plus superficielles. C'est ainsi qu'après des carottes, des navets ou des betteraves on pourra cultiver avec profit des choux ou des salades.

– Certaines espèces sont relativement épuisantes et ne doivent réapparaître sur les mêmes planches qu'au bout de plusieurs années. Les épinards rentrent dans cette catégorie,

– Un peu dans le même esprit, il vaudra mieux faire suivre les légumes à grand développement tels que les pois ou les haricots par d'autres à végétation réduite comme les carottes ou les navets.

– Enfin, si une catégorie de légumes a subi une maladie ou des attaques de parasites qui se sont abrités dans le sol, il est préférable d'éviter son retour pendant quelques temps sur la même parcelle. C'est le cas pour les choux quand ils ont été atteints par la "hernie" ou pour l'ail touché par la "graisse".

> En définitive, pour éviter tout ennui, un bon jardinier s'attachera à faire tourner ses cultures dans les différentes plates-bandes de son jardin. Et s'il est méticuleux, il peut, comme certains, établir sur papier un véritable plan d'assolement en précisant pour les trois années à venir les légumes qui vont se succéder sur les différentes planches du potager.

# II

# Les légumes usuels

Ce chapitre fournit des renseignements détaillés sur la culture des légumes les plus courants ou les plus faciles à cultiver. Les diverses plantes sont étudiées dans les pages suivantes par ordre alphabétique.

Il ne faut pas oublier pour autant que l'ordre chronologique des plantations est tout à fait différent. Il se présente sommairement de la façon suivante:

octobre-novembre et décembre :

- ail
- artichaut
- fève
- oignon
- échalote

février-mars :

- petits pois
- pomme de terre hâtive
- persil
- carotte
- fève ( suite)

Semis de carottes.

| | |
|---|---|
| mars -mai : | radis<br>chou d'été<br>épinard<br>oseille<br>betterave<br>navet<br>artichaut ( suite)<br>haricot<br>cèleri<br>bette<br>ciboulette<br>pomme de terre tardive<br>carotte (suite)<br>chicorée<br>laitue<br>poireau d'été<br>tomate<br>aubergine<br>concombre-cornichon<br>courge |
| juin-juillet : | radis (suite)<br>poireau d'hiver<br>navet (suite)<br>chou d'hiver<br>laitue (suite)<br>haricot (suite) |

L'année culturale commence en effet après l'été ,à l'automne, car c'est à ce moment là que s'effectuent les travaux essentiels de préparation du sol. Elle se termine ensuite à la fin de la grosse période de production, c'est à dire à l'issue de la saison estivale.

# L'ail

L'ail est une plante à bulbe assez vivace.

## Origine

Ce légume existait dès les temps les plus reculés en Orient et en Chine notamment. Les Grecs l'estimaient aussi tout particulièrement et l'on dit qu'Hippocrate le préférait à l'oignon en raison de ses vertus médicinales. Il était d'un usage quasi général en France au XIII^e^ siècle.

## Culture

La culture peut s'effectuer sur les terrains les plus divers et sous tous les climats mais l'ail a toutefois une prédilection pour les temps doux, le soleil et les sols ameublis. En revanche il n'apprécie guère une trop forte humidité.

La terre sera préalablement enrichie mais assez longtemps à l'avance; il faut éviter les fumures trop récentes et en particulier le fumier qui pourrait provoquer des maladies.

• *Semis :* le semis s'effectue à partir de "caïeux", c'est-à-dire de gousses que l'on obtient en défaisant les têtes d'ail. Pour être productifs, ces derniers doivent être bien formés et de bonne grosseur. On évitera au maximum ceux du centre qui, en général, donnent naissance à des têtes moins volumineuses.

L'opération est pratiquée en octobre ou en novembre. Elle peut au besoin être reportée en février-mars mais il faut toujours se souvenir qu'une plantation trop tardive reporte d'autant la récolte et gêne ainsi les autres cultures prévues ultérieurement.

Les caïeux sont disposés en ligne à environ 15 cm les uns des autres. Ils sont enfouis, la pointe en haut, à 5 ou 6 cm de profondeur. Un coup de râteau est ensuite donné pour combler le sillon et

Ail *(Allium sativum)*

niveler la surface. Les diverses lignes peuvent être espacées de 30 cm. En une semaine les jeunes pousses apparaissent.

**Soins**

Il est nécessaire de biner le sol dès que les plants ont acquis une certaine vigueur et que leur hauteur atteint 10 à 15 cm. Deux ou trois autres binages pourront encore être effectués par la suite à un mois d'intervalle pour maintenir le sol propre et bien meuble. Un mois avant la récolte, afin d'accélérer la maturité, le jardinier fera un nœud avec chaque tige en usant de précautions pour ne pas la casser. Une telle opération favorisera la formation et le grossissement des bulbes.

## Récolte

La durée moyenne de la culture est de l'ordre de 8 mois pour les plantations d'automne et de 4 pour celles de printemps. La récolte a donc lieu généralement vers le milieu du mois de juin.

Les aux seront arrachés par temps chaud et laissés sur le sol un ou deux jours pour leur permettre de se ressuyer. On les attachera ensuite par petits paquets que l'on suspendra dans un local sec et aéré susceptible de permettre une bonne conservation.

## Variétés

Trois variétés sont actuellement recommandées :

- Germidour à planter en automne,
- Thermidrome blanc et précoce,
- Printanor rose et à grosses gousses à planter au printemps et en automne.

**Nota** : l'ail "vert" ou aillet est également intéressant à connaître. Il est obtenu en utilisant dès le mois de septembre de petits caïeux que l'on place assez serrés les uns contre les autres (7 à 8 cm) et en profondeur (8 à 10 cm). Il constitue au cours de l'hiver et du printemps, avant la formation des bulbes, un condiment très apprécié.

### Maladies et parasites

Deux maladies sont les plus fréquentes :

– La rouille qui attaque les feuilles mais ne cause pas de dégâts irréparables. Elle peut être combattue préventivement par une pulvérisation de bouillie bordelaise de manèbe ou de zinèbe.

– La graisse ou pourriture des bulbes, beaucoup plus courante et dangereuse. Cette maladie se caractérise par un jaunissement des feuilles et une décomposition plus ou moins rapide des bulbes. Elle sévit surtout sur des terrains trop frais et trop humides ou lorsque le sol a reçu récemment une fumure trop riche.

Pour lutter contre elle, il ne faut pas hésiter à prendre des solutions radicales. Le mieux est de supprimer carrément les pieds atteints afin d'éviter une certaine contamination.

Les insectes qui attaquent l'ail sont assez rares. On cite toutefois :

– La chenille verte ou teigne qui ronge les feuilles, en particulier au printemps.

– La mouche de l'oignon.

Toutes deux sont surtout combattues en augmentant la rotation des cultures. Il faudra de toutes façons après la récolte brûler les feuilles et les tiges atteintes.

# L'artichaut

L'artichaut est une plante vivace qui occupe beaucoup de place en raison de son développement important.

## Origine

Le cardon qui existait déjà à l'état sauvage dès les temps les plus reculés était l'ancêtre de l'artichaut. Théophraste, philosophe grec, le mentionnait dans son "Traité des plantes", 300 ans avant J.-C. Puis la culture du cardon s'est perfectionnée et a vraiment commencé à Cordoue vers le deuxième siècle. Enfin, une modification apportée à cette plante par des jardiniers italiens a donné naissance aux artichauts. Ceux-ci sont par la suite, devenus très en vogue en France dès la première moitié du XVI$^{e}$ siècle.

## Culture

La terre doit être profonde et fraîche et nécessite une importante fumure préalable.

• *Semis ou mise en place de plants :* l'artichaut peut s'obtenir par semis à partir de graines mais les résultats sont assez incertains, aussi ce procédé est-il à déconseiller.

Le plus souvent la multiplication est réalisée favorablement en mettant en place des œilletons produits par des souches d'artichaut en plein développement. Ceci peut se faire à deux périodes différentes :

– tout d'abord en automne, en octobre ou en novembre.

– ou bien au printemps entre les mois de mars et d'avril quand on nettoie les pieds de plantes déjà en place.

Les œilletons doivent être préalablement "habillés"; leurs feuilles sont raccourcies à peu près à un tiers de leur longueur. Une fois préparés, les jeunes plants sont mis en place avec un espacement

Artichaut *(Cynara scolimus).*

d'un mètre environ. Si l'on désire obtenir plusieurs lignes successives d'artichauts, celles-ci auront un intervalle de l'ordre de 1,25 m.

**Soins**

– Durant l'hiver de la première année, les jeunes plants seront protégés par une butte de terre disposée tout autour ou par une couche de paille. Au cours du printemps, ils seront en revanche aérés. Puis lorsque l'été viendra binages, sarclages et arrosages seront nécessaires.

– Les mêmes opérations seront reconduites les années suivantes ; quand les plants seront arrivés à maturité (en général la deuxième année) et auront produit, on devra couper le feuillage assez court et l'éclaircir. Les artichauts repousseront encore plus vigoureusement par la suite.

– La terre sera aussi périodiquement enrichie, notamment au cours du buttage d'automne, l'artichaut étant une plante épuisante.

## Récolte

Elle s'effectue sur une large période selon l'âge et l'espèce, entre le printemps et l'automne. Lorsque les têtes sont bien constituées, il faut se garder d'attendre trop longtemps avant de les ramasser.

Elles deviennent dures et piquantes lorsqu'elles sont trop vieilles.

La tige sera coupée à quelques cm. au-dessous de la tête.

L'artichaut est aussi un gros buveur d'eau et il est essentiel de fréquemment l'arroser.

## Variétés

Les plus connues sont :

– Le Camus de Bretagne à grosse tête, recommandé pour l'ouest de la France.

– Le vert de Laon, volumineux également et surtout utilisé en région parisienne.

– L'artichaut de Macau spécialement adapté à la région de Bordeaux.

– Le Vert de Provence destiné à la région méridionale. Sa tête est moins grosse que celle des autres variétés mais sa production est en général plus hâtive.

## Maladies et parasites

Quelques maladies peuvent endommager les artichauts, notamment :

– Le blanc ou meunier qui se traduit par un certain brunissage des feuilles et un rapide dépérissement. On peut le combattre avec la bouillie bordelaise.

– La pourriture qui intervient surtout sur les terrains trop humides. Ceux-ci doivent être assainis.

– La maladie des feuilles qui provoque de la moisissure et atteint aussi les tiges. Il ne faut pas alors hésiter à arracher et à brûler les pieds atteints.

Quelques parasites peuvent aussi produire des dégâts :

– Les plus fréquents sont les pucerons noirs ou blancs installés sur la tige ou le collet. Ils sont détruits au moyen de roténone ou de malathion.

– La casside verte, insecte qui ronge les feuilles et compromet la végétation. Son action est enrayée au moyen d'un épandage de chaux.

# L'aubergine

C'est un légume-fruit assez épuisant qui ne doit revenir sur le même sol que tous les trois ans.

## Origine

L'aubergine est probablement d'origine indienne. Dans les temps les plus reculés, on la trouvait à l'état sauvage en Birmanie et dans la province de Madras. Plus tard, à la fin du Moyen Age, au XVe siècle, elle a été introduite en Europe. Sa vulgarisation a en fait coïncidé avec la découverte de l'Amérique.

## Culture

La terre doit être saine, bien exposée et avoir reçu une fumure abondante. L'aubergine demande par ailleurs beaucoup de chaleur et d'eau.

• *Mise en place des plants* : On peut bien sûr pratiquer des semis mais il est plus facile de mettre en place des plants comportant au moins deux feuilles bien formées. L'opération s'effectue au début du mois de mai : les plants sont disposés en ligne à 40 ou 50 cm. d'intervalle. On conserve une motte de terre autour des racines pour faciliter la reprise.

## Soins

Dès que les plants ont pris, on supprime les ramifications qui se développent à partir du collet de façon à ne laisser qu'une seule tige.

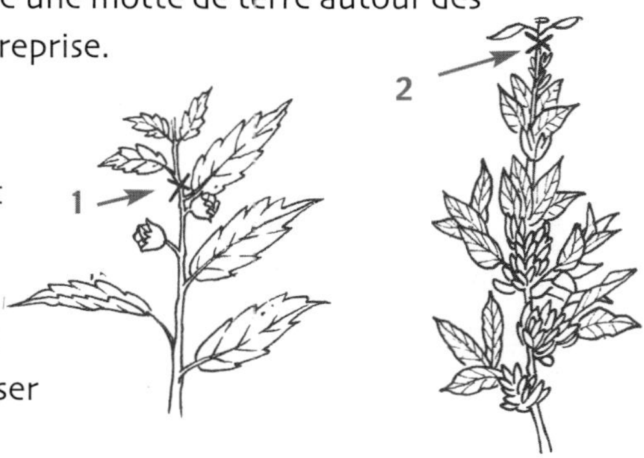

Puis lorsque les premières fleurs apparaissent, on pince la tige au-dessus de la deuxième inflorescence (1). Quatre ou cinq branches latérales se développent et on les pince également au-dessus de la deuxième fleur (2). On obtient ainsi sur chaque pied une dizaine de fruits qui parviennent à maturité successivement.

Aubergine *(Solanum melongena).*

*Aubergine Dourga.*

Aubergine hybride œuf.

Au cours de la végétation, il est indispensable de fortement butter la terre autour des pieds car les aubergines deviennent lourdes pour les tiges et celles-ci ont tendance à se courber. Enfin, il faut arroser régulièrement, biner et sarcler chaque fois que cela est nécessaire.

### Récolte

La durée de la culture est de l'ordre de trois mois à partir de la mise en place. Les aubergines peuvent être cueillies de la fin juillet aux premières gelées. Elles doivent être coupées à l'aide d'un sécateur et non arrachées.

Aubergine violetta di Firenze.

**Variétés**

On trouve notamment:

- Baluroi très précoce
- Bonica à fruits ovoides et à chair ferme
- De Barbentane précoce et productive
- Marfa à fruits cylindriques
- Classic à fruits ovales

**Maladies et parasites**

Une seule maladie paraît vraiment dangereuse, le mildiou, qui est combattu avec de la bouillie bordelaise.

– le doryphore s'attaque aussi volontiers aux plants en période de forte chaleur. On peut l'enlever manuellement et l'écraser ou bien traiter à la bouillie bordelaise.

– l'altise peut aussi produire ses méfaits. On s'en débarrasse au moyen de produits du genre roténone.

# La betterave

Légume-racine assez épuisant qui ne doit revenir sur le même sol que tous les trois ans.

## Origine

La betterave dérive des bettes mangées couramment dès l'Antiquité. En Europe orientale, elle semble avoir été connue tout d'abord en Germanie. Elle aurait ensuite été introduite en Toscane au XVIe siècle. Elle est signalée dans un ouvrage de jardinage en France en 1549.

## Culture

La terre préférentielle est profonde, meuble, fraîche et perméable. Elle doit avoir été préalablement fumée.

• *Semis :* Le semis s'effectue de mars à mai selon le climat. Il peut être pratiqué directement en place dans ces sillons de 5 à 6 cm de profondeur et distants de 30 à 40 cm. La levée des graines intervient en moyenne une semaine après le semis.

## Soins

– Quand les jeunes plants ont 4 ou 5 feuilles, on procède à un éclaircissage de façon à les espacer de 25 cm environ. Les plants prélevés sont utilement remis en place dans d'autres sillons.

– Certains oiseaux étant très friands de feuilles de betteraves, vous pouvez être amenés à vous en protéger du moins durant les premiers temps en fixant au-dessus un fi et.

– Des binages, des sarclages et des arrosages favorisent la croissance des plantes.

Betterave rouge 'Egypte.

### Récolte

La durée de culture est d'environ 4 ou 5 mois. La récolte est effectuée dès juin pour les variétés hâtives et à partir de septembre-octobre pour les autres. La betterave peut encore rester en terre durant les premiers froids. Il vaut mieux toutefois la ramasser avant les fortes gelées. On peut la conserver quelques temps à l'abri avant de la consommer. Certains la mettent à cet effet sur un lit de sable humide.

Betterave *(Beta vulgaris)*.

### Variétés

Elles sont nombreuses. Parmi les meilleures on trouve notamment:

- Crapaudine à racines longues et à chair rouge
- De Detroit améliorée aux racines rondes
- Rouge Globe aux racines rondes et lisses
- D'Egypte précoce à racines plates

### Maladies et parasites

En terrain sain, les maladies sont rares, toutefois certaines peuvent se produire :

– le mildiou qui recouvre les feuilles d'une sorte de poussière grisâtre et les fait sécher. On peut traiter à la bouillie bordelaise.

– la rouille qui produit de nombreuses tâches roussâtres sur les feuilles. À traiter comme le mildiou.

Parmi les parasites les plus dangereux, figurent :

– le sylphe opaque qui dévore les feuilles et nuit au développement des plants. La meilleure solution est de ramasser les betteraves dès que l'attaque se précise.

– les vers blancs et gris que l'on pourrait traiter avec des granulés de diazinon ou de lindane. Il est préférable de chercher les vers autour des pieds et de les éliminer manuellement.

# La carotte

C'est un légume racine contenant du carotène et peu épuisant pour le sol.

**Origine**

La carotte dérive d'un légume sauvage existant dès les temps les plus reculés en Chine et dans toute l'Europe. Les Grecs et les Romains ne l'appréciaient pas particulièrement. Elle fut cultivée et améliorée au III$^{e}$ siècle et même citée par l'écrivain culinaire latin Apicius. On la rencontra en Italie au XIII$^{e}$ siècle. Mais en France le "Ménagier de Paris" la mentionna encore au XIV$^{e}$ comme un légume vulgaire. Il fallut attendre le XVI$^{e}$ pour la voir vraiment appréciée. Certains types de carottes n'ont été répandus que vers 1800.

Carotte *(Daucus carota).*

## Culture

Pour obtenir de beaux produits, il faut que la terre ait été bien préparée en profondeur, parfaitement ameublie et largement fumée. La carotte est en effet exigeante au point de vue de la fertilité. Elle n'aime pas non plus les pierres et les cailloux sous peine de donner des pieds fourchus.

• *Semis :* le semis est possible à partir du mois de mars. Il peut se poursuivre plus tard si l'on veut obtenir une production continue jusqu'au mois d'octobre. Les graines, très fines, sont semées dans des sillons à peine marqués (1/2 cm). On les recouvre légèrement de terre à l'aide d'un râteau puis on dame le sol avec le dos de cet instrument. Si plusieurs sillons sont tracés, ils doivent être espacés d'au moins 35 à 40 cm. Les jeunes pousses apparaissent au bout d'une quinzaine de jours.

## Soins

– Dès que les plants ont 7 à 8 cm de haut, ils doivent être éclaircis de façon à permettre un développement normal de ceux qui restent en place. L'écartement idéal est de 5 à 8 cm.

– La carotte a besoin d'eau. Il faut donc copieusement l'arroser pour attirer les racines vers le bas.

– L'arrachage des mauvaises herbes est souvent délicat entre les jeunes carottes. Aussi est-il conseillé d'arroser légèrement avant l'opération. Certains utilisent un désherbant spécifique, le "désherbant carottes".

– Enfin, au cours de la croissance des plantes, un épandage complet en surface est bénéfique.

Pour sortir les carottes de la terre, l'utilisation d'une fourche-bêche est conseillée.

### Récolte

– La durée moyenne de la culture est de quatre mois. C'est donc à partir de juillet que l'on peut ramasser les premières carottes.

– Il faut éviter de récolter à la main car on risque de casser les racines et de favoriser ainsi l'attaque de parasites. L'utilisation d'une fourche-bêche est conseillée.

– Les carottes redoutent le froid ; on peut les laisser toutefois encore en place pendant l'hiver après avoir coupé les fanes et recouvert les sillons de feuilles.

### Variétés

- De Chantenay à coeur rouge ( demi longue)
- De Colmar colorée et longue
- Nantaise améliorée de bonne conservation
- Meaux aux racines longues et colorées
- Blanche à collet vert carotte fourragère

### Maladies et parasites

– Une seule maladie grave risque d'affecter les carottes : c'est la pourriture des racines qui peut se produire en place lorsqu'on a laissé dans le sol des racines mutilées ou bien lors de la conservation. Une désinfection du sol au formol ou au phosalone est alors recommandée.

– Deux parasites peuvent également se rencontrer :

– l'araignée rouge, de petite taille mais qui prolifère très vite et est capable en peu de temps de ravager les jeunes semis. Des poudrages à la chaux ou avec des cendres tamisées permettent de s'en débarrasser.

– La mouche des carottes qui pond ses œufs au pied des plantes. Les larves pénètrent ensuite par le collet et attaquent les racines. On peut la combattre avec de la naphtaline répandue le long des rayons ou bien tout simplement avec de la suie.

## Le céleri à côtes

Plante assez épuisante qui ne doit revenir sur le même sol que tous les 3 ou 4 ans.

### Origine

Le céleri à côtes est issu de l'ache odorante ou céleri sauvage remarqué dès l'Antiquité par les Grecs et les Romains. Il est alors utilisé comme plante funéraire.

Ce n'est qu'au XVIe siècle que l'ache est cultivée sous le nom italien de céleri. En France, le céleri à côtes figure dans le jardin royal de Paris dès 1641.

### Culture

Le terrain favorable est frais, meuble et bien fumé. Un climat humide est bénéfique.

• *Mise en place des plants :* les semis sont possibles dès le mois d'avril mais il est préférable pour le jardinier amateur de passer directement à la mise en place des plants. Celle-ci intervient vers la fin du mois de mai ou au début juin. On creuse une tranchée de 30 cm de profondeur sur 30 de large environ. Une couche de compost est déposée dans le fond. Les plants sont préparés en raccourcissant les feuilles de moitié puis ils sont mis en place à 30 cm les uns des autres.

### Soins

– Des arrosages réguliers sont effectués. Des binages et des sarclages également.

Le céleri peut se planter en pleine  terre et se repiquer.

– Vers la fin de l'été, quand les plants sont suffisamment développés, on procède au blanchiment. Pour ce faire, on attache les céleris en leur sommet avec des liens de raphia.

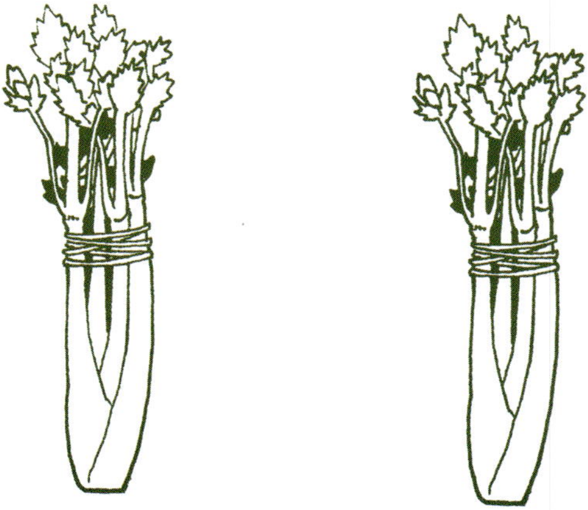

Puis on amasse fortement la terre autour des pieds. On comble la tranchée jusqu'à ce qu'ils aient atteint le niveau du sol et on ôte les liens.

– Au bout de trois ou quatre semaines, le blanchiment est suffisant.

**Récolte**

Elle peut commencer dès le blanchiment, en principe vers octobre-novembre et se poursuivre environ tous les quinze jours. Les premières gelées donnent aux céleris toute leur saveur. Une conservation en cave, dans du sable, peut-être entreprise.

**Variétés**

Parmi les plus recommandées, il faut signaler :

- D'Elne aux côtes rondes et charnues
- Doré amelioré qui blanchit facilement
- Plein blanc Pascal qui blanchit également facilement.

Céleri à côtes *(Apium graveolens)*.

**Maladies et parasites**

La rouille ou la septoriose sont les maladies les plus fréquentes et proviennent en général d'une trop grande acidité du sol. Il faut arroser sans mouiller les feuilles et traiter avec de la bouillie bordelaise. Un seul parasite se révèle dangereux : la mouche du céleri. On l'élimine également à l'aide de la bouillie bordelaise.

# La chicorée ordinaire

Il s'agit là le plus souvent d'une salade frisée.

**Origine**

La chicorée était utilisée chez les anciens à la fois comme légume et en tant que plante médicinale. Pline vante ses vertus pour le foie, la rate et la vessie.

Au XIV^e^ siècle, elle apparaît en France sous le nom de "cicorée". Au XVIII^e^, elle entre vraiment dans notre production maraîchère.

**Culture**

La chicorée s'accommode de presque tous les terrains mais il est bon de lui apporter de l'humus.

• *Semis* ou *mise en place :* on peut procéder à un semis préalable dès le mois de mars sur un petit carré de terre, à la volée. Puis, on doit plomber et humidifier le sol. La première levée s'effectue au bout d'une semaine.

– Mais, il est aussi rapide d'acheter directement des plants sur le marché et de les mettre en place en avril-mai. Ils sont alors disposés à 30 cm environ les uns des autres et sur des lignes espacées elles-mêmes de 40 cm. Les mises en place peuvent se renouveler jusqu'à l'été.

**Soins**

Il faut biner dans les interlignes et arroser. Quand les plants ont atteint leur plein développement, on doit les faire blanchir pour les rendre plus tendres et plus savoureux. Pour ce faire, on rassemble les feuilles et on les attache avec un lien de paille ou de raphia, de préférence par temps chaud et sec.

Chicorée *(Cichorium endivia).*

**Récolte**

Elle s'effectue une quinzaine de jours après le liage des feuilles, lorsque le blanchiment est accompli. La chicorée semée au début du printemps a tendance à monter et il vaut mieux la cueillir avant qu'elle n'ait atteint son plein développement.

**Variétés**

Les plus connues sont :

- Frisée de Meaux très productive
- De Ruffec plus rustique
- Fine de Louviers finement frisée
- Grosse pommant résistante à la chaleur.

Il existe des variantes de la chicorée frisée qu'on appelle scarole et que l'on sème à la fin de l'été :

- Blonde à coeur plein très tendre
- Cornet d'Anjou assez rustique
- Cornet de Bordeaux très résistante
- Géante maraîchère très volumineuse
- Grosse bouclée hâtive
- Ronde verte à coeur plein en culture tardive

La chicorée scarole ou frisée se sème et se repique à partir d'avril et jusqu'en août.

Les choux : la plupart sont cultivés pour leur feuilles et tous ont l'odeur caractéristique de "chou", et toutes leurs parties sont comestibles.

# Les choux

Les choux, dits choux communs ou pommés sont des plantes à gros rendement, résistantes au froid mais épuisantes.

## Origine

Ils constituaient déjà, sous leur forme sauvage, un aliment pour l'homme préhistorique. Ils furent ensuite cultivés près des habitations et ne tardèrent pas à s'améliorer. Trois cents ans avant J.-C., Théophraste, philosophe grec, mentionnait déjà des variétés pommées, frisées ou vertes. Caton en faisait aussi l'éloge. Plus tard, au Moyen Age, les choux entrèrent pour une grande part dans l'alimentation populaire, tout particulièrement en France.

## Culture

Les choux requièrent un sol riche et bien fumé. Un apport préalable de chaux sera également bénéfique.

• *Semis ou mise en place des plants :* les premiers semis sont effectués en pleine terre dès la fin des premières gelées. D'autres peuvent être entrepris à la fin de l'été. On peut aussi acheter des plants dans le commerce et les mettre en place :

– Une première série vers le mois d'avril pour obtenir des choux d'été.

– Une deuxième en juin et en juillet pour les produits d'hiver.

Certains mettent aussi en place en septembre et récoltent au printemps. Ils ont ainsi des choux toute l'année. Personnellement, deux périodes me paraissent suffisantes.

– La mise en place s'effectue en lignes à 30 ou 40 cm d'intervalle. Les sillons sont espacés de 40 à 50 cm. Les plants doivent avoir un minimum de 4 ou 5 feuilles. Les trous sont faits au plantoir et la terre doit être serrée très fermement tout autour.

Chou *(Brassica oleracea capitata).*

**Soins**

– Le chou a besoin de beaucoup d'eau, aussi faut-il l'arroser régulièrement.

– Il est également très friand d'azote et on peut lui donner un peu d'engrais azoté au cours de son développement.

– Les herbes sont enlevées tout autour des pieds et le terrain est sarclé.

– Enfin au cours du développement, il est bon de butter les tiges.

**Récolte**

Elle s'effectue dès que les choux sont bien pommés. On coupe ceux-ci à la base des tiges vers les mois de juillet et août pour les variétés d'été et de novembre à mars pour les choux d'automne et d'hiver.

Chou d'été frisé pourpre.

**Variétés**

*Chou d'été*

- Nantais hâtif très précoce
- Bacalan de Rennes à pomme haute et serrée
- Roi des Précoces hâtive mais adaptée à toute saison
- Précoce de Louviers à pomme haute et volumineuse
- Coeur moyen de la Halle rustique

*Chou d'hiver*

- Hidena de bonne conservation
- Quintal d'Alsace productif et tardif
- Brunswick à très grosse pomme, convient à la choucroute
- D'Aubervilliers Chou de Milan
- Gros des vertus Chou de Milan

### Maladies et parasites

Deux maladies sont plus courantes que les autres :

– la hernie du chou qui se manifeste par des grosseurs ou des malformations sur les racines et par un flétrissement. On l'enraye avec un épandage de chaux. Beaucoup ont recours à un traitement préventif en faisant tremper les racines dans un mélange de boue et de chaux.

– la pourriture des pieds que l'on combat en brûlant les plantes atteintes et en ne faisant revenir les mêmes cultures que tous les 4 à 5 ans sur le même sol.

Des parasites sont aussi friands de choux, notamment :

– la piéride dont les chenilles mangent les feuilles. Elle est traitée avec de l'eau savonneuse, du roténone ou des granulés de diazinon.

– la noctuelle et ses chenilles combattue de la même façon.

– l'altise détruite par des produits à base de roténone et par des arrosages.

– la mouche du chou qui pond ses œufs au pied des plantes et les fait bleuir puis jaunir. Il faut alors arracher celles qui dépérissent et saupoudrer de la paraffine ou insecticide de synthèse à base de diazinon.

# La ciboulette

Plante vivace à bulbe, rangée parmi les plantes condimentaires.

### Origine

La ciboulette serait d'origine sibérienne. Elle était utilisée à l'état sauvage dès l'Antiquité. Son usage était général en France au XIII$^{e}$ siècle.

### Culture

La culture nécessite un emplacement très modeste dans un coin du jardin. Le sol doit être frais et bien exposé.

• *Mise en place :* vers le mois d'avril, on met en place les plants de ciboulette achetés sur le marché ou prélevés par division des touffes sur les pieds existants. On les dispose à une vingtaine de cm les uns des autres.

### Soins

– La ciboulette réclame une constante humidité ; il faut donc l'arroser très souvent.

– On procède aussi à quelques sarclages autour des pieds afin d'éliminer les mauvaises herbes.

– Si des hampes florales apparaissent, on les supprime.

– A l'approche de l'hiver, la plante est recouverte de terreau ou de compost ; elle repoussera avec plus de vigueur au cours du printemps suivant.

Les plantations doivent être renouvelées tous les quatre ou cinq ans.

## Récolte

La ciboulette est récoltée en coupant les feuilles au ras du sol. Elle repousse ainsi très facilement. Les feuilles prélevées sont d'autant plus tendres que les coupes sont fréquentes et régulières. Pour pouvoir obtenir des produits durant l'hiver, on prélève un ou deux plants à l'automne et on les met en pots. Disposés devant la fenêtre de la cuisine et arrosées régulièrement, ils fourniront le condiment nécessaire durant la morte saison.

## Variété

Le seul type botanique paraît cultivé.

## Maladies et parasites

La ciboulette est assez résistante. Elle peut néanmoins, tout comme l'ail, être attaquée par la graisse, la rouille ou la teigne mais les cas sont assez rares et les dégâts peu importants.

Ciboulette *(Allium schoenoprasum)*

# Les concombres et cornichons

Plantes rampantes, faisant partie des cucurbitacées, modérément épuisantes. Les concombres et les cornichons sont ici étudiés ensemble, les derniers n'étant en fait que les fruits des premiers cueillis avant un complet développement.

## Origine

Le concombre existait déjà en Europe orientale à l'époque préhistorique. Il a été cité dans la Bible et les Grecs l'ont cultivé. Devenu souvent l'objet de nombreux préjugés, il a été remis en vogue en France par les botanistes de la Renaissance dès 1542.

## Culture

Les terres riches en terreau sont favorables à la culture. Un bon ensoleillement est aussi indispensable, le concombre aimant les climats chauds et risquant de pourrir en terre trop détrempée.

• *Semis :* on peut semer en place et en ligne des poquets de 2 ou 3 graines dès le mois de mai dans des trous de 30 à 40 cm de longueur et de profondeur que l'on a préalablement garnis de compost. On laissera entre eux un espace de 60 à 80 cm. Les diverses lignes seront distantes de 1,50 m. Au lieu de semer, on peut aussi repiquer des plants achetés ou préparés en pépinière.

• *Développement des plants :* le concombre a, comme toutes les plantes grimpantes de la même famille (melons, courges, citrouilles) la particularité d'avoir des fleurs de deux sortes :

– les fleurs mâles qui apparaissent les premières et au plus près de la base des rameaux.

– les fleurs femelles plus tardives et naissant plus loin sur les ramifications.

Concombre *(Cucumis sativus).*

Il faut savoir que seules les fleurs femelles sont capables de donner des fruits après fécondation par une fleur mâle. Cette dernière opération est favorisée par le vent ou les insectes assurant le transport du pollen.

### Soins

On commence par ne laisser qu'un seul pied par poquet, en conservant de préférence le plus vigoureux. Puis, pour obtenir de beaux fruits, il faut procéder à une taille appropriée :

Dès que la quatrième feuille est bien formée, on pince la tige afin que la plante s'étale en se ramifiant. Chacune de ces ramifications est à son tour pincée au-dessus de la troisième feuille. Et ensuite on se borne à raccourcir la troisième génération de rameaux si celle-ci a un développement excessif. Des binages, sarclages et arrosages sont effectués régulièrement.

Signalons que le concombre et le cornichon se développent aussi normalement si l'on met à leur disposition des treillages comme pour les petits pois. Il faut alors prendre soin d'attacher les rames à la base du support. En ce qui me concerne, je trouve beaucoup plus simple de les laisser courir sur le sol.

### Récolte

– Si le jardinier désire obtenir des cornichons, il récolte les fruits à peine formés, à 5 cm de longueur environ. Si en revanche, il veut cultiver des concombres, il laisse les fruits se développer plus longtemps.

– La durée moyenne de la culture est de l'ordre de deux mois à deux mois et demi pour les premiers cornichons et de deux mois et demi à trois mois pour les concombres. Aussi, la récolte intervient-elle entre le mois de juillet et les premières gelées.

– Les concombres doivent par ailleurs être mangés dès qu'ils sont mûrs. On n'a pas trop intérêt à les laisser vieillir sur place.

### Variétés

Les plus connues pour les concombres sont :

- Belcanto aux fruits longs
- Le Généreux à fruits demi longs

Et pour les cornichons :

- Amélioré de Bourbonne à fruits longs et fins
- Naf aux fruits lisses et sans amertume
- Vert Petit de Paris à fruits courts et cylindriques
- Vert de Massy très productive

Cornichon *(Cucumis sativus).*

## Maladies et parasites

Trois maladies peuvent être rencontrées :

– le blanc des courges ou oïdium se traduisant par une teinte gris terne des feuilles et un avortement des fruits. Le soufre est un excellent remède.

– La nuile due comme l'oïdium à un champignon et se manifestant par la formation de tâches brunâtres sur les feuilles et les fruits et par une pourriture de ces derniers. Il faut alors traiter avec de la bouillie bordelaise.

– le chancre, un peu analogue à la nuile mais attaquant plus fréquemment les rameaux et la tige principale. La lutte est aussi menée avec de la bouillie bordelaise.

Outre ces maladies, les concombres peuvent avoir à affronter quelques parasites tels que l'anguilule des racines (petits vers blancs), le puceron noir, le thrips (petite punaise) et la grise (araignée). Pour traiter l'anguilule, il vaut mieux arracher les plants atteints et les brûler. Contre les trois autres parasites, du diazinon, du lindane ou du roténone doivent être suffisamment efficaces.

# Les courges et courgettes

Ce sont des cucurbitacées modérément épuisantes.

## Origine

Connue dès l'Antiquité, la courge semble avoir été cultivée au Moyen Age. Les botanistes occidentaux ne la signalent toutefois en Europe qu'au XVIe siècle. Elle pourrait avoir été importée d'Amérique.

## Culture

La courge aime les sols très fumés. Elle pousse même particulièrement bien sur les tas de compost ou de fumier.

• *Semis :* il s'effectue vers la mi-mai. On incorpore une bonne quantité de compost dans des trous de 30 cm de profondeur disposés en ligne à 1 mètre d'intervalle environ. Puis on sème des poquets de deux ou trois graines sur chacun de ces emplacements. Si l'on veut créer plusieurs rangées de courges, on laisse de l'ordre de 1,50 m entre les sillons. (Au lieu d'effectuer des semis, on peut aussi procéder à des repiquages de plants).

La levée des graines s'opère en une dizaine de jours.

## Soins

– Après la naissance des plants, on n'en conserve qu'un par poquet. Les autres sont sortis de terre et éventuellement mis en place sur une autre ligne.

– En cours de végétation, il faut arroser fréquemment et effectuer de temps en temps sarclages et binages.

– Puis, au fur et à mesure du développement des plantes, on doit, si l'on veut obtenir de beaux fruits opérer une taille comme

La courgette est le nom du fruit immature de la courge.

pour les concombres. La tige est donc pincée au-dessus de la quatrième feuille, puis chacun des rameaux qui se forme à la suite de cette opération est à son tour coupé au-dessus de la troisième feuille et ainsi de suite.

– La pollinisation des fleurs s'effectue tout naturellement, sans intervention du jardinier. Certains préfèrent toutefois déposer eux-mêmes avec un pinceau un peu de pollen de la fleur mâle dans l'ouverture de la fleur femelle.

Courgette ronde de Nice.

Courgette *(Cucurbita pepo).*

Avec les potirons, les coloquintes, les gourdes, les courgettes appartiennent à la famille des Cucurbitacées.

### Récolte

– La durée de la culture est de l'ordre de quatre mois si l'on veut cueillir des courges, mais elle est beaucoup moins longue si l'on désire obtenir des courgettes. On récolte celles-ci quand elles ont 10 à 15 cm de longueur.

– Les tiges sont alors coupées à plusieurs cm du légume fruit pour éviter toute pourriture ultérieure.

### Variétés

*Courges :*

- Spaghetti de bonne conservation
- Tristar
- Musquée d'hiver de Provence à gros fruit aplati et côtelé

*Courgettes :*

- Longue de Nice, à fruits longs et étroits
- De Nice, à fruits ronds souvent consommée farcie
- Verte noire maraîchère, précoce, aux fruits vert foncé
- Verte première, très productive
- Précoce maraîchère, variété non coureuse

### Maladies et parasites

Comme les concombres, les courges et courgettes sont susceptibles d'être atteintes par quelques maladies :

– Le blanc des courges, traité avec du soufre.

– La nuile combattue avec de la bouillie bordelaise.

– Le chancre que l'on élimine aussi avec de la bouillie bordelaise.

Certains parasites peuvent nuire à la culture. C'est le cas de l'anguilule, du puceron noir, du thrips ou de la grise qui amènent à arracher les pieds atteints.

# L'échalote

C'est une plante annuelle, à tiges multiples, qui se développe au moyen de bulbes et se montre peu épuisante.

## Origine

L'échalote pourrait venir d'Ascalon, ville ancienne de Palestine. Charlemagne la faisait déjà cultiver dans ses jardins puis elle disparut durant quelques temps et fut réimportée chez nous par les croisés. Au Moyen Age, on la produisait en grande quantité à Étampes et dans ses environs au profit de la région parisienne. Plus tard la culture s'est étendue à la Normandie et ensuite au reste du pays.

## Culture

La terre favorable doit être saine et perméable et avoir reçu longtemps à l'avance une forte fumure.

• *Semis :* la meilleure période pour la plantation est l'automne (octobre ou novembre). Si l'humidité est trop forte, on peut attendre les mois de février et mars. Les bulbes sont mis en place, la pointe en haut, en ligne, à une dizaine de cm les uns des autres et au ras du sol. Ils sont ensuite recouverts d'une légère couche de terre. Les divers sillons doivent être espacés de 20 cm.

## Soins

Les soins culturaux se réduisent à des sarclages et des binages. Les arrosages seront limités. Il faut supprimer les hampes dès leur apparition.

Echalote *(Allium cepa).*

**Récolte**

La récolte a lieu en juin-juillet lorsque les feuilles commencent à jaunir. Les bulbes sont laissés sur le sol, de préférence au soleil durant deux ou trois jours puis ils sont mis à l'abri au sec et suspendus.

**Variétés**

- Griselle de type allongé et à bulbes gris
- Jermor d'un bon rendement
- Longor de type allongé et à bulbe rose
- Mikor à haut rendement
- Pikant de type rond
- Santé de type rond

### Maladies et parasites

– La maladie la plus courante est la jaunisse ou l'échauffement que l'on attribue à un champignon attaquant les plants dans les terres humides. Pour la combattre, il faut, comme pour la pourriture de l'oignon, aérer le sol et dégager la base des pieds.

– Un parasite détériore parfois les plantations : la mouche de l'échalote. Si certains pieds sont atteints, il vaut mieux les brûler et traiter les autres avec une solution à base de diazinon.

L'échalote apprécie le voisinage de la carotte, de la betterave, de la laitue des haricots mais pas celui des légumineuses (haricots, pois, fèves).

# Les épinards

Il s'agit là de plantes relativement faciles à cultiver mais qui sont assez épuisantes et ne doivent revenir sur le même sol que tous les 3 ou 4 ans.

## Origine

Les épinards ne semblent pas avoir été connus des Anciens qui utilisaient à leur place l'arroche et la blète. Le terme épinard vient du mot arabe Isfânâdsch ou Esbanach. La plante était cultivée chez les musulmans de Perse et c'est sans doute à l'occasion des croisades, et donc au Moyen Age, qu'elle a été importée chez nous.

## Culture

L'épinard est cultivé uniquement pour sa feuille. Il réclame des terres fraîches et copieusement fumées. Une humidité constante lui est par ailleurs nécessaire.

• *Semis :* la période la plus favorable s'étale du mois de mars au mois de mai. L'opération peut toutefois être renouvelée à l'automne en septembre-octobre.

Les graines sont disposées en lignes distantes de 20 à 25 cm. Il est conseillé de semer peu à la fois et de renouveler l'opération afin d'obtenir toujours des feuilles tendres et abondantes.

Le levée des plants s'effectue assez rapidement, en une semaine environ.

## Soins

On doit procéder à des désherbages et des arrosages fréquents. Il faut se méfier de la chaleur et de la sécheresse qui font monter les épinards et accélèrent la formation de hampes florales.

Un sarclage autour des pieds est conseillé. Un éclaircissage est aussi parfois utile pour laisser environ 10 cm entre les divers plants. Un léger épandage d'engrais en cours de végétation permet d'améliorer la production.

### Récolte

La durée de la culture est de l'ordre de 2 à 3 mois pour les épinards semés au printemps et de 6 à 7 mois pour ceux d'automne. C'est donc en juin-juillet puis au printemps suivant que l'on peut récolter.

Il faut alors cueillir à la main, feuille par feuille au fur et à mesure des besoins. Les feuilles extérieures sont prélevées si l'on veut que la plante continue de produire. On évitera toutefois de couper la totalité du feuillage au-dessus du collet.

Épinard *(Spinacia oleracea).*

## Variétés

Les plus connues sont:

- Pour la culture de printemps
  - Space à feuilles lisses, vert foncé,
  - Junius à croissance rapide.
- Pour la culture d'automne
  - Géant d'hiver très résistant au froid
  - Monstrueux de Viroflay à larges feuilles
  - Triptiek à croissance rapide

## Maladies et parasites

Les maladies sont rares. On rencontre parfois :

– Le blanc ou meunier entraînant des tâches blanches sur les feuilles et traité par un soufrage.

– Le mildiou se traduisant par l'apparition de tâches brunes : il est combattu à l'aide de bouillie bordelaise ou de manèbe.

– Les maladies à virus entraînant souvent un jaunissement de la plante. Pulvériser du malathion. Un parasite s'attaque parfois aux épinards. C'est le vers gris qui provoque des dégâts en coupant la racine au-dessous du niveau du sol. Le meilleur moyen de lutter contre lui est de gratter la terre au pied des plantes, de le rechercher et de le détruire alors qu'il est recroquevi lé en forme d'arc.

# La fève

C'est un légume très riche en protéines et donc précieux pour l'alimentation.

## Origine

La fève était cultivée dès les temps préhistoriques. Son utilisation était courante chez les Hébreux, les Grecs et les Romains. Elle eut tout d'abord une origine spontanée au sud de la Mer Caspienne, en Perse et en Mauritanie. Puis elle prit une part importante dans la nourriture des Français au Moyen Age et surtout au XIIIe siècle.

## Culture

Cette plante est cultivée un peu partout en France; elle exige une terre préalablement bien fumée ou enrichie avec de l'engrais.

• *Semis :* la multiplication des fèves s'effectue exclusivement par semis, en place :

– Ceux-ci sont de préférence réalisés en automne et au début de l'hiver. Dans les régions où le froid n'est pas trop rigoureux, le mois de novembre s'avère être la période la plus favorable. Mais, en revanche, si l'on craint des températures fortement négatives, les jeunes plants risquent de geler et il vaut mieux à ce moment là attendre février ou mars.

– Dès que la saison est venue, on creuse avec la binette des sillons de 5 à 8 cm de profondeur dans lesquels on dispose les graines isolément à 15 cm de distance ou en poquets par groupes de trois à 25 cm les uns des autres. Compte tenu du développement important des plantes, les divers sillons seront espacés de près de 40 cm.

La levée est assez rapide et s'effectue en une dizaine de jours.

Fève *(Vicia faba)*.

**Soins**

– Il y a lieu de biner ou de sarcler entre les sillons dès que de mauvaises herbes apparaissent.

– Quand les plants ont déjà atteint une bonne taille, 10 à 15 cm par exemple, on pratique un léger buttage pour bien arrimer les plants au sol et leur donner plus de vigueur.

– Au cours de la végétation, il faut éviter un excès d'humidité qui provoquerait un jaunissement des feuilles et un pourrissement de la plante.

– Plus tard, lorsque les tiges ont atteint 40 à 45 cm, on pince l'extrémité qui coïncide généralement avec la septième ou la huitième fleur. Cette opération s'effectue à la main entre le pouce et l'index. Elle est réputée avancer la récolte et permet de détruire un grand nombre de parasites dont les pucerons sont sans aucun doute les plus courants.

### Récolte

La durée de la culture varie selon que l'on ramasse les fèves vertes, de la grosseur d'un doigt, pour servir de hors d'œuvre ou que l'on attend au contraire leur pleine maturité pour les utiliser en soupes ou en purées. En moyenne, il faut compter six mois de végétation pour les semis d'automne. Dès le mois de mai, les premières fèves sont donc récoltées. Pour celles semées en février ou mars, il faut encore attendre deux bons mois et donc ne ramasser qu'en juin ou juillet.

### Variétés

Les meilleures variétés sont:

- De Séville précoce à longues cosses
- D'Aguadulce à très longues cosses
- Primabel très productive

### Maladies et parasites

Deux maladies sont plus courantes que les autres. Ce sont :

– Le mildiou qui ternit les feuilles et les rend épaisses et dures. On le combat au moyen de pulvérisations de bouillie bordelaise.

– La rouille qui se traduit par une teinte roussâtre d'une partie des cosses et des graines. Elle est traitée comme le mildiou mais il faudra brûler les plants après la récolte.

Quelques parasites sont également à redouter :

– Le puceron noir qui se loge dans la partie supérieure de la tige. Il est souvent détruit par le pincement mais on peut aussi utiliser contre lui un insecticide tel que le roténone ou le malathion.

– La bruche, sorte de charançon dont les larves vivent dans les graines et les mangent. Elle est combattue par une bouillie à base de phosalone.

La récolte de la fève peut se faire quand les gousses sont encore vertes, pour déguster les grains à la croque au sel.

## Les haricots

Ces plantes font partie de ce que l'on appelle les légumes graines.

### Origine

L'existence des haricots dès les temps les plus reculés n'est pas certaine mais on sait que lorsque les Européens débarquent en Amérique, ils sont cultivés d'un bout à l'autre du Nouveau Monde. Ils auraient été introduits en Europe au XVIe siècle mais leur vulgarisation ne daterait que du milieu du XVIIe siècle.

### Culture

Le haricot apprécie les terres chaudes, meubles et bien préparées. En revanche, il n'aime pas les sols trop calcaires. Il redoute aussi le froid; il lui faut donc éviter les gelées du printemps et celles d'automne.

• *Semis :* la multiplication s'effectue par semis, en place et ce, dès le début avril s'il ne fait pas trop froid. Des sillons de 7 à 8 cm de profondeur sont tracés sur le sol. On y pose les graines isolément à 4 ou 5 cm les uns des autres ou par poquets un peu plus espacés. On les recouvre d'une fine couche de terre, on arrose et on dame légèrement.

Les divers sillons sont distants d'environ 50 cm pour les variétés naines et de 75 pour celles à rames. Les semis peuvent s'effectuer jusqu'à la fin du mois d'août, à intervalles réguliers, de quinzaine en quinzaine. On échelonne ainsi la production des premiers jours de juillet jusqu'aux premières gelées.

### Soins

– L'arrosage est pratiqué régulièrement et de préférence au pied des plants et non sur les feuilles.

– La planche doit être convenablement sarclée et désherbée.

– Les jeunes pousses doivent être buttées pour être mieux arrimées au sol.

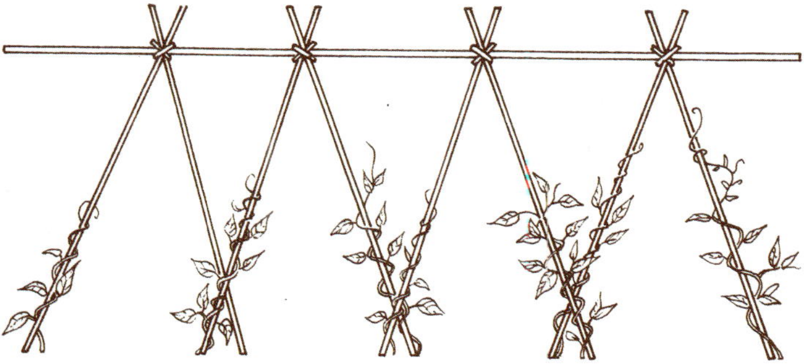

– Pour les haricots à rames, on plante des perches ou des bambous à chaque pied dès que ceux-ci comportent au moins deux feuilles. On les lie avec ceux de la rangée voisine et on met en place une barre transversale.

### Récolte

La durée moyenne de culture est de deux mois 1/2 pour les haricots verts et de quatre pour les grains secs. Quand les haricots verts sont arrivés à maturité, c'est-à-dire à partir de juillet, on prélève les gousses en tenant celles-ci d'une main et la tige de l'autre. Il vaut mieux cueillir quand les haricots sont jeunes et tendres. Les plus gros deviennent souvent plus filandreux et moins appétissants.

Haricots à rames.

Si l'on veut obtenir des haricots secs, on les laisse en place plus longtemps puis on suspend les tiges, liées en bottes, dans un local. Les graines sont ensuite rassemblées quand les gousses sont entièrement desséchées.

Haricot *(Phaseolus vulgaris).*

**Variétés**

Elles sont très nombreuses et correspondent aux deux grandes catégories constituées par les haricots nains et les haricots à rames. A l'intérieur de ces deux familles on distingue les variétés « mange tout» et « celles à écosser ».

On trouve notamment :

*Haricots nains "Mange tout"*

| | |
|---|---|
| - Contender | savoureux |
| - Cropper Teepee | sans fil |
| - Princesse nain double | sans fil |
| - Fin de Bagnols | très hâtif charnues |
| - Marbel | hâtif |
| - Delinel | sans fil |
| -Triomphe de Farcy | précoce |
| - De Rocquencourt | beurre |

*Haricots nains à écosser*

| | |
|---|---|
| - Big Borlotto | très productif |
| - Coquette | peu sensible aux maladies |
| -Coco nain blanc | précoce à gousses plates |
| -Soissons nain à gros pied | à très gros grains |

*Haricots à rames " Mange tout"*

| | |
|---|---|
| - Phénomène | à longues gousses |
| - A cosse violette | à longues gousses |
| - Bannerol | à gousses |
| - Buenos-Aires | à larges gousses plates |

*Haricots à rames à écosser*

| | |
|---|---|
| - Coco de Prague | marbré de rouge |
| - Soissons type Tarbais | pour cassoulet |
| - Merveille de Venise | de couleur dorée |
| - Soissons gros blanc | à gousses vertes. |

## Maladies et parasites

Plusieurs maladies sont susceptibles de se produire :

– l'anthracnose, provoquant des tâches brunes sur les cosses. On la traite avec la bouillie bordelaise.

– l'oïdium amenant une teinte grise et un durcissement des feuilles. On le soigne avec un soufrage ou du benomyl.

– la rouille formant sur les feuilles des tâches jaunâtres ou rouge brique, à combattre avec de la bouillie bordelaise.

Haricots nains.

– la graisse se traduisant par l'apparition de chancres sur les gousses. Il faut arracher les pieds contaminés.

Parmi les parasites les plus connus on trouve :

– les pucerons qui envahissent souvent les cultures. On les élimine avec du malathion ou bien du roténone. Dans ce cas, il ne faut pas consommer les haricots avant une dizaine de jours.

– la bruche, combattue avec du phosalone.

– les acariens, araignées rouges ou jaunes éliminées avec du roténone ou des poudrages de chaux.

# La laitue

Plante annuelle, de culture relativement facile, à végétation rapide et peu épuisante.

## Origine

L'origine de la laitue est incertaine. Sa culture a sans doute pris naissance en Orient. Elle figurait déjà sur les tables des rois de Perse, 550 ans avant notre ère. Les Grecs et les Romains la cultivèrent.

Son introduction en France a été effectuée par les papes d'Avignon et c'est un nommé Bureau de la Rivière, ministre de Charles V qui l'a fait connaître à Paris vers 1380.

## Culture

La laitue s'accommode de tous les sols convenablement fumés et de presque tous les climats mais une fraîcheur relative lui est favorable. Peu exigeante, elle peut revenir plusieurs fois sur le même terrain et aussi être intercalée entre d'autres légumes à végétation plus longue.

• *Multiplication* : on peut effectuer le semis à la volée dans un coin du jardin de la fin mars à la fin août. Bien arrosé, il fournit de jeunes plants qui commencent à apparaître au bout d'une semaine.

Cette opération périodiquement renouvelée permet d'avoir une production permanente. La mise en place s'effectue en lignes à partir du mois de mai avec des espacements de l'ordre de 25 cm. On laisse 30 cm entre les lignes.

Laitue *(Lactuca sativa).*

### Soins

– Il faut biner et sarcler régulièrement.

– Des arrosages fréquents sont indispensables au bon développement des plantes.

– Si la culture se prolonge au début de l'hiver, on a tout intérêt à protéger les salades avec de la paille ou des feuilles mortes.

### Récolte

La durée de culture est de 1 mois et demi en moyenne à partir de la mise en place des plants. Les premières laitues arrivent en juin. Elles sont ramassées lorsque les pommes commencent à se former, au fur et à mesure des besoins. On doit éviter de les laisser trop longtemps en place car elles risquent de monter, surtout en période chaude.

## Variétés

Parmi les nombreuses variétés où l'on distingue parfois la laitue à couper, la laitue Batavia, la laitue grasse ou la laitue romaine on peut retenir:

| *Laitues de printemps* | *Laitues d'été et d'automne* |
|---|---|
| - Dorée de printemps | - Blonde de Paris |
| - Gotte jaune d'or | - Grosse blanche |
| - Gotte à graine blanche | - Grosse blonde paresseuse |
| - Reine de mai | - Blonde à bord rouge |
| - Red Salad Bowl | - Merveille d'hiver |
| - Rougette de Montpellier | - Romaine blanche maraîchère |
| - Feuille de chêne | - Vente maraîchère |
| | - Brune d'hiver |
| | - Sucrine |

## Maladies et parasites

Une seule maladie est vraiment dangereuse, c'est le blanc ou meunier. Un champignon attaque le collet des plantes et l'on aperçoit sur les feuilles des efflorescences blanches. Il faut alors traiter avec de la bouillie bordelaise ou désinfecter le sol. Les parasites sont plus nombreux et plus redoutables, en particulier :

– la limace grosse mangeuse de feuilles en période humide. Elle est combattue par des graines anti-limaces déposées au pied des plantations.

– le ver blanc et le ver gris qui coupent les jeunes plants au-dessus du collet. On peut les combattre avec des poudres à base de roténone.

– Le puceron des racines, redoutable par temps sec et que l'on combat avec la même poudre roténonée si des arrosages fréquents et copieux n'ont pas réussi à en avoir raison.

# Le navet

C'est un légume-racine assez épuisant qui ne doit revenir sur le même sol que tous les deux ou trois ans.

## Origine

Le navet provient d'un choux champêtre de la péninsule scandinave et de Russie. C'est une plante très ancienne déjà utilisée par les Romains et que Pline citait dans ses écrits. Nourriture très commune durant le Moyen Age, elle devint plus réputée à partir du XVIII$^{e}$ siècle.

Navet *(Brassica rapa)*.

### Culture

Le sol doit être bien préparé, suffisamment ameubli et convenablement fumé. Il ne faut toutefois pas abuser du fumier. Un climat froid et humide convient parfaitement à cette plante.

• *Semis :* les premières graines sont semées dès la fin du mois de mars dans les régions de climat tempéré ; les semis peuvent ensuite se poursuivre un peu partout jusqu'en septembre. Ils s'effectuent à la volée sur une partie de planche ou bien en ligne si l'on préfère cette formule. Dans ce cas les sillons sont espacés de 20 à 25 cm. Les graines sont très légèrement recouvertes de terre ou de compost et arrosées.

La levée, assez rapide, se produit en une semaine.

Le navet appartient à la grande famille des Brassicacées, comme les choux et les radis.

### Soins

Quand les navets ont deux ou trois feuilles, on procède à un éclaircissage de façon à laisser un espace d'environ 15 cm entre les plants. Des binages et des sarclages sont nécessaires pour enlever les mauvaises herbes.

Le navet aime en outre les arrosages copieux et fréquents.

### Récolte

La durée de la culture est de l'ordre de deux ou trois mois. Les premiers navets sont donc cueillis en début d'été. Les autres en automne et en hiver.

Ces légumes peuvent très bien passer la saison froide en terre si celle-ci est perméable et saine. Si en revanche ils sont ramassés, ils peuvent être conservés en cave durant quelque temps.

### Variétés

*Navets de printemps et d'été*

| | |
|---|---|
| - De Croissy | à racines blanche |
| - Rouge plat | hâtif à feuille entière |
| - Marteau | à racine blanche |
| - D'Auvergne hâtif | très précoce |

*Navets d'automne et d'hiver*

| | |
|---|---|
| - De Nancy | à collet rouge-violet |
| - Blanc dur d'hiver | à racine blanche et lisse |
| - Jaune boule d'or | à peau et chair jaune |
| - Noir long | à racine longue et cylindrique |
| - D'Auvergne tardif | navet fourrager |

### Maladies et parasites

Peu sensible aux maladies, le navet craint toutefois quelques parasites parmi lesquels on trouve :

– L'altise, dite puce de terre surtout dangereuse pour les jeunes plants dont elle perce les feuilles de minuscules trous. On peut s'en débarrasser par un copieux arrosage car elle n'aime pas l'humidité. Si ce traitement ne suffit pas, un saupoudrage de roténone sera sans doute efficace.

– La mouche du chou peut pondre également sur le collet des navets. Les larves rendent ensuite les racines véreuses. La suie de cheminée est un bon remède. Le diazinon peut être aussi utilisé.

– Parfois des zones gris-brun apparaissent dans la racine. Celle-ci devient creuse et pourrit. Un manque de bore en est la cause. On peut y remédier en répandant du bore dilué dans de l'eau

# L'oignon

C'est une plante à bulbe, vivace et rustique, cultivée en tous climats.

**Origine**

Figurant comme l'un des légumes les plus anciens, l'oignon était connu dès l'époque préhistorique. Il était déjà cultivé par les Chaldéens plusieurs siècles avant notre ère. Son origine serait iranienne et il aurait été importé en Égypte dès les premières dynasties. Les Grecs et les Romains l'ont largement utilisé. En France, sa consommation était courante au Moyen Âge.

**Culture**

Le sol doit être léger, perméable et riche mais il faut éviter de le fumer juste avant le début de la culture car cela pourrait entraîner des maladies. Certains pratiquent des semis mais la méthode me paraît trop compliquée et aléatoire pour un jardinier amateur. Deux procédés plus simples et plus fiables sont en revanche à notre disposition :

– L'utilisation d'oignonnets déjà formés que l'on trouve dans le commerce.

– La mise en place de plants que l'on peut acheter sur les marchés.

• *Les oignonnets :* ils peuvent être plantés dès l'automne. De petits trous sont pratiqués à l'aide du plantoir et espacés de 15 cm. Les oignonnets y sont déposés et la terre est comprimée autour de chacun d'eux afin qu'ils soient fermement enserrés.

• *Les plants* : les plants sont de préférence mis en place au début de l'été. Ils sont disposés en lignes à 10 ou 15 cm d'intervalles.

L'oignon est très proche de l'échalote, sauf que sa floraison intervient inévitablement en fin de cycle. Sa fleur est généralement blanche.

Oignon *(Allium cepa).*

Les oignons de couleurs sont plus âcres que les oignnos blancs.

Dans les deux cas, les diverses lignes seront distantes de 30 à 35 cm.

### Soins

– Les soins culturaux consistent essentiellement en sarclages et binages. Il faut préserver l'oignon des mauvaises herbes.

– L'eau est aussi indispensable mais sans excès.

– Il arrive souvent que les hampes florales croissent trop rapidement et gênent ainsi le développement des bulbes. On doit à ce moment là les pincer avant qu'elles ne deviennent trop grandes.

– Enfin lorsque les premières feuilles commencent à jaunir, il est bon, pour faciliter le grossissement des bulbes de coucher les tiges en les pliant à leur base.

### Récolte

La période de la récolte varie selon le procédé utilisé et la variété choisie. Toutefois on peut dire que les produits des oignonnets sont ramassés au printemps; ceux des plants au début de l'automne. Avant d'être mis à l'abri, les bulbes sont laissés à l'air sur le sol pour sécher durant quelques jours. Puis ils sont montés en tresses et suspendus avant d'être consommés.

### Variétés

Il existe deux grandes catégories d'oignons : les blancs et ceux de couleur.

*Oignons blancs :*

-De Paris, très rustique, à bulbes moyens
-De Vaugirard, mi hâtif
-Premier, très précoce
-Printanier parisien, pour toutes saisons
-Trés hâtif de la reine, sensible au froid

*Oignons de couleur :*

- Astros, d'excellente conservation
- Jaune espagnol, tardif
- Jaune paille des vertus, à gros bulbes
- Rouge de Florence, à bulbe al ongé
- Rouge pale de Niort, de couleur cuivrée
- Bronze d'Amposta, à gros bulbe

## Maladies et parasites

Les principales maladies sont :

– la graisse ou pourriture de la partie intérieure du bulbe, courante en sol trop humide ou trop fumé. On s'efforce de la combattre en aérant les pieds des oignons.

– le mildiou, se traduisant par une moisissure noire et combattue par un traitement de bouillie bordelaise ou de manèbe.

– le charbon, plus rare qui s'attaque aux jeunes plants et produit des boursouflures sur les tiges ou les bulbes. Les pieds atteints doivent être immédiatement arrachés et détruits.

Parmi les parasites dangereux pour l'oignon, il faut citer :

– la mouche de l'oignon et la teigne.

Si leurs méfaits sont décelés, on doit détruire les plants atteints. Puis on évitera de renouveler la même culture sur la planche contaminée durant deux ou trois ans.

## L'oseille

Plante rustique et vivace relativement facile à cultiver.

### Origine

Les diverses espèces d'oseille semblent avoir, dès l'origine poussé spontanément en Europe. Puis les Anciens les ont cultivées pour leur usage culinaire et c'est surtout à partir du XIVe siècle qu'on les trouve à la base de nombreuses sauces. Utilisées plus tard comme plat de légumes à part entière, l'oseille fut cultivée au XVIIe dans les environs de Paris et se répandit ensuite dans le reste de la France.

### Culture

Cette plante pousse assez facilement un peu partout, surtout au soleil mais elle n'aime pas les terres calcaires et sèches. Un bon bêchage préalable est recommandé pour ameublir le sol.

• *Multiplication :* l'oseille peut être multipliée par semis ou par divisions de touffes mais le premier procédé est sans doute celui qui doit être préféré. La période préférentielle s'étale de mars à avril. Le semis est effectué en ligne, souvent sur une bordure de planche. Il est ensuite recouvert d'une fine couche de terre puis est plombé et arrosé.

La levée des graines est assez rapide et s'effectue au bout de huit à dix jours.

### Soins

– Dès que les jeunes plants ont 3 ou 4 feuilles, on pratique un éclaircissage de façon à laisser entre eux un espace d'environ 15 cm. Ceux qui sont prélevés peuvent être utilement repiqués sur une autre rangée.

Oseille *Rumex acetosa).*

Oseille épinard (en haut) et Oseille de Belleville.

– Des binages et des sarclages réguliers sont pratiqués.

– Un arrosage fréquent sera bénéfique.

– Lorsque la plante commence à fleurir en début d'été, il faut la rabattre avant qu'elle ne monte en graines.

### Récolte

La récolte peut commencer près de trois mois après le semis, vers la fin mai, dès que cinq feuilles se sont formées sur chaque plant. Elle se poursuit jusqu'aux gelées. Les feuilles sont coupées avec un couteau d'un coup sec et ainsi détachées du pétiole. De nouvelles récoltes sont effectuées ultérieurement.

L'oseille repousse après l'hiver pour donner une autre production dès le mois d'avril suivant et ainsi de suite durant quatre ans. Il n'est pas recommandé de conserver la planta-tion au delà de cette durée.

### Variétés

Les variétés les plus connues sont :

– L'oseille de Belleville : une des meilleures et des plus cultivées. Ses feuilles sont larges, grandes et boursouflées.

– L'oseille vierge, plus précoce, aux feuilles très longues.

– L'oseille épinard est une espèce voisine, à gros rendement et à la saveur douce.

### Maladies et parasites

Les maladies de l'oseille sont rares. Quelques parasites sont toutefois à craindre :

– La chrysomèle de l'oseille, petit insecte de couleur vert émeraude qui prolifère très rapidement et ronge les feuilles jusqu'au collet. Elle est combattue à l'aide de pulvérisations de roténone.

– La mouche de l'oseille qui pond ses œufs sur les feuilles. Ses larves se développent. Pour les combattre, il faut couper le feuillage au ras du sol et le brûler.

– Enfin, le puceron de l'oseille que l'on détruit comme la chrysomèle avec des pulvérisations de roténone.

# Le persil

C'est une plante condimentaire d'un emploi très courant.

## Origine

L'ancêtre du persil est l'ache, très connue chez les Romains et déjà citée par Virgile et Horace. Son usage était alors surtout ornemental : on la trouvait fréquemment sur les tombes funéraires. Le persil est utilisé depuis très longtemps en Hollande, Allemagne et Pologne. La France ne l'avait pas encore adopté au XVIIIe siècle. Il faut attendre 1860 pour voir son introduction dans notre pays par M. Marguerite. La culture ne prend vraiment de l'ampleur qu'à partir de la fin du XIXe siècle.

## Culture

La terre doit être légère, fraîche et riche en humus. La surface réservée au persil n'a pas besoin d'être très étendue car la production est dense, 1 m² suffit amplement pour un ménage.

• *Semis :* le semis s'effectue généralement à partir du mois de mars, en place et à la volée. Les graines sont recouvertes d'une très fine couche de terre à l'aide du râteau. La germination est assez longue (1 mois et plus). On peut gagner huit à dix jours en trempant les graines durant 24 heures dans de l'eau.

## Soins

– Après le semis, il faut plomber le sol et si possible le terreauter.

– Un arrosage régulier doit maintenir une certaine humidité pour favoriser la germination.

– Les herbes vont proliférer entre les plants, et gêner leur développement, aussi faut-il les enlever, à la main de préférence.

Persil nain frisé *(Petroselinum crispum).*

Persil commun très parfumé.

### Récolte

Elle peut commencer trois mois après le semis. Lorsque les feuilles sont encore petites, il vaut mieux n'en prélever que quelques unes sur chaque touffe. Si les tiges sont plus hautes (20 cm) on peut en arracher quelques unes selon les besoins ou même couper la plante entière au ras du sol.

A noter que tout doit être récolté en fin de saison car la 2$^{ème}$ année, le persil monte en graines et il faut semer à nouveau sur une nouvelle planche.

### Variétés

- Persil commun,parfumé
- Persil frisé vert foncé, décoratif
- Persil frisé vert foncé race Verbo, à repousse rapide
- Persil géant d'Italie, très parfumé à feuilles longues

### Maladie

Une seule paraît connue mais elle est peu courante : la septoriose qui se traduit par un blanchiment du feuillage. Elle peut être combattue à l'aide de bouillie bordelaise.

# Les poireaux

Plantes classées comme légumes bulbes et dites parfois "asperges du pauvre".

### Origine

Le poireau était considéré dans l'Antiquité comme une forme cultivée de l'ail d'Orient mais avait une apparence bulbeuse assez prononcée. Il figurait sur les tables romaines et l'on raconte que Néron en mangeait beaucoup. Ce n'est vraiment qu'à partir du XVIe siècle qu'on l'a cultivé sous sa forme non bulbeuse.

### Culture

La plante est assez exigeante quant à la richesse du sol. Aussi ne donnera-t-elle de bons résultats que dans les terres fortement fumées. Elle est assez épuisante et ne doit revenir sur les mêmes planches que tous les trois ou quatre ans.

• *Multiplication :* on peut effectuer des semis de février à juillet mais le procédé est un peu ardu pour un jeune jardinier. Il est préférable de réaliser directement une mise en place des plants. Celle-ci intervient en avril-mai pour les poireaux d'été; et en juillet pour les poireaux d'hiver.

• *Mise en place :* il faut préalablement habiller les plants. A cet effet, on coupe l'extrémité des feuilles et à peu près la moitié des racines.

– Puis on trace plusieurs sillons à 40 cm les uns des autres. Chacun d'entre eux est creusé avec la binette jusqu'à 15 cm de profondeur et devient un véritable petit fossé (1).

– On met successivement le tuyau d'arrosage à l'extrémité de chaque tranchée jusqu'à ce que la terre soit très humide et devienne de la boue (2).

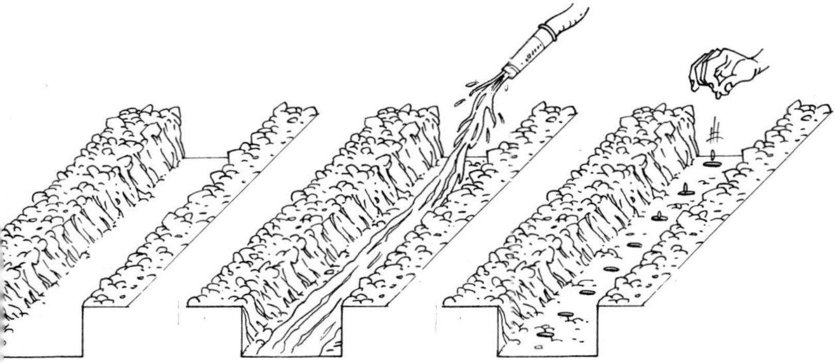

1 2 3

– A ce moment là, avec le plantoir, on crée des trous successifs à 15 cm d'intervalle et on met en place les plants (3).

### Soins

– Dès que les plants ont pris, on rabat sur eux toute la terre se trouvant sur les côtés des fossés. Une partie de leur base pourra ainsi blanchir.

– On doit veiller à ce que les poireaux ne manquent jamais d'eau car toute plante qui manque d'humidité à tendance à monter en graine.

– Des binages et des sarclages réguliers seront bénéfiques.

– Enfin, un apport d'engrais en cours de végétation favorisera le rendement.

### Récolte

– La durée de la culture est de l'ordre de 4 à 5 mois.

– La récolte a lieu dès juillet pour la production d'été et à partir d'octobre pour celle d'hiver. Les poireaux peuvent rester en terre durant la saison froide et être ramassés au fur et à mesure des

Poireau *(Allium porrum).*

Les poireaux au feuillage bleuté sont plus résistants au froid, qui les fait parfois virer au pourpre violacé.

besoins. Leur prélèvement s'effectue à l'aide d'une pelle-bêche.

– Ils doivent néanmoins être cueillis avant le printemps sinon leur tige durcit et risque de monter en graines.

### Variétés

*Pour la production d'été :*
- Jaune gros du Poitou
- Furor
- Géant précoce race Major
- Gros long d'été

*Pour la production d'automne-hiver :*
- Bleu de Solaise
- De Carentan
- Géant d'hiver

### Maladies et parasites

Peu sujet aux maladies, le poireau est parfois attaqué par la rouille. On peut essayer de la combattre avec de la bouillie bordelaise. L'ennemi le plus dangereux reste le ver du poireau. C'est un petit papillon qui pond ses œufs sur les feuilles. Les larves pénètrent dans le cœur de la plante et descendent jusqu'au bas de la tige. Les poireaux ont alors tendance à dépérir rapidement. Il faut pulvériser une solution à base de lindane ou de diazinon.

Pour éviter l'attaque du ver, on peut avant la plantation tremper les racines dans cette solution. Certains luttent aussi contre ce parasite en coupant carrément en cours de végétation toutes les feuilles atteintes et en laissant à nouveau les plants se développer depuis les parties saines.

# La poirée ou bette

Plante rustique à racines profondes, dont les feuilles peuvent être mangées comme les épinards et dont certaines variétés sont utilisées pour leurs côtes sous le nom de cardes.

## Origine

C'était autrefois une herbe à potage ces plus courantes. Elle était déjà mentionnée par les Grecs et même citée par Aristophane dans sa pièce "Les Grenouilles", cinq siècles avant J.-C.Son utilisation fut ensuite très fréquente chez les Romains. On sait qu'à Paris elle se mangeait abondamment dès le XIII^e^ siècle.

## Culture

La bette se cultive en tous terrains mais préfère les sols frais. C'est une plante modérément épuisante qui peut revenir sur le même sol tous les deux ou trois ans.

• *Semis :* seul le semis est utilisé comme moyen de multiplication. On sème en place généralement vers les mois d'avril-mai dans des petits sillons de 3 à 4 cm dans lesquels on dépose deux ou trois graines tous les trente cm. Les sillons sont eux-mêmes espacés de 50 cm. On les recouvre avec un peu de terreau ou de compost. Puis on tasse le sol et on arrose.

La levée est assez rapide et se produit dix à quinze jours après.

## Soins

– Quand les jeunes plants ont trois ou quatre feuilles, on éclaircit de façon à n'en conserver qu'un tous les 30 cm. Les plants prélevés sont mis en place pour combler les trous éventuels ou semer d'autres lignes.

Poirée *(Beta vulgaris)*.

Rhubarb chard (Poirée rhubarbe) aux cardes rouge vif.

Bien qu'ornamentale, cette variété se consomme (feuilles et cardes) et perd sa couleur à la cuisson.

En cours de végétation, la bette ne demande que quelques sarclages ou binages. Elle doit aussi être fréquemment arrosée.

– On peut aussi butter les pieds, ce qui favorise le blanchiment des côtes.

### Récolte

La durée moyenne de culture est de l'ordre de quatre ou cinq mois. C'est donc à peu près en septembre que la récolte peut commencer. Elle s'effectue en prélevant successivement des feuilles et en commençant par celles qui sont à l'extérieur. Elle peut se prolonger jusqu'aux gelées. Certains en conservent même pendant l'hiver en arrachant les pieds et en les plantant dans du sable frais, à l'intérieur de la cave ou dans un local obscur.

### Variétés

Parmi les plus connues, on peut citer :

Celles qui sont réservées pour leurs cardes :

- la blonde à cardes blanches
- la verte à cardes blanches
- la frisée à cardes blanches

Celles que l'on coupe pour le feuillage :

- la blonde à couper
- la verte à couper

### Maladies et parasites

Plante assez robuste, la bette résiste bien aux maladies. Elle peut toutefois, dans des cas exceptionnels, être, comme la betterave touchée par le mildiou ou la rouille. Un traitement à la bouillie bordelaise doit s'avérer efficace.

# Les pois

C'est un légume, dit légume graine, peu épuisant et que l'on récolte l'un des premiers en début d'année.

## Origine

L'origine de cette plante est incertaine. Il semble toutefois que dans les temps les plus reculés les pois existaient à l'état sauvage en Italie et en Europe orientale. A l'époque préhistorique, on les trouvait en culture potagère en Europe. En France, la consommation est importante au Moyen Age.

Seuls les pois ridés sont plus récents. Ils ont été introduits en Angleterre par Knight en 1787.

## Culture

Le sol aura été préalablement ameubli et enrichi. Il sera de préférence frais. Les pois redoutent en effet la sécheresse mais ont besoin d'air et de soleil.

• *Semis* : les semis s'effectuent en place en février, mars et avril (certains en réalisent aussi en été). On trace des sillons parallèles de faible profondeur. Ils seront distants de 40 à 50 cm s'il s'agit de pois nains et de 0,80 m à 1 mètre si l'on utilise des pois à rames.

– Les graines seront disposées très près les unes des autres, à 2 ou 3 cm et légèrement plus espacées si on les place en poquets de 6 à 8 .

– Les petites plantes apparaissent entre 15 jours et un mois après les semis.

Pois *(Pisum sativum).*

Les pois à écosser très hâtif d'Annonay à grains ronds.

**Soins**

– Dès que les plants sortent de terre, si vous avez des oiseaux dans votre jardin, méfiez vous car ils sont très friands des jeunes pousses. Vous avez tout intérêt, comme je le fais chaque année, à recouvrir la planche d'un filet qui protégera vos pois.

– Puis, comme pour beaucoup de légumes, il faudra biner et sarcler avec précaution car les pieds de petits pois sont très fragiles. Un arrosage régulier est également indispensable. La base des plants sera aussi utilement renforcée par un buttage.

– Pour les pois nains, vous n'avez pas d'installations particulières à prévoir, mais pour les pois à rames qui sont les plus amusants à cultiver et les plus productifs, il faut mettre des supports sur lesquels ils vont pouvoir grimper. Des branches d'arbres, munies de rameaux et piquées en terre doivent suffire mais il existe des moyens plus élaborés à base de treillages métalliques ou de filets de Nylon fixés entre 2 ou 3 piquets. Dans ce cas une maille très large

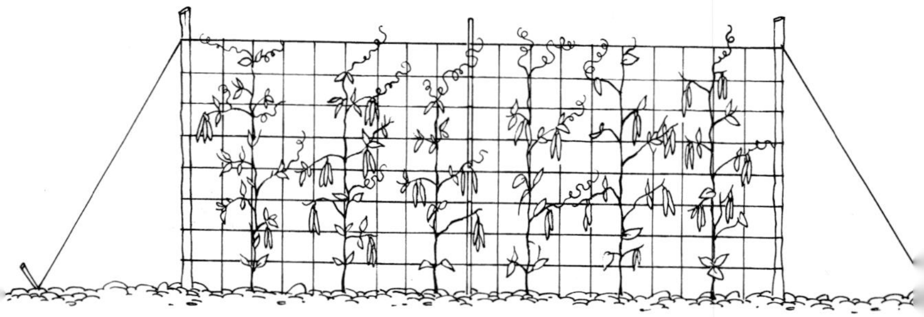

permettra de passer la main à travers pour mieux ramasser les cosses.

– Enfin, on peut aussi pincer le sommet des tiges au-dessus de la 5e ou 6e fleur. Cette opération n'est pas indispensable mais elle permet d'obtenir une maturité plus précoce et de renforcer les plants.

### Récolte

La durée de la culture est de l'ordre de 4 mois. On procédera donc à la cueillette des premiers produits en mai et juin. Les pois seront de préférence consommés frais car c'est là qu'ils conservent toute leur saveur. Il faut durant près d'un mois les ramasser tous les trois ou quatre jours. Certains prolongent la culture afin d'obtenir des pois secs.

### Variétés

Les variétés sont très nombreuses. On distingue pour les classifier les pois à écosser et les pois sans parchemin ou mange tout. Nous ne citerons que quelques uns des plus connus.

*Pois à écosser à rames :*

- Le prince Albert est très précoce
- Le Caractacus moins précoce mais plus productif
- Le Michaux de Hollande
- Le Michaux de Paris rustique et productif
- La Serpette Guilloteaux à grains ronds

*Pois à écosser nains :*

- Merveille d'Amérique à grains ridés
- Petit Provençal à grains ronds
- Très hâtif d'Annonay à grains ronds

*Pois à écosser "Mange tout" à rames :*

- Corne de bélier, demi tardif à grandes cosses blanches

*Pois à écosser "Mange tout" Nains :*

- Nain breton, robuste et aux tiges assez hautes.

### Maladies et parasites

– Le blanc, sorte d'oïdium recouvre les feuilles et les tiges d'une poussière grise et arrête leur développement. Un soufrage permet de limiter les dégâts.

– L'anthrachnose se manifeste par des tâches noires sur les cosses. Elle se traite à la bouillie bordelaise.

– La rouille est également combattue au moyen de la bouillie bordelaise.

Les parasites qui peuvent s'attaquer aux pois sont :

– Le thrips, petit insecte qui fait des trous dans les feuilles et provoque leur jaunissement. L'eau savonneuse est alors un moyen de lutte efficace. On utilise aussi le malathion ou le lindane.

– La sitone ou charançon du pois qui se cache le jour sous les mottes de terre et vient en revanche la nuit grignoter les feuilles. Elle est combattue en saupoudrant de la chaux ou du lindane.

– La tordeuse du pois, papillon brun qui pond ses œufs sur les jeunes gousses et attaque les petits pois. Si l'on bine fréquemment le sol les oiseaux viendront la manger.

Les pois à grains ronds sont non sucrés et se sèment tôt en saison et les pois à grain ridés sont sucrés et se sèment lors que la terre  est déjà réchauffée.

# La pomme de terre

C'est une plante vivace grâce à la fécule renfermée par ses tubercules, mais elle est utilisée en culture annuelle.

## Origine

Les pommes de terre sont originaires des Andes. Elles existaient dans toute l'Amérique du Sud au moment de la découverte du Nouveau Monde et sont mentionnées pour la première fois en 1533. Elles avaient été connues des Espagnols au Pérou en 1530 et introduites chez eux vers 1555. L'importation en Europe se fit à la fin du XVIe siècle et notamment en Irlande par le navigateur Francis Drake (1540-1596). Leur emploi dans l'alimentation en France rencontra au début de vives résistances. On les accusa même de donner la lèpre. Augustin Parmentier (1737-1813), agronome et apothicaire, fit garder un champ de pommes de terre par des soldats, ce qui excita la convoitise des voisins et déclencha leur développement.

## Culture

Les tubercules sont en principe peu exigeants et poussent même dans des sols peu fertiles. Mais si l'on veut obtenir des produits de bonnes dimensions, il vaudra mieux travailler préalablement le sol et l'enrichir.

• *Multiplication :* certains pratiquent des semis à partir de graines mais le procédé est à déconseiller pour un amateur.

– La multiplication normale se fait à partir de tubercules qui en réalité sont de simples pommes de terre. La période favorable correspond aux mois de février et mars pour les variétés hâtives et à avril et mai pour les tardives.

– Pour mettre en place la semence, on creuse une tranchée de 15 cm de profondeur à l'aide de la houe. On y incorpore un peu de compost et on dispose les petits tubercules, les germes en haut, à 30 cm d'intervalle pour les hâtives et à 50 cm pour les tardives. Puis les plants sont recouverts d'une épaisseur de terre d'environ 10 cm. La levée s'effectue à peu près trois semaines après la mise en place.

**Soins**

– Quelques binages seront nécessaires au début et notamment pour combler les premiers trous de plantation.

– Puis dès que les tiges seront nettement sorties de terre, on les buttera. On déposera de la terre tout autour des pieds pour protéger les tubercules de la lumière et leur permettre de trouver la place nécessaire.

– Il y a lieu de supprimer aussi toutes les mauvaises herbes qui ont tendance à pousser entre les pieds.

– D'autres buttages seront nécessaires avant que les pommes de terre ne parviennent à leur pleine maturité.

Pomme de terre *(Solanum tuberosum).*

Fleur de la pomme de terre.

## Récolte

La durée de la culture est variable selon la nature des plants. Il faut compter 4 mois pour les hâtives et 5 pour les tardives. La récolte s'effectuera donc au plus tôt en juin pour la première catégorie et en septembre-octobre pour la deuxième. Elle aura lieu quand les fanes seront entièrement flétries. A ce moment-là, on devra laisser les pommes de terre extraites un jour sur le sol afin de permettre aux peaux de prendre de la consistance.

## Variétés

Elles sont très nombreuses mais on pourra se limiter à quelques unes d'entr'elles choisies parmi les meilleurs pour le potager :

*Hatives :*

- Belle de Fontenay, à chair jaune et au tubercule allongé
- Bintje qui en fait est une semi hâtive
- Earley rose , aux tubercules oblongs et roses
- Rosabelle
- Sirtema
- Appollo

*Tardives :*

- Charlotte
- Ratte dite aussi quenelle de Lyon
- Arfan-banner qui fournit de bons rendements
- Rosa aux tubercules allongés, à la peau rose et à la chair jaune
- Roseval à peau rouge et chair jaune
- Spunta

## Maladies et parasites

– L'ennemi le plus redoutable de la pomme de terre est le doryphore. C'est une grosse coccinelle portant sur ses ailes des lignes noires et jaunes caractéristiques et qui dépose ses œufs jaunâtres sur le feuillage. Les larves rouges à tête noire rongent les feuilles et les tiges avec une grande voracité. Pour les détruire on peut simplement les ramasser après avoir visité soigneusement toute la plantation et les écraser. Sinon, une pulvérisation de bouillie bordelaise ou de roténone réglera le problème.

– Le mildiou, dû à un champignon, se manifeste par des tâches brunes sur les feuilles et les tiges. Les tubercules pourrissent ensuite à plus ou moins longue échéance. Il faut couper les fanes et laisser les tubercules atteints en terre jusqu'à la récolte. Le meilleur remède préventif est une pulvérisation de bouillie bordelaise.

– La galle se traduit par quelques excroissances ou crevasses sur les tubercules. Les pommes de terre, une fois pelées et nettoyées peuvent encore être consommées.

– Enfin l'anguilule des tiges, beaucoup plus rare, est provoquée par un ver blanc minuscule qui mange les tubercules. Il faut à ce moment là arracher et brûler les plants atteints et désinfecter le sol avec du phytosol avant de reprendre toute culture sur la planche.

### Conservation

Une fois ramassées, les pommes de terre sont conservées à l'intérieur dans un local aéré, noir et à l'abri de la gelée.

# Le radis

C'est un légume non épuisant et à végétation rapide.

**Origine**

L'origine du radis est incertaine mais il semble qu'il existait à l'état sauvage en Chine 1100 ans avant J.-C. Les Grecs en mangeaient.

En Europe, sa propagation ne paraît pas avoir été très rapide. On en trouve encore très peu au Moyen Age. En revanche, au XVI$^{e}$ siècle il figure quotidiennement sur les tables en France. Au XVII$^{e}$, la variété de tous les mois est cultivée un peu partout.

**Culture**

Le radis aime les sols frais et meubles mais n'exige pas de fumure spéciale. Un climat tempéré lui convient.

• *Semis :* le semis s'effectue dès le printemps sur une surface réduite en raison de son rendement. Il peut se poursuivre durant la majeure partie de l'année et donc aussi bien en été qu'en automne. Les graines sont jetées à la volée en place. Elles sont ensuite recouvertes d'une fine couche de terre puis le sol est plombé. La levée est assez rapide et intervient au bout d'une semaine environ.

**Soins**

– Des arrosages fréquents sont nécessaires.

– Il est également bon d'effectuer régulièrement un désherbage entre les plants.

**Récolte**

Certaines variétés donnent des végétations très rapides en dix-huit ou vingt jours. D'autres sont plus longues. Les radis sont récoltés quand ils sont jeunes. C'est là qu'ils sont les meilleurs. Si on les laisse trop longtemps en terre, ils durcissent et ont un goût particulièrement fort. Pour pouvoir en ramasser en permanence, il y a donc tout intérêt à pratiquer des semis successifs.

Radis *(Raphanus sativus).*

## Variétés

Elles sont très nombreuses et se divisent en radis de tous les mois à croissance très rapide puis en radis d'été et d'automne et même en radis d'hiver.

*Radis d'été et d'automne :*

- De 18 jours
- De 5 semaines rose 3
- Flamboyant
- Rond écarlate géant de Wurzbourg
- Rond écarlate
- Pernot demi long
- Gaudry, très hâtif
- Cerise
- Münchner bier, radis blanc

*Radis d'hiver :*

- Noir gros long d'hiver
- Rose d'hiver de Chine
- Violet de Gournay

## Maladies et parasites

Assez robuste, le radis est rarement sujet aux maladies. Il peut toutefois subir celles des choux et des navets et doit dans ce cas être traité de la même façon que ces légumes.

# Les tomates

Plantes annuelles aimant le soleil et dites légumes-fruits.

**Origine**

La tomate a été découverte par les Européens au cours de la conquête de l'Amérique. Elle existait alors à l'état sauvage sous forme de petits fruits sphériques appelés tomates-cerises et se rencontrait surtout sur le littoral du Pérou, aux Antilles et au Texas. Puis, elle fut importée en Europe avant la pomme de terre. Elle prit alors la dénomination de pomme d'or ou pomme d'amour. Ce légume fut enfin cité par un botaniste français en 1572 mais il fallut attendre le début du XIXe siècle pour que sa culture se soit vraiment généralisée.

**Culture**

La tomate est assez exigeante pour la fertilité du sol. Il lui faut une terre légère, meuble et convenablement fumée. Une inclusion préalable de compost ou de fumier favorise son développement. Par ailleurs, elle a une prédilection pour le soleil.

• *Multiplication :* on peut effectuer des semis, mais la mise en place de plants achetés sur le marché s'avère beaucoup plus simple.

• *Semis :* ils peuvent être réalisés dès le mois de mars dans de petits godets qu'on garde à l'intérieur, avec une température convenable et un éclairage suffisant. On arrose régulièrement avec minutie et une semaine après les jeunes plants apparaissent. Ils peuvent être sortis par beau temps et exposés au soleil mais il faut les rentrer le soir. Dès qu'ils sont suffisamment grands, on les repique en pleine terre.

Tomate cerise aux petits fruits, pour l'apéritif.

Tomate *(Lycopersicum esculentum)*.

• *Mise en place* : Elle s'effectue en avril ou début mai pour les variétés hâtives, selon les climats et de préférence par temps couvert. Cette opération doit se faire impérativement après la fin des gelées car les jeunes plants n'aiment pas le froid. Les espèces tardives sont mises en place un peu plus tard, en mai-juin.

– On dispose les plants en ligne à 50 ou 60 cm les uns des autres et si l'on désire obtenir plusieurs rangées, on répète l'opération en laissant un écartement de 1,20 m entre les rangs de façon à donner de l'air et à faciliter les arrosages.

– Les jeunes pousses sont mises en place avec une motte de terre autour des racines afin de favoriser la reprise. Elles sont enterrées de telle sorte que les collets soient à quelques cm au-dessus du sol. Si les plants sont trop longs, on peut même coucher une partie des tiges dans la terre. En procédant de la sorte, on provoque la formation de nouvelles racines qui assurent une meilleure alimentation de la plante.

– La tige de la tomate est fragile et n'a pas assez de rigidité pour pouvoir se maintenir sans soutien. Aussi doit-on lui donner un tuteur dès le départ. On plante à cet effet derrière chaque pied un piquet de 1,10 m à 1,5 m de hauteur et on l'attache avec un premier lien en ayant soin de ne pas trop serrer.

### Soins

– Durant la végétation, le sol doit être maintenu propre et frais. L'arrosage est de préférence effectué au pied des plants et non sur les feuilles.

**Nota** : on peut aussi, au lieu d'utiliser des tuteurs, former une sorte de palissade entre deux gros piquets et tendre entre eux horizontalement trois rangs de fil de fer, le premier à 30 cm de hauteur et les deux autres à 65 cm et à 1,10 m. Les tiges sont attachées ensuite aux divers fils au fur et à mesure de leur croissance.

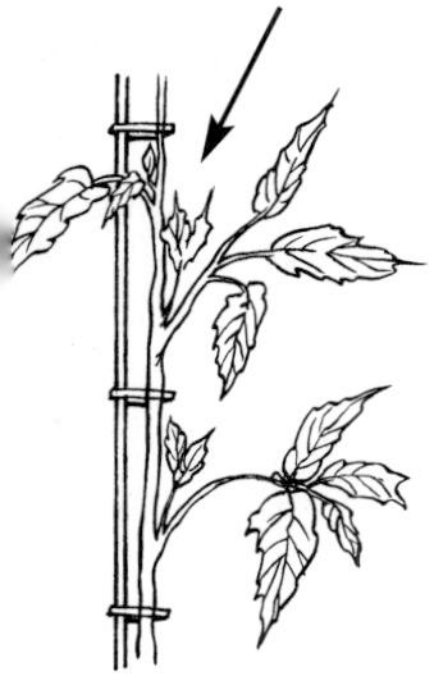

1

2

– Au fur et à mesure de la croissance, on attache la tige au tuteur en différents points situés les uns au-dessus des autres.

– Si l'on veut obtenir des fruits de bonne qualité, il faut aussi procéder à la taille, opération indispensable, car la plante livrée à elle-même produit de nombreuses ramifications : On doit enlever à la main les petites pousses qui apparaissent à l'aisselle des feuilles (1) et l'on conserve en revanche le bourgeon terminal. Ces dispositions permettent de ne conserver qu'une tige sur chaque plant de tomate. Quand on a obtenu quatre bouquets de fleurs ou de fruits sur une tige, il est bon de pincer la partie supérieure de cette dernière (2).

– Il est souhaitable de traiter préventivement avec de la bouillie bordelaise pour éviter des maladies.

**Nota** : si l'on fait pousser les tomates sur un treillage, on a tout avantage à laisser se développer deux ramifications au lieu d'une seule. On les attache sur le premier fil de fer en les disposant en "V". Chacune d'entre elles est traitée comme la tige unique décrite précédemment.

De rouge et minuscule, la tomate est devenue jaune, orange voire noire et certaines dépassent le kilo !

Tomate Yellow pearshaped aux fruits jaunes en forme de poire.

### Récolte

La durée de la végétation dépend de la précocité des variétés. On compte 4 mois pour les hâtives et 5 à 6 pour les tardives. Les premiers fruits peuvent être cueillis dès le mois de juillet si l'ensoleillement a été bon et les a fait rougir. La récolte peut durer jusqu'aux premières gelées si on a échelonné les plantations.

### Variétés

On trouve notamment:

| | |
|---|---|
| - Marmande V.R | précoce à gros fruits |
| - Super Marmande | précoce et productive |
| - Saint-Pierre | à gros fruits longs et lisses |
| - Floradade | pour culture non tuteurée |
| - Montfavet | précoce |
| - Bali | d'une très bonne saveur |
| - Roma | aux fruits allongés |
| - Cerise | aux petits fruits, pour l'apéritif |
| - Sweet | idem |

### Maladies et parasites

La maladie la plus dangereuse est le mildiou. Il peut apparaître sous forme de tâches brunes, d'abord sur les feuilles puis sur les fruits dont il provoque la pourriture. On peut s'en préserver en traitant à la bouillie bordelaise. Mais il est nécessaire de procéder à deux ou trois applications successives à mesure que les plants se développent.

D'autres maladies peuvent se produire : le flétrissement par exemple qui se traduit par un jaunissement puis une chute de feuilles. On peut le traiter aussi avec de la bouillie bordelaise. Parmi les parasites on trouve :

– l'anguilule : il faut alors brûler tous les pieds atteints et augmenter la rotation des cultures.

– le puceron que l'on combat avec des pulvérisations de roténone.

# III

# Les autres principaux légumes

Ce nouveau chapitre traite des légumes moins courants ou plus difficiles à cultiver qui ne sont pas mentionnés dans les pages précédentes. Ils sont ici aussi classés par ordre alphabétique.

Le calendrier de leur plantation se présente sommairement de la façon suivante :

février-mars :

- Topinambour
- Chicorée sauvage et Endive
- Salsifis
- Scorsonère
- Cerfeuil
- Asperge
- Estragon

avril-mai :

- Cardon
- Chicorée sauvage et Endive (suite)
- Salsifis (suite)
- Cerfeuil (suite)
- Menthe
- Chou-fleur et brocoli

Poivron de type hongrois à chair douce aux longs fruits pointus jaune clair et orange vif à maturité.

- Coriandre
- Cèleri-rave
- Tétragone
- Bourrache
- Angélique
- Melon
- Basilic
- Cresson
- Pissenlit
- Poivron et piment
- Potiron
- Sauge
- Sarriette
- Maïs
- Hysope

juin-juillet :

- Chou- rave
- Fenouil doux
- Chou de Bruxelles
- Chou-fleur et brocoli (suite)
- Chicorée sauvage et Endive (suite)
- Sauge (suite)
- Marjolaine
- Pe-tsai

août-septembre :

- Cresson(suite)
- Pe tsai (suite)
- Mâche
- Thym
- Coriandre (suite)
- Hysope (suite)

octobre :

- Rhubarbe
- Romarin
- Mâche (suite)
- Sarriette (suite)

# L'angélique

Plante robuste et vivace dont les diverses parties sont utilisées : les tiges pour les confitures et les pâtisseries; les racines en pharmacie, les feuilles dans des infusions et les graines pour des liqueurs.

## Origine

L'angélique croît naturellement dans les Alpes et dans les Pyrénées. Elle est toutefois aussi cultivée dans les jardins. Son nom vient du rôle efficace qu'on lui attribuait contre les venins.

## Culture

L'angélique prospère dans un sol riche, frais, bien drainé et bien exposé; mais elle aime l'ombre.

• *Semis :* elle peut être semée en place dès le début du printemps à 2,5 cm de profondeur dans un sol humide. Puis elle est légèrement recouverte de terre et constamment entretenue dans un état de fraîcheur.

## Soins

En période de sécheresse, il faut multiplier les arrosages et les binages.

## Récolte

La levée des plants est assez longue. Les feuilles sont cueillies en début d'été de l'année suivante : en juin. C'est à ce moment là que les qualités aromatiques sont les meilleures.

En même temps, les pétioles sont prélevés pour être confits. Les racines sont de préférence ramassées au cours du deuxième automne.

Angélique *(Angelica archangelica).*

**Variétés**

On trouve une trentaine d'espèces dans l'hémisphère boréal et en Nouvelle Zélande.

En France, on connaît surtout :

– L'angélique sauvage qui pousse facilement au bord des fossés et

– L'angélique des jardins qui croît naturellement dans les Alpes et les Pyrénées.

L'angélique de Bohème est une variété de cette dernière.

**Maladie**

Cette plante est peu sensible aux maladies.

# L'asperge

C'est une plante vivace aux nombreuses racines. Celles-ci constituent ce que l'on appelle une griffe et donnent naissance à plusieurs tiges.

**Origine**

L'asperge est cultivée depuis plus de 2000 ans. Les Égyptiens l'utilisaient déjà et la faisaient même figurer dans leurs sculptures

de bas reliefs. Les Grecs récoltaient les turions d'une asperge sauvage qu'ils appelaient "asparagos" et chez les Romains, Caton enseignait la manière de les cultiver. L'Europe toutefois semble avoir ignoré l'asperge pendant quelques siècles et ce n'est que vers le XVe siècle qu'on l'y trouva.

### Culture

La plante prospère dans un sol léger, bien drainé et fumé ; elle se développe particulièrement bien en terrain sableux mais nécessite alors une importante fumure.

• *Mise en place des griffes* :la multiplication s'effectue par mise en place de griffes d'un ou deux ans auxquelles on raccourcit préalablement les racines pour les ramener à 10 ou 12 cm de longueur. On creuse pour chaque sillon une tranchée de 40 cm de largeur et de 20 à 25 cm de profondeur. La terre extraite est régulièrement répartie à droite et à gauche et le fond du fossé est nivelé (1).

Puis, sur ce fond, on dispose à 1 mètre d'intervalle environ de petits tas de terre mélangés de compost. C'est sur ces monticules que les griffes sont mises en place, les racines bien étalées et pressées contre le sol (2).

Pour repérer ultérieurement leur emplacement, on peut fixer un petit tuteur près de chaque pied. A ce moment là, on fait glisser un peu de terre meuble dans le fond de la tranchée de façon à recouvrir le collet de 3 à 4 cm. Ainsi, le niveau supérieur du fossé sera environ à 15 cm au-dessous du sol (3).

### Soins

– Au cours de la première année, des binages et des sarclages fréquents sont nécessaires.

Les tiges sortant de terre sont laissées telles quelles pendant l'été. Elles sont en revanche coupées en novembre à 5 cm du sol. Puis on recouvre d'une fine couche de terre ou terreau.

– Lors de la deuxième année, on procède aux mêmes soins et l'on remplace éventuellement les quelques griffes qui n'ont pas pris. Puis on retire les tuteurs qui jusque là ont servi de repères.

– Au début de la troisième année, les fossés sont entièrement

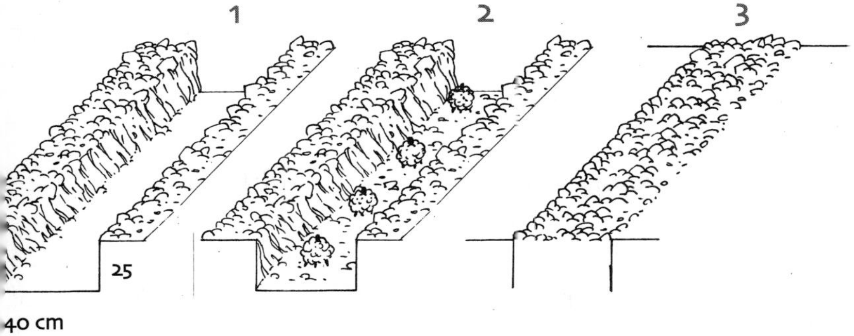


comblés. Et en avril, on procède au buttage des plantations : on réalise un véritable dôme au-dessus du sol (3).

– Enfin tous les ans, il faut inclure à nouveau un peu de fumure dans le sol si l'on veut obtenir de bons produits. On doit aussi butter en avril et débutter en automne.

### Récolte

Elle n'intervient que la troisième année vers le mois d'avril et peut alors se poursuivre jusqu'à la fin juin. Les turions sont cueillis au fur et à mesure des besoins et ceci presque tous les deux ou trois jours.

La récolte est effectuée à la main. On dégage la terre autour de l'asperge, on glisse un doigt le long de la tige et on la détache de sa couronne d'un coup sec. Mais, il est souvent plus pratique d'utiliser la gouge spéciale qui permet de couper la tige sans difficulté.

Conseil : Pour ménager la plantation, surtout durant les premières années, il est bon de laisser monter en graines quelques tiges.

Asperge *(Asparagus officinalis).*

**Variétés**

Les variétés les plus répandues sont:

- L'asperge d'Argenteuil qui existe sous forme hâtive et tardive
- Larac, précoce et productive
- Andréas, pour régions à hiver froid
- Eposs, nouvelle variété à bon rendement
- Jacq, très précoce

Les asperges à gros turions et pointes blanches sont particulièrement savoureuses.

### Maladies et parasites

Deux maladies essentielles sont à redouter :

– La pourriture des griffes assez rare mais qui oblige à arracher et à brûler les plants atteints.

– La rouille, plus fréquente, surtout en terrain humide. On la combat quand les pousses sont nettement sorties de terre, par une pulvérisation de bouillie bordelaise.

Les parasites rencontrés sont :

– La mouche de l'asperge qui pond ses œufs sur les tiges. Celles-ci sont ensuite mangées par les larves. Une pulvérisation d'insecticide à base de diazinon est efficace.

– La criocère, larve grisâtre qui ronge les jeunes tiges et les feuilles. Elle peut être combattue avec du roténone.

Nota : Les plantations d'asperges peuvent occuper le même sol durant 12 à 15 ans.

# Le basilic

Plante aromatique dont les feuilles sont fréquemment employées dans les préparations culinaires.

**Origine**

Le basilic serait originaire d'Inde. Il n'est cultivé en Europe que depuis le début du siècle, en particulier en Espagne, en Allemagne et en France.

**Culture**

Le sol idéal est de préférence léger, sec et sableux. Le climat doit être ensoleillé.

• *Mise en place des plants :* les plants sont mis en place fin avril-début mai en pleine terre et espacés de 30 cm en tous sens.

**Soins**

Les soins culturaux se réduisent à des désherbages, des sarclages et des binages.

**Récolte**

– Quand les plants atteignent 10 à 15 cm de hauteur, on peut cueillir les feuilles à tous moments pour les utiliser fraîches.

– Il est aussi possible de les conserver pour l'hiver. Il faut alors couper les tiges à environ 10 cm du sol et les faire sécher. Le basilic met plus de temps que les autres plantes avant de devenir sec.

– De toute façon, il y a intérêt à tout couper avant l'hiver car la plante ne supporte pas les gelées.

**Variétés**

- Fin vert, à petites feuilles

Basilic *(Ocimun basilicum).*

- Grand vert, à grandes feuilles
- A feuilles de laitue, à feuilles très larges et longues
- Pourpre, à feuillage pourpre

**Maladies et parasites**

Le basilic est assez résistant. Il craint surtout une trop forte humidité.

# La bourrache

Plante annuelle à feuilles étalées employées pour la décoration, pour parfumer des boissons rafraîchissantes et pour fabriquer des infusions.

## Origine

La bourrache était très utilisée au Moyen Age. Les Arabes en faisaient depuis longtemps une forte consommation. Cette plante est sans doute moins connue aujourd'hui qu'elle ne l'était autrefois.

## Culture

La bourrache prospère dans des sols secs et relativement pauvres; elle ne craint pas le soleil.

Bourrache *(Borrago officinalis)*.

•*Semis :* on sème en place au printemps, en avril-mai, dans un petit coin du jardin, à environ 2,5 cm de profondeur. Les graines sont ensuite recouvertes d'une fine couche de terre.

Une fois introduite dans un potager, la bourrache s'y reproduit toute seule par l'intermédiaire des graines qu'elle libère.

### Soins

Peu exigeante, la bourrache ne nécessite pas de travaux particuliers d'entretien. Il faut simplement éclaircir les plants et laisser entre eux un espace de 30 cm en tous sens.

### Récolte

La levée est très rapide et l'on peut en général procéder à une première cueillette 2 mois après le semis. On récolte les jeunes feuilles. Les fleurs sont également prélevées quand elles apparaissent. Elles sont utilisées pour orner les salades.

### Variétés

- Bourrache officinale, pour infusions et salades

### Maladies

La bourrache est peu sensible aux maladies.

# Le cardon

Plante résistante ressemblant à l'artichaut et dont on consomme le cœur et les côtes des feuilles une fois blanchies.

## Origine

Le cardon existait à l'état sauvage dès les temps les plus reculés. Il était mentionné par le philosophe Théophraste dans son "Traité des plantes" 300 ans avant J.-C. Sa culture s'est perfectionnée à partir du IIe siècle et n'a ensuite cessé de s'étendre. Puis, pour son malheur, le cardon donna naissance au XVIe siècle à l'artichaut et depuis, son utilisation n'a cessé de décliner.

## Culture

La plante exige une bonne terre fraîche et bien fumée. Il lui faut aussi beaucoup d'espace pour s'étaler à partir du mois d'août.

• *Semis :* il s'exécute au printemps. Les travaux préalables sont importants. On doit préparer des tranchées de 30 à 40 cm de côté et de 15 à 20 cm de profondeur distantes d'un mètre environ. Elles sont remplies de compost ou de terreau. Les graines sont déposées en poquets de deux ou trois, et enfoncées de quelques cm avec les doigts.

## Soins

– Quand les plants sont sortis de terre, on ne conserve que le mieux venu dans chaque poquet.

– On entretient le sol propre et meuble par des sarclages et des binages et on arrose régulièrement.

– En cours de végétation, on procède à un épandage d'engrais pour faciliter le développement des plantes.

– Enfin quand la croissance est terminée, vers septembre-octobre, (certains pieds atteignent 1m de haut) on fait blanchir les cardons : on rassemble les feuilles en faisceau et on les attache au moyen de deux ou trois liens puis on procède à un buttage de 20 à 30 cm avec de la terre. Certains mettent même un paillage par dessus afin d'organiser une couverture.

### Récolte

La récolte peut commencer à l'automne et se poursuivre jusqu'au début de l'hiver. Il faut à peu près trois semaines pour obtenir le blanchiment des côtes. L'arrachage se fait plutôt par temps sec avant les fortes gelées. Les pieds sont prélevés avec une motte de terre et l'extrémité des feuilles est coupée à la faucille ou au sécateur.

Si l'on désire conserver certains pieds, on peut les mettre en cave, dans du sable humide. Ils achèveront de blanchir et devront être consommés avant le mois de mars suivant.

Dès qu'il fut repéré comme plante comestible, les jardiniers s'employèrent à le civiliser.

Cardon *(Cynara cardunculus).*

**Variété**

Une variété est aujourd'hui très répandue:

-Plein blanc inerme, à côtes larges et épaisses

**Maladies et parasites**

Le cardon est assez résistant. Il peut toutefois être atteint par le blanc ou meunier que l'on traite avec de la bouillie bordelaise. La casside verte ou les pucerons sont éliminés avec des solutions à base de roténone ou de malathion.

En cas de conservation en cave, il faut se méfier de la pourriture des feuilles externes et manger ces légumes en temps utile.

# Le céleri rave

Plante appartenant au groupe des légumes-racines. Assez épuisante, elle ne doit revenir sur le même sol que tous les 3 ou 4 ans.

## Origine

Contrairement à ce que l'on croit le plus souvent, le céleri rave est plus ancien que le céleri à côtes. Des botanistes de la Renaissance ont signalé sa culture en Italie au XVIe siècle. Au XVIIe siècle, il semble bien introduit en France puisque le cuisinier français de la Varenne donne des recettes culinaires pour sa préparation.

## Culture

Le sol favorable est frais, meuble et très bien fumé.

• *Semis :* il peut s'effectuer en pleine terre au cours de la deuxième quinzaine d'avril s'il n'y a plus risque de gel. La mise en place des plants peut avoir lieu en mai. L'intervalle à observer est de 40 cm.

## Soins

– Dans le cas de semis, les plants sont éclaircis de façon à laisser entre eux un intervalle de 35 à 40 cm.

– De nombreux binages, sarclages et arrosages sont recommandés.

– Il y a lieu de protéger les jeunes pousses contre les limaces qui en sont très friandes.

– Enfin, il faut enlever les vieilles feuilles autour du collet pour favoriser le grossissement de la pomme.

## Récolte

En pleine maturité, le céleri rave atteint 10 cm de diamètre environ. La récolte doit s'effectuer avant les premières gelées. On déterre les raves et on coupe les fanes. Les racines, une fois débarrassées de leurs feuilles et de la terre, peuvent être conservées en cave dans du sable frais durant plusieurs semaines.

## Variétés

| | |
|---|---|
| -Des maraîchers | à racine volumineuse |
| - Niva | à chair très blanche |

## Maladies et parasites

Comme le céleri à côtes, le céleri rave peut être atteint par la rouille et la septoriose combattues à l'aide de bouillie bordelaise. Si la maladie persiste après traitement, il ne reste plus qu'à arracher et à détruire les pieds atteints. Le parasite le plus dangereux est la mouche du céleri éliminée avec du roténone.

Céleri rave *(Apium graveolens)*.

## Le cerfeuil

Plante aromatique qui est un succédané du persil.

### Origine

Le cerfeuil existait depuis déjà longtemps à l'état sauvage en Russie, en Sibérie, en Perse, en Allemagne et en Autriche. Il aurait été consommé en Europe septentrionale dès l'Antiquité. Mais il ne fut introduit en France qu'au XIXe siècle vers 1840. La revue "Le bon jardinier" ne l'a mentionné qu'en 1884.

### Culture

La plante est peu exigeante du point de vue du sol et du climat. On peut même la cultiver dans des parties ombragées du jardin.

Cerfeuil *(Anthriscus cerefolium).*

• *Semis :* on sème en place, à la volée ou en lignes espacées de 25 cm dès le mois de mars et ce, jusqu'en septembre. Le cerfeuil n'apprécie pas d'être transplanté, aussi vaut-il mieux se limiter au semis. L'été, l'emplacement des semis sera ombragé et bien arrosé. Pour des récoltes d'hiver, il vaut mieux choisir une exposition au midi.

### Soins

– Dès qu'ils ont 5 cm de haut, les jeunes plants doivent être éclaircis. On laisse entre eux de l'ordre de 25 cm.

– Des binages, sarclages et arrosages sont aussi régulièrement effectués.

– Les rameaux doivent être pincés pour stimuler le départ de la nouvelle végétation.

### Récolte

– La levée se fait en une semaine et la croissance est assez rapide.

– Les feuilles sont ramassées à partir d'un mois et demi après le semis et durant toute l'année. Des ciseaux peuvent être utilisées pour la coupe.

– Si l'on veut du cerfeuil sec, on peut le conserver à l'intérieur de la maison dans un endroit frais.

### Variétés

| | |
|---|---|
| - Commun | assez rustique |
| - Frisé | adapté à la culture en pots |

### Maladies et parasites

Le cerfeuil est assez résistant. Il est rarement atteint par les maladies et les parasites.

# La chicorée sauvage et l'endive

Les chicorées sauvages donnent des feuilles très appréciées en salade : celles de Bruxelles produisent des bourgeons centraux qui, après forçage, se transforment en endives.

## Origine

La chicorée existait chez les Anciens à l'état sauvage. Elle était utilisée au début à la fois comme légume et en tant que plante médicinale. Pline la recommandait notamment pour soigner le foie, la rate et la vessie. Son apparition en France s'est faite timidement sous le nom de "cicorée" et ce n'est qu'à partir du XVIII$^{e}$ siècle qu'elle a figuré à part entière dans la culture maraîchère française. L'endive, en revanche, est un légume relativement récent, découvert en Belgique vers 1865. Elle a été obtenue par forçages des racines de la chicorée de Bruxelles.

## Culture

Cultivable en tous terrains, la chicorée sauvage préfère toutefois les terres profondes et saines qui permettent un complet développement de ses racines. Un climat frais lui convient parfaitement.

• *Multiplication :* on sème dès le mois de mars et ce, jusqu'en juillet. Les graines sont déposées en ligne dans des sillons d'1 cm de profondeur, à 10 cm environ les uns des autres. Les divers sillons sont espacés de 60 cm.

**Nota** : Il peut être avantageux de semer en pépinière et de repiquer ensuite.

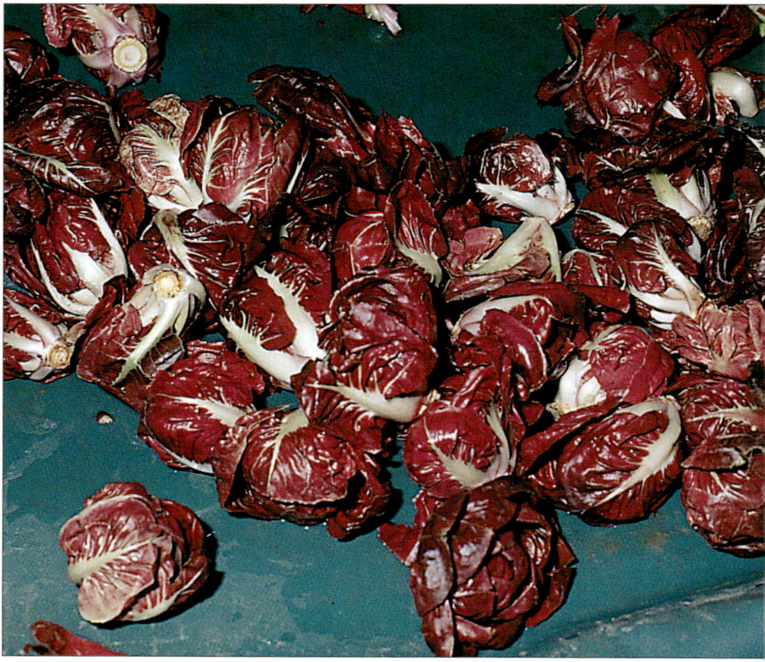

Chicorée Trévise *(Cichorium endiva).*

**Soins**

– Un éclaircissage est souvent nécessaire dès la sortie des plants pour obtenir des intervalles de 10 cm.

– Des binages fréquents et des arrosages réguliers assurent un bon développement.

– Enfin si l'on veut obtenir des endives, on procède à partir de l'automne à un forçage :

– Des racines sont arrachées et les feuilles sont coupées à 3 cm au-dessus du collet.

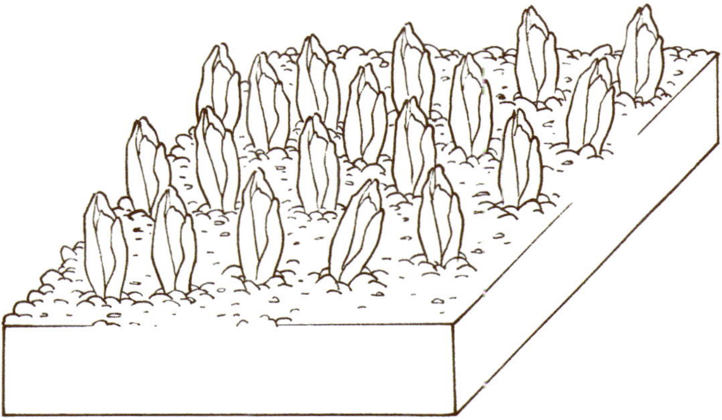

– Elles sont ensuite plantées à 1 ou 2 cm les unes des autres dans une caisse ou un pot rempli de terreau et mises à l'abri à l'intérieur d'une cave ou dans tout autre endroit à l'obscurité. Puis, elles sont recouvertes de 20 cm de terre riche ou de compost. Certains y mettent du fumier.

Endive - Chicorée Witloof *(Cichorium intybus)*.

### Récolte

Au cours de l'été, les jeunes feuilles de chicorée sauvage peuvent être coupées pour la salade mais les racines sont maintenues au sol. Pour les endives, un mois et demi environ après la plantation, l'extrémité du feuillage pointe à la surface. On peut alors couper les bourgeons ou "chicons" s'ils sont déjà blancs en les cassant dans le sens de leur inclinaison par rapport à la racine.

### Variétés

Parmi celles qui donnent de la salade d'été, on trouve notamment:

- Améliorée blonde
- Pain de sucre, feuilles à couper à l'automne
- Barbe de capucin, à feuilles longues et vertes
- Palla rossa, à pommes rouges tâchetées de blanc
- Rouge de Trévise, à feuilles rouges
- Rouge de Vérone, à feuilles allongées

Pour obtenir de l'endive on peut utiliser des chicorées Witloof:

- Bea, précoce et tardive
- Zoom, demi hâtive
- Evere

### Maladies et parasites

– Peu sujettes aux maladies, les chicorées sauvages peuvent toutefois être atteintes par la rouille que l'on enraye en arrachant et en brûlant les plants contaminés.

– La mouche de l'endive est aussi susceptible de causer des ravages. On s'en prémunit en plongeant les collets des racines destinées au forçage dans une bouillie à base de diméthoate.

# Les choux de Bruxelles

Plantes rustiques de la famille des choux donnant des produits abondants et savoureux durant l'hiver.

## Origine

Le chou de Bruxelles a une origine un peu mystérieuse. Il semble avoir été cultivé depuis déjà longtemps et provenir du chou de Milan. On trouve des traces de ce légume en 1213, année durant laquelle il figure sur des règlements de marchés. Avant le XIX^e^ siècle, il était connu en Allemagne sous le nom de chou frangé ou chou frisé. Son appellation actuelle de chou de Bruxelles ne date que de 1820.

## Culture

La majorité des sols conviennent à la culture. La terre doit être fumée mais pas exagérément. La plante résiste aux gelées.

• *Mise en place des plants :* les plants munis de 4 ou 5 feuilles sont mis en place en juin à un intervalle de 40 à 50 cm. Les diverses lignes sont le cas échéant distantes de 60 cm.

Il est important de planter à une profondeur suffisante pour assurer aux jeunes pousses une meilleure stabilité.

## Soins

– Des binages, sarclages et arrosages réguliers sont nécessaires.

– Un bon buttage est effectué de façon à soutenir les pieds quand ils sont assez hauts.

– Au moment de la formation des petits choux, la partie supérieure de la tige doit être pincée pour hâter leur développement. Les feuilles situées à la base des pieds sont également enlevées.

### Récolte

La durée de végétation, à partir des plants est de l'ordre de cinq mois. Les premiers produits ou jets sont ramassés en novembre. La récolte peut ensuite se poursuivre jusqu'au mois de mars suivant. On commence par cueillir les jets du bas puis ceux qui se trouvent au-dessus dès qu'ils ont mûri.

La récolte de ces petits choux se fait entre octobre et novembre.

### Variétés

Les plus connues sont:

| | |
|---|---|
| - Patent | précoce pour récolte d'automne |
| - Sanda | résistante au froid et productive |
| - Content | rustique et productif |
| - Jade cross | recommandé pour les récoltes d'automne |

### Maladies et parasites

La maladie la plus commune est la hernie. Plus rarement la pourriture peut aussi se présenter. Il faut se débarrasser des pieds atteints.

Les parasites sont plus nombreux :

– L'altise contre laquelle il faut arroser

– Le puceron et les chenilles à traiter avec du roténone

– Le ver gris à enlever à la main après avoir gratté la terre autour des pieds ou à traiter avec du diazinon.

Chou de Bruxelles *(Brassica oleracea).*

D'une façon générale pour éviter au maximum les maladies et parasites il est préférable de ne pas planter de choux de Bruxelles à proximité d'autres choux ou sur des terrains où ces derniers ont été cultivés récemment.

# Le chou-fleur et le brocoli

Ce sont des plantes dites légumes-fleurs. Épuisantes, elles ne doivent revenir sur le même sol que tous les 3 ou 4 ans.

## Origine

La région d'origine est sans doute le Levant. Le chou-fleur aurait été importé en France, vraisemblablement de Chypre dès le XVI^e^ siècle ; il a alors été cité par le botaniste Deschamps. Sa vulgarisation s'est poursuivie sous le règne d'Henri IV.

## Culture

La culture du chou-fleur est relativement difficile et dépend souvent des circonstances atmosphériques. La plante réussit dans un sol frais, riche et bien pourvu d'humus. Un climat tempéré lui est favorable.

• *Multiplication :* certains effectuent des semis mais le jardinier amateur se contentera d'une mise en place des plants dès le mois d'avril s'il veut obtenir une production d'été.

Il peut renouveler l'opération un mois et demi plus tard, soit en juin, pour une production d'automne. Les plants sont disposés à 50 cm les uns des autres. L'intervalle entre les lignes est de 60 cm.

**Nota** : le brocoli se cultive comme le chou-fleur ordinaire mais on peut réserver entre les plants un espace de 70 cm.

**Soins**

– De nombreux sarclages et arrosages sont nécessaires.

– Dès que les choux-fleurs commencent à se développer, on épand l'engrais sur le sol pour l'enrichir.

– Il faut éliminer les plants borgnes, dont le bourgeon central est détruit.

– Afin de permettre le blanchiment de la pomme, on casse à moitié les feuilles extérieures et on les rassemble vers le centre.

– Le brocoli a d'avantage besoin d'être protégé des premiers froids. On buttera la terre à ses pieds.

**Récolte**

Les choux-fleurs sont récoltés dès qu'ils ont une tête compacte. L'opération intervient en juillet pour les premiers et en octobre pour les derniers. La tige est coupée au couteau ou au sécateur, au-dessus des racines.

### Variétés

| | |
|---|---|
| - Castelgrant | utilisable en toutes régions |
| - Celesta | pomme très blanche à grains fins |
| - Géant d'automne Primus | rustique, à grosse pomme blanche |
| - Merveille de toutes saisons | à pomme volumineuse |
| - Flora blanca | à grosses pommes rondes |
| - Extra hâtif d'Angers | brocoli |
| - Hâtif de Saint Laud | brocoli |

Chou-fleur

### Maladies et parasites

Les maladies sont les mêmes que celles du chou :

– La hernie est enrayée par un épandage de chaux.

– La pourriture des pieds est combattue en ne faisant revenir la culture que tous les 4 ou 5 ans sur le même sol.

Quelques maladies à virus peuvent également produire des dégâts. Le meilleur moyen de lutter contre elles est de détruire les

Le brocoli précoce "Romanesco" est une spécialité italienne, de couleur vert clair et en forme de pyramide. Sa culture est la même que celle d'un choux-fleur.

pieds atteints. Les parasites tels que la piéride, la noctuelle, l'altise et la mouche du chou sont traitées comme pour le chou commun.

Chou brocoli au vert bleuté. *(Brassica oleracea).*

# Le chou-rave

C'est un légume d'hiver rustique, caractérisé par un volumineux renflement de la base des tiges, au-dessus du sol.

### Origine

Comme le chou commun, le chou-rave est un aliment très ancien. Il semble avoir été utilisé couramment pendant le Moyen Age en France.

### Culture

La plante demande une terre riche, fraîche, profonde et bien ameublie. Les engrais organiques lui conviennent tout particulièrement.

• *Multiplication :* on peut semer en pleine terre et clair vers la fin mai. Mais il est plus facile de mettre en place les plants en fin juin ou en juillet, en les espaçant de 30 à 35 cm en tous sens.

### Soins

– Si l'on a pratiqué le semis, il faut procéder à un éclaircissage des plants dès qu'ils ont 4 cm de haut.

– On doit arroser régulièrement.

– Des sarclages et binages sont eux aussi favorables au bon développement de ces légumes.

### Récolte

Les premiers choux-raves tendres sont récoltés au cours de la première quinzaine de septembre lorsqu'ils ont 5 à 6 cm de diamètre. La tige est coupée au ras du sol. Ceux qui restent encore en terre à la fin octobre ou au début novembre sont ramassés, nettoyés et débarrassés de leur terre. Ils peuvent ainsi être conservés en cave pour la consommation hivernale. Les tiges au cœur blanc crème se mangent crues en salade ou cuites.

### Variétés

Les plus recommandées sont :

– Le chou-rave blanc, hâtif de Vienne, précoce et peu feuillu.

– Le chou-rave violet hâtif de Vienne, un peu tardif et moins fin.

Des variétés plus volumineuses sont souvent cultivées pour la nourriture du bétail.

### Maladies et parasites

– Les maladies sont les mêmes que celles du chou commun et les traitements sont identiques, mais le chou rave se montre beaucoup plus résistant.

– Les altises et les puces de terre qui sévissent surtout en période de sécheresse sont toutefois des ennemis redoutables. On les élimine en procédant à des arrosages fréquents et copieux.

**Nota :** Il existe aussi des choux -navets cultivés pour leur racine renflée qui se développe en partie en terre et en partie à la surface du sol. Le rutabaga en est une variété.

# Le coriandre

Les graines et les feuilles de coriandre entières ou pilées sont utilisées pour parfumer différents mets ,notamment la charcuterie, la pâtisserie et certaines liqueurs alcoolisées. En médecine on les emploie également pour soigner des maux d'estomac mais il faut éviter de trop fortes doses qui peuvent produire des effets sur le système nerveux et provoquer des étourdissements..

**Origine**

Cette plante ,très ancienne, serait originaire d'Orient.Elle était très connue des Assyriens et des Egyptiens et d'après une légende accordait l'immortalité à ceux qui la mangaient.

**Culture**

Le coriandre pousse spontanément en Europe méridionale mais il peut aussi être cultivé. Les graines sont semées au printemps d'avril à juin dès que tout danger de gel est écarté ou bien en septembre. Elles sont enfouies à environ 2 cm de profondeur.La culture peut aussi s'effectuer en pots.

**Soins**

Dès que les plants atteignent 5 cm de haut, il faut les éclaircir en laissant un écartement de 20 à 25 cm . Dans tous les cas,on coupe les inflorescences en juillet ou août.

**Récolte**

Les feuilles peuvent être cueillies à tout moment.

On peut prélever les graines dès qu'elles commencent à brunir. Pour celà on coupe les pieds que l'on glisse dans un sac en plastic.

Coriandre *(Coriandrum sativum).*

Les graines peuvent ensuite être conservées dans des bocaux.

### Variétés

Le coriandre est connu sous le nom de « persil arabe» ou « persil chinois ».

### Maladies et parasites

La plante est robuste et craint peu les maladies.

# Le cresson

Plante vivace et aquatique utilisée en salade.

## Origine

Bien que déjà connu des Grecs et des Latins, le cresson était encore mentionné dans l'Antiquité comme une plante sauvage. Au XIIIe siècle on ne le cultivait que dans quelques régions de France, notamment en Artois et dans le Pas de Calais. Ce n'est qu'au XVIIIe siècle qu'il entra vraiment dans la production maraîchère française.

## Culture

La culture du cresson nécessite la présence d'un filet d'eau et un climat frais.

• *Mise en place des plants :* elle s'effectue du mois de mai jusqu'au mois d'août. On aménage des fosses de 0,40 m à 0,50 m de profondeur et de largeur variable, susceptibles d'être alimentées en eau. Le fond doit être en pente légère pour permettre la vidange. Quand les fosses sont crées, on bêche le fond et on y incorpore de la fumure. Le sol est ensuite nivelé puis largement humidifié. C'est alors que les boutures se présentant sous forme de tiges de 10 à 15 cm sont mises en place tous les 10 cm.

## Soins

– Dès que la reprise est assurée, on laisse venir l'eau tout d'abord sur une faible épaisseur. Puis on élève progressivement le niveau lorsque la plante grandit, sans la recouvrir pour autant.

**Nota** : certains jardiniers amateurs réussissent à cultiver du cresson dans des baquets ou des bassins.

– Le cresson redoutant la chaleur, il est nécessaire de protéger du soleil les fosses pendant les mois très chauds, en leur procurant de l'ombre.

– Durant les grands froids, le niveau de l'eau doit être monté de façon à submerger les plantes. Une cressonnière bien entretenue peut durer de l'ordre de dix à quinze ans.

### Récolte

La récolte s'effectue en coupant les tiges au-dessus du fond de la fosse. Il faut toutefois éviter de ne pas déranger les racines afin d'assurer la continuité de la production.

### Variétés

Les variétés les plus cultivées sont :

– Le cresson de fontaine produit en fosse se présentant sous la forme du cresson amélioré, le plus cultivé.et du petit vert aux feuilles petites mais longues.

– Le cresson alénois poussant sur une couche de terre humide.

– Le cresson de terre, cultivé comme une salade en terrain ombragé et frais.

### Maladies et parasites

– Les cressonnières sont parfois envahies par une plante aquatique appelée "lentille d'eau". Le phénomène est rare, mais s'il intervient, on peut être amené à vider totalement les fosses.

– L'altise peut aussi produire ses méfaits en période de sécheresse. Un renouvellement de l'humidité doit permettre de s'en débarrasser.

– Enfin, il faut éviter les dejections de bovins ou de moutons dans les cressonnières. La plante pourrait par la suite propager des maladies et notamment la "douve du foie".

Cresson *(Lepidium sativum).*

Estragon *(Artemisia dracunculus).*

# L'estragon

C'est une plante condimentaire vivace, utilisée surtout pour aromatiser le vinaigre, la moutarde ou pour parfumer les potages et les viandes.

## Origine

L'estragon existait depuis déjà longtemps à l'état sauvage en Sibérie. Il ne fut pourtant pas très connu dans l'Antiquité. Son introduction en Europe ne s'est vraiment faite qu'au Moyen Age et sa culture s'est vulgarisée seulement à partir du XVIe siècle.

## Culture

L'estragon s'accommode d'un sol assez pauvre et supporte même les pierres. Il préfère toutefois une terre bien drainée de façon à ne jamais avoir les pieds imbibés d'eau.

• *Multiplication :* la multiplication s'effectue par division des touffes en mars-avril. On met alors celles-ci en place à 40 ou 50 cm les unes des autres et on arrose copieusement pour faciliter la reprise. Les plantations doivent être refaites tous les trois ou quatre ans.

## Soins

– Biner le sol autour des pieds.

– Mettre un peu d'engrais en début d'été.

– En cours de culture, pincer l'extrémité des tiges pour favoriser le buissonnement.

– A l'entrée de l'hiver, les tiges sont courbées. On doit recouvrir les souches de terreau et même de quelques feuilles afin d'éviter le gel.

## Récolte

Elle peut intervenir dès le deuxième mois après la plantation :

– Les feuilles sont cueillies fraîches de préférence tout au long de la croissance des tiges.

– On peut aussi les faire sécher après avoir coupé les plants juste au-dessus du sol avant qu'ils ne fleurissent.

On lie les bouquets constitués et on les conserve dans un local sombre et aéré. L'estragon peut être congelé.

## Variétés

– L'estragon russe est le plus haut et le plus résistant.

– L'estragon français a un arôme très prononcé et a tendance à proliférer.

## Maladies et parasites

L'estragon est peu sensible aux maladies et parasites.

# Le fenouil

Légume au goût de céleri dont la partie comestible est constituée par le renflement des pétioles des feuilles.

## Origine

Le fenouil semble avoir été importé d'Italie où il était cultivé depuis fort longtemps.

## Culture

Le sol doit être ameubli et fumé. Un climat chaud est favorable à la végétation de cette plante.

• *Semis :* on sème en mai-juin en place, en lignes peu profondes distantes de 0,40 m à 0,50 m.

## Soins

Il faut éclaircir les plants de façon à laisser entre eux 15 cm et biner.

– De copieux et fréquents arrosages sont indispensables pour obtenir de beaux produits.

– Quand les renflements atteignent à peu près la grosseur d'un œuf de poule, on les butte légèrement pour les attendrir.

## Récolte

La récolte intervient normalement vers le mois d'octobre. Les pommes sont coupées quand elles ont environ 5 cm d'épaisseur. Les tiges situées au-dessus des pommes doivent être coupées.

## Variétés

– Fino, pour toutes régions

– Doux de Florence, pour semis tardifs

Fenouil *(Foeniculum vulgare)* et fenouil doux *(Foeniculum dulce).*

**Maladies et parasites**

La plante est peu sensible aux maladies et résiste bien aux parasites.

> **Nota** : on trouve aussi du fenouil en tant que plante condimentaire. Cette variété est cultivée dans le sud de la France sous le nom de "Fenouil de Provence". La plante atteint plus d'un mètre. Les feuilles sont prélevées durant l'été et doivent être utilisées fraîches. On peut aussi les dessécher pour les conserver.

# L'hysope

Petit arbrisseau vivace qui dégage une odeur pénétrante assez agréable et dont la saveur aromatique est plutôt acre. Il est susceptible de relever les préparations culinaires mais on l'utilise aussi en médecine pour soigner notamment les affections bronchiques et dans la confection de liqueurs telles que la Chartreuse et la Bénédictine.

## Origine

Originaire des rives de la Méditerranée cette plante très ancienne est déjà citée dans la Bible : le livre des Rois précise en effet que Salomon a connu toutes les plantes depuis le cèdre du Liban jusqu'à l'hysope. Les hébreux l'employaient au cours des séances de purification pour asperger les portes des édifices avec le sang de l'agneau pascal.

Hysope *(hysoppus officinalis).*

## Culture

Les graines d'hysope peuvent être semées en pépinière en avril-mai à environ un demi cm de profondeur. Les plants sont transplantés vers le milieu de l'été ou en automne de préférence dans des sols ensoleillés , non argileux et non fumés.

Les semis étant parfois capricieux, il est parfois plus simple d'utiliser des boutures.

Les jardiniers apprécient l'hysope car elle protège les jardins de la piéride du choux en attirant les papillons sur ses fleurs.

## Soins

Les arrosages nécessaires au début doivent être peu fréquents par la suite, les plants prospérant en pays chaud et préférant des sols calcaires légers et bien drainés.

## Récolte

On récolte les feuilles, les fleurs et les tiges en rabattant la plante dès qu'elle est parvenue à maturité et a atteint environ 45 cm. Si l'on veut les faire sécher, il vaut mieux les ramasser peu de temps avant la floraison.

## Variétés

L'espèce la plus connue est l'hysope médicinale *(hysoppus officinalis).*

Parmi les variétés on trouve :

- l'hysope officinalis albus
- l'hysope officinalis aristatus
- l'hysope officinalis « Pink sprite »

## Maladies

L'hysope est une plante robuste peu sensible aux maladies.

# La mâche

Appelée aussi "doucette", la mâche est agréablement utilisée en salade.

## Origine

L'origine de cette plante est incertaine. On sait toutefois que de longue date elle existait à l'état sauvage. Ronsard l'a citée à plusieurs reprises. Mais sa véritable vulgarisation en France ne semble pas remonter au delà de la seconde moitié du XVII$^{e}$ siècle.

## Culture

La mâche est peu exigeante, aussi la rencontre-t-on à l'état sauvage un peu dans tous les terrains.

On peut toutefois la cultiver en procédant avec des semis de la mi août à la fin octobre. Les graines sont semées à la volée puis le sol est plombé pour bien les faire adhérer.

La levée des graines s'effectue en 8 à 10 jours.

## Soins

Les seuls soins culturaux sont des arrosages et des sarclages pour empêcher le développement de mauvaises herbes. Il faut toutefois éclaircir les jeunes plants quand ils ont trois feuilles, en laissant entre eux un espace de 15 cm.

## Récolte

La récolte peut commencer à la fin de l'automne et se poursuivre durant l'hiver jusqu'aux premiers beaux jours si l'on a pris soin d'espacer les semis. Chaque pied de mâche s'arrache en entier.

### Variétés

| | |
|---|---|
| - A grosse graine | pour récolte d'automne |
| - Ronde maraîchère | à feuilles arrondies |
| - Verte de Cambrai | tardive et résistante au froid |
| - Verte de Louviers | précoce |
| - Vit | précoce et productive |
| - Valgros | à coeur dense et serré |

### Maladies et parasites

La mâche est assez résistante. Seule, la rouille est susceptible de l'attaquer mais elle produit rarement des dégâts irréparables.

Plantation de mâche *(Valerianella locusta).*

## Le maïs

Céréale de grande dimension caractérisée par une haute tige et un gros épis porteur de grains disposés en rangs très serrés. Base essentielle des aliments animaux elle est de plus en plus appréciée en tant que nourriture humaine, notamment sous la forme de maïs sucré.

Maïs *(Zea mays)*.

### Origine

Cette plante était déjà cultivée dans les Andes péruviennes entre 5000 et 7000 ans avant Jésus Christ. C'était la principale ressource des populations de l'Amérique précolombienne et en particulier dans les empires atzèque et inca.

Son existence a été rapportée par Christophe Colomb au retour de ses expéditions dans le Nouveau monde en 1492.

Le maïs aurait été introduit en Europe par Cortez à la fin du XVe siècle.

### Culture

Les graines doivent être semées en mai ou juin à environ 30 cm d'intervalle de préférence dans un sol gras, riche en humus et bien drainé. Quatre mois sont nécessaires pour qu'il arrive à pleine maturité. On peut aussi au préalable préparer des plants et les transplanter. Le maïs aime la chaleur et la lumière.

### Soins

Epandre de l'engrais quand les plants ont 20 à 25 cm de haut.
Arroser régulièrement.
Butter les pieds afin de permettre un meilleur enracinement.
Arracher les mauvaises herbes.

### Récolte

Elle s'effectue généralement en octobre-novembre. L'épi doit être cueilli dès que les barbes brunissent à l'extrémité de l'épi. On peut au préalable vérifier le degré de mûrissement en ouvrant son enveloppe et en pressant avec les doigts. Si les grains sont encore fermes et laiteux le moment est favorable. S'ils sont aqueux, le maïs n'est pas encore parvenu à maturité.

### Variétés

On choisit de préférence les variétés hâtives :
- le maïs sucré Snow Cross ou le maïs Pop Corn.
- Golden Bantham, crée en 1902 qui demande de 80 à 120 jours pour arriver à maturité.

Mais il existe de nombreuses autres espèces telles que Canada Cross, Kelvedon Glory, Bravo ou Earliking.

### Maladies et parasites

- La pyralle est une chenille qui perfore les tiges et les épis. Il faut poudrer avec un insecticide , par exemple la bactopéine.
- Le charbon est un champignon qui produit des boursouflures et répand une poudre noire sur les feuilles et les grains. Il faut alors brûler les plantes affectées.
- La fusiarose est particulièrement dévastatrice. Elle provoque une mauvaise levée et couche les plants au sol.

## La marjolaine

La marjolaine, dite aussi origan, est une plante aromatique très utilisée en parfumerie et en pharmacie. On l'emploie aussi comme condiment notamment avec la viande, les oeufs et les champignons.

### Origine

Elle serait originaire de la région méditerranéenne.Il semble qu'elle ait été rapportée chez nous par les croisés au Moyen Age.

### Culture

Au début de l'été, les graines sont semées en pleine terre et en lignes peu profondes espacées de 20 cm. On peut aussi semer au printemps, à l'intérieur, dans des godets et repiquer ensuite les pieds dans le jardin dès que tout risque de gelée est écarté.

La marjolaine pousse bien dans des sols sableux et légers. Elle doit bénéficier d'une bonne exposition au soleil.

### Soins

Les plants doivent être éclaircis. On laissera entr'eux une distance de 25 à 30 cm.

Il est recommandé de maintenir le sol humide jusqu'à ce que les plants aient bien pris.

Enfin, il faut sarcler régulièrement.

### Récolte

- A tout moment on peut cueillir les feuilles et le sommet des tiges mais l'opération est à faire de préférence à la fin de l'été.
- Les feuilles peuvent être séchées si on a cueilli les plantes en pleine floraison.

### Variétés

- marjolaine officinale ou marjolaine des jardins
- origan ou marjolaine sauvage.

### Maladies et parasites

La marjolaine est une plante robuste.

Marjolaine *(Origanum majorana).*

# Le melon

Plante cucurbitacée appartenant au groupe des légumes-fruits. Relativement épuisante, elle ne doit revenir sur le même sol qu'environ tous les trois ans.

## Origine

Le melon proviendrait d'Asie Mineure ou d'Afrique tropicale. Peu connu en haute Antiquité, il a été introduit en Europe au Ier siècle après J.-C. C'était le fruit préféré de l'empereur romain Claudius Albinus. Il disparut ensuite et fut réimporté par les papes en Italie à Cantalupo (Cantaloup) en 1495. On le trouva en France à la fin du XVe siècle, au retour d'une expédition de Charles VIII (fils de Louis XI).

Melon *(Cucumis melo)*.

## Culture

Le melon se plaît dans les sols modérément légers et riches en fumure. Il a besoin d'un climat chaud pour se développer dans de bonnes conditions.

• *Multiplication* : en climat chaud, on peut semer en pleine terre, en avril, dès la fin des gelées. Des trous de 40 cm de profondeur et de largeur sont aménagés en ligne, à 80 cm les uns des autres. Ils sont comblés de compost ou de fumier et recouverts d'une légère couche de terre. 4 ou 5 graines sont déposées dans chacune de ces cuvettes ainsi aménagées. Elles sont alors recouvertes de terre et arrosées. Si on réalise plusieurs rangées, celles-ci sont distantes d'environ 1,20 m.

La levée des plants est assez rapide. En climat plus frais, on peut semer à l'intérieur dans des godets et ne transplanter que lorsque les gelées sont terminées et que l'été s'est vraiment installé.

## Soins

– Arracher les mauvaises herbes.

– Procéder à la taille qui demeure une opération essentielle. Pour ce faire, dès que les jeunes plants ont 2 feuilles en plus des demi cotylédons, on pince le bourgeon central (1). Deux branches

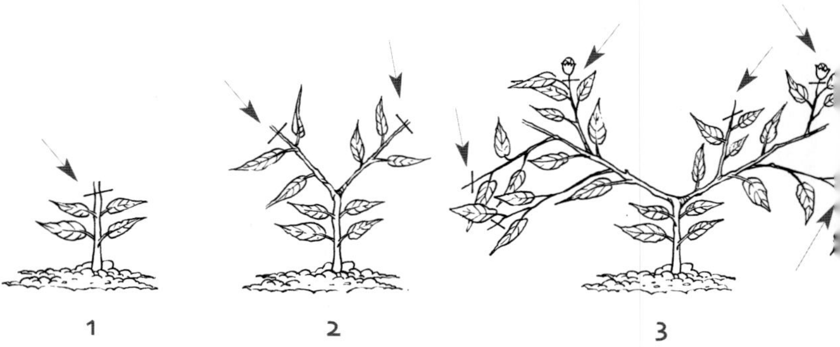

se forment alors et l'on coupe chacune d'entre elles au-dessus de la troisième feuille (2). Cette opération provoque à son tour la sortie de nouvelles pousses qui sont traitées comme les précédentes (3).

Les diverses dispositions ainsi adoptées, moins compliquées qu'elles ne le paraissent au premier abord, sont indispensables si l'on veut obtenir de beaux fruits.

– Les branches sont également coupées au-dessus des fruits en formation.

– Des arrosages fréquents sont souhaitables mais leur intensité doit diminuer à la fin de la maturité en vue d'obtenir des produits plus sucrés.

– Pour éviter la pourriture des melons sur le sol humide, il y a tout intérêt dès qu'ils commencent à se développer à les surélever légèrement sur une pierre plate ou une boîte de conserve.

Nota : La pollinisation des fleurs femelles, petites et jaunes, par les fleurs mâles se fait tout naturellement.

### Récolte

La durée de la culture est de trois mois et demi à quatre mois en pleine terre. La récolte doit donc commencer dès juillet et peut se poursuivre jusqu'en septembre. En fait, on reconnaît le moment favorable à la cueillette quand les feuilles du rameau portant le melon se recroquevillent. Le fruit ne doit pas être mangé aussitôt après. Il gagne en saveur en restant quatre ou cinq jours en attente dans un endroit frais avant d'être servi.

### Variétés

- Charentais race Igor,lisse à chair colorée
- Gamma, ne nécessitant pas de taille
- Cézanne, lisse
- Talma, à chair épaisse et colorée
- Savor, très parfumé
- Sugar baby, pastèque

Variété américaine à l'écorce finement brodée et à la chair orange.

**Maladies et parasites**

– L'oïdium contre lequel le soufre n'est pas ici recommandé. On utilise un autre contre-oïdium tel que le benomyl.

– La nuile qui produit des tâches brunâtres combattue avec la bouillie bordelaise.

Des parasites comme le puceron et le thrips sont les plus fréquents. On peut les traiter avec des solutions de lindane. Le ver gris qui perfore les feuilles et les tiges est recherché en grattant la terre et détruit manuellement.

# La menthe

Plante condimentaire, vivace et rustique, à grand développement.

## Origine

La menthe était déjà connue dès l'Antiquité. Les Grecs l'appelaient "mintha" et les Latins "mentha".

## Culture

La menthe a une prédilection pour les terres enrichies de compost. Elle aime par ailleurs la chaleur mais se plaît dans les coins ombragés.

• *Mise en place des plants :* au printemps, après s'être procuré quelques rhizomes, on les met en place à 30 cm les uns des autres et à près de 10 cm de profondeur. On s'assure ainsi une production

Menthe *(Mentha spicata).*

pour quelques années. Si l'on désire avoir de la menthe en hiver, on peut extraire quelques racines en automne et les planter dans un bac ou un pot que l'on conservera dans la maison. La menthe se prête bien à une culture d'intérieur.

### Soins

– Au cours de la production, le terrain est biné et une fine couche d'engrais peut être répandue en couverture.

– En automne, la plante est coupée au ras du sol et recouverte de compost.

– Au printemps, on laboure en profondeur à la bêche pour séparer les racines enchevêtrées.

### Récolte

Les feuilles de menthe sont cueillies à n'importe quel moment dès l'été et de préférence utilisées fraîches. La cueillette favorise le départ de la nouvelle végétation. Mais il est aussi possible d'en faire sécher au milieu de la saison estivale avant que la plante fleurisse.

### Variétés

Plusieurs variétés existent et donnent des parfums différents :

– La menthe commune sauvage.

– La menthe verte, aux feuilles vert-gris presque rondes. C'est la plus parfumée. On l'utilise pour le thé à la menthe.

– La menthe poivrée employée pour les infusions, l'essence de menthe et des boissons diverses.

– La menthe citronnée dont l'odeur rappelle celle de l'eau de Cologne.

### Maladies et parasites

La rouille peut déformer et détruire le feuillage. Pour combattre cette maladie, il faut à l'automne mettre un peu de paille par dessus et faire brûler le tout.

## Le pé tsaï (Chou de Chine)

Le Pe-Tsai ou Pé tsaï est un légume original dont la saveur est moins forte que celle des choux classiques. Très commun en Extrême Orient, il est vulgarisé en Europe depuis quelques années.

### Origine

Comme son nom l'indique ce légume est originaire de Chine.

### Culture

- Le sol doit être préalablement enrichi.
- Les graines sont semées en pleine terre, en été, au cours des mois de juillet et août dans des sillons profonds d'environ 1 cm et distants de 30 à 40 cm.Dans les régions méridionales, il est conseillé d'opérer plutôt en juillet.
- Il est aussi possible de semer en pépir ière en juin et de planter un mois plus tard.

### Soins

- Dès que les plants sont levés éclaircir de façon à laisser entr'eux des intervalles de 20 à 30 cm.
- Il est bon d'arroser régulièrement et de sarcler autour des pieds.
- On peut aussi nouer l'ensemble des feuilles avec du raphia lorsque la pomme commence à se former. Cela permet à la plante de conserver l'eau et ça fait blanchir les feuilles internes.

### Récolte

- La récolte s'effectue en septembre et novembre environ 9 à 10 semaines après les semis. On obtient alors des choux à pomme cylindrique enveloppés de feuilles d'un beau vert clair.
- La qualité du Pe-Tsai est meilleure s'il a subi une petite gelée.

Pé tsaï *(Brassica pekinensis).*

## Variétés

La variété la plus connue est le SPECTRUM

Aux Etats-Unis on cultive aussi le SAMPAN

Il existe aussi une autre variété de chou de Chine, le PAK-CHOÏ dont on peut consommer les feuilles isolément ( surtout en salade)

## Maladies et parasites

Le Pe-Tsai est une variété rustique qui souffre peu des maladies et parasites. Elle peut toutefois dans certains cas être atteinte par la hernie du chou qui provoque des flétrissements. On l'enraye avec un épandage de chaux.

La piéride, la noctuelle et l'altise qui mangent parfois les feuilles sont éliminées avec du roténone.

Pissenlit *(Taraxacum officinalis)*.

# Le pissenlit

Plante vivace appartenant au groupe des légumes herbacés et utilisée en salade.

### Origine

Le pissenlit existait de tous temps à l'état sauvage. Sa culture dans les jardins est de date relativement récente.

### Culture

Les pissenlits prospèrent sur tous les sols et dans la majorité des climats, sauf dans ceux qui sont vraiment torrides.

• *Semis :* les plantes poussent facilement à partir des graines. On sème en ligne à partir du milieu du printemps et donc vers le mois de mai. Si l'on prépare plusieurs rangées celles-ci doivent être distantes de 25 cm au minimum

La levée des graines s'effectue en une quinzaine de jours.

### Soins

– Il faut arroser régulièrement.

– Un éclaircissage est pratiqué de façon à laisser 8 à 10 cm entre les plants.

– Des binages et des sarclages sont aussi effectués. La culture des mêmes plants peut être poursuivie durant trois ans.

### Récolte

– La première année, la coupe doit être assez légère. La deuxième, en revanche, elle peut être plus abondante.

– On peut commencer la cueillette des feuilles tendres en juillet. Une deuxième récolte peut ensuite être réalisée en août.

– Certains procèdent à un étiolement sur place ou en cave. Sur place, ils mettent sur la planche cultivée une bonne épaisseur de feuilles mortes et vont même jusqu'à poser un paillage par dessus. En cave, ils rentrent les racines en novembre et les enjaugent dans de la terre légère. Dans les deux cas des feuilles étiolées apparaissent au cours de l'hiver et peuvent être ramassées.

### Variétés

On peut citer :

– Le pissenlit amélioré à cœur plein, tendre à feuilles nombreuses.

– Le pissenlit ordinaire, vigoureux et rustique.

– Le pissenlit amélioré géant, de très grande taille.

– Le pissenlit vert de Montmagny, hâtif et volumineux.

### Maladies et parasites

Comme leurs ancêtres sauvages, les pissenlits cultivés sont très résistants et donc peu sensibles aux maladies.

## Le poivron et le piment

Plantes condimentaires rustiques appartenant à la même famille que les aubergines et les tomates. Elles prennent le nom de poivrons quand elles sont larges et de piments quand elles sont allongées.

### Origine

Le piment semble avoir été cultivé très anciennement mais en France il était inconnu avant la découverte de l'Amérique. Il a été mentionné pour la première fois en 1493 par un médecin de la flotte de Christophe Colomb. Son importation s'est faite à partir de la Guyane et il aurait été cultivé un peu partout dès la fin du XVIe siècle.

### Culture

Ce légume réussit dans un sol léger, enrichi de compost. Il lui faut pour porter des fruits un climat plutôt chaud. En général, il ne résiste pas au froid.

• *Multiplication* : on peut semer après les premières gelées mais il est plus simple de mettre en place des plants en mai, sur une planche bien exposée, à environ 50 cm les uns des autres. Si l'on utilise plusieurs sillons, ceux-ci doivent être espacés de 60 à 90 cm.

Piment *(Capsicum annuum).*

## Soins

– Quand les plants sont jeunes, il faut leur donner beaucoup d'eau et de préférence sur les racines.

– Quelques sarclages et binages autour des pieds sont également nécessaires.

– A deux reprises, en cours de végétation, il est conseillé d'épandre de l'engrais.

## Récolte

– La récolte a lieu en août-septembre. A pleine maturité, les plantes atteignent 0,60 m de haut.

– Pour cueillir les piments ou poivrons, il ne faut pas tirer sur les tiges mais couper délicatement avec le sécateur 2,5 cm au-dessus du fruit.

– Si la production est trop importante pour les besoins, piments et poivrons peuvent être séchés dans un endroit sec avant d'être consommés.

## Variétés

*Poivron :*

- Doux long des Landes — à fruits longs et minces
- Bastidon — à quatre lobes et à chair épaisse
- Esterel — à gros fruits charnus

*Piment :*

- De Cayenne — à fruits rouges longs et piquants
- Sucette de Provence — également à fruits rouges
- Cerise — à petits fruits ronds

## Maladies et parasites

– L'anthracnose peut toucher les piments et les faire dépérir. Les plantes doivent à ce moment là être brûlées.

– Le ver gris produit lui aussi ses méfaits. Il faut l'éliminer en grattant la terre et en le recherchant autour des pieds ou bien mettre de la naphtaline.

# Le potiron

Membre de la famille des courges, d'un volume important.

## Origine

Comme les courges, le potiron aurait été cultivé dès l'Antiquité. Les explorateurs occidentaux l'auraient aperçu en Amérique vers 1480. Il aurait par la suite été importé en France. Les botanistes le signalent comme un légume assez courant au XVIe siècle.

## Culture

Cette plante réclame un sol riche et bien fumé et une humidité quasi permanente. De plus elle ne prospère bien que si l'été est assez long.

- *Semis :* on sème vers les mois de mai ou juin des poquets de deux ou trois graines dans des trous de 30 cm de profondeur et de 40 cm de largeur que l'on a comblés de compost ou de terreau. Un seul pied par poquet est ensuite conservé

## Soins

– On arrose régulièrement.

– Une taille est indispensable au fur et à mesure de la croissance de la plante. La tige est d'abord pincée au-dessus des trois premières feuilles. Puis lorsqu'apparaît sur les nouveaux rameaux une fleur femelle accompagnée d'un petit potiron vert, on pince au-dessus de la fleur. En cours de végétation, on peut recouvrir de terre les tiges au niveau des nœuds pour favoriser la naissance de nouvelles racines.

A la fin de l'été, on enlève toutes les fleurs ou fruits nouvellement formés pour canaliser l'énergie vers le potiron qui est déjà en période de croissance.

Potiron jaune de Paris *(Cucurbita maxima).*

**Récolte**

Il ne faut pas se presser pour ramasser les potirons. Il vaut mieux attendre les premières gelées pour les cueillir. On laissera à ce moment là 5 cm de tige au-dessus du fruit. Les produits de la récolte sont exposés au soleil pendant une semaine ou deux pour raffermir l'écorce. Puis le potiron est conservé à une température relativement élevée (10 à 15 degrés) dans un endroit aéré.

**Variétés**

- Jaune gros de Paris, fruit énorme à chair jaune
- Rouge vif d'Etampes, à écorce et chair bien rouge

On trouve aussi quelques variantes des potirons :

- Le potimarron, plus petit et de chair plus ferme
- Des patissons arrondis et entourés de dentelure comme

Potiron rouge d'Etampes.

- Croblanc
- Blanc d'Amérique et
- Peter Pan
- Des coloquintes aux formes oroginales utilisées à des fins ornementales.

### Maladies et parasites

Comme les concombres, les potirons peuvent subir quelques maladies :

– Le blanc des courges traité avec du soufre.

– La nuile combattue avec de la bouillie bordelaise.

– Le chancre que l'on élimine avec de la bouillie bordelaise également.

Quelques parasites comme l'anguilule, le puceron noir et le thrips peuvent aussi s'attaquer aux plants. On traite avec du roténone ou en détruisant les plants si ces derniers sont très atteints.

# La rhubarbe

Légume vivace et résistant qui pousse bien dans divers pay européens.

## Origine

Venue de Chine, la rhubarbe a, dans les premiers temps, surtou été employée comme ornement. Puis, insensiblement, les propriété gustatives de ses tiges ont été appréciées. Elle est maintenan devenue un légume à part entière. On peut même en faire de l confiture.

## Culture

La rhubarbe a une prédilection pour les pays froids. Elle aime aus tout particulièrement les sols profonds, frais, acides et bien drainé

Sa durée de vie dans les pays européens est d'au moins quatr ans.

• *Multiplication :* la multiplication s'effectue principalemen par division des touffes, à l'automne, vers le mois d'octobre. Ell peut aussi être réalisée un peu plus tard, au printemps. Les souche que l'on a pu se procurer sont mises en terre. Pour ce faire, il fau au préalable préparer le sol en creusant des trous de 60 cm d large et de 60 de profondeur, espacés d'environ 90 cm. Une couch de 50 cm de compost est disposée au fond. Puis chaque plant es mis en place dans un trou. Le collet se trouve alors à 10 cm du nivea du sol. Enfin la terre est nivelée.

## Soins

– Au cours de l'hiver, les plants sont recouverts de compost e de feuilles pour les protéger. Certains vont jusqu'à les coiffer d'u seau pour les forcer et les blanchir.

– Dès l'arrivée de l'été cette couverture est enlevée

– Entre temps, le terrain est périodiquement débarrassé de ses mauvaises herbes et arrosé.

– Si la rhubarbe fleurit, on doit couper les hampes florales pour obtenir un meilleur développement des feuilles.

## Récolte

Il faut attendre deux ans après la plantation avant de cueillir les pétioles pour les consommer. C'est au cours du printemps de la deuxième année que l'on coupe les tiges portant les feuilles quand elles ont au moins 2,5 cm de diamètre : elles sont détachées par une simple torsion et se séparent ainsi nettement du collet.

Les pétioles sont cueillis au fur et à mesure de leur développement mais il vaut mieux ne jamais entièrement dépouiller les pieds.

Nota : On fait en Angleterre un grand usage de cette plante notamment pour des compotes, des confitures, des tartes...

## Variétés

Les variétés les plus cultivées sont :

– la rhubarbe Mitchell's Royal Albert, à côtes rouges tachetées

– la Queen Victoria, à côtes rouges également

– la Monarque

– la Côtes rouges

## Maladies et parasites

Très résistante, la rhubarbe est peu sensible aux maladies

**Attention : les feuilles de la rhubarbe sont toxiques, il ne faut pas les consommer ! Seules les tiges sont utilisables.**

# Le romarin

Plante condimentaire aux feuilles très parfumées se présentant ·ous forme d'arbrisseau.

## ›rigine

Le romarin provient des contrées crayeuses et sèches du sud de a France.

## :ulture

– La plante prospère essentiellement dans des régions où les ·empératures descendent rarement au-dessous de zéro. En pleine ·égétation, elle peut atteindre une hauteur de 1,80 m.

Romarin *(Rosmarinus officinalis).*

hubarbe *(Rheum rhaponticum).*

– Dans les zones de climat rigoureux, la culture s'effectu exclusivement à l'intérieur, en pots que l'on sort à la belle saiso

– La terre qui lui convient est plutôt aride, calcaire mais légère

• *Multiplication :* la multiplication s'effectue à l'automne. Le jeunes plants sont obtenus par bouturage ou marcottage. On peu donc planter directement en terre dans un coin du jardin, bie ensoleillé une bouture ou un morceau de branche de 15 cm enviro prélevé sur un pied. Les feuilles sont enlevées et la tige est enfoncé jusqu'aux deux tiers de sa longueur. Si l'on veut cultiver plusieur pieds, il faut les espacer d'un bon mètre.

### Soins

Quelques arrosages sont nécessaires au début pour une bonn prise des plants.

Les soins sont ensuite très réduits. Il faut toutefois désherber e sarcler de temps en temps.

### Récolte

Elle peut intervenir à partir de la deuxième année. Des brin sont prélevés au fur et à mesure de la croissance de la plante L'arôme est d'ailleurs aussi bien fourni par les feuilles que par le tiges et les fleurs. Le romarin frais est toujours très parfumé.

On peut malgré tout le conserver durant une période asse longue après l'avoir fait sécher.

### Variété

– Romarin officinal, très rustique

### Maladies et parasites

Assez résistant, le romarin est peu sensible aux maladies.

# Le salsifis

Légume-racine rustique mais assez épuisant qui ne doit revenir u'au maximum tous les trois ans sur le même sol.

## rigine

Le salsifis est resté longtemps ignoré en France. On ne semblait as le connaître au Moyen Age et il aurait été ultérieurement nporté d'Italie. A la fin du XVIe siècle, il était sans doute présent ans notre pays puisque Olivier de Serres, fondateur de l'agronomie ançaise le mentionnait dans ses ouvrages.

## ulture

Le terrain idéal doit être profond, frais, perméable et riche en umus. Un sol pierreux est à écarter car il rendrait les pieds de salsifis ourchus. Un climat chaud est favorable.

• *Semis :* la multiplication se fait surtout par semis dès le mois e mars. Elle peut se poursuivre jusqu'en juin. Les graines sont emées en place. Si l'on veut réaliser plusieurs sillons, ceux-ci sont spacés de 25 à 30 cm. Une légère couche de terre est répandue ar dessus, puis on procède au plombage et à l'arrosage. Les jeunes ousses apparaissent de 15 jours à 3 semaines après le semis.

## oins

– Dès que les jeunes plants ont deux feuilles, on procède à un claircissage de façon à ne laisser entre eux qu'un espace de 10 cm.

– La germination étant assez capricieuse, on l'active par des rrosages fréquents et copieux.

– Binages et sarclages réguliers sont aussi effectués.

– Si en été quelques pieds montent en graines, il faut couper le tiges le plus bas possible pour empêcher les racines de durcir.

### Récolte

– Les racines doivent atteindre au moins 4 cm de diamètre et 2 de long avant d'être prélevées.

– La durée moyenne de la végétation est de 5 à 8 mois. C'est dor du mois d'août jusqu'au printemps suivant que la récolte peu intervenir.

– On peut entreposer des salsifis récoltés dans du sable à l'intérieu d'une cave.

### Variétés

Les deux variétés les plus connues sont :

– Mammouth à racines cylindriques, de couleur blanc crêm

– Blanc amélioré, précoce

### Maladies et parasites

– Une seule maladie est à signaler : la rouille blanche, provoqué par un champignon sur les feuilles et les tiges et qui diminue le rendements. On la combat avec de la bouillie bordelaise.

– Le parasite le plus connu est le puceron que l'on peut élimine par une application de roténone.

Sarriette commune *(Satureia hortensis).*

# La sarriette

Cette plante condimentaire, voisine du thym, peut être utilisée fraiche ou séchée pour parfumer les potages, les viandes, les poissons ou les légumes.

Broyée, elle est susceptible de calmer les piqûres de guèpes.

## Origine

Les vertus culinaires et aphrodisiaques de la sarriette sont connues depuis l'Antiquité. Les Grecs la dédiaient à Dyonisos. A leur tour les Romains l'offraient à Bacchus en l'honneur duquel ils célébraient des orgies fastueuses.

Au Moyen Age, les moines n'avaient pas le droit de la planter dans leurs jardins.

## Culture

- Les graines sont semées à la fin du printemps en lignes espacées de 30 cm.Ellesdoivent être légèrement recouvertes de terre pour éviter que les oiseaux ne les mangent.
- On peut aussi reproduire la sarriette à l'automne par bouturage.
- Cette plante prospère en plein soleil. La culture est en revanche délicate en climat froid.

## Soins

On éclaircit les plants dès qu'ils atteignent environ 5cm de haut de façon à maintenir entre eux un espace de 15 cm. Seuls les pieds les plus robustes sont conservés.Des arrosages fréquents sont conseillés.

### Récolte

- Deux récoltes sont normalement prévues, l'une en été, l'autre en automne.On coupe les pousses juste avant que les fleurs éclosent. Mais en fait il est possible de prélever quelques feuilles à tout moment.
- La sarriette peut ensuite être désséchée et conservée dans un placard sombre , à faible température.

### Variétés

- La sarriette commune est la plus connue
- La sarriette vivace se présente sous une forme buissonnante
- La sarriette des montagnes pousse sur des sols pauvres

### Maladies et parasites

Peu de maladies

# La sauge

Cette plante aromatique est utilisée en cuisine notamment pour parfumer les saucisses, les petits pois, les fromages blancs et même le vinaigre.On l'emploie aussi pour faire des infusions toniques et diurétiques ou pour des gargarismes afin de soigner des maux de gorge.

## Origine

La sauge est une plante très ancienne connue pour ses vertus tonifiantes pour les femmes. Un médecin espagnol du XVI^e^ siècle, Andréas de Laguna, rapporte qu'au moyen Age elle fut utilisée avec succès pour repeupler une ville égyptienne où la peste avait fait des ravages.

## Culture

La culture s'effectue de préférence à l'aide de semis vers la fin du printemps; on peut aussi repiquer de jeunes plants au début de l'été à des intervalles de 40 cm environ.

La sauge se plaît dans des sols calcaires mais ne supporte pas les gelées; elle aime le soleil.

## Soins

- Si le terrain est trop acide, il est préférable de le chauler préalablement.
- Les arrosages doivent être réduits, la plante n'appréciant pas la terre humide.
- Les variétés à feuilles larges doivent être coupées au milieu de l'été et à nouveau un mois plus tard pour éviter que la sauge ne devienne ligneuse.Les variétés à feuilles étroites seront coupées au début de l'automne.

Sauge officinale *(Salvia officinalis)* et Sauge de près.

- Enfin les plantations doivent être renouvelées tous les quatre ou cinq ans.

### Récolte

- Il est conseillé d'attendre la deuxième année avant d'exploiter la plantation.
- La récolte s'effectue au cours de l'été au moment où les boutons floraux commencent à s'ouvrir.
- Les feuilles larges peuvent être séchées. Pour ce faire, on détache des brins de 15 à 20 cm à l'extrémité des rameaux.

### Variétés

Il en existe plus de 400. Les plus connues sont:

- La sauge officinale
- La sauge des prés
- La sauge sclarée
- La sauge éclatante ( du Brésil)
- La sauge de Jérusalem

### Maladies et parasites

La sauge à feuillage persistant est peu sensible aux maladies.

# La scorsonère

Légume vivace presque identique au salsifis mais se différenciant de celui-ci par sa couleur noire, ses fleurs jaunes et ses feuilles plus larges.

## Origine

La scorsonère existait déjà depuis longtemps à l'état sauvage en Europe. Elle ne semble toutefois avoir été mentionnée en France qu'à partir du XVIe siècle, après avoir été importée d'Espagne. Sa renommée venait alors surtout de ses qualités médicinales. L'auteur du "Jardin Français" prétend l'avoir cultivée le premier en France en 1651.

## Culture

Elle est identique à celle du salsifis et peut être entreprise dès le mois de mars.

Pour le semis, les graines doivent être espacées dès le départ de 5 à 8 cm afin d'éviter par la suite un éclaircissage.

## Récolte

On a généralement avantage à laisser les racines en terre au delà de la première année car elles s'y conservent fort bien et continuent à s'y développer sans durcir.

## Variétés

Deux sont particulièrement connues :

– la scorsonère géante noire de Russie et

– la géante annuelle race Reine des Noires.

### Maladies et parasites

Comme pour le salsifis, les ennemis les plus courants sont la rouille blanche et le puceron que l'on combat respectivement avec de la bouillie bordelaise et du roténone.

Scorsonère *(Scorzonera hispanica)*.

# La tétragone

C'est le meilleur légume susceptible de remplacer l'épinard, surtout pendant les périodes d'été.

## Origine

Cette plante serait originaire de Nouvelle-Zélande.

## Culture

La tétragone aime les terres meubles et riches et résiste admirablement à la chaleur.

Tétragone *(Tetragonia tetragonoides).*

• *Semis :* les graines sont semées en avril ou mai, en place et à peine recouvertes de terre. On peut au préalable les tremper dans de l'eau durant douze heures pour gagner du temps.

### Soins

– Un éclaircissage est nécessaire dès le début. Les plants qui demeurent en place doivent être espacés de 80 cm.

– Le sol est maintenu propre. De l'engrais complet peut être épandu au milieu des plants.

– Des arrosages copieux doivent être effectués.

– Il faut aussi pincer l'extrémité des pousses qui ont tendance à monter.

### Récolte

Elle peut avoir lieu de juillet à octobre. On prélève alors sur les tiges les feuilles les plus longues au fur et à mesure des besoins.

### Variétés

Il existe une vingtaine d'espèces des régions d'Afrique, d'Asie et d'Océanie. En France, on connaît surtout la Cornue qui remplace les épinards pendant les mois d'été.

### Maladies et parasites

Comme les épinards, la tétragone peut être touchée par :

– Le mildiou qui fait jaunir les feuilles et naître une poussière d'un blanc violacé. Il est combattu à l'aide de bouillie bordelaise ou de manèbe.

– Le blanc ou meunier entraînant des tâches blanches sur les feuilles et traité par un soufrage.

– Les vers gris et blancs qui coupent les racines au-dessous du sol et provoquent un jaunissement de la plante. Le meilleur remède consiste à gratter au pied de la tétragone, de trouver les coupables et de les éliminer.

# Le thym

Plante vivace essentiellement utilisée comme condiment.

**Origine**

Le thym est originaire d'Europe méridionale où il poussait dès l'Antiquité à l'état sauvage. Les Romains l'utilisèrent à la fois comme aliment et comme médicament. Puis au XIe siècle, des moines l'acclimatèrent dans leurs jardins et le propagèrent dans toute la France. Il servit dès lors surtout en tant que condiment.

**Culture**

Cette plante condimentaire demande des terres saines, bien ameublies et aime la chaleur. On peut en cultiver deux ou trois pieds dans un coin bien ensoleillé du jardin ou sur une bordure de planche. Il vient également bien dans des sols rocailleux.

• *Multiplication :* en septembre, on fait des boutures de tiges à partir de pieds que l'on s'est procurés. On les repique assez profondément et à 30 cm les uns des autres.

**Soins**

– Binages, sarclages et arrosages en fonction des besoins.

– Remplacement des pieds tous les trois ou quatre ans par de nouvelles boutures.

**Récolte**

On peut cueillir des feuilles à n'importe quel moment de l'année pour les utiliser fraîches. Il est aussi possible de les faire sécher si on les a récoltées juste avant la floraison.

Thym *(Thymus vulgaris).*

### Variétés

– Le thym commun, dit aussi thym français.

– Le thym d'hiver dit thym allemand.

Il existe aussi dans diverses régions de France du thym, à l'état sauvage que l'on appelle le serpolet.

### Maladies et parasites

Le thym est très résistant et ne craint pas trop les maladies et les parasites.

## Le topinambour

Plante vivace, aux tiges très hautes, dont la partie utile est constituée par des tubercules.

### Origine

Le topinambour serait originaire d'Amérique du Nord. Champlain l'aurait découvert dès 1603 dans la partie septentrionale des États-Unis. La plante a été introduite en France avant 1610. Sa culture s'est répandue ensuite entre 1610 et 1615.

Topinambour *(Helianthus Tuberosus).*
Autre nom: Artichaut de Jérusalem.

### Culture

Le sol qui convient est léger ou sablonneux et bien fumé. S'il est trop compact, il vaut donc mieux l'ameublir au préalable. La majorité des climats sont favorables à la culture de cette plante.

• *Multiplication* : elle s'effectue en février et mars. Les tubercules sont mis en place à environ 15 cm de profondeur et à 40 cm les uns des autres. Les lignes sont espacées de 0,50 m.

### Soins

– Si le terrain est léger, les soins sont réduits au strict minimum.

– Si en revanche, il est compact, il vaut mieux pratiquer régulièrement quelques binages et sarclages entre les pieds.

– Il est bon d'enlever les mauvaises herbes et d'épandre un peu de fumure d'entretien.

– Si le sol devient trop sec, quelques arrosages légers seront bénéfiques.

### Récolte

– La récolte a lieu dès la fin de l'automne : On prélève alors des tubercules dans le sol au fur et à mesure des besoins. Il n'est pas utile de ramasser trop de topinambours à la fois, car ils se conservent mal, une fois sortis de terre.

– On peut en ramasser jusqu'au printemps. Ils ne craignent pas les gelées et se conservent à l'intérieur du sol.

– Si on ne les arrache pas complètement, les pieds en place repoussent et produisent régulièrement au fil des années.

**Nota** : les crosnes du Japon sont cultivés exactement de la même manière que les topinambours.

### Variétés

– La variété la plus recommandée est le topinambour fuseau à tubercule rosé.

– On peut aussi trouver le topinambour patate à produits gros et presque lisses et le topinambour jaune moins productif

### Maladies et parasites

Le topinambour est peu sensible aux maladies et aux parasites.

# IV

# Les soins à donner en cours de végétation

- Soins propres à la terre
- Soins propres aux plantes
- Maladies les plus courantes
- Parasites usuels

Dès que les semis ont été effectués ou lorsque les plants de légumes ont été mis en place, le travail du jardinier est encore loin d'être terminé.

Il lui faut donner aux cultures toute une série de soins qui vont favoriser le bon développement des plantes. Ces travaux d'entretien sont certes propres à chaque légume et correspondent aux données particulières fournies dans les fiches qui précèdent. Il n'en est pas moins vrai qu'ils ont en commun certains caractères généraux méritant quelques commentaires.

Les divers soins culturaux peuvent être rangés en deux grandes catégories : les soins propres à la terre d'une part et ceux concernant les plantes d'autre part.

# Soins propres à la terre

Ils comprennent essentiellement des binages, sarclages, arrosages et épandages d'engrais.

## Les binages

Si la terre est de consistance trop homogène, le soleil fait très rapidement évaporer l'eau en vertu du principe de la capillarité. Il y a donc dans ce cas tout intérêt à ameublir le sol pour limiter les effets de l'évaporation et éviter que les plantes ne souffrent de la sécheresse.

Les binages répondent à ce double objectif. Ils cherchent à conserver l'humidité, à maintenir la fraîcheur autour des racines (on dit d'ailleurs qu'un binage vaut deux arrosages) et à permettre la pénétration de l'eau et de la lumière. Ce sont des opérations particulièrement nécessaires après une très forte humidité lorsque la terre a formé une véritable croûte. Il est en effet à ce moment là indispensable de casser la couche superficielle et dure qui vient de se constituer.

Biner consiste à gratter le sol afin de l'ameublir et de briser le cas échéant certaines mottes en petits morceaux. La terre soulevée se dessèche alors mais l'évaporation s'arrête et l'eau qui se trouve en profondeur y demeure. L'opération s'effectue en général avec la binette dont on utilise le tranchant. Ce dernier doit être bien aiguisé si l'on ne veut pas que son maniement ne devienne trop pénible. Le travail peut aussi être réalisé avec la griffe de jardin si les végétaux ne sont pas trop fragiles ou bien à l'aide de la serfouette.

Il faut savoir que certains légumes nécessitent davantage de binages que d'autres. C'est le cas des choux et des navets dont les larges feuilles évacuent une très forte humidité.

## Les sarclages

Ces opérations ont essentiellement pour but d'enlever les mauvaises herbes qui apparaissent à côté des légumes.

Pour sarcler ou désherber, on utilise généralement la binette en tirant vers soi la lame plate de l'outil de façon à ce qu'elle rentre superficiellement dans le sol à 1 cm de profondeur au plus. On décapite ainsi les mauvaises herbes. Il ne faut pas enfoncer d'avantage l'outil sous peine de sectionner les racines des légumes. Enfin, certaines herbes poussant très près des jeunes plants, on a parfois intérêt à les enlever à la main pour ne pas causer de dégâts aux cultures voisines.

Les premiers sarclages s'appliquent aux tout jeunes plants. Ils doivent être réalisés de bonne heure, à la fraîcheur afin de ne pas ébranler les pousses. On profite d'ailleurs en général de cette occasion pour pratiquer l'éclaircissage. Les suivants sont effectués périodiquement, au fur et à mesure de la croissance des légumes mais il faut toujours avoir le souci de ne pas soulever ces derniers en extirpant les herbes. Pour éviter tout ennui de ce genre, il est conseillé si le temps est trop sec d'arroser copieusement la planche concernée une heure environ avant de commencer le travail.

De toute façon, il vaut mieux éviter de procéder aux sarclages si le temps est trop chaud. En revanche, les journées sombres et les temps couverts qui permettent aux jeunes plants de se redresser, constituent des périodes favorables.

Les herbes doivent de préférence être enlevées quand elles sont jeunes. On évite ainsi leur multiplication à l'aide de leurs semences. Il est souvent aussi souhaitable de rechausser les plants après l'opération au cas où ils auraient été ébranlés.

Enfin, l'emploi d'herbicides sélectifs qui tuent les herbes sans pour autant endommager les cultures tend aujourd'hui à diminuer voire parfois à supprimer les travaux de sarclage. Mais celui qui aime les méthodes naturelles et répugne à utiliser des produits chimiques procédera toujours en sarclant.

### Les arrosages

L'importance de l'eau dans la production potagère est considérable mais son utilisation ne doit pas se faire dans n'importe quelles conditions, aussi est-il essentiel de tenir compte de quelques principes.

• *Nature de l'eau*

La quantité d'eau nécessaire au bon arrosage d'un jardin est relativement importante et l'utilisation de l'eau de ville s'avère souvent onéreuse.

Dans la mesure du possible, on a donc tout intérêt à rechercher d'autres sources d'alimentation. La présence d'un puits, la proximité d'une rivière, d'un ruisseau ou d'une mare représentent des aubaines dont le jardinier doit savoir profiter. Si toutefois aucune de ces facilités ne se présente, il faut bien sûr avoir recours à l'eau du robinet.

En tout état de cause, on doit se méfier de certaines eaux trop calcaires ou trop acides. Il faudra y remédier en apportant au sol quelques amendements. De même à l'époque actuelle, il faut se garder des eaux polluées ou des infiltrations nocives par le sol. Une analyse préalable permet d'avoir toute garantie à ce sujet. L'eau de pluie est bien évidemment celle qui présente les meilleures qualités.

Enfin, le défaut général de l'eau d'arrosage est souvent d'être trop froide. La température est un facteur important et une trop grande fraîcheur peut ralentir la croissance des végétaux. L'idéal est

Il ne faudrait arroser le potager que lorsqu'il a besoin d'eau, et le laisser vivre par lui-même le reste du temps.

d'avoir de l'eau à la même température que la terre. Pour humidifier les jeunes plants, il est donc conseillé de mettre à l'avance de l'eau dans un arrosoir ou un bassin et de ne l'utiliser que lorsqu'elle aura acquis la température ambiante. Si l'on utilise des eaux stagnantes, celles-ci présentent l'avantage d'être à la bonne température.

• *Périodes d'arrosages*

Il ne faut pas arroser n'importe quand car certaines périodes sont plus favorables que d'autres.

– Au cours de l'année culturale, on ne doit pas arroser trop tôt et il est par exemple déconseillé de le faire pour les quelques légumes qui sont en terre durant l'hiver. En effet à cette période, si la végétation est réduite et si les plantes n'ont pas une activité suffisante, les arrosages peuvent être néfastes et retarder le réchauffement du sol. Il ne faut pas commencer à arroser avant les mois de mars et d'avril, si du moins on se trouve dans une zone de climat tempéré.

– Au printemps, il est préférable d'arroser le matin ou en milieu de journée. Les nuits sont en effet encore relativement fraîches et de l'eau répandue le soir risquerait de refroidir sensiblement le sol. Le développement des plantes serait retardé.

– Au cours de l'été, en revanche, il vaut mieux opérer le soir après les fortes chaleurs. L'évaporation est alors moins forte durant la nuit, l'humidité demeure plus longtemps et les racines utilisent donc de l'eau plus facilement. Quelques légumes tels que les choux, les salades…etc., qui attirent tout particulièrement les escargots et les limaces peuvent parfois gagner à être arrosés le matin.

• *Densité de l'arrosage*

La projection de l'eau sur les légumes ne doit pas être effectuée dans n'importe quelles conditions, sinon on peut s'attendre à constater quelques dommages :

– S'il s'agit d'un semis ou de jeunes plants, il faut éviter les arrosages à gros jets qui peuvent déplacer les graines, densifier la terre ou surtout casser irrémédiablement les jeunes pousses. On doit plutôt arroser délicatement en répandant de très fines gouttelettes à l'aide d'un arrosoir muni d'une pomme ou d'une rampe prévues à cet effet.

– Si les plantes sont déjà en bonne voie de formation et comportent une tige rigide, l'arrosage avec une lance tenue à la main ou bien au moyen d'un dispositif automatique peut être utilisé. Mais il faut doser le débit de l'eau selon les légumes.

Il faut savoir que certains d'entre eux au long feuillage (salade, choux, artichauts…) réclament des arrosages copieux car leurs feuilles longues et abondantes possèdent de grandes surfaces d'évaporation. D'autres préfèrent recevoir l'eau surtout au pied et non sur les feuilles, tels les haricots et les tomates, afin de contracter moins facilement des maladies.

Certains, plus rares, tel le thym, vivent très bien sans humidité.

Enfin, on ne doit pas oublier que pour être profitable un arrosage doit se faire à forte dose c'est-à-dire au cours d'un laps de temps assez long. Le jeune jardinier a toujours tendance à vouloir humidifier légèrement, chaque jour, les diverses parties de son jardin. Ce n'est pas la meilleure solution, car un arrosage incomplet peut être néfaste. Il entraîne souvent le développement de racines superficielles au détriment des racines profondes qui s'atrophient.

Il est plus profitable de ne procéder à des arrosages que tous les deux, trois ou quatre jours selon les conditions climatiques. L'eau doit à ce moment là être administrée très copieusement. Les résultats seront bien supérieurs à ceux que l'on peut espérer en agissant quotidiennement.

## L'épandage d'engrais

La terre fournit les éléments nutritifs nécessaires au développement des plantes. Mais si on ne l'enrichit pas périodiquement d'une façon ou d'une autre, elle finit par s'appauvrir et ne donne plus que des produits mal venus ou de médiocre qualité.

Aussi est-il indispensable en cours de végétation de lui apporter quelques engrais organiques ou chimiques. Ceci est particulièrement vrai pour les légumes à grand développement tels que les salades et les artichauts ou les légumes-fruits comme les tomates, les aubergines ou les concombres. Il faut alors procéder à des épandages.

On répand en couverture, à la surface du sol entre les divers plants et tout autour, du compost et des granulés. On les fait légèrement pénétrer dans le sol à l'aide de la binette ou du râteau en évitant de déranger les jeunes plantes. La pluie et les arrosages compléteront le travail. On peut également se servir pour la fumure de bouts d'herbes, résidus de tontes de gazon, que l'on fait pénétrer dans le sol sur 5 cm de profondeur. Le contact avec de trop jeunes pousses doit toutefois être évité car il pourrait produire d'irrémédiables brûlures.

Mais pour obtenir un meilleur mélange des divers éléments il peut être avantageux de préparer une fumure diluée. A cet effet, le compost, voire le fumier ou les granulés que l'on comptait répandre sur une planche sont mis dans un récipient et ensuite largement additionnés d'eau. Puis le tout est laissé au repos durant environ une semaine. Au bout de ce délai, on obtient un liquide particulièrement riche avec lequel on arrose les plantes.

Les épandages peuvent être répétés au cours d'un cycle végétatif, à des doses raisonnables, surtout quand il s'agit d'engrais chimiques.

En cours de végétation il est indispensable d'apporter quelques engrais organiques ou chimiques. Ceci est particulièrement vrai pour les légumes à grand développement tels que les salades .

## Les soins propres aux plantes

S'il est indispensable de se préoccuper de la terre, partie vitale de la culture, il n'en faut pas pour autant oublier de soigner les plantes, elles-mêmes. Diverses opérations peuvent être pratiquées à cet effet et notamment :

– Le buttage
– Le pincement
– Le tuteurage et surtout :
– La défense contre les maladies et les parasites

### Le bouttage

Cette opération consiste à amasser de la terre au pied de certains légumes jusqu'à ce qu'un petit dôme se forme et recouvre non seulement les racines mais également le bas des tiges.

Elle est entreprise à différentes fins :

– Tout d'abord pour permettre à certaines plantes assez volumineuses de rester bien ancrées au sol. Le fait d'amasser de la terre provoque la naissance de racines adventives et soutient la base des tiges qui auraient tendance à fléchir. C'est le cas pour les fèves, les pommes de terre, les haricots verts et les aubergines.

– Elle permet aussi d'obtenir le blanchiment nécessaire à certains légumes si l'on veut rendre leur partie comestible plus tendre ou atténuer leur amertume. Avec l'obscurité que ceux-ci trouvent sous la terre, les feuilles ou les tiges recouvertes ont effectivement tendance à s'étioler. Le procédé est utilisé pour le céleri à côtes, pour les bettes, les cardons, le fenouil et les asperges. Il est parfois complété par un liage de la partie du feuillage qui émerge au-dessus du sol.

– Enfin, certains légumes vivaces sont très sensibles au froid et il est indispensable de les protéger très fortement contre le gel. Le buttage est également utilisé à cet effet. C'est le cas pour les artichauts.

### Le pincement

L'opération consiste à couper l'extrémité des tiges principales ou des rameaux.

– S'il s'agit de la tige principale, c'est essentiellement en vue de ne pas laisser monter indéfiniment la plante, ce qui irait au détriment de la grosseur des fruits. C'est ainsi que pour les fèves on est amené à sectionner la tige au-dessus de la septième ou huitième inflorescence et pour les pieds de tomates au-dessus de la quatrième fleur.

– On peut également être amené à pincer certaines portions bien précises de rameaux secondaires, notamment chez les plantes rampantes. C'est souvent pour les aider à s'étaler en se ramifiant (ex : melons, courges, potirons...). On obtiendra ainsi de plus beaux fruits.

– Le pincement de la tige est aussi souvent nécessaire chez les plantes bulbeuses pour éviter qu'elles ne montent trop et que le plein développement des bulbes ne soit contrarié. Ceci est vrai par exemple pour les oignons.

### Le tuteurage

Les plantes grimpantes n'ont pas de tiges suffisamment fortes pour soutenir elles-mêmes les fruits qu'elles portent. Elles risquent de se casser si elles ne sont pas soutenues.

Aussi faut-il la plupart du temps fixer des tuteurs lors de la mise en place des plants. C'est le cas pour les tomates. On y accroche ensuite les tiges à l'aide d'attaches réalisées en ficelle-lieuse. Celle du bas doit être particulièrement résistante car elle supporte tout le poids.

Pour certains légumes grimpants comme les petits pois ou les haricots les tuteurs des différents pieds sont souvent liés les uns aux autres afin de constituer une véritable petite charpente à laquelle les végétaux s'accrochent. On peut aussi utiliser un treillage constitué par un filet de nylon. Dans ce cas les attaches ne sont pas toujours nécessaires. Au fur et à mesure de leur croissance, les ramifications des tiges s'accrochent d'elles mêmes aux bois ou aux mailles du filet.

## La défense contre les maladies et les parasites

Les maladies et les parasites ont déjà été évoqués dans les fiches propres aux différents légumes.

Les ennemis des plantes potagères sont certes très divers mais ils ne sont pas innombrables. La récapitulation des plus courants d'entre eux ainsi que les remèdes appropriés figurent dans les pages suivantes. On peut remarquer en étudiant ces derniers que les traitements les plus fréquents consistent à répandre quelques produits essentiels de nombre limité tels que la bouillie bordelaise, le soufre, le roténone, le lindane, le manèbe, le malathion, le diazinon, la chaux...etc. En fait dans le commerce ces denrées ne sont pas toutes vendues sous leur forme générique mais pour beaucoup, à l'intérieur de divers produits fabriqués par des maisons spécialisées. Ceux-ci se présentent en général sous les deux aspects : liquide ou poudre. Pour les répandre, il faut quelle que soit leur nature, tenir compte de quelques principes :

• *Matériel de traitement*

Deux types d'instruments sont utilisables :

– Le pulvérisateur qui permet de répandre en fine pluie les produits liquides ou les poudres que l'on a dissous dans de l'eau. L'emploi de cet appareil est facile et la pression y est en général obtenue par un pompage manuel.

– La poudreuse avec laquelle on disperse les produits pulvérulents.

En fait, on peut se contenter du pulvérisateur, en mélangeant les remèdes avec la quantité d'eau nécessaire indiquée sur la notice d'emploi.

On doit éviter de traiter les arbres en pleine floraison pour ne pas intoxiquer les insectes pollinisateurs tels que les abeilles.

- *Période de traitement*

On a tout intérêt à traiter dès qu'on voit les premiers signes précurseurs de maladie ou que l'on aperçoit les premiers parasites mais il faut choisir des conditions météorologiques favorables. Le temps idéal est sec, chaud et sans vent. On ne traite donc pas en période humide ou le matin lorsque la rosée est encore présente sur les feuilles. De même il faut éviter les jours de grand vent, surtout par souci de rendement. Les gouttelettes de produit risquent en effet de partir en tous sens et même de revenir sur la figure du jardinier.

- *Précautions d'emploi*

Les produits chimiques utilisés en vue de la protection des végétaux sont souvent toxiques pour l'homme et il faut prendre quelques précautions pour s'en protéger :

– On ne doit ni manger, ni fumer durant les pulvérisations.

– Il faut éviter de mettre quelques gouttes d'insecticides ou de fongicides sur la peau et les yeux. De toutes façons un lavage sérieux des parties exposées est conseillé après l'exécution du travail.

– Dans la quasi totalité des cas, les légumes ne doivent être ramassés et mangés qu'au plus tôt 15 jours après les traitements. Seules les plantes ayant reçu de la bouillie bordelaise peuvent être consommées dans de moindres délais à condition d'être nettoyées et lavées à grande eau.

– Enfin la législation en vigueur interdit normalement les traitements insecticides sur les plantes en période de floraison (en particulier pour les abeilles).

• *Lutte mécanique*

Il est aussi possible de lutter contre les maladies par quelques moyens mécaniques :

– On arrache les pieds de légumes atteints par certaines maladies et on les brûle.

– Les parties hautes des tiges sont parfois pincées quand les pucerons s'y rassemblent.

– On ramasse souvent à la main et on détruit des parasites tels que les doryphores, les vers blancs et gris ou les chenilles.

– Des granulés sont répandus au pied des plantes pour lutter contre les limaces, les vers blancs ou gris, les mouches du chou…

Enfin, il ne faut pas oublier que certains insectes ne pullulent qu'en période de sécheresse. On peut les éliminer en aspergeant d'eau les plantes contaminées. C'est le cas lors des attaques d'acariens ou d'altises.

# Maladies les plus courantes

## Mildiou

Symptômes : tâches brunâtres sur les tiges et les feuilles ;
dessèchement de ces dernières :
pourriture des fruits ou des tubercules.

| Plantes atteintes : | Aubergine | Betterave |
|---|---|---|
| | Épinard | Fève |
| | Oignon | Pomme de terre |
| | Tétragone | Tomate |

Remède : bouillie bordelaise ou Manèbe.

## Pourriture

Symptôme : jaunissement des feuilles et décom-position des bulbes ou des racines

| Plantes atteintes : | Ail | Artichaut |
|---|---|---|
| | Asperge | Carotte |
| | Chou | Choux de Bruxelles |

Remède : Arracher ou aérer les bulbes. Espacer les cultures.

### Graisse

Symptôme : tâches en forme de chancres sur les gousses laissant échapper un liquide visqueux. Puis pourris-sement des gousses ou des bulbes.

Plantes atteintes : Haricot Oignon

Remède : arracher ou aérer racines et bulbes.

### Rouille

Symptôme : tâches rouilles ou brunes sur les feuilles. Noircissement des tiges. Fanaison du feuillage.

Plantes atteintes :

| | |
|---|---|
| Ail | Asperge |
| Betterave | Céleri |
| Chicorée | Fève |
| Haricot | Mâche |
| Menthe | Pois |
| Poireau | Salsifis |

Remède : bouillie bordelaise ; Manèbe ou Zinèbe.

### Blanc ou meunier

Symptôme : feuilles d'apparence grisâtre et garnies de tâches blanches.

Plantes atteintes :

| | |
|---|---|
| Artichaut | Cardon |
| Laitue | Pois |
| Potiron | Tétragone |

Remède : bouillie bordelaise ou soufrage.

### Hernie

Symptômes : gonflement des racines et apparition de nodosités ;
– rabougrissement des légumes ;
– Jaunissement et chute des feuilles.

Plantes atteintes : Chou Chou-fleur
Chou-rave Chou de Bruxelles

Remède : détruire les pieds ; répandre de la chaux.

### Oïdium

Symptômes : teinte gris terne des feuilles et durcissement ; avortement des fruits.

Plantes atteintes : Concombre Haricot
Melon

Remède : soufrage ou Benomyl.

### Anthracnose ou Nuile

Symptôme : tâches arrondies brunes et bor-dées de noir sur les cosses ou la peau.

Plantes atteintes : Courge Concombre
Haricot Melon
Piment Pois
Potiron Poivron

Remède : bouillie bordelaise ou Captane ou Zinèbe.

### Septoriose

Symptôme : blanchiment du feuillage.

Plantes atteintes : Persil.

Remède : bouillie bordelaise.

### Charbon

Symptôme : apparition sur les feuilles de pustules qui crèvent en laissant échapper une poudre noire.

Plantes atteintes : Oignon Poireau Salsifis

Remède : arrachage et destruction des plants atteints.

### Maladies à virus (jaunisse, mosaïque, etc.)

Symptôme : tâches jaunes et plaques vertes sur les feuilles qui se recroquevillent

Plantes atteintes : Concombre Échalote Épinard

Remède : arrachage et destruction des pieds , pulvérisation de Malathion.

## Parasites usuels

### Altise

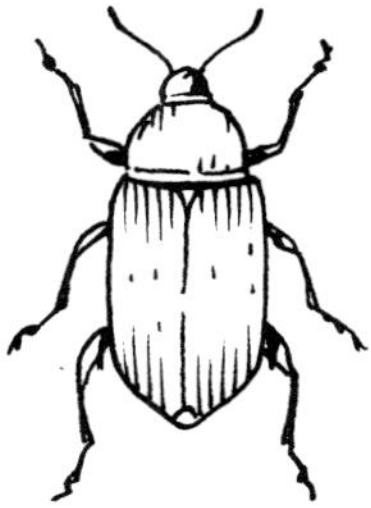

Mode d'action : les altises mangent les feuilles et les transforment en dentelle. Elles détruisent les jeunes plants et agissent surtout par temps sec.

| Plantes atteintes : | Aubergine | Chou |
| --- | --- | --- |
| | Cresson | Navet |

Traitement : arroser fortement. Sinon mettre du roténone.

### Pucerons

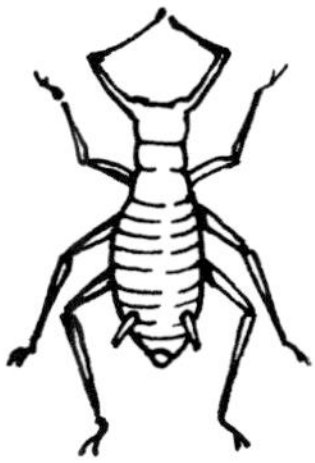

Mode d'action : ces parasites noirs ou blancs se regroupent en grand nombre sur le feuillage et en sucent la sève. Les feuilles se recroquevillent et cloquent.

| Plantes atteintes : | Artichaut | Cardon |
| --- | --- | --- |
| | Fève | Chou de Bruxelles |
| | Haricot | Melon |
| | Salsifis | Scorsonère |
| | Tomate | |

Traitement : arroser ; pincer les tiges ; si dégâts graves, pulvériser roténone, lindane ou malathion.

### Doryphore

Mode d'action : le doryphore attaque les feuilles et les tiges et réduit la végétation à de véritables squelettes.

Plantes atteintes : Aubergine
Pomme de terre

Traitement : bouillie bordelaise ou roténone.

### Acariens

Mode d'action : ces araignées rouges ou jaunes s'entassent au dos des feuilles, en sucent la sève et provoquent des tâches blanches. Elles agissent surtout en période sèche.

Plantes atteintes : Carotte Haricot

Traitement : arrosages ; poudrages de chaux ou de roténone.

### Ver blanc

Mode d'action : la larve vit dans le sol et s'attaque surtout aux jeunes plants en coupant les racines à l'aise de ses mandibules.

Plantes atteintes : Betterave
Salade Tétragone

Traitement : gratter le sol et détruire ; granulés de naphtaline, diazinon ou lindane.

## Ver gris ou noctuelle

Mode d'action : le ver gris est la larve des papillons de nuit ou noctuelles. Il vit dans le sol et n'en sort que la nuit. Il creuse les tiges des plantes.

Plantes atteintes : Betterave, Chou, Épinard, Laitue, Poivron, Tétragone

Traitement : gratter et détruire ;
mettre du diazinon ou du roténone.

## Thrips

Mode d'action : ces petits insectes, à peine visibles à l'œil nu, s'attaquent aux feuilles, les décolorent et les dessèchent.

Plantes atteintes : Concombre, Melon, Pois, Potiron.

Traitement : eau savonneuse ; Lindane ; Malathion.

## Anguilule

Mode d'action : ver microscopique se multipliant très facilement. Il progresse dans le tissu des feuilles et les tord. Il boursoufle aussi les racines et les fait dépérir.

Plantes atteintes : Concombre, Courge, Pomme de terre, Poireau, Poivron, Tomate

Traitement : arracher les plants ; mettre dans le sol du phytosol.

## Mouches

Mode d'action : il existe diverses mouches : celles du chou, de l'oignon, des carottes, de l'oseille et du navet. Elles pondent leurs œufs. Les larves attaquent les plantes, peuvent détériorer les racines et arrêter la croissance des légumes.

Plantes atteintes :

Asperge
Carotte
Céleri
Chou
Chou-fleur
Navet
Oignon
Oseille

Traitement : détruire les plants ; mettre du roténone, du diazinon ou de la naphtaline ; assurer la rotation des cultures

## Bruche

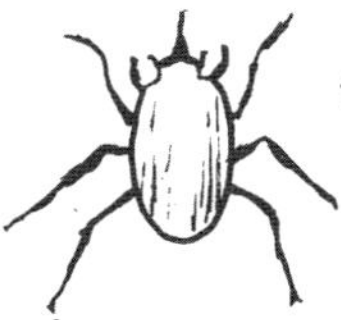

Mode d'action : ce petit charançon creuse des trous dans les gousses.

Plantes atteintes : Fève Haricot Pois

Traitement : Phosalone.

## Chenilles

Mode d'action : les larves de papillon, telle la piéride du chou, vivent en groupe et dévorent les feuilles.

Plantes atteintes : Chou Chou-fleur

Traitement : Roténone ou Diazinon.

## Limaces

Mode d'action : ces mollusques dépourvus de coquilles se nourrissent en creusant des trous irréguliers dans les feuilles, en mangeant les jeunes pousses et en creusant des galeries dans les tubercules.

Plantes atteintes :tous légumes.

Traitement : granulés anti-limaces

DEUXIÈME PARTIE

# LA CULTURE FRUITIÈRE

Il n'est pas indispensable d'avoir un véritable verger pour récolter ses propres fruits. Même dans un potager de dimensions modestes, quelques arbres trouveront facilement leur place.

Certes, ils ne doivent pas être plantés trop près des légumes. Leur ombre pourrait être préjudiciable à ces derniers et les racines risqueraient aussi de gêner leur développement, mais mis en place dans des conditions favorables, ils donneront au jardinier amateur bien des satisfactions :

Leur présence va tout d'abord agrémenter le jardin et concourir à son aspect esthétique. Du printemps à l'automne, leurs feuilles et fruits vont s'y succéder, apportant par leurs teintes multicolores un élément décoratif appréciable.

Et puis, surtout, ils constitueront le complément indispensable des légumes. Il fourniront des mets délicieux pour les fins de repas. Le maître de maison éprouvera une véritable joie en offrant à ses amis ou convives ses propres produits dont la saveur sera justement appréciée. Les fruits du jardin sont en effet le plus souvent bien supérieurs à ceux du commerce qui se présentent certes sous un bel aspect mais ont été cultivés avec le souci du rendement, cueillis avant d'être mûrs et qui, de ce fait, ont rarement un goût très prononcé.

Enfin, un choix étudié des variétés doit permettre d'obtenir des récoltes échelonnées et d'éviter les arrivées massives de fruits suivies de périodes pauvres.

Mais la culture fruitière n'est pas toujours des plus faciles. Elle est même parfois délicate, reste soumise à de nombreux aléas tels que les caprices du temps ou les maladies bactériennes et apporte souvent au jardinier amateur quelques désillusions.

Toutefois, pratiquée à une échelle modeste, elle peut s'effectuer dans de très bonnes conditions si l'on tient compte d'un certain nombre de données de base, si on se limite aux espèces usuelles et si l'on dispense aux arbres les soins réputés nécessaires.

La greffe en fente simple fait partie du groupe des greffes par rameau détaché. Elle se pratique parfois au moment du déclin de la sève. Ici c'est le cas d'un pommier.

# I

# Données de base

- Le climat
- Le terrain
- Procédés de multiplication
- La mise en place des arbres
- Les outils
- La taille

# Le climat

Le climat est un facteur très important qu'il faut prendre en considération dans la culture fruitière. On doit impérativement tenir compte de ses caractéristiques si l'on veut obtenir des produits de qualité, en temps utile.

– En premier lieu et contrairement à ce que beaucoup pourraient croire, les diverses espèces ne peuvent pas être cultivées favorablement en toute région. Il est donc prudent de se renseigner pour connaître les variétés se développant correctement dans la zone où l'on habite et d'observer de toute façon certains principes généraux : ainsi dans les zones froides on évite de cultiver des amandiers, des abricotiers ou des pêchers qui sont assez sensibles aux basses températures... En région tempérée, en revanche, presque toutes les espèces peuvent voir le jour de l'amandier jusqu'au pommier mais on envisage difficilement l'implantation d'orangers et de citronniers qui exigent une importante chaleur. De nombreux autres exemples intermédiaires pourraient être cités.

– L'exposition choisie pour les plantations doit aussi être fonction de la zone climatique. Dans les contrées chaudes comme le Midi, il est parfois préférable de mettre les arbres fruitiers au nord. Dans les autres régions françaises, l'exposition idéale varie entre l'est, le sud et le sud-ouest.

Et si vous avez un choix cornélien à effectuer dans un jardin pour déterminer l'emplacement de diverses espèces, il vaut mieux mettre en plein midi la vigne, les pêchers et les abricotiers, entre le sud-est et le sud-ouest les pommiers et les poiriers et à l'est les framboisiers, cassissiers et groseilliers.

– Par ailleurs, le gel est l'ennemi des arbres fruitiers. Les dommages qu'il provoque sont très importants. Au printemps, il est susceptible d'attaquer les fleurs et les bourgeons. On peut donc malgré un début de saison exceptionnel et un départ très rapide de la végétation voir tout d'un coup une récolte anéantie après un brusque refroidissement. Les gelées d'hiver sont tout aussi dangereuses pour d'autres raisons. Elles détériorent le bois et peuvent aller parfois jusqu'à fendre les troncs des espèces fragiles. Seuls des professionnels ont en cas de gel la possibilité de prendre des dispositions de chauffage afin d'éviter tout ennui. L'amateur se contente de prendre quelques mesures préventives quand il choisit l'emplacement de ses cultures. Il évite en particulier les cuvettes, les bas-fonds et le voisinage des rivières…

– Enfin, le vent peut, lui aussi, être préjudiciable aux arbres fruitiers car il propage les maladies et paralyse la fécondation. Le choix d'une bonne implantation permet de contrarier son action.

# Le terrain

## Choix de l'emplacement

L'emplacement des arbres fruitiers doit certes être choisi en fonction des données climatiques comme nous venons de le voir mais il dépend aussi de la nature du terrain qui se révéle plus ou moins favorable aux différentes espèces et aussi des obstacles existant dans le jardin.

– D'une façon générale, il faut éviter les sols trop humides et mal drainés qui font pourrir les racines ou les terrains trop calcaires, reconnaissables à leur aspect blanchâtre et qui peuvent provoquer certaines maladies telles que la chlorose. Une terre légère et perméable est préférable.

Un labour doit être effectué pour plus de facilité avec un motoculteur.

Il faut toutefois moduler ces principes car avantages et inconvénients varient avec les espèces. C'est ainsi que le figuier se suffit d'un sol pauvre et que cerisiers et abricotiers s'accommodent de la présence de calcaire.

– L'arbre fruitier ne doit normalement pas non plus occuper un endroit trop ombragé. Il a besoin de soleil pour atteindre son plein épanouissement. On évite à cet effet de le placer à l'ombre de grands arbres ou à proximité de murs qui forment un écran au rayonnement solaire. Il est d'ailleurs aussi possible de favoriser la pénétration du soleil en donnant à l'arbre une forme en cuvette à l'aide d'une taille appropriée.

Mais une fois choisi, l'emplacement doit pour les fruits tout comme pour les légumes subir une certaine préparation.

**Préparation du sol**

– Le sous-sol est aussi important que le sol. Aussi est-il primordial de l'ameublir afin de faciliter la pénétration des racines. Celles-ci se développent en profondeur et vont y chercher nourriture et humidité. Un labour doit donc être exécuté à l'endroit prévu. Il est effectué manuellement à l'aise d'une fourche bêche ou pour plus de facilité avec un motoculteur. Les pierres et les morceaux de racines ainsi que tous les matériaux susceptibles de constituer un obstacle sont alors enlevés sans ménagement.

– Il faut aussi enrichir la terre et lui donner les éléments nutritifs nécessaires. On profite du travail de défoncement pour inclure une fumure de fond constituée de compost, d'engrais vert ou de granulés d'engrais complet. Si on utilise le fumier, il faut le faire avec prudence et le regrouper en profondeur car le contact avec les racines est susceptible de propager des maladies.

Tous ces préparatifs ne doivent pas être exécutés au dernier moment. Ils sont effectués quelques temps avant que l'on procède à la plantation, dans le but d'assurer le tassement du sol.

# Les procédés de multiplication

Les jeunes plants d'arbres fruitiers peuvent être reproduits de diverses façons :

– Par semis et greffage pour la majorité d'entre eux

– Par bouturage pour certains arbustes

– Par marcottage, drageonnage ou division des touffes pour quelques espèces rampantes ou certains végétaux particuliers.

## Semis et greffage

Le semis s'effectue en général à l'aide de noyaux ou de graines sélectionnées. Le greffage, quant à lui, consiste à souder entre elles deux fractions d'un même végétal ou de végétaux différents en vue d'obtenir une nouvelle plante.

Pratiqués couramment par les professionnels, ces deux procédés ne sont pas recommandés pour l'amateur. Ils nécessitent en effet des travaux méticuleux, des soins appropriés et peuvent être l'occasion de propagation de maladies s'ils ne sont pas bien menés. Aussi est-il recommandé de mettre en place des plants achetés chez un pépiniériste ou dans une maison spécialisée ou bien de recourir aux autres procédés de multiplication :

## Bouturage

A l'inverse du greffage, le bouturage est à la portée de tout le monde. On l'effectue en automne, surtout pour quelques essences fruitières telles que les groseilliers, framboisiers, cassissiers, cognassiers et vigne.

L'opération consiste à prélever des fractions de jeunes rameaux d'un an, de 20 à 25 cm de long, munis de plusieurs yeux (4 ou 5) mais dépourvus de feuilles. La partie inférieure est taillée horizontale tandis que l'extrémité supérieure est coupée en oblique. Puis, ainsi préparées, ces boutures sont placées verticalement ou légèrement inclinées dans la terre où on a inclus un peu de sable. On laisse deux ou trois yeux au-dessus du sol.

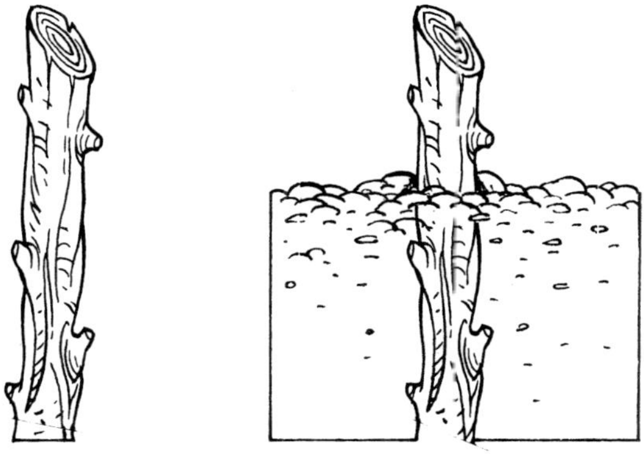

Ainsi enterrées, ces fractions de rameaux vont ensuite se munir de racines et se comporter comme la plante dont elles sont issues. La croissance complète n'est toutefois pas immédiate et il faut souvent attendre deux ans pour obtenir un arbuste de dimensions raisonnables.

Ce procédé que l'on appelle le "bouturage ordinaire" peut être pratiqué en place la plupart du temps mais certains préfèrent souvent opérer tout d'abord en pépinière et transférer ensuite les plants au printemps.

Le bouturage "en crossette" est une variante de la solution précédente appliquée surtout pour la vigne : on prélève en même temps que la fraction de rameau un petit bout de la branche principale à laquelle elle se rattache. L'ensemble est enterré en laissant toujours une partie du jeune rameau à l'extérieur du sol. De nouvelles racines vont se créer autour du vieux bois.

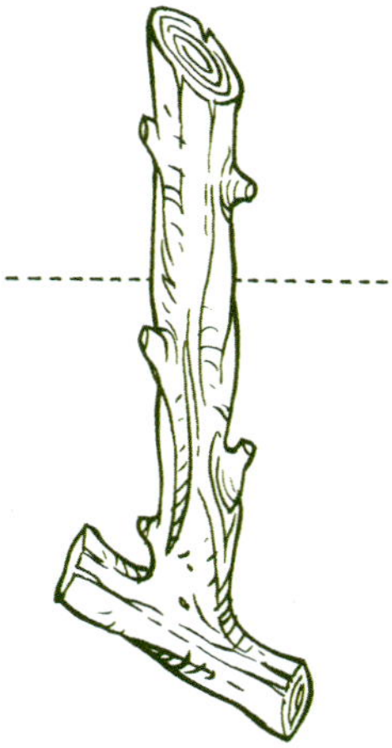

**Marcottage**

Cet autre procédé peut être utilisé pour des arbres comme le figuier, le noisetier et le cognassier ou pour des arbustes tels que le framboisier et le groseillier dont les branches non détachées peuvent donner des racines au contact de la terre humide.

Pour parvenir à un résultat, on recourbe une branche et on l'oblige à pénétrer dans le sol. Au besoin, si elle ne s'y maintient pas naturellement, on peut former une légère butte à l'endroit du contact pour la forcer à rester en place.

Le marcottage s'exécute en général au printemps. On sépare de la branche mère les rameaux enracinés à l'automne. À leur tour, ceux-ci vont devenir des arbres à partir de l'année suivante et on peut alors les transplanter.

En ce qui concerne les fraisiers, le marcottage s'effectue tout naturellement. Chaque plant émet des tiges rampantes ou stolons qui portent des bourgeons et qui s'enracinent en formant de nouveaux plants.

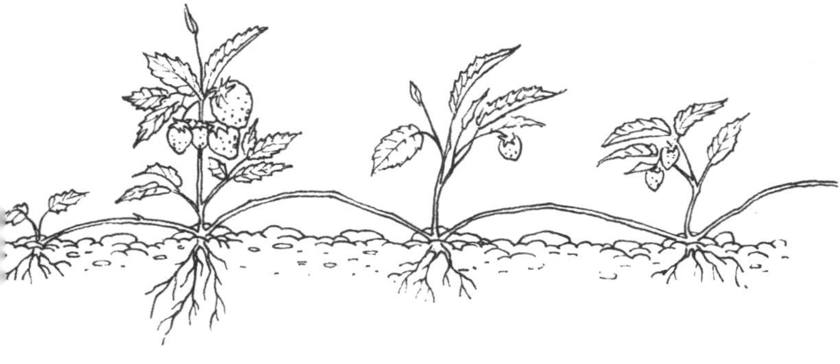

## Drageonnage

Ce procédé consiste à séparer du pied mère une pousse, appelée drageon, qui se développe sur les racines et peut servir à la reproduction de la plante (framboisier, prunier…).

## Division des touffes

Elle est effectuée pour certains arbrisseaux tels que framboisiers et groseilliers. On dissocie au niveau du sol quelques parties du végétal munies de racines, appelées éclats et destinées à former de nouveaux plants, puis on met ces derniers en terre à un autre endroit.

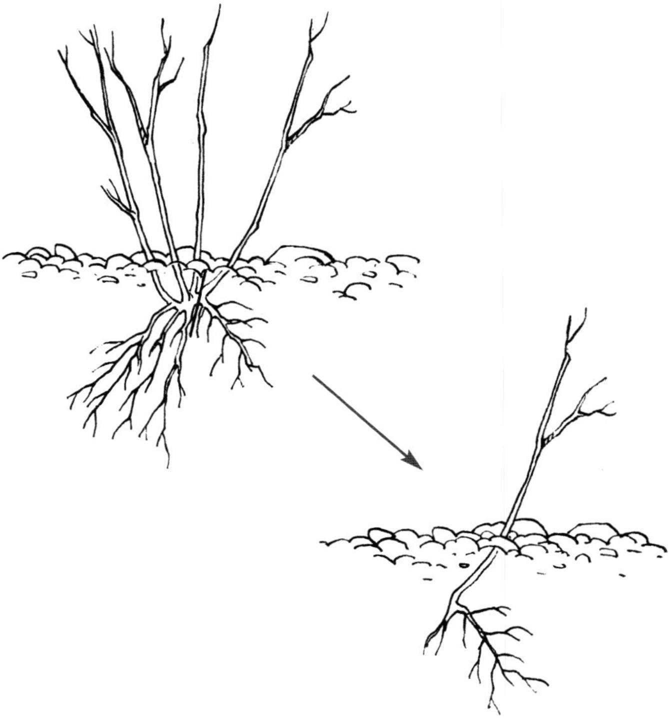

# La mise en place des arbres

Quand le terrain a été préparé, que l'arbre a été acheté chez le pépiniériste ou bien que le plant obtenu par bouturage ou marcottage doit être transféré, il faut procéder à la plantation. Cette opération est particulièrement importante et conditionne tout l'avenir du végétal.

## Période de plantation

La mise en place de l'arbre doit s'effectuer lorsque la sève est au repos afin d'éviter tout déséquilibre entre l'absorption par les racines et l'évaporation par les feuilles.

C'est donc de la fin du mois d'octobre jusqu'en avril qu'on peut planter dans de bonnes conditions. Le mois de novembre est souvent le plus favorable. Il faut toutefois éviter d'opérer au cours des gelées ou en période de fortes pluies. Le dégel risquerait d'être néfaste.

Si le temps est vraiment trop froid et que les températures sont nettement négatives, la plantation sera repoussée jusqu'au printemps. Il suffit à ce moment là de bien mouiller chaque pied afin de faciliter l'adhérence des racines.

Le bon moment au cours de la journée varie avec la nature de la terre : Si le sol est sec et léger, il vaut mieux planter de bonne heure. En revanche, si la terre est compacte, humide et froide, on repoussera l'opération en début d'après midi.

## Préparation des plants

Les plants qui en général ont deux ans et sont hauts de 0,90 m à 1,50 m doivent être préparés avant la plantation.

Sur l'arbre lui-même il faut procéder à ce qu'on appelle "l'habillage" : On supprime les rameaux inutiles et on raccourcit ceux qui sont à conserver de façon à équilibrer la végétation. En général on réduit du tiers ou du quart les branches vigoureuses. Les plus fortes sont coupées courtes et les faibles laissées longues dans le but de maintenir l'équilibre (1).

1

Quant aux racines, celles qui sont blessées doivent être éliminées. Les autres sont légèrement raccourcies avec un instrument bien tranchant comme le sécateur. Cette disposition permettra par la suite l'émission d'un chevelu abondant (2).

Pour que les conditions de reprise de l'arbre soient favorables, il est souhaitable de réduire les branches dans les mêmes proportions que les racines.

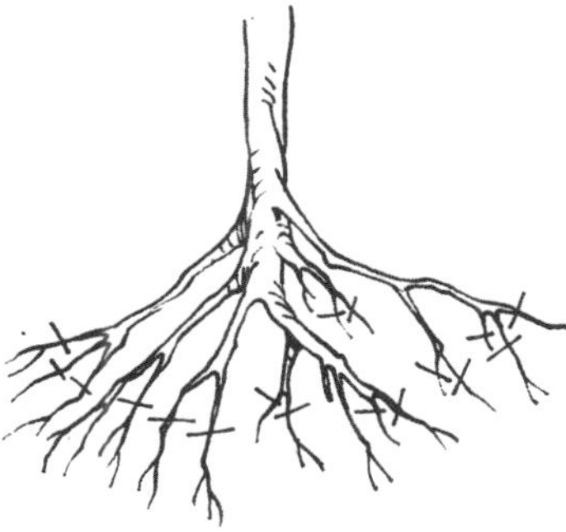

2

Enfin, on pratique le *pralinage* : les racines et le bas des tiges sont enduits de boue, enrichie au besoin de compost. Certains y mélangent même de la bouse de vache. Cette méthode a pour but d'éviter la dessiccation de la base de l'arbre et de faciliter sa reprise. Puis, les travaux préparatoires étant terminés, c'est le moment de la mise en place.

## Mise en place

• *Plantation*

À l'emplacement de la plantation, un trou de 40 à 50 cm de côté et de 25 à 30 cm de profondeur est creusé. On dispose au fond un léger monticule de terre.

L'arbre est ensuite présenté dans le trou et les racines touchent le sol dans leur position naturelle. La plantation est de préférence effectuée à deux personnes. L'une maintient l'arbre vertical, l'autre recouvre le système radiculaire de quelques pelletées de terre fine et garnit bien tous les intervalles. Puis il comble la cavité et il tasse avec les pieds.

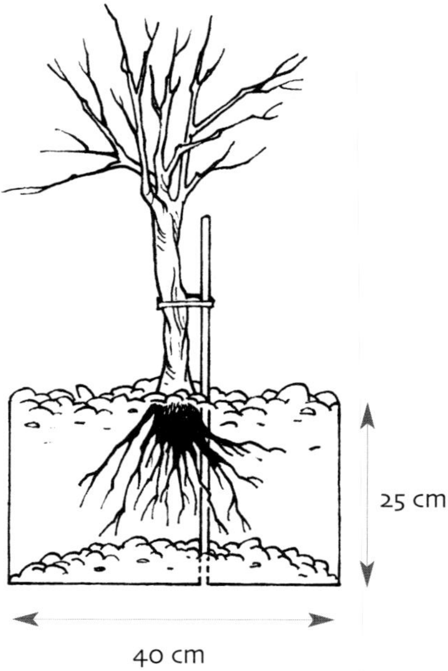


Aussitôt après la mise en place et surtout au printemps si le so est trop sec, il est bon de procéder à un arrosage copieux. Cette opération peut être renouvelée deux ou trois fois si le besoin s'en fait sentir. Pour que la plantation ait été bien exécutée, il faut que le collet ou le point de greffe se trouve quelques centimètres au-dessus du sol. Dans le cas contraire, l'arbre risquerait d'avoir une reprise difficile et de rabougrir.

• *Tuteurage*

Un peu avant la plantation ou peu de temps après, on doit placer près de l'arbre un tuteur pour lui donner plus de rigidité et le protéger contre les effets du vent. Si le piquet est mis en place préalablement, ceci permet d'éviter les blessures de racines. Si le tuteurage n'est effectué que quelques jours après, la terre a déjà eu le temps de se tasser. Dans les deux cas le plant est attaché au tuteur sans trop serrer pour ne pas blesser l'écorce. L'attache la plus basse est en général laissée plus lâche que les autres.

• *Autres soins*

– Dans certaines régions où les dégâts provoqués par les lièvres ou les lapins sont à redouter on met à la base de l'arbre un dispositif de protection. Ce dernier peut être constitué d'un petit cylindre de grillage métallique.

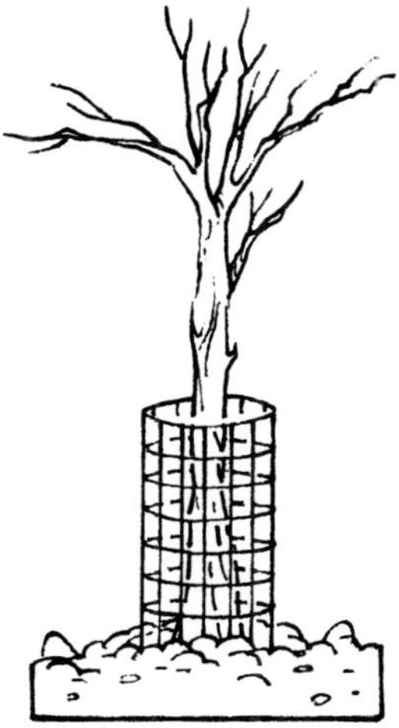

– Pour éviter une trop forte évaporation et enlever en même temps les mauvaises herbes, il est conseillé de biner périodiquement et au besoin de disposer un paillis épais sur la terre.

## Les outils

Outre les outils de préparation du sol ou de traitement des maladies tels que motoculteur, fourche bêche, binette ou pulvérisateur déjà utilisés pour les légumes, quelques instruments supplémentaires sont nécessaires au jardinier s'il veut pratiquer la culture fruitière. Il lui faut notamment :

Outils indispensables pour la culture fruitière.
De gauche à droite : sécateur, scie, sécateur ébrancheur, échenilloir sécateur et mastic pour soigner les blessures.

– Le sécateur à main (1) destiné à couper les petites branches de proximité.

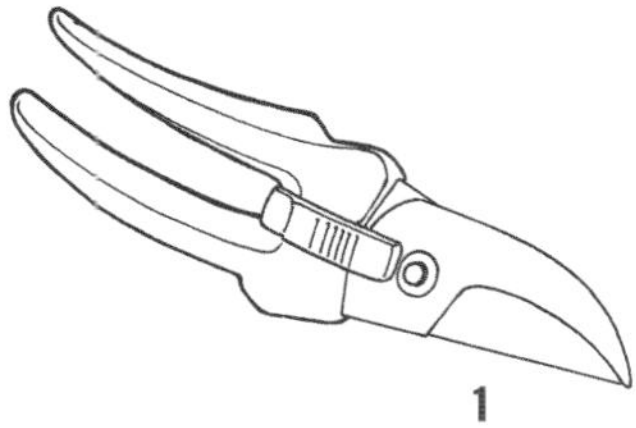

1

– Le sécateur ébrancheur (2) utilisé pour rabattre les rameaux de grosses tailles.

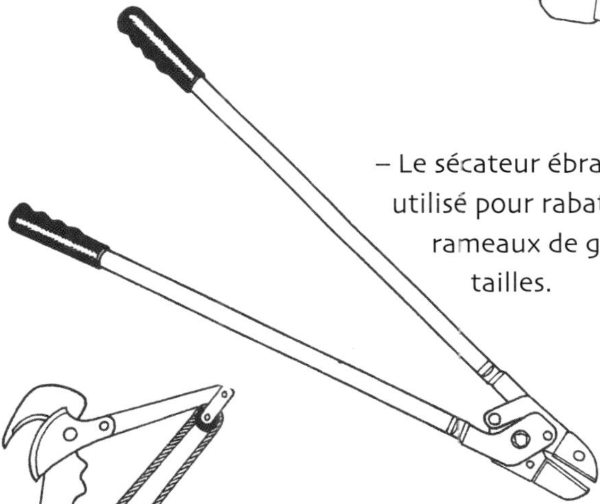

2

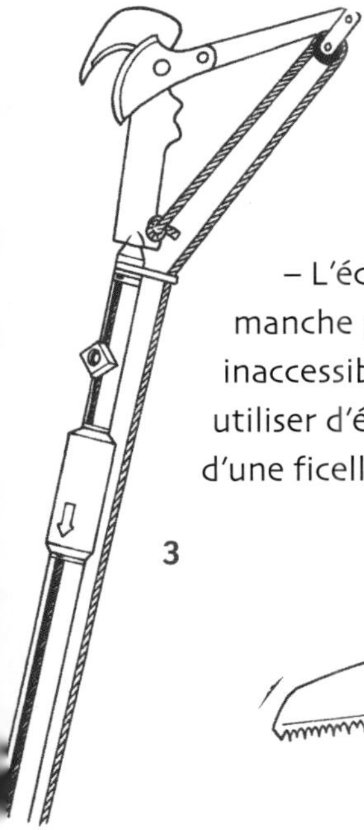

– L'échenilloir sécateur (3) à très long manche prévu pour couper les branches inaccessibles avec les autres instruments et sans utiliser d'échelle. La lame est actionnée à l'aide d'une ficelle.

3

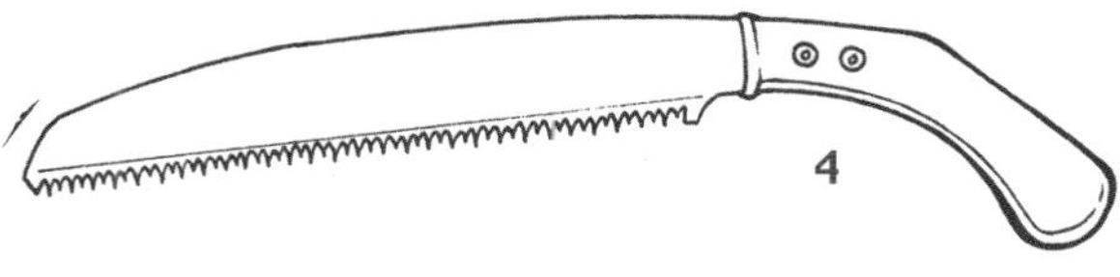

4

– La scie égoïne de jardinier (4) à lame courbe pour les rameaux déjà plus importants.

– Le mastic (5) pour soigner les plaies et le pinceau pour l'étendre

5

Et pour ramasser les fruits disposés en hauteur, on peut utiliser parfois un sac de cueillette en toile (6) placé au bout d'une perche

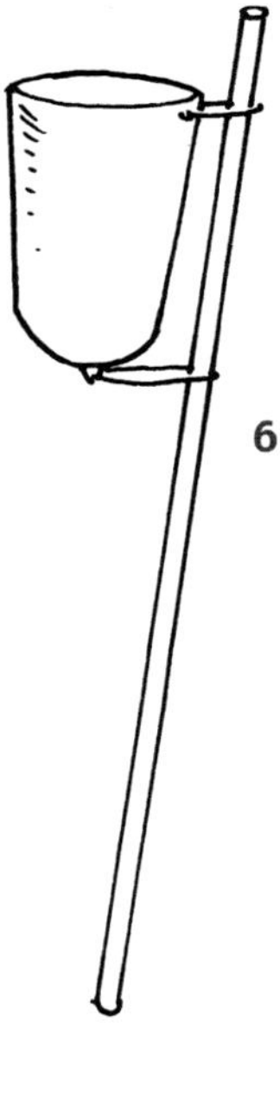

6

# La taille

La taille est une opération très importante qui conditionne le bon quilibre et le rendement de l'arbre fruitier. Elle doit être effectuée plusieurs périodes de la vie des végétaux :

– Tout d'abord entre la plantation et la première récolte. Il s'agit e la taille de formation.

– Puis chaque année au cours de la croissance du plant. C'est ce u'on appelle la taille de fructification. Cette dernière opération st surtout nécessaire pour les arbres à pépins.

Mais avant d'examiner les conditions de la taille, il est ndispensable de connaître quelques termes élémentaires.

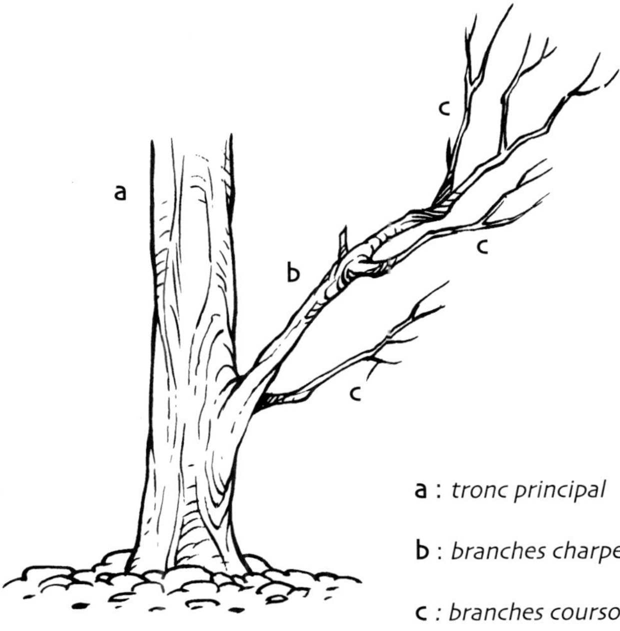


**a** : *tronc principal*

**b** : *branches charpentières*

**c** : *branches coursonnes*

## Vocabulaire fruitier

– Le *tronc* est la tige principale de l'arbre (a).

– Les branches partant du tronc s'appellent *branche charpentières*. Ce sont elles qui constituent l'ossature (b).

– Les ramifications de ces dernières qui sont en général de plu faible dimension sont appelées *coursons* ou *branches coursonne* (c). Elles donnent notamment naissance aux fleurs et aux fruits

Parmi les bourgeons, on distingue surtout :

– Les *bourgeons à bois* (1) qui se trouvent le long d'un rameau ou à son extrémité. Ils sont petits et plats et produisent de nouvelle pousses.

– Les *dards* (2) existant sur les arbres à pépins (pommiers e poiriers) et se présentant sous une forme très pointue. Ils peuven par la suite donner des boutons à fleurs.

– Les *boutons à fleurs* (3) existant indistinctement chez le arbres à pépins ou à noyaux. Ils sont gros et arrondis et von donner naissance à un bouquet floral puis à des fruits.

Enfin on appelle l*ambourde* (4) les rameaux très courts terminé par un bouton à fruits.

## Taille de formation

Cette opération a pour but, surtout dans un petit jardin de donner au plant une forme compatible avec le volume qu'on veut bien lui accorder. Elle consiste à établir la configuration générale de l'arbre que l'on appelle aussi charpente.

Si le volume disponible est assez important, le jardinier lui donnera une forme naturelle. Dans le cas contraire, il le façonnera en lui imposant une forme artificielle.

• **Formes naturelles :** trois d'entre elles peuvent être envisagées par l'amateur :

– *La basse tige*

Dans cette configuration, on laisse démarrer trois branches charpentières assez bas entre 0,30 m et 0,80 m du sol. La croissance est rapide ; la production aussi et les fruits peuvent être cueillis facilement.

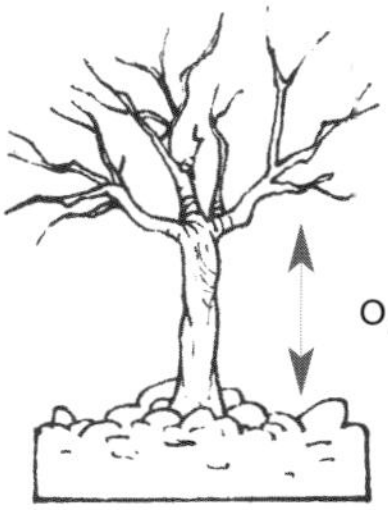


Cette forme offre toutefois quelques inconvénients : elle présente des dangers en période de gelée. L'entretien du sol est difficile et l'espace qu'elle nécessite est important car on ne peut guère cultiver de légumes à proximité.

– ***La demi tige***

L'aspect se différencie du précédent uniquement par le fait que le tronc a de 0,80 m à 1,20 m de haut. Les avantages et inconvénients sont à peu près les mêmes que dans la première catégorie.

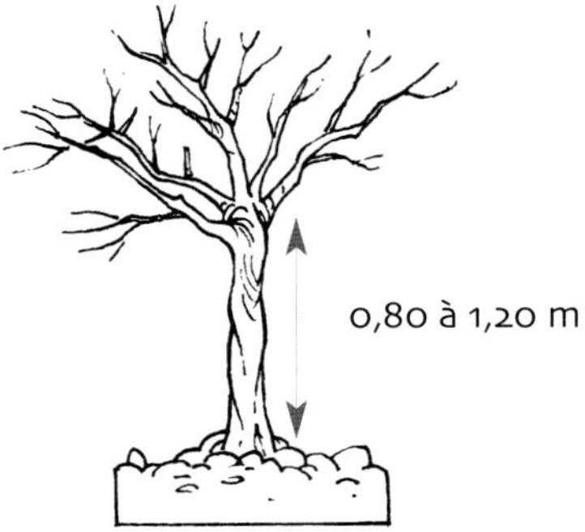


– ***La haute tige***

Dans ce cas, les branches charpentières démarrent du tronc entre 1,80 m et 2 m de hauteur. Les risques de gelée sont moins grands. L'entretien du sol est facilité. La culture des légumes à

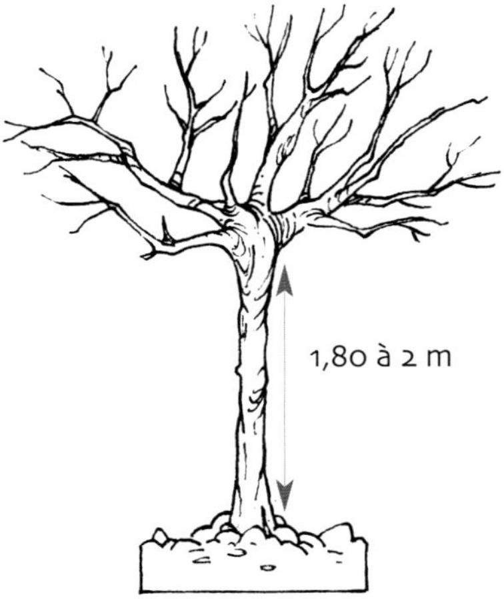

proximité est même possible à condition que les branches ne provoquent pas trop d'ombre et que les racines ne soient pas trop envahissantes. En revanche, les travaux de taille, de protection anti-parasitaire et de récolte sont plus complexes en raison de la hauteur de l'arbre.

Dans ces trois cas il est recommandé de donner en même temps aux arbres fruitiers la forme dite de *gobelet*, réalisée en faisant pousser les branches vers l'extérieur de façon à laisser pénétrer le soleil au centre de la charpente :

Après n'avoir conservé au début, c'est-à-dire à l'automne, que trois branches charpentières, on rabat ces dernières au printemps suivant à 30 ou 35 cm de leur point d'insertion sur un œil extérieur en vue de provoquer leur bifurcation. On garde toutefois quelques yeux latéraux.

L'année suivante, on opère de même sur les diverses ramifications.

Si le développement a été normal on a donné à l'arbre une forme creuse avec 12 à 14 branches qui assurent la charpente définitive. Il n'y a plus ensuite qu'à tailler les prolongements en fonction de l'espèce cultivée.

Certains préconisent une coupe de formation en pyramide ou fuseau : dans ce cas, les branches sont coupées plus courtes au fur et à mesure qu'on se dirige vers le sommet. L'arbre peut être mené ainsi jusqu'à 5 ou 6 mètres de hauteur.

• **Formes artificielles :** le jardinier amateur qui ne dispose pas toujours de beaucoup d'espace utilise de préférence des formes palissées, ce qui lui permet de cultiver des arbres fruitiers le long de fils de fer tendus horizontalement entre deux piquets. Les formes les plus simples à adopter sont les cordons :

Arbres fruitiers en espaliers. Formes artificielles.

– *Cordon horizontal simple*

(Utilisé surtout pour les pommiers). C'est la forme la plus répandue. Le plant est fixé à son support par un lien d'osier lors de la plantation.

Sa position horizontale à partir de 40 à 80 cm de hauteur n'est obtenue que progressivement pour éviter de le détériorer. Elle n'est définitivement établie que vers le mois de septembre de l'année suivant la plantation c'est-à-dire au déclin de la sève. Le cordon est maintenu ainsi le long du fil de fer. Les jeunes pousses qui partent des deux côtés sont palissées à leur tour mais leur extrémité reste libre sur 25 à 30 cm de longueur. Les divers arbres sont, dans ce procédé, plantés à environ 2,50 m de distance.

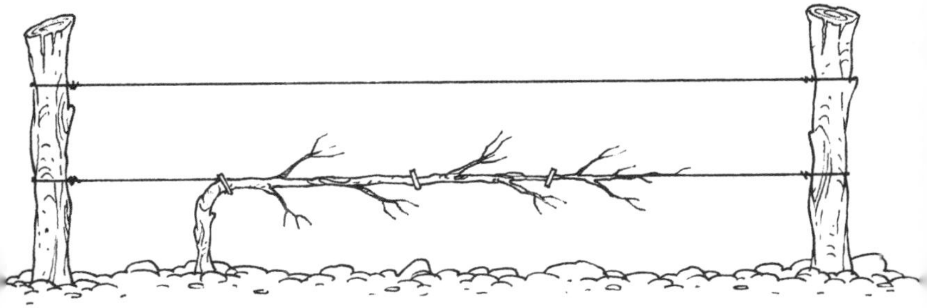

– *Cordon horizontal bilatéral*

Dans ce cas, la forme est de préférence obtenue par la taille. On étête le jeune plant en hiver au-dessus de deux bourgeons latéraux situés à 40 ou 80 cm de hauteur. Ceux-ci donnent ensuite naissance à deux rameaux que l'on commencera à palisser horizontalement dès l'année suivante.

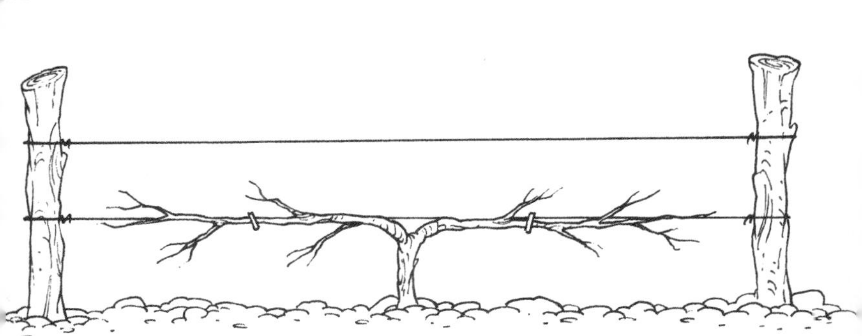

Les jardiniers avertis peuvent se lancer dans des formes plu complexes dites *palmettes*. Ils obtiennent ainsi diverse configurations et notamment :

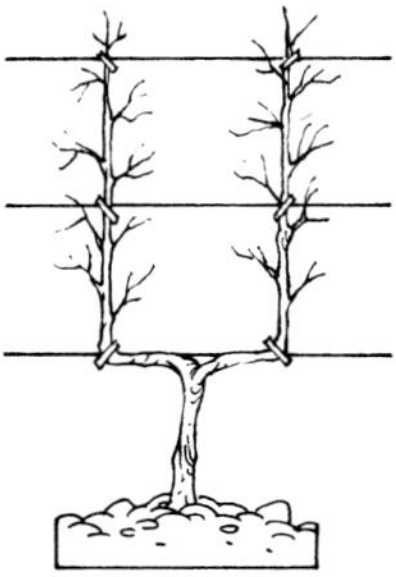

• l'*U simple*, constitué d'un tronc cour se ramifiant à 30 à 40 cm de hauteu en deux branches horizontales dans un premier temps puis redressées ensuite à la verticale.

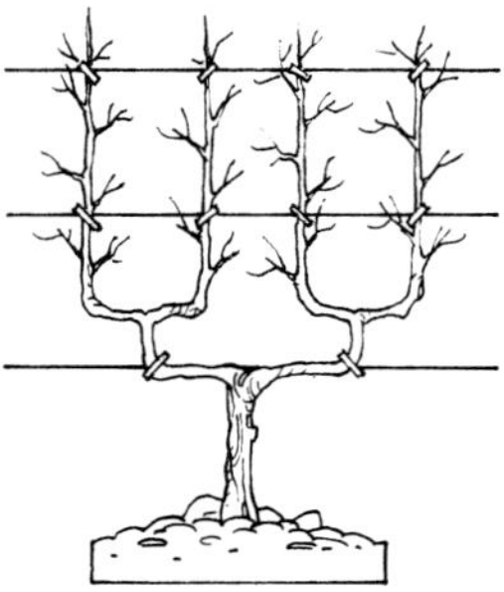

• l'*U double* partant d'un tronc toujours très court supportant deux charpentières horizontales au départ puis verticales et se divisant chacune en deux branches.

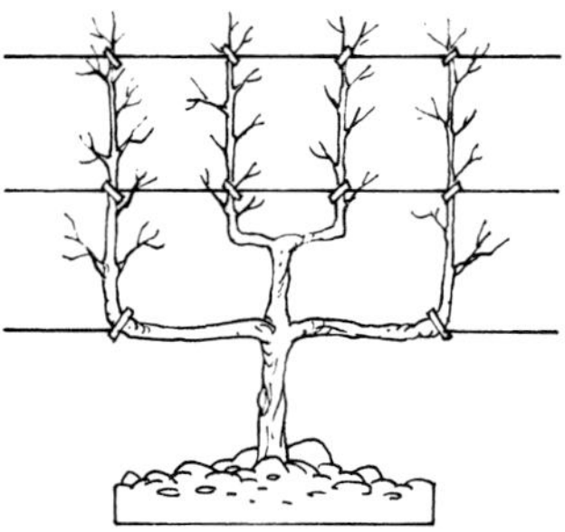

• Le *Verrier à quatre branches* dans lequel le tronc donne naissance à trois charpentières. L'une d'elle se situe dans le prolongement du tronc et bifurque à 30 cm au-dessus pour donner naissance à deux rameaux qui forment un U.

## Taille de fructification

La taille de fructification a pour but de discipliner les rameaux secondaires ou couronnes afin de maintenir, en cours de croissance, l'équilibre de l'arbre déjà obtenu par la taille de formation.

Pendant que l'arbre se développe, il faut tailler les branches charpentières à la fin de l'hiver pour lui donner un port bien équilibré et bien aéré.

Elle s'effectue généralement à la morte saison, après la chute des feuilles, le plus souvent vers les mois de février-mars et ceci surtout pour les arbres à pépins. Mais il faut éviter de procéder par températures négatives. Les arbres à noyaux sont taillés un peu plus tard, en début de printemps, pour que les plaies éventuellement provoquées lors de la coupe cicatrisent et ne propagent pas de maladies. Il faut toutefois opérer avant le débourrement c'est-à-dire avant l'épanouissement des bourgeons. De toutes façons, les coupes doivent être différenciées selon les espèces. Certaines telles que cerisier, abricotier, prunier se suffisent d'un élagage lorsqu'ils ont acquis leur forme définitive. D'autres comme les pommiers, poiriers, pêchers exigent une taille proprement dite.

– *Élagage*

L'élagage vise à supprimer les branches inutiles voire nuisibles afin que celles qui restent bénéficient au maximum de l'air et du soleil.

Les coursonnes qui se situent à proximité des branches charpentières et sont dans une position favorable pour la circulation de la sève sont conservées. En revanche, on élimine :

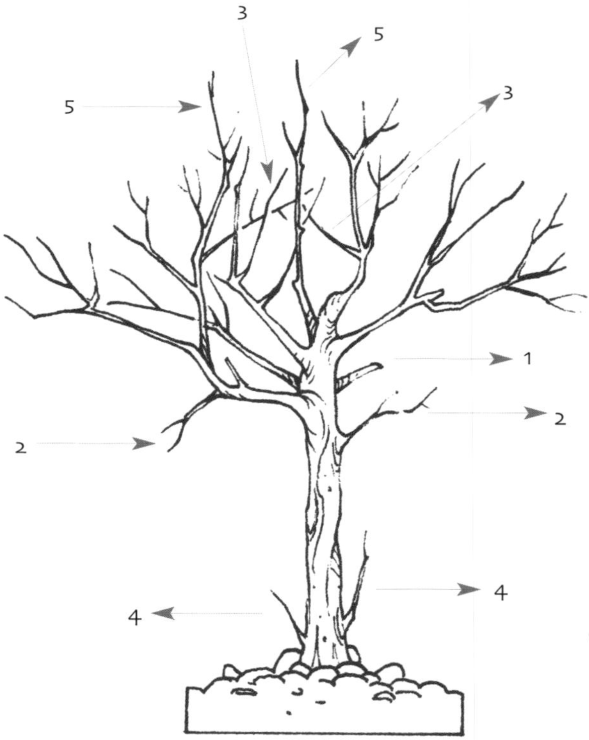

– Les branches mortes (1) qui constituent un foyer d'infection et sont susceptibles de propager des maladies. Elles sont enlevées et brûlées.

– Les nouvelles branches qui se forment à partir du tronc (2).

– Celles en surnombre qui s'entrecroisent, gênent la croissance des autres plus anciennes et ont tendance à empêcher la pénétration des rayons solaires vers l'intérieur de la charpente (3).

– Les gourmands (4), tiges parfois vigoureuses et longues qui épuisent souvent le végétal et ne portent jamais de fruits.

Il faut être vigilant quand on procède à l'élagage. L'exécution des coupes doit être particulièrement soignée : les branches à éliminer sont taillées au ras de leur point d'attache. Si quelques plaies surviennent, il est prudent d'enduire la partie endommagée d'un mastic spécial.

Nota : On peut aussi couper les prolongements trop développés des coursonnes (5).

– *Taille proprement dite*

Si seul l'élagage est effectué pour quelques espèces, pour d'autres une véritable taille de fructification est nécessaire.

D'une façon générale, il est recommandé de procéder à une taille importante pour les arbres relativement faibles et au contraire de couper plus légèrement les éléments robustes. Ainsi selon les cas on doit tailler entre deux et quatre yeux. Mais les distinguos sont souvent subtils pour un jeune jardinier, aussi est il recommandé à ce dernier d'utiliser une méthode simplifiée.

• *Méthode simplifiée* : Le but de cette coupe, du type de la taille dite "trigemme" est d'assurer la présence de trois boutons à fleurs sur chaque coursonne et quand on œuvre dans ce but, on doit toujours avoir présent à l'esprit que les dards et les lambourdes donnent la plupart du temps naissance à des boutons à fleurs.

Trois cas généraux peuvent se présenter sur une coursonne :

– Celle-ci comporte 2 ou 3 boutons à fleurs. On coupe immédiatement au-dessus (1).

– Elle ne présente que plusieurs dards. La taille est effectuée au-dessus des trois premiers (2).

– Elle comporte un ou plusieurs rameaux à bois. On rabat au-dessus de trois yeux le rameau unique ou le plus mince s'il y en a plusieurs (3).

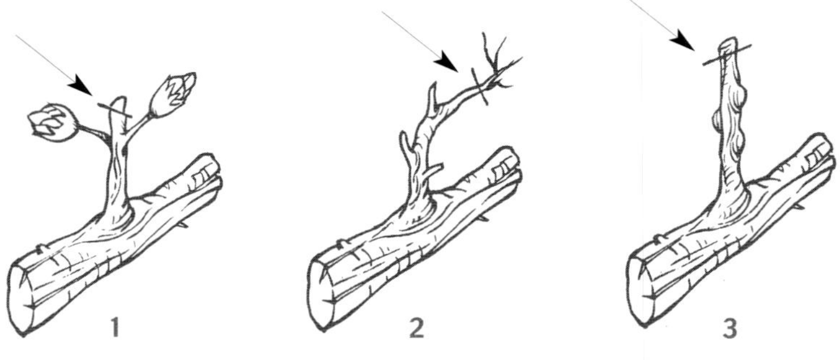

Les autres configurations rencontrées peuvent d'une façon ou d'une autre se raccrocher à ces trois exemples et le chiffre 3 est toujours à l'honneur :

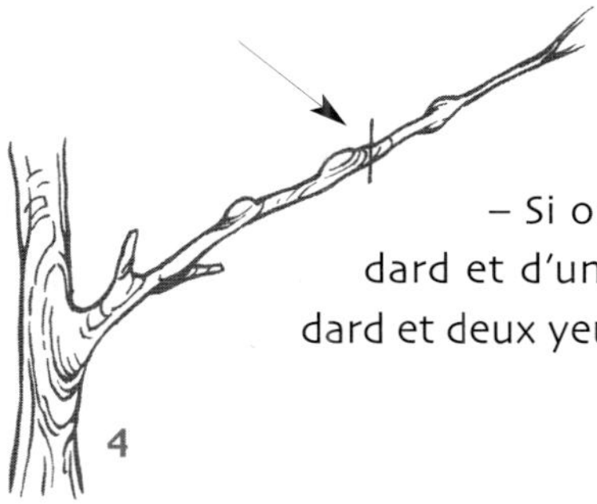

4

– Si on se trouve en présence d'un dard et d'un rameau à bois, on garde le dard et deux yeux (4).

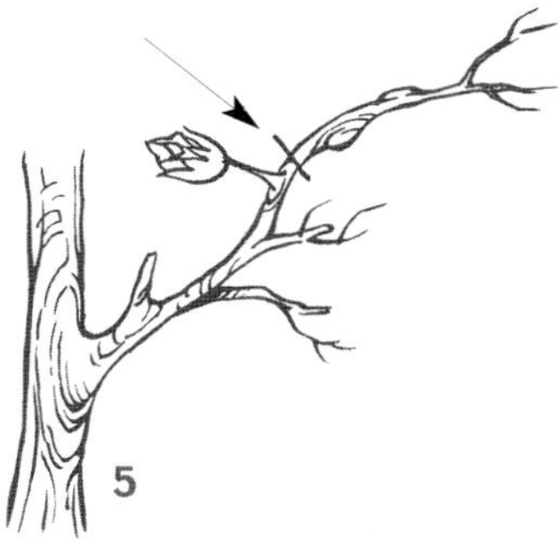

5

– Si l'on aperçoit deux dards et un rameau comportant un bouton à fleurs, la coupe est effectuée au-dessus de ce bouton (5).

Pour les formes palissées on élimine toute coursonne située contre le mur et on ne conserve que celles qui sont fixées latéralement sur le cordon (6).

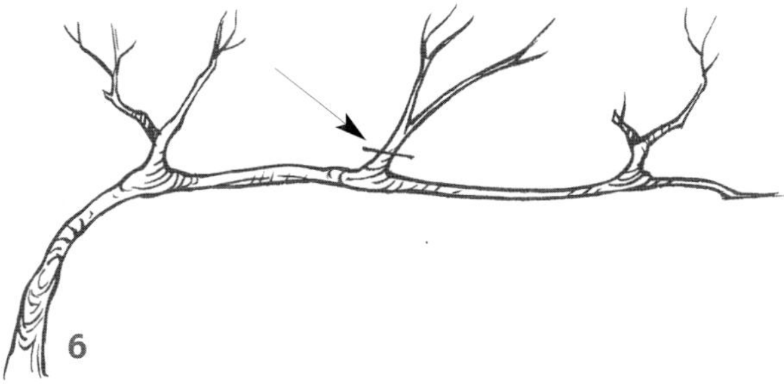

6

Les coupes sont réalisées avec la scie d'élagage ou à l'aide du sécateur. Elles sont toujours menées immédiatement au-dessus d'un œil. L'entaille est faite légèrement en oblique en forme de biseau.

# II

# Les arbres et arbustes fruitiers les plus courants

Les pages suivantes donnent des renseignements sur la culture des arbres fruitiers et sur celle de quelques arbustes et végétaux de la même catégorie. Les plants étant pour la plupart mis en place vers la fin de l'automne, à la même période, le classement a été établi dans l'ordre alphabétique.

Des précisions sont données sur les espèces les plus courantes et notamment sur :

- L'abricotier
- L'amandier
- Le cerisier
- Le cognassier
- Le figuier
- Le fraisier
- Le framboisier
- Le kiwi
- Le groseillier
- Le noisetier
- Le noyer
- Le pêcher et le brugnonier
- Le poirier
- Le pommier
- Le prunier
- La vigne

Prunier, variété de Reine Claude.

# L'abricotier

Arbre de culture délicate donnant des fruits à noyaux très savoureux.

## Origine

L'abricotier serait originaire de Chine du Nord et aurait été cultivé en Asie depuis des millénaires. Il ne serait apparu en France qu'au XVe siècle et aurait été importé d'Arménie. On le connaissait autrefois sous le nom de *"prunus armenica"*.

## Culture

Cet arbre fruitier préfère le climat méditerranéen mais s'adapte au climat tempéré à condition d'être mis à l'abri des gelées. Son emplacement sera donc dans la mesure du possible abrité. Le sol préférentiel est sec et calcaire. Les terrains compacts, humides et froids ne lui sont pas en revanche recommandés. La longévité de l'arbre est grande et de l'ordre de 35 ans.

• *Multiplication* : elle s'effectue par semis ou greffage. Les pépiniéristes vendent en général des plants greffés sur prunier. La mise en place se fait au début de l'hiver.

Si l'on plante plusieurs abricotiers les uns à côté des autres, on garde entre eux un intervalle d'au moins 5 mètres.

## Soins

– Si les feuilles sont pâles ou d'un vert jaunâtre, épandre de l'engrais complet au pied de l'arbre.

– La taille annuelle, exécutée en février-mars, se réduit à un élagage. On enlève les gourmands. On coupe les rameaux à bois qui ne donnent plus de fruits. Les coursonnes sont sectionnées à 4 ou 5 yeux.

– En période de production, il est recommandé pour avoir de beaux fruits d'en supprimer quelques uns de façon à laisser entre eux un minimum de 10 cm.

### Récolte

– L'arbre produit environ quatre ans après sa plantation. Il atteint sa production maximale autour de 10 ans.

– Les abricots doivent être cueillis quand ils ont pris une couleur jaune doré et qu'ils ne résistent pas trop à la traction de la main. Ils sont de toute façon ramassés juste avant leur pleine maturité.

– Si on désire les faire sécher, on les ramasse encore fermes. Les fruits sont partagés en deux, vidés de leur noyau et exposés au soleil sur des plateaux durant trois jours.

### Variétés

Les principales variétés sont :

– Le précoce de Boulbon à gros fruits et à chair orange, mûr en principe en juillet.

– Le Luizet, mûr vers la deuxième quinzaine de juillet ou au début août.

– L'abricot pêcher de Nancy, à gros fruits jaune carmin et à la chair parfumée.

– Le Paviot à floraison plus tardive, consommé en août.

– Le Sucré de Holub au fruit jaune tacheté de rouge qui arrive à maturité un des derniers, vers la fin août.

– Polonais.

– Rouge de Roussillon.

– Bergeron.

### Maladies et parasites

On trouve parmi les maladies les plus fréquentes :

– La cloque : les feuilles se recroquevillent. On pulvérise de la bouillie bordelaise à plusieurs reprises, une fois en automne et

Abricotier *(Prunus armeniaca)*.

2 en hiver, ou bien un fongicide à base de thirame.

– Le monilia qui se traduit par un dessèchement de quelques branches et par la chute des fruits qui se couvrent de moisissure.

Traiter avec du benomyl.

– Le coryneum : des tâches rouges et des trous apparaissent sur les feuilles. Pulvériser de la bouillie bordelaise.

– La gomme se traduit par la production de formations gommeuses provenant de piqûres d'insectes, de blessures, du froid ou du soleil. Nettoyer l'arbre, pulvériser un fongicide de synthèse et mastiquer les plaies.

Les parasites sont nombreux :

– Les pucerons noirs ou gris se regroupent sur les tiges ou les rameaux. Ils sont combattus avec du roténone ou du malathion.

– La lyda, genre de ver, est éliminée avec des produits à base de roténone.

Le parfum de la chair de ces fruits mûrs, qui s'exale, vaut à lui seul la peine qu'on se donne pour tailler l'arbre.

– La tordeuse orientale combattue avec du malathion ou du diméthoate.

– La capnode (surtout dans les régions méridionales), très dangereuse, car les larves se trouvent à l'intérieur des racines et peuvent difficilement être éliminées. On ne peut qu'arracher et brûler l'arbre atteint.

# L'amandier

Arbre produisant des fruits secs, cultivé surtout en région méditerranéenne mais susceptible de vivre en zone tempérée s'il bénéficie d'une chaude exposition.

**Origine**

L'amandier est originaire de l'Asie et plus particulièrement du plateau irano-afghan. Il a été introduit en Afrique du Nord par les Grecs et les Romains. Il semble qu'il n'ait été cultivé en France que vers 1548.

**Culture**

L'arbre supporte les terrains arides et calcaires mais il préfère un sol meuble, léger et perméable. Les zones argileuses et humides lui sont défavorables. La longévité du végétal est de l'ordre de 10 à 15 ans. Les fleurs de l'amandier sont les premières à apparaître, ce qui explique sa forte sensibilité aux gelées.

• *Multiplication* : la reproduction s'effectue en général par greffe sur un autre amandier ou un prunier. La mise en place s'effectue à la fin de l'automne. Elle peut en cas de besoin être repoussée au printemps.

**Soins**

– La taille se réduit à un élagage léger. La première année, il faut simplement réduire les prolongements. Par la suite on coupe surtout les rameaux morts ou nuisibles.

– Si la croissance de l'arbre ne paraît pas très rapide, au printemps, on épand de l'engrais complet autour des racines.

### Récolte

– L'amandier commence à produire au plus tôt vers 4 ans mais son rendement est encore relativement faible.

– La récolte s'effectue à pleine maturité lorsque la coque s'entrouvre pour laisser passer le fruit.

– Pour récolter les amandes en automne, on place une toile sur le sol sous le feuillage et on secoue l'arbre. Les amandes tombent.

– Si on veut les faire sécher, on casse la coque et on les entrepose dans un endroit frais.

### Variétés

Il existe deux sortes d'amandiers :

– Ceux à amandes douces consommées fraîches ou sèches.

– Ceux à amandes amères utilisées surtout pilées pour aromatiser certains plats. Et l'on trouve aussi ceux à coque tendre et ceux à coque dure.

Les variétés d'amandes les plus appréciées sont :

– L'amande des Dames, particulièrement grosse.

– La princesse ou Sultane, d'origine française, floraison précoce.

– La Fournat de Brezenaud, très hâtive.

– La Ronde fine ou amande pistache.

Certaines sont plus tardives telles l'Aï, La Flour en Bas, la Desmayo…

Une variété italienne, l'Avola est très recherchée par les fabricants de dragées.

### Maladies et parasites

L'amandier est soumis aux mêmes parasites que l'abricotier mais il se montre plus résistant. Il doit affronter parfois :

– La cloque soignée par une pulvérisation de bouillie bordelaise ou de thirame.

– La monilia contre laquelle on répand du bénomyl ou du manèbe.

Amandier *(Prunus dulcis).*

– Le coryneum et ses tâches rougeâtres combattu avec de la bouillie bordelaise ou du captane.

– La gomme que l'on nettoie et que l'on cherche à éliminer avec un fongicide de synthèse.

Les parasites les plus fréquents sont :

– Dans le Midi : La capnode contre laquelle on ne peut que brûler les arbres atteints.

– Dans les autres régions : Les pucerons, éliminés avec du roténone; les cochenilles avec de l'oleomalathion et la tordeuse orientale traitée au malathion.

Cerisier *(Prunus avium)*.

## Le cerisier

Arbre produisant des fruits à noyaux et qui a besoin de beaucoup de place pour se développer.

### Origine

Du temps des Romains, après la guerre de Mithridate, Lucullus aurait apporté en Italie depuis Cerasonte, ville d'Asie Mineure, des espèces indigènes de cerisiers qui par la suite auraient donné naissance à quelques 70 variétés. L'arbre aurait été propagé dans le reste de l'Europe au cours de l'Antiquité. Sa culture n'aurait réellement démarré qu'à partir du IV$^{e}$ siècle.

### Culture

Le cerisier n'est pas très exigeant. Il n'aime toutefois pas les sols marécageux ou argileux. Son développement est favorable un peu partout mais surtout en climat tempéré et sous un ciel méditerranéen.

L'emplacement de plantation est choisi avec soin car les fleurs sont sensibles aux grands froids et aux gelées.

• *Multiplication* : l'arbre se multiplie par semis ou greffage. Les porte greffes habituels sont le merisier ou le cerisier sainte Lucie. La mise en place s'effectue de préférence en automne sinon au début du printemps. Si plusieurs cerisiers sont plantés ils doivent être espacés d'au moins 12 mètres.

### Soins

– Les sujets greffés s'accommodent mal de la taille, aussi après la première taille de formation vaut-il mieux laisser le cerisier prendre sa forme naturelle.

– Il faut maintenir le sol nu au-dessous de l'arbre sans pour autant trop remuer la terre. Des sarclages sont suffisants.

– On peut apporter au pied du cerisier un peu d'engrais complet ou même des cendres de bois surtout à ses débuts.

– Les oiseaux menacent souvent les cerises. Il est bon, dès que les fruits commencent à rosir, de les protéger par un filet ou par tout autre moyen de dissuasion.

### Récolte

Un cerisier demande de 4 à 5 ans avant d'être productif. Les premiers fruits sont mûrs en mai et les récoltes peuvent ensuite s'espacer selon les espèces jusqu'au mois de juillet. Les cerises se conservent mieux si on les cueille avec la queue.

### Variétés

Quatre types de cerisiers peuvent être mentionnés. Ils donnent respectivement comme fruits :

– Des bigarreaux (Napoléon, Burlat…) à épiderme souvent coloré et à la chair croquante.

– Des guignes (Early-Rivers, Bâle…) à chair molle et à la couleur pourpre noir.

– Des griottes à petits fruits secs et acides (griotte de Montmorency, griotte du nord…)

– Des cerises proprement dites (cerise anglaise hâtive, anglaise royale, belle de Châtenay) recherchées pour la table et la confiserie.

### Maladies et parasites

Outre la destruction des fruits par les oiseaux, le cerisier peut redouter quelques maladies telles que :

– L'anthracnose traitée au zinèbe ou au benomyl.

– La gomme que l'on nettoie et que l'on peut réduire avec un fongicide de synthèse.

– Le coryneum pour lequel on applique de la bouillie bordelaise ou du captane.

– Le monilia soigné avec du benomyl ou du manèbe.

– enfin la cloque contre laquelle on emploie de la bouillie bordelaise ou du thirame.

Parmi les parasites les plus courants figurent :

– Les pucerons noirs qui font recroqueviller les feuilles et provoquent des tâches noires. Pulvériser du roténone ou du malathion.

– La mouche des cerises combattue également avec du malathion.

Cognassier *(Cydonia vulgaris)*.

## Le cognassier

Arbre tortueux, produisant des fruits semblables aux poires et utilisés pour faire des confitures ou des confiseries.

### Origine

Le cognassier commun serait originaire d'Asie Mineure et aurait été introduit ultérieurement en Europe méridionale. C'est de là qu'il serait venu en France.

### Culture

L'arbre n'est pas difficile, croît dans les mêmes terrains que les pommiers. Il n'apprécie pas trop le calcaire mais aime les sols frais et lourds. Un bon soleil permet à ses fruits de mûrir.

• *Multiplication :* le cognassier se multiplie par semis ou par greffage sur un autre cognassier ou sur un poirier mais on peut plus facilement produire soi-même les plants en utilisant le procédé du marcottage ou du bouturage. La mise en place s'effectue vers la fin du mois d'octobre ou de novembre. On procède à ce moment là à une taille de formation normale.

### Soins

Il n'est pas utile de tailler le cognassier en cours de croissance.

S'il s'étale trop pour la grandeur du jardin on peut procéder à un élagage au mois de décembre. Si l'arbre porte trop de fruits, il faut éclaircir et ne conserver que ceux qui sont en position latérale.

### Récolte

La récolte s'effectue de préférence début octobre avant les gelées, lorsque les fruits sont mûrs. Si l'on veut conserver les coings durant quelques temps, il faut éviter de les laisser avec les autres fruits qu'ils peuvent imprégner de leur parfum. Ainsi séparés, ils peuvent attendre près de trois mois si toutefois ils sont tout à fait sains.

### Variétés

Il en existe quatre principales :

– Le cognassier d'Angers.
– Le cognassier d'Orléans.
– Le cognassier de Provence.
– Le Champion à fruits très parfumés.
– Gamboa.

De nouvelles variétés ont été importées de Hongrie telle le Monstrueux de Vrania.

### Maladies et parasites

L'arbre est résistant. Il est peu susceptible d'être touché par les maladies ou les parasites.

Il peut toutefois être atteint par le monilia qui entraîne le dessèchement des pousses et la chute des fruits. Dans ce cas, il faut le traiter en hiver avec du bénomyl ou du manèbe.

# Le figuier

Arbre de climat méditerranéen possédant une grande faculté d'adaptation.

## Origine

Le figuier existe depuis des millénaires et serait originaire de l'Iran. Dans la Grèce antique on prétendait qu'il était l'aliment préféré du philosophe. Il existe depuis longtemps à l'état spontané en France.

## Culture

Le sol préférentiel est de type calcaire, sableux, argileux ou même pierreux mais il faut éviter les terrains inondés ou mal drainés. L'arbre aime les températures positives, a besoin d'un éclairement suffisant et demande une bonne chaleur pour que ses fruits parviennent à maturité.

• *Multiplication :* le figuier se multiplie de préférence par bouturage ou marcottage :

Le bouturage se fait surtout en crossette. Le morceau de tige de 30 cm environ, prélevé à cet effet comporte donc à son extrémité un morceau de vieux bois. Il est préparé dès le mois de novembre et est mis en jauge. Sa mise en place définitive peut intervenir dès le mois de mars suivant.

Le marcottage est le procédé le plus simple pour l'amateur. Il est exécuté en butte dès le mois de mars. La séparation par rapport à l'arbre et la mise en place se font en novembre.

Lors de la plantation, dans l'un et l'autre cas, on met du compost ou du fumier dans le trou déjà préparé et on complète avec des engrais minéraux. La taille de formation est exécutée

Figuier *(Ficus carica).*

simultanément. Si l'on veut planter plusieurs figuiers, il faut laisser entre eux un espace d'environ 9 mètres.

**Soins**

– Un arrosage abondant doit suivre la plantation. D'autres seront exécutés ultérieurement surtout en période de sécheresse.

Les figues qui se développent tard, passent l'hiver sous forme d'embryons et disposent du printemps et de l'été suivant pour mûrir au soleil.

– Le sol est maintenu propre par des binages répétés.

– La taille de fructification n'est pas nécessaire. On se contente d'un élagage.

– Tous les deux ans on peut ajouter un complément de fumure.

– Si on est dans une région froide, il faut butter les souches à partir du mois de novembre ou mettre un paillage.

### Récolte

– La récolte débute environ deux ans après la plantation. Elle ne devient toutefois importante qu'à partir de 5 ans.

– On peut obtenir parfois deux récoltes, l'une en juillet-août et l'autre avec des fruits plus petits en septembre-octobre.

– La cueillette est effectuée avec précaution car les figues sont fragiles. Les fruits sont ensuite disposés sur un plateau, la queue en l'air.

– Si l'on veut faire sécher les figues, on attend qu'elles tombent de l'arbre et on finit de les sécher au soleil.

### Variétés

Les plus connues sont :

– L'Adriatic ou Verdone qui donne d'excellents fruits jaunes.

– La Blanche d'Argenteuil (de Versailles ou Madeleine) aux fruits allongés et de couleur claire.

– La Sultane, très productive.

– La Dauphine violette, très productive également.

– La Buissonne à épiderme violacé et à chair rouge.

### Maladies et parasites

Les maladies du figuier sont assez rares, toutefois certaines peuvent l'éprouver :

– Le pourridié s'en prend aux racines et fait dépérir l'arbre. Dans ce cas il vaut mieux tout couper et surtout bien enlever toutes les racines pour éviter la contagion. Il est bon ensuite de désinfecter le sol avec un produit tel que le quintozène.

– La fumagine se caractérise par l'apparition de croûtes et de poudre noire. Elle est combattue par des pulvérisations de malathion.

Les parasites les plus dangereux pour l'arbre restent :

– Les psylles qui dessèchent les branches et empêchent le développement des fruits. On les détruit en frottant énergiquement les rameaux avec une brosse ou en pulvérisant du malathion.

– Les cochenilles dont les colonies parviennent à recouvrir les branches de leurs carapaces. Il faut traiter avec de l'oléo-malathion

Par ailleurs, il arrive que certains insectes parviennent à pénétrer par l'extrémité ouverte des fruits. Ceux-ci deviennent alors aigres et il vaut mieux les supprimer.

# Le fraisier

Plante rampante vivace appartenant au groupe des légumes fruits.

## Origine

Les fraises consommées aujourd'hui dérivent des fraises sauvages et de quelques espèces américaines. Les fraises des bois étaient connues depuis longtemps et l'on raconte qu'au XIVe siècle Charles V en avait fait planter 1200 dans les jardins du Louvre. Puis, l'abbé Thivolet a obtenu les premières fraises remontantes à gros fruits. Mais la culture n'a vraiment progressé en France qu'il y a un peu plus de deux siècles : des envoyés du roi Louis XV ramenèrent des plants du Canada, du Chili et de la Louisiane. Depuis, la fraise n'a cessé de se développer.

## Culture

Les terres profondes, fraîches, légères et perméables conviennent à la plupart des variétés. Elles doivent toutefois être enrichies avant la plantation. Les sols calcaires et acides ne favorisent pas en revanche la culture. Le fraisier supporte les différents types de climats français.

• *Multiplication :* les diverses espèces peuvent être multipliées par semis mais le procédé le plus pratique est le marcottage effectué en fin d'été au moyen des stolons émis par les pieds mères. Pour quelques variétés ne produisant pas de stolons, on est amené à procéder par division des touffes en juillet.

La mise en place s'effectue vers la mi-septembre. Les jeunes pieds sont espacés d'environ 30 cm. On laisse de l'ordre de 30 cm également entre les différentes rangées. Le collet n'est pas enterré mais maintenu au niveau du sol.

Un plastique noir traversé par les jeunes plants de fraisiers, évite le développement de la mauvaise herbe.

Fraisier *(Fragaria vesca)*.

## Soins

– Après la plantation, il faut biner, sarcler en évitant de déranger les racines et arroser régulièrement. L'herbe poussant très facilement entre les pieds, il est parfois pratique d'utiliser un désherbant sélectif.

– Au cours de l'été, on coupe les stolons qui épuisent les pieds et l'on conserve ceux que l'on veut utiliser pour la multiplication.

– Avant l'hiver le sol est paillé ou recouvert de feuilles mortes.

– A la fin de la saison hivernale, on nettoie les planches de fraisiers, on enlève les vieilles feuilles et on épand des engrais minéraux.

– Le cas échéant un filet est tendu au-dessus de la plantation si les oiseaux se montrent trop gourmands.

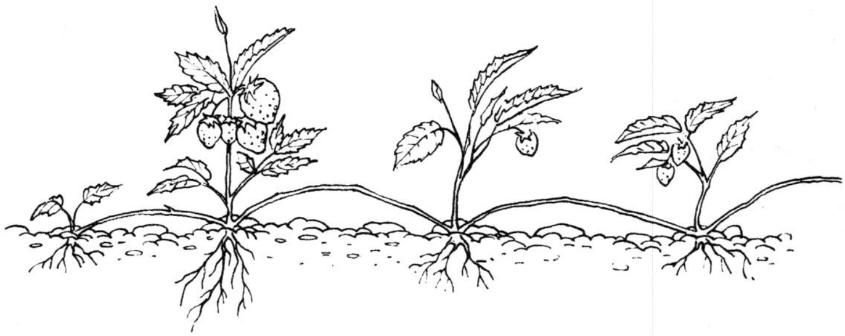

Les bourgeons qui s'enracinent forment de nouveaux plants.

## Récolte

– La récolte s'effectue en général dans la première quinzaine de juin. Elle s'échelonne sur un ou deux mois selon les espèces.

– Les fruits sont cueillis avec leur queues. Celles-ci ne sont enlevées que lors de la dégustation.

– Les fraises ne se conservent que deux ou trois jours à la température ordinaire, après avoir été ramassées.

– Le rendement des plants diminue au bout de trois ans, aussi est il nécessaire de renouveler périodiquement ces derniers.

**Variétés**

Elles sont très nombreuses. On notera surtout quelques une d'entre elles :

| | |
|---|---|
| - Gariguette | très parfumée |
| - Mara des bois | à gros fruits et au parfum de fraises des bois |
| - Gento | variété remontante |
| - Suprême | à fruits nombreux au goût de fraises des bois |
| - Reine des vallées | fraise des bois |
| - Sequoia | très précoce |
| - Belrubi | |
| - Red Gauntlet | |
| - Mount Everest | |
| - Darselect | parfumée et sucrée |

**Maladies et parasites**

Les maladies usuelles sont :

– L'oïdium qui se traduit par l'apparition d'un duvet blanchâtre sur les feuilles. Traiter avec un soufrage léger.

– Le mildiou produisant des tâches sur les feuilles. Combattre avec de la bouillie bordelaise ou du manèbe.

– La pourriture grise se traduisant par une moisissure des fruits. Pulvériser du benomyl plusieurs fois à 15 jours d'intervalle.

Les parasites les plus dangereux sont :

– Les vers blancs, à rechercher au pied des fraises et à éliminer.

– Les pucerons à traiter avec du roténone ou du malathion.

– L'anthonome, charançon qui se nourrit de la substance des fruits et les dessèche. Pulvériser du lindane.

# Le framboisier

Arbrisseau cultivé sans difficulté en climat tempéré jusqu'à 1000 mètres d'altitude.

## Origine

Le framboisier croît naturellement et depuis très longtemps dans les régions montagneuses d'Europe méridionale et d'Amérique du Nord. Les espèces sauvages ont par la suite été cultivées.

## Culture

Peu exigeant, cet arbuste se contente de sols maigres et d'une exposition ombragée. Il est toutefois plus productif dans une terre riche et un bon ensoleillement améliore la saveur de ses fruits.

Généralement le framboisier est peu exigeant sur la qualité du sol. Une astuce : les changer de place tous les 7 ans.

Framboisier *(Rubus Idaeus).*

• *Multiplication :* le framboisier se reproduit naturellement par drageonnage. On peut donc au cours du repos de la végétation prélever des touffes de racines sur des plants existants en tranchant carrément avec la bêche et on les plante à l'endroit voulu, dans la terre. Elles reprendront au printemps. Les divers plants sont mis en place à 80 cm les uns des autres dans une planche où on a incorporé de l'humus.

**Soins**

– Au début de la végétation, on supprime quelques drageons pour donner plus de vigueur à ceux qui sont conservés.

– Binages et sarclages sont effectués en sol sec.

– On peut aussi mettre de la cendre de bois autour des pieds.

– Il faut limiter l'expansion naturelle des rameaux en supprimant ceux qui s'éloignent trop de la souche.

– Enfin, l'hiver, une taille de fructification est effectuée : les bois desséchés au ras du sol sont supprimés. Seuls 5 ou 6 rameaux par pied sont conservés. Ce sont en fait ceux de l'année. Ils sont raccourcis à 60 ou 80 cm.

### Récolte

Le framboisier produit 2 à 3 ans après la plantation. La production maximale est atteinte vers les 5 ans. La longévité de l'arbuste peut aller jusqu'à 30 ou 40 ans. La cueillette s'effectue de préférence le matin, à pleine maturité des fruits. Il ne faut pas laisser de framboises moisies sur les tiges car la maladie se propage. Les framboises supportent la congélation.

### Variétés

• Framboisiers remontants : Belle de Fontenay, Merveille des quatre saisons, Surpasse Falstoff, Surprise d'automne, Perpétuelle de Billiard, September.

• Framboisiers non remontants : Superlative, Hornet, Pilate, Malling Promise.

### Maladies et parasites

L'anthracnose, le gros pied ou la mosaïque, maladies à virus peuvent atteindre les arbustes. Traiter avec de la bouillie bordelaise. La pourriture grise se traduit aussi par la moisissure des fruits. Pulvériser du bénomyl.

Des parasites comme la mouche des framboises et l'agrile sont aussi susceptibles de faire des ravages. Soigner avec du malathion. Mais compte tenu des facilités de reproduction, en cas de graves dégâts, on a tout intérêt à détruire les pieds atteints et à replanter.

# Le groseillier

Arbrisseau rustique donnant des baies de fruits sphériques.

## Origine

Les groseilliers ne semblent pas avoir été connus durant l'Antiquité. Ils ont été mentionnés pour la première fois en Allemagne en 1480 et ont vraisemblablement pour origine des espèces spontanées d'Europe septentrionale, d'Asie et de Mandchourie.

## Culture

Peu difficile en matière de sol, l'arbuste est cependant sensible à une trop grande sécheresse. Il aime les terrains frais, silico-argileux, et bien drainés. On peut sans difficulté lui réserver au jardin un emplacement ombragé et même parfois orienté au nord.

• *Multiplication :* le procédé de multiplication le plus simple est le bouturage. Les boutures de 20 cm de long environ peuvent être plantées sur place avec deux yeux à l'air libre. L'opération peut être réalisée en février. Les espaces réservés entre les plants doivent être environ d'1 mètre en tous sens de façon à permettre les travaux culturaux.

## Soins

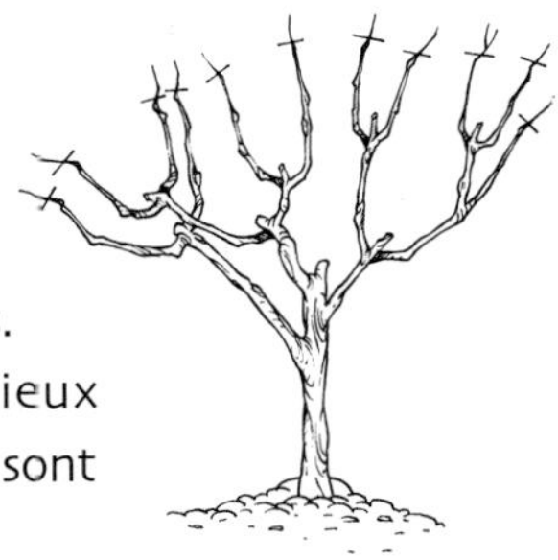

– Au cours des deux premières années on taille court à deux ou trois yeux.

– Puis chaque année on aère les touffes. On dégage la partie centrale. Les vieux rameaux sont supprimés. Les plus jeunes sont simplement étêtés.

Groseiller à maquereau *(Ribes uva crispa).*

Cassissier *(Ribes nigrum).* Groseiller à grappes *(Ribes rubrum).*

– Un binage est effectué en hiver ; il est accompagné d'une inclusion de fumure.

– Durant la végétation, le sol est maintenu propre et meuble à l'aide de sarclages.

### Récolte

Le groseillier produit 3 ou 4 ans après la plantation et donne sa production normale au bout de 10 ans. Sa durée moyenne de vie est de 20 à 30 ans. On ramasse les grappes quand les fruits sont jeunes et colorés. Il faut éviter de les laisser trop longtemps en place.

### Variétés

On classe les groseilliers en 3 grandes catégories :

• *Groseilliers à grappes* : Hollandaise rouge, Hollandaise blanche, Versaillaise rouge, Versaillaise blanche, London market, Elida (variété suisse).

• *Groseilliers à maquereaux* : Grosse rouge hâtive, Grosse rouge tardive, Queen Caroline, Golden Drop.

• *Cassissiers* : Commun, Royal de Naples, Boskoop Géant, Noir de Bourgogne.

### Maladies et parasites

Deux maladies sont les plus fréquentes :

– L'oïdium traité avec du soufre ou du dinocap.

– L'anthracnose avec ses tâches noires éliminée à l'aide de la bouillie bordelaise.

Les parasites à redouter sont surtout les pucerons détruits avec du roténone.

# Le kiwi

Ce fruit, appelé aussi « groseille de Chine » ou « souris végétale» est cultivé en France depuis quelques années. Il se présente sous la forme d'une baie de 4 à 5 cm de long recouverte d'un duvet roux et se révèle très riche en vitamines C.

## Origine

Le kiwi est originaire des hauts plateaux de Chine et du Tibet où on le trouve sous forme de broussailles. Il a par la suite été cultivé aux Etats-Unis,en Nouvelle Zélande et en Russie. Produit aujourd'hui en Europe, c'est le fruit d'une belle liane chinoise nommée *« Actinidia chinensis »* dont les rameaux peuvent atteindre jusqu'à 10 mètres de longueur.

## Culture

Les plants sont mis en place en automne dans une terre préalablement enrichie à environ om,40 de profondeur contre un mur ou une pergola. Ils sont orientés de préférence vers l'ouest ou vers le sud et sont espacés de quatre à cinq mètres.Quatre à cinq rangées de solides fils de fer sont fixées de part et d'autre de la tige principale pour permettre aux rameaux de s'accrocher.

Il est indispensable de planter au moins un pied de chaque sexe, la pollinisation étant ensuite effectuée par les abeilles.Les terres argileuses doivent être évitées.

## Soins

Les plants de kiwi nécessitent des arrosages fréquents en été.

Les rameaux doivent aussi être régulièrement taillés:la première année,on coupe ceux qui partent de la tige principale à 40 cm de longueur environ.Les années suivantes, on taille les nouveaux

Kiwi *(Actinidia chinensis)*.

rameaux après la deuxième ou troisième feuille. Enfin en hiver, on coupe après la deuxième ou troisième feuille après le groupe de fruits.

**Récolte**

La liane ne devient productive qu'au bout de 3 ou 4 ans. Le rendement maximum n'est d'ailleurs atteint que 10 ans après la plantation.

La récolte s'effectue de septembre à novembre selon les variétés. Le fruit se détache du pédoncule si on le prend dans la main et qu'on le fait tourner de bas en haut.

**Variétés**

| | |
|---|---|
| - Moncap | précoce, mûr en octobre |
| - Jennymûr | en novembre |
| - Abott | mûr en novembre |
| - Kiwais | petis fruits mûrs en septembre-octobre |
| - Bruno | mûr en octobre |
| - Hayward | mûr en novembre |
| - Monty | mûr en novembre |

Les plants de kiwi nécessitent des arrosages fréquents en été.

**Maladies et parasites**

Le kiwi est peu sensible aux maladies et aux parasites.Il faut toutefois se garder des limaces qui peuvent dévorer les jeunes plants ainsi que des gelées de printemps ou de fin octobre.

## Le noisetier

Arbuste rustique qui produit des fruits en châtons.

### Origine

L'arbre est originaire de Constantinople et a été, dit-on, introduit en Angleterre en 1665. Sa culture s'est étendue par la suite dans le reste de l'Europe.

### Culture

Les noisetiers poussent en tous terrains, même dans les sols calcaires. Ils n'aiment toutefois pas l'humidité et se développent mieux au soleil ou à mi-ombre.

• *Multiplication :* la multiplication s'effectue par marcottage à partir d'une branche basse, à l'automne. Après développement des racines, les jeunes plants sont repiqués au printemps. Si l'on plante plusieurs noisetiers, ils doivent être espacés d'au moins 2 ou 3 mètres.

### Soins

L'arbre a tendance à émettre une multitude de rejets. Il faut les couper au ras du sol et tailler de façon à ne conserver que trois ou quatre branches charpentières. Il n'y a pratiquement pas d'autres soins à donner.

### Récolte

En août-septembre, dès que les fruits mûrs tombent sur le sol, on les ramasse et ce tous les 2 jours. Les noisettes peuvent être décortiquées et conservées au frais pendant quelques temps.

**Variétés**

– À fruits allongés : la Bergeri de moyenne saison, la Coxford, l'Impériale de Trézibonde.

– À fruits ronds : la Fertile de Coutard, la Grosse ronde du Piémont, la Merveille de Bollwiller.

**Maladies et parasites**

Assez résistant, le noisetier peut toutefois être atteint par l'oïdium. On peut traiter avec un produit soufré.

Le parasite le plus courant est le bananin contre lequel on peut utiliser un insecticide de synthèse. Le puceron peut aussi vivre en colonie sur l'arbre. Dans ce cas, on pulvérise du roténone.

Noisetier *(Corylus avellana).*

Noyer *(Juglans regia)*.

# Le noyer

Cet arbre rustique donne des fruits appartenant au groupe des fruits secs. Il a un grand développement et ne doit être planté que si l'on dispose d'un espace suffisant.

## Origine

Le noyer aurait existé à l'état sauvage en Asie depuis des milliers d'années. Il aurait ensuite été introduit en Europe au cours de l'Antiquité depuis la Perse et l'Himalaya. Son nom vient du fruit que les Romains appelaient "nux".

## Culture

Peu exigeant, cet arbre ne craint pas le calcaire. Son développement est toutefois contrarié en terrain trop sec ou trop humide. Il n'aime pas non plus les régions dont l'altitude est supérieure à 750 mètres.

• *Multiplication :* cette opération est surtout réalisée par greffage sur noyer franc ou sur noyer d'Amérique. La mise en place s'effectue au début de l'hiver. Si on plante plusieurs noyers, ce qui est souhaitable pour un problème de pollinisation, l'espacement doit être d'une quinzaine de mètres.

## Soins

Aucune taille de fructification ne doit être exécutée. On se contente d'enlever les branches mortes en hiver.

### Récolte

– La production intervient une dizaine d'années après la plantation mais elle peut se poursuivre pendant près d'un siècle.

– La récolte est en général effectuée en septembre-octobre quand les premières noix tombent d'elles-mêmes. On secoue alors l'arbre pour provoquer la chute des autres fruits ou bien on gaule les noix. Ces dernières doivent ensuite être débarrassées de leur écorce et du brou qui tâche fortement. Il est conseillé pour ce faire d'utiliser des gants.

– Les noix sont conservées dans un local bien ventilé. Elles peuvent attendre jusqu'à un an avant d'être consommées.

### Variétés

Les plus connues sont :

– Franquette

– Mayette

– Parisienne

– A coque tendre

– Corne du Périgord

### Maladies et parasites

Quelques maladies comme l'anthracnose et le marsonia peuvent atteindre l'arbre. On traite alors avec de la bouillie bordelaise. Des parasites tels que le carpocapse ou le phytopte du noyer risquent aussi de l'attaquer. On pulvérisera du diazinon ou du phosalone mais il est assez difficile de soigner l'arbre en raison de son développement.

Pêcher *(Prunus persica)*.

# Le pêcher

Arbre produisant des fruits à noyaux et à peau veloutée.

### Origine

Originaire des pays chauds, le pêcher était cultivé depuis longtemps en Perse et en Chine. C'est de ces régions que les Romains l'auraient importé ; ils l'auraient ensuite acclimaté en Europe.

### Culture

L'arbre trouve sa place dans les sols profonds et bien drainés. Il prospère aussi bien dans les zones caillouteuses que dans les terres riches en humus. Le pêcher redoute les chaleurs excessives et les sécheresses exagérées mais il vit bien en climat tempéré.

• *Multiplication :* la greffe est le mode préférentiel de reproduction. Elle s'exécute sur un pêcher franc, sur un amandier, prunier ou abricotier mais il est plus simple d'acheter son plant chez un pépiniériste. La mise en place s'effectue en novembre dans des conditions normales. On a préalablement procédé à la taille de formation en vue de donner au plant la forme "gobelet". Il suffit au départ de couper le tronc à environ 60 cm au-dessus du sol en conservant juste trois ou quatre bourgeons (1).

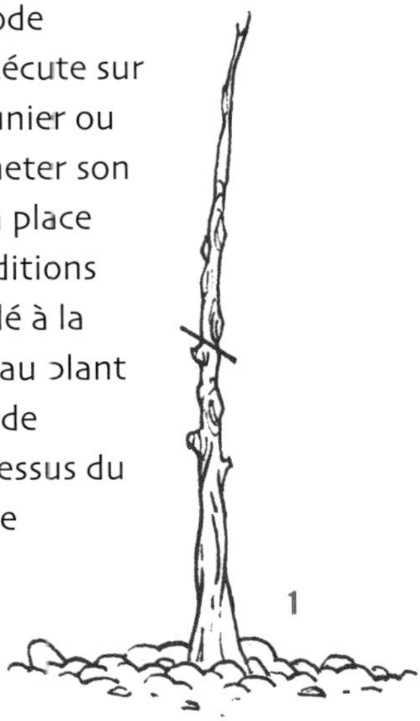

1

Si on plante plusieurs pêchers, l'écartement à prendre en considération est de 3,50 m.

**Soins**

La taille de fructification doit être menée à bien :

– Au printemps on rabat à 30 ou 40 cm les 3 ou 4 branches données par les bourgeons et qui vont former la charpente. On s'efforce toutefois de conserver des yeux latéraux (2).

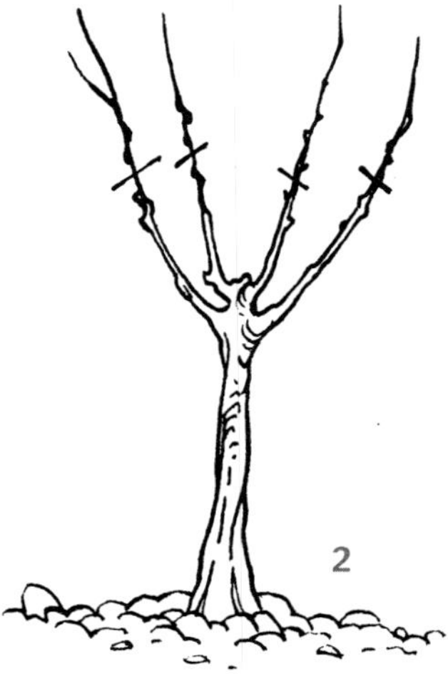

2

– L'année suivante, on opère de même sur chacune des ramifications. Si le développement a été normal, on obtient alors 12 à 14 branches qui constituent la charpente définitive (3).

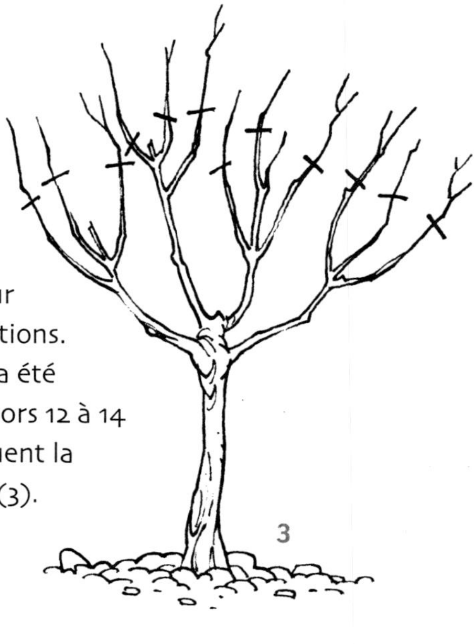

3

– Ultérieurement, on se limite à couper les prolongements assez courts pour favoriser la végétation de la base.

– En cours d'été, les rameaux inutiles ne portant pas de fruits peuvent être supprimés.

– Le sol doit être entretenu et désherbé au pied de l'arbre.

– En milieu d'été, on éclaircit les fruits de façon à laisser entre eux 25 cm.

– De l'engrais complet est une fois par an introduit au niveau des racines.

– Il faut étayer les branches quand elles sont surchargées de fruits, afin d'éviter qu'elles ne se cassent.

– Enfin, il est prudent de traiter préventivement contre la cloque en automne et en hiver avec de la bouillie bordelaise.

**Récolte**

Le pêcher commence à produire environ 4 ans après la plantation. Il atteint sa production maximale vers 6 ans. Quand les pêches ont pris de la couleur et révèlent déjà tendres au toucher, il faut les cueillir. Il suffit pour cela de faire tourner un peu le fruit qui se détache.

Les pêches peuvent être conservées au frais pendant une semaine au maximum. La durée de vie d'un pêcher ne dépasse pas en général une vingtaine d'années.

**Variétés**

On distingue deux types de fruits, les pêches proprement dites et les nectarines et brugnons. Quelques variétés méritent d'être signalées :

*Pêches :*

– May Flower, hâtive à chair blanche
– Amsden, vieille variété à chair blanche
– Sunhaven, à chair jaune
– Redhaver, à chair jaune
– Reine des vergers, à très gros fruits et à chair blanche
– Grosse mignonne, à gros fruits
– Jaune Sprincrest
– Robin (demi précoce)

Nectarines et pêches.

*Nectarines :*

– Galopin, à chair blanche
– N. John Rivers, à beaux fruits rouges
– N. Nectared, à gros fruits et à épiderme jaune
– N. Nectarose, à fruits colorés et à chair blanche
– Morton

Brugnon *(Prunus persica).*

## Maladies et parasites

Le pêcher est un arbre assez fragile. La maladie la plus courante est la cloque qui se traduit par un recroquevillement des feuilles. On traite à la bouillie bordelaise ou avec un produit à base de thirame au moins trois fois : à la fin de l'automne, en début et au milieu de l'hiver.

– Le dépérissement est moins fréquent. Il est reconnaissable à l'apparition de tâches brunes sur les feuilles. Pour le combattre, il suffit d'inclure de la fumure (compost ou autre) au pied de l'arbre.

– Le coryneum et ses tâches rouges est éliminé avec une pulvérisation de captane.

Les parasites usuels à craindre sont :

Le puceron, combattu avec du roténone, la tordeuse orientale et la lyda traitées avec du malathion. Plus rarement, la capnode, gros insecte noir, mange les racines. Il faut à ce moment là arracher et brûler l'arbre.

# Le poirier

Arbre donnant naissance à des fruits à pépins de forme plus ou moins allongée.

## Origine

On pense que le poirier est originaire d'Asie Mineure. Il a été cultivé en Grèce 2800 ans avant notre ère et en Italie bien avant Jésus Christ. Les Romains l'ont introduit en Europe. La majeure partie des variétés ne sont toutefois apparues en France et en Belgique que dès la fin du XVIIe et au début du XVIIIe siècle.

## Culture

Les sols frais, profonds et argilo-siliceux conviennent au poirier. L'arbre redoute en revanche les terres arides et sèches. Il supporte presque mieux le froid que les chaleurs excessives et est cultivé sans difficulté en climat tempéré.

• *Multiplication :* le poirier se multiplie essentiellement par greffage sur poirier franc ou sur cognassier mais il est préférable d'acheter le plant chez le pépiniériste. La mise en place s'effectue au début de l'hiver après une première taille de la tige. Si l'on plante plusieurs poiriers, ils seront distants d'au moins 2,50 m.

## Soins

– On donne à l'arbre dès le début une des deux formes les plus simples : espalier ou fuseau puis on effectue la taille de fructification : dans les deux cas, il s'agit d'une taille simplifiée, à partir de février quand les bourgeons se distinguent facilement.

– On commence par examiner toutes les branches. Puis on coupe les coursonnes au-dessus de deux ou trois boutons à fleurs.

– Si la coursonne porte des dards et non des fleurs, on coupe au-essus de 3 ou 4 dards afin d'obtenir une floraison l'année suivante.

– Enfin, si la coursonne se présente simplement comme un ameau à bois, on la coupe à environ 5 cm de sa base.

Quant aux rameaux terminant les branches charpentières, on les accourcit :

– D'un tiers s'il s'agit d'arbres jeunes, de moins de quatre ans.

– De deux tiers pour les arbres plus âgés.

Autres soins :

– Traiter avec des huiles jaunes une fois en hiver et avec un ongicide deux fois à la belle saison avant et après la floraison.

– Une fumure d'entretien est recommandée.

– Au cours de l'été les fruits doivent être éclaircis afin d'obtenir le plus beaux produits.

– Certaines branches trop surchargées doivent être étayées.

**Récolte**

Les poires n'ont pas besoin de mûrir sur l'arbre. On les cueille dès que le pétiole commence à gonfler au niveau du point d'attache ur le rameau et quand la peau jaunit. On soulève alors le fruit à a main en lui imprimant une légère torsion. La poire doit se détacher.

Les fruits sont ensuite entreposés dans une pièce obscure où ils finissent de mûrir.

**Variétés**

Les principales sont :

| | |
|---|---|
| – La Bon Chrétien Williams | récoltée en août |
| – La Docteur Guyot | récoltée en août |
| – La Beurré Hardy | récoltée en sept-octobre |
| – La Conférence | récoltée en oct-novembre |
| – La Comtesse de Paris | récoltée en oct-novembre |
| – La Duchesse d'Angoulême | récoltée en oct-novembre |

– La Passe-Crassane récoltée en janvier
– La Curé récoltée en déc-janvier
– La Doyenné d'hiver récoltée en janv-février
– Louise bonne d'Avranches

**Maladies et parasites**

Comme le pommier, le poirier peut subir :

– L'oïdium traité avec du soufre mouillable.

– La rouille combattue au moyen de manèbe ou de zinèbe.

– La tavelure contrariée par la bouillie bordelaise ou le zinèbe.

– Le chancre qui se produit surtout en climat humide. On coupe les branches atteintes.

Des parasites s'avèrent également dangereux :

– L'araignée rouge. On pulvérise des huiles jaunes.

– Les pucerons, la psylle et l'anthonome qui dessèche les fruits peuvent tous être traités avec les mêmes produits ou du lindane.

Il est aussi possible de lutter en hiver contre ces divers insectes en installant une bande à graisse autour du tronc. Celle-ci constituera un véritable piège où les parasites viendront s'engluer.

Poirier *(Pyrus communis)*.

# Le pommier

Arbre rustique très courant, produisant des fruits à pépins e existant en de très nombreuses variétés.

## Origine

L'arbre croît à l'état sauvage depuis les temps les plus reculés Les contrées transcaucasiennes, l'Iran et le Turkestan sont considéré comme les lieux d'origine du pommier de culture. Les meilleure variétés parvinrent tout d'abord en Asie Mineure, en Grèce et er Italie : elles pénétrèrent ensuite dans toute l'Europe.

## Culture

Moins exigeant que le poirier, l'arbre se plaît dans les terre silico argileuses, fraîches et bien drainées. Il redoute toutefois le sols trop secs, les eaux stagnantes et les grands gels. Il s'accommode en revanche des zones herbeuses. Le climat tempéré lui convient

• *Multiplication* : Le végétal se reproduit par greffage sur d'autre pommiers (Franc, Doucin ou Paradis) mais on a tout intérêt à acheter directement le plant chez un pépiniériste.

Les formes les plus simples à adopter sont celles en gobelet ou en palissade.

Le plant est mis en place à la fin de l'automne ou au début de l'hiver après avoir été préparé notamment par une première taille.

L'espace à prévoir entre plusieurs arbres est de 2 mètres en forme palissée et de trois en gobelet.

## Premiers soins

– Au cours de sa croissance le pommier doit subir sa taille de fructification. Celle-ci est exécutée le plus simplement possible ers février-mars quand on aperçoit les bourgeons. Trois cas sont istingués pour les coursonnes :

– Celle qui présente des boutons à fleurs sera coupée juste au-essus de trois boutons.

– Celle qui n'est qu'un rameau à bois est rabattue à 5 cm.

– Celle qui ne comporte que des dards est coupée au-dessus de ou 4 de ces derniers.

Enfin, les rameaux terminant les branches charpentières doivent ux aussi être raccourcis : d'un tiers si l'arbre est jeune et de deux iers dans le cas contraire.

Autres soins :

– Traiter une fois en hiver avec un produit à base d'huiles jaunes.

– Enlever à la morte saison les branches mortes ainsi que les ruits desséchés pouvant rester sur l'arbre.

– Si les parasites causent beaucoup de soucis, installer une bande le papier enduite de graisse autour du tronc afin de les attraper.

– Incorporer le cas échéant de l'engrais vert au pied de l'arbre à aible profondeur.

– A partir de la floraison pulvériser un insecticide toutes les trois emaines.

– En juin, éclaircir les pommes en laissant entre elles un espace le 15 cm.

**Récolte**

– Le pommier commence à produire 3 ou 4 ans après sa plantation. l atteint sa production maximale autour de 6 ans.

– Entre le 15 septembre et le 15 octobre c'est le moment de la cueillette lorsque les pommes se détachent après un brusque mouvement de torsion des queues exercé de bas en haut.

– Les pommes tardives peuvent être conservées dans un local frais et obscur où la ventilation est bonne. Elles sont placées en une seule couche sur des rayonnages à claire voie de préférence.

**Variétés**

Il en existe plusieurs centaines. Citons parmi les plus connues :

– La reine des Reinettes au fruit moyen jaune vif

– La Golden delicious à gros fruits jaunâtres

– La Belle de Boskop aux pommes grosses et rouges

– La Reinette du Canada à très gros fruits jaunes tâchés de fauve

– La Transparente de Croncels aux gros fruits blancs verdâtres

– La Wellspur à fruits rouges

– La Reinette Clochard à pommes jaunes plus tardives

– La Reinette du Mans, plus tardive également

– Mondial Gala (rouge)

– Starkinson

Pommier *(Malus communis)*.

La reine des Reinettes.

**Maladies et parasites**

La lutte contre les maladies et parasites est le grand problème de la culture des pommiers. Parmi les maladies les plus répandues on note :

– L'oïdium se manifestant par un voile blanc sur la tige et les feuilles. On le combat avec du soufre mouillable ou du benomyl.

– Le chancre dû à un champignon. On traite avec de la bouillie bordelaise ou du bénomyl.

– La tavelure et ses tâches brunes repoussées avec un fongicide tel que le benomyl ou le zinèbe.

Les principaux parasites sont l'anthonome éliminé avec du lindane, le puceron avec du roténone, le carpocapse au moyen de phosalone, et l'araignée rouge grâce au dimethoate.

## Le prunier

Arbre de culture relativement facile, produisant des fruits à noyaux.

### Origine

Le prunier sauvage ou prunelier est sans doute originaire du Caucase et du Proche Orient. Les Grecs le connaissaient et Homère l'a cité dans ses œuvres. Il a été cultivé par la suite et Caton l'Ancien l'aurait introduit en Italie.

### Culture

Le prunier peut réussir dans des sols peu profonds en raison de son système radiculaire superficiel. Il aime toutefois les terres saines, silico argileuses légèrement calcaires. Il se développe très bien en région tempérée mais redoute les gels en raison de sa floraison précoce.

• *Multiplication :* La multiplication s'effectue par greffage sur des végétaux de son espèce tels que le Myrobolan, le Saint Julien et le Damas noir.

La mise en place est réalisée à l'automne. Si toutefois on craint de fortes gelées, il vaut mieux attendre le printemps. La forme donnée sera de préférence celle du gobelet car le prunier aime l'espace. Si l'on plante plusieurs arbres, on laisse entre eux de l'ordre de 5 mètres en tous sens.

### Soins

– La taille fruitière n'est pas indispensable. On se contente d'un élagage mais au printemps seulement. Les branches mortes sont sectionnées ainsi que les rejets. Les coursonnes qui partent trop vers l'intérieur sont également rabattues de façon à aérer l'arbre.

– Le sol ne doit pas rester sec. En cas de sécheresse, il est recommandé d'arroser de temps en temps.

– Les traitements éventuels se font avant la floraison et ensuite après la chute des feuilles.

– Les mauvaises herbes doivent être éliminées.

– Si l'arbre porte beaucoup de fruits, l'éclaircissage est nécessaire dès le mois de mai de façon à laisser entre les prunes de l'ordre de 5 cm. Il faudra aussi étayer les branches bien garnies de peur qu'elles ne cassent.

### Récolte

– Le prunier commence à produire correctement trois ans après sa plantation. Il atteint sa production maximale à 5 ou 6 ans.

– La récolte a lieu de juillet à fin septembre en fonction des variétés.

– On cueille les prunes quand elles se détachent aisément et on les mange fraîches.

– Mais on peut aussi laisser encore sur l'arbre certaines d'entre elles comme les prunes d'Agen et les quetsches et attendre qu'elles soient sèches. On les fait alors tomber en secouant le prunier et il faut ensuite les dessécher au soleil sur des plateaux.

### Variétés

On peut en citer quelques unes dans l'ordre chronologique de maturité :

– La Reine Claude d'Oullins, à gros fruits blancs et verts et à chair jaune.

– Monsieur hâtif à gros fruits pourpres et à la chair jaune-vert.

– Reine Claude dorée à fruits moyens vert-jaune, à chair jaune.

– Mirabelle de Nancy à petits fruits jaunes.

– La Prune d'Agen à gros fruits rouges de forme ovoïde.

– Quetsche d'Alsace à gros fruits pourpres et à chair vert jaune.

– Reine Claude d'Althan à gros fruits jaunes et pourpres.

Prunier *(Prunus domestica)*.

– Golden Drop aux gros fruits ovales jaunes et rouges.

– Reine Claude tardive de Chambourcy à gros fruits ronds et jaunes.

La première catégorie est mûre en juillet et la dernière en fin septembre.

Quetsches et Mirabelles.

### Maladies et parasites

Le prunier craint surtout :

– La maladie bactérienne qui se traduit par des tâches noires sur les jeunes rameaux, sur les feuilles et sur les fruits, ces derniers devenant immangeables. On ne peut que supprimer et brûler les rameaux atteints.

– La rouille traitée avec un fongicide comme le zinèbe ou le manèbe.

– La gomme qui est enrayée en nettoyant l'arbre, en supprimant les branches mortes et en enduisant les plaies d'un enduit protecteur.

– Le plomb qui donne aux feuilles une teinte argentée et les fait mourir. On coupe le bois mort et on brûle au début de l'été.

Les parasites les plus fréquents sont les pucerons traités avec du roténone et le carpocapse éliminé avec du phosalone.

## La vigne

Arbrisseau grimpant à tige ligneuse donnant naissance à des fruits en grappes.

### Origine

La vigne provient des contrées occidentales du Caucase. Elle a été introduite en Europe après avoir franchi l'Asie Mineure, la Grèce et les Balkans. Sa culture remonte à la plus haute Antiquité et les peuples déifiaient à cette époque ceux auxquels ils en attribuaient la découverte : Osiris pour les Égyptiens et Bacchus pour les Grecs. Pline, auteur latin, écrit que la vigne était un arbre : la statue de Diane à Ephèse était faite d'un seul tronc de ce végétal. Depuis, par la taille, l'arbre est devenu un arbrisseau.

### Culture

La vigne aime les terrains secs, sableux et redoute en revanche les sols compacts et humides. Elle a besoin de chaleur, d'air et de lumière et se développe bien en climat méridional ou tempéré mais craint les gelées de printemps.

• *Multiplication :* l'arbrisseau se multiplie surtout par bouturage à talon ou à crossette. Le cas échéant, on peut le reproduire par marcottage et même par greffage sur d'autres variétés. Dans ce cas, il vaut mieux acheter les plants chez le pépiniériste.

La meilleure saison pour les plantations se situe après les froids de l'hiver, au printemps entre mars et avril. Les pieds sont disposés en ligne et à 1 mètre les uns des autres. La vigne est cultivée en palissade et est supportée par des fils de fer que l'on a tendus entre deux poteaux à 0,50 et 0,90 m de haut.

**Soins**

• *Taille* : le procédé recommandé pour les variétés de raisin de table est la taille en cordon Guyot :

La première année, on rabat le cep à 2 yeux (1). Ceux-ci donnent en fin de végétation deux sarments que l'on palisse horizontalement.

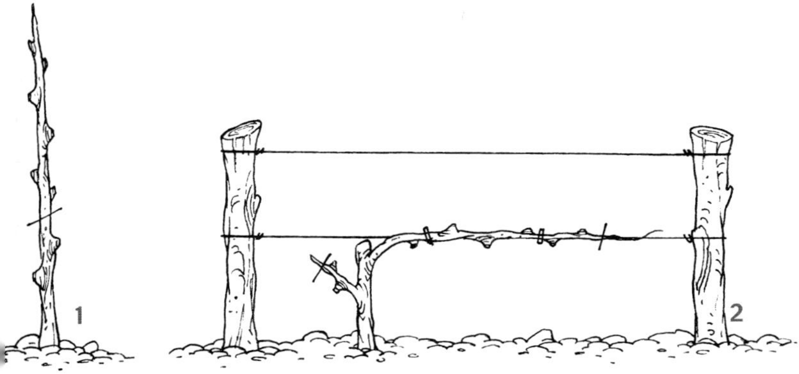


La seconde année, en hiver, le sarment inférieur est rabattu à deux yeux. On laisse le sarment supérieur plus long, disposé horizontalement, mais on le taille à 6 yeux (2).

La troisième année, le rameau qui a fructifié est coupé au ras de la souche. Le rameau de remplacement (le plus haut de la coursonne) est palissé à son tour à l'horizontale et taillé à 6 yeux. L'autre est rabattu à 2 yeux (3).

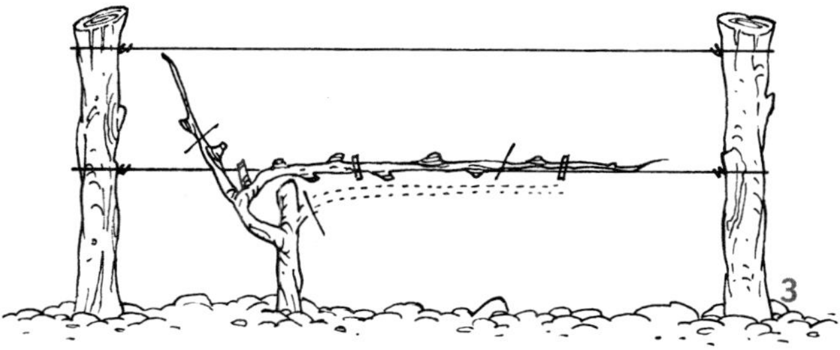

La configuration finale est la suivante :

La taille est ensuite renouvelée tous les ans de la même manière. Chaque fois, on aura une tige horizontale qui portera des rameaux et deux tiges de l'année en cours gardées en réserve pour la fructification de l'année suivante. En définitive, les rameaux qui produisent sont ceux de l'année issus du sarment de l'année précédente.

Raisin blanc

Raisin de table *(Vitis vinifera)*.

**Nota** : dans les régions froides où l'on veut, pour mener à bien la culture, disposer la vigne contre un mur, on peut utiliser aussi la méthode Guyot mais avec une variante :

Certains pieds seront taillés comme les précédents près du sol. Mais d'autres devront passer par dessus. Il faudra pour cela, laisser la tige maîtresse grandir pendant quelques années et ensuite constituer des cordons horizontaux comme si le sommet du vieux bois était près du sol.

• *Autres soins :*

– En cours de végétation, les divers rameaux sont fixés aux fils de fer à l'aide de liens.

– La terre doit être sarclée au pied des vignes et l'herbe enlevée.

– Un traitement préventif contre l'oïdium est effectué à base de bouillie bordelaise dès le mois de mai. Il est ensuite renouvelé toutes les trois semaines.

– A partir du mois de juillet, les rameaux qui ont tendance à trop grimper sont rabattus.

### Récolte

Un plant de vigne produit trois ou quatre ans après la plantation. Le rendement maximum est atteint entre 6 et 10 ans. A l'automne, quand les raisins sont mûrs, on détache les grappes à l'aide du sécateur. Elles peuvent être consommées aussitôt après quand on les a nettoyées. Mais on peut aussi les conserver pendant quelques temps dans un local frais, en les disposant en une seule couche.

### Variétés

Les variétés de raisin de table les plus connues sont :

• Raisins blancs :

– Le Chasselas doré à grains dorés et très sucrés.

– Le Chasselas rose à grappe moyenne rose.

– Le Muscat reine des vignes à grains ovoïdes jaunes.

– La Dattier de Beyrouth, à grains ovales et à peau épaisse.

– La Perlette précoce, à gros grains dorés.

• Raisins noirs :

– Le Cardinal, précoce, à gros grains rouge-noir.

– Le Muscat de Hambourg à beaux grains noirs et à la chair musquée.

– L'Alphonse Lavallée, à grains sphériques et à peau épaisse.

### Maladies et parasites

Les maladies les plus répandues sont :

– Le mildiou se traduisant par des taches jaunâtres à la face supérieure des feuilles et par un duvet blanc sur la face inférieure. Pulvériser de la bouillie bordelaise.

– L'oïdium, amenant une fine pellicule blanche sur les feuilles. Traiter au soufre depuis la floraison jusqu'à la récolte.

– L'érinose (acariens) qui fait apparaître des cloques sur les feuilles. Soufrer également.

– La pourriture grise marquée par une moisissure grise et poudreuse des grappes. Traiter au benomyl.

– L'anthracnose combattue avec de la bouillie bordelaise.

Parmi les prédateurs, il faut aussi citer :

– Les oiseaux qui picorent des grains et amènent leur pourrissement. Un filet de nylon peut le cas échéant protéger la récolte.

– Les guêpes qui sont aussi susceptibles de décimer la culture. Elles sont éliminées à l'aide de bocaux —pièges contenant des liquides sucrés.

III

# Les soins à prodiguer aux arbres et arbustes fruitiers

– Maladies les plus courantes
– Parasites usuels
– Emploi des produits de traitement

Quand un arbre fruitier a été planté et a reçu sa taille de formation, son avenir n'est pas pour autant assuré. Il doit encore faire l'objet de quelques soins, tels que ceux décrits dans les fiches précédentes propres aux diverses espèces. Les travaux d'entretien sont souvent légèrement différents selon les cas mais il n'en est pas moins vrai que certaines dispositions doivent être adoptées pour tous les arbres :

– La taille de fructification est sans doute une des plus importantes mesures à prendre au cours de l'hiver ou au tout début du printemps même si elle est réduite à un simple élagage. Elle a été explicitée précédemment et nous n'y reviendrons pas.

– L'entretien du sol est aussi primordial sauf peut-être pour quelques pommiers qui tolèrent bien l'herbe. Il faut en général biner légèrement et désherber autour des arbres pour éviter la présence d'insectes prédateurs et en même temps limiter l'évaporation de l'eau.

Mais cette opération est parfois dangereuse pour les racines que l'on peut endommager. Certains préconisent plutôt un paillage qui supprime les mauvaises herbes sans déranger le système radiculaire.

– Une fumure en cours de culture est parfois nécessaire pour restituer au sol les éléments nutritifs que l'arbre a prélevés afin de développer ses racines, ses nouveaux rameaux, son feuillage et ses fruits. Un épandage annuel de compost ou d'engrais complet doit suffire.

– L'arrosage ne paraît pas être une nécessité évidente pour les arbres fruitiers. Pourtant, il sera bon, surtout en période de sécheresse ou de chaleur de faire de temps en temps un apport d'eau, le matin de bonne heure ou le soir. Cette opération est encore plus nécessaire quand les arbres sont jeunes et n'ont pas de système radiculaire développé.

– Il faut aussi savoir qu'au cours de la première année de production, il y a tout intérêt à ne pas laisser venir beaucoup de fruits pour ne pas trop épuiser l'arbre.

– Enfin, la lutte anti-parasitaire est très importante car l'arbre fruitier doit affronter diverses maladies et de nombreux parasites. Quelques mesures simples doivent être prises :

– C'est ainsi par exemple qu'au cours de l'hiver on peut brosser l'écorce avec une brosse en paille ou en crin pour enlever les mousses, lichens et parasites superficiels.

– Il est aussi recommandé de disposer autour du tronc un chiffon ou un carton enduit de graisse ou de glu où viendront se coller les petits insectes.

– L'emplacement des tailles sur les branches est recouvert d'un produit cicatrisant à l'aide d'un pinceau.

– Enfin, le chaulage de la base du tronc permet aussi de compléter ces dispositions.

Mais le moyen de lutte le plus efficace reste la pulvérisation de produits fongicides contre les maladies et insecticides contre les insectes.

## Maladies les plus courantes

### Anthrac-nose

Symptome : tâches bordées de noir sur les feuilles.

Arbres atteints : Vigne, Cerisier, Framboisier, Groseillier, Noyer.

Traitement : Bouillie bordelaise. Zinèbe ou bénomyl.

### Chancre

Symptome : plaies rougeâtres sur les branches ou sur le tronc.

Arbres atteints : Poirier, Pommier.

Traitement : gratter et panser avec du mastic anti-chancre. Bouillie bordelaise ou bénomyl.

### Cloque

Symptome : gauffrement et épaississement des feuilles. Apparition de cloques rouges virant au blanc.

Arbres atteints : Pêcher, Amandier, Cerisier, Abricotier.

Traitement : Bouillie bordelaise. Thirame ou captane.

### Coryneum

Symptome : tâches rondes sur les feuilles qui se dessèchent et laissent des trous.

Arbres atteints : Pêcher, Cerisier, Abricotier, Amandier, Fraisier.

Traitement : Bouillie bordelaise ou captane ou thirame.

### Fumagine

Symptome : enduit noir sur le feuillage sécrété par pucerons et chenilles.

Arbres atteints : Prunier, Figuier.

Traitement : Malathion ou Diméthoate.

### Gomme

Symptome : apparition de gomme à certains endroits du tronc et des branches.

Arbres atteints : Cerisier, Prunier, Abricotier, Amandier

Traitement : enlever la gomme et couvrir d'un enduit pro-tecteur. Fongicide de synthèse.

### Mildiou

Symptome : tâches farineuses dans le tissu des feuilles. Dessèchement de ces dernières.

Arbres atteints : Vigne, Fraisier

Traitement : Bouillie bordelaise ou manèbe

### Monilia ou moniliose

Symptome : dessèchement et pourriture des fruits qui présentent des cercles concentriques de moisissure.

Arbres atteints : tous arbres fruitiers.

Traitement : détruire fruits secs et pourris. Supprimer bois mort. Traiter avec béno-myl ou manèbe.

### Oïdium

Symptome : duvet et poussière blanche ou grise à la surface des feuilles, des rameaux ou des fruits.

Arbres atteints : Vigne, Fraisiers, Groseilliers, Poi-riers, Pommiers, Noisetiers.

Traitement : Soufre mouillable ou bénomyl ou dinocap

### Plomb

Symptome : teinte argentée et bleuâtre des feuilles.

Arbres atteints : Prunier, Pêcher.

Traitement :couper et brûler les bois morts.

### Pourridié

Symptome : pourriture des racines entraînant le dépérissement progressif de l'arbre.

Arbres atteints : tous arbres.

Traitement : arracher l'arbre et désinfecter le sol avec du formol ou du quintozène.

### Pourriture grise

Symptome : moisissure grise sur les fruits.

Arbustes atteints : Fraisier, Framboisier, Vigne.

Traitement :Bénomyl ou Iprodiome.

## Rouille

Symptome : pustules sur les feuilles d'où s'échappe une poussière de spores rougeâtres et brunes.

Arbres atteints : Poirier.

Traitement : Zinèbe ou manèbe ou bouillie bordelaise.

## Tavelure

Symptome : déformation des fruits qui se fendent. Le bois peut lui aussi être attaqué et se craqueler.

Arbres atteints : Poirier, Pommier.

Traitement :Bouillie bordelaise ou thyrame ou zinèbe ou bénomyl.

# Parasites usuels

**Araignée rouge**

Symptome : présence d'œufs ronds, brun-rouges sur les tiges. Décoloration des feuilles qui virent au jaune ou au bronze et sèchent.

Arbres atteints : Pommier, Prunier, Poirier

Traitement : pulvérisation d'huiles jaunes plusieurs fois à intervalle de 3 semaines ou de diméthoate

**Anthonome**

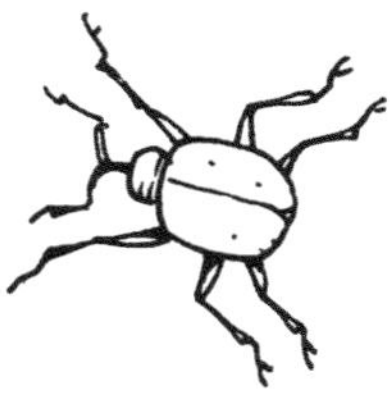

Symptome : creusement des boutons à fleurs qui sèchent peu de temps après.

Arbres atteints : Poirier, Pommier, Fraisier

Traitement : Lindane

**Capnode**

Symptome : ce gros insecte s'attaque aux racines qu'il finit par détruire

Arbres atteints : Abricotier, Amandier

Traitement : arracher et brûler. Désinfecter le sol.

**Carpocapse**

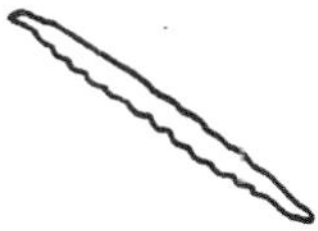

Symptome : les chenilles mangent le cœur des fruits mûrs et en entraînent le pourrissement

Arbres atteints : Pommier, Poirier, Pru-nier, Amandier

Traitement : Phosalone ou Malathion

**Chenilles (lyda pour poiriers)**

Symptome : les larves de papillons mangent les feuilles et font des trous dans les fleurs

Arbres atteints : Amandier, Pommier, Pê-cher, Poirier, Abricotier

Traitement : Phosalone, roténone ou malathion

## Cochenilles

Symptome : groupées en colonies sur les branches, elles parviennent à les fendiller et à les dessécher

Arbres atteints : Amandier, Figuier

Traitement : Malathion

## Mouches

Symptome : fruits attaqués par la larve

Arbres atteints : Cerisier, Framboisier

Traitement : Malathion ou pyritrines

## Pucerons

Symptome : vivant en colonies au sommet des pousses, ils provoquent le dépérissement des feuilles qui se plient et s'enroulent.

Arbres atteints : Prunier, Pê-cher, Cerisier, Poirier, Grose-illier, Aman-dier, Pommier, Abricotier.

Traitement : Roténone ou lindane ou malathion ou huiles jaunes.

**Psylle**

Symptome : le psylle est un puceron ailé qui vit en colonie comme ses confrères

Arbres atteints : Figuier, Poirier

Traitement : huiles jaunes ou malathion.

**Tordeuse orientale**

Symptome : la larve creuse l'intérieur des jeunes pousses et ronge les feuilles

Arbres atteints : Pêcher, Abricotier

Traitement : Malathion ou diméthoate.

## Emploi des produits de traitement

Les produits mentionnés précédemment sont les matières chimiques actives qui agissent convenablement sur les végétaux. On les trouve en fait dans le commerce sous d'autres appellations correspondant aux diverses marques de fabrication. D'une façon générale, on peut les ranger en trois catégories :

– Certains sont dits "de contact" comme les huiles jaunes. Ils détruisent tous les insectes qu'ils mouillent.

– D'autres ont le qualificatif de "systémique" comme le roténone. Ils se répandent dans tout le feuillage et les racines. Les tissus et la sève sont alors toxiques pour les parasites.

– D'autres enfin sont mixtes polyvalents et s'appellent souvent "produits de synthèse". Ils associent insecticides et fongicides et permettent ainsi de traiter simultanément plusieurs maladies ou parasites. Ce sont eux qui sont le plus souvent employés par les amateurs.

### Quand faut-il traiter ?

Il faut traiter dès l'apparition des parasites ou des maladies mais pas n'importe quand car les produits phytosanitaires sont toxiques et dangereux. On évite donc de pulvériser les jours de grand vent ou de trop forte humidité. Un temps doux, calme, sans pluie est favorable pour le début des traitements. Et de toute façon, il faut travailler tôt, le matin pour que les arbres aient le temps de se ressuyer dans la journée. Mais l'expérience prouve malheureusement que certaines maladies sont difficiles à enrayer.

Un temps doux, calme, sans pluie est favorable pour le début des traitements.
La plupart des pelouses sont suralimentées et les vers de terre sont précieux, car il les aèrent.

Aussi est-il prudent de traiter préventivement. Il est particulièrement recommandé :

– d'effectuer un traitement d'hiver aux huiles jaunes en janvier ou février.

– puis au printemps à partir du débourrement, c'est-à-dire l'éclatement des bourgeons, de pulvériser un fongicide polyvalent plusieurs fois à intervalles de trois semaines.

On doit éviter de traiter les arbres en pleine floraison pour ne pas intoxiquer les insectes pollinisateurs tels que les abeilles. De toute façon, il faut cesser tout traitement quinze jours avant la récolte.

## Lutte contre les oiseaux et les guêpes

Certains oiseaux sont utiles car ils sont insectivores. C'est le cas des rouges-gorges, des fauvettes et des hirondelles. Mais beaucoup d'autres comme les mésanges, les merles ou les pies sont des prédateurs en particulier pour les fruits qu'ils mangent ou qu'ils piquent en entraînant leur pourriture. Pour s'en protéger on peut utiliser des épouvantails, des affolants ou des bandes métalliques bruyantes, des fils de Nylon vibrants ou bien des filets que l'on tend sur les branches mais malheureusement, dans ce domaine, la réussite du jardinier n'est jamais complète.

Les guêpes ou les abeilles figurent aussi parmi les ennemis des fruits. On peut essayer de les détruire en disposant à proximité des récipients contenant une solution sucrée, mais là aussi, il n'y a pas de remède miracle.

TROISIÈME PARTIE

# L'AIDE MÉMOIRE DU JARDINIER

# I

# Le calendrier horticole

## Octobre – Novembre

L'automne est déjà avancé et c'est la période des dernières récoltes. Mais c'est surtout le moment d'effectuer les grands travaux pour l'année à venir.

• *Préparation de la terre*

– Labourer en profondeur le sol inoccupé à l'aide du motoculteur ou bien de la pelle-bêche. Y incorporer de la fumure sous forme de compost, de fumier ou d'engrais vert.

– Creuser les trous pour les prochaines plantations d'arbres fruitiers.

### Légumes

• *Semis ou mise en place des plants*

– Semer l'ail, les fèves et les oignonnets destinés aux premiers oignons ainsi que l'échalote.

– Mettre en place les oeilletons d'artichauts, les pieds de rhubarbe obtenus par division de touffes, le romarin et la sarriette en utilisant les produits du marcottage ou du bouturage.

– Forcer les endives à partir des racines de chicorée sauvage.

• *Travaux d'entretien*

– Débutter les pieds d'asperges, sectionner et brûler les tiges desséchées.

– Nettoyer les artichauts, raccourcir les feuilles extérieures et butter.

– Butter également les choux d'hiver, les poireaux et les céleris pour faire blanchir ces derniers.

– Recouvrir de feuilles les plants de rhubarbe afin de les protéger.

– Courber les tiges d'estragon et recouvrir les souches de terreau.

– Couper la menthe au ras du sol et épandre du compost.

– Éclaircir la mâche.

– Porter sur le tas de compost toutes les denrées putrescibles ramassées au cours du nettoyage.

• *Récolte*

– Commencer de récolter : radis d'hiver, poireaux d'hiver, topinambours, bettes ou poirées, cardon, cerfeuil, cresson, mâche, fenouil, choux de Bruxelles et potirons avant les premières gelées.

– Continuer à récolter persil, carottes, choux, navets, laitues, betteraves, cèleri, romarin, salsifis, tétragone, basilic, thym.

– Finir la cueillette de haricots secs, pommes de terre tardives, choux-fleurs, céleris raves, ciboulette et des dernières tomates.

## Fruits

• *Plantation*

Octobre est la période où l'on met en place les plants de kiwis. Novembre est le mois où l'on plante la majorité des arbres fruitiers, notamment : Poirier, pommier, prunier, pêcher, cerisier, abricotier, amandier, figuier (après marcottage).

On peut aussi faire des boutures de figuiers ou marcotter le noisetier et prélever des touffes de framboisier que l'on met en terre pour une reprise ultérieure au printemps. C'est le moment de mettre en place les nouveaux plants de fraisiers obtenus à partir de stolons. Mais tous ces travaux doivent se terminer avant les gelées.

• *Travaux d'entretien*

– Nettoyer les plants de fraisiers.

– Arracher les vieux arbres déficients et enrichir la terre afin qu'elle soit prête à recevoir de nouveaux arbres.

– Ramasser les feuilles mortes et les mettre sur le tas de compost.

– Pailler avec des feuilles les pieds de figuiers et les fraisiers.

– Épandre de l'engrais au pied des arbres qui viennent d'être plantés et arroser si le temps est particulièrement sec.

• ***Récolte***

– Récolter les amandes

– les coings (début octobre avant les gelées)

Continuer à cueillir les noix, les poires et les pommes, en octobre.

## Décembre – Janvier

C'est l'hiver, saison froide par excellence. La période est propice au gel et les dernières feuilles tombent. Il est maintenant difficile de travailler au jardin ; la terre a, en général, une température trop basse pour être remuée.

On peut toutefois profiter de quelques journées de beau temps pour y mener certaines activités et on peut aussi entretenir ses outils à l'abri.

### Légumes

• ***Semis et mise en place***

On poursuit simplement le semis de fèves s'il n'a pas déjà été terminé.

• *Travaux d'entretien*

– Par beau temps, biner légèrement et sarcler les planches des légumes semés au cours des deux mois précédents, notamment celles d'ail, oignonnet, échalote, fèves et artichauts...

– Recouvrir de feuilles pour les protéger du froid, les plants de rhubarbe, les carottes et les navets.

– Éliminer les feuilles pourries de choux, choux de Bruxelles et artichauts et les porter sur le tas de compost.

• *Récolte*

– Continuer à récolter les choux, radis d'hiver, navets, poireaux, carottes, topinambours, salsifis, scorsonère, mâche, choux de Bruxelles, cerfeuil et cardons.

– Commencer à récolter en janvier les endives.

## Fruits

• *Plantation*

Poursuivre au besoin les plantations d'arbres fruitiers en dehors des périodes de gelée.

• *Travaux d'entretien*

– Ramasser les dernières feuilles mortes et les mettre sur le tas de compost.

– Tailler les framboisiers et les groseilliers.

– Effectuer le traitement d'hiver aux huiles jaunes pour les arbres à pépins (pommiers, poiriers...)

• *Récolte*

Néant.

## Février – Mars

L'hiver est déjà bien avancé et le printemps approche. Les jours allongent et certains bourgeons commencent à s'entrouvrir. Le jardinier doit toutefois encore réfréner ses ardeurs et ne pas entamer de trop gros travaux : les froids risquent d'être rigoureux et d'entraîner quelques catastrophes avec le gel.

En temps normal, on peut toutefois envisager quelques activités de jardinage dès la deuxième quinzaine de février. Il est en particulier possible par beau temps et lorsque la terre n'est ni trop humide, ni trop froide, de continuer à ameublir le sol dans les planches qui ont été libérées. On y incorpore de la fumure en profondeur.

### Légumes

• ***Semis ou mise en place***

– Semer les petits pois, les carottes hâtives, le persil, les épinards, la chicorée ordinaire, la chicorée sauvage, les navets, l'oseille, les salsifis, la scorsonère et le cerfeuil. Mais pour ces premières opérations, il est préférable de ne pas tout semer à la fois. Procéder plutôt progressivement car on risque de ne rien voir sortir de terre en raison de gelées tardives.

– Continuer, si besoin est, de semer les fèves, l'oignon, l'échalote.

– Mettre en place :

– l'ail et les œilletons d'artichaut si on n'a pas déjà pu le faire en automne.

– Les pommes de terre hâtives en février et tardives en mars.

– Les topinambours.

– Les griffes d'asperges dans les tranchées.et

– L'estragon par division de touffes.

- *Travaux d'entretien*

– Débutter les artichauts en mars.

– Butter les asperges tout en incluant de l'engrais.

– Biner légèrement autour des cultures en place.

– Épandre un peu de fumure d'entretien sur les planches cultivées.

- *Récolte*

Continuer à récolter : poireaux d'hiver, choux de Bruxelles, navets, topinambours, endives, salsifis, scorsonère et cerfeuil.

## Fruits

- *Plantations*

– Planter les fraisiers si on ne l'a pas déjà fait en automne.

– Mettre en place les boutures de figuiers et de groseilliers ainsi que les drageons de framboisiers.

– Février est la dernière limite pour planter encore des arbres fruitiers.

- *Travaux d'entretien*

– Traiter aux huiles jaunes les arbres à noyaux sinon éliminer les insectes sur les troncs à l'aide d'une brosse.

– Tailler en février les arbres à pépins et la vigne.

– Élaguer les arbres à noyaux en mars (enlever les branches mortes et les rameaux improductifs ou mal disposés).

– Vérifier la tension des fils de fer de la vigne et des arbres fruitiers cultivés en palissade.

– Épandre de l'engrais.

- *Récolte*

Néant.

## Avril – Mai

Le printemps entre dans sa phase agréable. Les grands froids et les gels ne sont plus à craindre. Le soleil réchauffe souvent les journées et on peut espérer voir les opérations de germination facilitées. On entre dans la période la plus active pour le jardinier.

### Légumes

- *Semis et mise en place*

– Commencer à semer radis, haricots, betteraves, concombres, cornichons, courges et courgettes, bettes ou poirées, melons, potirons, pissenlits, tétragone, bourrache, angélique, fenouil, coriandre, sarriette, sauge…

– Continuer à semer épinards, chicorée ordinaire, navets, oseille, salsifis, scorsonère, cerfeuil, petits pois (les derniers) et enfin les carottes d'automne.

– Commencer à mettre en place les plants d'oignon, d'aubergine, de choux-fleurs, de melons, de choux d'été, chicorée ordinaire, tomates, céleris, ciboulette, poireaux, cresson, poivrons, piments, céleris raves et basilic, touffes de rhubarbe et rhizomes de menthe.

– Continuer de mettre en place l'estragon et les pommes de terre tardives.

- *Travaux d'entretien*

– Biner, sarcler et commencer à arroser.

– Installer des supports (rameaux ou filets) pour les petits pois grimpants.

– Protéger les plants de petits pois déjà sortis à l'aide de filets.

– Aérer les plants d'artichauts.

– Étêter les fèves environ trois semaines avant la récolte.

– Nouer les queues de l'ail pour accélérer la maturité et favoriser la formation de gros bulbes.

– Coucher les tiges des premiers oignons dès que les feuilles jaunissent afin de faciliter le grossissement des bulbes.

– Éclaircir les plants de carottes, d'oseille, de chicorée sauvage.

– Mettre des tuteurs aux tomates.

– Traiter éventuellement contre l'oïdium et le mildiou, tomates et pommes de terre.

• *Récolte*

Commencer à récolter les épinards, les asperges, les fèves, les oignons provenant des oignonnets, le cerfeuil et la rhubarbe et à partir de mai seulement les premiers pois et radis et l'oseille.

## Fruits

• *Plantations*

– Repiquer les plants de noisetiers obtenus par marcottage.

– Mettre en place des pieds de vigne.

– Effectuer s'il y a lieu le marcottage du figuier.

• *Travaux d'entretien*

– Terminer d'élaguer les arbres à noyaux.

– Nettoyer le sol. Biner et sarcler.

– Mettre de l'ordre dans les pieds de framboisiers.

– Épandre de l'engrais autour des racines si la croissance des arbres ne paraît pas suffisante.

– Dès le débourrement, faire un premier traitement d'insecticide.

– Protéger les cerises contre les oiseaux (filet, affolants, épouvantail...).

– En mai, commencer à éclaircir les fruits : abricots, coings, pommes, poires et pêches.

• *Récolte*

Cueillir les premières cerises.

## Juin – Juillet

C'est la saison estivale. Le soleil réchauffe la terre. Allié aux arrosages, il permet le développement de la végétation. Les activités du jardinier commencent à se multiplier. Les récoltes sont déjà nombreuses et il faut se méfier des dégâts provoqués par les insectes et les maladies.

### Légumes

• ***Semis et mise en place***

– Semer la marjolaine et le pe-tsai.

– Continuer à semer les radis, les haricots, les navets, le cerfeuil.

– Mettre en place les plants de sauge, les choux d'hiver, les poireaux d'hiver et les choux-fleurs (en juin) si cela n'a pas été déjà fait.

– Continuer à mettre en place : les choux raves, les choux de Bruxelles, les laitues et le cresson.

• ***Travaux d'entretien***

– Biner, sarcler et arroser.

– Enlever la couverture de feuilles sur la rhubarbe.

– Éclaircir les carottes, betteraves, épinards, concombres, cornichons, courges et courgettes, céleris raves, salsifis, bettes et poirées, tétragone, bourrache et pissenlits.

– Faire blanchir la chicorée ordinaire.

– Butter les choux d'été et les haricots nains.

– Mettre en place les filets pour les haricots grimpants.

– Couper les tiges des salsifis ayant tendance à monter en graines et les hampes florales des oignons et de l'échalote.

– Enlever les feuilles aux aisselles des tiges des tomates.

– Tailler concombres, cornichons, courges et courgettes, melons et potirons.

– Épandre un peu d'engrais au pied des cultures en cours.

– Traiter éventuellement contre l'oïdium et toutes les autres maladies.

– Protéger le cresson du soleil.

- *Récolte*

– Commencer à récolter :

- Dès juin persil, laitues, betteraves, pommes de terre hâtives, estragon, petits pois, ail, angélique et thym.

- Dès juillet, carottes, choux, chicorées ordinaires, haricots, navets, tomates, aubergines, concombres et cornichons, poireaux d'été, melons, chicorées, choux-fleurs, romarin, bourrache et menthe.

– Continuer à récolter radis, oseille, épinards, rhubarbe, cerfeuil et petits pois. Terminer la récolte des fèves et des asperges.

### Fruits

- *Plantations*

– Marcotter les stolons de fraisiers.

- *Travaux d'entretien*

– Traiter en particulier pommiers, poiriers, pêchers, pruniers et abricotiers contre les maladies, avec des insecticides ou des produits de synthèse toutes les trois semaines.

– Éclaircir en juin abricots, coings, pommes, poires, pêches.

- *Récolte*

Cueillir les fraises dès la première quinzaine de juin et en juillet, les abricots, figues, framboises, groseilles, pêches, prunes. Continuer à cueillir les cerises.

## Août – Septembre

C'est normalement la période la plus chaude. Les arrosages doivent être fréquents. Les légumes et les fruits sont abondants.

### Légumes

- ***Semis et mise en place***

– Semer en août la mâche et en septembre les radis d'hiver.

– Continuer à semer les radis ordinaires et les haricots (les derniers en septembre).

– Mettre en place les boutures de thym.

- ***Travaux d'entretien***

– Supprimer les feuilles aux aisselles des tomates et les hampes florales de la ciboulette.

– Pincer l'extrémité des tiges d'estragon.

– Éclaircir les choux raves.

– Coucher les tiges des oignons dès que les feuilles commencent à jaunir pour faciliter le grossissement des bulbes.

– Faire blanchir les chicorées, les céleris à côtes, les cardons après avoir rassemblé les feuilles.

– Butter les choux d'hiver et les haricots.

– Protéger du soleil le cresson et toujours biner, sarcler et arroser.

- ***Récoltes***

– Récolter les courges et courgettes, salsifis, poivrons et piments, oignons provenant de plants, ciboulette, bettes et poirées, céleris raves, choux raves, pommes de terre tardives, tétragone, basilic, cresson et pissenlits.

– Poursuivre la récolte de persil, carottes, choux, radis, chicorées ordinaires, haricots, laitues, betteraves, tomates, aubergines, concombres et cornichons, poireaux d'été, chicorées sauvages, melons, estragon, romarin, cerfeuil et thym.

## Fruits

• *Plantations*

Mettre en place les pieds de fraisiers, préparés par marcottage en juillet.

• *Travaux d'entretien*

– Biner et sarcler surtout les fraisiers, framboisiers et groseilliers.

– Continuer à traiter à l'insecticide ou avec des produits de synthèse toutes les trois semaines les arbres qui produisent encore.

• *Récolte*

Commencer à récolter les noix, noisettes, poires et raisins ainsi que les pommes vers la mi-septembre. Continuer à récolter abricots, figues, fraises, framboises, pêches et prunes.

**En pages suivantes** : le potager de Villandry est composé de neuf carrés de même taille aux motifs géométriques différents. Les plantes y sont regroupées selon leurs formes et couleurs. Aujourd'hui, deux plantations annuelles sont effectuées, (printemps et été) : quarante espèces de légumes environ, issues de huit familles botaniques viennent enrichir cet espace potager.

jardin potager

# II

# Les astuces du jardinier

## Pour les légumes

### Préparation du terrain

– Pour être sûr que toute la superficie du jardin est bien ameublie quand on procède avec le motoculteur ou la moto bineuse, il faut renouveler au moins une seconde fois l'opération en décalant l'axe de travail d'une demi largeur d'engin.

– L'enrichissement du sol peut être réalisé non seulement avec des engrais, du fumier ou du compost mais aussi à l'aise de certains produits naturels à l'état brut tels que plumes de poulets, suie de cheminée, feuilles mortes ou cendres de bois. Des décoctions d'orties sont aussi utilisables dans le même but.

### Fabrication de graines

Avant de procéder aux semis, il est possible de fabriquer soi-même un certain nombre de graines. Ainsi,

– Pour le persil, on laisse monter en fleurs quelques pieds. On arrache ensuite ces derniers en automne puis on les place la tête en bas dans des sachets en plastique. Une fois bien sèches, les graines tomberont d'elles-mêmes et seront facilement recueillies.

Le même procédé est applicable pour les laitues et pour les oignons.

– Pour les tomates, on choisit plusieurs beaux fruits que l'on laisse mûrir. Puis la pulpe est écrasée sur un tamis et lavée à grande eau. Les graines bien nettoyées sont ensuite séchées à l'ombre et se conservent facilement trois ou quatre ans.

– Pour les aubergines, les légumes sont coupés en deux afin d'extraire les graines et la pulpe. On lave, on fait sécher à l'ombre et on conserve à l'abri de l'humidité.

– Pour les fèves, des gousses sont laissées sur leurs tiges jusqu'à ce qu'elles sèchent. Puis, elles sont écossées et on obtient une semence utilisable pendant 5 ou 6 ans.

### Les semis et mises en place des plants

- ***La période***

– L'action de la lune est sensible sur la végétation. Aussi est-il recommandé de semer en lune croissante les plantes dont on cherche les produits hors du sol. Ceci est souvent vrai pour les salades qui se mettent à monter si on les a mises en place en lune descendante.

– En hiver, il est possible de cultiver ses radis à l'intérieur de la maison. Pour ce faire, les graines sont semées dans une cassette garnie de terreau. Elles sont arrosées régulièrement et disposées à proximité d'un radiateur ou au bord d'une fenêtre ensoleillée.

- ***Préparation des graines ou des plants***

– On gagne parfois du temps pour les semis si on humidifie préalablement les graines. C'est notamment le cas pour les pois, les haricots nains et les fèves…

Pour le persil, on peut même aller plus loin et laisser les graines deux semaines dans le réfrigérateur entre deux feuilles de papier buvard avant de les utiliser.

– En vue d'accélérer la végétation des pommes de terre, les tubercules sont avant la plantation, avantageusement placés dans une pièce sèche et claire. Ils ne tardent pas à émettre des germes trapus et renflés et peuvent alors être mis dans le sol.

– Les poireaux sont très souvent attaqués par les vers. Pour les protéger, on peut, avant la mise en place, tremper les plants dans une solution constituée d'eau de Javel à 2 o/o ou bien disposer quelques grains de poivre entre les jeunes poireaux.

– Si au moment du repiquage des plants de tomates, on transperce les tiges avec un petit fil de cuivre (chute d'un fil électrique) qu'on laisse dedans, la maladie du mildiou devrait être écartée.

– Pour assurer le succès d'une plantation qui a été effectuée un peu avant la date voulue, coiffer les jeunes pousses de mini serres constituées par des pots de confiture renversés peut constituer une astucieuse solution.

– Quand on a trop de plants à mettre en place simultanément et que l'on ne peut pas tout faire le même jour, il est conseillé d'en mettre une partie en jauge. Regroupés, les racines bien recouvertes de terre et régulièrement humidifiées, ils garderont toutes leurs qualités pendant de nombreux jours.

### Divers

– Afin de mieux observer la levée des carottes, on peut utilement semer en même temps des radis. Ceux-ci, intercalés, seront récoltés dans de brefs délais et laisseront une place suffisante aux carottes.

– Il semble, à l'expérience, que certaines espèces ne réussissent pas très bien les unes à côté des autres. Il est donc préférable d'éviter quelques proximités telles par exemple que celle des pois et des haricots par rapport à l'ail et aux poireaux.

A L'Ecole botanique du Jardin des Plantes (75), les légumes sont groupés par familles et selon l'intérêt alimentaire ou médicinal.

Si on ne dispose que d'un très petit jardin, on peut, pour augmenter son rendement intercaler les plants et les semis : ainsi, entre les rangées de pommes de terre, il est possible de faire pousser des choux ou des choux de Bruxelles. De même sur les monticules de terre laissées entre les céleris, des laitues peuvent être mises en place. Par ailleurs, diverses dispositions sont susceptibles d'être adoptées pour améliorer la culture de certains légumes :

• *Ail.* Si les caïeux sont plantés au début du printemps, ils donnent dès le début de l'été des têtes non divisées. Celles-ci, replantées au printemps suivant permettent d'obtenir de très grosses têtes.

• ***Artichauts.*** Pour obtenir de beaux artichauts, on transperce verticalement la tige juste en dessous de la tête déjà formée et on y cale un morceau de bois. On empêche ainsi la fleur de s'ouvrir trop vite et on obtient des légumes beaucoup plus gros.

• ***Choux.*** Quand on récolte le chou, on laisse un morceau de tige accroché à la racine dans le sol. Quelques temps après apparaîtront plusieurs petits choux qui pourront être agréablement cuisinés.

• ***Chicorées*** . Pour blanchir certains légumes comme les chicorées, des cloches de verre passées au lait de chaux seront utilement placées sur les salades.

• ***Endives***. Lors de la récolte des endives, on coupe celles-ci au ras du sol à l'aide d'un couteau bien tranchant. Les racines une fois ressuyées sont enterrées à 20 cm de profondeur. 6 à 8 petites endives vont naître sur le pourtour du collet.

• ***Laitues.*** La chaleur et le soleil font souvent monter les laitues. Il y a donc tout intérêt à les semer en été à mi ombre ou entre deux rangées de légumes plus hauts.

Dans les terres dures, on peut avantageusement semer des "Kagnaner Sommer". Elles ne montent pas facilement.

• ***Radis***. Après le mois de juin, les radis ont tendance à grossir. Si, après avoir semé, on recouvre la planche de paille ou de feuilles sèches et que l'on arrose abondamment on récoltera des radis très tendres.

• ***Tomates.*** Il ne faut pas hésiter à enterrer les pieds de tomates jusqu'aux premières feuilles. De nombreuses racines se formeront et les plants n'en seront que plus productifs.

## Les soins

### • *Soins d'entretien*

– Pour désherber les allées du jardin, on n'est pas obligé d'utiliser les désherbants du commerce. De très bons résultats sont obtenus en répandant sur les parties herbeuses soit de l'eau de cuisson de pommes de terre soit de l'eau de Javel diluée. Il faut opérer par temps sec. En quelques jours, l'herbe et la mousse jaunissent.

– Les tuteurs des plants de tomates doivent être nettoyés avec de l'eau de Javel à la fin de la saison. Si on ne pratique pas cette opération, ils sont susceptibles de propager des maladies.

– En période d'humidité, les bulbes d'oignon et d'échalote ont parfois tendance à pourrir. Pour limiter les dégâts, il est conseillé de déchausser légèrement les plants afin que la base puisse s'aérer et, le cas échéant s'assécher.

### • *Lutte contre les prédateurs*

– *Pucerons* : on peut utiliser divers produits tels que l'eau savonneuse, les feuilles d'aluminium qui ont un effet aveuglant ou les coccinelles... La sarriette, mise en place près des fèves éloigne aussi les pucerons. Un autre remède efficace est constitué par de l'eau dans laquelle on a laissé tremper des pelures d'ail durant deux ou trois jours.

– *Vers* : les vers des navets ou des carottes sont combattus par une légère couche de suie disposée sur le sol. Les vers des poireaux peuvent être chassés en pulvérisant plusieurs fois à quinze jours d'intervalle une solution d'eau de Javel à 2 o/o.

– *Fourmis* : plusieurs procédés sont utilisables pour lutter contre les fourmis : du pétrole versé sur la fourmilière; du sel sur les passages que l'on veut protéger et des petits tas de feuilles de noyer ou des plants de basilic dont l'odeur est dissuasive.

– *Limaces* : diverses solutions peuvent être adoptées : Déposer le soir sur le sol un vieux sac mouillé sur lequel les limaces se réfugient durant la nuit. Placer sous une tuile ou une planchette légèrement surélevée grâce à une cale des ronds de carottes, des feuilles de choux ou de salade. Dans ces deux cas, il ne reste plus qu'à capturer les limaces le matin. Mais on peut aussi : Enduire une planchette de graisse, face huilée sur le sol. Les limaces s'y engluent. Entourer les planches de légumes d'un lit de cendres de bois. A leur contact, les limaces produisent un mucus gluant et n'ont plus qu'à faire demi-tour si elles ne veulent pas s'asphyxier. Arroser le sol avec de l'eau dans laquelle on a laissé macérer des bégonias en petits morceaux. L'odeur fait fuir les limaces.

– *Taupes* : pour se protéger des méfaits des taupes, mettre dans les trous qu'elles ont creusés des boules de naphtaline ou bien des tiges de rosiers munies d'épines. Certains prétendent que si des bouteilles sont enterrées dans le sol avec le goulot à l'extérieur, les vibrations du vent dans le verre effraient les taupes.

– *Oiseaux* : les oiseaux ont souvent la fâcheuse habitude de manger les pousses de petits pois ou de picorer les jeunes carottes et les feuilles de plants de salades ou de betteraves.

Pour s'en prémunir on peut : soit étendre un filet au-dessus de la culture concernée, soit tendre un fil de Nylon vibrant entre deux bouts de bois, à proximité. Ou bien mettre ici et là au bout de bâtons quelques morceaux de papier ou de chiffons bleus qui auront tendance à les éloigner.

### Conservation

– Si l'on cueille des tomates avant qu'elles ne soient mûres, on peut les conserver au frais dans l'obscurité sans jamais les exposer au soleil. Recouvertes de papier, elles finiront par mûrir

– Quand la saison hivernale n'est pas trop rude, les légumes racines tels que carottes, betteraves ou navets peuvent rester en terre. Il vaut mieux toutefois couper le feuillage et recouvrir de feuilles mortes.

– En début d'hiver si l'on craint des gelées on peut mettre les mêmes légumes racines dans des caissettes remplies de sable sans leur feuillage. Ils se conserveront ainsi durant quelque temps.

– Pour conserver les pommes de terre, on les dispose en tas sur une planche, à l'abri et on ménage des cheminées avec des branchages enfoncés tous les 50 cm pour que les tubercules respirent. Si l'obscurité n'est pas suffisante, l'ensemble est masqué par une couverture opaque.

– Pour obtenir des légumes secs, graines et gousses_ doivent être accrochés à l'envers par la tige.

## Pour les fruits

### Plantations

Quand on procède par marcottage, il est souvent difficile de maintenir au sol la branche à laquelle on veut faire prendre racine. Pour y parvenir, il est conseillé de la fixer solidement à la terre à l'aide d'un crochet de fer en U.

- ***Soins d'entretien***

– Pour tailler les branches, utiliser le sécateur avec le côté tranchant disposé vers le bas de façon à ne pas endommager le rameau qui reste en place.

– En période de forte production, étayer les branches pour éviter qu'elles ne cassent.

– Pour enlever l'herbe au pied des framboisiers, au lieu d'utiliser un désherbant sélectif on peut éparpiller des écorces de pin.

- ***Lutte contre les prédateurs***

– Si les arbres fruitiers sont garnis de chenilles, suspendre aux branches des morceaux d'étoffe de laine. En quelques jours, les chenilles viennent s'y regrouper et il ne reste plus qu'à les ramasser.

– Pour lutter contre les insectes prédateurs qui montent du sol sur le tronc à l'automne, on attache autour de l'arbre des bandes de papier enduites de graisse. Les parasites viendront s'y fixer.

– Quand les fourmis sont en trop grand nombre sur les arbres fruitiers on met autour des troncs des bouts de laine imbibés d'une décoction de tabac qui finit par les éloigner.

– Si les perce oreilles semblent attaquer les fruits, on dispose utilement à proximité des arbres des piquets sur lesquels on met des pots de terre vides. Les perce oreilles viendront s'y rassembler. Un résultat identique est obtenu si on place au sol des sacs de sciure de bois.

– Les guêpes commettent souvent des ravages sur les fruits. On constitue des pièges avec des bouteilles à large col ou bien des portions de bouteilles en plastique dans lesquelles on met de l'eau sucrée. Certains plantent à proximité de l'anis vert dont les guêpes sont friandes.

– Pour préserver les cerisiers des oiseaux, on peut attacher des ballons de diverses couleurs dans les branches. En se balançant au grès du vent, ils effraient quelques moineaux.
– Enfin, pour obtenir de meilleurs résultats à la suite des traitements d'hiver, on brosse énergiquement les écorces avec une brosse de crin ou de fer. On déloge ainsi les mousses et les larves des insectes.

### Amélioration du rendement

– Afin de hâter la maturité des figues quand elles sont déjà développées, on pose une gouttelette d'huile d'olive sur l'œil du fruit. Cette opération favorise la conversion de la fécule en sucre.
– Il faut toujours éclaircir les fruits vers le mois de mai si l'on veut obtenir de beaux produits.

### La récolte

– Pour savoir si les fruits comme les pommes ou les poires sont bons à cueillir, on ne doit pas attendre qu'ils tombent mais plutôt prendre auparavant le fruit dans la main et lui imprimer un demi tour vers le haut. S'il se sépare de sa branche, il est fort probable qu'il est mûr.
– La conservation des pommes s'effectue dans de bonnes conditions si on enveloppe les fruits dans un papier journal et si on les dispose dans le fruitier sur une seule couche.

# III

# Vocabulaire

**Acarien** : araignée rouge ou jaune.
**Agrile** : parasite susceptible d'endommager les framboisiers.
**Altise** ou **puce de terre** : parasite qui s'attaque aux choux, navets, aubergines…
**Ameublir** : fragmenter une terre afin d'améliorer les conditions de semis et de développement des jeunes plants.
**Amendement** : opération consistant à incorporer une substance dans le sol en vue d'en modifier les propriétés physiques.
**Anguilule** : ver blanc microscopique qui mange les tubercules tels que les pommes de terre ou les légumes comme les concombres.
**Anthonome** : charançon qui se nourrit de la substance des fruits et les dessèche.
**Anthracnose** ou **nuile** : maladie provoquant des tâches brunes sur certains légumes ou fruits.
**Bananin** : petit ver qui mange les noisettes.
**Benomyl** : produit utilisé contre l'oïdium, le monilia, l'anthracnose ou le chancre.
**Biner** : ameublir le sol à une faible profondeur.
**Binette** : outil à manche utilisé pour biner.
**Blanc** ou **meunier** : maladie qui provoque un brunissement et un dépérissement des feuilles.
**Bouillie bordelaise** : mélange de sulfate de cuivre, de lait de chaux et d'eau permettant de traiter de nombreuses maladies des légumes et des fruits.
**Bouture** : fragment de tige prélevé sur un végétal et susceptible quand il est mis en terre de donner un nouveau plant.
**Bruche** : genre de charançon dont les larves mangent les graines

**Bulbe** : tige souterraine renflée, plus ou moins arrondie.
**Butter** : amonceler de la terre au pied d'une plante.
**Caïeux** : petits bulbes qui se forment à la base d'un bulbe principal.
**Capnode** : gros insecte noir attaquant les racines des arbres.
**Captane** : produit utilisé contre l'anthracnose ou la nuile.
**Carde** : côte comestible de la bette.
**Carpocapse** : papillon dont les chenilles s'enfouissent dans les fruits.
**Casside** : insecte qui ronge les feuilles et compromet la végétation.
**Chancre** : maladie produisant une sorte de pourriture sur les légumes ou les fruits.
**Charbon** : maladie qui attaque les jeunes plants et produit des boursouflures sur les bulbes ou les tiges.
**Charpentière** : branche d'un arbre, qui part du tronc.
**Chicon** : terme utilisé pour désigner le bourgeon de l'endive.
**Chlorose** : maladie qui fait pâlir les légumes.
**Chrysomèle** : insecte qui ronge les feuilles d'oseille.
**Cloque** : maladie des arbres fruitiers provoquant un recroquevillement des feuilles.
**Collet** : point de jonction entre la tige et la racine.
**Compost** : mélange de débris d'origine végétale ou animale, mis en tas et soumis à une transformation en vue d'être utilisé ultérieurement pour fertiliser le sol.
**Condiment** : assaisonnement.
**Cordeau** : ensemble de deux petits piquets reliés par une grande corde, utilisé pour tracer des sillons ou dessiner des planches.
**Coryneum** : maladie des arbres fruitiers caractérisée par des tâches rouges et des trous dans les feuilles.
**Coursonne** ou **courson** : rameau d'une branche charpentière.
**Cotyledon** : une des feuilles de la plantule déjà constituée dans la graine.
**Criocine** : larve grisâtre qui ronge les feuilles, de l'asperge notamment.
**Cucurbitacée** : plante à tige couchée ou grimpante, à feuilles alternes, portant des vrilles, comme la courge et le melon.
**Dard** : ramification très courte d'un arbre, terminée par un œil pointu.
**Débourrement** : période correspondant à l'épanouissement de la

partie cotonneuse des bourgeons.

**Diazinon** : produit insecticide utilisé pour éliminer les mouches de l'oignon, de l'échalote, des choux, des navets…

**Diméthoate** : produit utilisé contre certaines mouches comme celle de l'endive.

**Doryphore** : insecte dangereux pour les pommes de terre, aubergines…

**Drageon** : pousse se développant sur une racine et pouvant servir à la reproduction de la plante.

**Drageonnage** : opération consistant à séparer un drageon de la plante mère et à le mettre en place à un autre endroit.

**Éclaircir** : arracher des plants ou des fruits en surnombre afin de favoriser le développement de ceux qui restent en place.

**Éclaircissage** : action d'éclaircir.

**Élagage** : taille simplifiée de l'arbre consistant à enlever les branches excédentaires ou mal situées.

**Enjauger** : ou mettre en jauge équivaut à disposer provisoirement dans la terre certains végétaux ou portions de végétaux en attendant de les planter ou de les voir se multiplier.

**Erinose** : maladie des arbres fruitiers provoquée par les acariens et faisant apparaître des cloques sur les feuilles.

**Fane** : feuille sèche de certaines plantes herbacées (ex : pommes de terre).

**Fongicide** : substance qui détruit les champignons parasites (mildiou, oïdium, rouille).

**Forcer** : provoquer avant la saison normale la mise en végétation de certains légumes notamment au moyen de chaleur artificielle.

**Fourche-bêche** : outil à manche utilisé pour ameublir le sol.

**Fumagine** : maladie se traduisant par l'apparition de croûtes et de poudres noires.

**Fumure** : enfouissement de fumier ou d'engrais de toutes sortes dans le sol.

**Galle** : maladie se traduisant par des excroissances ou des crevasses sur les tubercules.

**Gomme** : maladie des arbres fruitiers caractérisée par des productions gommeuses.

**Gourmand** : rameau qui pousse au-dessous d'une branche à fruits et à son détriment.
**Gouge** : outil spécial utilisé pour ramasser les asperges.
**Gousse** : enveloppe des graines des plantes légumineuses ordinairement formée de deux cosses (fèves, pois...).
**Graisse** : maladie des végétaux se traduisant par un jaunissement des feuilles et un pourrissement des bulbes.
**Greffe** : association étroite de deux fractions de végétaux en vue de la reproduction de l'un de ceux-ci.
**Griffe** : appellation donnée aux racines productrices de certains végétaux (ex : asperges), ou bien outil à manche utilisé pour briser les mottes de terre.
**Habillage** : opération consistant à préparer des plants et à enlever notamment certaines parties superflues avant la plantation.
**Hampe** : axe florifère allongé se terminant par une fleur ou un groupe de fleurs.
**Hernie** : maladie des végétaux produite par un champignon et se traduisant par un gonflement des racines.
**Houe** : outil à manche utilisé pour ameublir le sol à moyenne profondeur ou pour effectuer de petites tranchées.
**Houlette** : petite pelle appelée aussi déplantoir, utilisée pour transférer des végétaux englobés dans une motte de terre d'un endroit à un autre.
**Insecticide** : substance destinée à éliminer les insectes attaquant les légumes et les fruits.
**Iprodiome** : fongicide utilisé contre la pourriture.
**Jaunisse** : maladie se traduisant par l'attaque des pieds des plants par un champignon.
**Lambourde** : rameau à bois, gros et court, terminé par un bouton à fleurs.
**Lindane** : produit insecticide utilisé pour chasser thrips, charançon, chenille, anthonome...
**Lyda** : genre de ver attaquant les arbres fruitiers tels que les abricotiers.
**Malathion** : insecticide utilisé contre les pucerons, les thrips et les maladies à virus.

**Manèbe** : produit servant à traiter certaines maladies comme le mildiou.
**Marcottage** : procédé de multiplication consistant à coucher de jeunes rameaux encore fixés à la souche pour qu'ils émettent des racines.
**Marsonia** : maladie du noyer.
**Mildiou** : maladie qui ternit les feuilles et les rend dures.
**Monilia** : maladie des arbres fruitiers caractérisée par le dessèchement des branches et la chute des fruits.
**Noctuelle** : ver gris.
**Nuile** (ou anthracnose) : maladie due à un champignon et se traduisant par des tâches brunes sur les feuilles et les fruits puis par le pourrissement de ces derniers.
**Œil** : terme sous lequel on désigne les bourgeons des arbres fruitiers
**Œilleton** : pousse enracinée près d'un pied mère et que l'on détache en vue de la multiplication de la plante (ex : artichaut).
**Oïdium** : maladie qui se traduit par une teinte gris terne des feuilles et par l'avortement des fruits.
**Paillage** : opération consistant à mettre en place un paillis.
**Paillis** : couches de paille, de fumier ou de feuilles disposées autour des végétaux pour les protéger du froid ou pour maintenir l'humidité.
**Pétiole** : support de feuille correspondant à ce qu'on appelle la queue.
**Phitopte** : parasite susceptible d'attaquer le noyer.
**Phosalone** : insecticide employé notamment contre la bruche et le carpocapse.
**Phytosol** : produit utilisé pour désinfecter le sol.
**Piéride** : parasite dont les chenilles mangent les feuilles du chou.
**Pincer** : sectionner avec les ongles l'extrémité de jeunes rameaux afin de concentrer la sève à la base de ces derniers et de favoriser ainsi leur développement.
**Planches** : espaces de terrain plus longs que larges et séparés par des allées, sur lesquels on cultive les plantes.
**Plantoir** : outil servant à mettre en place les jeunes plants.
**Pleine terre** : terme utilisé pour désigner la culture en plein air sans abri.
**Plomb** : maladie donnant aux feuilles des arbres fruitiers une teinte

argentée et les faisant mourir.

**Plombage** : action de plomber.

**Plomber** : tasser la surface du sol à l'issue d'un semis afin de donner plus de compacité à la terre.

**Poquet** : trou effectué dans le sol pour y semer plusieurs graines à la fois.

**Pourridié** : maladie qui attaque les racines des arbres fruitiers et les fait dépérir.

**Pralinage** : enrobage des racines dans une solution fertilisante ou dans de la terre additionnée d'eau avant une plantation.

**Psylle** : parasite qui dessèche les arbres fruitiers et empêche le développement des fruits.

**Rabattre** : couper le tronc d'un arbre près du sol ou les grosses branches à leur naissance pour favoriser la pousse de nouveaux rameaux.

**Rejet** : rameau inutile naissant sur la souche des plants.

**Repiquage** : opération consistant à transférer de jeunes plants d'un endroit dans un autre afin de les renforcer et le plus souvent de les planter à demeure.

**Reprise** : action par laquelle les plants mis en terre reprennent leur vie végétative.

**Ressuyer** : perdre l'excès d'humidité.

**Rhizome** : tige souterraine de plante vivace formée d'une succession de petits renflements et capable de se propager largement.

**Roténone** : produit insecticide utilisé contre les pucerons, vers gris, altises, mouches de céleri, etc.

**Rouille** : maladie se traduisant par la formation de tâches brunes, rouge orangé sur les feuilles.

**Sarclage** : opération consistant à sarcler.

**Sarcler** : débarrasser une culture des mauvaises herbes, manuellement ou à l'aide d'outils.

**Semis** : action ou manière de semer.

**Septoriose** : maladie entraînant le blanchiment des feuilles (pour le persil par exemple ou pour le cèleri rave).

**Serfouette** : outil à manche utilisé pour les piochages légers.

**Sitone** : charançon du pois.

**Stolon** : tige rampante qui s'enracine pour donner naissance à une nouvelle plante (fraisiers).

**Sylphe** : parasite qui dévore les feuilles des légumes et nuit à leur développement (chez les betteraves notamment).

**Systémique** : qualificatif donné aux produits qui, une fois pulvérisés, se répandent dans tout le feuillage et les racines.

**Tavelure** : maladie produisant des tâches brunes sur les fruits et les feuilles.

**Tégument** : enveloppe de la graine.

**Teigne** : chenille verte qui ronge les feuilles.

**Terreautage** : opération consistant à recouvrir de terreau une surface cultivée.

**Thrips** : petit insecte faisant des trous dans les feuilles et provoquant leur jaunissement.

**Thyrame** : fongicide utilisé notamment contre la cloque et le coryneum.

**Tordeuse orientale** : parasite dont la larve creuse l'intérieur des jeunes pousses et mange les feuilles.

**Tubercule** : excroissance des racines, gorgée de matières nutritives (ex : pommes de terre).

**Turion** : bourgeon de certaines plantes comme l'asperge.

**Vivace** : qualificatif donné aux végétaux dont la souche dure plusieurs années.

**Zinèbe** : produit utilisé contre l'anthracnose ou la rouille.

# Index



*Les numéros des pages en italique renvoient aux illustrations.*
** Jardin potager*

## Table des matières

## II - LES LEGUMES USUELS



## III - LES AUTRES PRINCIPAUX LEGUMES

IV - LES SOINS A DONNER EN COURS DE VEGETATION

Deuxième partie

## LA CULTURE FRUITIERE

### I - DONNEES DE BASE

## II - LES ARBRES ET ARBUSTES FRUITIERS LES PLUS COURANTS



## III - LES SOINS A PRODIGUER AUX ARBRES FRUITIERS

Troisième partie

# L'AIDE MEMOIRE DU JARDINIER

## I - LE CALENDRIER HORTICOLE



## II - LES ASTUCES DU JARDINIER

# Crédits photographiques

## Photographies

**Jacques Dubourg** 24, 25, 29, 32, 36, 52, 57, 64, 65, 68, 69h, 77, 79, 85h, 88h, 92, 97, 99, 100, 112, 115, 125, 127, 133h, 137b, 140h, 144, 145h, 148, 153, 164, 165, 172, 181, 184, 196b, 197, 201, 205, 209b, 220g, 229, 236, 244, 256b, 268, 281, 301, 312, 320, 332, 337b, 348d, 360, 364b, 368, 373, 384.
**Nelson Martinez** 5, 12, 20, 21, 33, 37, 41, 48, 53, 60, 72, 73, 76, 80, 86, 89, 90, 93, 103, 104, 105, 106, 109, 119, 120, 121, 123, 132, 137h, 140b, 149, 152, 161, 169, 173, 176, 188, 189, 192, 193, 213, 216b, 220d, 221, 224, 225, 228, 232, 233, 237, 240, 245, 248, 249, 253, 256h, 260, 261, 264, 273, 276, 292, 296, 328, 337h, 340, 344, 345, 348g, 349, 353, 356, 357, 361, 364h, 365, 376, 377, 380, 389, 420-21, 425.
**Jean-Paul Gisserot** 17, 117, 128, 133b, 157, 160, 185, 196h, 200, 208, 216h, 241, 333, 336, 372, 385, 388.
**Christophe Renault** 70, 100, 110, 168, 325, 352, 392, 405.
**Jean-Louis Robert** 44, 180, 204, 209h, 381.
**Perrin-Chattard** 145b, 265.
**Château du Fresne** 9

## Illustrations

Tous les dessins sont de **Stevan Roudaut** sauf pages 46, 406 et la vignette "potager", de **Xavier Carteret**.

L'auteur remercie toutes ces personnes qui ont aimablement contribué à l'illustration de cet ouvrage.


ISBN 2-87747- 637-5

Ouvrage imprimé par l'imprimerie Pollina 85400 Luçon.
La photogravure été réalisée par la Photogravure d'Aquitaine 33000 Bordeaux.

N° d'impression : L92086

Imprimé en France